KB020996

사자성어 사행시

: 꼰대들의 사자성어는 가라

사자성어 사행시

: 꼰대들의 사자성어는 가라

불량교생 지음

리북

■ **일러두기**

— 기본적으로 철자나 문장 부호나 띄어쓰기 등은 한글 맞춤법을 존중하였습니다만, 사행시 나름의 시적 허용을 위하여 일부분 한글 맞춤법에 어긋난 표현을 사용하였습니다.

— 최대한 출전를 찾아 밝혔습니다. 출전은 포털 사이트들(portal sites)의 사전 서비스(service)와 권위 있는 언론 사이트들(newspapers sites) 그리고 신뢰할 만한 국내외의 개인 블로그들(individual blogs) 등에 소개된 내용을 참고하였습니다.

— 인용한 출전에서 쓰인 사자성어의 원래의 맥락을 최대한 반영하고, 과거와 현재의 해석의 차이를 변별하려고 노력하면서 사자성어의 본뜻을 보다 제대로 파악하고자 하였습니다.

— 대다수의 사자성어 설명들을 보면 제시된 한자 뜻을 그 한자의 기본 뜻으로 제시하고 있습니다. 그렇기 때문에 정작 그 사자성어에 쓰인 뜻을 별도로 생각해야 하는 불편함이 따릅니다. 그러한 비효율성을 없애고자 이 책에서는 사자성어의 한자 뜻은 그 사자성어에 쓰인 뜻을 최대한 반영하였습니다.

— 사자성어의 한자 네 글자는 주술 관계, 술목 관계, 술보 관계, 병렬 관계, 수식 관계의 짜임이 잘 드러나도록 파격적으로 뜻풀이를 하였습니다.

— 파격적으로 사자성어를 사행시로 이해해 나감으로써 낯선 한자는 낯익게 다시 보고, 낯익은 우리말은 낯설게 다시 보기를 바랍니다. 그렇게 우리말의 의미를 곱씹어봄으로써 궁극적으로는 우리말을 더욱더 잘 이해하고 아끼고 사랑하는 계기가 되기를 바라는 마음입니다.

서 문

사자성어도 따지고 보면
네 글자로 구성된 사행시 아니겠는가

사자성어 '네 글자'를 '두 글자'로 하면 뭘까요? 제 생각엔 '지혜'가 아닐까 합니다. 지혜는 우리의 정신적 삶에 빛이 되어주는 '보물'이고요. 그렇다면 사자성어집은 지혜의 보고이기 때문에 말 그대로 보물들이 넘쳐나는 '보물섬'이라고 볼 수 있습니다. 너무도 소중한 말씀들이 가득한 보물섬이요.

그런데 유감스럽게도 사자성어라는 게 기본적으로 한자 네 글자들이기 때문에 보통 사람들이 쉽게 다가가기 어려운 감이 없지 않습니다. 이 책은 한자로 인하여 어려운 사자성어의 참뜻을 사행시로써(!) 보다 쉽게, 보다 재밌게, 보다 친절하게, 보다 세심한 배려가 돋보이도록 풀이함으로써 그동안 높기만 했던 사자성어의 진입 장벽을 대폭 낮추었다고 자부합니다. 재미있게 쭉쭉 읽히니까요. (제가 쓰고도 이런 말씀 드리지만 너무 재밌… 응?) 사자성어에 관심 있는 대한민국의 독자 분들이라면 누구나 사자성어에 가까이 다가갈 수 있기를 바라고, 가까이 다가갈 수 있으리라 확신합니다.

부디 이 책을 읽는 독자 여러분에게 사자성어가 더 이상 '낯선 외국어'가 아니라 독자 여러분의 삶의 지혜로서 빛을 밝혀주러 발 벗고 '나선 한국어'가 되기를, 이 사자성어집을 읽는 시간이 그런 지혜의 보물들이 가득한 보물섬으로 떠나는 즐거운 모험의 시간이 되기를, 그리고 꼭(!) 다음의 질문에 대한 해답을 찾는 시간이 되기를 바랍니다.

당신의 네 글자는 무엇입니까?

2021년 11월
불량교생

목 차

ㄱ

거일반삼 擧一反三
거자불추 내자불거
去者不追 來者不拒
거자일소 去者日疎
거자필반 去者必返
57 건곤일척 乾坤一擲
건목생수 乾木生水
건성조습토 乾星照濕土
걸견폐요 桀犬吠堯
걸인연천 乞人憐天
58 게부입연 揭斧入淵
격물치지 格物致知
격세지감 隔世之感
격탁양청 激濁揚淸
격화소양 隔靴搔癢
격화파양 隔靴爬癢
59 견갑이병 堅甲利兵
견강부회 牽强附會
견란구계 見卵求鷄
견리망의 見利忘義
견리사의 見利思義
견마난 귀매이 犬馬難 鬼魅易
60 견마지로 犬馬之勞
견마지양 犬馬之養
견문발검 見蚊拔劍
견물생심 見物生心
견백동이 堅白同異
61 견사생풍 見事生風
견선여불급 견불선여탐탕
見善如不及 見不善如探湯
견아상제 犬牙相制
견원지간 犬猿之間
62 견위수명 見危授命
견인불발 堅忍不拔
견토방구 見兎放狗
견토지쟁 犬兎之爭
결자해지 結者解之
결초보은 結草報恩
63 결효미수 缺效未遂
겸구고장 箝口枯腸
겸양지덕 謙讓之德
겸인지용 兼人之勇
경개여구 傾蓋如舊
64 경거망동 輕擧妄動
경국대업 經國大業
경국지색 傾國之色
경국지재 經國之才
경낙과신 輕諾寡信
경당문노 耕當問奴
65 경세제민 經世濟民
경승태즉길 敬勝怠則吉
경이원지 敬而遠之
경적필패 輕敵必敗
경전하사 鯨戰蝦死
경조부박 輕佻浮薄
66 경천동지 驚天動地
경화수월 鏡花水月
계구우후 鷄口牛後
계궁역진 計窮力盡
계란유골 鷄卵有骨
67 계륵 鷄肋
계림일지 桂林一枝
계명구도 鷄鳴狗盜
계명지조 鷄鳴之助
계옥지간 桂玉之艱
계왕성 개래학 繼往聖 開來學
68 계전만리 階前萬里
계주생면 契酒生面
계포일락 季布一諾
고고영정 孤苦零丁
고관대작 高官大爵
69 고굉지신 股肱之臣
고군분투 孤軍奮鬪
고금무쌍 古今無雙
고담준론 高談峻論
고대광실 高臺廣室
고두사죄 叩頭謝罪
70 고량자제 膏粱子弟

고량진미 膏粱珍味
고려공사삼일 高麗公事三日
고론탁설 高論卓說
고립무원 孤立無援
71 고립무의 孤立無依
고마문령 瞽馬聞鈴
고망착호 藁網捉虎
고명사의 顧名思義
고목사회 枯木死灰
고목생화 枯木生花
72 고복격양 鼓腹擊壤
고비원주 高飛遠走
고사성어 故事成語
고산유수 高山流水
고색창연 古色蒼然
고성낙일 孤城落日
73 고성방가 高聲放歌
고식지계 姑息之計
고신원루 孤臣冤淚
고안심곡 高岸深谷
고옥건령 高屋建瓴
74 고운야학 孤雲野鶴
고육지계 苦肉之計
고인조박 古人糟粕
고자과학 孤雌寡鶴
고장난명 孤掌難鳴
고중작락 苦中作樂
75 고진감래 苦盡甘來
고집불통 固執不通
고침단명 高枕短命
고침안면 高枕安眠
고화자전 膏火自煎
76 곡굉이침지 曲肱而枕之
곡굉지락 曲肱之樂
곡돌사신 曲突徙薪
곡자이상명 哭子而喪明
곡학아세 曲學阿世
77 곤이지지 困而知之
골경지신 骨骾之臣
골골무가 汩汩無暇
골육상잔 骨肉相殘
골육상쟁 骨肉相爭
골육지친 骨肉之親
78 공경대부 公卿大夫
공고식담 攻苦食啖
공곡공음 空谷跫音
공곡족음 空谷足音
공과상반 功過相半
79 공도동망 共倒同亡
공리공론 空理空論
공명정대 公明正大
공명지조 共命之鳥
공성신퇴 功成身退
공수래 공수거 空手來 空手去
80 공옥이석 攻玉以石
공자천주 孔子穿珠
공전절후 空前絶後
공존공영 共存共榮
공중누각 空中樓閣
81 공평무사 公平無私
공행공반 空行空返
과공비례 過恭非禮
과대망상 誇大妄想
과대평가 過大評價
82 과맥전대취 過麥田大醉
과목불망 過目不忘
과문불입 過門不入
과유불급 過猶不及
과이불개 過而不改
83 과전불납리 瓜田不納履
과전이하 瓜田李下
과즉물탄개 過則勿憚改
과화숙식 過火熟食
관과지인 觀過知仁
84 관구자부 官久自富
관리전도 冠履顚倒
관자여도 觀者如堵
관존민비 官尊民卑

관중지천 管中之天
관천망기 觀天望氣
85 관포지교 管鮑之交
관혼상제 冠婚喪祭
괄구마광 刮垢磨光
괄목상대 刮目相對
광관지자 曠官之刺
광대무변 廣大無邊
86 광부지언 狂夫之言
광언기어 狂言綺語
광음여전 光陰如箭
광음유수 光陰流水
광일미구 曠日彌久
광채육리 光彩陸離
87 광풍제월 光風霽月
교각살우 矯角殺牛
교노승목 教猱升木
교룡운우 蛟龍雲雨
교목세가 喬木世家
88 교병필패 驕兵必敗
교부초래 教婦初來
교서소진 校書掃塵
교언영색 巧言令色
교왕과직 矯枉過直
교외별전 教外別傳
89 교우이신 交友以信
교자졸지노 巧者拙之奴
교절불출악성 交絶不出惡聲
교주고슬 膠柱鼓瑟
교지졸속 巧遲拙速
90 교천언심 交淺言深
교칠지교 膠漆之交
교토사 양구팽 狡兎死 良狗烹
교토삼굴 狡兎三窟
교학상장 教學相長
91 구각유말 口角流沫
구곡간장 九曲肝腸
구무완인 口無完人
구무택언 口無擇言
구미속초 狗尾續貂
92 구밀복검 口蜜腹劍
구복원수 口腹寃讐
구부득고 求不得苦
구사일생 九死一生
구상유취 口尙乳臭
구수응의 鳩首凝議
93 구우일모 九牛一毛
구유밀 복유검 口有蜜 復有劍
구이사촌 口耳四寸
구이지학 口耳之學
구전지훼 求全之毁
94 구절양장 九折羊腸
구태의연 舊態依然
구한봉감우 久旱逢甘雨
구화지문 口禍之門
구화투신 救火投薪
국난사충신 國亂思忠臣
95 국불이리위리 國不以利爲利
국사무쌍 國士無雙
국척 跼蹐
국천척지 跼天蹐地
국치민욕 國恥民辱
군계일학 群鷄一鶴
96 군맹무상 群盲撫象
군맹평상 群盲評象
군사부일체 君師父一體
군웅할거 群雄割據
군자불기 君子不器
군자삼락 君子三樂
97 군자표변 君子豹變
군주민수 君舟民水
굴이불신 屈而不伸
궁구막추 窮寇莫追
궁구물박 窮寇勿迫
궁서설묘 窮鼠囓猫
98 궁여지책 窮餘之策
궁조입회 窮鳥入懷
권권복응 拳拳服膺

권모술수 權謀術數
권불십년 權不十年
99 권상요목 勸上搖木
권선징악 勸善懲惡
권토중래 捲土重來
귀곡천계 貴鵠賤鷄
귀마방우 歸馬放牛
100 귀면불심 鬼面佛心
귀배괄모 龜背刮毛
귀인천기 貴人賤己
규구준승 規矩準繩
귤중지락 橘中之樂
귤화위지 橘化爲枳
101 극구광음 隙駒光陰
극기복례 克己復禮
극락왕생 極樂往生
극벌원욕 克伐怨慾
극혈지신 隙穴之臣
102 근묵자흑 近墨者黑
근주자적 近朱者赤
금강불괴 金剛不壞
금곤복거 禽困覆車
금과옥조 金科玉條
금구목설 金口木舌
금구무결 金甌無缺
103 금구폐설 金口閉舌
금란지교 金蘭之交
금불여고 今不如古
금상첨화 錦上添花
금석맹약 金石盟約
금석지교 金石之交
104 금성옥진 金聲玉振
금성탕지 金城湯池
금슬상화 琴瑟相和
금시작비 今是昨非
금심수구 錦心繡口
105 금오옥토 金烏玉兎
금의야행 錦衣夜行
금의옥식 錦衣玉食
금의환향 錦衣還鄕
금지옥엽 金枝玉葉
급전직하 急轉直下
106 긍구긍당 肯構肯堂
기고만장 氣高萬丈
기구지업 箕裘之業
기기괴괴 奇奇怪怪
기문지학 記問之學
기복염거 驥服鹽車
107 기사회생 起死回生
기산지절 箕山之節
기산지지 箕山之志
기상천외 奇想天外
기승전결 起承轉結
기식엄엄 氣息奄奄
108 기왕불구 旣往不咎
기우 杞憂
기인지우 杞人之憂
기진맥진 氣盡脈盡
기체후일향만강
氣體候一向萬康
109 기호지세 騎虎之勢
기화가거 奇貨可居

ㄴ

110 낙극애생 樂極哀生
낙락장송 落落長松
낙생어우 樂生於憂
낙양지귀 洛陽紙貴
낙월옥량 落月屋梁
111 낙이망우 樂而忘憂
낙이불음 樂而不淫
낙정하석 落穽下石
낙화난상지 落花難上枝
낙화유수 落花流水
난공불락 難攻不落
112 난득자형제 難得者兄弟

난상토론 爛商討論
난신적자 亂臣賊子
난의포식 暖衣飽食
난중지난 難中之難
난형난제 難兄難弟
113 난화지맹 難化之氓
남가일몽 南柯一夢
남귤북지 南橘北枳
남녀상열지사 男女相悅之詞
남만격설 南蠻鴃舌
114 남부여대 男負女戴
남상 濫觴
남선북마 南船北馬
남아수독오거서
男兒須讀五車書
남아일언중천금
男兒一言重千金
115 남전생옥 藍田生玉
남존여비 男尊女卑
남중일색 男中一色
남풍불경 南風不競
낭사지계 囊沙之計
낭자야심 狼子野心
116 낭중지추 囊中之錐
낭중취물 囊中取物
내성불구 內省不疚
내어불미 거어하미
來語不美 去語何美
내우외환 內憂外患
117 내조지공 內助之功
내청외탁 內淸外濁
냉난자지 冷暖自知
노갑이을 怒甲移乙
노기복력 老驥伏櫪
노래지희 老萊之戲
118 노류장화 路柳牆花
노마십가 駑馬十駕
노마지지 老馬之智
노말지세 弩末之勢
노발대발 怒發大發
노발충관 怒髮衝冠
119 노생상담 老生常談
노생지몽 盧生之夢
노승발검 怒蠅拔劍
노실색시 怒室色市
노심초사 勞心焦思
120 노안비슬 奴顔婢膝
노어지오 魯魚之誤
노어해시 魯魚亥豕
노연분비 勞燕分飛
노익장 老益壯
노파심절 老婆心切
121 녹림 綠林
녹사불택음 鹿死不擇音
녹엽성음 綠葉成陰
녹음방초 綠陰芳草
녹의홍상 綠衣紅裳
녹의황리 綠衣黃裏
122 논공행상 論功行賞
논점일탈 論點逸脫
농가성진 弄假成眞
농단 壟斷
농와지경 弄瓦之慶
농자천하지대본 農者天下之大本
123 농장지경 弄璋之慶
농조연운 籠鳥戀雲
뇌봉전별 雷逢電別
뇌성벽력 雷聲霹靂
뇌예구식 賴藝求食
124 뇌진교칠 雷陳膠漆
누란지위 累卵之危
누진취영 鏤塵吹影
누항단표 陋巷簞瓢
눌언민행 訥言敏行
능견난사 能見難思
125 능곡지변 陵谷之變
능서불택필 能書不擇筆
능소능대 能小能大

능언앵무 能言鸚鵡
능지처참 陵遲處斬

126 다기망양 多岐亡羊
다능비사 多能鄙事
다다익선 多多益善
다사다난 多事多難
다사다단 多事多端
다사다망 多事多忙
127 다사제제 多士濟濟
다언삭궁 多言數窮
다전선고 多錢善賈
단금지계 斷金之契
단기지계 斷機之戒
단기지교 斷機之敎
128 단도직입 單刀直入
단말마 斷末魔
단무타려 斷無他慮
단문고증 單文孤證
단사두갱 簞食豆羹
단사표음 簞食瓢飮
129 단순호치 丹脣皓齒
단장 斷腸
단장보단 斷長補短
단장취의 斷章取義
담대심소 膽大心小
담소자약 談笑自若
130 담언미중 談言微中
담장농말 淡粧濃抹
당구풍월 堂狗風月
당금지지 當禁之地
당동벌이 黨同伐異
131 당랑거철 螳螂拒轍
당랑박선 螳螂搏蟬
당랑재후 螳螂在後
당랑지부 螳螂之斧

당리당략 黨利黨略
당봉지물 當捧之物
132 당비당차 螳臂當車
당의즉묘 當意卽妙
대간사충 大姦似忠
대갈일성 大喝一聲
대경실색 大驚失色
대공무사 大公無私
133 대교약졸 大巧若拙
대기만성 大器晩成
대기설법 對機說法
대기소용 大器小用
대담부적 大膽不敵
134 대동단결 大同團結
대동소이 大同小異
대변여눌 大辯如訥
대분망천 戴盆望天
대서특필 大書特筆
대성지행 戴星之行
135 대성질호 大聲疾呼
대언장어 大言壯語
대우탄금 對牛彈琴
대의멸친 大義滅親
대의명분 大義名分
136 대인대이 大人大耳
대자대비 大慈大悲
대재소용 大材小用
대중발락 大衆發落
대지여우 大智如愚
137 대한불갈 大旱不渴
덕무상사 德無常師
덕불고 필유린 德不孤 必有隣
도견와계 陶犬瓦鷄
도남붕익 圖南鵬翼
도남지익 圖南之翼
138 도량발호 跳梁跋扈
도로무공 徒勞無功
도로무익 徒勞無益
도룡지기 屠龍之技

도리불언 하자성혜
桃李不言 下自成蹊
139 도문질욕 到門叱辱
도불습유 道不拾遺
도삼이사 桃三李四
도소지양 屠所之羊
도역유도 盜亦有道
도외시 度外視
140 도원결의 桃園結義
도유승강 道有升降
도절시진 刀折矢盡
도주지부 陶朱之富
도증주인 盜憎主人
141 도청도설 道聽塗說
도탄지고 塗炭之苦
도행역시 倒行逆施
독견지명 獨見之明
독불장군 獨不將軍
142 독서망양 讀書亡羊
독서백편의자현
讀書百遍義自見
독서삼도 讀書三到
독서삼매 讀書三昧
143 독서상우 讀書尙友
독서파만권 讀書破萬卷
독수공방 獨守空房
독안룡 獨眼龍
독야청청 獨也靑靑
돈제양전 豚蹄穰田
144 돈증보리 頓證菩提
돌돌괴사 咄咄怪事
돌불연 불생연 突不燃 不生煙
돌연변이 突然變異
동가식 서가숙 東家食 西家宿
동가홍상 同價紅裳
145 동고동락 同苦同樂
동공이곡 同工異曲
동귀수도 同歸殊塗
동기지친 同氣之親

동량지재 棟梁之材
146 동명이인 同名異人
동문동궤 同文同軌
동문서답 東問西答
동방화촉 洞房華燭
동병상련 同病相憐
동분서주 東奔西走
147 동산고와 東山高臥
동상이몽 同床異夢
동서고금 東西古今
동선하로 冬扇夏爐
동성상응 同聲相應
동성이속 同聲異俗
148 동온하정 冬溫夏凊
동우각마 童牛角馬
동음이의 同音異義
동이불화 同而不和
동족방뇨 凍足放尿
149 동주상구 同舟相救
동첩견패 動輒見敗
동호직필 董狐直筆
두문불출 杜門不出
두절사행 斗折蛇行
두주불사 斗酒不辭
150 두찬 杜撰
득갑환주 得匣還珠
득롱망촉 得隴望蜀
득부상부 得斧喪斧
득어망전 得魚忘筌
151 득의만면 得意滿面
득의양양 得意揚揚
득일망십 得一忘十
등고자비 登高自卑
등고필부 登高必賦
등대부자조 燈臺不自照
152 등루거제 登樓去梯
등용문 登龍門
등하불명 燈下不明
등화가친 燈火可親

ㅁ

153 마각노출 馬脚露出
마고소양 麻姑搔痒
마부위침 磨斧爲針
마부작침 磨斧作針
마생각 馬生角
마우금거 馬牛襟裾
154 마이동풍 馬耳東風
마중지봉 麻中之蓬
마혁과시 馬革裹屍
막상막하 莫上莫下
막역지우 莫逆之友
155 만가 輓歌
만경창파 萬頃蒼波
만고풍상 萬古風霜
만구성비 萬口成碑
만면희색 滿面喜色
만사여의 萬事如意
156 만사휴의 萬事休矣
만시지탄 晩時之歎
만식당육 晩食當肉
만신창이 滿身瘡痍
만우난회 萬牛難回
만화방창 萬化方暢
157 망거목수 網擧目隨
망국지음 亡國之音
망년지우 忘年之友
망루탄주 網漏呑舟
망매해갈 望梅解渴
망문생의 望文生義
158 망양보뢰 亡羊補牢
망양지탄 亡羊之歎
망우물 忘憂物
망운지정 望雲之情
망풍이미 望風而靡
159 매검매우 賣劍買牛
매리잡언 罵詈雜言
매염봉우 賣鹽逢雨
맥수지탄 麥秀之歎
맹귀부목 盲龜浮木
맹귀우목 盲龜遇木
160 맹모단기 孟母斷機
맹모삼천 孟母三遷
맹완단청 盲玩丹靑
맹인모상 盲人摸象
맹인안질 盲人眼疾
161 맹자실장 盲者失杖
맹자정문 盲者正門
맹자직문 盲人直門
맹호복초 猛虎伏草
맹호위서 猛虎爲鼠
162 면리장침 綿裏藏針
면목약여 面目躍如
면장우피 面張牛皮
면종복배 面從腹背
면종후언 面從後言
멸사봉공 滅私奉公
163 멸죄생선 滅罪生善
명견만리 明見萬里
명경지수 明鏡止水
명모호치 明眸皓齒
명불허전 名不虛傳
164 명실상부 名實相符
명약관화 明若觀火
명재경각 命在頃刻
명주암투 明珠闇投
모골송연 毛骨悚然
모수자천 毛遂自薦
165 모순 矛盾
모야무지 暮夜無知
모합심리 貌合心離
목불식정 目不識丁
목불인견 目不忍見
166 목식이시 目食耳視
몽중설몽 夢中夢說
묘년재격 妙年才格
묘두현령 猫頭懸鈴

묘시파리 眇視跛履
167 묘호류견 描虎類犬
무간지옥 無間地獄
무고지민 無告之民
무념무상 無念無想
무릉도원 武陵桃源
무문농필 舞文弄筆
168 무미건조 無味乾燥
무불간섭 無不干涉
무불통지 無不通知
무산지몽 巫山之夢
무소불위 無所不爲
무실역행 務實力行
169 무양 無恙
무언실행 無言實行
무용지물 無用之物
무용지변 無用之辯
무용지용 無用之用
무위도식 無爲徒食
170 무위이치 無爲而治
무위이화 無爲而化
무위지치 無爲之治
무의무탁 無依無託
무지몽매 無知蒙昧
묵수 墨守
171 묵자읍사 墨子泣絲
묵적지수 墨翟之守
문경지교 刎頸之交
문방사우 文房四友
문일지십 聞一知十
문전성시 門前成市
172 문전옥답 門前沃畓
문전작라 門前雀羅
문정약시 門庭若市
물박정후 物薄情厚
물실호기 勿失好機
물심일여 物心一如
173 물외한인 物外閑人
물유본말 物有本末
미래영겁 未來永劫
미복잠행 微服潛行
미봉 彌縫
미사여구 美辭麗句
174 미생이전 未生以前
미생지신 尾生之信
미우주무 未雨綢繆
미인박명 美人薄命
미자불문로 迷者不問路
175 민고민지 民膏民脂
민귀군경 民貴君輕
민이식위천 民以食爲天
밀운불우 密雲不雨
민첩혜힐 敏捷慧黠

ㅂ

176 박고지금 博古知今
박람강기 博覽强記
박리다매 薄利多賣
박문약례 博文約禮
박이부정 博而不精
박인방증 博引旁證
177 박장대소 拍掌大笑
박지약행 薄志弱行
박채중의 博採衆議
반간계 反間計
반계곡경 盤溪曲徑
반구저기 反求諸己
178 반근착절 盤根錯節
반면교사 反面教師
반면지분 半面之分
반문농부 班門弄斧
반식재상 伴食宰相
반신반의 半信半疑
179 반의지희 斑衣之戲
반자지명 半子之名
반포지효 反哺之孝

반후지종 飯後之鐘
발본색원 拔本塞源
180 발분망식 發憤忘食
발산개세 拔山蓋世
발종지시 發踪指示
방기곡경 旁岐曲徑
방미두점 防微杜漸
방약무인 傍若無人
181 방저원개 方底圓蓋
방휼지세 蚌鷸之勢
방휼지쟁 蚌鷸之爭
배반낭자 杯盤狼藉
배수지진 背水之陣
배은망덕 背恩忘德
182 배중사영 杯中蛇影
백골난망 白骨難忘
백구과극 白駒過隙
백귀야행 百鬼夜行
백년가약 百年佳約
183 백년하청 百年河淸
백년해로 百年偕老
백두여신 白頭如新
백락일고 伯樂一顧
백리지재 百里之才
백면서생 白面書生
184 백무일실 百無一失
백무일취 百無一取
백문불여일견 百聞不如一見
백미 白眉
백발백중 百發百中
185 백벽미하 白璧微瑕
백수북면 白首北面
백아절현 伯牙絶絃
백안시 白眼視
백유읍장 伯兪泣杖
186 백의종군 白衣從軍
백전백승 百戰百勝
백절불굴 百折不屈
백절불요 百折不撓
백주지조 柏舟之操
백중지간 伯仲之間
187 백중지세 伯仲之勢
백척간두 百尺竿頭
백척간두 진일보
百尺竿頭 進一步
백해무익 百害無益
번문욕례 繁文縟禮
188 벌성지부 伐性之斧
벌제위명 伐齊爲名
법원권근 法遠拳近
벽사진경 辟邪進慶
병가상사 兵家常事
병문졸속 兵聞拙速
189 병입고황 病入膏肓
병종구입 病從口入
병촉야유 秉燭夜遊
병풍상서 病風傷暑
보거상의 輔車相依
190 보본반시 報本反始
보원이덕 報怨以德
복거지계 覆車之戒
복과재생 福過災生
복룡봉추 伏龍鳳雛
복배지수 覆杯之水
191 복생어미 福生於微
복수불반분 覆水不返盆
복차지계 覆車之戒
본말전도 本末顚倒
본제입납 本第入納
봉가지마 泛駕之馬
192 봉두구면 蓬頭垢面
봉시장사 封豕長蛇
부귀부운 富貴浮雲
부득요령 不得要領
부마 駙馬
193 부부유별 夫婦有別
부자상전 父子相傳
부전자전 父傳子傳

부즉다사 富卽多事
부중지어 釜中之魚
부즉불리 不卽不離
194 부창부수 夫唱婦隨
부화뇌동 附和雷同
북문지탄 北門之歎
분골쇄신 粉骨碎身
분서갱유 焚書坑儒
195 불가사의 不可思議
불가항력 不可抗力
불공대천 不共戴天
불구대천 不俱戴天
불두착분 佛頭着糞
불로불사 不老不死
196 불립문자 不立文字
불문가지 不問可知
불문곡직 不問曲直
불비불명 不飛不鳴
불비지혜 不費之惠
197 불선거행 不善擧行
불세출 不世出
불수진 拂鬚塵
불승영모 不勝永慕
불언실행 不言實行
불야성 不夜城
198 불역유행 不易流行
불요불굴 不撓不屈
불원천리 不遠千里
불원천 불우인 不怨天 不尤人
불입호혈 부득호자
不入虎穴 不得虎子
199 불차탁용 不次擢用
불철주야 不撤晝夜
불치불검 不侈不儉
불치하문 不恥下問
불편부당 不偏不黨
불폐풍우 不蔽風雨
200 붕우유신 朋友有信
붕우책선 朋友責善
붕정만리 鵬程萬里
비구혼구 匪寇婚媾
비대목소 鼻大目小
201 비례물시 非禮勿視
비례지례 非禮之禮
비명횡사 非命橫死
비몽사몽 非夢似夢
비방지목 誹謗之木
비분강개 悲憤慷慨
202 비비유지 比比有之
비위난정 脾胃難定
비육지탄 髀肉之嘆
비이장목 飛耳長目
비익연리 比翼連理
비익조 比翼鳥
203 비일비재 非一非再
비지지간 행지유간
非知之艱 行之惟艱
빈계지신 牝鷄之晨
빈자일등 貧者一燈
빈천지교 불가망
貧賤之交 不可忘
204 빙공영사 憑公營私
빙탄불상용 氷炭不相容
빙탄지간 氷炭之間

205 사가망처 徙家忘妻
사고무친 四顧無親
사고팔고 四苦八苦
사공중곡 射空中鵠
사군이충 事君以忠
사군자 四君子
206 사궁지수 四窮之首
사근취원 捨近取遠
사기종인 舍己從人
사농공상 士農工商

사단취장 捨短取長
사대주의 事大主義
207 사려분별 思慮分別
사리부재 詞俚不載
사리사욕 私利私慾
사면초가 四面楚歌
사면춘풍 四面春風
사목지신 徙木之信
208 사문난적 斯文亂賊
사문부산 使蚊負山
사반공배 事半功倍
사방팔방 四方八方
사분오열 四分五裂
사불급설 駟不及舌
209 사불명목 死不瞑目
사불범정 邪不犯正
사불여의 事不如意
사사건건 事事件件
사사오입 四捨五入
사상누각 沙上樓閣
210 사상마련 事上磨鍊
사생관두 死生關頭
사서오경 四書五經
사석위호 射石爲虎
사석음우 射石飮羽
사숙 私淑
211 사실무근 事實無根
사심불구 蛇心佛口
사양지심 辭讓之心
사이비 似而非
사이비자 似而非者
사이후이 死而後已
212 사인여천 事人如天
사자상승 師資相承
사자후 獅子吼
사제갈 주 생중달
死諸葛 走 生仲達
사조지별 四鳥之別
213 사족 蛇足
사중구생 死中求生
사중구활 死中求活
사중우어 沙中偶語
사지 四知
사친이효 事親以孝
214 사통오달 四通五達
사통팔달 四通八達
사필귀정 事必歸正
사하지청 俟河之淸
사해형제 四海兄弟
215 사회부연 死灰復燃
사후약방문 死後藥方文
삭주굴근 削株堀根
산명곡응 山鳴谷應
산상보훈 山上寶訓
산자수명 山紫水明
216 산전수전 山戰水戰
산지사방 散之四方
산해진미 山海珍味
살생유택 殺生有擇
살신성인 殺身成仁
삼고초려 三顧草廬
217 삼년불비 三年不蜚
삼년불비우불명
三年不飛又不鳴
삼단논법 三段論法
삼라만상 森羅萬象
삼령오신 三令五申
218 삼면육비 三面六臂
삼불혹 三不惑
삼삼오오 三三五五
삼성오신 三省吾身
삼순구식 三旬九食
219 삼십육계 주위상책
三十六計 走爲上策
삼위일체 三位一體
삼익지우 三益之友
삼인문수 三人文殊
삼인성호 三人成虎

220 삼인행 필유아사 三人行 必有我師
삼자정립 三者鼎立
삼종지도 三從之道
삼척동자 三尺童子
삼천갑자 동방삭 三千甲子 東方朔
삼천지교 三遷之敎
221 삼촌지설 三寸之舌
삼추지사 三秋之思
삼한갑족 三韓甲族
상가지구 喪家之狗
상간복상 桑間濮上
222 상궁지조 傷弓之鳥
상덕부덕 上德不德
상루하습 上漏下濕
상마지교 桑麻之交
상명지통 喪明之痛
상병벌모 上兵伐謀
223 상봉지지 桑蓬之志
상분지도 嘗糞之徒
상산구어 上山求魚
상산사세 常山蛇勢
상선벌악 賞善罰惡
상수여수 上壽如水
224 상시지계 嘗試之計
상아탑 象牙塔
상우방풍 上雨旁風
상의하달 上意下達
상전벽해 桑田碧海
225 상중지희 桑中之喜
상탁하부정 上濁下不淨
상호봉시 桑弧蓬矢
상호부조 相互扶助
상화하택 上火下澤
새옹지마 塞翁之馬
226 색즉시공 공즉시색
色卽是空 空卽是色
생구불망 生口不網
생면부지 生面不知
생멸멸이 生滅滅已
227 생사여탈 生死與奪
생사육골 生死肉骨
생살여탈 生殺與奪
생생세세 生生世世
생이지지 生而知之
생자필멸 生者必滅
228 생전부귀 사후문장
生前富貴 死後文章
생지안행 生知安行
서간충비 鼠肝蟲臂
서기지망 庶幾之望
서동부언 胥動浮言
229 서불가진신 書不可盡信
서시봉심 西施捧心
서시빈목 西施顰目
서자서 아자아 書自書 我自我
서절구투 鼠竊狗偸
230 서제막급 噬臍莫及
석고대죄 席藁待罪
석과불식 碩果不食
석상불생오곡 石上不生五穀
석불가난 席不暇暖
231 선거노마 鮮車怒馬
선견지명 先見之明
선공후사 先公後私
선남선녀 善男善女
선례후학 先禮後學
선발제인 先發制人
232 선성탈인 先聲奪人
선시선종 善始善終
선시어외 先始於隗
선우후락 先憂後樂
선유자익 善游者溺
233 선의후리 先義後利
선입견 先入見
선입지어위주 先入之語爲主
선자옥질 仙姿玉質
선종외시 先從隗始
선즉제인 先則制人

234 설니홍조 雪泥鴻爪
설망어검 舌芒於劍
설부화용 雪膚花容
설상가상 雪上加霜
설왕설래 說往說來
설중송백 雪中松柏
235 설중송탄 雪中送炭
섬섬옥수 纖纖玉手
섭취불사 攝取不捨
성공지하 불가구처
成功之下 不可久處
236 성년부중래 盛年不重來
성동격서 聲東擊西
성수불루 盛水不漏
성유단수 性猶湍水
성인지미 成人之美
237 성자필쇠 盛者必衰
성중형외 誠中形外
성즉군왕 패즉역적
成則君王 敗則逆賊
성하지맹 城下之盟
성혜 成蹊
238 성호사서 城狐社鼠
성화요원 星火燎原
세답족백 洗踏足白
세리지교 勢利之交
세불양립 勢不兩立
239 세속오계 世俗五戒
세월부대인 歲月不待人
세한삼우 歲寒三友
세한송백 歲寒松柏
소년이로 학난성
少年易老 學難成
240 소리장도 笑裏藏刀
소림일지 巢林一枝
소불간친 疎不間親
소불동념 少不動念
소수지어 小水之魚
241 소심익익 小心翼翼
소이부답 笑而不答
소인한거 위불선
小人閑居 爲不善
소장불노력 노대도상비
少壯不努力 老大徒傷悲
소중유도 笑中有刀
242 소지무여 掃地無餘
소탐대실 小貪大失
소풍농월 嘯風弄月
소혼단장 消魂斷腸
속등자이전 速登者易顚
243 속수무책 束手無策
속전속결 速戰速決
속초지기 續貂之譏
손강영설 孫康映雪
손자삼우 損者三友
솔선수범 率先垂範
244 송구영신 送舊迎新
송무백열 松茂柏悅
송백지무 松柏之茂
송양지인 宋襄之仁
수과하욕 受袴下辱
수구여병 守口如甁
245 수구초심 首丘初心
수궁즉설 獸窮則齧
수미상관 首尾相關
수미상응 首尾相應
수미일관 首尾一貫
246 수복강녕 壽福康寧
수불석권 手不釋卷
수사지적 需事之賊
수서양단 首鼠兩端
수석침류 漱石枕流
247 수수방관 袖手傍觀
수수방원지기 水隨方圓之器
수신제가 修身齊家
수심가지 인심난지
水深可知 人心難知
수어지교 水魚之交

248 수어혼수 數魚混水
수오지심 羞惡之心
수욕정 이 풍부지 樹欲靜 而 風不止
수왈불가 誰曰不可
수원수구 誰怨誰咎
249 수자부족여모 豎子不足與謀
수적천석 水滴穿石
수족지애 手足之愛
수죄구발 數罪俱發
수주대토 守株待兎
250 수즉다욕 壽則多辱
수지 오지자웅 誰知 烏之雌雄
수청무대어 水淸無大魚
수학무조 修學務早
수화불통 水火不通
251 수후지주 隋侯之珠
숙능생교 熟能生巧
숙독완미 熟讀玩味
숙맥불변 菽麥不辨
숙불환생 熟不還生
숙수지공 菽水之供
252 숙수지환 菽水之歡
숙야비해 夙夜匪解
숙집개발 宿執開發
숙호충비 宿虎衝鼻
순갱노회 蓴羹鱸膾
253 순결무구 純潔無垢
순망치한 脣亡齒寒
순진무구 純眞無垢
순천자존 역천자망
順天者存 逆天者亡
순치보거 脣齒輔車
254 순치상의 脣齒相依
순치지국 脣齒之國
순풍만범 順風滿帆
순풍이호 順風而呼
술이부작 述而不作
습유보궐 拾遺補闕
255 승당입실 升堂入室
승두세서 蠅頭細書
승망풍지 乘望風旨
승승장구 乘勝長驅
승잔거살 勝殘去殺
256 승천입지 升天入地
시기상조 時機尙早
시대착오 時代錯誤
시도지교 市道之交
시랑당로 豺狼當路
시민여자 視民如子
257 시비곡직 是非曲直
시비지심 是非之心
시사여귀 視死如歸
시소공지찰 緦小功之察
시시비비 是是非非
시야비야 是也非也
258 시어다골 鰣魚多骨
시오설 視吾舌
시위소찬 尸位素餐
시이불공 恃而不恐
시종여일 始終如一
시종일관 始終一貫
259 시행착오 試行錯誤
시화연풍 時和年豐
식불감미 食不甘味
식불이미 食不二味
식소사번 食少事煩
식언 食言
260 식우지기 食牛之氣
식자우환 識字憂患
식전방장 食前方丈
식지동 食指動
신경과민 神經過敏
261 신급돈어 信及豚魚
신기묘산 神機妙算
신상필벌 信賞必罰
신색자약 神色自若
신심결정 信心決定
262 신언불미 信言不美

신언서판 身言書判
신외무물 身外無物
신욕자 필진의 新浴者 必振衣
신종여시 愼終如始
신종추원 愼終追遠
263 신진기예 新進氣銳
신진대사 新陳代謝
신체발부 수지부모
身體髮膚 受之父母
신출귀몰 神出鬼沒
신토불이 身土不二
실사구시 實事求是
264 실천궁행 實踐躬行
심광체반 心廣體胖
심기일전 心機一轉
심두멸각 心頭滅却
심모원려 深謀遠慮
265 심무소주 心無所主
심복수사 心腹輸寫
심복지우 心腹之友
심사숙고 深思熟考
심상일양 尋常一樣
심성구지 心誠求之
266 심심상인 心心相印
심원의마 心猿意馬
심장적구 尋章摘句
십년감수 十年減壽
십독불여일사 十讀不如一寫
십년한창 十年寒窓
267 십맹일장 十盲一杖
십목소시 十目所視
십벌지목 十伐之木
십보방초 十步芳草
십시일반 十匙一飯
268 십양구목 十羊九牧
십인십색 十人十色
십일지국 十日之菊
십중팔구 十中八九
십행구하 十行俱下

ㅇ

269 아가사창 我歌査唱
아동주졸 兒童走卒
아비규환 阿鼻叫喚
아사지경 餓死之境
아심여칭 我心如秤
아유경탈 阿諛傾奪
270 아유구용 阿諛苟容
아전인수 我田引水
아호지혜 餓虎之蹊
악구잡언 惡口雜言
악목불음 惡木不蔭
악발토포 握髮吐哺
271 악부파가 惡婦破家
악사천리 惡事千里
악언불출구 惡言不出口
악월담풍 握月擔風
악인악과 惡因惡果
악전고투 惡戰苦鬪
272 안거위사 安居危思
안고수비 眼高手卑
안고수저 眼高手低
안광지배철 眼光紙背徹
안광형형 眼光炯炯
안도색기 按圖索驥
273 안마지로 鞍馬之勞
안면몰수 顔面沒收
안명수쾌 眼明手快
안목소시 眼目所視
안분지족 安分知足
274 안불망위 安不忘危
안빈낙도 安貧樂道
안서 雁書
안심입명 安心立命
안중지인 眼中之人
안중지정 眼中之釘
275 안택정로 安宅正路
안하무인 眼下無人

암거천관 巖居川觀
암운저미 暗雲低迷
암전난방 暗箭難防
276 암중모색 暗中摸索
암중비약 暗中飛躍
암향부동 暗香浮動
압권 壓卷
앙관부찰 仰觀俯察
앙급지어 殃及池魚
277 앙불괴어천 仰不愧於天
앙수신미 仰首伸眉
앙앙불락 怏怏不樂
앙인비식 仰人鼻息
앙천이타 仰天而唾
애국애족 愛國愛族
278 애급옥오 愛及屋烏
애매모호 曖昧模糊
애별리고 愛別離苦
애이불비 哀而不悲
애인여기 愛人如己
애인이목 礙人耳目
279 애지중지 愛之重之
야기요단 惹起鬧端
야랑자대 夜郞自大
야반무례 夜半無禮
야불폐문 夜不閉門
280 야심만만 野心滿滿
야이계주 夜以繼晝
야행피수 夜行被繡
약득일적국 若得一敵國
약롱중물 藥籠中物
281 약마복중 弱馬卜重
약방감초 藥房甘草
약붕궐각 若崩厥角
약석지언 藥石之言
약섭춘빙 若涉春氷
약육강식 弱肉强食
282 약팽소선 若烹小鮮
양금택목 良禽擇木
양두구육 羊頭狗肉
양민오착 良民誤捉
양봉연비 兩鳳連飛
283 양봉제비 兩鳳齊飛
양상군자 梁上君子
양상도회 梁上塗灰
양수겸장 兩手兼將
양수집병 兩手執餠
양시쌍비 兩是雙非
284 양약고구 良藥苦口
양예일촌 득예일척
讓禮一寸 得禮一尺
양옥부조 良玉不彫
양인지검 兩刃之劍
양입제출 量入制出
285 양자택일 兩者擇一
양장소경 羊腸小徑
양전옥답 良田沃畓
양주지학 揚州之鶴
양지양능 良知良能
양지지효 養志之孝
286 양질호피 羊質虎皮
양춘백설 陽春白雪
양출제입 量出制入
양탕지비 揚湯止沸
287 양포지구 楊布之狗
양호유환 養虎遺患
양호후환 養虎後患
양후지파 陽侯之波
어동육서 魚東肉西
어두육미 魚頭肉尾
288 어망홍리 漁網鴻離
어목연석 魚目燕石
어변성룡 魚變成龍
어부지리 漁父之利
어부지용 漁夫之勇
289 어불성설 語不成說
어불택발 語不擇發
어수지친 魚水之親

어숙지제 魚菽之祭
어시지혹 魚豕之惑
290 어언무미 語言無味
어유부중 魚遊釜中
어질용문 魚質龍文
어현유감이 魚懸由甘餌
억강부약 抑强扶弱
억만지심 億萬之心
291 억약부강 抑弱扶强
억조창생 億兆蒼生
언감생심 焉敢生心
언과기실 言過其實
언과우 행과회 言寡尤 行寡悔
292 언대비과 言大非誇
언무족이천리 言無足而千里
언비천리 言飛千里
언서지망 偃鼠之望
언앙굴신 偃仰屈伸
293 언어도단 言語道斷
언유소화 言有召禍
언유재이 言猶在耳
언중유골 言中有骨
언즉시야 言則是也
언청계용 言聽計用
294 언청계종 言聽計從
언필칭요순 言必稱堯舜
언행상반 言行相反
언행일치 言行一致
엄목포작 掩目捕雀
295 엄이도령 掩耳盜鈴
엄이도종 掩耳盜鐘
엄처시하 嚴妻侍下
여가탈입 閭家奪入
여공불급 如恐不及
296 여광여취 如狂如醉
여기소종 沴氣所鍾
여덕위린 與德爲隣
여도득선 如渡得船
여도지죄 餘桃之罪
297 여리박빙 如履薄氷
여명견폐 驪鳴犬吠
여무가론 餘無可論
여무소부도 慮無所不到
여민동락 與民同樂
298 여반장 如反掌
여발통치 如拔痛齒
여보적자 如保赤子
여불비례 餘不備禮
여불승의 如不勝衣
여비사지 如臂使指
299 여사하청 如俟河淸
여세추이 與世推移7
여수투수 如水投水
여시아문 如是我聞
여아부화 如蛾赴火
300 여액미진 餘厄未盡
여어실수 如魚失水
여월지항 如月之恒
여유작작 餘裕綽綽
여의투질 如蟻偸垤
여정도치 勵精圖治
301 여조과목 如鳥過目
여족여수 如足如手
여좌침석 如坐針席
여중장부 女中丈夫
여진여퇴 旅進旅退
302 여출일구 如出一口
여필종부 女必從夫
여합부절 如合符節
여호모피 與虎謀皮
역린 逆鱗
역마농금 櫪馬籠禽
303 역발산 기개세 力拔山 氣蓋世
역부지몽 役夫之夢
역성혁명 易姓革命
역이지언 逆耳之言
역자교지 易子敎之
304 역자이식 易子而食

역지개연 易地皆然
역지사지 易地思之
역취순수 逆取順守
연공서열 年功序列
연년익수 延年益壽
305 연도일할 鉛刀一割
연리지 連理枝
연목구어 緣木求魚
연목토이 鳶目兎耳
연비어약 鳶飛魚躍
306 연시미행 煙視媚行
연안대비 燕雁代飛
연안짐독 宴安酖毒
연옹지치 吮癰舐痔
연익지모 燕翼之謀
연작불생봉 燕雀不生鳳
307 연작안지 홍곡지지
燕雀安知 鴻鵠之志
연전연승 連戰連勝
연파천리 煙波千里
연편누독 連篇累牘
연하고질 煙霞痼疾
308 연함호두 燕頷虎頭
연홍지탄 燕鴻之歎
연화왕생 蓮花往生
연화중인 煙火中人
열구지물 悅口之物
열녀불경이부 烈女不更二夫
309 열혈남아 熱血男兒
염량세태 炎凉世態
염력철암 念力徹巖
염리예토 厭離穢土
염불급타 念不及他
310 염불삼매 念佛三昧
염불위괴 恬不爲愧
염세자살 厭世自殺
염슬단좌 斂膝端坐
염이부지괴 恬而不知怪
염화미소 拈華微笑
311 염화시중 拈華示衆
영고성쇠 榮枯盛衰
영구불변 永久不變
영령쇄쇄 零零瑣瑣
영만지구 盈滿之咎
312 영불리신 影不離身
영불서용 永不敍用
영생불멸 永生不滅
영서연설 郢書燕說
영설독서 映雪讀書
313 영설지재 詠雪之才
영웅기인 英雄忌人
영웅미사심 英雄未死心
영출다문 令出多門
영해향진 影駭響震
314 영혼불멸 靈魂不滅
예미도중 曳尾塗中
예번즉란 禮煩則亂
예불가폐 禮不可廢
예상왕래 禮尙往來
예실즉혼 禮失則昏
315 예의생부족 禮義生富足
예의지방 禮義之邦
예주불설 醴酒不設
오거지서 五車之書
오검난명 五劍難名
316 오고대부 五羖大夫
오근피지 吾謹避之
오금지희 五禽之戲
오동일엽 梧桐一葉
오두백 마생각 烏頭白 馬生角
317 오리무중 五里霧中
오만무도 傲慢無道
오만무례 傲慢無禮
오만방자 傲慢放恣
오만불손 傲慢不遜
오매불망 寤寐不忘
318 오불관언 吾不關焉
오비삼척 吾鼻三尺

오비이락 烏飛梨落
오비일색 烏飛一色
오비토주 烏飛兎走
319 오상고절 傲霜孤節
오색무주 五色無主
오색상림 五色霜林
오색영롱 五色玲瓏
오설상재 吾舌尙在
오손공주 烏孫公主
320 오수부동 五獸不動
오시오중 五矢五中
오십보백보 五十步百步
오언성마 烏焉成馬
오언장성 五言長城
321 오우천월 吳牛喘月
오운지진 烏雲之陣
오월동주 吳越同舟
오유선생 烏有先生
오일경조 五日京兆
오자낙서 誤字落書
322 오자등과 五子登科
오자부장 傲者不長
오자탈주 惡紫奪朱
오장육부 五臟六腑
오조사정 烏鳥私情
오중몰기 五中沒技
323 오체투지 五體投地
오탁악세 五濁惡世
오토총총 烏兎忽忽
오풍십우 五風十雨
오필작승 誤筆作蠅
오하아몽 吳下阿蒙
324 오합지졸 烏合之卒
오합지중 烏合之衆
옥곤금우 玉昆金友
옥골선풍 玉骨仙風
옥불탁 불성기 玉不琢 不成器
325 옥상가옥 屋上架屋
옥석구분 玉石俱焚
옥석혼효 玉石混淆
옥오지애 屋烏之愛
옥의옥식 玉衣玉食
옥치무당 玉巵無當
326 옥하가옥 屋下架屋
옥하금뢰 玉瑕錦纇
옥해금산 玉海金山
온고지신 溫故知新
온고지정 溫故之情
온유돈후 溫柔敦厚
327 온의미반 溫衣美飯
온정정성 溫凊定省
옹리혜계 甕裏醯雞
옹산화병 甕算畫餠
옹용조처 雍容措處
328 와각지세 蝸角之勢
와각지쟁 蝸角之爭
와명선조 蛙鳴蟬噪
와부뇌명 瓦釜雷鳴
와석종신 臥席終身
329 와신상담 臥薪嘗膽
와영귀어 瓦影龜魚
와우각상지쟁 蝸牛角上之爭
와유강산 臥遊江山
와치천하 臥治天下
330 완구지계 完久之計
완명불령 頑冥不靈
완물상지 玩物喪志
완벽 完璧
완월장취 玩月長醉
331 완인상덕 玩人喪德
완전무결 完全無缺
완호지물 玩好之物
왈가왈부 曰可曰否
왈시왈비 曰是曰非
왕래부절 往來不絶
332 왕자무외 王者無外
왕자지민 王者之民
왕좌지재 王佐之材

왕척직심 枉尺直尋
왕후장상 王侯將相
왜인간장 矮人看場
333 왜인간희 矮人看戱
왜인관장 矮人觀場
왜자간희 矮者看戱
외강내유 外剛內柔
외부내빈 外富內貧
외빈내부 外貧內富
334 외수외미 畏首畏尾
외영오적 畏影惡迹
외유내강 外柔內剛
외제학문 外題學問
외첨내소 外諂內疎
335 외친내소 外親內疎
외허내실 外虛內實
요개부득 搖改不得
요고순목 堯鼓舜木
요동시 遼東豕
요두전목 搖頭轉目
336 요령부득 要領不得
요미걸련 搖尾乞憐
요불승덕 妖不勝德
요산요수 樂山樂水
요양미정 擾攘未定
요언불번 要言不煩
337 요원지화 燎原之火
요조숙녀 窈窕淑女
요지부동 搖之不動
욕곡봉타 欲哭逢打
욕교반졸 欲巧反拙
욕급부형 辱及父兄
338 욕기지락 浴沂之樂
욕망이난망 欲忘而難忘
욕소필연 欲燒筆硯
욕속부달 欲速不達
욕속지심 欲速之心
욕식기육 欲食其肉
339 욕적지색 欲炙之色
욕토미토 欲吐未吐
욕파불능 欲罷不能
용관규천 用管窺天
용구봉추 龍駒鳳雛
용동봉경 龍瞳鳳頸
용두사미 龍頭蛇尾
340 용맹정진 勇猛精進
용무지지 用武之地
용미봉탕 龍味鳳湯
용반호거 龍蟠虎踞
용병여신 用兵如神
341 용비봉무 龍飛鳳舞
용사비등 龍蛇飛騰
용사행장 用舍行藏
용심처사 用心處事
용양호박 龍攘虎搏
용양호시 龍驤虎視
342 용왕매진 勇往邁進
용여득운 龍如得雲
용의주도 用意周到
용자단려 容姿端麗
용자불구 勇者不懼
용장용단 用長用短
343 용전여수 用錢如水
용지불갈 用之不竭
용지하처 用之何處
용추지지 用錐指地
용퇴고답 勇退高踏
344 용필침웅 用筆沈雄
용행사장 用行舍藏
용행호보 龍行虎步
용호상박 龍虎相搏
용호지자 龍虎之姿
용혹무괴 容或無怪
345 우공이산 愚公移山
우국지사 憂國之士
우기동조 牛驥同皁
우기청호 雨奇晴好
우답불파 牛踏不破

우도할계 牛刀割鷄
346 우두마두 牛頭馬頭
우로지택 雨露之澤
우맹의관 優孟衣冠
우문우답 愚問愚答
우문현답 愚問賢答
우수마발 牛溲馬勃
347 우수불함 牛遂不陷
우수사려 憂愁思慮
우순풍조 雨順風調
우승열패 優勝劣敗
우심여취 憂心如醉
우양시약 雨暘時若
348 우여곡절 迂餘曲折
우왕좌왕 右往左往
우유도일 優遊度日
우유무사 優遊無事
우유부단 優柔不斷
349 우유불박 優遊不迫
우유염담 優遊恬淡
우음마식 牛飮馬食
우이독경 牛耳讀經
우자일득 愚者一得
우자천려 愚者千慮
350 우적쟁사 遇賊爭死
우전탄금 牛前彈琴
우정팽계 牛鼎烹鷄
우천순연 雨天順延
우행순추 禹行舜趨
우화등선 羽化登仙
351 우후죽순 雨後竹筍
욱욱청청 郁郁靑靑
욱일승천 旭日昇天
운권천청 雲捲天晴
운니지차 雲泥之差
352 운도시래 運到時來
운부천부 運否天賦
운빈화용 雲鬢花容
운산무산 雲散霧散
운산무소 雲散霧消
운산조몰 雲散鳥沒
353 운상기품 雲上氣稟
운수소관 運數所關
운수지회 雲樹之懷
운심월성 雲心月性
운야산야 雲耶山耶
운연과안 雲煙過眼
354 운예지망 雲霓之望
운외창천 雲外蒼天
운우지정 雲雨之情
운주유악 運籌帷幄
운중백학 雲中白鶴
355 운증용변 雲蒸龍變
운지장상 運之掌上
운집무산 雲集霧散
운파월래 雲破月來
운합무집 雲合霧集
운행우시 雲行雨施
356 웅경조신 熊經鳥伸
웅계야명 雄鷄夜鳴
웅사굉변 雄辭閎辯
웅심아건 雄深雅健
웅재대략 雄才大略
웅창자화 雄唱雌和
357 웅천거벽 熊川巨擘
웅탁맹특 雄卓猛特
원교근공 遠交近攻
원로방지 圓顱方趾
원룡고와 元龍高臥
원막치지 遠莫致之
358 원목경침 圓木警枕
원불실수 原不失手
원비지세 猿臂之勢
원성자자 怨聲藉藉
원수근화 遠水近火
원수불구근화 遠水不救近火
359 원시요종 原始要終
원실돈오 圓實頓悟

원악대대 元惡大憝
원악지정배 遠惡地定配
원앙지계 鴛鴦之契
360 원입골수 怨入骨髓
원전석의 原典釋義
원전활탈 圓轉滑脫
원정흑의 圓頂黑衣
원증회고 怨憎會苦
원천우인 怨天尤人
원철골수 怨徹骨髓
361 원청즉유청 源淸則流淸
원친평등 怨親平等
원포수호 猿泡樹號
원하지구 轅下之駒
원형이정 元亨利貞
원화소복 遠禍召福
362 원후취월 猿猴取月
월견폐설 越犬吠雪
월광독서 月光讀書
월단평 月旦評
월만즉휴 月滿則虧
월명성희 月明星稀
363 월반지사 越畔之思
월영즉식 月盈則食
월장성구 月章星句
월조대포 越俎代庖
월조소남지 越鳥巢南枝
364 월조지혐 越俎之嫌
월지적구 刖趾適屨
월진승선 越津乘船
월하빙인 月下氷人
위고금다 位高金多
위관택인 爲官擇人
365 위국충절 爲國忠節
위귀소소 爲鬼所笑
위극인신 位極人臣
위급존망지추 危急存亡之秋
위기일발 危機一髮
366 위다안소 危多安少
위미침체 萎靡沈滯
위방불입 危邦不入
위부불인 爲富不仁
위불기교 位不期驕
위비언고 位卑言高
367 위선지도 爲先之道
위선최락 爲善最樂
위수강운 渭樹江雲
위연구어 爲淵驅魚
위이불맹 威而不猛
368 위인모충 爲人謀忠
위인설관 爲人設官
위장자절지 爲長者折枝
위재조석 危在朝夕
위지협지 威之脅之
위초비위조 爲楚非爲趙
369 위총구작 爲叢驅雀
위친지도 爲親之道
위편삼절 韋編三絶
위풍당당 威風堂堂
유각양춘 有脚陽春
370 유감천만 遺憾千萬
유구무언 有口無言
유금초토 流金焦土
유난무난 有難無難
유능제강 柔能制剛
유대지신 有待之身
371 유도여지 遊刀餘地
유두분면 油頭粉面
유련황망 流連荒亡
유리개걸 流離丐乞
유리시시 惟利是視
372 유만부동 類萬不同
유명무실 有名無實
유명시청 惟命是聽
유무상통 有無相通
유방백세 流芳百世
373 유복지친 有服之親
유붕원래 有朋遠來

유비무환 有備無患
유사불여무사 有事不如無事
유사이전 有史以前
유사입검 由奢入儉
374 유상무상 有象無象
유수불부 流水不腐
유시무종 有始無終
유시유종 有始有終
유실난봉 有實難捧
375 유아독존 唯我獨尊
유아지탄 由我之歎
유암화명 柳暗花明
유야무야 有耶無耶
유어출청 遊魚出聽
376 유언비어 流言蜚語
유언실행 有言實行
유월비상 六月飛霜
유위전변 有爲轉變
유유낙낙 唯唯諾諾
유유상종 類類相從
377 유유완완 悠悠緩緩
유유자적 悠悠自適
유의막수 有意莫遂
유일무이 唯一無二
유일부족 惟日不足
378 유장천혈 窬墻穿穴
유절쾌절 愉絶快絶
유종지미 有終之美
유주지탄 遺珠之歎
유지경성 有志竟成
유지첨엽 有枝添葉
379 유진무퇴 有進無退
유취만년 遺臭萬年
유취미간 乳臭未乾
유필유방 遊必有方
육근청정 六根淸淨
육단견양 肉袒牽羊
380 육도풍월 肉跳風月
윤언여한 綸言如汗
융마생교 戎馬生郊
융통무애 融通無碍
은감불원 殷鑑不遠
381 은거방언 隱居放言
은근무례 慇懃無禮
은근미롱 慇懃尾籠
은반위구 恩反爲仇
은수분명 恩讎分明
은심원생 恩甚怨生
382 은인자중 隱忍自重
을축갑자 乙丑甲子
음담패설 淫談悖說
음덕양보 陰德陽報
음마투전 飮馬投錢
383 음아질타 喑啞叱咤
음우회명 陰雨晦冥
음풍농월 吟風弄月
읍견군폐 邑犬群吠
읍참마속 泣斬馬謖
응구첩대 應口輒對
384 응접불가 應接不暇
의기양양 意氣揚揚
의기충천 意氣衝天
의기투합 意氣投合
의려지망 倚閭之望
385 의마심원 意馬心猿
의문지망 倚門之望
의미심장 意味深長
의사무공 疑事無功
의사부도처 意思不到處
의식동원 醫食同源
386 의심암귀 疑心暗鬼
의인막용 용인물의
疑人莫用 用人勿疑
의중지인 意中之人
의지박약 意志薄弱
이고위감 以古爲鑑
387 이관규천 以管窺天
이구동성 異口同聲

이군삭거 離群索居
이대사소 以大事小
이덕보원 以德報怨
388 이독제독 以毒制毒
이란격석 以卵擊石
이란투석 以卵投石
이려측해 以蠡測海
이력가인 以力假仁
이로동귀 異路同歸
389 이매망량 魑魅魍魎
이모상마 以毛相馬
이모취인 以貌取人
이목지신 移木之信
이목지욕 耳目之欲
이문회우 以文會友
390 이발지시 已發之矢
이불백 불변법 利不百 不變法
이상지계 履霜之戒
이생방편 利生方便
이소사대 以小事大
391 이소성대 以小成大
이수구수 以水救水
이실직고 以實直告
이심전심 以心傳心
이언취인 以言取人
392 이열치열 以熱治熱
이용후생 利用厚生
이육거의 以肉去蟻
이율배반 二律背反
이이제이 以夷制夷
이인삼각 二人三脚
393 이인투어 以蚓投魚
이일경백 以一警百
이일지만 以一知萬
이장격단 以長擊短
이장폐천 以掌蔽天
394 이제면명 耳提面命
이주탄작 以珠彈雀
이중지련 泥中之蓮
이지기사 頤指氣使
이지측해 以指測海
395 이하백도 二河白道
이하부정관 李下不整冠
이합집산 離合集散
이해득실 利害得失
이현령 비현령 耳懸鈴 鼻懸鈴
396 이혈세혈 以血洗血
이화구화 以火救火
이효상효 以孝傷孝
익자삼요 益者三樂
익자삼우 益者三友
397 인과발무 因果撥無
인과응보 因果應報
인구회자 人口膾炙
인권유린 人權蹂躪
인귀상반 人鬼相半
인금구망 人琴俱亡
398 인면수심 人面獸心
인명재천 人命在天
인비목석 人非木石
인사불성 人事不省
인산인해 人山人海
인생무상 人生無常
399 인생조로 人生朝露
인생행로 人生行路
인순고식 因循姑息
인위도태 人爲淘汰
인인성사 因人成事
인자무적 仁者無敵
400 인자불우 仁者不憂
인자지용 仁者之勇
인적미답 人跡未踏
인중지말 人中之末
인지상정 人之常情
인지위덕 忍之爲德
401 인추자자 引錐自刺
인해전술 人海戰術
일가언 一家言

일각천금 一刻千金
일간망찬 日旰忘餐
일간풍월 一竿風月
402 일거양득 一擧兩得
일검지임 一劍之任
일견여구 一見如舊
일견폐형 백견폐성
一犬吠形 百犬吠聲
일겸사익 一兼四益
일경지유 一經之儒
403 일경지훈 一經之訓
일고경성 一顧傾城
일구난설 一口難說
일구양설 一口兩舌
일구월심 日久月深
일구일갈 一裘一葛
404 일구지학 一丘之貉
일금일학 一琴一鶴
일기가성 一氣呵成
일기당천 一騎當千
일기일회 一期一會
405 일낙천금 一諾千金
일념발기 一念發起
일노일로 一怒一老
일도양단 一刀兩斷
일람첩기 一覽輒記
일련탁생 一蓮托生
406 일로영일 一勞永逸
일룡일사 一龍一蛇
일룡일저 一龍一猪
일리일해 一利一害
일립만배 一粒萬倍
일망무애 一望無涯
407 일망타진 一網打盡
일맥상통 一脈相通
일면여구 一面如舊
일명경인 一鳴驚人
일모도원 日暮途遠
408 일모불발 一毛不拔
일목삼악발 一沐三握髮
일목요연 一目瞭然
일무차착 一無差錯
일문백홀 一門百笏
일반삼토포 一飯三吐哺
409 일반지은 一飯之恩
일벌백계 一罰百戒
일보불양 一步不讓
일불현형 一不現形
일빈일소 一嚬一笑
410 일사불란 一絲不亂
일사천리 一瀉千里
일살다생 一殺多生
일상다반 日常茶飯
일생일대 一生一大
일석이조 一石二鳥
411 일세구천 一歲九遷
일소월원 一疏月遠
일소일소 一笑一少
일수백확 一樹百穫
일숙일반 一宿一飯
412 일시동인 一視同仁
일식만전 一食萬錢
일신기원 日新紀元
일신우일신 日新又日新
일심동체 一心同體
일심불란 一心不亂
413 일안고공 一雁高空
일양내복 一陽來復
일어탁수 一魚濁水
일언거사 一言居士
일언반구 一言半句
414 일언이폐지 一言以蔽之
일언지하 一言之下
일엽락 천하지추
一葉落 天下知秋
일엽지추 一葉知秋
일엽편주 一葉片舟
415 일월삼주 一月三舟

일의고행一意孤行
일의직도 一意直到
일이관지 一以貫之
일인당천 一人當千
일일삼추 一日三秋
416 일일천추 一日千秋
일자무식 一字無識
일자사 一字師
일자천금 一字千金
일장공성 만골고
一將功成 萬骨枯
417 일장일단 一長一短
일장일이 一張一弛
일장춘몽 一場春夢
일조부귀一朝富貴
일중도영 日中逃影
일중불결 日中不決
418 일즙일채 一汁一菜
일지반전 一紙半錢
일지반해 一知半解
일진광풍 一陣狂風
일진법계 一塵法界
일진불염 一塵不染
419 일진월보 日進月步
일진일퇴 一進一退
일창삼탄 一倡三歎
일척천금 一擲千金
일촉즉발 一觸卽發
일촌간장 一寸肝腸
420 일촌광음 불가경
一寸光陰 不可輕
일취월장 日就月將
일파만파 一波萬波
일패도지 一敗塗地
일편단심 一片丹心
421 일폭십한 一曝十寒
일필구지 一筆句之
일필휘지 一筆揮之
일호지액 一狐之腋

일호천 一壺天
일호천금 一壺千金
422 일확천금 一攫千金
일훈일유 一薰一蕕
일희일비 一喜一悲
일희일우 一喜一憂
임갈굴정 臨渴掘井
423 임기응변 臨機應變
임난주병 臨難鑄兵
임농탈경 臨農奪耕
임심이박 臨深履薄
임전무퇴 臨戰無退
424 임중도원 任重道遠
임중불매신 林中不賣薪
임진역장 臨陣易將
입경문금 入境問禁
입립개신고 粒粒皆辛苦
425 입립신고 粒粒辛苦
입신양명 立身揚名
입신출세 立身出世
입애유친 立愛惟親
입이불번 入耳不煩
입이착심 入耳着心
426 입추지지 立錐之地
입향순속 入鄕循俗
입화습률 入火拾栗

ㅈ

427 자가당착 自家撞着
자강불식 自强不息
자격지심 自激之心
자고현량 刺股懸梁
자곡지심 自曲之心
자괴지심 自愧之心
428 자급자족 自給自足
자기기인 自欺欺人
자기모순 自己矛盾

자두연기 煮豆燃萁
자린고비 玼吝考妣
429 자막집중 子膜執中
자모패자 慈母敗子
자수성가 自手成家
자승자박 自繩自縛
자시지벽 自是之癖
430 자신만만 自信滿滿
자아성찰 自我省察
자업자득 自業自得
자연도태 自然淘汰
자유분방 自由奔放
자유자재 自由自在
431 자자손손 子子孫孫
자전일섬 紫電一閃
자중지란 自中之亂
자초지종 自初至終
자포자기 自暴自棄
432 자행자지 自行自止
자허오유 子虛烏有
자화자찬 自畫自讚
작비금시 昨非今是
작심삼일 作心三日
잔두지련 棧豆之戀
433 잔월효성 殘月曉星
장계취계 將計就計
장두노미 藏頭露尾
장두은미 藏頭隱尾
장립대령 長立待令
434 장삼이사 張三李四
장수선무 長袖善舞
장우단탄 長吁短歎
장주지몽 莊周之夢
장중보옥 掌中寶玉
재색겸비 才色兼備
435 재승박덕 才勝薄德
저양촉번 羝羊觸蕃
적구지병 適口之餠
적년신고 積年辛苦
적반하장 賊反荷杖
적소성대 積小成大
436 적수공권 赤手空拳
적우침주 積羽沈舟
적자생존 適者生存
적재적소 適材適所
적진성산 積塵成山
437 적훼소골 積毁銷骨
전거복철 前車覆轍
전거복 후거계 前車覆 後車戒
전공가석 前功可惜
전광석화 電光石火
438 전대미문 前代未聞
전도요원 前途遙遠
전도유망 前途有望
전무후무 前無後無
전미개오 轉迷開悟
전본분토 錢本糞土
439 전부야인 田夫野人
전인미답 前人未踏
전전긍긍 戰戰兢兢
전전반측 輾轉反側
전정만리 前程萬里
440 전지도지 顚之倒之
전지전능 全知全能
전차복철 前車覆轍
전호후랑 前虎後狼
전화위복 轉禍爲福
절부지의 竊鈇之疑
441 절장보단 絶長補短
절차탁마 切磋琢磨
절체절명 絶體絶命
절충어모 折衝禦侮
절치부심 切齒腐心
442 점입가경 漸入佳境
점적천석 點滴穿石
점철성금 點鐵成金
정구건즐 井臼巾櫛
정당방위 正當防衛

정력절륜 精力絶倫
443 정문금추 頂門金椎
정문일침 頂門一鍼
정본청원 正本淸源
정신일도 하사불성
精神一到 何事不成
정저지와 井底之蛙
444 정족지세 鼎足之勢
정중관천 井中觀天
정중시성 井中視星
정중지와 井中之蛙
제구포신 除舊布新
제궤의혈 堤潰蟻穴
445 제동야인 齊東野人
제세지재 濟世之才
제이면명 提耳面命
제자패소 齊紫敗素
제포연연 綈袍戀戀
446 제하분주 濟河焚舟
조강지처 糟糠之妻
조고각하 照顧脚下
조궁즉탁 鳥窮則啄
조령모개 朝令暮改
조명시리 朝名市利
447 조반석죽 朝飯夕粥
조변석개 朝變夕改
조불모석 朝不謀夕
조삼모사 朝三暮四
448 조승모문 朝蠅暮蚊
조율이시 棗栗梨枾
조장발묘 助長拔苗
조족지혈 鳥足之血
조진모초 朝秦暮楚
조충전각 彫蟲篆刻
449 족탈불급 足脫不及
종과득과 種瓜得瓜
종남첩경 終南捷徑
종두득두 種豆得豆
종심소욕 從心所欲
450 종종잡다 種種雜多
종횡무진 縱橫無盡
좌고우면 左顧右眄
좌단 左袒
좌불수당 坐不垂堂
451 좌불안석 坐不安席
좌우명 座右銘
좌정관천 坐井觀天
좌지우지 左之右之
좌충우돌 左衝右突
주객전도 主客顚倒
452 주낭반대 酒囊飯袋
주마가편 走馬加鞭
주마간산 走馬看山
주사야몽 晝思夜夢
주야장천 晝夜長川
453 주중적국 舟中敵國
주지육림 酒池肉林
죽두목설 竹頭木屑
죽마고우 竹馬故友
454 죽마지우 竹馬之友
죽장망혜 竹杖芒鞋
준조절충 樽俎折衝
줄탁동기 啐啄同機
중과부적 衆寡不敵
중구난방 衆口難防
455 중구삭금 衆口鑠金
중노난범 衆怒難犯
중도반단 中途半斷
중류지주 中流砥柱
중생제도 衆生濟度
중석몰촉 中石沒鏃
456 중언부언 重言復言
중원축록 中原逐鹿
중인환시 衆人環視
즐풍목우 櫛風沐雨
457 증삼살인 曾參殺人
증이파의 甑已破矣
증중생진 甑中生塵

지강급미 舐糠及米
지관타좌 只管打坐
458 지기지우 知己之友
지독지애 舐犢之愛
지독지정 舐犢之情
지동지서 指東指西
지란지교 芝蘭之交
지란지화 芝蘭之化
459 지록위마 指鹿爲馬
지리멸렬 支離滅裂
지성감천 至誠感天
지소모대 智小謀大
지어농조 池魚籠鳥
460 지어지앙 池魚之殃
지음 知音
지자불언 知者不言
지자불혹 知者不惑
지자요수 智者樂水
461 지지부진 遲遲不進
지지위지지 부지위부지 시지야
知之爲知之 不知爲不知
是知也
지척지지 咫尺之地
지천사어 指天射魚
462 지초북행 至楚北行
지피지기 知彼知己
지행합일 知行合一
지호지간 指呼之間
직궁증부 直躬證父
463 직정경행 直情徑行
진금부도 眞金不鍍
진수성찬 珍羞盛饌
진승오광 陳勝吳廣
진신서즉 불여무서
盡信書則 不如無書
464 진인사 대천명 盡人事 待天命
진정지곡 秦庭之哭
진퇴양난 進退兩難
진퇴유곡 進退維谷
진합태산 塵合太山
465 질곡 桎梏
질풍경초 疾風勁草
질풍노도 疾風怒濤
집열불탁 執熱不濯

ㅊ

466 차래지식 嗟來之食
차일피일 此日彼日
차청입실 借廳入室
차형손설 車螢孫雪
차호위호 借虎威狐
창가책례 娼家責禮
467 창랑자취 滄浪自取
창상지변 滄桑之變
창씨고씨 倉氏庫氏
창업이 수성난 創業易 守成難
468 창졸지간 倉卒之間
창해유주 滄海遺珠
창해일속 滄海一粟
채미지가 采薇之歌
책상퇴물 冊床退物
처성자옥 妻城子獄
469 척과만거 擲果滿車
척구폐요 跖狗吠堯
천고마비 天高馬肥
천공해활 天空海闊
천군만마 千軍萬馬
470 천금지자 불사어시
千金之子 不死於市
천기누설 天機漏洩
천년일청 千年一淸
천도시비 天道是非
천라지망 天羅地網
471 천려일득 千慮一得
천려일실 千慮一失
천리비린 千里比隣

천리안 千里眼
천리일도 千里一跳
천마행공 天馬行空
472 천망회회 소이불루
天網恢恢 疎而不漏
천무삼일청 天無三日晴
천방지축 天方地軸
천변만화 千變萬化
천병만마 千兵萬馬
천불생 무록지인
天不生 無祿之人
473 천생연분 天生緣分
천석고황 泉石膏肓
천신만고 千辛萬苦
천양지차 天壤之差
천우신조 天佑神助
474 천원지방 天圓地方
천의무봉 天衣無縫
천인공노 天人共怒
천인단애 千仞斷崖
천인소지 무병이사
千人所指 無病而死
475 천장지구 天長地久
천재일우 千載一遇
천재지변 天災地變
천정부지 天井不知
천지만엽 千枝萬葉
천진난만 天眞爛漫
476 천차만별 千差萬別
천추만세 千秋萬歲
천태만상 千態萬象
천편일률 千篇一律
천하무쌍 天下無雙
천하무적 天下無敵
477 천하태평 天下泰平
천학비재 淺學菲才
철두철미 徹頭徹尾
철면피 鐵面皮
철부경성 哲婦傾城
478 철부지급 轍鮒之急
철주 掣肘
철중쟁쟁 鐵中錚錚
철천지원 徹天之冤
철천지한 徹天之恨
첩첩남남 喋喋喃喃
479 청경우독 晴耕雨讀
청담 淸談
청렴결백 淸廉潔白
청심과욕 淸心寡慾
청운지지 靑雲之志
청천백일 靑天白日
480 청천벽력 靑天霹靂
청출어람 靑出於藍
초근목피 草根木皮
초동급부 樵童汲婦
초두난액 焦頭爛額
481 초로인생 草露人生
초록동색 草綠同色
초목개병 草木皆兵
초미지급 焦眉之急
초지일관 初志一貫
482 촉견폐일 蜀犬吠日
촌지이측연 寸指以測淵
촌진척퇴 寸進尺退
촌철살인 寸鐵殺人
촌초춘휘 寸草春暉
483 추고마비 秋高馬肥
추불서 騅不逝
추상열일 秋霜烈日
추풍낙엽 秋風落葉
추풍선 秋風扇
484 축록자 불견산 逐鹿者 不見山
축록자 불고토 逐鹿者 不顧兎
춘란추국 春蘭秋菊
춘면불각효 春眠不覺曉
485 춘와추선 春蛙秋蟬
춘인추사 春蚓秋蛇
춘치자명 春雉自鳴

춘풍만면 春風滿面
출가외인 出嫁外人
486 출람지예 出藍之譽
출사표 出師表
출이반이 出爾反爾
출장입상 出將入相
충언역이 忠言逆耳
췌마억측 揣摩臆測
487 췌언 贅言
취모구자 吹毛求疵
취모멱자 吹毛覓疵
취사선택 取捨選擇
취생몽사 醉生夢死
취장홍규 翠帳紅閨
488 취적비취어 取適非取魚
측은지심 惻隱之心
치망설존 齒亡舌存
치인설몽 痴人說夢
치지도외 置之度外
489 치추지지 置錐之地
칠거지악 七去之惡
칠보단장 七寶丹粧
칠보지재 七步之才
칠신탄탄 漆身呑炭
490 칠실지우 漆室之憂
칠전팔기 七顚八起
칠전팔도 七顚八倒
칠종칠금 七縱七擒
침사묵고 沈思默考
491 침소봉대 針小棒大
침어낙안 沈魚落雁

ㅋ

492 쾌도난마 快刀亂麻
쾌락불퇴 快樂不退

493 타기만만 惰氣滿滿
타산지석 他山之石
타상하설 他尙何說
타증불고 墮甑不顧
타초경사 打草驚蛇
494 탁상공론 卓上空論
탄주지어 呑舟之魚
탈토지세 脫兎之勢
탐관오리 貪官汚吏
탐부순재 貪夫徇財
탐소리 실대리 貪小利 失大利
495 탐화봉접 探花蜂蝶
탕진가산 蕩盡家産
탕탕평평 蕩蕩平平
태강즉절 太剛則折
태산명동 서일필
泰山鳴動 鼠一匹
496 태산북두 泰山北斗
태산불양토양 泰山不讓土壤
태산압란 泰山壓卵
태산양목 泰山樑木
태산홍모 泰山鴻毛
태연자약 泰然自若
497 태평연월 太平煙月
택급고골 澤及枯骨
택급만세 澤及萬世
토각귀모 兎角龜毛
토붕와해 土崩瓦解
498 토사구팽 兎死狗烹
토사호비 兎死狐悲
토영삼굴 兎營三窟
토우목마 土牛木馬
토진간담 吐盡肝膽
499 퇴고 推敲
투서기기 投鼠忌器
투저의 投杼疑

ㅍ

500 파경 破鏡
파경부재조 破鏡不再照
파경중원 破鏡重圓
파과지년 破瓜之年
파락호 破落戶
파란만장 波瀾萬丈
501 파렴치한 破廉恥漢
파부침선 破釜沈船
파사현정 破邪顯正
파안일소 破顔一笑
파죽지세 破竹之勢
파천황 破天荒
502 팔굉일우 八紘一宇
팔두지재 八斗之才
팔면육비 八面六臂
팔방미인 八方美人
팔자소관 八字所關
503 패군지장 敗軍之將
패류잔화 敗柳殘花
팽두이숙 烹頭耳熟
평수상봉 萍水相逢
평신저두 平身低頭
504 평지낙상 平地落傷
평지풍파 平地風波
폐월수화 閉月羞花
폐포파립 敝袍破笠
폐호선생 閉戶先生
505 포락지형 炮烙之刑
포류지자 蒲柳之姿
포류지질 蒲柳之質
포복절도 抱腹絶倒
포신구화 抱薪救火
포의지교 布衣之交
506 포의한사 布衣寒士
포편지벌 蒲鞭之罰
포호빙하 暴虎馮河
포호함포 咆虎陷浦
표리부동 表裏不同
507 표리일체 表裏一體
품행방정 品行方正
풍기문란 風紀紊亂
풍림화산 風林火山
풍마우 불상급 風馬牛 不相及
풍마우세 風磨雨洗
508 풍목지비 風木之悲
풍비박산 風飛雹散
풍성학려 風聲鶴唳
풍수지탄 風樹之歎
풍운아 風雲兒
509 풍운지회 風雲之會
풍전등화 風前燈火
풍찬노숙 風餐露宿
피골상접 皮骨相接
피리양추 皮裏陽秋
510 피일시 차일시 彼一時 此一時
피해망상 被害妄想
필경연전 筆耕硯田
필부지용 匹夫之勇
필부필부 匹夫匹婦
필주묵벌 筆誅墨伐

ㅎ

511 하석상대 下石上臺
하우불이 下愚不移
하우우인 夏雨雨人
하의상달 下意上達
하필성장 下筆成章
512 하학상달 下學上達
하해불택세류 河海不擇細流
학구소붕 鷽鳩笑鵬
학립계군 鶴立鷄群
학수고대 鶴首苦待
513 학여불급 學如不及
학우고훈 學于古訓

학철부어 涸轍鮒魚
한강투석 漢江投石
한단지몽 邯鄲之夢
한단지보 邯鄲之步
514 한마지로 汗馬之勞
한신포복 韓信匍匐
한왕서래 寒往暑來
한우충동 汗牛充棟
한운야학 閑雲野鶴
515 한천작우 旱天作雨
한화휴제 閑話休題
할계 언용우도 割鷄 焉用牛刀
함구무언 緘口無言
함소입지 含笑入地
516 함포고복 含哺鼓腹
함흥차사 咸興差使
항룡유회 亢龍有悔
항산항심 恒產恒心
해로동혈 偕老同穴
517 해불양파 海不揚波
해불양수 海不讓水
해어화 解語花
해의추식 解衣推食
해타성주 咳唾成珠
행백리자 반어구십
行百里者 半於九十
518 행시주육 行尸走肉
행운유수 行雲流水
행주좌와 어묵동정
行住坐臥 語默動靜
향양화목 向陽花木
향우지탄 向隅之歎
519 허례허식 虛禮虛飾
허무맹랑 虛無孟浪
허심탄회 虛心坦懷
허유괘표 許由掛瓢
허장성세 虛張聲勢
520 허허실실 虛虛實實
현두자고 懸頭刺股
현모양처 賢母良妻
현하지변 懸河之辯
혈혈단신 孑孑單身
521 형명지학 刑名之學
형설지공 螢雪之功
형영상동 形影相同
형영상조 形影相弔
혜이불비 惠而不費
혜전탈우 蹊田奪牛
522 호가호위 狐假虎威
호구지책 糊口之策
호리건곤 壺裏乾坤
호마의북풍 胡馬依北風
호사다마 好事多魔
523 호사유피 인사유명
虎死留皮 人死留名
호시탐탐 虎視眈眈
호언장담 豪言壯談
호연지기 浩然之氣
호의호식 好衣好食
524 호접지몽 胡蝶之夢
호중지천 壺中之天
호질기의 護疾忌醫
호형호제 呼兄呼弟
호호선생 好好先生
525 혹세무민 惑世誣民
혼비백산 魂飛魄散
혼연일체 渾然一體
혼용무도 昏庸無道
혼정신성 昏定晨省
홍로점설 紅爐點雪
526 홍안백발 紅顔白髮
홍익인간 弘益人間
홍일점 紅一點
화광동진 和光同塵
화룡점정 畫龍點睛
527 화무십일홍 花無十日紅
화복동문 禍福同門
화복무문 禍福無門

화사첨족 畫蛇添足
화서지몽 華胥之夢
528 화씨지벽 和氏之璧
화용월태 花容月態
화이부동 和而不同
화이부실 華而不實
화종구생 禍從口生
화종구출 禍從口出
529 화중지병 畫中之餠
화호유구 畫虎類狗
환골탈태 換骨奪胎
환과고독 鰥寡孤獨
환득환실 患得患失
환호작약 歡呼雀躍
530 활박생탄 活剝生呑
황견유부 黃絹幼婦
황공무지 惶恐無地
황금만능 黃金萬能
황당무계 荒唐無稽
531 황량일취몽 黃粱一炊夢
회계지치 會稽之恥
회광반조 回光返照
회빈작주 回賓作主
회인불권 誨人不倦
회자 膾炙
532 회자인구 膾炙人口
회자정리 會者定離
횡설수설 橫說竪說
효빈 效顰
효시 嚆矢
533 후목분장 朽木糞牆
후생가외 後生可畏
후안무치 厚顔無恥
후회막급 後悔莫及
훈주산문 葷酒山門
훼예포폄 毁譽褒貶
534 흉종극말 凶終隙末
흉중성죽 胸中成竹
흔희작약 欣喜雀躍
흥망성쇠 興亡盛衰
흥진비래 興盡悲來
535 희로애락 喜怒哀樂

사자성어 사행시

가가대소 呵呵大笑

呵 껄껄 呵 껄껄 大 크게 笑 웃음.
: 큰소리를 내며 웃는 모양이다.

가능한 한 크게 **가**능한 **대**단히 크게 **소**리내며 웃는다.

가가호호 家家戶戶

家家 집집(마다) 戶戶 집집(마다).
: 각각의 집을 하나하나 가리키는 표현이다.

가고 온다 택배. **가**고 온다 택배. **호**수 확인하고 집집마다…. **호**수 확인하고 집집마다….

가계야치 家鷄野雉 진중여서晉中與書, 유익庾翼 일화逸話

家 집안의 鷄 닭은 천시하고 野 들판의 雉 꿩은 중시하고.
: 가까이 있고 익숙한 존재는 가볍고 하찮게 여기고 멀리 있고 낯선 존재는 보배처럼 소중하게 여긴다는 뜻이다.

가당찮아! **계**속 우리 거를 무시해. 남의 거만 좋다고 **야**단법석이야. **치**, 우리 거도 좋단 말야!

가고가하 可高可下

可 가능하고 高 높은 지위도 (가능하고) 可 가능하고 下 낮은 지위도 (가능하고).
: 어진 사람은 지위의 높낮이를 가리지 않는다. 어느 자리에서든 자신의 인품을 드러내며 행동한다는 뜻이다.

가능해요, **고**위직도. **가**능해요, **하**위직도.

가담항설 街談巷說 한서漢書, 예문지藝文志

街 거리에서 떠도는 談 말들 巷 동네에서 떠도는 說 말들.
: 거리나 동네에 떠돌아다니는 뜬소문을 일컫는 말.

가렵지, 귀가? 쑥덕쑥덕 사람들이 **담**소를 나누고 있거든. **항**상 잘 알지도 못하면서 **설**마설마하면서도 뜬소문을 퍼뜨리지.

가렴주구 苛斂誅求 예기禮記, 단궁편檀弓篇

苛 가혹하게 斂 세금을 거두어들인다. 誅 가차없이 형벌을 부과하며 求 백성들에게 재물을 구한다.
: 백성들을 착취하는 위정자들의 악랄한 행태를 형용한 표현이다.

가혹하게 **렴**(염)치없이 거두어들여 **주**민들은, 백성들은 **구**차해진다, 비참해진다.

가부장제 家父長制

家 집에서 父 아버지가 長 어른인 制 제도.
: 가족 구성원들 가운데 아버지가 대내외적으로 강력한 권력을 소유하고 발휘하는 가족 형태.

가족 중 **부**모 중 아버지가 **장** 우두머리 노릇 하는 **제**도.

가빈즉사양처 家貧則思良妻 사기史記, 위세가魏世家

家 집이 貧 가난하면 則 곧 思 그리워한다. 良 어진 妻 아내를 (그리워한다.)
: 집안 사정이 어려울 때 소중한 조력자로서 아내의 존재가 부각된다.

가정의 물질적 상황이 **빈**곤한 남자는 **즉**시 **사**려 깊고 **양**심적인 **처**(아내)를 통해 정신적 지원을 받고 싶어한다.

가서만금 家書萬金 두보杜甫의 시 춘망春望

家 자기 집에서 온 書 편지는 萬 값으로 따질 수 없이 金 귀중하다.
: 객지에서 받아 보는 가족의 편지는 그 값을 헤아릴 수 없다는 뜻이다.

가지고 있는 거 뭐니? **서**울에서 객지 생활할 때 고향에서 부모님이 보내주신 편지야 **만**약 내게 보물이 뭐냐고 묻는다면 **금**덩이보다 더 소중하다고 말할 거야, 이 편지가.

가인박명 佳人薄命 소식蘇軾의 시

佳 아름다운 人 사람은 薄 짧다. 命 목숨이 (짧다.)
: 이 표현은 문제가 있다. 상식적으로도 말이 안 되고 이른바 미인의 마음을 불편하게 한다. 그렇다고 이른바 추녀에게 환영받는 말도 아니다. “넌 좋겠다. 오래 살 수 있겠어.”란 말밖에 되지 않으니까. 그러므로 이 표현은 (그럴 일이 없어야 마땅하겠지만) 실제로 그런 일이 발생하였을 경우에만 애도하는 마음을 담아 쓰여야 할 것이다.

가당찮네! 정말…. **인**간 수명이 외모로 결정된다니, **박**장대소할 일이네. **명**백한 오류야!

가정맹어호 苛政猛於虎 예기禮記, 단궁편檀弓篇

苛 모질고 악독한 政 정치가 猛 사납고 잔혹하다. 於 ~보다 더 虎 호랑이 (보다 더 사납고 잔혹하다.)
: 야수보다 더 야만적일 수 있는 정치의 포악성이 잘 드러난 표현이다.

가혹한 **정**치는 **맹**수 같다. **어**쩌면 **호**랑이보다 더 사납다.

가화만사성 家和萬事成 명심보감明心寶鑑, 치가편治家篇

家 집안이 和 뜻이 맞고 정다우면 萬 모든 事 일이 成 잘 풀린다.
: 화목한 가정의 분위기가 배어 있는 개인이 뿜어내는 긍정의 기운은 엄청나다.

가정이 **화**목하면 **만**사 오케이 OK! ♬♪ **사**랑을 먹으며 **성**장 오케이 OK! ♬♪ 성취 오케이 OK! ♬♪

각곡유목 刻鵠類鶩 후한서後漢書, 마원전馬援傳

刻 새기려 한다면 鵠 고니를 (새기려 한다면) 類 비슷해진다. 鶩 (최소한) 집오리와 (비슷해진다.)
: 훌륭한 사람을 본받거나 위대한 도전을 하고자 한다면, (설사 완벽하게 목적을 달성하지는 못하더라도) 어느 정도는 괜찮은 성과를 낼 수 있다는 뜻이다.

각고의 노력으로 **곡**진하게 일하면 **유**익한 성과와 **목**표에 다다른다.

각골난망 刻骨難忘

刻 새겨 骨 뼈에 (새겨) 難 어려운 忘 잊기 (어려운) — 은혜.
: 타인에게 받은 은혜를 절대로 잊지 않겠다는 마음가짐을 촉각적으로 형상화하고 있다.

각별한 은혜를 **골**격에 새겨넣어 **난** 절대 **망**각하지 않을게.

각골통한 刻骨痛恨

刻 새겨 骨 뼈에 (새겨) 痛 아프고 恨 억울하고 원통하고 원망스럽다.
: 극심한 원한을 뜻한다.

각인되고 **골**수에 사무쳐 **통** 지울 수 없는 **한** 많은 인생살이.

각인자소문전설 各人自掃門前雪 명심보감明心寶鑑, 존심편存心篇

各 각각 人 사람들은 自 스스로 掃 (비로) 쓴다. 門 (자기 집) 문 前 앞의 雪 눈을 (비로 쓴다.)
: 각 개인이 자신의 의무를 충실히 이행하는 모습이다.

각자 할 일을 **인**지한다. … **자**신의 집 앞, **소**복히 쌓인 눈을 치운다. **문** 앞에 **전**혀 없게끔 깔끔하게. **설**마… 이것도 안 할라고?

각자도생 各自圖生

各 각각 自 스스로 圖 대책과 방법을 세운다. 生 살아갈 대책과 방법을 세운다.
: 집단적으로 움직이지 않고 각자 개인적으로 살 길을 마련하는 모양이다.

각자 **자**기 살길 **도**모해서 **생**활한다.

각자위정 各自爲政 춘추좌씨전春秋左氏傳, 선공宣公 2년조年條

各 각각 自 스스로 爲 다스린다. 政 정책을, 규칙을 (다스린다.)
: 각자 (타인의 의견을 배제하면서) 자신의 소신대로 일을 밀어붙이는 모양이다. 사회 구성원들끼리 협력하지 않아서 분열이 이루어지고 있다.

각각 떠들고 있어. **자**기만 옳다고…. 균열의 **위**기가 왔어. 시끄러워 **정**신 사나워.

각주구검 刻舟求劍 여씨춘추呂氏春秋, 찰금편察今篇

刻 새기고 舟 배에 (새기고) 求 구한다. 劍 칼을 (구한다.)
: 배를 타고 강을 건너던 중 칼을 떨어뜨렸는데 칼을 떨어뜨린 지점인 배에다 자국을 새겨 표시한다. 그리하고는 배가 강을 다 건너고 나자 그 표시한 자국을 근거로 칼을 찾으려 한다. 이러면 칼을 찾을 수 있을 리 만무하다. 변화의 흐름을 파악하지 못하는 어리석음을 가리키는 말.

각설아, 뭘 **주**우려 하니? **구**하려는 게 작년에 떨어뜨린 그곳인지 **검**사 철저히 해 봐!

각화무염 刻畵無鹽 진서晉書, 주의전周顗傳

刻 새기고 畵 그린다. 無鹽 무염이라는 못생긴 여자를 (그린다.)
: 옆에 너무도 아름다운 여인이 버젓이 있는데 못생긴 여자의 세세한 면모를 주목하며 찬양하는 상황이다. 옆의 미인에게도 모욕이고, 칭찬받는 당사자에게도 또한 모욕이다. 두 대상이 극단적으로 달라서 명백히 우열을 판가름할 수 있음에도, 그 둘을 비슷하다고 보는 잘못을 지적하는 표현이다.

각종 대회에서 **화**려한 입상 경력이 있는 그분과 **무**슨 비교가 되겠습니까? 제가 **염**치가 없죠, 그런 비교는.

간난신고 艱難辛苦

艱 괴롭고 難 어렵고 辛 독한 매운 맛을 보듯 (괴롭고) 苦 쓰디쓴 맛을 보듯 (괴롭고).
: 아주 힘들게 살아가는 모양이다.

간에 기별도 안 갈 음식 먹으며 **난**처한 일도 겪고 **신**세한탄 할 일만 많은 **고**생으로 얼룩진 삶.

간뇌도지 肝腦塗地 사기史記, 유경열전劉敬列傳

肝 간과 腦 뇌수가 塗 칠하여 더럽힐 (정도로) 地 땅바닥을 (칠하여 더럽힐 정도로).
: 자신의 몸이 파괴되는 끔찍한 모양을 형용하면서까지 나타내고자 한 뜻은 자신의 안위를 생각하지 않고 충성을 다하겠다는 마음이다.

간단히 **뇌**에 새겨라! **도**처에 피흘리며 쓰러졌던 **지**금 우리를 있게 해준

순국선열들을.

간담상조 肝膽相照 한유韓愈, 유자후묘지명柳子厚墓誌銘

肝 간과 膽 쓸개를 相 서로 照 비친다.
: 속마음을 모두 보여주는 사귐을 일컫는 말.

간보는 건 하지 않지. **담**소를 나누며 우린 **상**대방에게 **조**그만 심정 변화까지도 다 털어 놓거든.

간담초월 肝膽楚越 장자莊子, 덕충부편德充符篇

肝 간과 膽 쓸개(처럼 가까이 있는 것이) 楚 초나라와 越 월나라처럼 (멀리 있는 것처럼 보인다.)
: 가까이 있는데 멀게 느껴진다. 바라보는 방향이나 생각하는 입장에 따라 원근감이 뒤바뀔 수 있다. 원래의 맥락에서는 보다 거시적인 안목을 강조한 표현이다.

간다고? **담**에도 못 본다고? **초**조하게 느껴지는 **월**Wall… 너와 나의 마음의 '벽'.

간두지세 竿頭之勢

竿 긴 막대기 頭 꼭대기에 之 (있는) 勢 형세.
: 언제 위험이 닥칠지 모르를 매우 긴박한 상황을 가리키는 말.

간당간당해서 **두**려울 정도야. **지**금 우리 처지가 그래. **세**력을 정비해야 해.

간악무도 奸惡無道

奸 교활하고 惡 독살스럽고 無 (하지) 아니한다. 道 마땅히 해야 할 바른 일을 (하지 아니한다.)
: 악당의 성품을 형용한다.

간계를 부렸나? **악**랄한 인간아, **무**법자처럼 저지른 네 만행은 **도**저히 용서할 수 없겠다!

간어제초 間於齊楚 맹자孟子, 양혜왕梁惠王 하편下編

間 끼여 있다. 於 (사이)에 齊 (강대국인) 제나라와 楚 (강대국인) 초나라의 (사이에 끼여 있다.)
: 강자들 사이에 낀 약자를 일컫는 말.

간이 콩알만 해져요. 강자들 틈에서 **어**쩔 수 없이 끌려 다녀요. **제**가 약해서 **초**래한 결과겠지요.

갈이천정 渴而穿井 황제내경소문黃帝內經素問, 사기조신대론四氣調神大論

渴 목마르면 而 (그러면) 穿 뚫는다. 井 우물을 (뚫는다.)
: 임갈굴정 臨渴掘井

갈증이 나야 **이**렇게 배가 고파야 비로소 **천**천히 미적대던 일을 **정**신 차리고 서둘러 한다.

갈자이음 渴者易飮

渴 목마른 者 사람은 易 쉽다. 飮 마시기 (쉽다.)
: 평상심을 잃은 모양이다. 아무거나 마시려 하다가 위태로운 지경에 이를 수도 있음을 암시하는 표현이다.

갈증이 나 **자**제 못해 **이**것저것 따지지 않고 **음**료수 꿀꺽꿀꺽!

감개무량 感慨無量

感 느낌이 慨 격렬하여 無 없다. 量 양을 헤아릴 수 (없다.)
: 격한 감정이 끝을 알 수 없을 정도로 사무치는 마음을 형용한다.

감독과 선수들 모두 **개**최된 경기를 모두 마치고 **무**대에서 내려오네, **량**(양)쪽 눈에 눈물을 참지 못한 채….

감무견자지고 鑑無見疵之辜

鑑 거울은 無 아니한다. 見 보지 (아니한다.) 疵 (사람의) 흠을 (비춘다고 해서) 之 (그것을 이유로) 辜 처벌을 받는 일을 (보지 아니한다.)
: 거울이 사람의 흠을 비춘다고 거울을 비난할 사람은 없다. 누군가 자신의 흠에 관하여 조언하는 경우 비난하거나 역정 내지 말고 겸허히 수용하라는 뜻을 내포한다.

감사 인사나 **무**진장 해. **견**고한 **자**존심은 **지**우고 널 위한 조언 **고**맙게 받아들여.

감불생심 敢不生心

敢 감히 不 아니한다. 生 생기지 (아니한다.) 心 (할) 마음이 (생기지 아니한다.)
: 언감생심 焉敢生心

감히 노력해 봐도 **불**가능해. **생**길 수 없는 마음이야. **심**사숙고해 봐도 역시 그래.

감언이설 甘言利說

甘 달콤한 言 말로 (꼬시는 말.) 利 이로운 說 말로 (꼬시는 말.
: 듣기 좋은 이로운 말로 상대방을 설득하며 유혹하고 있다.

감미롭게 **언**젠가 **이**로울 거라는데… **설**설 녹네, 혹하네.

감정선갈 甘井先竭 장자莊子, 산목편山木篇

甘 맛좋은 井 우물은 先 먼저 竭 동난다.
: 재주가 뛰어난 사람은 시기와 질투를 한 몸에 받아 공격당할 수도 있고, 사람들에게 실컷 이용만 당하고 버려질 수도 있다.

감수해야 하나요? 모난 돌이 **정** 맞듯이 맞고 있네요. **선**량하게 재능을 펼치고 싶었는데… **갈**수록 사람들이 미워하네요!

감지덕지 感之德之

感 고맙게 여긴다. 之 그것을 德 고맙게 생각한다. 之 그것을.
: 분수에 넘칠 듯하여 아주 감사하게 생각하는 마음이다.

감사해유. 금전적으로 **지**원해 주신 선생님 **덕**분에 살았어유. 과분한 은혜, **지**(제)가 너무 감사해유.

감탄고토 甘呑苦吐 정약용丁若鏞, 이담속찬耳談續纂

甘 달면 呑 삼키고 苦 쓰면 吐 뱉고.
: 이기적인 자기중심적 기준을 일컫는 표현이다.

감탄스러운 맛 (자기 입맛대로) **탄**성을 지르며, 냠냠 ♬♪ 달고 마시쪄!
고통스러운 맛 (자기 입맛대로) **토**해 내, 우웩!

갑남을녀 甲男乙女

甲 '갑'이라는 男 남자 乙 '을'이라는 女 여자.
: 보통 사람들을 일컫는 말.

갑돌이 : 평범한 **남**자의 대명사. **을**순이 : 평범한 **녀**(여)자의 대명사.

갑론을박 甲論乙駁

甲 갑이 論 논리를 내세우며 주장하면 乙 을이 駁 논리의 잘못된 점을 지적하며 반박한다.
: 치열한 토론의 현장이다.

갑자기 가열되는 **론**(논)쟁… 갑의 입장과 **을**의 입장이 격돌한다. **박**박 악을 쓰며 후끈 달아오르는 토론장.

강구연월 康衢煙月 열자列子, 중니편仲尼篇

康 오거리에 衢 네거리에 煙 (굴뚝에서) 연기 나는 (걱정 없고 편안한 풍경) 月 달빛 비추는 (평온하고 편안한 풍경).
: 평화로운 세상의 모습이다.

강산에, 팔도강산에 **구**수한 인심 **연**이은 함박웃음 **월**초부터 월말까지 늘 언제나!

강근지친 强近之親

强 힘써 줄 (정도로) 近 가까운 之 (그런) 親 친척.
: 아주 가까운 친척을 일컫는 말.

강 건너 불구경하지 않고 **근**심거리나 궂은 일을 함께 하며 **지**내는 **친**척.

강기숙정 綱紀肅正

綱 통치하는 紀 규율을 肅 정돈하여 가지런하게 正 바로 잡는다.
: 통치 규범을 바로 잡는 모양이다.

강직하게 **기**강을 바로 세운다, **숙**연하게 **정**확한 규율로.

강노지말 强弩之末 사기史記, 한장유열전韓長孺列傳

强 강한 힘을 받아 弩 큰 활(에서 쏘아진 화살도) 之 (날아)가다. 末 끝에는 (힘이 쇠약해진다.)
: 처음에는 강력하던 세력이 끝에 가서는 미약해지는 모양이다.

강했던 시작이 끝도 강했나? **노**!No! 아니 **지**나고 나니 약해졌지, **말**기에는.

강려자용 剛戾自用

剛 고집부리며 戾 (남의 말은) 거스르며 自 스스로만 用 쓴다.
: 타인의 말에 귀 기울이지 않고 독단적으로 행동하는 모양이다.

강하게 고집 부려, **려**(여)간해선 남의 말 안 들어. **자**기만 믿고, 남은 **용**납 못 하는 건가?

강목팔목 岡目八目

岡 (바둑을) 옆에서 目 보는 눈이 八 (바둑을 두는 당사자보다) 여덟 目 집을 (더 잘 본다.)
: 당사자가 아닌 사람이 더 냉정하고 정확하게 사태를 판단할 수 있다는 뜻이다.

강물 속에 휘말려 **목**까지 차오르는 물에 **팔**다리를 허우적대는 꼴 아니냐? **목**전에 닥친 사태에만 급급한 네 모습은….

강안여자 強顔女子 유향劉向, 신서新序 잡사편雜事篇

強 굳센 顔 얼굴의 女子 여자.
: 부끄러움을 못 느끼는 얼굴, 못생긴 얼굴 등을 뜻하며 부정적으로 쓰인다. 그러나 원래의 맥락을 살펴보면 이러한 얼굴의 주인공이 지혜로운 여성으로서 임금의 아내가 되는 뒷이야기가 있다.

강하다! **안** 보인다, 수치심이. **여**지없이 드러낸다, **자**신의 뻔뻔함을.

강의목눌 剛毅木訥 논어論語, 자로편子路篇

剛 꿋꿋하고 곧고 毅 기운차고 씩씩하며 木 꾸민 데가 없이 순박하고 訥 말도 더듬거린다.
: 원래의 맥락에서는 어진 사람을 일컫는 표현이다.

강직한 사람이네. **의**지도 굳세다네. **목**소리는 내지 않으면서 **눌**러 앉아 일을 끝낸다네.

개과불린 改過不吝 상서商書, 중훼지고편仲虺之誥篇

改 고치기를 過 허물을 (고치기를) 不 아니한다. 吝 주저하지 (아니한다.)
: 주저하지 않고 잘못을 고치는 모양이다.

개의치 말고 **과**거의 잘못을 고쳐! **불**편했던 마음의 찌꺼기를 **린**스[rinse]로 깨끗이 헹구듯이 닦아!

개과자신 改過自新 사기史記, 편작창공열전扁鵲倉公列傳

改 고치고 過 잘못을 (고치고) 自 스스로를 新 새롭게 한다.
: 개과천선 改過遷善

개운한 느낌으로 재탄생![rebirth!] **과**거여 안녕! **자**신의 잘못은 다 고쳤어! **신**선하게 새 출발![restart!]

개과천선 改過遷善

改 고치고 過 잘못을 (고치고) 遷 달라진다. 善 착하게 (달라진다.)
: 지난 잘못을 바로잡고 바른 도리를 실천하는 모양이다.

개심했어. **과**거의 잘못 **천** 번 만 번 뉘우치고 **선**한 마음으로 돌아왔어.

개관사정 蓋棺事定 두보杜甫의 시 군불견君不見

蓋 덮고 棺 관(뚜껑을 덮고) 事 (그 사람이 했던) 일을 定 (평가하여) 결정한다.
: 인물에 대해 바르게 판단할 수 있는 시간적 기준으로서 사후死後를 제시하고 있다.

개념 없이, 살았을 때 함부로 판단 마! **관** 뚜껑 닫은 **사**후에 **정**확한 역사적 심판이 있을 터이니….

개권유익 開卷有益 왕벽지王闢之, 승수연담록繩水燕談錄

開 펴면 卷 책을 (펴면) 有 있다. 益 보탬이 (있다.)
: 책을 읽으라는 소리다.

개학하기 전에 여러 **권**의 책들을 읽으렴. **유**익하니까, **익**히 알다시피.

개두환면 改頭換面

改 바꾸고 頭 머리만 (바꾸고) 換 바꾸고 面 얼굴만 (바꾸고).
: 외관만 바뀌고 근본적인 개선이 없는 모양을 형용한다.

개를 닮은 네 성격, **두**건으로 가려지겠냐? **환**히 보인단 말이다. **면**면이 드러난다니까?

개문읍도 開門揖盜 삼국지三國志, 오지吳志 손권전孫權傳

開 열고 門 문을 (열고) 揖 불러들인다. 盜 도둑을 (불러들인다.)
: 재앙을 자초하는 모양을 형용한다.

개방한 거 아세요? **문**을 연 거 아시냐고요? **읍**소를 하네요, **도**둑들 다 들어오라고….

개물성무 開物成務 주역周易, 계사편繫辭編 상上

開 (이치를) 깨우치면서 物 만물의 (이치를 깨우치면서) 成 이루어낸다. 務 업무를 (이루어낸다.)
: 세상의 갖가지 이치를 깨달아 일을 성사하는 모양이다.

개개의 사건마다 닥치는 위기… **물**리 법칙을 활용하고, 화학 물질의 **성**분도 분석하며, **무**슨 난관도 척척 뚫는 맥가이버.

개세지재 蓋世之才 사기史記, 항우본기項羽本記

蓋 덮을 만한 世 온 세상을 (덮을 만한) 之 (그런) 才 재주.
: 온 세상에 떨칠 만한 재능을 가리키는 말.

개선장군처럼 늠름하게 **세**상 사람들에게 **지**지받고 인정받은 **재**능.

객반위주 客反爲主

客 손님이 反 (형세를) 뒤집으면서 爲 된다. 主 주인이 (된다.)
: 주객전도 主客顚倒

객쩍은 소리 하다 **반**대하는 부하들에 의해 **위**에서 아래로 끌려 내려와 **주**인 노릇 못하는 사장님.

거두절미 去頭截尾

去 버리고 頭 머리를 (버리고) 截 끊는다. 尾 꼬리를 (끊는다.)
: 남은 건 몸통뿐. 부수적인 이야기들은 다 빼고 몸체에 해당하는 중요한 이야기, 즉 본론만 이야기할 때 쓰이는 관용적인 표현이다.

거추장스러우니까 **두**리뭉실한 앞뒤 얘긴 **절**대 하지 말고! 본론만, 할 말만 하쇼! **미**적거리는 거 싫어!

거불주오 居不主奧 예기禮記, 곡례曲禮 상편上編

居 자리를 잡지 不 아니한다. 主 (어른이) 주인으로서 奧 따뜻한 아랫목에는 (자리를 잡지 아니한다.)
: 엄격하게 자리잡힌 위아래 질서의 한 단면이다.

거기 앉지 마! **불**같이 꾸지람 들은 아이. **주**인이 있는 자리였던 것이다! **오**직 어르신만이 앉아야 할 아랫목이었다.

거세개탁 擧世皆濁 굴원屈原, 어부사漁父辭

擧 온통 世 인간들이, 세상이 皆 다 濁 흐리다.
: 세상이 돌아가는 모양을 아주 비관적으로 바라보고 있다.

거 참, **세**상 참, **개**탄스러울 정도로 **탁**해서 탐탁치 않구만!

거안사위 居安思危 춘추좌씨전春秋左氏傳, 양공襄公 11년조年條

居 살면서도 安 편안하게 (살면서도) 思 생각한다. 危 위태할 경우를 (생각한다.)
: 평화로운 시기에도 언제 닥칠지 모를 위험에 대비하는 자세를 나타낸다.

거절합니다, **안**전 불감증. **사**려 깊게 **위**험에 대비합니다.

거안제미 擧案齊眉 후한서後漢書, 양홍전梁鴻傳

擧 들어 案 밥상을 (들어) 齊 가지런히 (맞춘다.) 眉 눈썹에 (가지런히 맞춘다.)
: 아내가 남편을 극진히 섬기는 모습을 형용한다.

거동에 남편을 공경하는 마음이 듬뿍 담겨 있는 **안**사람, **제** 아내입니다. **미**치도록 사랑스럽죠! ♬♪

거일명삼 擧一明三 불교 벽암록碧岩錄 제97칙 금강경죄업소멸金剛經罪業消滅

擧 들어 一 하나를 明 명료하게 드러낸다. 三 셋을.
: 총명한 머리를 가리키는 말.

거의 다 풀었구나. 잘했어. **일**반적 원리를 적용했거든요. … **명**철하게 시험 문제를 분석한 **삼** 학년 학생.

거일반삼 擧一反三 논어論語, 술이편述而篇

擧 들어 (알려주면) 一 하나를 (들어 알려주면) 反 돌이켜 三 셋을 (깨우친다.)
: 이 표현은 아주 영리(伶俐, very clever)하다고 해석하는 입장이 있고, 여러 영리(營利, several profits)를 한꺼번에 도모한다고 해석하는 입장이 있다.

거참, 하나 배워 하나 아는 건 **일**도 아니죠! **반**드시 그 하나를 기준으로 **삼**아, 세 가지 이상 더 알아내겠습니다.

거자불추 내자불거 去者不追 來者不拒 맹자孟子, 진심盡心 하편下編

去 가는 者 사람을 不 아니한다. 追 (이리 오라고) 부르지 (아니한다.) 來 오는 者 사람을 不 아니한다. 拒 (저리 가라며) 막지 (아니한다.)
: 자신에게 접근하는 사람들을 억지로 뿌리치지 않고 자신을 떠나는 사람들도 억지로 붙들지 않는다. 어느 경우든 다른 사람들의 의사를 존중하는 너그러운 태도를 보이고 있다.

거부하는 기준을 **자**꾸 남들에게 들이대지 마시게. **불**필요하다네. **추**스를 건 **내** 마음뿐이라네. **자**신을 찾아오든 **불**만을 품고 떠나가든 **거**절하지 마시게나.

거자일소 去者日疎 문선文選, 잡시雜詩

去 가신 者 분은 日 나날이 疎 (마음에서) 멀어진다.
: 저 세상으로 떠나서 혹은 헤어져서 멀리 떨어지면 그 사람을 잊기 마련이다.

거뭇거뭇 어두워져. 그 사람의 **자**취가 점점 흐릿해져. **일**상생활 속에서… **소**장된 기억 공간 안에서….

거자필반 去者必返 불교佛教 법화경法華經

去 헤어진 者 사람은 必 반드시, 틀림없이 返 돌아온다.
: 끝난 게 끝난 게 아니다. 헤어짐이 영원한 헤어짐은 아니다.

거기 서! 가지 마! 하며 **자**신을 떠나는 사람, 붙잡지 마세요. **필**연적으로 돌아오게 되어 있으니까. **반**갑게 그때 맞이하면 그만이에요.

건곤일척 乾坤一擲 한유韓愈, 과홍구過鴻溝

乾 하늘과 坤 땅을 (걸고) 一 단판 (승부로) 擲 도박을 건다.
: 운명을 결정하는 한판 승부를 일컫는 말.

건다, 모든 것을. **곤**히 잠자던 승부욕, 역량 모든 것을 **일**으켜 세우는 최후의 결전. **척** 봐도 알 만한, 정말 중요한 승부.

건목생수 乾木生水

乾 마른 木 나무가 生 낳는다. 水 물을 (낳는다.)
: 이치에 맞지 않는 일을 뜻한다. 또는 이치에 맞지 않는 일을 무리하게 감행할 때도 쓰인다.

건사하기도 힘든 한 몸으로, **목**구멍이 포도청인 사람에게 **생**각도 못한 금액 **수**금한다니, 이게 말이 됩니까?

건성조습토 乾星照濕土

乾 마른 星 별이 照 비춘다. 濕 젖은 土 흙을 (비춘다.)
: 이전 세대와는 정반대의 성향이 다음 세대에 나타나는 모양을 한 폭의 그림처럼 담아낸 표현이다.

건조한 **성**질이 **조**만간 **습**한 **토**양에 생길지도….

걸견폐요 桀犬吠堯 사기史記, 회음후열전淮陰侯列傳

桀 포악한 군주, 걸왕의 犬 개가 吠 짖는다. 堯 성군이라 일컬어지는 요임금을 향해 (짖는다.)
: 개의 입장에서는, 주인이 아닌 다른 사람이 착한 사람인지 나쁜 사람인지 알 도리가 없다. 그저 주인에게 충실할 따름이다. 설사 주인이 악인이라 하더라도, 개가 주인을 섬기고 타인을 배척하는 것은 정당한 행위라는 논리이다.

걸린 건 충성의 끈. **견**주가 아무리 **폐**만 끼치는 나쁜 놈이더라도, **요**란하게 수호한다.

걸인연천 乞人憐天 순오지旬五志

乞 빌어먹는 (신세의) 人 사람이 憐 불쌍히 여긴다 天 임금을, 제왕을.
: 거지가 도승지를 불쌍하다 하는 격이다. 남을 동정할 처지에 있지 않은 사람이 남을 딱하게 여기며 동정하는 모양새다.

걸인이 참 **인**간적인 사람이야! **연**민을 느껴, **천**하에 배부르고 행복한 사람들에게.

게부입연 揭斧入淵

揭 높이 들며 斧 도끼를 (높이 들며) 入 들어간다. 淵 연못으로 (들어간다.)
: 연못 안에서는 나무할 수 없는데, 나무하러 갈 때 쓰는 연장인 도끼를 들고 연못 안으로 들어가고 있다. 불필요한 짓을 가리키는 표현이다.

게임하는데 **부**질없이 **입**지 않아도 될 **연**미복을 입다니, 이런!

격물치지 格物致知 주희朱熹, 대학장구大學章句

格 (이치를) 궁구하며 物 사물의 (이치를 궁구하며) 致 이른다. 知 앎에 (이른다.)
: 사물의 이치를 깊이 파고들어 연구하는 앎의 자세를 나타낸다.

격하게 **물**어볼거야. **치**솟는 **지**적 갈증 해소할거야.

격세지감 隔世之感

隔 막힌, 멀어진 世 세상이, 세대가 之 (그런) 感 느낌.
: 세상이나 세대가 큰 폭으로 변화했음을 실감할 때 쓰는 표현이다.

격분하지 마시오. **세**대 차이잖소. **지**금 우린 그저 **감**수할 수밖에 없소.

격탁양청 激濁揚淸 당서唐書, 왕규전王珪傳

激 흘려 보내고 濁 흐린 물은 揚 드러낸다. 淸 맑은 물은.
: 못되고 나쁜 것을 몰아내고 옳고 좋은 것으로 분위기를 쇄신한다는 뜻이다.

격렬하게 **탁**한 물결, **양**보 없이 **청**소한다.

격화소양 隔靴搔癢 불교佛敎 속전등록續傳燈錄

隔 (발바닥과의) 사이를 막아놓은 靴 신발을 (신고서) 搔 긁고 있다. 癢 가려운 (발바닥을 긁고 있다.)
: 제대로 시원하게 긁지 못해서 계속 가려워하고 답답해하는 상황이다. 문제를 해결하기 위하여 노력은 많이 하지만, 근본적으로 문제의 본질에 접근하지 못하여 애가 타는 형상을 표현한다.

격정적으로 신발 바닥 긁어 봤자 **화**만 나지! 가려운 건 그대로 가렵고, **소**용없이 노력한 거지. **양**질의 결과로 이어지지 못하지.

격화파양 隔靴爬癢 불교佛敎 속전등록續傳燈錄

隔 (발바닥과의) 사이를 막아놓은 靴 신발을 (신고서) 爬 긁고 있다. 癢 가려운 (발바닥을 긁고 있다.)
: 격화소양 隔靴搔癢

격투기 선수가 **화**끈한 한 방도 못 날리고, **파**고들지도 못하고, **양**껏 헛주먹질, 헛발질만 하네.

견갑이병 堅甲利兵

堅 단단한 甲 갑옷 利 뾰족한 兵 무기.
: 강력한 병력을 형용하는 표현이다.

견고한 철갑을 두른 듯, 무력으로는 **갑**이야. **이**기는 법밖에 모르는 막강한 **병**력이야.

견강부회 牽强附會 정초鄭樵, 통지총서通志總序

牽 강제로 끌어 强 (이치에) 거스르며 (강제로 끌어) 附 갖다 붙이고 맞추며 會 모아 놓은 (논리나 주장).
: 억지 주장에 불과하고 논리적 근거가 매우 빈약한 모양이다.

견실하게 **강**력한 근거로 뒷받침되지 않고, **부**랴부랴 급조한 듯, 어거지로 꿰어 맞춘 듯해 **회**의적일세. 그 논리에 믿음을 주긴 힘들 듯….

견란구계 見卵求鷄 장자莊子, 제물론편齊物論篇

見 보면서 卵 알을 (보면서) 求 빌고 있다. 鷄 닭이 (어서 울기를).
: 웃긴 얘기다. 과도하게 성급한 태도를 과장하여 빗댄 표현이다.

견적을 내보고 **란**(난)관도 고려하고 해야지! **구**조 파악도 하지 않고 **계**획을 성급하게 세워서 되겠어?

견리망의 見利忘義

見 보면서 利 이로움만 (보면서) 忘 잊는다. 義 의로움은 (잊는다.)
: 눈앞의 이익에 의로움을 보는 눈이 멀어 버린다.

견인되어 끌려가. **리**(이)익에 눈멀어 그렇게 끌려가지. **망**각하고 망하는 거지, **의**리 따위는.

견리사의 見利思義 논어論語, 헌문편憲問篇

見 보면 利 이로움을 (보면) 思 생각한다. 義 의로움을 (생각한다.)
: 눈앞의 이익에 좌지우지되지 않고 의리를 보는 눈을 크게 뜬다.

견실한 분이 **리**(이)동하다 고액의 지갑을 주웠어. **사**람들 몰래 꿀꺽하지 않고 **의**연하게 경찰서로 향했어.

견마난 귀매이 犬馬難 鬼魅易 한비자韓非子, 외저설外儲說 좌상편左上篇

犬 개나 馬 말은 難 (흔하고 잘 알기 때문에 오히려 그리기가) 어렵다.
鬼 귀신이나 魅 도깨비는 易 (희귀하고 잘 알지 못하기 때문에 오히려 그리기가) 쉽다.
: 낯선 사물과의 대조를 통하여 익숙한 사물을 정확히 제시하기가 힘들다는 이야기를

하고 있다. 조금만 틀리게 그려도 사람들로부터 비판받기 쉽기 때문이다. 사람들의 지식수준이 높은 분야에서는 진실성의 검증이 한층 더 엄밀하게 이루어질 수밖에 없다.

견주어 볼 수 있는 것을 그릴 땐 **마**구마구 그리면 **난**처할 수 있지만 **귀**신이야 그런 기준 없으니까 **매**우 그리기 쉽다, **이**지easy 쉬워!

견마지로 犬馬之勞

犬 개나 馬 말이 之 (한) 勞 수고
: 아랫사람이 자신의 노고를 겸손하게 표현하는 말이다.

견딜 만했으니 너무 **마**음 쓰지 마십시오. **지**침을 받은 대로 **로**(노)력했을 뿐입니다.

견마지양 犬馬之養 논어論語, 위정편爲政篇

犬 개나 馬 말 따위의 之 (짐승을 기르는 듯) 養 (부모에게 하는) 봉양.
: 공경하는 마음 없이 하는 봉양이다. 참다운 효도는 진실된 마음에서 우러나와야 한다는 뜻이다.

견실하게 효도하라! 늘 **마**지막인 것처럼 **지**극정성으로… **양**이 넘치고 넘치도록….

견문발검 見蚊拔劍

見 보고 蚊 모기를 (보고) 拔 뽑는다. 劍 칼을 (뽑는다.)
: 노승발검 怒蠅拔劍

견딜 수 없어! 나를 **문** 모기… 제거하겠다! **발**끈하며 **검**을 뽑는다! … 이러라고 검도 배웠나?

견물생심 見物生心

見 보면 物 물건을 (보면) 生 생긴다. 心 (그 물건을 탐하는) 마음이 (생긴다.)
: 물욕이 생기는 일면을 포착하고 있다.

견인한다, **물**건이 사람'을'. 물건이 사람'에게' 견인 당하는 게 아니고. **생**기게 한다, 마음을. **심**각하게 '날 갖고 싶지'라고 유혹한다.

견백동이 堅白同異 사기史記, 맹자순경열전孟子荀卿列傳

堅 단단함은 (촉감으로 인지하고) 白 흰 색깔은 (시각으로 인지하므로) 同 (단단함과 흰 색깔은) 동시에 (존재할 수 없을 정도로) 異 (서로) 다르다.
: 이 논리에 따르면, 단단하면서 색깔이 하얀 돌은 이 세상에 존재할 수 없다. 궤변의 일종이다.

견고한 물건은 **백**색일 수 없다고요? **동**그랗게 눈뜬 아이가 말한다. **이**치에 맞지 않는 헛소리네요!

견사생풍 見事生風

見 책임지고 맡으면 事 일을 生 날 (정도로) 風 바람이 (날 정도로).
: 맡은 일을 신속하게 처리하는 모양이다.

견우에게 소 먹일 **사**료 사 오라고 시켜. **생**동감 풀풀 **풍**기며 후다닥 일처리 하는 녀석이니까.

견선여불급 견불선여탐탕 見善如不及 見不善如探湯

논어論語, 계씨편季氏篇

見 보거든 善 도덕적인 기준에 맞는 것을 (보거든) 如 같이 (하라.) 不 못한 것과 (같이 하라.) 及 (급) 닿지 (못한 것과 같이 하라.)
見 보거든 不善 나쁘고 부당하여 도덕적인 기준에 어긋난 것을 (보거든) 如 같이 (하라.) 探 더듬어 만진 것과 (같이 하라.) 湯 끓는 물을 (더듬어 만진 것과 같이 하라.)
: 선이면 몹시 닿고 싶은데도 불구하고 닿지 못한 듯이 하라. 선이 아니면 화들짝 놀라며 그 근처에는 얼씬도 하지 마라. 선을 적극적으로 맞이하고 악을 소극적으로 멀리하는 자세를 형용한다.

견딜 수 없어, **선**을 행하지 않으면. **여**기든 저기든 **불**러줘! **급**히 갈게! 그 선, 내가 행할게!

견딜 수 없어, **불**의를 보면. **선**이 **여**기저기 망가지면, **탐**탁지 않아 뜨거운 **탕** 속 같아 뛰쳐나가고 싶어!

견아상제 犬牙相制 사기史記, 효문제기孝文帝紀

犬 개의 牙 어금니 (모양으로) 相 서로 制 견제하고 억제하는 (형세).
: 들쭉날쭉한 경계의 지형을 형용한다.

견제하듯… **아**귀가 안 맞는 모양이 **상**대방을 **제**압하려고 아귀다툼하는 듯한 지형.

견원지간 犬猿之間 서유기西遊記

犬 개와 猿 원숭이 之 (처럼) 間 (심하게 나쁜) 사이.
: 관계가 최악인 모습이다.

견공들이 납시었군. **원**수들끼리 악감정을 **지**니고 으르렁대는 꼴이… 개싸움으로 **간**주할 만하군.

견위수명 見危授命 논어論語, 헌문편憲問篇

見 보면 危 (나라의) 위태로움을 (보면) 授 내놓는다. 命 목숨을 (내놓는다.)
: 나라의 위기를 극복하기 위하여 목숨을 바치는 것조차 마다하지 않는다. 국가에 헌신적인 자세다.

견장도 없이 나가시려고요? 나라가 **위**기에 몰렸잖소! 내 **수**명이 단축되어도 괜찮소! **명**예롭게 희생하리다.

견인불발 堅忍不拔 소식蘇軾, 조조론晁錯論

堅 굳게, 굳세게 忍 참으며 不 아니한다. 拔 (마음먹은 바가) 빠져 떨어지지.
: 인내심을 발휘하며 마음을 평정한 상태로 유지하고 있다.

견딥시다! 모두들, **인**내합시다! **불**끈 쥐고 두 주먹을 **발**휘합시다! 의지력을.

견토방구 見兎放狗

見 보고 (나서) 兎 (사냥감인) 토끼를 (보고 나서) 放 풀어 놓는다. 狗 (사냥)개를 (풀어 놓는다.)
: 성급하게 행동하지 않고, 충분히 행동의 근거를 확보한 후에 실행하는 모습이다.

견실하게 **토**대를 구축해 놓자구, 사태를 관망하며. **방**방 뛰며 미리 경솔하게 행동하면 **구**슬픈 결과가 나올 수도 있으니까.

견토지쟁 犬免之爭 전국책戰國策, 제책齊策 선왕편宣王篇

犬 개와 免 토끼가 之 (쫓고 쫓기며) 爭 다투다. (지쳐 쓰러져) — 지나가던 농부가 두 마리를 손쉽게 얻는다.
: 어부지리 漁父之利

견제하던 **토**끼와 개가 쫓고 쫓기다 **지**쳐 쓰러지네. … **쟁**쟁했던 소릴 듣고 온 농부 왈, 웬 떡이냐! ♬♪

결자해지 結者解之 순오지旬五志

結 (끈을) 얽어서 매듭지게 한 者 사람이 解 푼다. 之 그것을 (푼다.)
: 사태의 원인 제공자가 사태를 해결할 책임을 맡아야 한다는 뜻이다.

결단코 **자**기가 저질렀으면, 꼬아 놓았다면, **해**결도 자기가 해야 합니다! **지**극히 당연한 말 아닌가요?

결초보은 結草報恩 춘추좌씨전春秋左氏傳, 선공宣公 15년조年條

結 얽어서 매듭지게 하여 草 풀을 報 갚는다. 恩 은혜를 (갚는다.)

: 유령이 된 아버지가 딸에게 은혜를 베푼 사람이 나간 전쟁터의 풀을 묶어 놓는다. 적군의 장수가 말을 타다가 그 풀에 걸려 넘어지게 해서 그 사람이 승리하도록 돕는다. 죽더라도 은혜를 갚는다는 이 표현의 뜻은 이 이야기에서 도출된다.

결연한 눈빛이 **초**롱초롱해. **보**이지 않는 곳에서 **은**혜를 갚기 위해서….

결효미수 缺效未遂

缺 (범죄를 실행은 하였으나) 없어서 效 효과가 未 못한 遂 이루지 (못한 범죄).
: 범죄의 실행에 착수하였으나 원하던 결과가 나오지 않은 행위를 가리키는 말.

결국 널 납치했구나, **효**녀 심청아, 음하하하. **미**안한데요, 전 춘향이에요. **수**줍게 고백하는 소녀.

겸구고장 箝口枯腸

箝 재갈을 먹이고 口 입에 枯 말리고 腸 창자를.
: 매우 어려운 상황에 몰려 말을 못하는 모양을 형용한다.

겸비한 언어 실력, **구**실을 못하네! **고**장나 버린 **장**비가 되어버린 입.

겸양지덕 謙讓之德

謙 남을 존중하고 자신을 낮추며 讓 사양하며 남에게 내주고 물러나는 之 (그런) 德 사려 깊고 인간적인 성품.
: 겸손하게 양보하는 것을 도덕적으로 바르고 아름답다고 보는 표현이다.

겸손한 손짓으로 **양**보하는 아우. 형님 먼저 드시우. **지**글지글 익는 삼겹살, 아우 **덕**에 그럼 먼저… 꿀꺽!

겸인지용 兼人之勇 논어論語, 선진편先進篇

兼 아울러 人 (여러) 사람들을 之 (감당할 수 있는) 勇 굳세고 씩씩한 기운.
: 여러 사람들을 혼자 감당할 만한 용기를 일컫는 말.

겸하고 있죠, 나 혼자 **인**물들 여럿이 **지**니고 있는 **용**기를.

경개여구 傾蓋如舊

傾 기울여 蓋 수레 덮개를 (기울여 인사하니) 如 같다. 舊 옛(부터 사귄 사이 같다.)
: 수레를 타고 가다 잠깐 멈추고 인사를 나누는데 처음 보는 사람이 낯설지 않은 느낌이다. 초면이 구면인 것 같을 때 쓰는 표현이다.

경치 좋죠? **개**운한 마음으로 **여**행객에게 인사를 건넨다. **구**면인가? 초면인데 오랜 친구 같다.

경거망동 輕擧妄動

輕 신중하지 못하고 가볍게 擧 해 나가고 妄 주책없이 動 움직인다.
: 가볍고 주책없이 행동하는 모양을 가리키는 말.

경사났냐? **거**참, 뭐가 그리 신나? **망**할 녀석이, **동**작이 그토록 가벼웁냐?

경국대업 經國大業

經 다스리는 國 나라를 (다스리는) 大 중대한 業 과업.
: 나라를 통치하는 일은 '큰 일'이다. '크다'는 말 속에 일에 중대성과 위대성이 녹아 있다.

경찰과 공무원들을 거느리고 **국**가를 다스리는 일은 **대**단한 **업**무지.

경국지색 傾國之色 한서漢書, 외척전外戚傳 이연년李延年의 시

傾 기울일 정도인 國 나라를 之 그런 色 (여성의) 빛깔.
: 임금의 시선을 사로잡아 임금이 더 이상 나라 다스릴 생각을 하지 못해 나라가 망해 버릴 정도로 미모가 빼어난 여인을 일컫는 말.

경황이 없네! **국**왕이 정신이 나갔어! **지**휘봉을 내려 놓으셨네! **색**색이 빛나는 여인 탓이네!

경국지재 經國之才

經 다스릴 國 나라를 (다스릴) 之 (그런 바탕이 있는) 才 소질.
: 통치자의 자질을 갖춘 재능이나 인물을 일컫는 말.

경제, 정치, 사회, 문화 등등 … **국**가 전반을 **지**휘자로서 이끌 **재**목.

경낙과신 輕諾寡信 노자老子, 도덕경道德經

輕 가벼이 諾 허락하는 (사람은) 寡 적다. 信 믿을 만한 (점이 적다.)
: 예스맨yes man의 '예스'yes는 믿을 게 못 된다는 소리다.

경계심이 절로 생겨. **낙**서하듯 가벼운 승낙은 **과**연 믿을 만한 건지 **신**빙성이 안 생겨.

경당문노 耕當問奴 송서宋書, 심경지전沈慶之傳

耕 밭을 가는 일은 當 마땅히 問 물어야 한다. 奴 농사일하는 머슴에게 (물어야 한다.)
: 특정 분야의 일은 그에 관하여 풍부하고 깊이 있는 지식이나 경험을 가지고 있는 사람에게 문의해야 한다는 뜻이다.

경험 많은 전문가를 찾는 게 **당**연한 거잖아! **문**의할 거 있으면 **노**련한 사람을 찾아!

경세제민 經世濟民 문중자文中子, 예악편禮樂篇

經 다스리고 世 세상을 濟 불행에서 구해내고 民 백성을.
: 사람들을 구제한다는 통치의 목적이 잘 적시된 표현이다. 이 말의 줄임말이 경제인데 사실 이 뜻으로 보면 경제란 말에도 고도의 정치가 들어 있다.

경작하라! **세**상이라는 논밭을…. **제**대로 **민**생이 풍족하도록….

경승태즉길 敬勝怠則吉 단서丹書

敬 공경하는 마음이 勝 이기면 怠 게으른 마음을 則 곧 吉 상서롭다.
: 조심스러운 몸가짐으로 태만함을 경계한다.

경건하게 공경하여 **승**승장구하소서. **태**만함이 보이면 **즉**시 그 **길**에서 벗어나소서.

경이원지 敬而遠之 논어論語, 옹야편雍也篇

敬 (누군가를, 무언가를) 받아들여 지지하고 소중히 여긴다. 而 그러나 遠 멀리 한다. 之 그 누군가를, 그 무언가를.
: 속마음은 공경하는데 겉모습은 멀리하는 모양일 수도 있고, 겉모습이 공경하는 모양이지만 속으로는 멀리하는 마음일 수도 있다.

경건하게 공경하면서 **이**렇게 당신과 멀리 **원**거리에서만 **지**내겠습니다.

경적필패 輕敵必敗

輕 대수롭지 않게 깔보면 敵 싸움의 대상자를 必 반드시 敗 패배하기 마련이다.
: 가끔 스포츠 경기에서 객관적인 실력이 월등히 뛰어난 선수나 팀을 상대가 제압하는 경우가 있다. 이 표현처럼 자신의 실력만 믿고 상대에 대한 분석이나 대책에 소홀한 결과일 수도 있다.

경기에서 지셨수? 약팀에게? **적**잖이 부끄러우시겠수. **필**승할 줄 알고 무시하다가 **패**하셨수?

경전하사 鯨戰蝦死 순오지旬五誌

鯨 고래 戰 싸움에 蝦 새우가 死 죽다.
: 강자들의 싸움에서 애꿎은 피해를 입는 약자를 형용한 표현이다.

경을 칠 노릇일세! **전**쟁은 강한 것들끼리 하는데 **하**여튼 약한 **사**람들만 피해 보잖아!

경조부박 輕佻浮薄

輕 가볍고 佻 조심성이 없고 浮 떠다니듯이 가볍고 薄 엷고 적다.
: 생각과 언행이 가벼운 모양새다.

경솔하고 얄팍해. **조**금만 깊게 생각해봐! **부**끄럽지 않니? 사람들이 **박**장대소할지도 몰라.

경천동지 驚天動地 주자어류朱子語類

驚 놀라게 하고 天 하늘을 動 움직이게 하고 地 땅도 (놀라서 움직이게 하고).
: 온 세상을 놀라게 하는 모양이다.

경우가 어떤 경우냐면, **천**하의 모든 사람들 눈이 **동**그래질 정도로 놀랐다니까? **지**구촌 모든 사람들이 "깜짝이야!" 했어.

경화수월 鏡花水月 시가직설詩家直說

鏡 거울 (속에 비친) 花 꽃 水 물 (표면에 비친) 月 달.
: 시각적으로는 포착할 수 있지만, 촉각적으로는 포착할 수 없는 대상이다. 보통 사람들의 언어 구사력으로는 그 뜻을 모두 포착하기 어려운 탁월한 시를 지칭할 때 쓰이는 표현이다.

경시대회에서 **화**려한 **수**상 경력이 빛나는 **월**등한 작품.

계구우후 鷄口牛後 사기史記, 소진열전蘇秦列傳

鷄 닭의 口 입(이 있는 머리가 낫다.) 牛 소의 後 뒤(에 붙은 꼬리보다는).
: 큰 세력의 뒤에 붙어 별 볼 일 없이 있는 것보다 작은 세력에서라도 꼭대기에 군림하는 편이 낫다는 뜻이다.

계획을 잘 세우슈! **구**차하게 쫄래쫄래 남들 따라다닐거유? **우**두머리로서 우아하게 살아야 **후**회가 없지 않겄슈?

계궁역진 計窮力盡

計 꾀도 窮 더 이상 생각해 낼 수 없다. 力 힘도 盡 더 이상 남아 있지 않다.
: 생각할 여력도 남아 있지 않고 체력도 고갈되어 진이 다 빠진 상태를 일컫는 말.

계획을 짜내도 **궁**리해도 더는 안 나와. **역**부족이야! **진**이 다 빠진 듯…

계란유골 鷄卵有骨 송남잡지松南雜識, 황희黃喜 일화逸話

鷄 (어려운 처지에 있던 사람이 모처럼) 닭의 卵 알을 (먹을 기회가 있었는데) 有 있더라. 骨 (그 알 안에) 뼈가, 곯아 (있더라.)
: 불운한 사람에게 모처럼 찾아온 행운까지도 불운으로 변질되는 아이러니한 상황을 일컫는 말.

계속 기다려온 소개팅에 퀸카가! **란**(난) 정말 좋을 줄 알았는데… **유**감스럽게도 **골** 때리는 엽기녀였네!

계륵 鷄肋 후한서後漢書, 양수전楊修傳

鷄 닭의 肋 갈빗대.
: 먹어도 성이 안 차고 버리기에도 아까운 부위다. 이익이나 쓸모는 변변찮은데 포기하기도 쉽지 않은 대상을 일컫는 말.

계산해도 답이 안 나오네. 이걸 버려? 말아? **륵**엣 잇!Look at it! (봐봐, 이거!) 어쩔까? 난감해!

계림일지 桂林一枝 진서晉書, 극선郤詵 일화逸話

桂 계수나무 林 수풀의 一 하나의 枝 가지.
: 출세를 대수롭지 않은 나뭇가지에 비유한 표현이다. 자신의 출세를 겸손하게 말한 것이 원래의 맥락이다.

계급도 말단이고, 박봉에 **림**(임)무도 잡다한, **일**개 **지**엽적인 관직일 뿐입죠.

계명구도 鷄鳴狗盜 사기史記, 맹상군열전孟嘗君列傳

鷄 닭 鳴 울음 (소리 흉내를 잘 내는 사람과) 狗 개 (짖는 소리 흉내를 잘 내는) 盜 도둑.
: 글자 뜻만 놓고 따지면 품위가 낮고 상스러운 재주를 가리킨다. 그러나 원래의 맥락을 고려하면 이렇게 비천한 재주도 크게 쓸모가 있을 수 있음을 나타낸다.

계획에 넣지 않았는데… **명**명백백하게 하찮아 보였는데… **구**세주가 되어 날 **도**와주는 재능이었어!

계명지조 鷄鳴之助 시경詩經

鷄 닭이 鳴 울어 之 (새벽을 알리듯) 助 (임금의 새벽을 깨우는 왕비의) 도움.
: 덕성과 지혜를 겸비한 아내의 내조를 일컫는 말.

계속 주무실 거여요? 그만 일어나셔요! **명**령하는 이 사람은 **지**혜로운 **조**언자인 내 아내다.

계옥지간 桂玉之艱

桂 계수나무(보다 비싼 땔나무)와 玉 옥(보다 비싼 식사를 하며) 之 (낯선 도시에서) 艱 어렵게 (학비를 벌며 배운다.)
: 도회지에 나와 겪는 고학의 고초를 뜻한다.

계획을 세우기도 막막한 **옥**탑방 단칸방 신세라네. **지**독히 치솟는 물가에 허덕이며 **간**신히 이 도시에서 살아가네.

계왕성 개래학 繼往聖 開來學 중용장구서中庸章句序

繼 이어받아 往 앞서 간 聖 성인과 현인의 말씀을 (이어받아) 開 (길을) 연다. 來 뒤에

올 學 배울 (후손에게 길을 연다.)
: 이전 세대의 지식과 지혜가 다음 세대로 계승되는 모양이다. 교육의 중요한 역할이기도 하다.

계승하라, **왕**년의 **성**스러운 말씀들을. **개**념으로서… **래**(내)일을 책임질 **학**생들의 미래에 빛이 될 과거로서….

계전만리 階前萬里

階 계단 (바로) 前 앞(처럼 가깝다.) 萬 만 里 리 ≒ 4,000킬로미터나 (멀리 떨어져 있어도).
: 중앙의 집권자가 지방 행정을 속속들이 잘 파악하고 통제하는 모양이다.

계략을 꾸미지 마! 지방관들아, **전**하께서 다 아셔. **만**백성에게 **리**(이)익이 되도록 통치하라셔.

계주생면 契酒生面

契 계(모임에서 나오는) 酒 술로 生 낳는다, 만든다. 面 낯을, 체면을, 겉치레를 (낳는다, 만든다.)
: 자신에게 정당한 권리가 없는 것을 이용하여 마치 자신이 베푸는 듯이 꾸미는 모양을 나타낸다.

계산을 자기 **주**머니에서 하는 것마냥 **생**색을 내는 **면**상이로세.

계포일락 季布一諾 사기史記, 계포난포열전季布欒布列傳

季布 계포라는 사람이 一 한 번 諾 허락하는 약속을 한다.
: 약속을 소중히 여기면서 반드시 약속을 지키는 사람이 한 약속이라는 뜻으로 절대적으로 신뢰해도 좋은 약속을 일컫는 말이다.

계획은 어긋나지 않아. **포** 유For you 너를 위해 **일**단 한 약속은 반드시 지킬 테니 **락**(낙)심하지 마!

고고영정 孤苦零丁

孤 홀로 외따로 떨어져 苦 (가난으로) 괴롭고 零 떨어진 丁 (곡식 등을 그러모으는 농사 기구인) 고무래(를 빌릴 데조차 없는 신세).
: 가난한데 남의 도움조차 받지 못하는 상황이다.

고것 좀만 빌려주소, 제발! **고**래고래 애걸해 봐도 **영** 소득이 없구려. **정**말 너무들 하쇼!

고관대작 高官大爵

高 높은 官 벼슬(하는 사람) 大 큰 爵 벼슬(하는 사람).

: 고위직이나 고위직 종사자를 일컫는 말.

고위 **관**료직 **대**단히 높은 지위 앞에 **작**아지는 부하 직원들.

고굉지신 股肱之臣 상서尙書, 우서虞書 익직편益稷篇

股 (자신의) 넓적다리와 肱 팔뚝 之 (같은) 臣 신하.
: 내 몸처럼 아끼고 믿는 신하를 가리키는 말.

고놈, 참 **굉**장하구나! 내 곁에서 **지**내도록 하거라! **신**하에게 명령하는 임금.

고군분투 孤軍奮鬪

孤 외로이 軍 (열세인) 군사력으로 奮 기운을 내어 힘을 떨치며 鬪 싸운다.
: 약한 힘이지만 굴복하지 않고 훨씬 강한 힘에 맞서 싸우는 모양이다.

고전한다, 외로이… **군**소리 한마디 없이… **분**연히… **투**지를 불태운다.

고금무쌍 古今無雙

古 예나 今 지금이나 無 없다. 雙 견줄 쌍이 (없다.)
: 시대를 초월하여 독보적인 존재를 일컫는 말.

고대부터 현대까지 통틀어 **금**메달감이야. **무**적이야. **쌍**을 이룰 짝을 찾을 수 없어.

고담준론 高談峻論

高 고상한 談 말씀 峻 조금도 타협함이 없이 매우 엄한 論 논의.
: 글자 뜻 그대로의 의미로 쓰이기도 하지만, 종종 못마땅한 말투로 쓰이기도 하는 표현이다.

고 퀄러티High Quality의 내용이 **담**긴 말씀이긴 한데, 국민들에게 **준** 인상은 그저 본인을 자랑하는 **론**(논)지였습니다.

고대광실 高臺廣室

高 높은 臺 누각 廣 넓은 室 집.
: 크기만 형용하고 있으나 재력과 권력을 갖춘 집으로 보인다.

고층 빌딩에 **대**체 이거 평수가 몇 평이야? **광**대한 넓이에… **실**제 너, 부자였구나!

고두사죄 叩頭謝罪

叩 (이마가 바닥에 닿도록) 꾸벅거리며, 조아리며 頭 머리를 謝 빈다. 罪 잘못을.

: 잘못을 비는 마음이 머리를 조아리는 행동으로 말미암아 더욱더 그 진실성을 획득한다.

고개 숙여 땅바닥을 머리로 **두**드리며… **사**과하며… **죄**값을 달게 받겠다며….

고량자제 膏粱子弟

膏 기름진 고기와 粱 좋은 곡식으로 (식사하는) 子弟 남의 집 자녀.
: 여유롭고 풍족한 가정 환경에서 자라나 고생을 경험하지 않은 사람을 가리키는 말.

고귀한 집에서 **량**(양)식만 먹고 **자**랐어. **제**대로 고생한 적도 없지.

고량진미 膏粱珍味

膏 기름진 고기와 粱 좋은 곡식으로 (만든) 珍 진귀하고 味 맛있는 (음식).
: 영양가가 풍부한 고기와 품질이 좋은 곡식으로 이루어진 음식.

고기 고기 ♬♪ 냠냠 **량**(양)껏 음냐 음냐… **진**짜 진짜 마시쪄! ♬♪ **미**식가 추천 고 퀄러티High Quality 음식.

고려공사삼일 高麗公事三日 조선왕조실록朝鮮王朝實錄

高麗 고려의 公 국가 事 사업이 三日 (달랑) 3일 (추진되고 바뀐다.)
: 국가적 차원의 '작심삼일'을 일컫는 말.

고려했어야지! 충분히 심사숙고했어야지! **려**(여)염집 사람도 보고 웃겠네. **공**적인 정책이랍시고 시행하더니, **사**실상 **삼**일도 안 가고 바뀌어? **일**을 고따위로 할고야?

고론탁설 高論卓說

高 고상한 論 논의가 (이루어진다.) 卓 뛰어난 說 말씀이 (오고가면서).
: 수준 높은 논의를 일컫는 말.

고승께서 **론**(논)의에 참여하셔서 **탁**월하게 사람들을 **설**득하신다.

고립무원 孤立無援

孤 외로이 立 서 있다. 無 없이 援 (아무런) 도움 (없이).
: 아무도 도와줄 사람도 없이 홀로 떨어진 신세를 일컫는 말.

고독한 외톨이. **립**(입)지가 이러하니 **무**력해지네. 도와줄 이를 **원**해도 소용없네.

고립무의 孤立無依

孤 외로이 立 서 있다. 無 없이 依 (아무런) 기댈 (데 없이).
: 고립무원 孤立無援

고독(孤獨)이라는 독(毒)이 **립**(입)에 쓰다. **무**진장 쓴 이 독에 **의**지(意志) 없이 의지(依支)한다.

고마문령 瞽馬聞鈴

瞽 눈먼 馬 말이 聞 듣고 鈴 방울 (소리를 듣고 따라간다.)
: 그저 남에게 이끌려 줏대 없이 끌려다니는 모양이다.

고민 없이, **마**치 장님인 듯 **문**제의식 없이, **령**(영)혼 없이, 그저 남들이 하는 대로….

고망착호 藁網捉虎 순오지旬五志

藁 (보잘것없는) 짚 網 그물로 捉 잡는다. 虎 범을 (잡는다.)
: 썩은 새끼로 범 잡기다. 실제로 잡았다면 부실한 계책으로 예상치 못한 큰일을 해낸 경우라고 해석할 수 있고, 잡으려고 계획하는 단계라면 하찮은 계획으로 큰일을 하려는 어리석은 모양이라고 해석할 수 있다.

고장나고 **망**가진 도구로 **착**한 **호**랑이가 잡히는 건가?

고명사의 顧名思義 삼국지三國誌, 위지魏志 왕창전王昶傳

顧 돌아보고 名 이름을 (돌아보고) 思 생각한다. 義 옳음을 (생각한다.)
: 요즈음의 해석은 명예를 생각하고 '의리'를 생각한다는 식으로 명예와 의리를 별개의 고려 대상으로 놓는다. 원래의 맥락에서는 명예를 생각하면서 '그 명예의 뜻'을 생각한다는 식으로 명예 부분만이 중점적인 고려 대상이다.

고급 문화를 향유하며 **명**예를 중히 여긴다. **사**회에서 이름값의 **의**미가 큰 사람들이니까.

고목사회 枯木死灰 장자莊子, 제물론편齊物論篇

枯 마르고 시든 木 나무 死 (불기가) 죽은 灰 재.
: 생기를 잃고 의욕을 상실한 모양을 형용한다.

고갈된 생기. **목**마른 갈증. **사**람들이 그렇게 **회**사로… 취업 학원으로….

고목생화 枯木生花 송남잡지松南雜識

枯 마른 木 나무에서 生 (피어)난다. 花 꽃이.
: 가난하고 척박하던 삶에 복이 찾아와 싱싱한 변화가 생기는 모양을 형용한다.

고생을 많이 하더니 **목**표를 이루지 못해 늘 좌절하더니 **생**각지도 못했던 행운이 찾아왔구나! **화**색이 얼굴에 이제야 도는구나!

고복격양 鼓腹擊壤 십팔사략十八史略, 제요편帝堯篇

鼓 두드리며 腹 배를 (흥에 겨워 두드리며) 擊 (발바닥으로) 두드리며 壤 부드러운 흙을 (흥에 겨워 발바닥으로 두드리며).
: 세상이 살기 좋아 마냥 좋아하는 모습이다.

고기 냠냠 ♬♪ **복**스러운 세상일세. 얼씨구 ♬♪ **격**하게 기뻐하며 ♬♪ **양**껏 즐거워하네. 절씨구 ♬♪

고비원주 高飛遠走

高 높이 飛 날고 遠 멀리 走 달리고.
: 안 보이는 곳으로 도망친다는 뜻이다.

고비가 왔다. **비**밀스럽게 **원**거리 이동해야겠다. **주**간보다 야간이 좋겠지?

고사성어 故事成語

故 예전의 事 일이 成 이룬다. 語 말씀을.
: 옛 일화가 함축하는 의미를 담은 짧은 어구를 일컫는 말.

고전적인 이야기 속에 **사**람 살아가는 지혜가 가득해. **성**공하고 싶으세요? **어**머나! 그런데 아직도 고사성어를 모르신다뇨!

고산유수 高山流水 열자列子, 탕문편湯問篇

高 높은 山 산 流 흐르는 水 물.
: 기본 뜻과는 달리 참된 벗이라는 비유적 뜻으로 쓰인다. 이러한 산과 물을 연주하던 백아의 거문고 소리를 알아주는 이를 진정한 벗으로 여겼다는 고사에서 유래한다.

고민이 **산**더미라도 **유**일한 나의 벗이 **수**심을 함께 해준다네.

고색창연 古色蒼然

古 오래된 色 기색이 蒼 어슴푸레한 然 듯하다.
: 예스러운 분위기가 물씬 풍기는 풍경이다.

고풍스러운 **색**채로 물드는 **창**밖의 풍경. **연**무 속에 가려지는 그윽한 풍경.

고성낙일 孤城落日 왕유王維의 시 송위평사送韋評事

孤 외따로 동떨어진 城 성 落 떨어지는 日 해.
: 고립된 풍경이다. 수명이 다해 가는 외로움을 형용한다.

고립된 **성**에 갇힌 듯 **낙**엽같이 떨구어진 듯 **일**생이 저물어 가는 쓸쓸한 모습.

고성방가 高聲放歌

高 크게 聲 소리 지른다. 放 멋대로 歌 노래 부른다.
: 큰소리와 노래 소리가 소음 공해를 일으키고 있다.

고우 홈![Go Home!] 집에 가! 얌전히 집에 가! **성**질나게 시끄럽게 떠드는구만. **방**송 찍냐? 길거리에서? **가**수냐? 네가? TV 출연하는 가수냐?

고식지계 姑息之計

姑 잠깐 息 숨 돌릴 之 (그런) 計 대책.
: 미봉 彌縫

고장난 근본 원인을 **식**별해내진 못하고 **지**금 당장에 급급하여 마련한 **계**획에도 없던 임시적인 대책.

고신원루 孤臣冤淚

孤 (임금의 외면을 받아) 외로워하며 의지할 데 없는 臣 신하의 冤 몹시 억울하고 가슴 아픈 淚 눈물.
: 신하에게 임금은 절대적 존재다. 그런 임금의 눈 밖에 난 신하의 심정이 외로운 눈물로 분출되고 있다.

고개를 떨구는 **신**하. 차가운 눈빛의 임금. **원**통한 신하의 눈에 고이는 **루**저[loser]의 눈물.

고안심곡 高岸深谷

高 높은 岸 언덕이 深 깊은 谷 골짜기가 (되었다.)
: 몰라보게 바뀐 세상을 비유하고 있다.

고층 건물도 들어서고 **안** 보이네, 옛 풍경은. **심**하게 변했네! 예전엔 **곡**창 지대였건만….

고옥건령 高屋建瓴 사기史記, 고조본기高祖本紀

高 높은 屋 지붕에서 建 엎지른다. 瓴 (물)동이를.
: 엎질러 쏟아지는 물살처럼 거센 기세다. 매우 활발하고 기운찬 세력을 일컫는 말.

고층 건물 **옥**상에서 쏟은 물살처럼… **건**[gun, 총]에서 발사된 총알처럼… 거침없이 **령**(영)역을 휩쓴다.

고운야학 孤雲野鶴

孤 외따로 (떠 있는) 雲 구름 野 들판의 鶴 (한 마리) 학.
: 은거하는 선비를 가리키는 말.

고고하고 **운**치 있게 **야**단법석을 떠는 속세를 떠나 **학**문에 정진한다.

고육지계 苦肉之計 삼국지三國志, 오지吳志 황개黃蓋 일화逸話

苦 괴롭히는 것이 肉 (자기) 몸을 之 (포함된) 計 꾀.
: 난관을 극복하기 위하여 희생을 감수하는 계획을 일컫는 말.

고삼병을 마다하지 않겠다! **육**신이 내 몸 같지 않지만… **지**상 과제인 수능을 위해! 힘듦도 **계**기로 삼을 수밖에!

고인조박 古人糟粕 장자莊子, 천도편天道篇

古 옛 人 사람의 (글은 아무리 성현의 글이라고 할지라도) 糟 술을 거르고 남은 찌끼인 재강(같고) 粕 술을 짜낸 찌꺼기인 지게미(같다.)
: 옛 성현의 머리에 담긴 지혜를 온전히 모두 담아내기에는 문자라는 수단이 한계가 있음을 통찰한 표현이다.

고대부터 **인**정받은 지혜라도… 글만으로는 **조**건들을 온전히 파악하긴 어렵죠. 오늘날 무작정 **박**수치며 환영할 순 없어요.

고자과학 孤雌寡鶴

孤 외로운 雌 암컷 寡 짝 잃은 鶴 학.
: 이 표현에 암컷이 쓰였으나 보통 암수를 구별하지 않고 짝을 잃은 사람으로 해석한다.

고독한 사람들… **자**기 짝들을 잃은 **과**부 신세, 홀아비 신세… 외로움이라면 **학**을 뗄 사람들….

고장난명 孤掌難鳴 한비자韓非子, 공명편功名篇

孤 외따로 掌 손바닥은 難 어렵다. 鳴 소리를 내기 (어렵다.)
: 혼자서는 안 된다. 일을 해내려면 협력할 사람이 필요하다. 싸우려 해도 싸울 상대가 있어야 싸울 수 있다.

고래고래… 혼자서 **장**황하게 정의를 부르짖고 **난**리를 친다고 정의가 실현되겠냐? **명**확하게 그 소릴 들어줄 다른 누군가와 함께 해야지!

고중작락 苦中作樂

苦 괴로움 中 가운데 作 짓는다. 樂 즐거움을.
: 행복을 찾는 인간 생활의 본질이 담겨 있는 듯한 표현이다.

고생의 길 **중**간중간에 **작**열하는 **락**(낙)이 있다네. ♬♪

고진감래 苦盡甘來

苦 쓴맛이 盡 다하면 甘 단맛이 來 온다.
: 괴로운 일을 겪고 나면 즐거운 일이 찾아온다. 이것이 바로 인생의 묘미다.

고아로 자란 빨강머리 앤에게 **진**정한 행복이 찾아온다. **감**당하기 버거웠던 지난날들은 **래**릿 고!Let it Go! 다 잊어.

고집불통 固執不通

固 굳게 (자기 생각만) 우기고 執 (자기 생각만) 붙잡고 있으면서 不 아니한다. 通 (다른 사람들과) 소통하지 (아니한다.)
: 자기 의견만 우기면서 유연하게 굽힐 줄 모르는 모양이다.

고집이 **집**채만 해. **불**타오르기만 하고 **통** 말이 안 통해.

고침단명 高枕短命

高 높은 枕 베개는 短 짧게 한다. 命 목숨을 (짧게 한다.)
: 베개의 높이와 수명이 반비례한다는 말이다.

고층 건물같은 베개를 베고… **침**상에 누우면 **단**지 베개가 높다는 이유만으로 **명**이 짧아진다던데?

고침안면 高枕安眠 사기史記, 장의열전張儀列傳·전국책戰國策, 위책魏策

高 높은 枕 베개는 安 편안하게 한다. 眠 잠을 (잘 자도록 편안하게 한다.)
: 불안한 마음 없이 편안하게 지내는 모양이다.

고민 없이 **침**대에서 뒹굴뒹굴하네. **안**락한 그날그날… **면**제 받았네, 근심거리는.

고화자전 膏火自煎 장자莊子, 인간세편人間世篇

膏 기름(으로 타는) 火 (등)불은 自 스스로 煎 졸인다.
: 재주 있는 사람이 발휘한 재주가 자신에게 해를 끼치는 결과로 이어지는 경우를 형용하는 표현이다.

고 녀석, 재주가 **화**근이었네. **자**기 재주로 말미암아 **전**혀 달갑지 않은 결과가….

곡굉이침지 曲肱而枕之 논어論語, 술이편述而篇

曲 굽혀 肱 팔을 而 (그리고) 枕 베개로 벤다. 之 (그것을, 팔뚝을 (베개로 벤다.))
: 물질적 탐욕 없이 맨몸 하나로 만족하며 삶을 즐기는 모습을 형용한다.

곡을 흥얼흥얼 ♬♪ **굉**장히 난 만족한다. **이**렇게 가난해도… **침**대 없이 바닥에 팔베개하고 **지**내도… 그저 좋다, 족하다. ♬♪

곡굉지락 曲肱之樂 논어論語, 술이편述而篇

曲 굽혀 肱 팔을 (굽혀) 之 (팔뚝을 베개로 베는) 樂 즐거움.
: 곡굉이침지 曲肱而枕之

곡목은 '가난해도 난 좋아' ♬♪ **굉**장하죠? 가난 따위에 **지**지 않아요! **락**(낙)담하지 않아요!

곡돌사신 曲突徙薪 한서漢書, 곽광전霍光傳

曲 구부려라. 突 굴뚝을 徙 옮겨라. 薪 섶, 땔감들을.
: 굴뚝을 구부려 아궁이의 불길이 번지는 것을 막고, 근처에 불이 옮겨 붙을만한 땔감을 사전에 없애버린다면 화재 발생을 방지하는 근본적인 대책들이 될 수 있다. 이것은 재난에 대비하는 아주 지혜로운 처방이라 볼 수 있다. 원래의 맥락에서는 이러한 처방이 무시되는 안타까운 현실을 고발했다.

곡물의 성장을 방해하는 **돌**발 사태에 철저히 대비하시오! **사**전에 **신**중하게 대책을 마련하시오!

곡자이상명 哭子而喪明 예기禮記, 단궁檀弓 상편上編

哭 죽음을 슬퍼하며 울다가 子 자식의 (죽음을 슬퍼하며 울다가) 而 (그러다가) 喪 잃는다. 明 시력을 (잃는다.)
: 자식을 잃은 부모의 상심이 실명이라는 비극으로 이어지고 있다.

곡소리 넘쳐 흐른다. **자**식을 잃은 부모의 마음에는 **이**토록 **상**심이 커져만 가는데…. **명**복을 빕니다.

p.s. 너무 울진 마세요. 자식도 슬퍼지잖아요. 어서 웃음을 되찾으시기를 바랍니다.

곡학아세 曲學阿世 사기史記, 유림열전儒林列傳

曲 도리에 맞지 않는, 정직하지 않은 學 학문으로 阿 아첨하면서 영합한다. 世 세상에 (알랑거리면서 영합한다.)
: 학문이 추구해야 할 본연의 정신을 망각하고 세속의 관심에 연연하고 있다.

곡예비행하는 **학**문 비행사, **아**래로 아래로 비틀비틀… **세**세히 권세 바람에 휘청휘청….

곤이지지 困而知之 논어論語, 계씨편季氏篇

困 괴로움을 겪으면서 而 (그러면서) 知 앎을 터득한다. 之 배움의 내용을 (안다.)
: 지식의 획득 과정에서 고난의 여정을 수반하고 있다.

곤경에 처했지. 법을 **이**상하게 시행하더라고. 법이 **지**닌 허점을 알기 위해 법 **지**식을 쌓아야 했지.

골경지신 骨骾之臣 사기史記, 자객열전刺客列傳·한유韓愈, 쟁신론爭臣論

骨 (가시) 뼈가 骾 (목에) 걸린 듯 之 (그렇게 불편한) 臣 (바른 말을 하는) 신하.
: 충성스럽고 참된 마음으로 임금의 잘못을 직언하는 신하를 일컫는 말.

골내지 마소서, 전하. **경**계하자는 말은 **지**당한 소리이옵니다. **신**하의 충언을 새겨들으소서.

골골무가 汨汨無暇

汨 한 가지 일에만 정신을 다 기울여 汨 한 가지 일에만 정신을 다 기울여 無 없다. 暇 (다른 것을 할) 겨를이 (없다.)
: 다른 일을 할 겨를이 없을 정도로 한 가지 일에 고도로 몰입하고 있다.

골똘히 무슨 생각해? **골**치를 썩이고 있네. **무**대에 처음 올라가는데 걱정되네. **가**수 오디션을 보기로 했거든.

골육상잔 骨肉相殘 세설신어世說新語

骨 뼈와 肉 살이 (혈연관계에 있는 사람들끼리) 相 서로 殘 해치고 죽인다.
: 피붙이들끼리 서로 싸우며 해치는 모양이다.

골수에 맺힌 원한으로 **육**체적 정신적 파탄 **상**태… 같은 핏줄끼리 **잔**인한 혈투….

골육상쟁 骨肉相爭 세설신어世說新語

骨 뼈와 肉 살이 (혈연관계에 있는 사람들끼리) 相 서로 爭 다툰다.
: 골육상잔 骨肉相殘

골짜기는 더 깊게 갈라져. **육**신도 멍들고, 정신도 공황 **상**태. 동족끼리 울부짖는 소리가 **쟁**쟁하게 들려오는 마음의 골짜기.

골육지친 骨肉之親 여씨춘추呂氏春秋, 계추기季秋紀 정통편精通篇

骨 뼈와 肉 살(처럼) 之 (가까운) 親 친한 (관계).
: 혈연관계에 있는 사람들을 일컫는 말.

골방에 모여 **육**개장을 **지**글지글 끓여 먹는 **친**족들.

공경대부 公卿大夫

公 (삼공—영의정, 좌의정, 우의정의 세 정승) 卿 (구경—좌우참찬, 육조 판서, 한성 판윤의 아홉 대신) 大夫 (대부—조선시대 정일품에서 종사품까지의 벼슬).
: 높은 벼슬을 한 사람들을 일컫는 말.

공손해얍죠. **경**의를 표해야죠. **대**단히 높으신 분들잉께 **부**럽죠.

공고식담 攻苦食啖

攻 험한 상황에서 苦 애써서 힘쓰며 食 (음식을) 먹고 啖 씹어 삼킨다.
: 어려운 생활 속에서 학업에 힘쓰는 모습이다.

공부를 열심히 합니다. **고**된 환경이지만… **식**사도 형편없지만… **담**담히 공부합니다.

공곡공음 空谷跫音 장자莊子, 서무귀편徐無鬼篇

空 (사람이 없어) 빈 谷 골짜기에 跫 발자국 소리가, 音 (반가운 손님의) 소리가 (들린다.)
: 공곡족음 空谷足音

공허하던 공간에… 아름다운 **곡**이 울려 퍼진다. **공**들여 찾아온 손님의 소리, **음**악처럼 감미로운 발자국 소리.

공곡족음 空谷足音 장자莊子, 서무귀편徐無鬼篇

空 (사람이 없어) 빈 谷 골짜기에 足 (손님의) 발 音 소리가 (들린다.)
: 외로울 때 찾아와 주는 반가운 손님을 일컫는 말.

공허한 이곳에 낯선 발자국이…! **곡**을 하나, 귀신이? 의아하던 **족**적의 정체는 바로… **음**지까지 먼길 와준 반가운 손님!

공과상반 功過相半

功 공적과 過 잘못이 相 서로 半 반반씩 (있다.)
: 잘잘못을 따졌더니 잘한 것과 못한 것이 비등비등한 모양이다.

공격하는 외계인들을 물리치다니… **과**연 우리의 슈퍼히어로들이야! **상**대를 박살낸 건… 훌륭해! **반**면에 지구까지 박살낸 건… 너무해!

공도동망 共倒同亡

共 한 가지로 倒 거꾸러지며 同 한 가지로 亡 멸망한다.
: 함께 사이좋게 망하는 모양을 형용한다. 운명을 함께 한다는 뜻이다.

공동 운명체임을 **도**외시하지 마! 혼자만 살 수 없다. **동**반 성장하든가 **망**할 때도 함께 망하든가.

공리공론 空理空論

空 헛된 理 이론 空 헛된 論 논의.
: 현실의 개선에 아무 것도 이바지하지 못하고, 현실과 동떨어진 허황된 논의를 가리키는 말.

공부해서 남 주자고요? **리**(이)기심이 만연한 사회에서 **공**허한 **론**(논)의 아닌가요?

공명정대 公明正大

公 올바르고 明 깨끗하고 正 바르고 大 훌륭하고.
: 사사로움이 없이 아주 공정한 모양이다.

공을 찼다고? **명**백히 발을 찼는데? 어디서 거짓말을… 레드카드 퇴장! **정**확한 심판의 판정에 **대**다수 관중들, 고개를 끄덕끄덕.

공명지조 共命之鳥 불교佛敎 아미타경阿彌陀經·잡보장경雜寶藏經

共 함께 하는 命 목숨을 (함께 하는) 之 (머리가 두 개인) 鳥 새.
: 생사를 함께 하는 운명 공동체를 일컫는 말.

공존의 의미는 **명**백해. **지**금 네가 살아야해! **조**건은 그거 하나야. 그래야… 나도 살아.

공성신퇴 功成身退 노자老子, 도덕경道德經

功 공훈을 成 세우고 身 (있던 자리에서) 몸을 退 물러난다.
: 업적을 이루고 아름답게 퇴장하고 있다.

공도 세웠고 **성**취감 충만한 이때 **신**나게 ♬♪ **퇴**장할꼬얌.

공수래 공수거 空手來 空手去 불교佛敎

空 빈 手 손으로 來 왔다. 空 빈 手 손으로 去 갔다.
: 인생의 시작도 맨몸이고 인생의 마무리도 결국 맨몸일 뿐이다. 물욕을 경계하는 의미로도 쓰인다.

공(0)이야. **수**로 따지면 공(0)이야. **래**이러 오어 얼리어[Later or Earlier] 나중이

든 일찍이든 **공**(0)이야. **수**치는 공(0)이야. **거**기서 멈춰. 그게 인생이야.

공옥이석 攻玉以石 시경詩經, 소아小雅 학명편鶴鳴篇

攻 쳐서 다듬는다. 玉 (귀한) 구슬을 (쳐서 다듬는다.) 以 가지고 石 (천한) 돌을 (가지고).
: 훌륭한 결과물이 나오기 위해서 훌륭한 재료나 수단만 필요한 것은 아니다. 돌조각처럼 흔하고 상스러운 물건이라 하더라도 그 쓰임새를 찾을 수 있다. 쓸모없는 물건도 쓸모 있다는 역설적 진리가 고결한 결과물의 탄생과 함께 더욱더 빛나는 표현이다.

공들여 활용하면… 재료의 **옥**석을 가릴 일은 없다네. 하찮게 보이더라도 **이**로운 '옥'이거든. **석**학도 인정한 맥가이버님 말씀.

공자천주 孔子穿珠 목암선경睦庵善卿, 조정사원祖庭事苑

孔子 공자가 穿 뚫는다. 珠 구슬을 (뚫는다.) 구슬에 (실을 꿴다.)
: 지혜의 아이콘인 공자가 바느질하는 평범한 아낙네로부터 지혜를 얻어 구슬에 실을 꿴다는 이야기다. 신분이나 지식, 나이에 상관없이 다른 사람들의 경험은 소중한 배움의 원천으로 기능한다.

공허하게 흘려듣지 마! **자**신보다 낮다고 **천**하게 여기지 말고, **주**위를 둘러봐! 귀 기울여!

공전절후 空前絶後

空 비어 있고 前 앞으로도 (비어 있고) 絶 끊겨 있다. 後 뒤로도 (끊겨 있다.)
: 전무후무 前無後無

공이 또 담장을 넘습니다! **전**례 없는 대기록입니다! **절**대 강자로서, 홈런왕으로서 **후**세에 기억될 겁니다!

공존공영 共存共榮

共 한 가지로 存 존재하고 共 한 가지로 榮 영화롭고.
: 공동체가 함께 번성하는 모습이다.

공기와 같은 **존**재야, 우린 서로에게. **공**기 없으면 **영** 숨을 못 쉬잖아? 우린 서로에게 그런 존재라구!

공중누각 空中樓閣 심괄沈括, 몽계필담夢溪筆談

空 하늘 中 가운데에 (있는 것처럼 보이지만 사실 있지 않은) 樓 다락 閣 집.
: 허상을 의미한다. 근거가 박약한 사상이나 주장을 가리키기도 한다.

공연히 또! 또! 또! … **중**계방송을 보고 있냐? **누**누이 '망상'이라고 얘기

했잖아! **각**성해! 네가 로또에 당첨될 일은 없어!

공평무사 公平無私 전국책戰國策, 진책秦策

公 한쪽으로 치우치지 않고 平 고르고 無 없다. 私 사사로이 총애하는 일이.
: 사적 감정이나 편견을 배제하고 공적으로 평등하게 사람을 대우하거나 일을 처리하는 모양이다.

공정한 잣대로 **평**화를 위협하는 **무**법자들을 처단해서 **사**회 정의를 구현해주세요!

공행공반 空行空返

空 없다면 行 실제로 행동하는 바가 (없다면) 空 없다. 返 (자신에게) 돌아올 이익은 (없다.)
: 뿌린대로 거둔다는 말이 있다. 만일 뿌린 게 없으면 거두는 것도 없을 것이다. 자명한 이치다.

공들여 **행**동한 것도 없으면서 **공**연히 뭘 바라니? **반**성해!

과공비례 過恭非禮 진서晉書·맹자孟子, 이루離婁 하편下編

過 지나치면 恭 공손함이 (지나치면) 非 아니하다. 禮 예도에 맞지 (아니하다.)
: 지나치게 깍듯한 태도는 상대방을 존중하는 태도가 아니라 상대방을 깎아내리는 태도가 될 여지가 있다.

과장님께 너무 과장되게 **공**손한 거 아뇨? **비**위에도 어긋나니 **례**(예)끼, 이 사람아, 그러지 마쇼!

과대망상 誇大妄想

誇 (스스로를) 자랑하고 자만하는 大 크게 부풀려 妄 이치에 맞지 않고 허황된 想 생각.
: 근거도 없이 이치에 닿지 않게 실제보다 부풀려 생각하는 경향.

과도하게 **대**단한 줄 아는 모양인데? **망**할 녀석아, 네 꼴을… 네 **상**태를 보고 얘기해!

과대평가 過大評價

過 지나치게 大 (있는 그대로의 현실 보다) 크게 부풀려 評 매긴다. 價 값을 (매긴다.)
: 실제의 가치보다 더 높은 가치를 부여하며 평가하는 것을 뜻한다.

과에서 추녀로 소문난 **대**학생이 말한다. **평**소에 많이 듣는 말요? **가**끔 김태희 닮았단 소리 들어요.

과맥전대취 過麥田大醉

過 지나치기만 해도 麥 (술의 원료인) 보리나 밀 田 밭을 (지나치기만 해도) 大 크게 醉 취한다.
: 술을 전혀 마시지 못하는 사람을 일컫는 말.

과장이 아니고 **맥**주 한 모금에도 **전**요, **대**단히 **취**한답니다.

과목불망 過目不忘 삼국지연의三國志演義, 장송張松 일화

過 지나가면 目 눈길이 (지나가면) 不 아니한다. 忘 잊지 (아니한다.)
: 기억력이 아주 뛰어난 사람을 일컫는 말.

과 대표는 암기왕! 남들은 **목**숨 걸고 외우는데, 후루룩 **불**과 몇 초 보고도 다 기억해! **망**하는 건 남들 몫!

과문불입 過門不入 맹자孟子, 이루離婁 하편下編

過 지나도 門 (아는 사람의 집) 문 앞을 不 아니한다. 入 들어가지.
: 알기는 아는데 만나기는 껄끄러운 사람 집 앞인가 하는 생각도 들게 하는 표현이지만, 원래의 맥락에서는 열성적으로 공무에 전념하다보니 자신의 집 앞도 스쳐 지나간다는 뜻이다.

과장님 댁을 우연히 지나다… **문**을 두드려 **불**러볼까 하다가… **입**구에서 그냥 지나갔다.

과유불급 過猶不及 논어論語, 선진편先進篇

過 지나치면 猶 오히려 不 아니하다. 及 (적절한 정도에) 미치지도 (아니하다.)
: 매우 역설적인 진리다. 지나쳤다는 말은 이미 기준선을 통과했다는 말인데, 기준선에 닿지도 않았다니 모순된 결론이라고 볼 수 있다. 여기서 기준선이란 도달하고자 하는 최적의 상태다. 지나치는 순간에는 최적의 상태에 닿았을지 모르지만 결과적으로 이상적인 목표에서 벗어나 있으므로, 애초부터 다하지 않은 모양과 별로 다를 게 없다는 뜻이다.

과하게 그녀를 **유**난히 좋아해서 눈에 **불**을 켜고 쫓아다녔더니 **급**격히 관계가 서먹해졌네.

과이불개 過而不改 논어論語, 위령공편衛靈公篇

過 허물이 (있다.) 而 그러나 不 아니하는 改 고치지 (아니하는 허물).
: 잘못을 고치지 않는 잘못을 가리키는 말.

과거에도 **이**런 실수를 했잖아. **불**과 얼마 전에도 하더니… **개**념 없냐? 잘못 안 고칠래?

과전불납리 瓜田不納履 수신기搜神記, 가문합편賈文合篇

瓜 오이 田 밭에서는 不 아니한다. 納 고쳐 신지 (아니한다.) 履 신발을 (고쳐 신지 아니한다.)
: 오이 도둑으로 오해받을 가능성이 있으니까. 자신은 결백하다 하더라도 남들에게 의심을 살 행동은 삼가라는 말이다.

과장님, **전** 억울해요! **불**같이 화내시는 거, **납**득은 되지만요. **리**(이)거 정말로 오해에요. 제 행동은 그런 뜻이 아니었다구요!

과전이하 瓜田李下 열녀전烈女傳, 절의편節義篇

瓜 오이 田 밭 &and 李 오얏 下 아래.
: 과전불납리 瓜田不納履, 이하부정관 李下不整冠

과도를 들고 계셔서 **전** 무서웠어요. … 오해했구나. 배추 **이**파리를 썰던 건데 **하**마터면 신고당할 뻔했구나.

과즉물탄개 過則勿憚改 논어論語, 학이편學而篇

過 허물이 (있다면) 則 곧 勿 마라. 憚 꺼리지 (마라.) 改 고치기를.
: 잘못을 조속히 시정하라고 촉구하는 문장이다.

과실을 범했으니 **즉**시 사과드립니다. **물**론 앞으론 차에 **탄**다면 더 주의하도록 **개**인적으로 노력하겠습니다.

과화숙식 過火熟食

過 지나다 보니 火 불이 (피워져 있어서) 熟 (그 불에) 익혀서 食 밥을 (익혀서) 먹는다.
: 우연히 마주친 기회를 잘 활용하는 모양이다.

과연 행운의 여신이 **화**사하게 날 응원해 주나봐! **숙**고하지도 않았던 일이 잘 풀려! **식**스 센스sixth sense가 발동한 기분이야!

관과지인 觀過知仁 논어論語, 이인편里仁篇

觀 살펴본다면 過 잘못이 (어떻게 저질러졌는지) 지난 일을 (살펴본다면) 知 알 수 있다. 仁 (그 사람이) 어진 사람인지 (여부를 알 수 있다.)
: 어진 사람은 성품이 너그러운 탓에 잘못을 저지르고, 어질지 못한 사람은 성품이 인색한 탓에 잘못을 저지른다는 뜻이다.

관찰하라, **과**오가 저질러진 과정을. 그 과정을. **지**혜롭게 그 사람의 **인**품을 판별하라.

관구자부 官久自富

官 벼슬을 久 오래 하면 自 자연히 富 부유해진다.
: 관직의 재직 기간과 부의 축적이 정비례한다는 뜻이다.

관직이 연봉이 높은 직업인가? **구**린내가 물씬 풍기는데? **자**식들이 어떻게 **부**자가 되었지?

관리전도 冠履顚倒 후한서後漢書

冠 갓과 履 신발이 顚 뒤집혀 倒 거꾸로 된다.
: 순서를 거꾸로 해서 엉망인 모양이다.

관심 가져, 순서에. **리**(이)치에 맞게 차근차근 **전**체를 조망하며 순서대로 하지 않으면 **도**루묵이야, 말짱 도루묵.

관자여도 觀者如堵 태평광기太平廣記, 신선神仙 마자연馬自然

觀 보는 者 사람들이 如 같다. 堵 담장(담장처럼 주욱 늘어서 있다.)
: 구경꾼들이 줄지어 늘어선 모양을 형용한다.

관객들이 아주 **자**글자글 하구만! **여**기 **도**대체 무슨 이슈 있슈?

관존민비 官尊民卑

官 벼슬한 사람은 尊 높고 民 백성된 사람은 卑 낮다.
: 한국 사회에서 은연중에 드러나는 관리 우월주의다.

관직은 봉사직인데 **존**엄성을 내세워요? **민**중에게? 민중을 **비**하하면서? 말도 안 돼!

관중지천 管中之天 장자莊子, 추수편秋水篇

管 대롱 中 가운데 구멍으로 之 보이는 天 하늘.
: 이관규천 以管窺天

관찰의 편협함 : **중**세 시대도 아닌데 **지**동설이 아닌 **천**동설을 주장하는 격이지.

관천망기 觀天望氣

觀 보며 天 하늘을 (보며) 望 전망한다. 氣 날씨를 (전망한다.)
: 자연 현상을 보고 날씨의 변화를 미리 짐작하는 모습이다.

관심 있게 하늘을… **천**천히 흐르는 구름을… **망**연히 바라보면 **기**상이 어떻게 바뀔지 알 수 있다네.

관포지교 管鮑之交 사기史記, 관안열전管晏列傳

管 관중과 鮑 포숙아와 之 (같은) 交 사귐.
: 서로의 진가를 알아주고 깊이 신뢰하는 아주 두터운 우정을 뜻한다.

관계, 친구관계. **포**효하듯 으르렁대는 이 세상에서 서로를 **지**지하는 **교**제.

관혼상제 冠婚喪祭

冠 성년으로의 통과 의례 婚 혼인 의례 喪 가족의 죽음에 대한 의례 祭 제사 의례.
: 관례, 혼례, 상례, 제례를 뜻한다.

관둘래, 미성년. 성인 되고(苦) **혼**인 할래, 배우자랑. 결혼하고(苦) **상** 당하고(苦), **제**사 치르고(苦).

괄구마광 刮垢磨光 한유韓愈, 진학해進學解

刮 긁어내고 垢 때를 (긁어내고) 磨 갈고 닦아 光 빛을 (갈고 닦아).
: 단점을 없애고 장점을 부각시키는 모양이다.

괄괄한 성격 중 너무 급한 단점은 **구**질구질한 때를 벗기듯 **마**구마구 닦아 내라. 신속히 일하는 장점은 **광**내듯 더 갈고 닦아.

괄목상대 刮目相對 삼국지三國志, 오지吳志 여몽전呂蒙傳

刮 비비고 目 눈을 (비비고) 相 서로 對 마주한다.
: 몰라볼 정도로 너무 달라진 모습에 '이 사람이 내가 알던 그 사람이 맞나' 하면서 눈을 비비고 다시 본다. 놀랄 만큼 상대방이 성장하거나 발전한 경우에 쓰는 표현이다.

괄시했던 녀석이 **목**에 힘주며 **상**상도 못할 정도로 **대**단해져서 나타났다. (이런 젠장!)

광관지자 曠官之刺 한유韓愈, 쟁신론爭臣論

曠 비우는 官 공무를 집행하는 자리를 (비우는) 之 (즉, 공무를 태만하게 한다는) 刺 나무람.
: 관리의 직무 태만을 비난하는 소리다.

광적인 분노를 야기하지. **관**리가 자기 할 일을 소홀히 해? **지**지부진하게 진행해? **자**리를 비워? 감히!

광대무변 廣大無邊

廣 넓고 大 커서 無 없을 邊 가장자리가 (없을 정도다.)
: 끝이 없을 정도로 넓고 큰 모양이다.

광활해! **대**단히 커! **무**한히··· **변**두리로 뻗어 나가!

광부지언 狂夫之言 사기史記, 회음후열전淮陰侯列傳

狂 미친 夫 사람 之 의 言 말씀.
: 원래의 맥락에서는, 성인은 광인의 말에서도 잘 가려내어 쓸 만한 말을 찾는다는 표현이다.

광인(미친 사람)이 하는 소리? **부**질없어 보이긴 하는데 **지**혜가 (어쩌면) **언**뜻 담겨 있을 수도 있어.

광언기어 狂言綺語

狂 (내용은) 경망스러운 言 말들인데 綺 (겉으로) 비단으로 (싸듯 그럴싸하게 포장한) 語 이야기.
: 소설을 얕잡아서 일컫는 말.

광고로 도배된 싸구려 소설들, **언**제나 말초적인 광고 문구에 **기**대어 독자들을 현혹시키며 **어**디 한 번 사 보라고 유혹하네.

광음여전 光陰如箭

光 빛(낮)과 陰 그늘(밤)로 이루어진 시간은 如 같이 箭 화살 (같이 빨리 지나간다)
: 세월이 빨리 지나가는 것을 화살에 비유하고 있다.

광기 어린 질주인가? **음**미하기에 빠듯할 정도로 **여**전히 너무 빠른 너, 세월. **전**혀 따라잡을 수 없는 너, 세월.

광음유수 光陰流水

光 빛(낮)과 陰 그늘(밤)로 이루어진 시간은 流 흐르는 水 물 (같이 빨리 지나간다.)
: 광음여전 光陰如箭

광속으로… **음**속으로… **유**유히 세월은 그렇게 순식간에… **수**중에 넣지 못할 정도로 순식간에…

광일미구 曠日彌久 전국책戰國策, 조책趙策

曠 헛되이 지내는 日 날들이 彌 오래 久 오래 (지속된다.)
: 허송세월을 오래하고 있다.

광대한 세월 **일**한 것도 없이 세월만 보냈네. **미**적 미적 대다 **구**겨져 쓰레기통에 버려진 헛된 시간들.

광채육리 光彩陸離

光 빛과 彩 고운 빛깔들이 陸 두텁게 離 분산된다.
: 색들이 뒤섞이며 아름다운 빛을 발산하는 모양이다.

광채가 빛나는 보석. **채**색이 아롱아롱… **육**안으로 보이는 **리**(이)국적인 색채의 조화.

광풍제월 光風霽月 송사宋史, 주돈이전周敦頤傳

光 맑은 낮의 風 바람 霽 비가 갠 밤의 月 달.
: 고결한 인품을 빗댄 표현이다.

광대하고 맑은 기운이 **풍**기는 그런 마음씨가 **제**가 원하는 **월**드입니다. 마음의 세계.

교각살우 矯角殺牛 현중기玄中記

矯 바로잡으려다 角 뿔을 (바로잡으려다) 殺 죽여 버린다. 牛 소를 (죽여 버린다.)
: 교왕과직 矯枉過直

교정만 하려 했는데 **각**각 조금씩 **살**짝만 고치려 했던 건데 **우**찌(어찌) 이런 일이! 몽땅 다 망쳐버렸네!

교노승목 教猱升木 시경詩經, 소아小雅 각궁편角弓篇

教 가르친다. 猱 원숭이에게 (가르친다.) 升 오르도록 木 (원숭이에게) 나무에 (오르도록 가르친다.)
: 원숭이는 굳이 가르치지 않아도 나무에 잘 오르기 때문에 불필요한 행동으로 보이지만, 통상적으로는 나쁜 사람에게 나쁜 짓을 교사한다고 해석한다.

교활한 저 녀석을 부추겨라. 4회 말을 **노**려 **승**부를 조작해라. 이 일에 **목**맬 만한 뒷돈을 대주겠다고 해.

교룡운우 蛟龍雲雨 삼국지三國誌, 오지吳志 주유전周瑜傳

蛟龍 교룡이 雲 구름과 雨 비를 (만나 승천한다.)
: 영웅이 기회를 만나 뛰어나게 활동하는 모습이다.

교감할 때가 되었다, 세상과. **룡**(용)트림을 시작한다. **운**을 따라 기회 잡아 **우**와! 세상 사람들이 놀라도록.

교목세가 喬木世家

喬 높이 솟은 木 나무(처럼) 世 대대로 나라의 높은 관직을 차지한 家 가문.
: 대대로 국가의 높은 자리를 차지하며 나라의 흥망과 가문의 흥망이 궤를 같이 하는 집안을 가리키는 말.

교양이 있는 우리 가문이… 어른께서 **목**에 힘주고 말한다. … **세**력가들을 대대로 배출했다오. **가**문의 운명이 곧 나라의 운명이었소.

교병필패 驕兵必敗 한서漢書, 열전列傳 위상전魏相傳

驕 힘세다고 잘난 체하고 건방진 兵 병사는 必 반드시 敗 패한다.
: 교만과 자만은 자기를 파멸시키는 지름길이니 경계하여야 한다.

교만함은 **병**이야. 질병. **필**요한 약은 겸손. **패**배의 쓴 맛보단 덜 쓸 거야.

교부초래 教婦初來 안씨가훈顏氏家訓

教 가르쳐라. 婦 며느리를 初 처음 來 시댁 온 (그때 며느리를 가르쳐라.)
: 군대에서 신병의 군기를 처음에 잡는 것과 같은 이치다.

교육시켜! 신입사원은 **부**디 처음 봤을 때부터, **초**면에 단단히 교육시켜! **래**이러Later 나중은 늦어.

교서소진 校書掃塵

校 교정하는 일은 書 글자를 (교정하는 일은) 掃 쓸어내는 일(과 같다.) 塵 티끌을 (쓸어내는 일과 같다.)
: 완벽한 교정은 하기 어렵다는 뜻이다.

교정을 다 본 건가? **서**두르지 않고 꼼꼼히 했나? 변명은 **소**용없네. **진**짜 또 오타가 나왔지 않나?

교언영색 巧言令色 논어論語, 양화편陽貨篇·학이편學而篇

巧 공교하게 (꾸민) 言 말씀 令 아름답게 (꾸민) 色 얼굴빛.
: 진실한 속마음을 속이고 겉모습과 말만 번지르르하게 꾸미는 모양새다.

교묘하게 꾸민 **언**행들, **영** 마음에 안 들어. 화려한 **색**깔 뒤의 색깔이 더러워.

교왕과직 矯枉過直 후한서後漢書, 중장통열전仲長統列傳

矯 바로잡으려다가 枉 굽은 것을 (바로잡으려다가) 過 지나치게 直 곧게 해버렸다. ― 잘못된 게 더 잘못되어 버렸다.
: 잘못을 바로잡으려던 개선 수단이 사태를 더욱 악화시켜 개악 수단이 된 경우다.

교정해서 바로잡으려고 **왕**성하게 힘을 쏟았더니 **과**했나봐, 지나쳤나봐. **직**설적으로 말해서 오히려 나빠졌어.

교외별전 教外別傳 불교佛教 대범천왕문불결의경大梵天王問佛決疑經

教 (경전의 말씀을 말이나 글로) 가르치는 것으로부터 外 벗어나서 別 따로 달리 傳 전한다. ― 마음에서 마음으로 전한다.
: 염화시중 拈華示衆

교화가 이루어집니다. **외**따로 계시면서 **별** 말씀도 없으셨는데… 가르침이 **전**해집니다.

교우이신 交友以信 원광圓光, 세속오계世俗五戒

交 사귈 때는 友 벗을 以 ~으로써 信 믿음(으로써 사귄다.)
: 세속 오계의 내용으로 벗을 사귐에 있어 믿음을 강조한다.

교제할 때, 친구 사귈 때 **우**선순위는? **이**거야 **신**뢰, 당연히 믿음이 으뜸이지!

교자졸지노 巧者拙之奴 명심보감明心寶鑑, 성심편省心篇

巧 기술과 재주가 뛰어난 者 사람이 拙 둔하고 어리석은 사람을 之 (위하여) 奴 종노릇한다.
: 인생의 모순이 담긴 표현이다. 돈만 많은 자본가의 후원을 받으며 위대한 예술을 탄생시킨 사람들을 예로 들어도 큰 무리는 없지 않을까?

교묘한 솜씨 **자**랑했더니 **졸**지에 **지**금 **노**예 신세처럼 솜씨 없는 남들 위해 일하네.

교절불출악성 交絶不出惡聲 전국책戰國策, 연책燕策

交 사귐을 絶 끊은 후에도 不 아니한다. 出 내지 惡 (사귀었던 사람에 대해) 나쁜 聲 소리를 (내지 아니한다.)
: 인간관계가 영원히 좋게 유지되면 좋겠지만 그렇지 못한 것이 또한 인간관계이기도 하다. 관계가 끝났을 때 어떻게 처신해야 하는지에 대한 훌륭한 지침을 이 표현은 제시하고 있다.

교제하다 **절**교한 후에 지켜야 할 **불**문율이 있지요. **출**렁출렁… 넘치면 안 됩니다. **악**담의 물결이 말이에요. **성**인답게 처신해야죠.

교주고슬 膠柱鼓瑟 사기史記, 염파인상여열전廉頗藺相如列傳

膠 아교로 붙이고 柱 (줄을 고르는) 기러기발을 (아교로 붙이고) 鼓 탄다, 연주한다. — 瑟 거문고를 (탄다, 연주한다.)
: (기러기발로 조율을 못해) 단조로운 소리만 내면서 거문고를 타는 것에 빗대 융통성 없는 모양을 청각적으로 형상화한 표현이다.

교육을 잘못 받았나? **주**변 환경에 따라 융통성도 발휘해야 할텐데 **고**지식하게 하나만 붙들고 있다니… **슬**기롭지 못하구나.

교지졸속 巧遲拙速 손자孫子, 작전편作戰篇

巧 공교하지만 遲 더딘 것보다는 拙 옹졸하더라도 速 빠른 것이 낫다.

: 병문졸속兵聞拙速

교묘하고 훌륭해도 **지**체되면 좋친 않아! vs. **졸**속이고 흠이 많아도 **속**전속결이면 그게 더 나을 때도 있어!

교천언심 交淺言深 전국책戰國策, 월책越策

交 사귐은 淺 얕으나 言 (나누는) 말들은 深 깊다.
: 만난 기간은 짧은데 깊은 속마음을 드러내는 상황을 나타낸다.

교제하며 **천**천히 깊어져야지! **언**제 봤다고 벌써부터 **심**도 있는 얘길 할라 그래?

교칠지교 膠漆之交 백씨문집白氏文集, 여미지서與微之書

膠 아교풀(로 붙인 것처럼) 漆 옻칠(해서 벗길 수 없는 것처럼) 之 (뗄 수 없는) 交 사귐.
: 서로 떼어낼 수 없을 정도로 가까운 사귐을 형용한다.

교제, 착 달라붙는 교제. N극과 S극처럼 **칠**흑같은 암흑 속에서도 **지**구 자기력처럼 끌리는 **교**제.

교토사 양구팽 狡兎死 良狗烹 사기史記, 회음후열전淮陰侯列傳

狡 교활한 兎 토끼가 死 죽으니 良 어진 狗 개를 烹 삶아 먹는다.
: 토사구팽 兎死狗烹

교활한 인간들이 **토**끼 **사**냥이 끝난 후, **양**심도 없이 **구**워먹고 **팽**개친다, 충실했던 사냥개를.

교토삼굴 狡兎三窟 사기史記, 맹상군열전孟嘗君列傳·전국책戰國策, 제책齊策

狡 교활한 兎 토끼는 三 (숨을) 세 개의 窟 굴을 (미리 판다.)
: 불확실한 미래의 위험에 대비하여 여러 준비를 착실하게 하는 모양을 형용한다.

교활한 **토**끼를 본보기로 **삼**아, 재난에 대비하기 위해 **굴**을 파라! 세 개의 굴을!

교학상장 敎學相長 예기禮記, 학기편學記篇

敎 가르치고 學 배우면서 相 서로 長 성장한다.
: 남을 가르치며 스스로 배우는 측면이 있고, 남에게 배우면서 스스로를 가르치는 측면이 있다. 그러면서 가르치는 사람과 배우는 사람 모두에게 교육적 성장이 이루어진다.

교사 덕분에 **학**생도 학생 덕분에 교사도 **상**생하며 발전하여 **장**족의 발전을 한다.

구각유말 口角流沫

口 입 角 구석에서 流 흐른다. 沫 물거품이 (흐른다.)
: 입에 거품을 물고 말하는 모양이다.

구두로 논쟁하다 보면 **각**자 주장이 과열되어 **유**감스럽게 입에서 거품이 날 정도로 **말**씨름할 때가 있지.

구곡간장 九曲肝腸

九 수없이 曲 굽은 肝 간, 마음속에서 우러나는 참된 마음 腸 창자, 마음속에서 우러나는 참된 마음.
: 사람의 마음을 휘어진 곡선적 형상으로 비유한 표현이다.

구불구불 **곡**선이 얽히고설킨, **간**단하지 않은 **장**소, 사람의 마음.

구무완인 口無完人

口 입으로 하는 말 속에 無 없다. 完 결함이나 부족이 없는 人 사람은 (없다.)
: 늘 남의 험담을 하는 사람을 가리키는 말.

구설수에 **무**조건 오르도록 **완**벽한 사람이라도 단점을 들춰내는 **인**간 루머 제조기.

구무택언 口無擇言

口 입으로 하는 말 속에 無 없다. 擇 까다롭게 좋은지 나쁜지 따질 言 말씀이 (없다.)
: 입에서 나오는 말에서 무엇을 선택할지 고민할 필요가 없다는 말은 입에서 나오는 말 모두 다 좋다는 뜻이다.

구구절절 **무**슨 말들이 이렇게 다 좋냐? **택**일해서 버릴 문장들이 없냐? **언**제나 최고야, 네 글은!

구미속초 狗尾續貂 진서晉書, 조왕륜열전趙王倫列傳

狗 개 尾 꼬리가 續 잇는다. 貂 담비 (꼬리를 잇는다.)
: 훌륭한 것 뒤를 훌륭한 것이 있어야 마땅할 터인데 그렇지 못한 상황을 나타낸다. 원래의 맥락에서는 관직에 오를 자격도 없는 사람들에게까지 관직이 주어지자, 벼슬아치들의 모자에 달 담비 꼬리가 부족하여 개 꼬리로 대신한 경우다. 공직자 임명이 부적절하다거나 법률이 개정되었으나 개악에 가깝다거나 할 때 쓰일 수 있는 표현이다.

구질구질하구만! **미**련하게 관직 임용을 **속**물들의 기준으로 처리하다니! **초**래될 결과가 끔찍하구만!

구밀복검 口蜜腹劍 당서唐書, 이임보전李林甫傳·십팔사략十八史略·자치통감資治通鑑

口 입에는 蜜 꿀이 (있으나) 腹 배에는 劍 칼이 (있다.)
: 구유밀 복유검 口有密 復有劍

구린내가 나. **밀**어붙이는 달콤하고 **복**스러운 말 뒤로 **검**고 음흉한 속내가 보여.

구복원수 口腹冤讐

口 입으로 (먹고) 腹 배를 (채우는 일이) 冤 원통한 일 (감내할 수밖에 없는) 讐 원수 (같은 일이다.)
: 인생에서 먹고살기 위해 꺼림칙한 짓을 당하거나 저질렀을 때 자기 신세를 한탄하며 하는 소리다.

구차하지만 뭐라도 먹어야 했습다. **복**장 터지고 아니꼬웠지만… **원**망스럽고 **수**치스러웠지만… 어쩔 수 없었습다.

구부득고 求不得苦 불교佛敎 팔고八苦

求 얻으려 하지만 不 못하는 得 얻지 (못하는) 苦 괴로움.
: 인간의 팔고八苦 가운데 하나로 구하려는 노력이나 마음이 허사가 되어 얻지 못할 때 겪는 괴로움을 뜻한다.

구하려 했으나… **부**지런히 얻고자 했으나… **득**이 없어 **고**통스러워.

구사일생 九死一生 굴원屈原의 이소離騷에 대한 유량劉良의 주注

九 아홉 번 死 죽을 (뻔하면서) 一 하나의 生 생명(을 이어간다.)
: 이 표현을 아홉 번 죽을 뻔하다가 한 번 살아난다고 해석하는 경우가 압도적으로 많은데 이러한 해석은 논리적으로 타당하지 않다. 아홉 번 죽을 뻔하면 아홉 번 살아나야 맞기 때문이다. 원래의 맥락에서는 아홉 번 죽고 한 번도 살 수 '없다.'는 표현인데 여기서 '없다.'라는 말이 빠지면서 이런 말도 안 되는 해석으로 이어져 버렸다.

구해냈어, 내 목숨! **사**경에 처해 **일**생일대의 위기였는데 **생**존했어!

구상유취 口尙乳臭 사기史記, 고조본기高祖本紀

口 입에서 尙 아직도 乳 젖 臭 냄새가 난다.
: 말이나 행동이 (나이에 비해) 수준 낮을 때 쓰는 표현이다.

구구절절 **상**당히 **유**치하시네요. **취**해서 한 술주정은 아니시죠?

구수응의 鳩首凝議

鳩 비둘기(처럼) 首 머리를 凝 엉기며 議 의논한다.
: 사람들이 머리를 가까이 하고 의논하는 모양을 형용한다.

구부린 채 모여서 **수**군수군 **응**, 그래! 아니, 그건 말고! **의**논하는 모양새.

구우일모 九牛一毛 사마천史馬遷, 보임소경서報任少卿書

九 아홉 (마리) 牛 소들 (가운데에서 뽑은) 一 (달랑) 하나의 毛 터럭.
: 있으나마나 한 하찮은 존재를 가리키는 말.

구천구백만 개의 털들, **우**와! 이렇게 엄청 많은 털들 중에 **일**개 하나의 구성 요소에 불과한 털 하나, **모**든 것들 사이에서 너무도 하찮구나!

구유밀 복유검 口有密 復有劍

당서唐書, 이임보전李林甫傳·십팔사략十八史略·자치통감資治通鑑

口 입에는 有 있으나 蜜 꿀이 (있으나) 腹 배에는 有 있다. 劒 칼이 (있다.)
: 겉으로는 듣기 좋고 기분 좋은 말을 하지만 마음속에는 남을 해롭게 할 생각을 숨기고 있는 모양이다.

구린내가 나는데? **유**창한 당신의 말과 함께 **밀**려오는데? **복**부에서 **유**유히 흘러나오는 **검**은 속내가 드러나는데?

구이사촌 口耳四寸 순자荀子, 권학편勸學篇

口 입으로 (나올 때까지) 耳 귀에서 (들은 지식이 나올 때까지) 四 (불과) 네 寸 치 ≒ 12센티미터 (거리의 시간이 걸린다.)
: 귀로 들은 지식을 아무 생각도 없이 입으로 바로 뱉어내는 모양을 형용한다. 남들이 하는 말을 앵무새처럼 따라할 뿐이다. 아주 천박하게 학문하는 자세를 가리킨다.

구태여 당신 **이**름을 걸고 다른 **사**람들이 한 얘길, **촌**스럽게, 똑같이 할 필요가 있습니까?

구이지학 口耳之學 순자荀子, 권학편勸學篇

口 입까지 耳 귀에서부터 (입까지) 之 (뿐인) 學 배움.
: 구이사촌 口耳四寸

구색이야 갖추었지만 **이**거야 원… 귀로 들은 **지**식을 입으로만 읊고 있는 꼴 아닌가? **학**문은 이런 게 아니지!

구전지훼 求全之毁 맹자孟子, 이루離婁 상편上編

求 구하려다 全 (흠이 없는) 온전함을 (구하려다) 之 (오히려) 毁 흠잡히다.
: 결점이 없는 언행을 의도하던 도중에 뜻하지 않게 남들로부터 결점을 지적받는 상황을 나타낸다.

구하려던 명예는 **전**혀 못 구하고, **지**금 겪고 있는 건 **훼**손되는 명예….

구절양장 九折羊腸

九 수없이 折 꺾인 (길) 羊 양의 腸 창자(처럼).
: 복잡하게 길이 꼬여 있는 모양을 양의 창자에 비유하고 있다.

구불구불한 길… **절**대로 곧은길은 안 나오는구만! **양** 갈래 세 갈래 길… **장**난 아니게 복잡하게 꼬인 길….

구태의연 舊態依然

舊 옛 態 모습에 依 의지한 然 상태다.
: 현대적인 관점에서 시대에 뒤떨어진 모양을 가리키는 말.

구겨진 얼굴로… 삐딱한 **태**도로… **의**원님들께선 오늘도 **연**거푸 인신공격하고들 계시네요.

구한봉감우 久旱逢甘雨

久 오랫동안 旱 가물어 비가 오지 않던 중에 逢 만난다. 甘 달콤한 雨 비를 (만난다.)
: 장기간에 겪던 괴로운 상황이 근본적인 원인이 해결됨으로써 종결되는 모양이다.

구십일도 넘게 **한**참 동안 가뭄에 시달리며 **봉**착했던 난관이 **감**사한 단비 내려 해소되네. **우**려했던 상황을 종식시키네.

구화지문 口禍之門 풍도馮道, 설시舌詩

口 입은 禍 재앙이 之 나가는 門 문이다.
: 신중하고 사려 깊게 말하는 자세를 강력하게 촉구하는 표현이다.

구십구 퍼센트 **화**근의 원인은 **지**금 네 입이야. **문**제라구, 네 입이!

구화투신 救火投薪 사기史記, 위세가魏世家

救 끄기 위해 火 불을 投 던진다. 薪 땔감을 (던진다.)
: 포신구화 抱薪救火

구제불능이구나, 너… **화**르르 타오르는 불길 끄려고 **투**척하는 게, 땔감이라니. **신**신당부하겠는데, 그럼 못 써!

국난사충신 國亂思忠臣 사기史記, 위세가魏世家

國 나라가 亂 어지러우면 思 그리워한다. 忠 충성스러운 臣 신하를.
: 나라의 위기 상황에서 절실히 필요한 존재가 누구인가에 대한 하나의 대답이다.

국가가 어렵고 **난**세의 시대라면 **사**실 **충**성스러운 사람에게 **신**세를 지고 싶지.

국불이리위리 國不以利爲利 대학大學, 치국평천하장治國平天下章

國 나라는 (모름지기) 不 아니한다. 以 으로써 利 이익(으로써) 爲 삼지 (아니한다.) 利 이익을 (삼지 아니한다.)
: 국가적 차원의 이로움은 '이로움'이 아니라 '올바름'임을 역설한 표현이다.

국가야, **불**러도 가지 마! **이**리 와! **리**(이)익이 된다고 꼬셔도… 국민들을 **위**한 **리**(이)익이 아니라면 가만 있어!

국사무쌍 國士無雙 사기史記, 회음후열전淮陰侯列傳

國 나라 (전체에서) 士 선비 無 없는 (선비) 雙 둘도 (없는 선비).
: 나라에서 제일 뛰어난 인재를 일컫는 말.

국가의 뛰어난 인재입니다. **사**람들 모아 비교해 보세요. **무**적입니다. **쌍**벽을 이룰 사람이 없단 말이지요.

국척 跼蹐 시경詩經, 소아小雅 정월편正月篇

跼 (등을) 구부리고 蹐 살금살금 걷는다.
: 국천척지 跼天蹐地

국가가 너무 **척**박하네. 등도 못 펴고 살금살금 걷는 꼴이라네.

국천척지 跼天蹐地 시경詩經, 소아小雅 정월편正月篇

跼 (등을) 구부리고 天 하늘 (아래에서 등을 구부리고) 蹐 살금살금 걷는다. 地 땅 (위에서 살금살금 걷는다.)
: 몹시 두려워하며 조심하는 모양을 형용한다.

국면을 맞이했다. **천**지간 모든 게 무서운 것 마냥 **척** 봐도 공포로 **지**독히 주뼛주뼛 하는구나.

국치민욕 國恥民辱

國 나라로서 恥 부끄러운 일 民 백성으로서 辱 불명예스러운 일.
: 일본 제국의 식민지로 전락한 역사의 그 날을 일컫는 말.

국가가 사라진다. **치**가 떨린다. **민**족의 앞날이… 얼마나 **욕**될까.

군계일학 群鷄一鶴 진서晉書, 혜소전嵇紹傳

群 무리 속에 鷄 닭들의 (무리 속에) 一 한 마리의 鶴 학.
: 학립계군 鶴立鷄群

군대에 뛰어난 후임이 들어옴. **계**급은 **일**개 이등병이지만 **학**학 숨넘어가는 고참들 틈에서 단연 돋보임.

군맹무상 群盲撫象 불교佛教 대반열반경大般涅槃經

群 여러 무리의 盲 소경들이 撫 어루만진다. 象 코끼리를.
: 맹인모상 盲人摸象

군중들의 **맹**목적인 판단: **무**지와 편견 가득! **상**황이… 좋지 않다.

군맹평상 群盲評象 불교佛教 대반열반경大般涅槃經

群 여러 무리의 盲 소경들이 評 평가한다. 象 코끼리의 모양이 어떻게 생겼는지 (평가한다.)
: 맹인모상 盲人摸象

군중들이여, **맹**인이 코끼리 만지듯 **평**가질하면 **상**당히 진실과 멀어질 것이다.

군사부일체 君師父一體 국어國語, 진어편晉語篇

君 임금님과 師 스승님과 父 아버지는 一 한 體 몸처럼 (받들어 모셔야 한다.)
: 임금과 스승과 아버지를 권위를 지닌 존재로서 동일시하는 표현이다.

군주. **사**부. **부**모. **일**관성 있게 섬기는 **체**계.

군웅할거 群雄割據

群 (여러) 무리의 雄 영웅들이 割 (영역을) 나누어 據 자리를 차지하고 (우열을 겨룬다.)
: 여러 영웅들이 각자의 거점을 마련하여 서로 다투는 형국이다.

군사력 갖춘 영웅들이 **웅**성 웅성 각지에서 **할**당할 땅을 늘리기 위해 **거**점에서 들고 일어난다.

군자불기 君子不器 논어論語, 위정편爲政篇

君 학식과 인품을 겸비한 子 사람은 不 아니다. 器 (틀이 딱 고정된) 그릇이 (아니다.)
: 뛰어난 사람은 그 능력을 발휘할 영역은 무한하다. 보다 다양한 분야에서 두루 빛을 발할 수 있는 사람을 바람직한 인간상으로 제시하고 있다. 요즈음 표현으로 융합형 인재라고 부를 수 있다.

군대처럼 틀에 박아 넣지 마요! **자**로 잰 듯 규격 딱딱 맞추지 말라고요! **불**쾌하니까요. 저의 **기**량은 훨씬 더 자유롭게 날갯짓할 거니까요.

군자삼락 君子三樂 맹자孟子, 진심盡心 상편上編

君 학식과 인품을 겸비한 子 사람에게 三 세 가지 樂 즐거움이 (있다.)
: 군자에게 세 가지 즐거움이란? 부모나 형제가 별 탈 없는 것, 하늘을 우러러 그 누구에게도 부끄러움이 없는 것, 영재를 맡아 교육하는 것이다.

ㄱ

군자는 즐거워. ♬♪ **자**기 가족 무탈하고, 영재를 제자로 **삼**고, 수치스러워 **락**(낙)심할 일 없어. 군자는 즐거워. ♬♪

군자표변 君子豹變 주역周易, 혁괘편革卦篇

君 학식과 인품을 겸비한 子 사람은 豹 표범(처럼 신속하고 분명하게) 變 (잘못을) 고친다.
: 잘못된 행실을 아주 빨리 고치는 모습이다. 고친 모습은 물론 아주 아름다울 것이다.

군소리하지 않고 **자**성의 **표**시로 잘못을 고친 모습, **변**화한 모습, 바로 보여드릴게요.

군주민수 君舟民水 순자荀子, 왕제편王制篇

君 임금은 舟 배 民 백성은 水 (그 배를 띄울 수도 있고 뒤집을 수도 있는) 물.
: 통치자의 존립을 좌우할 수 있는 힘은 민중에게 있다는 뜻이다.

군소리하지 말고 **주**인인 국민의 마음을 받들어 **민**주주의 **수**호하자!

굴이불신 屈而不伸 맹자孟子, 고자告子 상편上編

屈 굽은 (상태) 而 이고 不 아니다. 伸 펴진 (상태는 아니다.)
: 정상적이지 않은 상태를 형용한 표현이다.

굴곡지고 **이**지러지고 **불**거지고, 펴라고 펴지라고 **신**신당부해도.

궁구막추 窮寇莫追 손자孫子, 군쟁편軍爭篇

窮 더이상 어찌할 도리 없이 몰린 寇 도적을 莫 말라 追 쫓지(말라.)
: 궁구물박 窮寇勿迫

궁한 상황에 처한 사람 **구**태여 더 몰아세우지 마라. **막**막할 텐데 **추**가로 부담 줄 필요는 없다.

궁구물박 窮寇勿迫 손자孫子, 군쟁편軍爭篇

窮 더이상 어찌할 도리 없이 몰린 寇 도적을 勿 말라 迫 바짝 죄어서 몹시 괴롭게 쫓지 (말라.)
: 막다른 상황에 몰린 이가 무슨 해코지를 할지도 모르니 너무 몰아붙이지 말라는 뜻이다.

궁지에 빠진 사람을 조심해! **구**차하게 항복하느니 **물**어 뜯으려 덤비며 **박**치기하려 든다니까.

궁서설묘 窮鼠囓猫 환관桓寬, 염철론鹽鐵論

窮 더이상 어찌할 도리 없이 몰린 鼠 쥐가 囓 (죽음을 각오할 정도로 있는 힘을 다하

여) 문다. 猫 고양이를 (문다.)
: 절박한 상황에서 약자가 강자에게 대항하는 풍경이다.

궁지에 몰린 쥐는 쫓기다 멈춰 **서**서 뒤돌아서 **설**마 했더니 고양이를 공격해! **묘**한 일이지, 아니, 당연한 일인가?

궁여지책 窮餘之策

窮 더이상 어찌할 도리 없이 몰린 餘 나머지 之 (낸) 策 꾀.
: 난처하거나 막혀 피할 도리가 없는 상황에서 쥐어짜낸 대책을 일컫는 말.

궁지에 몰려서 **여**유 없는 **지**경에서 겨우겨우 낸, 그런 **책**략.

궁조입회 窮鳥入懷 안씨가훈顔氏家訓

窮 더이상 어찌할 도리 없이 몰린 鳥 새가 入 들어온다. 懷 품으로 (들어온다.)
: 절박한 상황에서 자신에게 위해를 가할 수도 있는 대상에게 도움을 요청하는 모양을 형용한다.

궁지에 빠졌습다. 달리 **조**력해줄 사람이 없습다. 부탁할 **입**장이 아니란 건 알지만… **회**장님, 도와주십쇼!

권권복응 拳拳服膺 중용中庸

拳 정성껏 지키면서 拳 정성껏 지키면서 服 따르면서 膺 마음속에 품는다.
: 마음속에 새겨 넣으며 기억하는 모양이다.

권투 연습할 때 코치님이 **권**한 방식을 따랐습니다. **복**서는 챔피언 인터뷰에 **응**하며 그간의 훈련 루틴을 소중히 기억했다.

권모술수 權謀術數

權 임시로 상황에 따라 謀 남을 해치기 위하여 속임수를 쓰는 術 술수와 數 책략.
: 목적을 이루기 위해서라면 그 어떤 술수도 서슴지 않는다는 부정적인 뉘앙스가 강한 표현이다.

권력 다툼이 한창이다: **모**략이 맞아떨어졌소. 적진이 **술**렁술렁합디다. **수** 싸움에서 우리가 이겼소.

권불십년 權不十年

權 권력과 세력은 不 못한다. 十 10 年 년을 (넘지 못한다.)
: 일정한 시간이 지나면 권력이나 세력은 그 힘이 떨어지기 마련이다.

권력? 지금 한창 젊어 무적일 것 같아 **불**로장생할 것처럼 보여도, **십** 년이면 **년**말이고 노년이야. 끝이라구!

권상요목 勸上搖木 구당서舊唐書, 이임보李林甫 일화逸話

勸 부추긴 후에 上 (나무) 위에 오르라고 (부추긴 후에) 搖 흔들어버린다. 木 나무를 (흔들어버린다.)
: 조력자인 척하며 옆에서 조장하는 사람들의 말대로 행동하다가 난감하고 처량한 결과를 맞이하는 모양이다.

권장하고 부추기는 **상**대의 말 믿고 따랐더니… **요**놈 봐라? **목**적은 날 위한 게 아니었네?!

권선징악 勸善懲惡

勸 부추기고 善 착한 행동을 (부추기고) 懲 응징하고 惡 나쁜 행동을 (응징하고).
: 선을 북돋우고 장려하며 악을 나무라고 벌한다는 뜻이다.

권법 소년이 **선**공으로 발차기를 하니 **징**그러운 **악**당이 나가떨어진다. — 영화 끝 —

권토중래 捲土重來 두목杜牧, 제오강정題烏江亭

捲 돌돌 감아 말면서 土 흙을 (돌돌 감아 말면서) 重 거듭하여 來 온다.
: 패배나 실패를 경험한 후 재정비하고 실력을 갈고 닦아 다시 덤비는 모양을 형용한다.

권투 선수가 패전의 설욕을 위해 **토**할 정도로 훈련한다. **중**요한 리벤지 매치에서 **래**프트 한방으로 끝장내기 위해.

귀곡천계 貴鵠賤鷄

貴 우러러본다. 鵠 고니를 (우러러본다.) 賤 업신여긴다. 鷄 닭을 (업신여긴다.)
: 드물고 희귀한 것을 높게 평가하고 흔하고 가까운 것은 낮게 평가하는 태도를 가리킨다.

귀한 구경거리니까 **곡**예사들은 우대하는 거죠. **천**만 개 이상 널리고 널린 **계**곡의 돌덩이들은 그렇지 않죠.

귀마방우 歸馬放牛 상서尙書, 무성편武成篇

歸 돌려보낸다. 馬 (전쟁에 쓴) 말을 (돌려보낸다.) 放 풀어놓는다. 牛 (전쟁에 쓴) 소를 (풀어놓는다.)
: 전쟁이 끝났음을 가리키는 말.

귀한 생명이 희생되니 **마**음이 아프다. **방**금까지 싸웠지만 **우**리 이제 그만하자.

귀면불심 鬼面佛心

鬼 귀신의 面 얼굴에 佛 부처의 心 마음.
: 차갑고 무서운 외모와는 달리 따뜻하고 너그러운 마음씨를 가진 모양이다.

귀, 입, 코, 눈 … **면**상은 **불**량해 보여도 **심**성은 고운 분이시네.

귀배괄모 龜背刮毛 순오지旬五誌

龜 거북 背 등에서 刮 도려낸다. 毛 (있지도 않은) 터럭을 (도려낸다.)
: 이치에 닿지 않는 헛된 노력을 가리키는 말.

귀신의 **배**꼽 털을 뽑겠다고? **괄**시받고 싶냐? **모**세의 기적도 일으키지 그래?

귀인천기 貴人賤己

貴 고귀한 인품의 人 사람은 賤 낮춘다. 己 자기 몸을 (낮춘다.)
: 어질고 너그러운 마음으로 자신을 천한 자리로 내려놓는 것이 역설적으로 자신의 존재를 귀한 위치로 승격시키는 행동이다.

귀한 존재로서 **인**간을 대합니다. **천**시하지 않고 **상**대의 기운을 돋우어 주는 자세입니다.

규구준승 規矩準繩

規 (원형을 그리던 도구인) 그림쇠 矩 ('ㄱ'자 모양의 자인) 곱자 準 (수평을 재는 기구인) 수준기 繩 (곧은 줄을 긋는데 쓰인) 먹줄.
: 목수의 도구들인데, 일상생활의 규범을 뜻한다.

규칙이야. **구**속력 있어서 **준**수해야 하지. **승**복해야 한다고!

귤중지락 橘中之樂 유명록幽冥錄

橘 귤 中 가운데에서 之 (두 노인이) 樂 즐기는 (바둑).
: 바둑의 묘미를 일컫는 말.

귤 좀 드시고 하세요. **중**학생 손주가 한창 바둑에 열중한 할아버지들께 말했다. **지**금 귤 까먹을 시간 없다! **락**(낙)심한 표정으로 마냥 즐거운 할아버지의 바둑 삼매경… ♬♪

귤화위지 橘化爲枳 안자춘추晏子春秋, 내편內篇 잡하雜下

橘 (품질 좋던) 귤이 化 변화하여 爲 된다. 枳 (품질 나쁜) 탱자가 (된다.)
: 남귤북지 南橘北枳

귤이냐? **화**끈화끈… 아뇨, 탱잔데요. **위**장했냐? 원래 귤이었잖아? 부끄

부끄… **지**질과 기후가 바뀌니, 저도 달라졌어요.

극구광음 隙駒光陰 이황李滉, 퇴계집退溪集

隙 (문)틈으로 駒 망아지가 (지나가듯이) 光 빛(낮)과 陰 그늘(밤)로 이루어진 시간이 (지나간다.)
: 순식간에 지나가는 세월을 묘사하고 있다.

극구 반대일세. **구**슬프게 반대일세. 세월, 당신의 **광**란의 질주를… 난 **음**울하게 반대일세.

극기복례 克己復禮 논어論語, 안연편顔淵篇

克 이기고 己 자기 몸의 이기적인 욕심을 復 회복한다. 禮 예도를 (회복한다.)
: 자신의 사심을 극복하고 예의로 복귀하는 모양이다.

극한 일도 아녀. 슬금슬금 **기**어 나오는 사리사욕을 보믄… **복**길아, 알재? … **례**(예)의 바르게 기냥 밟으믄 돼.

극락왕생 極樂往生 불교佛教

極 극진한 樂 즐거움이 있는 (아미타불이 살고 있는 정토에) 往 가서 生 (다시) 태어난다.
: 아미타불이 살고 있는 정토에서 환생하는 모습이다.

극도로 좋은 **락**(낙)원으로 가소서. **왕**년은 다 잊으시고 **생**을 새로 시작하소서.

극벌원욕 克伐怨慾 논어論語, 헌문편憲問篇

克 이기려고 하고 伐 자랑하려고 하고 怨 고깝게 여기고 慾 지나치게 탐내고.
: 어진 사람이 해서는 안 될 네 가지 사항이다.

극단적 호승심, 눈 **벌**겋게 자랑질, **원**망스러운 마음, 지나친 **욕**심… 네 가지를 자제하시오.

극혈지신 隙穴之臣

隙 벌어진 틈으로 穴 구멍으로 之 (반역을 위해 엿보는) 臣 신하.
: 신하가 모반을 꾀하고 있다.

극심한 배신감에 **혈**압 오르네! **지**금껏 믿었던 **신**하건만… 신의를 저버렸네!

근묵자흑 近墨者黑 태자소부잠太子少傅箴

近 가까이 하는 墨 먹을 (가까이 하는) 者 사람은 黑 검게 물든다.
: 근주자적 近朱者赤

근처에 늘 뭘 **묵**는(먹는) 놈들이 많아 **자**연스레… **흑**흑, 나도 이렇게 살쪘어.

근주자적 近朱者赤 태자소부잠太子少傅箴

近 가까이 하는 朱 붉은빛을 (가까이 하는) 者 사람은 赤 붉은빛으로 물든다.
: 환경의 중요성.

근처 사는 **주**당들과 **자**주 술을 마시다… 어느새 **적**수가 없는 술고래가 된다.

금강불괴 金剛不壞 불교佛敎

金 쇳덩이처럼 剛 단단하여 不 아니한다. 壞 부서지지 (아니한다.)
: 가장 강한 금속처럼 깨지지 않는다는 뜻이다.

금수 같은 아우라, **강**철을 두른 듯 **불**끈불끈 근육질의 **괴**물 같은 몸매.

금곤복거 禽困覆車 전국책戰國策, 한책韓策

禽 (잡힌) 새가 困 시달리다가 覆 뒤집는다 車 수레를.
: 곤란한 처지에 놓인 약자가 초인적인 힘을 발휘하는 모양이다.

금시초문의 힘을 발휘한다. **곤**경에 처했던 약자가 **복**부를 강타하며 **거**인을 쓰러뜨린다.

금과옥조 金科玉條 양웅揚雄, 극진미신劇秦美新

金 금처럼 (귀한) 科 법률 조문 玉 구슬처럼 (귀한) 條 법규 조목.
: 보물을 다루듯이 소중하게 지지해야 할 규범을 일컫는 말.

금덩이를 **과**자 쪼가리로 여겨라! **옥**을 티처럼 여겨라!…는 말씀을 **조**용히 늘 되새깁니다.

금구목설 金口木舌 양웅揚雄, 법언法言 학행편學行篇

金 쇠로 된 口 주둥이에 木 나무로 된 舌 혀.
: 목탁을 일컫는 말.

금빛 **구**슬 두드리는 소리, **목**탁 소리, **설**법의 배경 음악 소리.

금구무결 金甌無缺 남사南史

金 쇠 甌 사발 無 (조금도) 없는 缺 모자란 데가 (조금도 없는 쇠 사발.)

: 외세의 침략을 받지 않은 나라를 일컫는 말.

금지 **구**역이야. 침략 금지! **무**적이야. 강해! **결**코 용납 못해, 침략 따위.

ㄱ

금구폐설 金口閉舌

金 금처럼 (좋은 말이 나올 수도 있는) 口 입을 閉 닫고 舌 혀를 (움직이지 않는다.)
: 입 다물고 침묵하는 모양이다.

금메달감인 말솜씨가 **구**비된 혀의 기능을 **폐**기 처분함으로써 **설**득력을 얻는 침묵의 가치.

금란지교 金蘭之交 주역周易, 계사편繫辭編 상上

金 쇠나 蘭 난초 之 (같은) 交 사귐.
: 금석지교 金石之交, 지란지교 芝蘭之交

금처럼 단단하고 반짝반짝 **란**(난)초처럼 향기로운 **지**금 너와 나의 우정 어린 **교**제.

금불여고 今不如古

今 지금 (수준)이 不 아니하다. 如 같지 (아니하다.) 古 옛날 (수준과 같지 아니하다.)
: 옛날이 지금보다 더 낫다. 과거보다 뒤떨어진 현재를 의미한다.

금세기 현대의 모습이 **불**과 이것 밖에 안 된다 **여**겨질 정도로 **고**대 옛날이 더 나았다.

금상첨화 錦上添花 왕안석王安石의 시 즉사卽事

錦 비단 上 위에 添 더한다. 花 꽃을 (더한다.)
: 겹겹이 좋은 일들이 생기는 모양을 시각적으로 형용한다.

금메달 받은 데다 **상**금까지 엄청 **첨**가해서 받았어! **화**색이 돌았어!

금석맹약 金石盟約

金 쇳덩어리와 石 돌덩어리처럼 盟 굳게 (꼭 이루겠다고) 約 다짐한다.
: 절대로 변하지 않고 지키기로 한 약속을 일컫는 말.

금요일에 볼 영화, 꼭 **석** 장의 티켓을 예매하겠다는 **맹**세를 지켰죠. **약**속을 어기면 큰일 나거든요.

금석지교 金石之交

金 쇠나 石 돌처럼 之 (견고한) 交 사귐.

: 절대로 변하지 않는 우정으로 맺어진 사귐.

금세기, 아니 **석**기 시대 이래로 **지**구상에서 가장 단단한 **교**제.

금성옥진 金聲玉振 맹자孟子, 만장萬章 하편下篇

金 귀한 聲 소리를 玉 아름답고 훌륭하게 振 떨친다.
: 지성과 인격을 겸비한 훌륭한 인물을 빗댄 표현이다.

금처럼 빛나는 **성**스러운 인격의 멜로디, **옥**타브마다 **진**동해서 울려 퍼지네!

금성탕지 金城湯池 한서漢書, 괴통전蒯通傳

金 쇠붙이로 된 城 성 湯 펄펄 끓는 池 못.
: 철벽 방어를 형상화한 표현이다.

금가지 않는 철벽의 성. **성**난 적들의, **탕**! 탕! 모든 공격을 튕겨내며 적들을 **지**치게 하네.

금슬상화 琴瑟相和 시경詩經, 소아小雅 상체편常棣篇

琴 거문고와 瑟 비파가 相 서로 和 잘 어울리듯.
: 잘 화합하는 부부 사이를 잘 어우러져 좋은 화음을 내는 악기 소리에 비유하고 있다.

금관 악기들의 하모니, **슬**기롭게, 정답게 **상**대방을 존중하는… 부부 **화**합의 멜로디.

금시작비 今是昨非 도연명陶淵明, 귀거래사歸去來辭

今 이제부터는 是 옳은 행동 昨 어제까지는 非 그른 행동.
: 작비금시 昨非今是

금방 고쳤어요, 어제의 잘못. **시**급하게 **작**은 변화, 이루어냈으니 **비**교하지 마요! 어제랑 오늘의 나는 다르니까.

금심수구 錦心繡口 유종원柳宗元, 걸교문乞巧文

錦 비단결 같은 心 마음씨로 繡 수놓은 듯이 (아름다운) 口 입 밖에 내는 말이나 표현하는 글.
: 원래의 맥락에서는 부정적인 뉘앙스가 있지만, 요즈음에는 뛰어난 글재주를 칭찬하는 표현으로 통상적으로 해석한다.

금방 이렇게 **심**금을 울리는 문장들을 **수**놓았구나! **구**구절절 아름답도다!

금오옥토 金烏玉兎

金 금(빛) 烏 까마귀(가 사는) 해 玉 옥 兎 토끼(가 사는) 달.
: 해와 달을 빗댄 표현이다.

금빛 날개 까마귀가 **오**라고 손짓하는 해랑 **옥**돌 방아 찧는 **토**끼가 반겨 주는 달.

금의야행 錦衣夜行 사기史記, 항우본기項羽本紀·한서漢書, 항적전項籍傳

錦 비단 衣 옷을 입고 夜 밤에 行 다닌다.
: 야행피수 夜行被繡

금빛 반짝반짝하는 **의**상을 차려 입고 가나, **야**심한 밤이라 **행**인들 눈에 띄지 않네.

금의옥식 錦衣玉食

錦 비단 衣 옷 玉 좋은 食 음식.
: 호화롭고 편안한 생활을 가리키는 말.

금수저 입에 물고 **의**식주 모두 **옥**으로 치장했네. **식**사든 뭐든 귀티 풀풀! ♬♪

금의환향 錦衣還鄕 사기史記, 항우본기項羽本紀·한서漢書, 항적전項籍傳

錦 비단 衣 옷 (입고) 還 돌아온다. 鄕 태어난 곳으로 (돌아온다.)
: 성공하여 자랑스럽게 고향땅을 다시 밟는 모습이다.

금빛 반짝반짝 **의**복 차려입고 **환**영 받고 **향**촌의 자랑이 된다!

금지옥엽 金枝玉葉

金 (재질이) 금인 枝 가지처럼 귀중한 자손 玉 (재질이) 옥인 葉 잎처럼 귀중한 자손.
: 아주 귀한 존재로서 자손을 귀할 법한 식물의 부분을 상상하여 비유하고 있다.

금쪽 같은 내 새끼, **지**극한 정성으로 키웁니다. **옥**같이 고운 길만 **엽**니다, 그 앞에.

급전직하 急轉直下

急 (상황이) 급히 轉 바뀌면서 直 곧장 下 내리달리는 (형세).
: 갑자기 바뀐 상황이 막힘없이 진행되는 모양이다.

급격하게 **전**환된 국면. **직**전까진 이러지 않았는데 **하**루도 채 지나지 않아 완전히 달라진 양상.

긍구긍당 肯構肯堂 주서周書, 대고편大誥篇

肯 (아버지는) 뼈대를 만들고 살을 붙이고 構 집의 구조를 (뼈대를 만들고 살을 붙이고) 肯 (자식은) 뼈대를 만들고 살을 붙이고 堂 집의 본채를 (뼈대를 만들고 살을 붙이고).
: 조상으로부터 사업을 물려받는 모습을 빗댄 표현이다.

긍께요, 가업을 잇겠어요. **구**직을 굳이 따로 하지 않고요. … **긍**정적으로 **당**신(아버지)의 일 이어받겠다는 자식.

기고만장 氣高萬丈

氣 기운이 高 뽐내며 뿜어져 나오는 (기운이) 萬丈 ≒ 30,000미터까지 (치솟는다.)
: 대단히 우쭐하거나 매우 화가 난 모양이다.

기세 좋네! **고** 녀석, 참… 세상이 **만**만하냐? 커서 **장**군이 되려무나!

기구지업 箕裘之業 예기禮記, 학기편學記篇

箕 (아버지가 활을 만들면 자식은 아버지를 따라하며) 키(를 만들고) 裘 (아버지가 대장장이인 아들은 아버지를 따라하며) 갖옷(을 만들고) 之 (그러면서 자식들이 나중에는 활 만드는 일과 대장장이 일을) 業 가업(으로 이어받는다.)
: 가업이 전승되는 모습을 형용한 표현이다.

기원을 거슬러 올라가면 조상님으로부터 **구**세대에서 **지**금 세대로까지 **업**으로 이어져 오고 있습니다.

기기괴괴 奇奇怪怪

奇 보통과 다르게 奇 이상하고 怪 별나고 怪 묘하다.
: 매우 이상야릇한 모양이다.

기2(이)하고 **기**2(이)하고 **괴**2(이)하고 **괴**2(이)하다.

기문지학 記問之學 예기禮記, 학기편學記篇

記 기록하고 암송한 내용만 問 (머릿속에) 불러들이며 之 (그렇게) 學 배운다.
: (제대로 내용을 이해하지 못하고) 암기 위주로 학습하는 모습을 가리키는 말.

기억해서 **문**제만 잘 푼다고, **지**금 네가 **학**문을 제대로 하는 것 같아?

기복염거 驥服鹽車 전국책戰國策, 초책楚策

驥 천리마가 服 (멍에를 매고) 끈다. 鹽 소금 車 수레를 (멍에를 매고 끈다.)
: 뛰어난 인재가 너무도 하찮은 일을 맡아서 자신의 역량을 마음껏 발휘할 수 없는 상황을 형용한 표현이다.

기가 막혀 **복**장 터져! **염**려스러운 세상이구나. 그런 **거**적때기 같은 자리에 너 같은 인재를 쓰다니….

ㄱ

기사회생 起死回生 여씨춘추呂氏春秋, 별류편別類篇

起 일어난다. 死 죽다. 回 돌이켜 生 살아난다.
: 죽을 뻔한 상황에서 생환함을 뜻한다.

기운을 낸다. **사**경을 헤매다 **회**복하여 **생**기를 되찾는다.

기산지절 箕山之節 한서漢書, 포선전鮑宣傳

箕山 기산에서 之 (지킨) 節 절개.
: 신념이나 신의를 굽히거나 바꾸지 않는 강직한 태도를 일컫는 말.

기회를 거절한다. **산**에 숨어 살겠다. **지**켜야 할 **절**개가 있으니까….

기산지지 箕山之志 한서漢書, 포선전鮑宣傳

箕山 기산에서 之 (지킨) 志 지조.
: 기산지절 箕山之節

기를 쓰고 지켜야 할 것이 있기에 **산**속에 숨을래, 은둔할래. **지**금 날 찾지 마! ♬♪ **지**금 날 찾지 마! ♬♪

기상천외 奇想天外

奇 기이하고 엉뚱한 想 생각 天 (마치) 하늘 外 바깥에서 (온 듯 보통 사람들은 생각도 못할 생각).
: 보통 사람들의 상상을 초월하는, 엉뚱하고 재치 있는 상상을 일컫는 말.

기막힌 아이디어! **상**상도 못했던 상상을 해낸다. **천**재다! **외**마디소리가 절로 나올 천재.

기승전결 起承轉結

起 (이야기가) 비롯되고 承 이어지다. 轉 바뀐 후에 結 끝맺는다.
: 전형적으로 글을 구성하는 4단계 방식이다.

기지개 켜고 일어남. **승**리를 향해 나아감. **전**혀 예측 못한 난관 봉착! **결**말은 아름답게 마무리.

기식엄엄 氣息奄奄

氣 기운이 息 숨쉬는 (기운이) 奄 끊어질 듯하다. 奄 끊어질 듯하다.
: 사람의 목숨이 끊어질 듯한 상황이 매우 위태롭다.

기운 없이 가쁘게 **식**식거리며 **엄**마! 나 숨쉬기 힘들어! **엄**마….

기왕불구 旣往不咎 논어論語, 팔일편八佾篇

旣 이미 往 지나간 일을 不 아니한다. 咎 허물을 꾸짖지 (아니한다.)
: 글자 그대로 해석하면 지나간 일을 정말로 탓하지 않는다는 뜻이 된다. 그러나 정말 비난받아 마땅한 일을 탓하지 않는다는 것은 부당하므로 이 표현을 반어적으로 해석하는 입장도 있다.

기억해 봐야 **왕**짜증만 나. 이미 지난 일, **불**같이 화를 내서 뭐해? **구**태여 그 잘못, 탓하지도 않을래.

기우 杞憂 열자列子, 천서편天瑞篇

杞 기나라 (사람의) 憂 (쓸데없는) 근심.
: 기인지우 杞人之憂

기차가 어둠을 헤치고 은하수를 건너 도착한 **우**주 정거장이 폭파될까봐 걱정돼.

기인지우 杞人之憂 열자列子, 천서편天瑞篇

杞 기나라 人 사람이 한 之 (하늘이 무너질까 봐, 땅이 꺼질까 봐 따위의) 憂 (쓸데없는) 근심.
: 아무런 쓸모도 값어치도 없는 걱정을 가리키는 말.

기름과 물이 섞여 **인**조인간이 되어 **지**구를 정복해서 **우**리를 애완동물로 만들까봐 걱정돼.

기진맥진 氣盡脈盡

氣 기력이 盡 다하여 脈 맥을 盡 못 춘다.
: 녹초가 된 모양이다.

기운을 다 쓴 선수들이 자기 **진**영에서 그대로 쓰러졌다. **맥**을 못 출 정도로 **진**이 다 빠져 있었다.

기체후일향만강 氣體候一向萬康

氣 기운과 體 몸의 候 조짐이, 상태가 一 언제나 한결같은 向 방향으로 萬 대단히 康 편안하다.
: 웃어른께 올리는 인사말이다.

기력 어떠세요? **체**력 어떠신지… **후**후후♬♪ 웃음 절로 나올 정도로 좋다구요? **일**찍 일어나셔서 **향**긋한 아침 공기 마시며 **만**방으로 **강**인한 몸과 마음 오래오래 뽐내시기를!

기호지세 騎虎之勢 수서隨書, 독고황후전獨孤皇后傳

騎 올라타서 虎 호랑이에 (올라타서) 之 (달리는) 勢 형세.
: 시작한 일을 포기할 수 없고 끝까지 맹렬하게 해나가야 하는 상황을 형용한다.

기세 어때? 아주 좋아! **호**랑이 등에 올라타 **지**축을 뒤흔들며 달리는 듯해! **세**울 수 없어, 이 기세!

기화가거 奇貨可居 사기史記, 여불위열전呂不韋列傳

奇 진귀하고 기이한 貨 재물은 可 옳다. 居 차지하고 쌓아 놓는 것이.
: 흔하지 않은 물건이 있다. 일상생활에서 별로 쓰일 일이 없다며 쓸모없는 물건이라고 버리지 않고, 잘 간직해두었다가 이 물건이 요긴하게 쓰일 훗날을 기약한다. 멀리 내다보는 안목을 일깨우는 삶의 지혜가 담겨 있다.

기막히게 좋은 기회가 **화**알짝(활짝) 앞으로 꽃필 테니 **가**지고 있어, 일단 그건… 보물이야. 어디다 잘 **거**치해 둬. 그 보물이 제대로 활용될 때까지….

낙극애생 樂極哀生

樂 즐거움이 極 지극하면 哀 슬픔이 生 나온다.
: 즐거움이 끝나고 나서 슬픔이 시작된다고 볼 수 있고, 역설적 표현으로 해석하면 즐거움이 절정에 이른 속에서 슬픔이 아울러 나온다고 볼 수도 있다.

낙원의 **극**단에 **애**달픔의 꽃이 **생**긴다.

낙락장송 落落長松

落 (긴 가지를) 떨어뜨린 落 (긴 가지를) 떨어뜨린 長 긴 松 소나무.
: 높게 자란 소나무의 가지가 길게 아래로 늘어진 풍경이다.

낙킹 온 더 헤븐Knocking on the Heaven 큰 키로 하늘도 두드리고 **락**(낙)킹 온 더 그라운드Knocking on the Ground 큰 가지로 땅도 두드리며 **장**신의 소나무가 **송**song 노래 부르는고.

낙생어우 樂生於憂 명심보감明心寶鑑, 정기편正己篇

樂 즐거움은 生 나온다. 於 으로부터 憂 근심(으로부터 나온다.)
: 역설적 진리다. 서로 대립되는 개념인 즐거움과 근심이 맞닿아 있다. 몹시 바쁘다가 잠깐의 여유가 생길 때 그 휴식이 정말 편안한 쉼터가 되어 주듯이, 근심하던 중에 기분 전환할 일이 생겨 누리는 즐거움이 정말 기분 좋은 일이 아닐까 한다.

낙심했니? 근데 마음속에 **생**기지 않니, **어**디 한번 다시 해보잔 마음이? **우**려와 근심 속에서 도전의 즐거움이 샘솟지 않니?

낙양지귀 洛陽紙貴 진서晉書, 문원전文苑傳

洛陽 낙양이라는 곳에서 紙 종이(값이 올라) 貴 귀하다, 비싸다.
: 걸작이 나와 사람들이 앞다투어 필사하느라 종이의 수요가 폭증하여 종이값이 오른다. 베스트셀러를 나타내는 표현이다.

낙다운Knock Down되는 경쟁 서적들. **양**으로나 질로 보나… 제1의 베스트셀러Best Seller의 **지**위를 획득하여 **귀**소문으로 퍼져나가는 책.

낙월옥량 落月屋梁 두보杜甫의 시 몽이백夢李白

落 떨어지는 月 달빛이 屋 집의 지붕 梁 들보에 (가득하다.)
: 원래의 맥락을 알아야만 이해할 수 있는 표현이다. 너무도 소중한 벗을 꿈속에서 보고 난 후 바라본 풍경으로, 벗을 그리워하는 간절한 마음이 담긴 표현이다. 이 표현을 죽은 자를 생각하는 내용이라고 해석하는 입장이 있는데 명백한 오류다. 원래의 맥락에서 '사별死別'이라는 표현이 쓰이긴 했지만, 사실상 '생별生別'을 노래한 내용이기 때문이다.

낙이었던 너를 **월**하에 **옥**상에 올라 **량**(양)껏 그리워한다.

ㄴ

낙이망우 樂而忘憂 논어論語, 술이편述而篇

樂 즐기며 而 (몰입하다보니) 忘 잊는다. 憂 근심을 (잊는다.)
: 고도로 몰입한 정신에 근심 따위가 끼어들 자리는 없다.

낙서하며 **이**런저런 색칠에 빠져… 자신을 **망**각한, 좀 전까지 실컷 울던 일도 까먹은 **우**리 아이.

낙이불음 樂而不淫 논어論語, 팔일편八佾篇

樂 즐겁다. 而 그러나 不 아니하다. 淫 도리에 어긋나지 (아니하다.)
: 함부로 행동하지 않고 정도껏 즐거움을 누리는 모습이다.

낙원에서 놀되 적정선을 **이**탈하지 마! **불**미스러운 짓, 특히 **음**란한 수위는 용납 못해!

낙정하석 落穽下石 한유韓愈, 유자후묘지명柳子厚墓誌銘

落 떨어진 (사람에게) 穽 함정에 (떨어진 사람에게) 下 아래로 (투척한다.) 石 돌을 (아래로 투척한다.)
: 딱한 처지에 있는 사람에게 도움의 손길이 아니라 악마의 손길을 내미는 모양을 형용한다.

낙하한 건… 돌덩이였다. **정**성껏 동아줄을 내려달라며 **하**염없이 도움을 바랬건만… 믿는 **석**기에 발등을 내리 찍힌 꼴이다.

낙화난상지 落花難上枝 불교佛教 오등회원五燈會元

落 떨어진 花 꽃은 難 어렵다. 上 (다시) 위로 올라가 枝 가지에 (붙기 어렵다.)
: 돌이킬 수 없는 부부의 결별을 가리키는 말.

낙담하고 **화**가 나 **난** 더 이상 널 **상**대하지 않을 거야! **지**나가 버렸어, 우리가 함께 한 시간들은….

낙화유수 落花流水 고변高駢의 시詩 방은자불우訪隱者不遇

落 떨어지는 花 꽃(처럼 약해지는 봄의 풍경) 流 흐르는 水 물(처럼 흘러가는 봄의 풍경).
: 계절로서 봄이 끝나가고 있다. 연인의 연정을 비유한 표현으로 보기도 한다.

낙엽처럼 떨어진다. **화**알짝 폈던 꽃들, **유**유히 흘러간다. **수**척해진다, 봄의 경치가….

난공불락 難攻不落 삼국지三國誌, 학소郝昭 진창성陳倉城 일화逸話

難 어려워 攻 치기 (어려워) 不 못한다. 落 무너뜨리지 (못한다.)
: 공격하기가 쉽지 않아 무너뜨리거나 점령하지 못하는 모양이다.

난처하군. **공**격하기가 참 **불**리해. 꿈쩍도 않는 요새라. **락**(낙)관할 수 없는 전세야.

난득자형제 難得者兄弟 북제서北齊書

難 어려운 得 얻기 (어려운) 者 것이 兄 형과 弟 아우의 관계다.
: 귀한 인연이니 형제끼리 사이좋게 지내라는 표현이다. 싸우지들 말고.

난 말이야, **득**과 실을 따지며 **자**기 핏줄인 **형**제끼리 다투는 꼴… **제**대로 못마땅하다네.

난상토론 爛商討論

爛 무르익도록 商 헤아려서 討 탐구하며 論 논의한다.
: 심도 있는 논의를 일컫는 말.

난 너의 주장에 **상**처받지 않을 거야! **토**론하기 전에 각오를 단단히 해. **론**(논)쟁이 가열되면, 감정 상할 위험이 크거든.

난신적자 亂臣賊子 맹자孟子, 등문공騰文公 하편下編

亂 (나라에) 혼란을 가져오는 臣 신하 賊 (어버이에게) 해악을 끼치는 子 자식.
: 충성스럽지 못한 무리를 일컫는 말.

난리 났네! 온 세상이 **신**의 따위는 **적**당히 저버리고 **자**기 이익만 추구하네!

난의포식 暖衣飽食 맹자孟子, 등문공騰文公 상편上篇

暖 따뜻하게 衣 옷을 입고 飽 배부르게 食 밥을 먹고.
: 따뜻한 의생활과 배부른 식생활.

난 좋아 좋아 ♬♪ **의**복 따뜻하고. **포**만감 좋아 좋아 ♬♪ **식**사 맛있고.

난중지난 難中之難 불교佛敎 무량수경無量壽經

難 어려운 中 가운데에서도 之 (으뜸으로) 難 어려운 (것).
: 어려운 가운데서도 어려운 일, 매우 어려운 일을 뜻한다.

난감해. **중**국을 지나 유럽을 넘어 **지**구상을 통틀어 가장 **난**감해.

난형난제 難兄難弟 세설신어世說新語, 덕행편德行篇

難 어렵고 兄 형이 (더 낫다고 하기도 어렵고) 難 어렵고 弟 아우가 (더 낫다고 하기도 어렵고).
: 둘 다 훌륭하여 누가 더 낫다고 판정하기 힘들 때 쓰는 표현이다.

난다, 산 위를 **형**이 멋지게. **난**다, 바다 위를 동생도 멋지게. … 누가 **제**일 잘 날아? 둘 다 제일 잘 날아!

난화지맹 難化之氓

難 어려운 化 가르치고 이끌기 (어려운) 之 (그런) 氓 백성.
: 올바르게 깨우쳐 이끌기 어려운 백성을 가리키는 말.

난항을 겪고 있네. **화**끈하게 뚝딱! 가르치지 못해 **지**체되는 느낌일세. 올바른 백성을 **맹**글기(만들기) 어려운 느낌이야.

남가일몽 南柯一夢 이공좌李公左, 남가태수전南柯太守傳

南 남녘(을 향한) 柯 나뭇가지 (아래에서) 一 (꾼) 夢 꿈.
: 세속적 지위나 재물은 모두 헛되고 부질없는 꿈과 같다는 뜻으로 쓰이는 표현이다.

남아 있을 것 같아? **가**진 것들이, 부귀영화 따위가? **일**단 깨어나 보면 **몽**환에 불과할 뿐이라구!

남귤북지 南橘北枳 안자춘추晏子春秋, 내편內篇 잡하雜下

南 남녘땅의 橘 귤도 北 북녘 땅으로 (옮기면) 枳 탱자가 (된다.)
: 환경이 달라지면 착한 사람도 나쁜 사람으로 타락할 수 있다는 뜻이다.

남쪽의 **귤**이 **북**쪽으로 가면? **지**지지징… 탱자로 변신! — 트랜스포머Transformer 타락의 귤(편) —

남녀상열지사 男女相悅之詞

男 남자와 女 여자가 相 서로 悅 기뻐하는 之 (사랑) 詞 노래.
: 원래의 맥락에서는 부정적인 뉘앙스nuance가 강한 표현이다.

남자와 **녀**(여)자가… 저… 저… **상**대에게 저… 저… **열**기가 후끈후끈, 저… 저… **지**나가던 어르신들, 망측하게 저… 저… **사**람과 사람의 몸이 저… 저… 저… 저….

남만격설 南蠻鴃舌 맹자孟子, 등문공騰文公 상편上篇

南 남녘 蠻 오랑캐의 (말은) 鴃 때까치의 舌 혀로 내뱉는 말처럼 (이해하기 어렵다.)
: 소통하기 어려운 외국인을 폄하하는 발언이다.

남의 나라 말은 **만** 번을 들어도 알아듣기도 힘들고 **격**하하는 건 아닌데 **설**명하긴 힘든데 좀 웃기게 들리기도 해.

남부여대 男負女戴

男 사내는 負 (짐을) 짊어지고 女 여자는 戴 (짐을) 머리에 이고.
: 부랑하는 모습을 형용한 표현이다.

남자들은 **부**랴부랴 짐을 지고, **여**자들은 **대**충대충 짐을 이고 떠나는 피난길.

남상 濫觴 순자荀子, 자도편子道篇

濫 넘치는 (물) 觴 (작은) 잔에 (넘치는 물).
: 말 그대로 적은 물이다. 큰 강도 처음에는 이러한 적은 물에서 비롯되었다는 의미에서 근원이나 기원을 뜻하는 표현으로 쓰인다.

남아 있는 것의 유래를 **상**상한다. 그 시작을….

남선북마 南船北馬 회남자淮南子, 제속훈편齊俗訓篇

南 남녘에서는 船 (물길로) 배 (타고 바삐 돌아다니고) 北 북녘에서는 馬 (육상으로) 말 (타고 바삐 돌아다니고).
: 이리저리 바삐 오고 가는 모양이다.

남쪽으로 이 배 탑시다. 헐레벌떡 **선**장님 출발! **북**쪽으로 이 말 탑시다. 헐레벌떡 **마**구 달려!

남아수독오거서 男兒須讀五車書

장자莊子, 천하편天下篇·제백학사모옥題柏學士茅屋

男 사내 兒 아이는 須 모름지기 讀 읽어야 한다. 五 다섯 車 수레 (가득 쌓을) 書 책들을 (읽어야 한다.)
: 책을 많이 읽으란 소리다.

남들이 놀랐어요. **아**주 많은 책들을 보고요. **수**련하는 자세로 **독**서에 시간을 **오**롯이 쏟고 있죠. **거**대한 마음의 양식을 **서**서히 쌓아 나가죠.

남아일언중천금 男兒一言重千金

男 사내란 兒 남자란 (모름지기) 一 한 마디 言 (본인 입으로 한) 말은 重 무거운 (법이다) 千 엽전 천 金 냥처럼 (무거운 법이다.)
: 말하기 전에는 할 말을 신중하고 사려 깊게 생각하고, 말하고 나서는 막중한 책임감을 느끼고 자기가 한 말대로 실천하라는 뜻이다.

남아도는 **아**주 쓸데없는 말잔치들, **일**축해 버리고 **언**성을 높여 외칠게. **중**요하다고! **천**마디 말보다 **금**쪽같이 지킬 한마디 말이 중요하다고!

남전생옥 藍田生玉 삼국지三國志, 오지吳志 제갈각전諸葛恪傳

藍田 (옥의 산출지로 유명한) 남전이라는 곳에서 生 나오듯 玉 옥이 (나오듯).
: 명문가에서 뛰어난 인물이 나온다. 이름이 난 집안의 자제를 칭찬하는 표현이다.

남들 보면, '엄친아'들은 **전**부 좋은 집안에서 **생**겨요. 엄마 친구가 엄청 **옥**처럼 귀한 집안인가 봐요.

남존여비 男尊女卑

男 남자는 尊 높고 女 여자는 卑 낮고.
: 남성 우월주의.

남발하고 있네, 헛소리를. 집안의 **존**립이 위태로워진다고? 암탉이 울면? **여**자 따위는 **비**루하다고? … 빌어먹을 논리네.

남중일색 男中一色

男 사내들 中 가운데 一 단 한 명 色 빛나는 얼굴의 사내.
: 아주 잘생긴 남자의 얼굴을 가리키는 말.

남자도 **중**요한 건 역시 외모! **일**반인의 시선을 사로잡는 얼굴! 남다른 **색**채가 빛나는 잘생김!

남풍불경 南風不競 춘추좌씨전春秋左氏傳, 양공襄公 18년조年條

南 남녘의 風 음악은 不 없다. 競 다툴 만한 힘이 (없다.)
: 원래의 맥락에서 이 표현은 음악에 빗대어 남쪽 세력이 힘이 약해 적수로서 상대할 가치가 떨어진다는 내용이다.

남쪽 바람은 힘이 없어. **풍**기는 에너지도 **불**과 얼마 안 돼서 **경**계할 필요 없어.

낭사지계 囊沙之計

囊 주머니에 沙 모래를 (담아) 之 (강의 상류에 쌓아 물을 막았다가 터뜨리는) 計 계책.
: 모래주머니를 상류에 쌓아 고인 물을 강을 건너는 적을 공격할 때 터놓는 전략.

낭패를 보게 해 주마. **사**나운 물결로 **지**옥을 맛보게 해줄 **계**획.

낭자야심 狼子野心 춘추좌씨전春秋左氏傳, 선공宣公 4년조年條

狼 이리 子 새끼(처럼) 野 길들여지지 않은 心 마음.
: 순종하지 않고 나중에 자신에게 위해를 가할 염려가 있는 위험인물을 일컫는 말.

낭자, 야심한 밤에 누굴 만나오? 저 **자**식은 만나지 마오! **야**수라오. **심**성이 고약하다오.

낭중지추 囊中之錐 사기史記, 평원군열전平原君列傳

囊 주머니 中 가운데 之 (들어 있는) 錐 송곳은 (저절로 삐져 나온다.)
: 훌륭한 인재는 숨어 있어도 사람들에게 자연스럽게 인식된다는 뜻이다.

낭중(나중)에라도… 그의 재능을 **중**시하실 겁니다. **지**연되더라도… **추**후에 반드시 드러날 재능입니다.

낭중취물 囊中取物 관도대전官渡大戰, 관우關羽 일화逸話

囊 주머니 中 가운데에서 取 손에 든다. 物 물건을 (손에 든다.)
: 매우 쉬운 일을 일컫는 말.

낭자, 술 좀 드시는구려? **중**심을 잃지 않을 정도는 마셔요. **취**하진 않으시나요? **물**론이죠! 말짱하게 술 먹는 건 제겐 너무 쉽답니다! ♬♪

내성불구 內省不疚 논어論語, 안연편顔淵篇

內 (자신의 마음) 속을 省 살펴보아도 不 없다. 疚 부끄러워 거리낄 일이 (없다.)
: 자신을 반성하면서 스스로에게 떳떳한 모습이다.

내 마음은 **성**스러운 하늘을 우러러, 얼굴이 **불**그스레할, 한 점 부끄럼도 없다네. **구**린 구석이 없다네.

내어불미 거어하미 來語不美 去語何美 동언해東言解·순오지旬五志

來 오는 語 말씀이 不 아니한데 美 아름답지 (아니한데) 去 가는 語 말씀이 何 어찌 美 아름답겠소이까?
: 가는 말이 고와야 오는 말도 고운 법이다.

내가 **어**떻게 **불**만 없이 고운 말로 받겠소? **미**치지 않고서야…. **거**기에서 말 좀 **어**떻게 먼저 곱게 썼어야지! **하**여튼 **미**리 경고하는데 내 입에서도 고운 소린 안 나올 겁니다.

내우외환 內憂外患 국어國語, 진어편晉語篇

內 대내적으로 憂 근심스럽고 外 대외적으로 患 근심스럽고.
: 나라 안팎으로 근심거리가 가득한 상황이다.

내부를 봐도 **우**글우글한 근심거리들. **외**교적으로도 **환**장하겠네, 걱정거리들.

내조지공 內助之功 삼국지三國誌, 위지魏志 후비전后妃傳

內 (아내가 집) 안에서 助 (남편을) 돕는 之 (지혜로운) 功 공로.
: 조력자로서 아내가 남편을 돕는 노력이나 수고를 뜻한다.

내겐 **조**력자가 있지. **지**옥을 가끔 경험하게도 해주지만 소중한 조력자야. **공**개하지! 내 마누라야!

내청외탁 內淸外濁

內 마음속은 淸 맑으나 外 바깥, 세상 속에서는 濁 흐릿하다.
: 맑은 정신으로 탁한 세상을 살아가는 모양이다.

내 안에는 **청**아한 맑음 맑음. But **외**적인 모습은 **탁**한 수질 오염. This is my 탁한 세상살이 처세술!

냉난자지 冷暖自知 불교佛敎 달마達摩, 혈맥론血脈論

冷 (마신 물이) 찬지 暖 따뜻한지 自 스스로 知 안다.
: 원래의 맥락에서는 체험의 중요성, 깨달음의 속성을 설명한 표현이다. 통상적으로는 본인의 일은 본인이 가장 잘 안다는 식으로 해석되고 있다.

냉기가 느껴지는지, **난**방이 잘 되어 있는지, **자**기가 살고 있는 집에 대한 **지**식은 당연히 본인이 최고.

노갑이을 怒甲移乙 순오지旬五志

怒 성낸다. 甲으로부터 移 옮겨와 乙에게 (성낸다.)
: 노여움을 애꿎은 데로 옮기고 있다. 종로에서 뺨 맞고 한강에 가서 눈 흘기는 모양이다.

노여움의 불똥이 **갑**자기 엉뚱하게 **이**어져 **을**(약자)에게로….

노기복력 老驥伏櫪 조조曹操, 귀수수龜雖壽

老 늙은 驥 천리마가 伏 엎드려 있다. 櫪 마구간 바닥의 널빤지 위에 (엎드려 있다.)
: 원래의 맥락에서는 준마는 나이를 먹더라도 웅대한 비상을 할 수 있다는 뜻으로 쓰인 표현이다. (다소 엉뚱하게도) 통상적으로는 자기 역량을 제대로 발휘하지 못하고 늙은 사람으로 이 표현을 해석하고 있다.

노래하네, 높은 기상을. **기**력이 빠져서 **복**지부동하는 게 아니라네. **력**(역)사에 남을 자질은 사그라들지 않으리니….

노래지희 老萊之戱 몽구蒙求, 고사전高士傳

老萊 (늙은) 노래자라는 사람 之 의 戱 (더 나이 드신 부모님을 위한) 재롱잔치.
: 반의지희 斑衣之戱

노인이어도, 70살 이어도 **래**(내) 부모님 앞에선 어린애야! **지**극한 마음으로 재롱을 부리면 **희**색이 도는 부모님 기쁜 얼굴….

노류장화 路柳牆花

路 길 (가장자리의) 柳 버들 牆 담장 (아래의) 花 꽃.
: 몸을 파는 여자를 지칭한다. 누구나 쉽게 손을 대거나 꺾을 수 있기 때문이다.

노는 여인의 **류**(유)혹… **장**르는 19금… **화**려한 밤의 흔들림….

노마십가 駑馬十駕 순자荀子, 수신편修身篇

駑 재능이 없고 미련한 馬 말이라 할지라도 十 열흘 동안 駕 멍에 매고 (수레를 끌 수 있다.)
: 재능이 있는 천리마처럼 단번에 큰일은 못하지만, 재능이 없는 사람도 부지런히 노력하면 상당한 성과를 낼 수 있다는 뜻이다.

노력하는 **마**음만 있으면 **십** 년이 걸리더라도 **가**능해.

노마지지 老馬之智 한비자韓非子, 설림說林 상편上編

老 늙은 馬 말이 之 (가진) 智 지혜.
: 어려운 문제 상황에서 현명하게 대처할 방안을 마련해주는 연륜의 힘을 일컫는 말.

노인네라 하찮다고 **마**구 무시하지 마! **지**혜의 보고로서 우릴 **지**켜줄 수 있어!

노말지세 弩末之勢

弩 큰 활 末 끝에서 之 (발휘하는) 勢 기세.
: 상반된 해석이 존재한다. 활 끝에서 퉁기는 순간에 중점을 두어 커다란 기세를 뜻한다고 보는 입장이 있고, 처음에는 커다란 기세지만 끝에 가서는 쇠약한 기세로 바뀐다고 해석하는 입장도 있다.

노인은 **말**한다. 한창때는 **지**금과는 힘의 **세**기가 달랐다고.

노발대발 怒發大發

怒 화를 發 낸다. 大 크게 發 낸다.
: 노발충관 怒髮衝冠

노점상은 분노를 **발**산한다. 자신들을 위한 **대**책 없는 정책에 **발**을 동동 구르며 분개한다.

노발충관 怒髮衝冠 사기史記, 염파인상여열전廉頗藺相如列傳

怒 (몹시) 성내면서 髮 머리카락이 衝 (곤두서서) 찌르며 올린다. 冠 (머리에 쓴) 갓을

(찌르며 올린다.)
: 매우 화가 난 모양을 형용하는 표현인데, 이 모양을 상상하면 조금 웃긴 감이 없지 않다.

노랗게 된 얼굴로 시민이 **발**끈한다. **충**혈된 눈으로 **관**공서에서 고래고래 소리 지른다.

노생상담 老生常談 삼국지三國誌, 위지魏志 관로전管輅傳

老 늙은 生 사람들이 常 항상 (하는) 談 말씀.
: 어르신들이 늘 하는 상투적인 표현을 가리키는 말.

노인이 **생**기를 되찾으며 하는 말. **상**투적으로 입에 **담**아둔 그 말: "나 때는 말이야…"

노생지몽 盧生之夢 심기제沈旣濟, 침중기枕中記 노생盧生 일화逸話

盧生 노생이라는 사람이 之 (꾼) 夢 꿈.
: 한단지몽 邯鄲之夢

노우 왓?Know What? 그거 알아? **생**각해 봐! **지**금 우리 삶, **몽**롱한 꿈같지 않아?

노승발검 怒蠅拔劍

怒 성내면서 蠅 파리를 (보고) 拔 뽑는다. 劍 칼을 (뽑는다.)
: 하찮은 일에 매우 분노하는 모양이다.

노여워라, 파리 윙윙윙윙… **승**질(성질)나네, 파리 윙윙윙윙… **발**끈하며, 칼을 휭휭휭휭… **검**도하듯, 칼을 휭휭휭휭….

노실색시 怒室色市

怒 화난 원인은 室 집안에서인데 色 화난 얼굴빛은 市 저자에서 (드러낸다.)
: 노갑이을 怒甲移乙

노한(화난) **실**제 이유가 뭐요, **색**시? **시**댁에서 있었던 일을 여기서 화풀이하는 거 아뇨?

노심초사 勞心焦思

맹자孟子, 등문공滕文公 상편上篇·사기史記, 월왕구천세가越王句踐世家

勞 힘들이며 心 마음 쓰며 焦 애태우며 思 생각하며.
: 속이 타들어갈 정도로 마음속으로 애를 쓰고 있다.

노?No? 예스?Yes? 꽃분이의 대답은? **심**란한 갑돌이는 **초**췌한 얼굴로 기다린다. 그녀가 내 **사**랑을 받아줄까? 예스?Yes? 노?No?

노안비슬 奴顔婢膝 육귀몽陸龜蒙, 강호산인가江湖散人歌

奴 사내종의 顔 (비굴하게 비위 맞추는) 낯 婢 계집종의 膝 (굽신굽신하며) 무릎을 (바닥에 대고 걷는 걸음).
: 남녀종들의 외양에 빗대어 표현하려는 내용은 남에게 비굴하게 아첨하는 태도다.

노비냐? 종이냐? **안**쓰럽구나! **비**굴한 태도, **슬**기롭지 못해 마음에 안 들어!

노어지오 魯魚之誤

魯 (노나라)라는 글자랑 (글자 모양이 비슷한) 魚 (물고기)라는 글자랑 之 (헷갈려) 誤 잘못 쓰는 오류.
: 노어해시 魯魚亥豕

노!No! 아니야! **어**자를 **지**금 **오**자랑 헷갈렸잖아!

노어해시 魯魚亥豕

魯 (노나라)라는 글자랑 (글자 모양이 비슷한) 魚 (물고기)라는 글자랑 헷갈려 잘못 쓰다 亥 (돼지)라는 글자랑 (글자 모양이 비슷한) 豕 (돼지)라는 글자랑 헷갈려 잘못 쓰다.
: 글자의 모양이 비슷하여 헷갈려서 잘못 쓸 때 쓰이는 표현이다.

노!No! 아니야! 잘못 썼어! **어**자를 어떻게 '오'자로 잘못 베끼니? **해**도 해도 너무 하네! **시**력의 문제인 거냐? 잘 좀 옮겨!

노연분비 勞燕分飛

勞 때까치와 燕 제비가 分 헤어지며 飛 날아간다.
: 이별을 의미한다.

노래하던 **연**인들이 **분**노하며 **비**켜나네.

노익장 老益壯 후한서後漢書, 마원전馬援傳

老 나이를 먹을수록 益 더욱더욱 壯 건장하고 기운 넘친다.
: 나이를 먹을수록 더욱 정력적인 모양이다.

노래하고 춤출거야! **익**숙하지 않을지라도 **장**난 아니게 에너지 뿜뿜할거야! ♬♪

노파심절 老婆心切

老 늙은 婆 할머니(처럼) 心 (걱정하는) 마음이 切 절박하다.
: 남의 일에 대한 걱정이 지나친 모양이다.

노쇠한 할머니가 **파**르르 몸을 떨며 **심**려하시네, **절**실하게 절절하게.

녹림 綠林 한서漢書, 왕망전王莽錢

綠 푸른 林 수풀.
: 도적의 소굴을 빗댄 표현이다.

녹만 축내는 벼슬아치들이 두려워할 **림**(임)꺽정의 후예들.

녹사불택음 鹿死不擇音

鹿 사슴은 死 죽을 (때) 不 아니한다. 擇 가리지 音 소리를 (가리지 아니한다.)
: 죽음이 임박한 상황에서 고운 소리를 낼 겨를은 없다. 그저 괴성이 나올 뿐이다. 급박한 상황에서 절제력이 무너지는 모양을 형용한다.

녹록하지 않은 **사**생결단의 상황에서… **불**쌍한 목숨 살려야지! **택**(턱)도 없이 **음**정을 맞출 여유는 부릴 수 없어!

녹엽성음 綠葉成陰 두목杜牧, 창시悵詩

綠 푸른 葉 잎 아래 成 이룬다. 陰 그늘을 이룬다.
: 여인이 결혼하여 자녀를 여럿 둔 것을 비유한 말이다.

녹색 어머니회의 문을 **엽**니다. 자녀 셋 둔 회장님이 이끄는 **성**스러운 모성애 집단… **음**지에서 노력하시는 대한민국 엄마들. (파이팅![Fighting!])

녹음방초 綠陰芳草

綠 푸른 (숲) 陰 그늘 芳 꽃향기 가득한 草 풀.
: 여름 풍경을 형용한다.

녹색의 **음**악 연주, **방**방 뛰는 **초**록 향기.

녹의홍상 綠衣紅裳

綠 연둣빛 衣 (저고리) 옷 紅 다홍빛 裳 치마.
: 전통 신부 의상을 가리키는 말.

녹색 빛 생명력을 뿜는 **의**상… 다홍치마와 어울리는 **홍**조 띤 얼굴… **상**큼한 신부의 모습!

녹의황리 綠衣黃裏

綠 (섞인 색인) 녹색이 衣 (드러난) 옷감 黃 (순수한 색인) 황색이 裏 (숨겨진) 안감.
: 존엄한 것과 비천한 것의 자리바꿈을 가리키는 말.

녹나요? '뒷돈'에 살살 녹나요? **의**원님들, 국민은 '뒷전'인가요? **황**당합니다! 천박한 **리**(이)로움이 국민의 존엄성을 짓뭉개네요!

논공행상 論功行賞 삼국지三國誌, 위지魏志 명제기明帝紀

論 논의하여 功 공적을 (논의하여) 行 (그에 따라) 준다. 賞 상을 (준다.)
: 업적을 심사하여 상을 수여하는 모양이다.

논해 볼까? **공**을, 이룬 바를. **행**동에 걸맞게 **상**을 수여할게. 잘했어!

논점일탈 論點逸脫

論 논의하던 點 주제에서 逸 달아나고 脫 벗어난다.
: 주제를 벗어난 모양이다.

논하던 주제가 **점**심 뭐 먹지? 였는데··· **일**관성을 잃고 **탈**선한 주제는 어제 뭐 했어? 였다.

농가성진 弄假成眞

弄 희롱한 일이 假 거짓으로 (희롱한 일이) 成 이루어진다. 眞 참말로 (이루어진다.)
: 가짜가 진짜가 되고 거짓이 진실이 되는 모양을 나타낸다.

농담이었을 뿐인데 **가**짜로 꾸민 일인데 **성**질 나네···. **진**짜가 되어 버렸어!

농단 壟斷 맹자孟子, 공손추公孫丑 하편下篇

壟 (높은) 언덕 斷 끊긴 (듯이 높은 언덕).
: 원래의 맥락에서 시장을 한눈에 내다볼 수 있는 좋은 장소이다. 시장을 파악하여 이익을 독점한다는 의미가 확장되어, 요즈음에는 부당하게 이익을 독식한다는 뜻으로 쓰인다.

농성합시다! 저 기업이 **단**독으로 다 해먹고 있습니다!

농와지경 弄瓦之慶 시경詩經

弄 갖고 노는 瓦 (여성의 길쌈 도구인) 실을 감는 실패를 (갖고 노는) 之 (딸아이를 낳은) 慶 경사.
: 딸을 낳아 얻은 기쁨을 일컫는 말.

농사꾼은 **와** 벌린 입을 못 다물었다. **지**는유, 너무 기뻐유! **경**사났슈, ♬♪ 지 딸이 태어났슈! ♬♪

농자천하지대본 農者天下之大本 한서漢書, 문제기文帝記 조서詔書

農 농사라는 者 것은 天 하늘 下 아래 之 (에서) 大 큰 本 근본이다.

: 농업의 근본적 중요성을 일깨우며 농업을 장려하는 표현이다.

농업은 **자**국의 근본이요! **천**시해서야 되겠습니까? **하**물며 **지**구촌 시대에 **대**거 들어오는 수입산들 틈에서 **본**때를 보여주어야지요!

ㄴ

농장지경 弄璋之慶 시경詩經

弄 갖고 노는 璋 옥구슬을 (갖고 노는) 之 (사내아이를 낳은) 慶 경사.
: 아들을 낳아 얻은 기쁨을 일컫는 말.

농사꾼 집안에 **장**남이 태어났다. **지**화자 좋아유! **경**사났슈, ♬♪ 지 아들이 생겼구만유! ♬♪

농조연운 籠鳥戀雲

籠 새장에 (갇힌) 鳥 새가 戀 그리워한다. 雲 (자유로이 떠다니는) 구름을 (그리워한다.)
: 구속 상태에서 갈망하는 자유를 형용한 표현이다.

농익은 그리움으로 **조**롱 속에 갇힌 새가 **연**이어 **운**다. 자유로운 저 하늘이 그리워….

뇌봉전별 雷逢電別

雷 우레 소리가 들리는 찰나에 逢 만나서는 電 번개 불빛이 번쩍이는 사이에 別 헤어진다.
: 잠깐 만났다가 헤어지는 경우다.

뇌가 잘 돌아가는 **봉**이 김선달은 사람들이 **전**혀 기억할 수 없게끔 **별**안간 나타났다 바로 사라지곤 했다.

뇌성벽력 雷聲霹靂

雷 우레 聲 소리와 霹靂 벼락.
: 천둥소리와 벼락이다. 시청각을 자극한다.

뇌를 울리며 **성**질내듯 다가와 **벽**에 무늬를 **력**(역)정 내듯 새기는 천둥 번개.

뇌예구식 賴藝求食

賴 의지하여 藝 재주에 (의지하여) 求 구한다. 食 생계를 (구한다.)
: 벼슬에 집착한다는 숨은 뜻도 있는 표현이다.

뇌 돌아가는군. **예**상대로 관직에 **구**차하게 집착하는군. **식**상하군.

뇌진교칠 雷陳膠漆 후한서後漢書, 독행열전(獨行列傳)

雷 뇌의와 陳 진중이라는 사람의 膠 아교풀(로 붙인 것처럼 뗄 수 없는 우정) 漆 옻칠(해서 벗길 수 없는 것처럼 뗄 수 없는 우정).
: 매우 두터운 사귐을 뜻한다.

뇌리에 각인된 **진**심 어린 **교**제. **칠**흑 같은 어둠을 밝혀줄 우정.

누란지위 累卵之危 사기史記, 범수채택열전范雎蔡澤列傳

累 (여럿이 포개어진) 卵 알들이 (여럿이 포개어진) 之 (그러한) 危 위태로움.
: 마음을 놓을 수 없을 정도로 매우 위험한 상황을 형용한다.

누적된 불안감, **란**(난)감해. **지**금이라도 터질 것 같아 **위**태로워! 매우 위태로워!

누진취영 鏤塵吹影

鏤 새기고 塵 티끌에 (새기고) 吹 입김을 불고 影 그림자에 (입김을 불고).
: 정말 무의미한 행동이나 노력을 일컫는 말.

누가 봐도 **진**짜 의미 없다! **취**했냐? 하지 마! **영** 아니야.

누항단표 陋巷簞瓢 논어論語, 옹야편雍也篇

陋 더러운 巷 거리에서 簞 (한) 소쿠리의 밥 瓢 (한) 바가지의 마실 물.
: 가난한 생활 모습이다.

누추한 곳에서 **항**상 살림이 쪼들리네. **단**출하게 **표**정 없이 살아가네.

눌언민행 訥言敏行 논어論語, 이인편里仁篇

訥 더듬거리지만 言 말씀은 敏 민첩하도다. 行 다니는 거동은.
: 말주변은 없지만 행동은 빠릿빠릿한 모습이다. 말을 가볍게 하고 실천은 느린 모습과 대조된다.

눌러! 입을 꾹 눌러! **언**제나 말로만 입방정 떨지 말고 **민**첩하게 **행**동으로 보여줘!

능견난사 能見難思

能 가능하지만 見 (겉모양을) 보는 것이야 (가능하지만) 難 어렵도다. 思 (그 이치를) 생각하기란 (어렵도다.)
: 보아도 보이지 않는다. 눈에 보이기는 하지만 그 이치를 파악하기가 어려운 대상이다.

능력껏 살펴봐도 **견**문이 좁아선가, **난** 눈 씻고 봐도 **사**실 잘 모르겠쪄용.

능곡지변 陵谷之變

陵 언덕이 谷 골짜기로 之 (또는 골짜기가 언덕으로) 變 (몰라보리만큼) 변하다.
: 몹시 심한 변화를 일컫는 말.

능력인가, 변신 능력? 귀신도 **곡**할 정도로 탈바꿈한 **지**구 **변**두리.

능서불택필 能書不擇筆 당서唐書, 구양순전歐陽詢傳

能 재능이 있는 (사람은) 書 글씨에 不 아니한다. 擇 가리지 筆 붓을 (가리지 아니한다.)
: 서투른 목수가 연장 탓하고 서투른 무당이 장구만 나무라는 법이다. 실력이 있는 사람은 구차하게 도구를 핑겟거리로 내세우지 않는다는 뜻이다.

능력자는 **서**먹하다며 도구를 **불**평하지 않는다. **택**한 도구로 무조건 **필**요한 결과를 이끌어낸다.

능소능대 能小能大

能 잘하고 小 작은 일도 能 잘하고 大 큰 일도.
: 작은 일이든 큰일이든 못하는 게 없다.

능력자야. **소**소한 일에도 **능**하고 **대**단한 일들도 척척 해내지.

능언앵무 能言鸚鵡 예기禮記, 곡례曲禮 상편上編

能 잘하는 言 말만 (잘하는) 鸚鵡 앵무새 — 뜻도 모르고 (말만 잘하는) 앵무새.
: 말솜씨는 유창하나 학식은 빈약한 사람을 가리키는 말.

능력 있다고? **언**어 능력 있다고? **앵**무새가? **무**슨 소리야? 뜻도 모르고 지껄이고 있는데!

능지처참 陵遲處斬 대명률大明律

陵 (신체를) 침범하면서 遲 더디게 處 (신체) 곳곳을 斬 베어낸다.
: 국가에 의해 자행된 극형이다. 서서히 온몸을 토막으로 잘라낸다.

능욕. **지**독하고 **처**참한 신체의 능욕. 사람 몸을 찢는 **참**기 힘든 능욕.

다기망양 多岐亡羊 열자列子, 설부편說符篇

多 많아 岐 갈림길이 (많아) 亡 잃는다. 羊 양을 (잃는다.)
: 망양지탄 亡羊之歎

다른 길들이 너무 많아 **기**진맥진 길을 잃네. **망**연히 바라보네, 갈래갈래 갈래길… 길 잃은 **양**이 되어 서 있네, 학문의 길.

다능비사 多能鄙事 논어論語, 자한편子罕篇

多 뛰어나게 能 능히 할 수 있다. 鄙 더럽고 천한 事 일들을 (뛰어나게 능히 할 수 있다.)
: 비천한 일을 능히 할 수 있다는 뜻이다. 원래의 맥락에서는 젊어서 고생한 까닭인데, 겸손한 표현으로 보기도 한다.

다 할 수 있어요. 저는 **능**동적으로 **비**속한 일도 해야 한다면 해내는 **사**람입니다.

다다익선 多多益善 사기史記, 회음후열전淮陰侯列傳

多 많을수록 多 더 많을수록 益 더욱더욱 善 좋다.
: 수나 양이 늘어날수록 이로움이나 만족감이 더 늘어난다.

다 좋다고, 내 글이 좋다고 **다**들 얘기해요. **익**명의 댓글로요. **선**물같은 이런 댓글들, 많을수록 더 좋아요.

다사다난 多事多難

多 많이 (있고) 事 일이 (많이 있고) 多 많이 (있고) 難 어려움이 (많이 있고).
: 다양한 사건을 겪고, 곤경에 처하기도 많이 하는 모양이다.

다 다른 성격의 **사**건들, **다** 다른 성격의 어려움들, **난** 다 겪었다네.

다사다단 多事多端

多 많이 (있고) 事 일이 (많이 있고) 多 많이 (있다.) 端 (일의) 단서들이, 사건들이 많이 (있다.)
: 사건도 많고 사건의 원인이나 단서도 많은 모양이다.

다루었던 **사**건들이 **다** 각각 **단**계도 다양했지.

다사다망 多事多忙

多 많이 (있어) 事 일이 (많이 있어) 多 많이 忙 바쁘다.
: 많은 일을 하느라 심하게 바쁜 모양이다.

다빈치Leonardo da Vinci씨는 **사**실적으로 그림 그리느라… **다**방면에서 발명하느라… 눈코 뜨는 걸 **망**각할 정도로 바빴셔.

ㄷ

다사제제 多士濟濟 시경詩經, 대아大雅 문왕편文王篇

多 많은 士 선비들이 濟 도움이 되고 濟 쓸모가 있다.
: 재주와 능력이 뛰어난 사람들이 많이 있는 모습이다.

다들 재능이 뛰어난 **사**람들이라 **제**가 할게요! **제**가 할게요! 서로 나선다.

다언삭궁 多言數窮 노자老子, 도덕경道德經

多 많이 (하면) 言 말을 (많이 하면) 數 자주 窮 난처한 상황에 몰린다.
: 말이 많을수록 (뱉은 말로 인하여) 겪는 어려움도 많아진다는 뜻이다.

다다익선이라지만 **언**어 사용은 예외야. 속으로 **삭**이지 않고, 말이 너무 많으면 **궁**지에 몰리게 되거든.

다전선고 多錢善賈 한비자韓非子, 오두편五蠹篇

多 많으면 錢 돈이 (많으면) 善 좋다. 賈 장사할 때 (좋다.)
: 자본이 충분한 대형 마트와 적은 밑천으로 운영할 수밖에 없는 동네 슈퍼마켓 중에 어느 것이 더 유리할지는 굳이 말할 필요조차 없다. 유리한 조건을 갖추면 유리하게 일을 진행할 수 있다는 말이다.

다액의 자본은 **전**능하지. **선**택받기 수월하지, **고**객들에게.

단금지계 斷金之契

斷 (끊을 수 있는) 金 쇳덩어리도 (끊을 수 있는) 之 (강력한) 契 사귐.
: 쇳덩어리도 자른다는 과장법을 사용하여 정신적 유대감인 우정의 강도를 실감나게 나타내고 있다.

단단한 쇠도 **금**가게 할 단단함을 **지**닌 게 우리의 우정입니다! 알고들 **계**시죠?

단기지계 斷機之戒 후한서後漢書, 열녀전列女傳

斷 끊으면서 機 베틀의 베를 (끊으면서) 之 (가르치는) 戒 타이름.
: 맹모단기 孟母斷機

단지 **기**지개만 켜고 끝낼래? **지**체 없이 일어나든가 해야지! **계**획했던 일을 밀고나가야지!

단기지교 斷機之教 후한서後漢書, 열녀전列女傳

斷 끊으면서 機 베틀의 베를 (끊으면서) 之 (전해주는) 教 가르침.
: 맹모단기 孟母斷機

단편적 지식만 얻고 말겠다고 **기**를 쓰고 **지**금껏 해온 것이더냐? **교**육의 결실을 거두지 않을 작정인 게냐?

단도직입 單刀直入 전등록傳燈錄

單 홀로 刀 (불필요한 말들을 모두) 칼질하며 直 곧장 入 (할 말로) 들어간다.
: 에두르지 않고 용건이나 본론을 바로 이야기하는 모양이다.

단지 용건만 중요시하고 나머지는 **도**외시해서 **직**접 본론으로 들어가는 **입**장.

단말마 斷末魔 불교佛教

斷 끊는다. 末魔 marman(마르만, 산스크리트어에서 소리를 따온 말) 급소를 (끊는다.)
: 숨이 끊어지는 순간의 괴로움을 일컫는 말.

단막극이 끝난다. **말**도 못할 고통 속에 **마**지막 대사를 남긴다.

단무타려 斷無他慮

斷 단연코, 매우 분명하게 無 없다. 他 다른 慮 근심, 염려는 (없다.)
: 다른 근심이 전혀 없는 모양이다.

단순한 마음이에요. 그 **무**슨 근심 걱정도 **타**알타알(탈탈) 다 털었죠. **려**(여)러분도 복잡한 거 훌훌 털어보세요.

단문고증 單文孤證

單 (달랑) 하나의 文 문서 (밖에 없다.) 孤 하나 (밖에 없는) 證 (부족한) 증거.
: 증거가 부족할 때 쓰이는 표현이다.

단지 그거야? **문**서 하나 딸랑! **고**작 그거 하나가 **증**거라고?

단사두갱 簞食豆羹

簞 (한) 소쿠리에 (담긴) 食 밥 豆 나무그릇에 (담긴) 羹 국.
: 제대로 갖추어져 있지 못한 음식을 일컫는 말.

단무지 딸랑 하나냐? 반찬이? **사**는 게 이렇습다. **두**목에게 상을 내밀며 **갱**gang의 부하는 말한다.

단사표음 簞食瓢飮 논어論語, 옹야편雍也篇

簞 (한) 소쿠리의 食 밥 瓢 (한) 바가지의 飮 마실 물.
: 가난하고 수수한 음식을 일컫는 말.

단출한 식탁입죠. **사**치랑은 거리가 멀죠. 네… 거의 **표**주박에 뜰 물밖에 먹을 **음**식이 없을 뿐입죠.

단순호치 丹脣皓齒 조식曹植, 낙신부洛神賦

丹 붉은 脣 입술 皓 하얀 齒 이.
: 미인을 가리키는 말.

단아한 자태. **순**백의 피부. 사람들의 **호**감이 **치**솟는 얼굴.

단장 斷腸 세설신어世說新語, 출면편黜免篇

斷 끊는 듯이 아프다. 腸 창자를 (끊는 듯이 아프다.)
: 소혼단장 消魂斷腸

단칼에 베인 듯 통렬한 슬픔이 **장**악한 마음.

단장보단 斷長補短

斷 끊어내어 長 긴 것을 (끊어내어) 補 깁는다. 短 짧은 것을 (깁는다.)
: 절장보단 絶長補短

단점을 **장**점으로 **보**충해서 **단**점도 장점으로.

단장취의 斷章取義 춘추좌씨전春秋左氏傳, 양공襄公 28년조年條

斷 끊어서 章 (남의) 글에서 (일부) 문장을 (끊어서) 取 받아들인다. 義 (그) 뜻을 (자기 멋대로 받아들인다.)
: 남의 글에서 따온 문장이나 구절을, 원래의 맥락을 무시하고 제 논에 물 대는 식으로 해석하는 모양이다.

단지 제 입맛에 (맞는) **장**단 맞출 문장들만 **취**사선택해서 **의**미 부여한다.

담대심소 膽大心小

膽 배짱은 大 크게 — 문장을 짓는다. 心 마음은 小 세심하게 — 문장을 짓는다.
: 글을 창작하는 마음의 자세를 표현한다.

담력을 뽐내며 **대**담하게 글을 쓰지만 **심**사숙고하며, 작은 것도 **소**홀하지 않는다.

담소자약 談笑自若 삼국지三國志, 오지吳志 감녕전甘寧傳

談 농담하며 이야기한다. 笑 웃으며 (농담하며 이야기한다.) 自 (평상시의) 스스로의 (모습과) 若 같은 (모습으로).
: 위난을 겪는 상황임에도 침착성을 잃지 않는 모습을 형용한다.

담담하게 웃는다, 평상시처럼. **소**탈하게 웃는다, 평소와 다름 없이. **자**신이 처한 위급한 상황에서도 **약**간의 불안함도 보이지 않으면서….

담언미중 談言微中 사기史記, 골계열전滑稽列傳

談 이야기하는 言 말씀 안에 微 은밀하지만 (중요한 말이) 中 그 가운데 (들어 있다.)
: 모나지 않고 부드럽게 핵심을 찌르는 표현을 일컫는 말.

담임 선생님의 한마디: **언**제 공부할래?란 말에 **미**진이는 **중**심을 잃고 쓰러졌다.

담장농말 淡粧濃抹

淡 엷게 粧 (화장하며) 단장하고 濃 짙게 抹 (화장하며) 바르고.
: 비가 오고 개고 하면서 풍경이 흐릿해지다 선명해지다 하는 모습을 비유한 표현이다.

담장 너머로 펼쳐진 **장**면 봐봐! **농**도가 짙고 옅고 **말**로 표현할 수 없을 정도로 아름다운 풍경이구나!

당구풍월 堂狗風月

堂 서당 狗 개에게도 風 가르침의 月 시간들이다. — 서당개 3년에 풍월 읊는다.
: 오랜 시간 동안 은연 중에 경험과 지식이 축적되는 모양을 해학적으로 표현하고 있다.

당당하게 천자문 **구**절을 읊는 서당개. **풍**기는 포스[Force]는 장원 급제감! **월**! 월! 월! 월! 월! 월! [하늘천땅지~ ♬♪]

당금지지 當禁之地

當 마땅히 禁 (타인이 무덤으로 사용하는 것을) 금지하는 之 (그런) 地 땅.
: 타인의 묏자리 사용이 금지된 땅을 가리키는 말.

당신들이 뫼를 쓰는 건 **금**지요! 여기는 우리가 **지**금까지 조상 대대로 **지**켜온 우리 가문의 묏자리라오.

당동벌이 黨同伐異 후한서後漢書, 당고열전黨錮列傳

黨 무리가 同 한 가지로 (똘똘 뭉쳐) 伐 친다, 물리친다. 異 다른 무리들을 (친다, 물리친다.)
: 옳든 그르든 상관하지 않는 극단적인 파벌주의를 가리키는 표현이다. 모두가 망하는 지름길이다.

당파끼리 다투는 꼴 보소. **동**네 양아치들처럼 패싸움하는 꼴 보소. **벌**써 사라져버렸소, **이**성적인 옳고 그름의 판단 능력은.

당랑거철 螳螂拒轍 한시외전韓詩外傳·회남자淮南子, 인간훈편人間訓篇·장자莊子

螳螂 사마귀가 拒 막는다. 轍 수레바퀴가 나아갈 진로를 (막는다.)
: 사마귀에게 수레는 자기 힘으로는 감당할 수 없는 적수이다. 그럼에도 불구하고 당당히 맞서는 모양이다. 상반된 해석 가능성이 있다. 무모한 용기라는 해석도 가능하고, 불굴의 용기라는 해석도 가능하다.

당당하게 덤빈다. **랑**(낭)만적으로 이기지 못할 싸움을 한다. **거**침없는 **철**부지로….

당랑박선 螳螂搏蟬 장자莊子, 산목편山木篇

螳螂 사마귀가 搏 치려고 한다. 蟬 (사마귀가) 매미를 (치려고 한다.) — 사마귀 뒤에서 새가 자신을 노리고 있다는 사실을 모른 채.
: 눈앞의 이익에 급급하여 닥쳐오는 위험을 인지하지 못하는 모양이다.

당면한 작은 문제에 급급하지 마시옵소서! **랑**(낭)군이시여, 시선이 그렇게 **박**혀 있으면… 앞날이 **선**명하옵니다. 다가올 위험의 먹잇감이 되실 겁니다.

당랑재후 螳螂在後 장자莊子, 산목편山木篇

螳螂 사마귀가 在 있다. 後 뒤에 (있다.)
: 당랑박선 螳螂搏蟬

당했다! 사마귀는 **랑**(낭)패를 본다. 눈앞의 매미에 **재**미 좀 보려다가… 참새의 **후**위 공격을 당해 버렸네!

당랑지부 螳螂之斧 한시외전韓詩外傳·회남자淮南子, 인간훈편人間訓篇·장자莊子

螳螂 사마귀가 之 간다. 斧 도끼(같은 앞발을 휘두르며 수레 앞으로 나아간다.)
: 당랑거철 螳螂拒轍

당당하게 **랑**(낭)만적으로 **지**더라도 **부**딪친다.

당리당략 黨利黨略

黨 무리를 위해 도모하는 利 이익 黨 무리를 위해 도모하는 略 (교묘한) 꾀.
: 당의 이익과 (그 이익을 달성하기 위한) 책략.

당의 **리**(이)익을 위해서라면 **당**장 **략**(약)탈도 서슴지 않는다.

당봉지물 當捧之物

當 마땅히 捧 받들 (만한) 之 (그런) 物 물건.
: 수용하는 것이 마땅한 물건이다.

당일 농촌 **봉**사 활동을 위해 **지**니고 다닐 **물**건들: 삽, 호미, 낫 등등….

당비당차 螳臂當車 장자莊子, 인간세편人間世篇

螳 사마귀가 臂 팔로 當 막는다. 車 수레를 (막는다.)
: 당랑거철 螳螂拒轍

당연히 질 텐데… **비**슷비슷해야 싸움이 될 텐데… **당**당한 거야? 무모한 거야? 힘의 **차**이가 너무 나는데….

당의즉묘 當意卽妙

當 당면한 (그 순간에) 意 뜻을 헤아려서 생각해 내자. 卽 곧 (그 재치가 그 상황과 딱 맞아떨어져서) 妙 말할 수 없이 빼어나고 훌륭하다.
: 즉석에서 재치 있는 언행을 하는 모습이다.

당면한 상황에 맞추어 **의**미 있는 한마디를 **즉**석에서 **묘**하게 도출한다.

대간사충 大姦似忠 송사宋史

大 크게 姦 간사한 인간은 속임수를 써서 似 닮아 보인다. 忠 충성스러운 사람과 (닮아 보인다.)
: 간사한 인간은 술수가 워낙 교묘해서 충성스러운 사람으로 감쪽같이 위장할 수 있다.

대역죄를 저지를 인간이 **간**사하게 **사**이비 **충**신 노릇을 하는구만.

대갈일성 大喝一聲

大 크게 喝 꾸짖는다. 一 한 번 聲 소리 내어.
: 큰소리로 외치는 한마디의 꾸지람.

대기를 **갈**가리 찢으며 공기의 진동을 **일**으키는 **성**난 외마디 외침.

대경실색 大驚失色

大 크게 驚 놀라 失 잃는다. 色 얼굴빛을 (잃는다.)
: 얼굴빛이 하얗게 변할 정도로 대단히 놀란 모양이다.

대학교에 붙었다고? **경**기도에서 제일 좋은 학교에? **실**화냐? 전국 꼴찌인 네가? **색**안경을 끼던 눈들이 휘둥그레진다.

대공무사 大公無私 십팔사략十八史略, 기황양祁黃羊 일화逸話

大 크게 公 공평하고 올바르고 無 조금도 없다. 私 사사로움은 (조금도 없다.)
: 사사로움이 전혀 없이 아주 공평한 모양이다.

대의원에 왜 자네의 원수를 추천했는가? **공**정하게 판단했습니다. **무**분별하게 제 **사**심에 휘둘리지 않았습니다.

대교약졸 大巧若拙 노자老子, 도덕경道德經

大 매우 巧 솜씨가 뛰어난 사람은 若 같다. 拙 좀스럽고 서툰 것 (같다.) ∵ 자신의 진정한 실력을 떠벌리지 않으므로.
: 졸렬해 보이는 겉모습과는 달리 탁월한 재능이 있는 사람이다. 자신의 재능을 겉모습을 꾸미는 데 쓰지는 않았기 때문이다.

대체할 수 없는, 탁월한 재능이 **교**묘하지 못하고, **약**해 빠진 외관 속에 **졸**렬한 겉모습 뒤에 숨겨져 있다.

대기만성 大器晩成 노자老子, 도덕경道德經·삼국지三國志, 위지魏志 최염전崔琰传

大 큰 器 그릇은 晩 늦게라도, 늦어서야 成 이루어진다.
: 이 표현은 큰 성과를 내기 위해서는 그만큼 오랜 준비 기간이 필요하다는 뜻으로 볼 수도 있고, 훌륭한 사람은 늦게라도 결국에는 세상에 그 빛을 드러내며 큰 업적을 이루기 마련이라고 해석할 수도 있다.

대학교도 떨어지고, **기**업에서도 해고당하고, … 하다가 **만**년에, 늦은 감은 없지 않지만, **성**공 신화를 이룩하신 분이네.

대기설법 對機說法 불교佛敎

對 대하는 사람마다 機 틀에 맞추어 說 말씀하신다. 法 불법을 (그 사람에 맞게 말씀하신다.)
: 맞춤형 설법이다.

대응 방식은 일대일 대응. **기**다려봐! 어떤 사람인지 일단 보고 **설**명을 어떻게 해야 할지, **법**리를 어떻게 깨닫게 할지, 결정한다.

대기소용 大器小用 육유陸游, 송신유안전찬조조送辛幼安殿撰造朝

大 큰 器 그릇이 小 작은 것을 담는 데 用 쓰이고 있다.
: 대재소용 大材小用

대단한 인재를 그런 자리에 앉히다니… **기**가 막혀. **소**용없잖아! 능력 발휘 못하잖아! **용**을 뱀 취급하는구만!

대담부적 大膽不敵

大 매우 膽 겁이 없고 용감하여 不 없다. 敵 맞서 싸울 상대가 (없다.)
: 적이 없을 정도로 매우 용감한 모양이다.

대장군의 **담**력에 **부**들부들 **적**들은 떤다.

대동단결 大同團結

大 크게 同 하나 되어 團 모여 뭉쳐 結 맺어진다.
: 다수의 사람들이나 집단들이 똘똘 뭉친 모습이다.

대적하던 사람들까지 **동**의한다: 좋소. 우리 모두 **단**합하여 저들에게 **결**정적 한방을 날립시다.

대동소이 大同小異 장자莊子, 천하편天下篇

大 크게 (보면) 同 한 가지로 똑같다. 小 작게 (보면) 異 다르지만 (거의 똑같다.)
: 거의 같다는 뜻이다. 기호로 '≒'가 딱 맞는 표현이다.

대머리로 머리카락이 한 올도 없는 사람. 눈을 **동**그랗게 뜨고 봐도 아주 **소**량의 머리카락뿐인 사람. **이** 두 사람처럼 어슷비슷한 관계를 나타낸 말.

대변여눌 大辯如訥 노자老子, 도덕경道德經

大 매우 辯 말솜씨가 능란한 사람은 如 같다. 訥 말을 더듬거리며 (말을 잘하지 못하는 사람 같다.) ∵ 말을 아끼기 때문에.
: 역설적인 모습이다. 말을 잘하는 사람이 오히려 말을 서툴게 하는 것으로 보인다. 자신의 언변을 모두 드러내지 않고 아껴 말하기 때문이다.

대학도 못 나온 듯 **변**변찮게 말하던 **여**인. 그러나 알고 보니 모두의 기를 **눌**러 버릴 학벌과 경력의 소유자.

대분망천 戴盆望天 사마천史馬遷, 보임소경서報任少卿書

戴 머리에 이면서 盆 동이를 望 바라본다. 天 (동시에) 하늘을 (바라본다.)
: 이렇게 하면 동이의 물이 흘러 넘칠 수밖에 없다. 무리하게 두 가지 일을 병행하는 모양이다. 통상적으로 이 표현은 한꺼번에 두 가지 일을 하지 말라는 뜻으로 해석한다.

대학 가겠다는 녀석이 **분**수에 맞지 않게 실컷 놀고만 있어? **망**하려고 작정했냐? **천**재가 아닌 이상, 놀면서 대학 갈 순 없어!

대서특필 大書特筆

大 큰 書 글씨로 特 특별히 筆 쓴 (글씨).
: 신문이나 뉴스news의 일면을 장식하는 헤드라인headline을 일컫는 말.

대한민국의 교육계에… **서**프라이즈!Surprise! **특**이한 교육자가 등장했습니다! **필**명이 '불량교생'인데….

대성지행 戴星之行

戴 이고 星 별을 (이고) 之 간다. 行 (부모의) 장사지내러 (간다.)

: 부모의 부고를 받고 별빛 아래에서 집으로 돌아가는 밤길이다.

대학, 군대, 직장, … **성**공…한 모습을 보여드린 적이 **지**난날 단 하루…라도 있었던가? **행**인도 없는 밤길, 별빛 눈물빛 흐르며, 혼이 나간 혼잣말.

ㄷ

대성질호 大聲疾呼 한유韓愈, 후십구일복상재상서後十九日復上宰相書

大 큰 聲 소리로 疾 있는 힘을 다하여 呼 부른다.
: 큰소리로 성질내며 꾸짖고 있다. 원래의 맥락에서는 질책이 아니라 주의를 환기시키는 목적으로 쓰인 표현이다.

대리 출석을 하나? **성**질난 교수님이 **질**그릇을 깰 듯한 목소리로 **호**통친다.

대언장어 大言壯語

大 자신의 능력 범위를 벗어난 言 맹세의 말을 壯 자신감 있게, 씩씩하게 語 발표한다.
: 허풍을 떨고 있다.

대단한 허풍을 **언**어로 떠들며 **장**담하시는데, **어**떻게 행동으로 보여주실지?

대우탄금 對牛彈琴 홍명집弘明集, 이혹론理惑論

對 마주하며 牛 소를 (마주하며) 彈 줄을 퉁겨 (음악을 들려준다.) 琴 거문고 (줄을 퉁겨 음악을 들려준다.)
: 우이독경 牛耳讀經

대중음악, 멋진 곡으로 **우**리 소에게 들려줘야지. **탄**다, 탄다, 거문고 탄다, **금**방 타버린다, — 음악 아닌 소음으로.

대의멸친 大義滅親 춘추좌씨전春秋左氏傳, 은공隱公 34년조年條

大 보다 큰 義 올바른 도리를 위하여 滅 희생시키는 것도 감수한다. 親 친척을 (희생시키는 것도 감수한다.)
: 의리를 크게 중시하며 친족의 희생을 감내하는 모양이다.

대단하네, 정말. **의**로운 일을 위해서라면 **멸**할 수도 있다네? **친**자식도, 친한 사람들까지도….

대의명분 大義名分

大 크게 (모든 사람들에게) 義 옳다고 (여겨져) 名 외면적이고 공개적으로 (제시되는) 分 (행동의) 근거.
: 모든 사람들 앞에 내세우는 떳떳한 행동의 근거.

대중들이 듣고 그 **의**미를 이해하고 **명**분이 타당하다고 **분**명하게 수긍하여야 한다.

대인대이 大人大耳

大 (도량이) 큰 人 사람의 大 (너그러운) 큰 耳 귀.
: 귀가 크다니 당나귀 귀인가? 그건 아니고 사람들의 말을 들을 때 대범한 태도를 지닌다는 뜻이다.

대인배로서 사람들이 **인**상 쓰며 뭐라 뭐라 떠들어도 **대**충 알아듣고 넘길 뿐 **이**맛살을 찌푸리며 엮이지 않는다.

대자대비 大慈大悲 불교佛敎 대지도론大智道論

大 매우 크게 慈 (중생을) 사랑하고 大 매우 크게 悲 (중생을 생각하며) 마음 아파하고
: 관세음보살의 마음을 형용하는 표현이다.

대중의 아픔이 **자**신의 아픔인 것처럼 **대**중을 애처로이 여기는 **비**할 바 없는 큰 사랑.

대재소용 大材小用 육유陸游, 송신유안전찬조조送辛幼安殿撰造朝

大 큰 材 재목이 小 작게 用 쓰인다.
: 훌륭한 인재가 자신의 역량을 한껏 발휘할 수 있는 자리에 임용되지 못하는 모양이다.

대단한 인재의 **재**능을 **소**박한 **용**도로 쓰실려고요?

대중발락 大衆發落

大 많은 衆 사람들이 發 (의견을) 내고 落 (결정하여) 마무리한다.
: 여러 사람들의 의견에 따라 결정을 내리고 그 결과를 발표하는 모양이다.

대통령 선거가 치러진다. **중**앙선관위는 바쁘다. **발**견되는 곳곳의 투표소들, **락**(낙)관적 전망을 자신하는 정당들, 민주주의의 풍경들.

대지여우 大智如愚 소식蘇軾의 시 하구양소사치사계賀歐陽少師致仕啟

大 아주 智 슬기로운 사람은 如 같이 (보인다.) 愚 어리석은 사람 (같이 보인다.)
: 왜냐하면 지혜를 뽐내지 않고 말을 아끼기 때문이다. 슬기로운 사람의 어리석은 모습은 슬기로운 사람의 또 하나의 슬기다.

대롱대롱 매달린 **지**혜가 무거워 몸을 가누기 **여**의찮지만… **우**리 눈에는 그저 둔한 몸가짐.

ㄷ

대한불갈 大旱不渴

大 큰 旱 가뭄이 오더라도 不 아니할 渴 마르지 (아니할 정도로 풍족한 물의 양).
: 큰 가뭄에도 끄떡없을 정도로 샘이나 논 등에 물의 양이 넉넉하다.

대낮의 열기가 대단해도 **한**반도에 가뭄이 와도 **불**리하지 않네, **갈**증 나지 않네, 넉넉한 물이 있다네.

덕무상사 德無常師 상서商書, 함유일덕편咸有一德篇

德 인격을 수양함에 있어서 無 없다. 常 항상 정해진 師 스승은 (없다.)
: 특정한 스승이 없다는 말은 그 누구도 스승이 될 수 있다는 뜻이다. 열린 마음으로 배우고자 하는 자세만 있다면 주위의 환경과 삶의 순간들이 모두 스승으로 기능할 것이다.

덕을 쌓겠다고 **무**슨 덕치 '학원'에 다닐 거냐? **상**대하는 모든 **사**람과 사물을 '스승'으로 모셔라!

덕불고 필유린 德不孤 必有隣 논어論語, 이인편里仁篇

德 어진 품성을 지닌 사람은 不 아니하다. 孤 외롭지 (아니하다.) 必 (왜냐하면) 반드시 有 있기 마련이므로 隣 이웃이 (있기 마련이므로).
: 고결한 정신이나 행동은 반드시 사람들의 인정을 받는다.

덕만아! 왜 **불**러? **고**기가 그 '맛집'이냐? **필**수 코스라는 그 '덕집 맛집'? 응, **유**명해서 늘 사람들이 찾아와. **린**(인)기가 많아 늘 북적북적해.

도견와계 陶犬瓦鷄 소역蕭繹, 금루자金樓子

陶 질그릇으로 만든 犬 개 瓦 기와로 만든 鷄 닭.
: 짖지 못하는 개와 울지 못하는 닭이다. 겉모양만 그럴듯하고 아무짝에도 쓸모없는 물건이나 사람을 가리키는 말.

도끼, 도끼, 금도끼. **견**고하지 못해 금방이라도 **와**사삭 부서질 쓸모없는 도끼. 나무할 **계**획에 넣지 못할 도끼, 도끼, 금도끼.

도남붕익 圖南鵬翼 장자莊子, 소요유편逍遙遊篇

圖 꾀하여 손에 넣기 위해 南 남녘을 (꾀하여 손에 넣기 위해) 鵬 붕새가 翼 날갯짓한다.
: 붕정만리 鵬程萬里

도모한다. **남**반구 북반구 모두 하늘에서 **붕**붕 날아다닐 계획을 **익**히고 숙성시킨다.

도남지익 圖南之翼 장자莊子, 소요유편逍遙遊篇

圖 꾀하여 손에 넣기 위한 南 남녘을 (꾀하여 손에 넣기 위한) 之 (붕새의) 翼 날갯짓

: 붕정만리 鵬程萬里

도옹서어 (동서) **남**북 모든 방향 **지**구촌 전체가 **익**숙해질 웅장한 계획.

도량발호 跳梁跋扈 후한서後漢書, 양기전梁冀傳

跳 가지고 놀며 제멋대로 梁 (물고기를 잡는 장치인) 어량을 跋 난폭하게 짓밟고 넘어간다. 扈 (고기잡이 도구인) 통발을 (난폭하게 짓밟고 넘어간다.)
: 악랄하게 권세를 마구마구 휘두르는 모양을 빗댄 표현이다.

도리 따위 걷어차고 **량**(양)심 따위 벗어 던지고 **발**광한다, **호**령한다.

도로무공 徒勞無功 장자莊子, 천운편天運篇

徒 헛되이, 보람 없이 勞 일했네. 無 없네. 功 공로의 실적이 (없네.)
: 노력한 보람이 없는 모양이다.

도로아미타불이 된 **로**(노)력. **무**진장 애썼건만 **공**들인 보람이 없는 노력.

도로무익 徒勞無益 장자莊子, 천운편天運篇

徒 헛되이, 보람 없이 勞 일했네. 無 없네. 益 이로울 게 (없네.)
: 도로무공 徒勞無功

도랑으로 굴러 떨어진 **로**(노)력, **무**슨 결실도 맺지 못한 채 **익**명의 이름처럼 존재감 없이 사라지다.

도룡지기 屠龍之技 장자莊子, 열어구편列禦寇篇

屠 잡아 죽이는 龍 (세상에 있지도 않은) 용을 (잡아 죽이는 것과 같은) 之 (정말 쓸데없는) 技 재주.
: 무용한 재주를 가리키는 말.

도대체 **룡**(용)을 잡는다는 **지**금의 그 **기**술, 어디다 써 먹을래?

도리불언 하자성혜 桃李不言 下自成蹊 사기史記, 이장군열전李將軍列傳

桃 복숭아나무와 李 오얏나무는 不 아니하여도 言 (아무) 말도 하지 (아니하여도) 下 그 아래로 自 스스로 成 이룬다. 蹊 (사람들이 다니는) 좁은 길을 (이룬다.)
: 복숭아나무와 오얏나무는 말이 없어도 아름다운 꽃과 열매로 사람들을 불러들인다. 따라서 그 나무들 아래에는 저절로 사람들이 지나간 길이 생긴다. 이와 마찬가지로 인격적으로 성숙한 사람에게도 그 인품의 향기와 아름다움이 있어서 저절로 사람들을 불러들이는 힘이 있다.

도로명: '인품'로. **리**(이)차선 도로. 사람들을 **불**러들이는 도로. 마을 **언**저리에서 **하**루도 휑한 적 없는 도로. **자**연스럽게 **성**지가 된 도로. '인품' **혜**택을 듬뿍 주는 도로.

도문질욕 到門叱辱

到 이르러 門 (타인의 집) 문 앞에 (이르러) 叱 엄하게 꾸중하며 辱 욕설을 내뱉는다.
: 남의 집 문 앞에서 꾸중하며 욕설을 내뱉고 있다.

도둑놈 집이 여기요? 여러분, **문** 앞에서 소리 **질**러 봅시다! 제대로 **욕** 한 마디 해줍시다! 야, 이 1818아!

도불습유 道不拾遺

사기史記, 상군열전商君列傳·한비자韓非子, 외저설外儲說 좌상편左上篇

道 길거리에서 不 아니한다. 拾 줍지 (아니한다.) 遺 떨어져 남겨진 것을 (줍지 아니한다.)
: 길에 떨어진 남의 물건을 거들떠도 안 보는 사회는 어떤 모습일까? 그만큼 인심이 두터운 분위기일 수도 있고, 엄격한 통치 질서로 숨 막히는 분위기일 수도 있다. 대조적인 두 사회에서 같은 행동을 보이는 것이 흥미롭다.

도둑질을 왜 해? **불**필요해! 길가에 떨어진 돈을 왜 **습**득해? 이미 풍족한데! **유**쾌하게 껄껄껄….

도삼이사 桃三李四

桃 복숭아나무는 (열매를 수확하기까지) 三 3년(걸리고) 李 오얏(자두)나무는 (열매를 수확하기까지) 四 4년 (걸리고).
: 일의 결실을 거두기 위해 소요되는 시간 비용을 나타낸다.

도전 종목이 무어냐에 따라 **삼** 년 걸릴지, **이** 년 걸릴지, **사** 년 걸릴지, 결정할 수 있어.

도소지양 屠所之羊

屠 (짐승을) 죽이는 所 곳, 즉 도살장에 之 가는 羊 양.
: 죽음이 임박한 상황을 빗댄 표현이다.

도살장 끌려온 **소** 한 마리 신세, 또는 **지**뢰 밟은 **양** 한 마리 신세.

도역유도 盜亦有道 장자莊子, 거협편胠篋篇

盜 도둑에게 亦 또한 有 있다. 道 (지켜야 할) 도리가 (있다.)
: 도둑의 도리로 예시되는 것들은 어디에 물건을 숨겨 놓았는지 판단하는 슬기로움, 남들보다 먼저 훔치러 들어가는 용감함, 남들을 먼저 보내고 나중에 도망가는 의리, 훔칠 만한 물건인지 가려내는 지성, 훔친 물건을 도둑들끼리 고르게 나누는 어짊이 있다.

도둑에게도 **역**시 **유**의미한 **도**리가 있는 법.

도외시 度外視 후한서後漢書, 광무기光武記

度 (시선을 두고 관심을 가질 영역의) 한도 外 바깥에 있다고 視 보고 (상관하지 않는다.)

: 관심을 주지 않고 눈여겨보지 않는 모양이다.

도무지 신경 안 써. **외**면해. **시**선을 두지 않아.

도원결의 桃園結義 삼국지연의三國志演義

桃 복숭아 園 동산에서 結 맺는다. 義 의리로써 (형제의 관계를 맺는다.)
: 도원에서 의형제의 관계를 맺고 있다.

도와주자, 서로! **원**대한 꿈을 함께 이루자! **결**연히 **의**형제를 맺는 유뷔, 과뉘, 장뷔.

도유승강 道有升降

道 길에는 有 있다. 升 오르막길도 (있다.) 降 내리막길도 (있다.)
: 잘될 때도 있고 안될 때도 있는 인생의 경로를 시각적으로 형상화한 표현이다.

도통 알 수 없는 인생길. **유**후~ 좋다가도 으악~ 나빠지고… 초고속 **승**강기를 타고 오르내리듯 **강**약 중강 약… 우리 인생길.

도절시진 刀折矢盡

刀 칼은 折 꺾이고 矢 화살은 盡 다했네.
: 녹초가 될 정도로 싸운 모양이다.

도구들은 다 **절**단났고. **시**도를 더 할 힘도 **진**짜 더는 남아있지 않고.

도주지부 陶朱之富 사기史記, 화식전貨殖傳

陶朱 도주공이라는 사람이 之 (가진) 富 많고 넉넉한 재산.
: 어마어마한 부를 일컫는 말.

도둑질을 하고 싶을 정도로, **주**세요! 조금만 떼 주세요! 라는 말이 절로 나올 정도로 **지**극히 어마어마하게 **부**자로구만!

도증주인 盜憎主人 춘추좌씨전春秋左氏傳, 성공成公 15년조年條

盜 도둑은 憎 밉다. 主 물건 임자인 人 사람이 (밉다.)
: 원래의 맥락에서는 입바른 소리를 하는 사람이 간악한 사람들에게 해코지를 당할 위험이 있다는 뜻으로 쓰인 표현이다. 이해관계가 첨예하게 대립되는 상황에서, 증오라는 감정이 자연스럽게 발생될 수 있음을 잘 나타낸다.

도둑은 **증**오한다. **주**위에 풍요롭게 사는 **인**간들을. 상대적 박탈감을 느끼며.

도청도설 道聽塗說 논어論語, 양화편陽貨篇

道 길에서 聽 (떠도는 말을) 듣고 塗 길에서 說 (떠도는 말을) 말한다.
: 입소문이 퍼지는 모양을 형용한다. 얕게 생각하고 가볍게 떠드는 행태에 대한 비판 의식이 담겨 있다.

도마에 올라, 입도마. **청**주에서 들은 얘길 서울 와서 퍼뜨려. 그 **도**마 위엔 길거리 뜬소문. **설**마설마하는 그런 얘기들.

도탄지고 塗炭之苦 상서商書, 중훼지고편仲虺之誥篇

塗 진흙탕 (속에 빠진 듯한) 炭 숯불 속을 (뒹구는 듯한) 之 (그런) 苦 괴로움.
: 몹시 심한 고통을 겪는 모양이다. 폭정에 시달리며 백성들이 겪는 괴로움이다.

도대체 여기는 어디인가? 지옥인가? **탄**식과 고통의 목소리만 가득하구나! 관리들이 **지**지고 달구는 숯불 속에서 **고**통의 구렁텅이에 빠진 백성들.

도행역시 倒行逆施 사기史記, 오자서열전伍子胥列傳

倒 (마땅히 따라야 할 이치를) 거꾸로 뒤집고 行 다닌다. 逆 (마땅히 따라야 할 이치를) 거스르며 施 일을 벌인다.
: 도리에 역행하는 짓을 가리키는 말. 원래의 맥락에서 복수하기 위해 시신을 꺼내 매질한데서 나온 표현이다.

도륙을 내겠다니… 사람으로서 할 **행**동인가? **역**사적 지탄을 받을지라도… **시**체라도 훼손하겠네.

독견지명 獨見之明 회남자淮南子

獨 홀로 見 볼 줄 아는 之 (지혜로운) 明 명석함.
: 다른 사람들이 보지 못하는 것을 보는 혜안을 일컫는 말.

독도는 한국 땅이모니다. **견**디기 힘든 따가운 눈총을 쏘며, 무언의 **지**시를 하는 일본인들 사이에서 **명**철하게 선언하는 사쿠라 양.

독불장군 獨不將軍

獨 홀로, 혼자서는 不 못한다. 將 장수로서 거느리지 (못한다.) 軍 군사를 (거느리지 못한다.)
: 이 표현은 직역을 하면 혼자서는 큰일을 못하니 남들과 서로 도우면서 하라는 말인데, 실상 남의 말은 안 들으면서 혼자서 제멋대로 하는 사람을 가리키는 경우가 상당하다.

독자적으로 혼자 놀겠대. **불**러봤지, 함께 하자고. **장**난 아냐, 그 고집은. **군**중 속에서 남들처럼 하긴 싫대.

독서망양 讀書亡羊 장자莊子, 변무편駢拇篇

讀 읽다가 書 글을 (읽다가) 亡 잃는다. 羊 양을 (잃는다.)
: 물론 관점에 따라 양 따위는 잃어버려도 좋을 정도로 독서가 훨씬 중요한 일이라고 생각할 수도 있다. 그러나 여기서 양을 잃어버린 주체가 양치기다. 양치기는 양이 도망가지 않게 잘 지키는 일이 자신의 본분이므로, 독서는 부정적인 의미가 된다. 즉 자기가 할 일을 제대로 안 하고 딴 짓하다가 크게 일이 어긋나는 경우에 쓸 수 있는 표현이다.

독서한답시고 **서**둘러 할 중요한 일을 제끼다가 **망**했어! **양**념에 불과한 독서 때문에 메인main 요리가 엉망이 되어 버린 격.

독서백편의자현 讀書百遍義自見 삼국지三國志, 위지魏志 왕숙전王肅傳

讀 읽으면 書 글을 (읽으면) 百 100 遍 번 (글을 읽으면) 義 뜻이 自 스스로, 저절로 見 나타난다, 드러난다.
: 공부하는 학생에게 질문을 많이 하는 것은 좋은 학습 습관이지만, 어떨 때 보면 질문을 많이 해도 학생의 실력이 늘지 않는 경우가 있다. 모르는 내용이 나왔을 때 무턱대고 질문해서 바로 답을 챙기려 하기 보다는 같은 내용을 스스로 (이 표현처럼) 무수히 읽고 읽고 또 읽는다면 스스로 해답이 떠오르면서 보다 심화된 이해에 도달할 수 있을 것이다.

독서 다했다고 **서**둘러 다음 책으로 **백** 미터 달리기하듯 넘어가지 말고, **편**식하듯 백 번! 되풀이해서 읽어. **의**미를 **자**연스럽게 이해할 거야. **현**명한 독서 방법이란다.

독서삼도 讀書三到 주희朱熹, 훈학재규訓學齋規

讀 읽을 書 글을 (읽을 때) 三 세 가지 到 이르러야 할 (길, 방법).
: 입으로 소리 내어 읽는 방법, (소리를 내지 않고) 눈으로 읽는 방법, (집중하여) 마음으로 읽는 방법을 가리킨다. 당연히 정신 집중하여 마음으로 읽는 방법이 가장 중요하다고 본다.

독서 방법? **서**적을 '눈'으로 뚫어져라 보기도 하고, **삼**거리까지 들리도록 '입'으로 소리도 내보고, **도**자기 굽듯 정성껏 '마음'으로 봐봐.

독서삼매 讀書三昧 불교佛敎

讀書 글을 읽을 때 三昧 samadhi(사마디, 산스크리트어에서 소리를 따온 말) 고도로 집중한다.
: 책을 읽는 데 몰입한 경지다.

독서에 빠져 새벽 **서**너 시까지 안 자고, **삼**시 세끼를 거르기도 하고, **매**번 내릴 역을 지나치기도 한다.

독서상우 讀書尙友 맹자孟子, 만장萬章 하편下篇

讀 읽으며 書 글을 (읽으며) 尙 높은 수준의 友 벗들을 사귄다.
: 독서를 통하여 인류의 지혜를 가르치는 스승님들과 벗이 될 수 있다.

독서하며 **서**서히 키우는 우정. **상**대방은 **우**리 역사를 빛낸 현인들.

ㄷ

독서파만권 讀書破萬卷 두보杜甫의 시 증위좌승贈韋左丞

讀 읽다. 書 책을 (읽다.) 破 남김없이 다 萬 10,000 卷 권의 책을 (남김없이 다 읽다.)
: 원래의 맥락에서는 이러한 다독의 결과로 신의 경지에서 글을 쓸 수 있다는 말이 이어진다.

독서한다고? **서**두르지 말고 **파**헤쳐 봐! 좋은 책들을 **만** 권 정도 파헤쳐 봐! **권**장할 만한 숫자지, 만 권.

독수공방 獨守空房

獨 홀로 守 지키는 空 (남편 없는) 빈 房 방을 (홀로 지키는 여인).
: 남편 없이 부인이 홀로 방에서 지내는 풍경이다.

독신도 아니건만 **수**심만 가득 찬 **공**기가 채워진 **방**에 나 혼자뿐이로구나!

독안룡 獨眼龍 오대사五代史, 당기唐記·당서唐書, 이극용전李克用傳

獨 하나뿐인 眼 눈을 가진 龍 비범하고 훌륭한 사람.
: 눈이 애꾸인 영웅이다.

독보적인 존재. 한쪽 눈이 **안** 보여도, 더 멀리 보면서 **룡**(용)처럼 승천할, 난세의 영웅.

독야청청 獨也靑靑 성삼문成三問, 단심가丹心歌

獨 홀로, 혼자 也 (혼자)로구나! (혼자일 때야말로) 靑 푸르르리라. 靑 푸르르리라.
: 신념을 굽히지 않는 태도를 표현한다.

독dog, 개만도 못한 짓이야, **야**만적이야, 너네들 배신행위는. **청**색을 검정색으로 바꾸니 좋디? **청**색을 청색으로 지킬 거야! 나 혼자서라도 끝까지….

돈제양전 豚蹄穰田 사기史記, 골계열전滑稽列傳

豚 돼지 蹄 발굽(을 제물로 바치면서) 穰 풍년이 들기를 田 농사일에 (풍년이 들기를 기원한다.)
: 쥐꼬리만큼 미미한 대가를 치르고 엄청난 보상을 받기를 바라는 모양을 형용한다.

돈 몇 천 원 내고 **제**일 부자가 되겠다고? **양**심들이 있으신가? 로또에 **전**부 무리한 기대들을 하시는군.

돈증보리 頓證菩提 불교佛敎

頓 갑자기 證 득도한다. 菩提 Bodhi(보디, 산스크리트어에서 소리를 따온 말) 깨달음을 얻는다.
: 돌연히 깨달음을 얻는 모습이다.

돈다, 돈다, 머리가 핑 돈다. **증**폭하는 지혜…. **보**인다, 보인다, **리**(이)치가 한눈에 보인다!

돌돌괴사 咄咄怪事 세설신어世說新語, 출면편黜免篇

咄 (혀를 차는 소리) 쯧쯧, 끌끌 咄 (혀를 차는 소리) 쯧쯧, 끌끌 怪 의심스럽고 괴상한 事 일이로다.
: 알 수 없을 만큼 이상야릇한 일을 가리키는 말.

돌로 머릴 한 대 맞은 기분이야, **돌**연 생긴 **괴**이한 이 **사**건 때문에.

돌불연 불생연 突不燃 不生煙 열상방언洌上方言

突 갑자기 굴뚝은 不 아니하면 燃 불태우지 (아니하면) 不 아니한다. 生 나오지 (아니한다.) 煙 연기가 (나오지 아니한다.)
: 아니 땐 굴뚝에 연기 나랴. 인과 관계를 나타낸다.

돌연 생기는 일은 없어. **불**이 없고 **연**기가 보인다 해도, **불**을 **생**각해 내야해. **연**기가 난 원인으로.

돌연변이 突然變異

突 갑자기 然 그렇게 (출현한) 變 변경된 품종 異 이질적인 존재.
: 어버이의 형질과 다른 변종을 일컫는 말.

돌발 사태 발생! **연**구 대상에 추가할 **변**종 출현! **이**로울지 해로울지 우선 확인 요망!

동가식 서가숙 東家食 西家宿 천평어람天平御覽

東 동녘 家 집에 가서 食 밥을 먹고 西 서녘 家 집에 가서 宿 잠을 자고.
: 떠돌이 생활을 일컫는 말.

동쪽으로 **가**자, **식**사하러. **서**쪽으로 **가**야지, **숙**박하러.

동가홍상 同價紅裳

同 한 가지 價 값이면 紅 붉은 裳 치마를 (고르겠다.)
: 같은 값이면 다홍치마다. 시간, 비용, 노력 등을 똑같이 들여야 한다면 (당연히) 더 나은 품질을 선택하거나 소유한다는 뜻이다.

동일한 **가**격이면 **홍**익인간 정신으로 널리 나를 더 이롭게 해줄 **상**품을 고르겠쪄요.

동고동락 同苦同樂

同 함께 한다. 苦 괴로움도 (함께 한다.) 同 함께 한다. 樂 즐거움도 (함께 한다.)
: 괴로운 일도 즐거운 일도 모두 함께 겪고 있다.

동행… 날이 저물 때 **고**통의 지옥도, **동**이 틀 때 열릴 **락**(낙)원도.

동공이곡 同工異曲 한유韓愈, 진학해進學解

同 같은 工 악공들이지만 異 다르다. 曲 가락은 (다르다.)
: 장인이나 예술가가 같은 장르genre나 같은 수준으로 분류된다 하더라도, 각자 나름대로의 개성과 역량을 반영하기 때문에 각각의 고유한 특성은 다 다르다는 뜻이다.

동급의 음악가들이라도 **공**들이는 스타일style이 제각각이라 **이**루어내는 연주가 다 다르네. **곡**은 같은 곡이더라도 듣는 느낌은 다 다르네.

동귀수도 同歸殊塗 주역周易, 계사편繫辭編 하下

同 같은 곳으로 歸 돌아간다. 殊 다른 塗 길들을 경유하지만.
: 중간의 경로는 다르지만 돌아가 도착한 곳은 하나다.

동서남북 사방에서 **귀**하를 보러 출발했답니다. **수**많은 동선들이 모이는 단 하나의 **도**착점이십니다.

동기지친 同氣之親

同 같은 氣 기운의 之 (형제들끼리) 親 친밀함.
: 형제자매 사이에 가까이 지내며 사랑하는 모습이다.

동기들과 나누는 정. **기**운 없고 **지**칠 때 찾는 **친**근한 가족의 품.

동량지재 棟梁之材 오월춘추吳越春秋, 천입신외전踐入臣外傳

棟 (지붕을 받치는 '도리'로서) 마룻대와 梁 (기둥들을 건너지르며 집을 받치는) '들보'로서 之 (쓰일) 材 (든든한) 재목.
: 나라의 중책을 두 어깨에 짊어질 만한 젊은 인재를 나타낸 말이다.

동네 사람들, 들어 보소! **량**(양) 어깨로 나라를 **지**탱할 젊은이들이라오! 뛰어난 **재**능을 타고났다오!

동명이인 同名異人

同 같지만 名 이름은 (같지만) 異 다르다. 人 사람은 (다르다.)
: 이름만 같고 다른 사람이다.

동주야! … 네! 네! 네! 응? 아, **명**부에 동주란 **이**름이 셋이구나. 이 이름이 **인**기가 많은가 보네.

동문동궤 同文同軌 사기史記, 진시황본기秦始皇本紀

同 (온 세상이) 같은 文 문자를 쓰는 (통일된 세상) 同 (온 세상이) 같은 軌 수레바퀴 자국을 내는 (통일된 천하.)
: 문자 체계나 운송 수단의 구성이 같을 정도로 통일된 세상이다.

동네가 달라도 **문**자가 **동**일하고, 수레가 다니는 **궤**도도 잘 이어져 있다.

동문서답 東問西答

東 동녘이 어디에요? 問 물으니 西 서녘이 어디라고! 答 대답한다.
: 질문의 내용과는 전혀 상관없는 대답을 내놓는 모양이다.

동그라미 칠 게 읎따! **문**제 채점했더니 **서**로 정반대인 **답**만 내놓았따!

동방화촉 洞房華燭

洞 그윽하고 깊은 房 방 안에서 華 빛나는 燭 촛불.
: 신랑과 신부의 첫날밤을 일컫는 말.

동네 사람들, **방**긋 웃는 **화**사한 표정으로 손가락을 **촉**촉이 적셔 문풍지에 구멍을 뚫는데….

동병상련 同病相憐 오월춘추吳越春秋, 합려내전闔閭內傳

同 같은 病 병의 아픔을 相 서로 憐 딱하게 여긴다.
: 같은 처지에 있는 사람들끼리 서로를 이해하고 동정하는 모양이다.

동생, **병**원엔 무슨 일로? 형, 저 치질이 **상**태가 안 좋아요. 어? 너도 치질? **련**(연)민의 눈빛이 통하는 순간.

동분서주 東奔西走

東 동녘으로 奔 달리다가 西 서녘으로 走 달리다가.
: 매우 바쁜 모양을 형용한다.

동쪽으로 서쪽으로 **분**주하게 **서**둘러 돌아다녀. **주**위를 여기저기….

ㄷ

동산고와 東山高臥 세설신어世說新語, 언어편言語篇

東 (속세를 피해) 동녘 山 산에 (숨어서) 高 고고하게 臥 누워 지내네.
: 시끄러운 속세를 벗어나 산속에서 고고히 지내는 모습이다.

동네가 뒤숭숭해 피신한 **산**속 풍경… **고**와, 참 고와! 고즈넉한 분위기 좋아! ♬♪ **와**글와글 시끄럽지 않아 좋아! ♬♪

동상이몽 同床異夢 진량陳亮, 여주원회서與朱元晦書

同 같은 床 평상에 (누워) 異 서로 다른 夢 꿈을 꾼다네.
: 함께 행동하는 사람들이 제각각 다른 꿍꿍이속을 가진 모양을 형용한다.

동팔이와 하필 짝꿍이라니… **상**황이 최악이네! vs **이**린이 표정이 **몽**롱한 게… 내 옆에 앉아 좋은가 봐!

동서고금 東西古今

東 동녘이든 西 서녘이든 古 예나 今 지금이나.
: 시간과 공간을 초월한 보편적인 성격을 표현할 때 쓰인다.

동포애는 **서**양이든 동양이든… **고**대든 현대든… 소중하단 걸 **금**방 알 수 있지.

동선하로 冬扇夏爐 왕충王充, 논형論衡 봉우편逢遇篇

冬 (추운) 겨울철에 扇 (시원한 바람을 내는) 부채 夏 (더운) 여름철에 爐 (뜨거운 열기를 내는) 화로.
: 한마디로 쓸데없다. 그때의 사정이나 요구에 전혀 맞지 않는 물건을 일컫는 말.

동지섣달 한겨울의 **선**풍기의 노래: 난 **하**나도 쓸모없어요우오우예이~ ♬♪ — 무용지물의 **로**(노)래.

동성상응 同聲相應 주역周易, 문언전文言傳 건괘편乾卦篇

同 같은 聲 소리끼리 相 서로 (통하고) 應 응하여 (어울린다.)
: 의견이나 이해가 일치하는 사람들끼리 자연스럽게 어울리는 모양이다.

동생도 혹시… 해병대? 아니, **성**님(형님)도예? 튱!셩!(충성) **상**황 걸리고 참 힘들었었지예! **응**, 기억이 새록새록 나는구만!

동성이속 同聲異俗 순자荀子, 권학편勸學篇

同 (태어나면서 처음에는) 같은 聲 소리를 (내던 사람들이) 異 (다른 환경에서 자라면서) 달라진다. 俗 풍속이 (달라진다.)
: 후천적 변화의 요인으로서 교육의 중요성을 강조한 말이다.

동일한 DNA를 가진 쌍둥이도 **성**격 행동 등이 **이**질적으로 바뀌는 이유는 **속**해 있는 환경이 다르기 때문.

동온하정 冬溫夏凊 예기禮記, 곡례편曲禮篇

冬 추운 겨울에는 溫 (부모님을) 따뜻하게 해드리고 夏 더운 여름에는 凊 (부모님을) 서늘하게 해드리고.
: 사계절 내내 부모님께 효도하는 모습을 형용한다.

동상에 걸리시지 않게 **온**도를 늘 따뜻하게. (겨울 편) **하**앗Hot한 열기를 피하시게 **정**성껏 온도를 시원하게. (여름 편)

동우각마 童牛角馬

童 대머리의 (뿔이 없는) 牛 소 角 (머리에) 뿔이 난 馬 말.
: 뿔이 있어야 할 소에게는 뿔이 없고, 뿔이 없어야 할 말에게 뿔이 있다. 이치에 닿지 않을 정도로 매우 어긋난 형상을 이르는 말이다.

동작이 느긋한 **우**리 이등병, **각**종 훈련하는 모습이 **마**치 말년 병장이구나!

동음이의 同音異義

同 같지만 音 소리는 (같지만) 異 다르다. 義 의미는 (다르다.)
: 소리만 같고 뜻은 다르다.

동요… **음**악children's song을 뜻할 수도 있고 **이**리저리 불안하게 움직인단agitation **의**미일 수도 있어.

동이불화 同而不和 논어論語, 자로편子路篇

同 같다, 함께 한다. 而 그러나 不 아니한다. 和 화합하지 (아니한다.)
: 함께 하면서 겉으로는 같아 보이지만 속으로는 화합하지 못하는 모양이다.

동의하는 척, **이**구동성으로 한목소리 내지만, **불**같이 **화**낼 준비는 되어 있었다.

동족방뇨 凍足放尿 순오지旬五志

凍 얼어붙은 足 발에 放 놓는다. 尿 오줌을 (놓는다.)
: 언 발에 오줌 누기다. 당장은 추위를 녹일 수 있지만, 시간이 지나면 동상에 걸려 더 고생한다. 당장의 효과에 급급하고 먼 앞날을 내다보지 못하는 조치를 가리킨다.

동상(동생), **족**한 양의 오줌을 **방**출해서 발을 뎁히려 했더냐? **뇨**(요) 오줌이 얼어버려 동상에 걸려 버렸잖느냐!

동주상구 同舟相救 전국책戰國策, 연책燕策

同 (난파될 위기에 처한) 같은 舟 배에 탄 사람들끼리 相 서로 救 구원한다.
: 운명 공동체로서 서로 협력하는 모양이다.

동네 **주**민 여러분, **상**황이 안 좋습니다! **구**합니다, 여러분의 협력의 손길을.

ㄷ

동첩견패 動輒見敗

動 움직일 때마다 輒 번번이, 항상 見 본다 敗 패배를 본다.
: 되는 일이 없는 모양이다.

동기 부여를 받아 뭘 좀 할라고 하믄 **첩**첩산중에서 길목마다 막히는 기분! **견**딜 수 없는 이 **패**배감 시추에이션.Situation.

동호직필 董狐直筆 춘추좌씨전春秋左氏傳, 선공宣公 2년조年條

董狐 (사관의 지위에 있던) 동호라는 사람이 直 (역사적 사실을) 거짓 없이 바르게 筆 적는다.
: 권력이나 외적 압력에 굴하지 않고 역사적 진실을 기록하는 모습을 형용한다.

동강나더라도 좋소. 내 목이 **호**랑이 같은 권세에 잘린다 하더라도 **직**접 본 사실을 있는 그대로 **필**사적으로 기록하겠소!

두문불출 杜門不出

杜 닫은 채로 門 문을 (닫은 채로) 不 아니한다. 出 나가지 (아니한다.)
: 집밖으로 전혀 나오지 않는 모양이다.

두 유 워너 빌더 스노우맨?Do you wanna build a Snowman? ♬♪ **문**을 두드리며, 눈사람 같이 만들자고 노래 **불**러도… 대답 없는 엘사.Elsa. **출**입구가 꽉 막힌 그녀의 방.

두절사행 斗折蛇行

斗 북두칠성처럼 折 꺾인 모양의 (지형이나 지류) 蛇 뱀처럼 구불구불한 모양의 行 길.
: 지형 등이 이리저리 구부러져 있다.

두드려서 휘어놓았나, **절**대로 곧게 뻗진 않는 길을 따라 **사**십오도(45°) 육십도(60°) 십팔도(18°) 각도로 **행**보도 이리저리 뒤틀뒤틀. ♬♪

두주불사 斗酒不辭 사기史記, 항우본기項羽本紀

斗 한 말 가량의 酒 술을 마시는 일도 不 아니한다. 辭 사양하지 (아니한다.)
: 주당을 일컫는 말.

두근두근 **주**당의 심장이 뛴다. **불**타오르는 원샷 원샷one shot **사**르르 녹는 맛… 주당의 심장은 뛴다.

두찬 杜撰 야객총서野客叢書

杜 두묵이라는 사람이 撰 지은 (저술).
: 출처나 내용이 엉터리인 작품을 일컫는 말.

두룩 두룩 수두룩이네. 틀린 게 수두룩이야. **찬**찬히 싹 다 고쳐 써!

득갑환주 得匣還珠

得 얻고 匣 (구슬을 담는) 통만 (얻고) 還 돌려보낸다. 珠 (정작 중요한 구슬은) 돌려보낸다.
: 하찮은 일에 신경을 빼앗겨 중대한 일을 망치는 모양을 형용한다.

득템한 건 상자 껍데기 뿐? **갑**갑하고 **환**장하겠네! **주**목할 내용물인 보석은 돌려주고 없잖아!

득롱망촉 得隴望蜀 후한서後漢書, 광무기光武紀

得 얻고 나니 隴 '롱'이라는 땅을 (얻고 나니) 望 바란다, 탐낸다. 蜀 '촉'이라는 나라를 (바란다, 탐낸다.)
: 작은 욕심이 충족되자 더 큰 욕심이 새롭게 생기는 모양이다.

득을 보고 나면 **롱**롱long long 길어진 시야로 **망**을 봐. 더 득이 될 건 없나 **촉**을 곤두세워 일을 더 촉진하지.

득부상부 得斧喪斧

得 얻고 斧 도끼를 (얻고) 喪 잃다. 斧 도끼를 (잃다.)
: 이익과 손해가 서로 상쇄되어 결국 얻은 것도 없고 잃은 것도 없는 모양이다.

득점 1점 **부**랴부랴 넣었더니, **상**대 팀도 바로 **부**랴부랴 1점 넣네.

득어망전 得魚忘筌 장자莊子, 외물편外物篇

得 얻고 나서 魚 물고기를 (얻고 나서) 忘 잊어버린다. 筌 (고기잡이 도구인) 통발은 (잊어버린다.)
: 목적을 달성한 후에 과정이나 수단이 된 도구 등을 망각하는 모양이다.

득을 봤네. 오늘 잡은 물고기야. **어**머나! 고기 잡던 **망**은 다 어쩌셨나요? 도구들이야 **전**부 버렸지.

ㄷ

득의만면 得意滿面

得 얻어서 意 뜻한 바를 (얻어서) 滿 (기쁨이 가득) 차 있는 面 낯.
: 뜻을 이룬 기쁨이 얼굴에 가득 드러난 모양이다.

득실득실 **의**기충천! **만**족한 **면**모.

득의양양 得意揚揚 사기史記, 관안열전管晏列傳

得 이루어 意 뜻한 바를 (이루어) 揚 (기세가) 드날리고 揚 (기세가) 휘날린다.
: 뜻을 이루어 잔뜩 으스대는 모양이다.

득달같이 달려들어 슛! 골! 세러모니 **의**식을 거행하며 **양**껏 뽐내는 축구 선수. 엄청난 **양**의 환호성은 덤.

득일망십 得一忘十

得 알면 一 하나를 (알면) 忘 잊는다. 十 열을 (잊는다.)
: 몹쓸 기억력을 가리키는 말.

득점을 **일**(1)점도 못 했냐? **망**했냐, 암기 과목? 빵(0)점이냐? **십**(10)초도 외우기 힘들더냐?

등고자비 登高自卑 중용中庸

登 오른다. 高 높은 곳을 (향하여 오른다.) 自 ~으로부터 卑 낮은 곳(으로부터 발 디디며).
: 조잡하고 하찮아 보이더라도 닿고자 하는 높은 단계로 나아가기 위해서는 반드시 거쳐야 할 순서와 절차가 있음을 나타낸 표현이다.

등급 업,up 레벨level 업up을 위해서는, **고**지를 점령하기 위해서는, **자**신이 있는 현재의 낮은 위치에서 **비**축해 나가야해, 역량을 차근차근.

등고필부 登高必賦 한시외전韓詩外傳

登 (산에) 오르면 高 높은 곳에 (오르면) 必 반드시 賦 (마음속에 떠오르는 정을 표현하기 위하여) 시를 짓는다.
: 높은 산에 올라 마음속의 시상을 표현하는 운치 있는 모습이다.

등산한 **고**지에 올라 **필**수로 하는 게 뭐냐면 **부**드럽게 떠오르는 시상을 읊조리는 일이라네.

등대부자조 燈臺不自照

燈臺 등댓(불은) 不 못한다. 自 스스로를 照 비추지 (못한다.)
: 등하불명 燈下不明

등잔 밑이 어둡단다. **대**체로 사람들은 눈에 불을 켜고 **부**지런히 남의 잘못을 들추지. **자**신을 비추는 **조**명 빛은 약하지.

등루거제 登樓去梯 송남잡지松南雜識, 순舜 임금 일화逸話

登 올라가도록 (시킨다.) 樓 다락에 (올라가도록 시킨다.) 去 (그러고 나서) 거두어들인다. 梯 사다리를 (거두어들인다.)
: 다락에 올라가라고 시킨 후 사다리를 치워버려 그 사람을 곤경에 빠뜨리고 있다. 계획적으로 누군가를 함정에 빠뜨리는 모양을 형용한다.

등 마사지 해준다더니… **루**(누)적된 피로를 풀어준다더니… **거**덜나게 비용을 청구하네? **제**기랄, 공짜가 아니었어!

등용문 登龍門 후한서後漢書, 이응전李膺傳

登 (물고기가) 올라가 龍 용으로 탈바꿈하는 門 문.
: 명예나 부, 사회적 지위를 획득하도록 도와주는 결정적인 계기를 일컫는 말.

등등 기세등등 ♬♪ **용**모를 드러낸다 **문**밖의 세상으로!

등하불명 燈下不明 정약용丁若鏞, 이담속찬耳談續纂

燈 등잔 下 아래가 不 아니하다. 明 밝지 (아니하다.)
: 주변을 밝게 비추는 등잔이 정작 자기 근처는 비추지 못해서 어두운 모양이다. 남의 일이나 먼 데서 일어나는 일에는 관심도 대단하고 지식도 풍부한 반면에 정작 자신의 일이나 가까운 데서 일어나는 일에는 소홀하고 아는 바도 없을 때 쓸 수 있는 표현이다.

등을 켜고 보았지만, **하**여튼 **불**을 켜고 찾아보았지만, **명**백히 못 봤다. 바로 그 등불 자체는 못 봤다!

등화가친 燈火可親 한유韓愈, 부독서성남符讀書城南

燈 등잔 火 불과 可 할 수 있다. 親 친(할 수 있다.)
: 가을밤은 기분이 좋을 정도로 차갑기 때문에 등불을 가까이 하고 독서하기 좋은 계절이라는 뜻이다.

등불을 켜 **화**르르 불태워… **가**까이 책이랑 **친**해지며, 독서열을 불태워….

마각노출 馬脚露出

馬 (숨겨져 있던) 말의 脚 다리가 露 드러나 出 나온다.
: 숨기고 있던 본색이 드러날 때 쓰이는 관용적 표현이다.

마녀였구나, 네가! 순진한 **각**시의 탈이 벗겨진다. **노**랗게 얼굴이 질린 사람들. 악녀의 **출**현과 함께 드라마는 딱! 다음 이 시간에….

마고소양 麻姑搔痒 신선전神仙傳

麻姑 (손톱이 긴) 마고(라는 선녀가) 搔 (그 긴 손톱으로) 긁어준다. 痒 가려운 데를 (긁어준다.)
: 가려웠던 곳을 긁어 시원해지는 것처럼 마음이 상쾌해지는 경우로서 원하던 대로 이루어질 때 쓰이는 표현이다.

마음먹은 대로 **고**!Go! 고!Go! 고!Go! **소**망하는 것들, 다 이뤄! **양**도 질도 모두 만족스럽게….

마부위침 磨斧爲針 축목祝穆, 방여승람方與勝覽·당서唐書, 문예전文藝傳

磨 갈면 斧 도끼를 (갈면) 爲 된다. 針 바늘이 (된다.)
: 마부작침 磨斧作針

마이클 잭슨이 되고파… **부**드럽게 문워크Moon Walk 하고파… 맨땅 **위**에서 버벅거리는 **침** 흘리개 꼬마 아이.

마부작침 磨斧作針 축목祝穆, 방여승람方與勝覽·당서唐書, 문예전文藝傳

磨 갈아 斧 도끼를 (갈아) 作 만든다. 針 바늘을 (만든다.)
: 부단한 노력은 믿기 힘들 정도로 경이로운 결과를 낼 수 있다는 말이다.

마구마구! **부**지런히! **작**은 노력이 큰 결실을 이룰 때까지 **침**착하게! 끊김없이!

마생각 馬生角 사기史記, 자객열전刺客列傳

馬 말에게 生 생긴다. 角 뿔이 (생긴다.)
: 오두백마생각 烏頭白馬生角

마이크를 붙잡고 **생**후 일 개월된 아기가 **각**종 BTS 댄스를 추며 열창하는 일.

마우금거 馬牛襟裾

馬 말과 牛 소에게 (입힌 옷의) 襟 옷깃과 裾 옷자락.
: 배운 것도 없고 아는 것도 없는 사람을 옷만 걸친 동물로 비하하는 표현이다.

마치 학식 있는 체하네, **우**둔한 사람이. **금**수저 들고 있는 척하는 **거**지꼴이잖아.

마이동풍 馬耳東風 이백李白, 답왕십이한야독작유회答王十二寒夜獨酌有懷

馬 말 耳 귀에 東 동녘 風 바람불듯.
: 말은 바람이 불든 말든 태연하다. 이렇게 말의 귀로 바람이 스쳐 지나가듯이, 남이 무슨 말을 해도 듣는 둥 마는 둥하며 아무 관심도 없는 모양을 형용한다.

마음대로 자장면 **이**인분시켰다고? (발 **동**동 구르며) 난 짬뽕!이라니까! **풍**선껌 씹듯 내 말 씹는거냐?

마중지봉 麻中之蓬 순자荀子, 권학편勸學篇

麻 (꼿꼿한) 삼 中 가운데 之 (있으면) 蓬 (원래는 휘어 구붓하게 자라는) 쑥도 (곧게 자란다.)
: 환경의 중요성을 역설한다. 친구를 잘 사귀라는 뜻으로 널리 쓰이는 표현이다.

마주하는 친구들 **중**에 누가 있냐고? 크리스토퍼 놀란, 스탠리 큐브릭, … 등등 **지**구상의 위대한 감독님들이 다 있지. 내 이름? **봉**준호라고 해.

마혁과시 馬革裹屍 후한서後漢書, 마원전馬援傳

馬 (전쟁터에서) 말 革 가죽으로 裹 싸겠다. 屍 자신의 주검을 (싸겠다는 의지).
: 전쟁터에서 싸우다 죽을 각오를 나타낸다.

마지막이란 각오로… **혁**혁한 공을 세우지 않는다면 전투 **과**정에서 기꺼이 **시**체가 되겠다는 각오로….

막상막하 莫上莫下

莫 (분간할 수) 없고 上 (누가 더) 위인지, 뛰어난지 (분간할 수 없고) 莫 (분간할 수) 없다. 下 (누가 더) 아래인지, 열등한지 (분간할 수 없다.)
: 우열을 가릴 수 없는 모양이다.

막치고 올라가는 **상**위권 쟁탈전! **막**고 뚫리는 치열한 자리싸움! **하**나도 모르겠다, 누가 더 나은지.

막역지우 莫逆之友 장자莊子, 대종사편大宗師篇

莫 없는 逆 거스를 일도, 언짢을 일도 (없는) 之 (그런) 友 벗.
: 마음이 잘 맞는 아주 가까운 벗을 일컫는 말.

막힘 없어, 우리 사이는 **역**시… 언제나 좋아. **지**금까지, 앞으로도 거스를 일 없는 **우**정을 나누는 벗.

만가 輓歌 고금주古今注, 음악편音樂篇

輓 (죽은 이를) 애도하는 歌 노래.
: 사자死者를 생각하며 슬픔과 안타까움을 담아 부르는 노래.

만류하고 싶어요. **가**지 말라고, 제발….

만경창파 萬頃蒼波

萬 끝없는 頃 이랑이 (펼쳐지는) 蒼 푸른 波 물결의 (바다).
: 끝없이 펼쳐진 푸른 바다를 일컫는 말.

만에서 바라보는 바다는 **경**이로운 **창**조주의 작품인 듯, 끝도 없이 **파**란 물결이 인다.

만고풍상 萬古風霜

萬 대단히 古 오래 (겪은) 風 바람 (맞는 듯한 삶의 괴로움) 霜 서리 (맞는 듯한 삶의 괴로움).
: 많은 시간 동안 겪어온 이런저런 여러 가지의 고난.

만만찮은 세상살이의 **고**생 고난. **풍**파에 찌든 **상**처.

만구성비 萬口成碑

萬 매우 많은 사람들의 口 입을 통하여 成 이룬다, 세운다. 碑 (어떤 사람의) 비석을 (이룬다, 세운다.)
: 비석을 세운다는 말은 송덕비를 세운다는 뜻이다. 청각을 시각화하여 아주 많은 사람들의 입에서 칭찬의 소리가 나오는 모습을 표현한다.

만족한 표정으로 사람들이 **구**구절절 **성**품과 행실을 칭찬해. **비**할 데 없이 훌륭하다고….

만면희색 滿面喜色

滿 온 面 얼굴에 喜 기쁜 色 빛이 (가득하다.)
: 얼굴 전체에 기쁨이 가득한 모양이다.

만족해 기쁜 **면**모를 보인다. **희**미하게라도 어두운 **색**은 조금도 없는 얼굴.

만사여의 萬事如意 동경대전東經大全, 탄도유심급歎道儒心急

萬 모든 事 일이 如 같이 意 뜻한 바와 (같이 이루어진다.)
: 모든 일이 뜻대로 이루어지는 모양이다.

만사 모든 일, **사**실 **여**기 나의 **의**지대로다.

만사휴의 萬事休矣 송사宋史, 형남고씨세가荊南高氏世家

萬 모든 事 일이 休 결딴나버렸 矣 도다!
: 일이 단단히 잘못되어 희망이 전혀 없는 상태를 가리킨다.

만 가지 노력이 모두 **사**라졌다, 결과 없이. **휴**… 깊은 한숨만…. **의**미 없다, 이젠 모두 다.

만시지탄 晩時之歎

晩 늦은 時 때(늦은) 之 (후회의) 歎 탄식.
: 때늦은 후회와 한탄의 목소리다.

만약 그때 **시**작했더라면 **지**금 이렇지 않을 텐데, **탄**식해 봐야 늦었어.

만식당육 晩食當肉

晩 늦게 食 먹을 때는 (배고파서 먹을 때는) 當 마땅히 肉 고기맛이다. (맛있다.)
: 시장이 반찬이다. 그 반찬은 고기맛이 난다.

만수의 배에서 꼬르륵 꼬르륵 **식**사하라는 자명종 소리 **당**장 무얼 먹어 달라 꼬르륵 꼬르륵 **육**식하듯 맛있겠단 꼬르륵 꼬르륵

만신창이 滿身瘡痍

滿 온 身 몸이 瘡 부스럼이 (난 듯) 痍 상처투성이다.
: 신체나 정신 상태가 아주 엉망인 꼴이다.

만족 못할 지금 **신**세를 비유적으로 표현하자면, **창**문이 박살났는데 **이** 창문이 내 몸과 마음인 거지.

만우난회 萬牛難回

萬 10,000마리 牛 소들을 (동원해도) 難 어렵다. 回 (그 뜻을 꺾어) 돌리기 (어렵다.)
: 말 그대로 황소고집이다. 황소고집인데, 소 만 마리도 감당하지 못할 황소고집이다.

만류하며 **우**려하며 주위에서 **난**리를 쳐도… 듣지 않아! 생각 **회**로가 고집불통이야!

만화방창 萬化方暢

萬 (따뜻한 봄날의 기운을 받아) 만물이 化 변화하며 方 바야흐로 두루 暢 번창한다.
: 봄을 맞아 자연의 생명력이 활기를 뿜어내는 풍경이다.

만물이 **화**알짝 꽃피는 계절, **방**긋 웃는 봄의 풍경, **창**문 열고 바라보네.

망거목수 網擧目隨

網 그물을 擧 들면 ─ 어떤 행위를 '하면' 目 그물눈도 隨 따라 들린다. ─ 다른 행위는 '하지 않아도' 절로 이루어진다.
: 팽두이숙 烹頭耳熟

망으로 엮여 있어 **거**기를 들면 여기도 따라 들린다네. 거기 **목**적이 이루어지면 아울러 **수**월하게 여기 목적도 이루어지지.

ㅁ

망국지음 亡國之音 예기禮記, 악기편樂記篇·한비자韓非子, 십과편十過篇

亡 망하게 하는 國 나라를 (망하게 하는) 之 (품위가 낮고 잡스러운) 音 음악.
: 풍기를 문란하게 하는 음악을 가리키는 말.

망할, **국**가를 망하게 할, **지**저분하고 저속한 **음**악.

망년지우 忘年之友

忘 잊고 年 나이를 (잊고) 之 (사귀는) 友 벗.
: 연장자와 연소자 사이의 교우를 일컫는 말.

망각했네, 나이 따위. **년**(연)소자와라도 **지**극한 **우**정, 나눌 수 있다네.

망루탄주 網漏呑舟 세설신어世說新語, 규잠편規箴篇

網 그물이 漏 샌다. (그래서) 呑 삼킨 舟 배가 (풀려 나온다.)
: 큰 죄를 저지른 자가 법망을 빠져 나가는 모양을 형용한다.

망을 좀 촘촘하게 해! **루**(누)락되는 죄 없도록 **탄**탄하게 **주**의 기울여 잘 좀 짜 줘!

망매해갈 望梅解渴 세설신어世說新語 조조曹操 일화逸話

望 마음속으로 바라면서 梅 신맛 나는 매실을 (마음속으로 바라면서) 解 푼다. 渴 목마름을 (푼다.)
: 시큼한 매실 생각에 입 안에서 침이 절로 돌기 때문에 갈증이 해소된다. 상상의 힘에 의존하여 욕망을 해소하는 모양이다.

망망대해에 초호화 여객선 **매**리호를 타고 **해**외여행을 **갈** 단꿈을 꾸며… 방(에) 콕 (박힌) 신세를 위로해.

망문생의 望文生義

望 (대충) 바라보고 文 글자를 生 생성해 낸다. 義 그 뜻을 (자의적으로 생성해 낸다.)
: 본뜻을 무시하고 제멋대로 글을 읽고 있다.

망연자실했어. 내가 쓴 **문**장의 진정한 의미를 **생**각하지 않고, 악플러들이 제멋대로 **의**미를 갖다 붙이더라고.

망양보뢰 亡羊補牢 전국책戰國策, 초책楚策

亡 잃고 나서야 羊 양을 (잃고 나서야) 補 고친다. 牢 우리를 (고친다.)
: 소 잃고 외양간 고치고 있다. 뒤늦은 개선책이 아무 쓸모없는 경우다.

망에 구멍이 뚫려 있었네…. **양**손에 든 그물을 허무하게 **보**면서 그제야 고칠 생각을 하지만 **뢰**(뇌)에서 들리는 소리: '이미 늦었어.'

망양지탄 亡羊之歎 열자列子, 설부편說符篇

亡 잃어버리고 羊 양을 (잃어버리고) 之 (갈래갈래 갈림길이 많아 양을 찾기 힘들어) 歎 탄식한다.
: 갈래갈래 무수히 확산되는 학문의 길을 걷다보면 길을 잃고 헤매기 쉽다. 진리를 탐구하는 과정이란 혼란스러운 난관을 헤쳐 나가는 과정임을 시사하는 표현이다.

망라할 분야가 너무 많아. **양**도 너무 많고 끝이 없어 **지**친다. 지쳐 **탄**식한다. 아, 어려운 학문의 길이여!

망우물 忘憂物 도연명陶淵明, 음주飮酒

忘 잊게 해주는 憂 근심을 (잊게 해주는) 物 물건.
: 술을 빗댄 표현이다.

망각의 음료슈우… **우**히히 ♬♪ 꼴깍꼴깍 헬렐레 **물**맛 좋타 ♬♪ 어이, 여기 한잔 더!

망운지정 望雲之情 신당서新唐書, 적인걸전狄仁傑傳

望 바라보며 雲 구름을 (바라보며) 之 (먼 고향의 어버이를) 情 (생각하는) 마음.
: 고향의 부모를 그리워하는 자식의 심정이다.

망설이지 마세요! 건널 수 없는 **운**하가 가로막고 있는 것도 아니잖아요? **지**금 당장 전화 한 통…. **정**말 뵙고 싶으면 당장 출발하세요!

망풍이미 望風而靡

望 보고서 風 바람만 (보고서) 而 (이미) 靡 쓰러진다.
: 실체를 직접 보지도 않았는데 소문에 지레 겁먹고 피하는 모양을 나타낸다.

망했네. **풍**문으로만 들었지만 **이**건 뭐… 상대가 안 될 듯. **미**리 포기할래.

ㅁ

매검매우 賣劍買牛 한서漢書, 공수전龔遂傳

賣 팔아 劍 칼을 (팔아) — 전쟁 안녕! 買 산다. 牛 소를 (산다.) — 평화 환영!
: 전쟁을 마치고 평화를 맞이한 모양이다.

매도합니다, **검**은 빛깔 무기들은. **매**수합니다, **우**리 공존할 평화들을.

매리잡언 罵詈雜言

罵 욕하며 꾸짖는다. 詈 욕하며 꾸짖는다. 雜 거칠고 천한 말들 섞어가며 言 말씀하신다.
: 욕설을 가미하여 질책하고 있다.

매질하듯 꾸짖는다. **리**(이) 자식아, 저 자식아 **잡**소리 섞어가며 **언**어의 폭행을 가한다.

매염봉우 賣鹽逢雨

賣 팔려고 하는데 鹽 소금을 逢 만났다. 雨 비를 (만나 소금이 못쓰게 되어 버렸네.)
: 하던 일이 뜻밖에 틀어져 돌아가는 모양을 형용한다.

매우 난감해. **염**려할 만한 상황에 **봉**착했어. **우**연하게도… 생각지도 못했는데….

맥수지탄 麥秀之歎 사기史記, 송미자세가宋微子世家

麥 (나라는 망했는데) 보리만 秀 무성하게 잘 자라는 之 (모습을 보고) 歎 탄식한다.
: 멸망한 조국을 생각하며 한탄하는 모양이다.

맥이 빠지네. **수**척해지네. 도착할 조국이 사라진 **지**금… 내가 **탄** 이 배는 어디로?

맹귀부목 盲龜浮木 불교佛敎 잡아함경雜阿含經

盲 (심해에 있던) 눈이 먼 龜 거북이가 (백 년 만에 바다 밖으로 머리를 내밀었는데). 浮 (아득한 바다에서) 둥둥 떠다니는 木 (구멍 뚫린) 나무를 (만나 그 구멍에 머리를 집어 넣는다.)
: 맹귀우목 盲龜遇木

맹세코 좋은 기회니까… **귀**기울여 붙잡아라! 남들이 **부**러워할 만한 기회니까… **목**숨을 잃는다 생각하고 꼭 잡아!

맹귀우목 盲龜遇木 불교佛敎 잡아함경雜阿含經

盲 (심해에 있던) 눈이 먼 龜 거북이가 (백 년 만에 바다 밖으로 머리를 내밀었는데) 遇 만나 木 (아득한 바다에서 떠다니는) 나무를 (만나 그 구멍에 머리를 집어 넣는다.)
: 대단히 발생 가능성이 희박한 행운을 의미한다.

맹인의 눈까지 번쩍 뜨일 **귀**중한 기회가 **우**연이라는 이름으로 **목**격된다.

맹모단기 孟母斷機 후한서後漢書, 열녀전列女傳

孟 맹자의 (교육을 위해) 母 어머니가 斷 끊어 버린다. 機 베틀에서 짜던 베를 (끊어 버린다.)
: 학업을 중도에 포기하는 것은, 짜던 베를 싹둑 잘라내는 것처럼 말짱 도루묵이라는 엄격한 가르침이다.

맹자 엄마의 **모**습 봐. 화가 **단**단히 났나봐. 맹자 녀석, 또 **기**말고사 준비하다 중간에 못 하겠다 했나봐.

맹모삼천 孟母三遷 열녀전列女傳

孟 맹자의 (교육을 위해) 母 어머니가 三 세 번이나 遷 집을 옮긴다.
: 삼천지교三遷之教

맹자 요 녀석 봐라? **모**방하네, 천박한 주위 환경을. 그렇다면 **삼**세 번 이사해서라도 **천**자문 외는 습관을 심어주마!

맹완단청 盲玩丹青 순오지旬五誌

盲 소경이 玩 감상한다. 丹 붉은 무늬를 (감상한다.) 靑 푸른 무늬를 (감상한다.)
: 보고 있지만 보지 못한다. 보이는 것이 없기 때문이다. 겉보기에는 무언가를 감상하거나 인식하는 듯하지만, 정작 실질적으로는 감상한 것도 없고 인식한 것도 없는 경우에 쓰일 수 있는 표현이다.

맹인이 **완**전히 몰입했구나. **단**풍놀이에… 보지도 못하면서…. **청**승맞도다!

맹인모상 盲人摸象 불교佛教 대반열반경大般涅槃經

盲 눈이 먼 人 사람이 摸 더듬으며 탐색한다. 象 코끼리를 (더듬으며 탐색한다.)
: 앞을 못 보는 사람들이 코끼리를 만지며 코끼리의 모양을 추측한다. 각각 코끼리의 상아, 귀, 머리, 코, 다리, 등, 배, 꼬리를 만진 사람들이 저마다 코끼리는 이렇게 생겼다며 각각 다른 주장을 한다. 삼태기 모양이다, 돌 모양이다, 절구 모양이다, 밧줄 모양이다 등등 다양한 의견이 쏟아진다. 총체적 진실을 파악하지 못하는 형국이다. 인간의 편협한 인식 능력의 한계를 잘 드러내는 표현이다.

맹인은 **인**지력의 한계로 **모**든 **상**황을 파악하기는 힘들어.

맹인안질 盲人眼疾 순오지旬五誌

盲 눈이 먼 人 사람이 眼 눈 疾 병에 걸린다.
: 눈에 이미 문제가 있는 사람이므로, 눈에 이상이 생긴 것은 그 어떤 문제도 되지 않는다고 통상적으로 해석한다. 눈이 안 보이는 사람에게도 눈병이 생기면 통증 등의

문제가 있을 터이므로 완전히 수긍하기는 어려운 해석이지만, 이 해석을 따르면 문제가 발생했으나 큰 의미를 둘 만한 문제가 아닐 때 쓰는 표현으로 볼 수 있다.

맹인이라 **인**간적으로 더 불편할 일도 없어. **안**구에 **질**병이 걸린다 하더라도….

ㅁ

맹자실장 盲者失杖

盲 눈이 먼 者 사람이 失 잃어 버렸다. 杖 (의지할) 지팡이를 (잃어 버렸다.)
: 기댈 곳이 없어진 상황을 나타낸다.

맹인이 **자**기가 의지할 유일한 지팡이를 **실**수로 놓쳐 버렸다. **장**막이 더더욱 어두워졌다.

맹자정문 盲者正門

盲 눈이 먼 者 사람이 正 바르게 門 문을 (찾아 들어온다.)
: 아주 우연히도 슬기롭지 못한 사람이 슬기로운 행동을 하는 경우를 빗댄 표현이다.

맹꽁이가 웬일로 **자**신감이 넘치지? **정**답을 많이 맞췄대. **문**제도 안 읽고 찍은 답이 말이야.

맹자직문 盲人直門

盲 눈이 먼 人 사람이 直 곧장 門 문을 (찾아 들어온다.)
: 맹자정문 盲者正門

맹인이 **자**신 있게 **직**진한다. **문**을 통과한다, 어쩌다… 우연히.

맹호복초 猛虎伏草

猛 사나운 虎 호랑이가 伏 엎드려 있다. 草 풀 속에 (엎드려 있다.)
: 지금은 숨어 지내지만 언제든 세상에 모습을 드러낼 영웅을 빗댄 표현이다.

맹해 보인다고? 그렇지 않아! **호**랑이 같은 기운을 **복**부에 간직하고 **초**롱초롱한 눈망울을 숨기고 있는 거야!

맹호위서 猛虎爲鼠 이백李白, 원별리遠別離

猛 사나웠던 虎 범이 爲 되어 버린다. 鼠 쥐가 (되어 버린다.)
: 막강했던 권세를 잃고 몰락한 모양을, 호랑이와 쥐새끼를 극단적으로 대조하며 잘 표현하고 있다.

맹렬한 기세의 **호**랑이의 **위**엄은 사라지고 **서**럽고 볼품없는 쥐새끼 모양만 남았구나.

면리장침 綿裏藏針 조맹부趙孟頫, 발동파서跋東坡書

綿 솜 裏 속에 藏 감추어진 針 바늘.
: 포근한 겉모습 뒤에 숨겨진 따끔한 속마음을 나타낸다.

면전에서 **리**(이)렇게 다정하면 뭐하나? **장**차 나한테 **침** 뱉을지 누가 아나?

면목약여 面目躍如

面 (세상에 알려진) 얼굴 (그대로) 目 품평에 (알맞는 그대로) 躍 활약하는 것 如 같구나.
: 세상 사람들의 평가에 부응하는 활동을 나타낸다.

면접에 단번에 붙었대. **목**소리도 우렁차더래. **약**관의 나이에 유명한 **여**대를 수석 졸업했다더니… 역시 대단해.

면장우피 面張牛皮

面 낯에 張 베푼다, 두른다. 牛 소 皮 가죽을 (두른다.)
: 철면피 鐵面皮

면허증을 땄니, '뻔뻔 인증 자격증'? **장**난 아니게 철면피구나! **우**습니, 다른 사람이? **피**하고 싶구나, 너의 뻔뻔스러움.

면종복배 面從腹背 정관정요貞觀政要, 위징전魏徵傳

面 낯은 從 좇는 표정이지만 腹 배에는, 마음속에는 背 배반하는 꿍꿍이속이다.
: 앞모습으로는 따르는 체하고 뒷구멍으로는 호박씨를 까고 있다.

면발이 식기 전에 들라는 둥 **종**알종알 떠들며 챙겨주더니만 **복**어처럼 **배** 안에는 독을 품고 있었구나!

면종후언 面從後言 정관정요貞觀政要, 위징전魏徵傳

面 낯은 從 좇는 표정이지만 後 등 뒤로는 言 욕설을 내뱉는다.
: 앞으로는 따르는 체하고 등 뒤로는 험담이나 안 좋은 말을 하고 있다.

면전에서는 잘 따르더니 **종**알종알 떠든다더군. **후**끈후끈한 뒷담화라는 **언**어를… 등 뒤에서는.

멸사봉공 滅私奉公

滅 꺼지게 하고 私 사사로움을 (꺼지게 하고) 奉 받든다. 公 공적인 이익을 (받든다.)
: 일제 강점기에 조선 총독이 사용했던 표현이어서 이 말을 그대로 써도 괜찮은지는 논란의 여지가 있다.

멸시받는 저 분은 누구? **사**익 채우는데 급급한, **봉**사 정신을 망각한 **공**무원!

멸죄생선 滅罪生善 불교佛教

滅 끄고 罪 현세의 허물을 (끄고) 生 낳는다. 善 좋은 과보를 (낳는다.)
: 현세의 죄를 없애서 후세에 선을 낳는다.

멸종되리라, **죄**악이라는 **생**물은. **선**한 종자만 살아남으리라.

명견만리 明見萬里

明 밝게 見 본다. 萬 만 里 리 ≒ 4,000킬로미터 앞까지 (밝게 본다.)
: 앞일을 환히 꿰뚫어 보는 총명함을 일컫는 말.

명장은 역시 명장이시구려. 장군의 **견**해대로 군사를 배치한 것이 **만**족할 성과를 내었소. **리**(이)럴 줄 알고 계셨군요! 허허허….

명경지수 明鏡止水 장자莊子, 덕충부편德充符篇

明 깨끗한 鏡 거울과 止 평온하게 그쳐 있는 水 물.
: 잡스러운 생각이 하나도 없는 정신 상태다. 이러한 마음이 사람들을 끌어들이는 힘이 있다고 한다.

명상의 시간… 흐릿한 마음을 **경**계하며 **지**그시 눈을 감고 **수**련하네, 맑고 깨끗한 마음을.

명모호치 明眸皓齒 두보杜甫의 시 애강두哀江頭

明 밝고 깨끗한 眸 눈동자와 皓 하얀 齒 이.
: 미인의 얼굴이다.

명성이 자자한 미인이라 **모**든 곳에서 광고 모델로 나와. **호**감 가는 외모로 **치**솟는 인기를 누려.

명불허전 名不虛傳 사기史記, 유협열전遊俠列傳

名 평판이 높아서 세상에 널리 알려진 이름은 不 아니다. 虛 아무 까닭이나 실속도 없이 그렇게 傳 전하여진 것이 (아니다.)
: 명성에 걸맞는 실력을 보여줄 때 그 사람을 칭찬하는 표현으로 쓰인다.

명경기가 펼쳐집니다! **불**시에 기습하며 적의 **허**점을 노리는 양팀 선수들… 역시 **전**설들이 뛰는 경기는 대단합니다!

명실상부 名實相符

名 이름과 實 내용이 相 서로 符 들어맞다, 부합하다.
: 이름과 실제가 부합하여 이름값을 하고 있다.

명성을 익히 들었숩다. **실**제로 뵈니 **상**당하시네요! 정말 대단하세요! **부**럽숩다.

명약관화 明若觀火 서경書經, 반경盤庚 상편上篇

明 밝다, 명료하게 드러난다. 若 같이, 듯이 觀 보는 것 (같이), 보(듯이) 火 불을 (보는 것 같이 밝다), 불 (보듯이 명료하게 드러난다.)
: 아주 명확하다는 뜻이다.

명예롭게 **약**속을 지키는 데 **관**심을 갖지 않는 건 **화**를 자초하겠다는 (꼭 지켜질) 약속이란다.

명재경각 命在頃刻

命 목숨이 在 (달려) 있다. 頃 눈 깜빡할 동안의 刻 시각에 (달려 있다.) — 매우 위태롭다.
: 언제 숨이 끊어질지 모를 위태로운 지경을 가리키는 말.

명령합니다. **재**활하여 생명의 불꽃 일으키소서! **경**계를 넘지 말고 **각**성하셔서 다시 돌아오소서!

명주암투 明珠闇投 사기史記, 추양열전鄒陽列傳

明 밝은 珠 구슬 보석도 闇 어두운 곳에서 投 던진다면 (그 빛을 알아볼 수 없다.)
: 시혜적인 조치가 도리에 어긋나게 이루어져 반발을 산다는 해석이 있다. 원래의 맥락에서는 구슬로 비유되는 인재를 알아보지 못하고 오히려 해치려 한다는 원망이 담긴 표현이다.

명백히 좋은 건데 **주**면 감사히 받아야 하는 거 아냐? vs. **암**흑 속에서 그렇게 갖다버리듯 던져 놓았으니 **투**덜투덜대는 건 당연한 거 아냐?

모골송연 毛骨悚然 화감畵鑒, 당화唐畫

毛 몸의 터럭이 骨 뼈처럼 단단하게 곤두선다. 悚 두려워서 然 그러한 모양이 된다.
: 무서워서 소름이 돋는 것을 형용한다.

모양이, 피부 모양이 **골**골 **송**골송골 **연**이어 소름 끼쳐.

모수자천 毛遂自薦 사기史記, 평원군열전平原君列傳

毛遂 모수라는 사람이 自 스스로를 薦 (그 자리에 적합한 인재라고) 내세운다.

: 본인 스스로 본인이 하겠다고 자기 자신을 추천하는 모양이다.

모든 것을 감안했을 때… 접니다. 험!험! **수**줍게 **자**신 있게 **천**거험!니다, 저를요. 험!험!

ㅁ

모순 矛盾 한비자韓非子, 난세편難勢篇·헤겔Hegel, 변증법辯證法 dialectics

矛 창과 盾 방패.
: 동양에서는 모든 것을 뚫는 창과 모든 것을 막는 방패가 만난다는 이야기에서 유래하여 앞뒤가 맞지 않는 경우로 쓰인다. 서양에서는 헤겔Hegel의 변증법에서 테제These가 안티테제Antithese를 생성해 내는 과정을 설명할 때 쓰는 용어이다.

모든 것을 뚫는 창과 모든 것을 막는 방패가 만나는 **순**간… 공존할 수 없는 공존이 시작된다.

모야무지 暮夜無知 후한서後漢書, 양진전楊震傳

暮 날이 저문 夜 밤이라 無 없다. 知 알 사람이 (없다.)
: 원래의 맥락에서는 남몰래 뇌물을 제공하려는 자의 입에서 나온 말이다.

모든 것은 **야**심한 밤중이라 **무**엇도 **지**각하기 어렵다.

모합심리 貌合心離

貌 (사람을 사귈 때) 표면상은 合 합하여 (어울리지만) 心 마음속은 離 떠나 있다.
: 속마음은 멀어져 있는 가식적인 교제를 가리키는 말.

모양만 **합**심일 뿐 **심**정은 **리**(이)별일세.

목불식정 目不識丁 구당서舊唐書, 장홍정전張弘靖傳

目 눈으로 봐도 不 못한다. 識 알지 (못한다.) 丁 (아주 쉬운 글자인) '丁'(고무래)이 무슨 글자인지 (알지 못한다.)
: 낫 놓고 기역자도 모르듯이 아주 아는 것이 없는 사람을 가리킨다.

목 빠지게 쳐다봐도 **불**가능해, '가'라고 읽기가. **식**식 숨 가쁘게 고백해. **정**말 나, 무식해.

목불인견 目不忍見

目 눈 뜨고 不 못하다. 忍 차마 (못하다.) 見 (차마) 보지 (못하다.)
: 너무 꼴불견이거나 너무 불쌍하거나 너무 잔인한 상황일 때 쓰는 관용적 표현이다.

목숨을 앗아가는 **불**상사는 차마 눈뜨고 볼 수 없다. **인**간의 목숨을 앗아가는 사고들을 **견**딜 수 없다.

목식이시 目食耳視 사마광司馬光, 우서迂書

目 눈으로 食 먹고 耳 귀로 視 보고.
: 눈으로 먹는다? 음식의 기준이 맛이 아니라 눈으로 보기에 호화로운 것이란 뜻이다. 귀로 본다? 옷을 보는 기준도 옷의 본래의 용도가 아니라 호화로운 것이다. 남들에게 듣기 좋은 소리를 귀로 듣기 위해서다. 남들을 의식하는 사치스럽고 화려한 행태를 가리키는 표현이다.

목적은 그저 **식**사하는 거야. **이**러쿵저러쿵 '남들이 하는 말들로' **시**장기를 채우려는 거지.

몽중설몽 夢中夢說

夢 꿈꾸는 中 가운데 夢 꿈을 說 설명한다.
: 꿈은 어렴풋하게 기억에 남아 맨정신으로도 정확하게 설명하기 힘들다. 그런 꿈을 정신이 흐릿한 꿈속에서 설명하고 있다. 흐릿함에 흐릿함이 더해져서 말뜻을 전혀 알아들을 수 없을 때 쓸 수 있는 표현이다.

몽룡이 꿈에 몽룡이가 나와 **중**얼중얼 자기가 꿈꾼 내용을 **설**명한다, **몽**룡이에게.

묘년재격 妙年才格

妙 젊은 年 나이에 才 재능이 있고 格 품격도 높다.
: 젊은이의 재주와 품격이 뛰어남을 칭찬하는 표현이다.

묘한 매력이 뿜뿜 하는 **년**(연)령이구나! **재**주도 뛰어나고 **격**이 다르구나!

묘두현령 猫頭懸鈴 순오지旬五志

猫 고양이 頭 머리에 懸 달 鈴 방울.
: 쥐들이 모여 고양이 목에 방울을 달자고 의논한다. 불가능한 임무, 미션 임파서블Mission Impossible이다.

묘기로 누가 **두** 바퀴 공중제비 돌 꺼임? **현**재 우리 능력으론 힘듬. … **령**(영)유아들이 모여 앉아 속닥속닥.

묘시파리 眇視跛履

眇 (안 보이는) 애꾸눈으로 視 보려고 하고 跛 (기우뚱거리는) 절름발로 履 걸으려 한다.
: 자기 주제와 분수를 모르고 행동하려 하고 있다. 자신에게 위험이 닥칠 수도 있는 행동이다.

묘하구나? **시**시한 **파**리 네가 독수리 흉내를 내? **리**(이)러다 큰일나!

묘호류견 描虎類犬

描 그리고 싶었으나 虎 범을 類 비슷하게 나왔네. 犬 개랑 (비슷한 그림이 나왔네.)
: 용두사미 龍頭蛇尾

묘사하고 싶었쪄, **호**랑이를. 그러나 **류**(유)사하지도 못한 **견**종(개)이 그려졌쪄!

ㅁ

무간지옥 無間地獄 불교佛敎

無 없는 間 (고통이 멈추는) 틈이 (없는) 地獄 지옥.
: 팔열 지옥의 하나로, 이 지옥에서는 받는 고통이 잠시도 끊기는 일이 없다고 한다.

무한대의 고통이 **간**극 없이 **지**속된다, **옥**죄어 온다.

무고지민 無告之民

無 없는 告 (억울하고 딱한 사정을) 하소연할 데가 (없는) 之 (그런) 民 백성.
: 그 어디에도 기댈 데 없는 사회적 약자를 일컫는 말.

무슨 기관에 **고**통받는 **지**금의 **민**심을 호소하오리까?

무념무상 無念無想 불교佛敎

無 없고 念 잡념이 (없고) 無 없고 想 망상이 (없고).
: 자아를 망각할 정도로 잡념이 제거된 마음의 상태다.

무엇이 없다고? **념**(염)려가 없다고! **무**슨 상상해? **상**상 따위는 안 해!

무릉도원 武陵桃源 도연명陶淵明, 도화원기桃花源記

武陵 무릉이라는 데에 있는 桃 복숭아꽃 활짝 핀 源 곳.
: 속세를 벗어난 별천지로서 이상 세계를 뜻한다.

무척 찌든 채 사는 현실 만이 **릉**(능)사가 아니라네. 그런 현실에서 **도**망치길 **원**한다면 딴 세상인 이곳으로 오시게나.

무문농필 舞文弄筆

舞 조롱한다. 文 법도를 (조롱한다.) 弄 희롱한다. 筆 (법도가 쓰여진) 글들을 (희롱한다.)
: 법률 규정을 정당한 절차를 거치지 아니하고 왜곡하는 모양이다.

무지막지하게 법규의 **문**장들을 함부로 고치시는구려? **농**락하십니까, **필**수적 규범을?

무미건조 無味乾燥

無 없다. 味 맛이 (없다.) ― 재미가 없다. 乾 마르고 燥 생명력이 없다.
: 맛깔스럽지 않고 메말라 있다. 따분하다는 뜻이다. 부정적인 어조가 담겨 있다.

무색무취해서 **미**각을 상실할 지경이야! **건**질 재미가 **조**금도 없잖아!

무불간섭 無不干涉

無 없다. 不 아니하는 때가 (없다.) 干 (남의 일에) 관계하여 涉 부당하게 참견하지 (아니하는 때가 없다.)
: 이중 부정은 강한 긍정이다. 남의 일에 꼭 끼는 모양이다.

무슨 일이든 끼어드셔. **불**러서 관여해 달라고도 안했는데 **간**섭이 이만저만이 아니라 **섭**섭해.

무불통지 無不通知

無 없다. 不 못하는 것이 (없다.) 通 통하여 知 알지 (못하는 것이 없다.)
: 이중 부정은 강한 긍정이다. 모든 것에 능통하여 다 아는 모양이다.

무엇이든 궁금하면 **불**러 주세요. **통**달한 **지**식으로 대답해 드리겠습니다. ♬♪

무산지몽 巫山之夢 송옥宋玉, 고당부高唐賦

巫山 무산이라는 곳 之 에서의 夢 꿈.
: 남녀 간의 육체적 사랑을 일컫는 말.(원래의 맥락에서 무산을 배경으로 한다.)

무중력같은 마음이 **산**들산들 흔들리네. 밤을 **지**새우는 육체적 쾌락, **몽**환적인 음양의 결합.

무소불위 無所不爲

無 없다. 所 바가 (없다.) 不 못할 (바가 없다.) 爲 하지 (못할 바가 없다.)
: 이중 부정은 강한 긍정이다. 절대 권력을 행사하는 모양이다.

무력도 서슴지 않고 **소**기의 목적을 이룬다. 견제가 **불**가능한 위세를 떨치며 **위**협도 불사한다.

무실역행 務實力行 안창호安昌浩의 교육사상教育思想

務 힘쓴다. 實 참되고 실질적 이익이 생기도록 力 힘쓰며 行 다닌다.
: 진실되고 실속이 있도록 노력하는 모습이다.

무슨 망상하십니까? **실**제적인 사고에 **역**행하는 사고하지 마시고 **행**동에 힘씁시다!

무양 無恙 전국책戰國策, 제책齊策

無 없다. 恙 병이나 근심이 (없다.)
: 탈 없이 건강한 상태를 뜻한다.

무슨 일 없지? **양**가 부모님 다 안녕하시고?

무언실행 無言實行

無 없이 言 아무 말 (없이) 實 실천하고 行 행동한다.
: 묵묵히 행동으로 옮기는 모습이다.

무슨 말이 필요해? **언**어는 필요 없어! **실**천할 뿐. **행**동할 뿐.

무용지물 無用之物

無 없는 用 쓸데(없는) 之 (그런) 物 물건 또는 사람.
: 아무런 쓸모나 값어치가 없는 물건이나 사람을 가리키는 말.

무슨 **용**도로도 쓰일 수 없는 **지**극히 쓸모없는 **물**건이나 사람.

무용지변 無用之辯 명심보감明心寶鑑, 정기편正己篇

無 없는 用 쓸데(없는) 之 (그런) 辯 말씀.
: 불필요한 말이다.

무용과 교수님 앞에서 스텝 밟는 소리. **용**감한 헤라클레스 앞에서 발차기 하는 소리. **지**나가는 개 앞에서 짖는 소리. **변**호사 앞에서 법률 용어 설명하는 소리.

무용지용 無用之用 장자莊子, 인간세편人間世篇

無 없는 用 쓸모(없는) 之 (그런) 用 쓸모.
: 쓸모없어 쓸모 있다. 역설적 표현이다. 인간의 기준으로 유용한 것들은 자연이든 동식물이든 인간을 위해 희생되는 경우가 많다. 인간의 기준으로 무용한 것들은 인간의 손아귀에서 벗어나서 제각각 생명 현상을 온전히 누릴 수 있다. 이 말은 인간의 기준으로 무용한 것이 자연의 기준으로는 유용한 것으로 역전될 수 있다는 뜻이다.

무슨 소용이 있겠어? 하고 **용**도가 별로 없을 줄 알았는데 **지**극히 훌륭한 **용**도가 있었던! 물건이나 사람.

무위도식 無爲徒食

無 없다. 爲 하는 일이 (없다.) 徒 단지 헛되이 食 밥만 먹을 뿐이다.
: 생산적인 일을 하지 않고 밥만 축내는 모양새다.

무슨 하는 일이 **위**장 채우는 일뿐! **도**대체 하는 일은 **식**사뿐!

무위이치 無爲而治 논어論語, 위령공편衛靈公篇

無 없어도 爲 (특별히) 하는 것 (없어도) 而 (그런데도) 治 (잘) 다스린다.
: 무언가 위정자가 대책을 내놓고 통치하는 사람들이 옥신각신 싸우고 하는 것도 물론 건강한 민주주의의 모습이기는 하다. 하지만 위정자가 있는 듯 없는 듯 다스리면서도 사회가 정말 잘 돌아간다면 보다 이상적인 사회의 모습일 것이다. 이런 세상이 도래할 가능성은 극히 희박하지만 꿈꿀 만한 가치는 충분히 있다.

무엇을 하는 척하며 **위**선적으로 행동하지 마세요. **이**럴 바에야, 아무 것도 안 하는 듯 행동하면서 **치**밀하게 세상을 더 잘 다스려 주세요.

무위이화 無爲而化 노자老子, 도덕경道德經

無 없어야 爲 (인위적으로) 하는 것이 (없어야) 而 (그리하여야) 化 (덕에 이끌리어 좋은 방향으로) 감화된다.
: 성인이나 위정자의 덕이 크면 자연스레 온 세상 사람들도 그 덕에 교화된다는 뜻이다.

무어 억지로 하지 않아도 **위**아래로 물 흐르듯 **이**렇게 자연스럽게 **화**합과 조화가 일어나는구나.

무위지치 無爲之治 논어論語, 위령공편衛靈公篇

無 없어도 爲 (특별히) 하는 것 (없어도) 之 (그런데도) 治 (잘) 다스림.
: 무위이치 無爲而治

무슨 생색이야? **위**정자야, **지**금 생색낼 시간에 **치**국에 힘써라!

무의무탁 無依無託

無 없구나. 依 의지할 데도 (없구나.) 無 없구나. 託 부탁할 데도 (없구나.)
: 넉넉하지 못하고 홀로 지내며 형편이 어려운 모양이다.

무엇도 누구도 **의**존할 데 없는 신세, **무**슨 말도 못하고 **탁**한 숨만 내뿜고 있네.

무지몽매 無知蒙昧

無 없어서 知 아는 게 (없어서) 蒙 (사리에) 어둡고 昧 어리석다.
: 무식하고 어리석다는 뜻이다.

무슨 소리에요? **지**금 하는 얘기들, **몽**롱한 정신으로 **매**우 이해하기 어려워함.

묵수 墨守 묵자墨子, 공수반편公輸盤篇

墨 묵적이라는 사람이 守 지킨다.
: 묵적지수 墨翟之守

묵찌빠 묵! vs. 찌! 휴… **수**비 성공! ♬♪

묵자읍사 墨子泣絲 묵자墨子, 소염편所染篇

墨子 묵자라는 사람이 泣 운다. 絲 (넣는 물감에 따라) 실의 (색깔이 바뀌는 것을 보고 운다.)
: 사람의 됨됨이에 주변 환경이 끼치는 영향력이 절대적임을 시각적으로 보여주는 표현이다.

묵고 있는 **자**신의 거처가 **읍**인지 시인지에 따라 **사**람이 달라진다.

ㅁ

묵적지수 墨翟之守 묵자墨子, 공수반편公輸盤篇)

墨翟 묵적이라는 사람 之 의 (아홉 번 공격받은 성을 아홉 번 모두 지켜낸) 守 방어.
: 철벽 방어를 일컫는 말.

묵묵히 **적**으로부터 **지**켜낸다. **수**비 성공! ♬♪

문경지교 刎頸之交 사기史記, 염파인상여열전廉頗藺相如列傳

刎 베어도 (좋을) 頸 (스스로) 목을 (베어도 좋을) 之 (그런) 交 사귐 — 목숨도 아깝지 않은 우정.
: 요즈음 세상에 이런 우정은 어디에도 없는 건가?

문제가 심각하군. **경**험상 목숨을 내놓아야할지도 모르지만, **지**금까지 우리가 **교**제하면서 나눈 우정을 생각한다면… 이깟 목숨쯤이야!

문방사우 文房四友

文 글을 읽고 쓰는 房 방에 갖추어 놓은 四 네 명의 友 벗들 — 먹, 벼루, 붓, 종이.
: 네 가지 문방구를 벗으로 의인화하고 있다.

문장이 **방**방 춤추기 위해 **사**귀고 **우**정 나눌 친구 넷.

문일지십 聞一知十 논어論語, 공야장편公冶長篇

聞 들으면 一 하나를 (들으면) 知 안다. 十 열을 (안다.)
: 아주 똑똑한 사람을 뜻한다. 그러나 똑똑하지 않더라도 이 표현은 학습 방법에 있어서 중요하게 시사하는 바가 있다. 하나의 지식을 체득할 때 그 원리를 깨달으려고 노력하고 그 원리에서 파생되는 다른 원리나 구체적 사례를 연상하려고 부지런히 애를 쓴다면, 파편적 지식들이 혼란의 구렁텅이가 되어 머릿속을 어지럽히는 폐해를 없앨 수 있다.

문제 하나를 보더라도 **일**어난다, 연상 작용이. **지**식이 거미줄처럼 엮이고 퍼져 **십** 초 후에는 열 가지, 백 가지 관련 문제들과 해결 방안들을 떠올린다.

문전성시 門前成市 한서漢書, 정숭전鄭崇傳

門 문 前 앞에 (손님들이 많아) 成 이룬다. 市 저잣거리를 (이룬다.)
: 문 앞에 사람들이 북적북적한 모양이다.

문 앞에서 웅성웅성 **전**성기냐? **성**공했냐? 사람들이 **시**끌시끌하구나!

문전옥답 門前沃畓

門 (내 집) 문門 前 앞에 沃 기름진 畓 논 (있다.)
: 요즈음 말로는 '(부자 동네인) 강남에 집 한 채 있다.'는 뜻이다.

문제 : 이상적인 **전**원 생활의 풍경은? **옥**같이 귀한 밭이 문 앞에 딱 펼쳐져 있는 풍경이라고 **답**변하겠어요.

문전작라 門前雀羅 사기史記, 급정열전汲鄭列傳·백거이白居易, 우의시寓意詩

門 (권세를 잃은 집에 손님이 뚝 끊겨) 문 前 앞에 雀 참새 (잡을) 羅 그물을 (펼쳐 놓다.)
: 문 앞에 찾아오는 사람들이 없는 모양이다.

문 앞에 손님이 **전**혀 없어. 어느새… 없어졌네. **작**년까지는 그렇게 위세를 떨치두만, **라**(나)체 벌거숭이마냥(처럼) 쫄딱 망한 지금은….

문정약시 門庭若市 전국책戰國策, 제책齊策

門 문 (안쪽) 庭 뜰에 (손님들이 많아) 若 같다. 市 저잣거리 (같다.)
: 문전성시 門前成市

문으로 들어오는 사람들이 **정**말 많구나! **약**간… **시**장 같아.

물박정후 物薄情厚 소학小學

物 (사람들 사이에) 물질적 교류는 薄 엷더라도 情 (친근한 마음 같은) 정신적 교류는 厚 두터워야 한다.
: 정신적 교분을 물질적 교류보다 우위에 두고 있다.

물질적 교류보다 **박**차를 가해야 할 것은 **정**다운 정분 나눔, **후**한 인심의 교류야.

물실호기 勿失好機

勿 마라! 失 잃지 (마라!) 好 좋은 機 기회를 (잃지 마라!)
: 좋은 기회는 놓치면 안 되는 법이다.

물고 늘어져! 끝까지! 놓치면 **실**망이 이만저만이 아닐 테니. **호**쾌하고 기민하게 이 **기**회를 꼭 붙들어!

물심일여 物心一如 불교佛敎

物 (객체인) 사물과 心 (주체인) 마음이 一 하나와 如 같다.

: 주체와 객체가 일체가 된 경지다.

물질과 정신이 구별이 되지 않는 **심**정이야. **일**체의 물질과 그것을 마주 한 정신이 **여**기에서 하나로 합쳐져.

ㅁ

물외한인 物外閑人

物 (세상) 일의 外 바깥에서 閑 여유로운 人 사람.
: 속세에서 벗어나 바쁘지 않은 삶을 영위하는 사람을 일컫는 말.

물론 난 **외**부인일 뿐. **한**가하게 지내는 **인**물일 뿐.

물유본말 物有本末 대학大學

物 만물에는 有 있다. 本 (본질적인) 근본과 末 (지엽적인) 말단이 (있다.)
: 처음은 어디고 끝은 어디인지, 무엇이 중심적이고 무엇이 부수적인지를 잘 변별하라는 뜻이다.

물어봐. 그리고 **유**심히 생각해봐. **본**질인지 아닌지 **말**이야.

미래영겁 未來永劫 불교佛敎

未 아직 아니한 來 (아직) 오지 (아니한) 永 오래도록 劫 아주 긴 시간.
: 앞으로 올 영원한 시간을 가리키는 말.

미지의 시간, **래**(내)일로 상징되는 시간, **영**원한 시간, 때로는 **겁**도 나는 시간.

미복잠행 微服潛行

微 몰래 服 옷을 차려 입고 潛 (신분을) 감추고 行 다닌다.
: 신원을 감춘 복장으로 사람들 눈에 띄지 않게 돌아다니는 모양이다.

미천한 **복**장으로 **잠**시 갈아입고 **행**동 개시!

미봉 彌縫 춘추좌씨전春秋左氏傳, 환공桓公 5년조年條

彌 (떨어지거나 해어진 곳을) 두루 깁고 縫 꿰맨다.
: 근본적인 해결책이 아니라 한시적으로 대충 마련한 대책을 일컫는 말.

미안하단 말 말고 근본적인 대책을 세우쇼! **봉**급만 임시방편으로 동결하지 마시구요!

미사여구 美辭麗句

美 아름다운 辭 말씀 麗 고운 句 글귀.

: 불필요하게 과도한 수식어라는 뜻으로 부정적으로도 많이 쓰이는 표현이다. 그러나 이 말 자체만 놓고 보면 얼마든지 긍정적인 맥락에서도 활용할 수 있다고 본다.

미녀들을 고용해서 홍보하게. **사**뭇 사실과는 다르더라도 **여**러 수식어로 포장한 말로 **구**슬리라구, 우리 고객님들을.

미생이전 未生以前 불교佛教 경덕전등록景德傳燈錄

未 아직 ~ 않은 生 (아직) 태어나지 (않은) 以 (태어나기보다) 前 앞선 시기의 (모습).
: 부모가 낳기 이전의 모습을 가리키는 말.

미처 **생**기기도 전의 모습. **이**렇게 태어나기 전의 **전**혀 다른 모습.

미생지신 尾生之信 사기史記, 소진열전蘇秦列傳·장자莊子, 도척편盜跖篇

尾生 미생이라는 사람이 之 (목숨 바친) 信 믿음.
: 약속을 지키려다 목숨까지 바쳤으나 전혀 숭고하지는 않은 이야기다. 어떤 사람이 다리 밑에서 만나자는 약속을 곧이곧대로 지키기 위해 홍수가 났는데도 그 자리에 꼼짝도 않다가 봉변을 당한다. (예상하지 못한) 상황의 변화로 원래 약속을 변용하여 수용해야함에도 불구하고 그 약속을 맹목적으로 고수하여 (예상할 수 있는) 재앙을 맞이하는 경우다.

미영이에게 다른 애인이 **생**겨도 나랑 한 결혼 약속을 **지**킬거라 믿고 기다렸어. 그런데 **신**부는 미영인데 신랑은… 내가 아니네?

미우주무 未雨綢繆 시경詩經, 빈풍豳風 치효편鴟鴞篇

未 아직 아니하지만 雨 (아직) 비가 오지 (아니하지만) — 비가 올 경우에 대비하여 綢 (새가 둥지를 미리) 얽고 繆 묶는다.
: 재난이 닥치기 전에 사전에 대비를 하는 모습이다.

미리미리 **우**환에 대비하면 **주**된 위기가 닥쳤을 때 **무**척 도움이 될 것이다.

미인박명 美人薄命 소식蘇軾의 시

美 아름다운 人 사람은 薄 짧다. 命 목숨이 (짧다.)
: 가인박명 佳人薄命

미모가 뛰어나 **인**기도 많코 **박**수도 많이 받는 여인은 **명**이 짧다더군.

미자불문로 迷者不問路 순자荀子, 대략편大略篇

迷 길을 잃고 헤매는 者 사람이 不 아니한다. 問 묻지 (아니한다.) 路 길을 (묻지 아니한다.)
: 길을 잃은 사람이 길을 묻지 않고 있다. 어리석은 행태다. 원래의 맥락에서도 마땅히 다른 사람들에게 물어보아야 함을 강조한다.

미궁에 빠졌으나 **자**만이 넘쳐 **불**리한 상황임에도 **문**제 해결을 위한 핵심적 **로**(노)력을 하지 않는다.

민고민지 民膏民脂

民 백성들로부터 膏 기름 짜내듯 (백성들이 피 흘리며 낸 세금) 民 백성들로부터 脂 기름 짜내듯 (백성들이 땀 흘리며 낸 세금).
: 조세를 빗댄 표현이다. 혈세와 통하는 말이다.

민중의 **고**통이 담긴 세금입니다. **민**중의 소망도 담겨 있고요. **지**각하시고 나라 잘 다스려 주쇼!

민귀군경 民貴君輕 맹자孟子, 진심盡心 하편下編

民 백성은 貴 귀하고 중요하나 君 임금은 輕 가볍고 대수롭지 않다.
: 피치자는 통치자보다 높고 귀하다는 말이다. 이 말이 현실에서도 이루어지기를 바란다.

민주주의에서 **귀**한 존재는? 국민이다! **군**주 노릇하며, **경**찰력 동원하는 통치자가 아니란 말이다!

민이식위천 民以食爲天 사기史記, 역생육가열전酈生陸賈列傳

民 백성은 以 (중요하게) 여긴다. 食 먹는 것을 爲 삼을 만큼 天 하늘로 (삼을 만큼 중요하게 여긴다.)
: 예나 지금이나 위정자가 명심해야 할 으뜸가는 목표는 민생 안정이다.

민주주의 **이**념이 아무리 고상하고 거창해도 **식**생활 문제, 먹는 문제를 **위**험에 빠뜨리면 **천**박한 탁상공론일 뿐이야.

밀운불우 密雲不雨 주역周易, 소축괘편小畜卦篇

密 빽빽한 雲 구름이 끼었으나 不 아니 雨 비는 (아니) 오나.
: 구름이 잔뜩 끼었으나 비가 올 듯 말 듯 할 뿐 시원하게 쏟아지지는 않는다. 상황은 다 갖추어졌는데 일이 후련하게 뜻대로 되지 않아 애가 타고 안타까운 모양이다.

밀든가 밀리든가 **운**수가 어떻게든 확 트이지 않고 **불**길하게 **우**중충하기만 하구나.

민첩혜힐 敏捷慧黠

敏 재빠르고 捷 날래고 慧 슬기롭고 黠 영리하고.
: 재빠르고 꾀가 많은 모양이다.

민감하게 활기를 띤 아줌마들의 모습은 마치 **첩**보 영화의 주인공들. 바쁘게 돌아가는 눈동자들은 **혜**택이 뭐가 있나 **힐**끔힐끔 할인 정보를 살핀다.

박고지금 博古知今

博 널리 古 옛것을 (알면) 知 알게 된다. 今 오늘을 (알게 된다.)
: 과거가 현재의 거울 역할을 한다.

박사님, 역사를 왜 **고**찰해야 하나요? **지**난 일들이 오늘날을 이해하는 **금**쪽같은 지식이기 때문이란다.

박람강기 博覽强記

博 넓게 (많은) 覽 (책을) 보며 强 왕성하게 記 기억한다.
: 폭넓게 독서하고 머릿속에서 잘 되살려내는 모양이다.

박학다식하신 분이셔. **람**(남)들이 놀랄 만큼 엄청난 **강**의 내용을 머릿속에 **기**억하고 계셔.

박리다매 薄利多賣

薄 적게 利 이윤을 남기면서 多 많이 賣 판다.
: 판매자 입장에서 가격 할인을 많이 하는 대신에 판매량을 늘리고 있다.

박수 좀 쳐 줘요오. **리**(이)익 이렇게 적게 내고 팔잖혀요오. **다**량으로 **매**출 나야 한다구요오.

박문약례 博文約禮 논어論語, 옹야편雍也篇

博 널리 文 학문을 하면서 約 따른다. 禮 예도를 (따른다.)
: 폭넓게 학문하며 예도를 지킨다.

박식한 학문을 닦은 **문**과생입니다. **약**속할 수 있죠, **례**(예)의 바른 젊은이라는 것은.

박이부정 博而不精 후한서後漢書, 마융전馬融傳

博 넓다 而 그러나 不 아니하다. 精 정밀하지는 (아니하다.)
: 폭은 넓으나 깊이가 없이 얕은 지식을 일컫는 말.

박사님, **이**렇게 폭넓은 지식 대단하신데, **부**분 부분 **정**확성이 좀 떨어지시네요?

박인방증 博引旁證

博 넓게 引 (예를) 끌어 모아 旁 돕는다. 證 증거로 (돕는다.)
: 폭넓은 예를 증거로 삼아 설명한다는 뜻이다.

박박 끌어 모아, **인**용할 만한 증거들을. **방**대한 양이면 **증**명이 더 편하겠지.

박장대소 拍掌大笑

拍 치면서 掌 손바닥을 (치면서) 大 크게 笑 웃는다.
: 손뼉을 치며 큰 소리를 내어 웃는 모양이다.

박수 짝! 짝! 짝! **장**내가 떠나갈 듯 **대**단히 **소**란스러운 웃음과 함께 짝! 짝! 짝!

ㅂ

박지약행 薄志弱行

薄 엷어 志 뜻이 (엷어 적극적이지 못해) 弱 약해 行 실행하며 다닐 (힘이 약해).
: 의지력이 부족하여 실행력까지 미약한 모양이다.

박약한 의지를 **지**닌 녀석에게 **약**진하라! 그랬더니 하는 말: **행**님(형님), 지는 못 해유.

박채중의 博採衆議

博 넓게 採 수집하여 고른다. 衆 사람들의 議 의견을 (넓게 수집하여 고른다.)
: 폭넓게 사람들의 의견을 듣고 나서 그 중에서 골라 뽑는 모양이다.

박박 긁어모아! **채**집하듯 여러 사람들 의견들을. **중**지를 모아 **의**견을 채택해.

반간계 反間計 병법兵法 삼십육계三十六計 중中 패전계敗戰計

反 반대로 間 헐뜯어 사이를 벌어지게 하는 計 꾀.
: 이간질 전략이다. 원래의 맥락에서는 적의 첩자를 역이용할 때 쓰인 표현이다.

반드시 둘 사이 **간**격을 벌려 놓겠다는 **계**책.

반계곡경 盤溪曲徑

盤 돌고 도는 溪 산골짜기의 曲 구부러진 徑 길 — 꼬인 길, 바르지 않은 길.
: 방기곡경 旁岐曲徑

반성하지 않는 범죄자가 **계**략을 꾸민다. 현실을 **곡**해하며… **경**찰의 눈을 피하며….

반구저기 反求諸己 맹자孟子, 공손추公孫丑 상편上編

反 돌이켜 求 구한다. 諸 ~에게서 己 자신(에게서).
: 타인을 원망하지 않고, 잘못의 책임을 자신에게서 찾으려는 자세를 나타낸다.

반드시 **구**차한 변명을 늘어놓는 일은 하지 않겠습니다. **저**한테서 **기**인한 잘못에 대해서는 그러지 않겠습니다.

반근착절 盤根錯節 후한서後漢書, 우후전虞詡傳

盤 구부러지고 엉킨 根 뿌리 錯 어지럽게 어긋난 節 마디.
: 해결해야 할 복잡한 난관을 가리키는 말.

반듯하지 않고 얼키설키 꼬여 있어 **근**절하기가 어려워. **착** 달라붙은 헝클어진 가닥들, **절**대로 풀기가 쉽진 않아.

반면교사 反面教師

反 반대 面 쪽으로 教 가르치는 師 스승.
: 교육적으로 바람직하지 않은 말이나 행동이 (사람들로 하여금 그러한 말과 행동을 삼가도록 만들면서) 긍정적인 교육적 효과를 창출하는 경우다.

반에서 폭력적인 **면**을 보인 학생은 **교**실 안 다른 학생들에게 납득시킨다: **사**회적으로 용납할 수 없는 행동이 무엇인지를.

반면지분 半面之分

半 한 번 얼굴 본 사이만도 못한 面 낯만 알 뿐인 之 (거의 친분이 없는) 分 인연.
: 친분이 거의 없는 인간관계를 가리키는 말.

반상회가 열렸네. **면**전에 모인 사람들, **지**금 거의 처음 보는 **분**들이 많았네.

반문농부 班門弄斧 구양수歐陽脩, 여매성유서與梅聖兪書

班 (당대의 뛰어난 장인인) 노반이라는 사람의 門 (집) 문 앞에서 弄 희롱하며 斧 도끼로 (희롱하며 자신의 공예 솜씨를 뽐낸다.)
: 쉬운 말로 풀어 설명하면 피겨 스케이팅의 여왕 김연아 앞에서 스케이팅 좀 한다고 허풍을 떠는 꼴이다.

반전 있는 이야기: 최고의 **문**학가라고 떠벌리는 자 앞에 **농**담처럼 셰익스피어가 짠! 나타났거든. 그 자는 **부**끄러워 부랴부랴 도망갔다네.

반식재상 伴食宰相 구당서舊唐書, 노회신전盧懷愼傳

伴 옆에서 자리를 차지하고 食 (하는 일 없이) 밥만 먹고 있는 宰相 재상.
: 공무 수행 능력이 현격히 떨어지는 고위직 공무원이다.

반찬이랑 밥만 냠냠 **식**사하는 **재**주 밖에 없으시면서 **상**당히 높은 관직에 자리잡고 있으시네요?

반신반의 半信半疑

半 똑같이 信 믿는 마음과 半 똑같은 정도로 疑 의심하는 마음.
: 믿는 둥 마는 둥 하는 모양이다.

반드시 국민의 **신**뢰에 보답하겠습니다! 정치인들의 상투적인 문구를 **반**쯤 믿고 반쯤 **의**심하는 국민들.

반의지희 斑衣之戲 몽구蒙求, 고사전高士傳

斑 (늙은 노인이) 아롱진 衣 색동옷을 之 입고 戲 (부모님을 위해) 재롱잔치를 연다.
: 부모와 자식 사이의 나이 차이는 늘 평행선을 달린다. 자식이 아무리 나이를 먹더라도 부모의 입장에서는 갓난아이 때랑 별반 다를 바 없다. 부모의 시선을 반영하여 부모를 기쁘게 해드리는 노력이 엿보이는 이 표현은 효도란 무엇이고 어떻게 해야 하는가에 대한 분명한 대답을 내놓는다.

반겨주세요. **의**상은 어린아이로, **지**금 비록 늙었지만 **희**극을 보여 드릴게요.

반자지명 半子之名

半 반쯤 子 아들과 之 (같은) 名 이름.
: 사위를 일컫는 말.

반쯤 **자**식이나 마찬가지. **지**금 이렇게 **명**명한 사람은 바로 — 사위!

반포지효 反哺之孝 이시진李時珍, 본초강목本草綱目

反 (까마귀가 커서) 돌이켜 哺 (어미에게 먹이를) 먹이는 之 (그런) 孝 효도.
: 오조사정 烏鳥私情

반드시 부모님 **포**식하시도록 **지**극히 **효**도할 거에요.

반후지종 飯後之鐘 북몽쇄언北梦琐言

飯 밥 먹은 後 뒤에 之 (울리는) 鐘 쇠북 소리.
: 밥 먹으라고 밥 먹기 전에 울렸어야 할 쇠북이 밥 먹고 나서야 울린다. 때늦은 경우를 나타낸다.

반가운 소리, 딸랑딸랑… **후**다닥 뛰어나가려는 아이. **지**금 어디 가냐? 붙잡는 선생님. 점심시간 **종** 아니에요? 수업 시작종이란다! … 이미 지나버린 점심시간.

발본색원 拔本塞源 춘추좌씨전春秋左氏傳, 소공昭公 9년조年條

拔 뽑아 本 (폐단의) 근본을 (뽑아) 塞 막는다. 源 (나쁜 일이 생길) 근원을 (막는다.)
: 근본적으로 폐단을 없애는 조치를 형용한다.

발견해 뿌리째 뽑아! **본**때를 보여줘! 비리 공무원들 **색**출해 부정부패의 **원**인을 제거해!

발분망식 發憤忘食 논어論語, 술이편述而篇

發 기운을 발휘하여 憤 힘써서 분발하다 보니 忘 잊는다. 食 밥 먹을 일조차 (잊는다.)
: 끼니도 잊은 채 일에 총력을 기울이는 모습이다.

발휘한다, 능력을. **분**주해 노력하느라 **망**각한다, **식**사도.

발산개세 拔山蓋世 사기史記, 항우본기項羽本記

拔 뽑을 정도로 山 산을 (뽑을 정도로 센 힘) 蓋 덮을 만한 世 온 세상을 (덮을 만한 기운).
: 역발산 기개세 力拔山 氣蓋世

발차기 한 방이면 **산**이 뽑힌다네. 이 힘을 못 뽐낸다면 얼마나 **개**탄스럽겠나? **세**상을 덮고도 남을 이 힘을 말이야.

발종지시 發踪指示 사기史記, 소상국세가蕭相國世家

發 드러내어 踪 (사냥감의) 흔적을 (드러내어) 指 (쫓으라고) 가리켜 示 보인다.
: 원래의 맥락에서는 직접 전투에 싸우는 군인들을 사냥개에 비유하면서, 뒤에서 작전을 짜고 지시하는 전략가의 행동을 빗댄 표현이다. 누군가에게 구체적으로 할 일을 보여주며 지시나 명령을 내리는 상황에 적합한 표현이다.

발견하라, 표적을. **종**적을 추적해! **지**금 당장 **시**작해!

방기곡경 旁岐曲徑 이이李珥, 동호문답東湖問答

旁 곁으로 난 岐 갈림길 — 당치 않은 길 曲 구부러진 徑 길 — 꼬인 길, 바르지 않은 길, 무리해야 할 길.
: 바른 길에서 탈선한 행태를 꼬집는 표현이다.

방정맞게 억지로 **기**를 쓰며 나아가지 마. **곡**해하는 왜곡된 그 눈, **경**계하고 바로잡아.

방미두점 防微杜漸 후한서後漢書, 정홍전鄭弘傳

防 (미리) 막아 微 작을 때 (미리 막아) 杜 (미리) 막는다. 漸 점점 커지는 것을 (미리 막는다.)
: 사태가 걷잡을 수 없이 커지기 전에 미리 예방하는 모양이다.

방지해, 위험을. **미**리미리 위험을 **두**드려보며 미리 막아. **점**점 커질지도 모르니….

방약무인 傍若無人 사기史記, 자객열전刺客列傳

傍 곁에 若 같다. 無 없는 것 (같다.) 人 (곁에) 다른 사람이 (없는 것 같다.)
: 언행을 조심하지 않고 함부로 하는 모양이다.

방종이 이만저만이 아니구나. **약**간 자제할 수 없겠나? **무**례한 **인**간아!

방저원개 方底圓蓋 안씨가훈顔氏家訓

方 모난 底 밑에 圓 둥근 蓋 덮개.
: 서로 안 맞는 모양이다.

방향이 **저**마다 달라 **원**만한 조화가 힘들군. **개**성이 워낙 다르니, 원….

ㅂ

방휼지세 蚌鷸之勢 전국책戰國策, 연책燕策

蚌 방합과 鷸 도요새 之 (사이의) 勢 형세.
: 어부지리 漁父之利

방어하고 공격하던 두 세력, **휼**(휴~ 울)화통 터지네! 싸우다 **지**쳐 쓰러져 **세**력만 잃고 엉뚱한 이의 먹잇감이 되네.

방휼지쟁 蚌鷸之爭 전국책戰國策, 연책燕策

蚌 방합과 鷸 도요새가 之 (서로 이익을) 爭 다투었으나 — 결국 이익을 얻은 사람은 제3자인 어부.
: 어부지리 漁父之利

방금 딴 놈이 와서 거저 먹었어! **휼**(휴~ 울)화통 터져! **지**금껏 애쓴 둘은 **쟁**취한 이익이 없어!

배반낭자 杯盤狼藉 사기史記, 골계열전滑稽列傳

杯 잔과 盤 쟁반이, 술자리의 흔적이 狼 사납고 어지러워 (이리가) 藉 깔고 지나간 듯하다.
: 난잡한 유흥의 흔적이다.

배 터지게 먹고 마셨구나! **반**듯하게 원상태로 정리하려면 애 좀 먹겠는데? **낭**패네, 이거 다 치우려면. **자**식들, 지저분하게들 놀았네.

배수지진 背水之陣 사기史記, 회음후열전淮陰侯列傳

背 등 뒤로 물러나면 水 (빠져 죽을) 물밖에 之 (없는) 陣 (물러설 수 없는) 군사 배치.
: 결사 항전을 뜻한다.

배에 탄 모든 수군들은 들으시오! **수**세에 몰려 물러설 곳이 없소. 이 **지**휘관, 목숨을 내걸겠소. 모두 함께 **진**격합시다!

배은망덕 背恩忘德

背 배반한다. 恩 은혜를 입고도 (배반한다.) 忘 잊어버리면서 德 고맙게 생각하는 마음

을 (잊어버리면서).
: 은혜를 원수로 갚고 있다.

배신이냐? **은**혜도 모르고? **망**할! **덕**지덕지 붙었구나, 악덕이 가득….

배중사영 杯中蛇影 진서晉書, 악광전樂廣傳·풍속통의風俗通義

杯 잔 中 가운데에 蛇 긴 뱀의 影 그림자가 서린다.
: 술잔에 뱀이 보인다고 화들짝 놀라며 걱정한다. 사실 벽에 걸린 활 그림자가 술잔에 생겼을 뿐이다. 공연히 걱정하고 의심하는 모양을 시각적인 소재 안에 담고 있다.

배 아파. 할아버지가 **중**병에 걸렸다며 아파하셨는데… **사**촌이 땅을 산 거였어. **영**감님이 괜히 의심해서 큰 병인 줄 착각하셨어.

백골난망 白骨難忘

白 (죽어서) 하얗게 骨 뼈만 남더라도 難 어렵다. 忘 잊기 (어렵다.) — 은혜를 잊기 어렵다.
: 절대로 은혜를 잊지 않겠다는 감사의 표현이다.

백년 천 년 **골**수에 새겨 **난** 당신의 은혜를 **망**각하지 않겠습니다.

백구과극 白駒過隙 장자莊子, 지북유편知北遊篇

白 흰 駒 망아지가 過 지나가듯이 隙 (문)틈으로 (지나가듯이) — 순식간에 지나가는 세월.
: 극구광음 隙駒光陰

백 미터 달리기 하시나요? **구**속이 광속인 공이신가요? 뭘 그리 **과**속으로 움직이시나요? **극**단적인 속도 경쟁이라도 하시나요? — 세월님?

백귀야행 百鬼夜行

百 별의 별 鬼 귀신들이 夜 밤에 行 다닌다.
: 흉악한 무리들이 활보하는 모양으로 통상적으로 풀이하는데 요즈음에는 귀신을 소재로 한 이야기들이 많아서 글자 그대로 이해해도 무방하다고 본다.

백주 대낮엔 안 보이두만, **귀**신같이 으슥한 곳에서 **야**만적인 **행**태를 보이기 시작하는가.

백년가약 百年佳約

百年 평생 동안 (부부로 함께 하자는) 佳 아름다운 約 다짐.
: 영원한 동반자가 되겠다는 부부의 약속.

백 년 천 년 **년**(연)말 연시 늘 함께 **가**정을 꾸리자는 **약**속, 아름다운 그 약속.

백년하청 百年河清 춘추좌씨전春秋左氏傳, 양공襄公

百 100 年 년을 (기다린다 하더라도) 河 (황하) 물이 清 맑아지는 일은 (없다.)
: 천년일청 千年一清

백날 기다려봤자 **년**(연)인은 이제 오지 않아! 그러니 **하**루하루 멍청히 기다리며 **청**승떨지 마!

ㅂ

백년해로 百年偕老

百 (부부가) 평생 年 동안 偕 함께 (화목하게) 老 늙는다.
: 부부가 화평하고 즐겁게 함께 늙어가는 모습이다.

백 살이 넘도록, **년**(연)세야 숫자에 불과하도록 **해**맑게 함께 **로**(노)년 생활을 누리세요!

백두여신 白頭如新 사기史記, 추양열전鄒陽列傳

白 흰 頭 머리가 (날 때까지 오래 만난다 하더라도) 如 같다. 新 새로 (만난 사이와 같다) — 서로 마음을 터놓고 사귀지 않는다면.
: 오래 알고 지냈으나 정작 그 사람에 대해 잘 알지 못할 때 쓸 수 있는 표현이다.

백반 좋아하지? **두** 그릇 시킬까? **여**태 몰랐냐? **신**물 나서 이젠 그거 안 먹어!

백락일고 伯樂一顧 전국책戰國策, 연책燕策

伯樂 (말의 진가를 알아볼 줄 아는) 백낙이라는 사람이 一 (명마인 줄 알고) 한 번 顧 돌아본다.
: 보통 사람들의 눈에는 띄지 않던 뛰어난 사람의 진가를 인지하는 순간이다.

백수라고? 자네 같은 인재가? **락**(낙)심하지 말게. **일**반인에겐 보이지 않았겠지만, 더 이상 **고**이고 썩힐 수 없네, 그 재능!

백리지재 百里之才 삼국지三國志, 촉지蜀志 장완전蔣琬傳

百 백 里 리 ≒ 40킬로미터 '밖에' 之 못 다스릴 '그저 그런' 才 재주.
: 재능은 재능인데 대단하다고까지는 할 수 없는 재능을 가리키는 말.

백 퍼센트 재능이 있다고는 **리**얼리 정말로 말하긴 힘든 재능을 **지**니고 있습니다. **재**능 치고는 사실 좀 평범하죠.

백면서생 白面書生 송서宋書, 심경지전沈慶之傳

白 흰 面 낯으로 書 글만 읽은 生 선비.
: 글만 읽어 글밖에 모르고 세상 물정은 모르는 사람을 일컫는 말.

백인처럼 하얀 얼굴, **면**모를 보니 **서**적과 벗 삼아 글밖에 모르는 **생**애를 보내셨구나.

백무일실 百無一失

百 모든 일에서 無 없다. 一 단 한 번도 失 그르치는 일은 (없다.)
: 무슨 일을 하든지 간에 뜻한 대로 이루어지는 모양이다.

백전노장이십니다. **무**조건 성공하십니다. **일**을 맡으면 **실**수 하나 없으십니다.

백무일취 百無一取

百 어느 것을 보더라도 無 없다. 一 단 한 가지도 取 가질 만한 것이 (없다.)
: 수많은 것들이 깡그리 다 소용없는 모양이다.

백인 용의자가 **무**수히 내세운 알리바이들을 **일**일이 살펴보았으나 **취**할 건 하나도 없었다.

백문불여일견 百聞不如一見 한서漢書, 조충국전(趙充國傳)

百 100번 聞 들어봐야 不 못하다. 如 ~만 (못하다.) 一 한 번 見 보느니(만 못하다.)
: 눈 vs. 귀 → 눈 win! 눈과 귀가 맞붙었다. 눈이 승리한다. 승리한 눈은 보다 정확하고 진실한 경험으로서의 지위를 획득한다. 간접 체험보다 직접 경험이 중요하다는 뜻이다.

백 평 넓이의 땅이란 **문**장을 봤는데요. 제 머리론 **불**명확해요. **여**기 이 땅이 얼마나 큰지 모르겠어요. **일**단 나가서 직접 보여주세요. — 자기 **견**해를 밝히는 학생.

백미 白眉 삼국지三國志, 촉지蜀志 마량전馬良傳

白 흰 眉 눈썹.
: 물론 나이를 많이 먹으면 눈썹이 절로 하얗게 변하기도 하지만, 여기서 흰 눈썹이란 가장 뛰어난 존재를 뜻하는 말이다. 형제들 중 흰 눈썹을 가진 이가 가장 탁월하다는 원래의 맥락과 통한다.

백 점 만점에 천 점! **미**친 존재감! 최고야, 넌!

백발백중 百發百中 전국책戰國策, 서주책西周策

百 때마다 發 쏠 (때마다) 百 모두 다 中 가운데를 (맞힌다.)
: 명사수의 솜씨다. 하는 일이 모두 잘된다는 뜻으로도 쓰인다.

백발의 총잡이가 **발**사한 총알들이 **백**방으로 날아가… 습격 **중**이던 적들을 모두 맞춰.

백벽미하 白璧微瑕

白 흰 璧 구슬에 微 조그마한 瑕 티, 허물.
: 훌륭하지만 완벽하지는 않은 사람이나 사물이다.

백옥같은 피부를 **벽**면의 거울에 비추니 **미**세한 부스럼이 보이네. **하**필 아주 잘 보이는 곳이네.

ㅂ

백수북면 白首北面 문중자文中子

白 흰 首 머리 (노인이라 하더라도) 北 북녘에 있는 (스승을 바라보며) 面 (그) 쪽으로 (배움의 자세로 앉는다.)
: 나이를 먹었어도 배움의 자세를 가다듬는 모양이다.

백발 노인이 **수**더분하게 **북**북 머리를 긁으며 **면**전에 펼친 책을 읽는다.

백아절현 伯牙絶絃 열자列子, 탕문편湯問篇

伯牙 백아라는 사람이 絶 끊는다. 絃 (거문고) 줄을 (끊는다.)
: 자신의 음악을 들어주던 유일한 사람이 세상을 떠나 버렸다. 자신의 진가를 알아주던 유일한 친구가 더 이상 세상에 존재하지 않는다. 백아에게는 더 이상 음악을 연주할 이유가 사라져 버린 것이다. 줄을 끊고 망가뜨린 거문고는 세상에서 가장 소중한 벗을 잃은 슬픔을 극적으로 형상화한다.

백만 배 천만 배 **아**프다, 마음이. **절**친한 친구여… 너랑 함께할 **현**재는 더 이상 없는 거냐?

백안시 白眼視 진서晉書, 완적전阮籍傳

白 흰자위로 眼 눈알의 (흰자위로) 視 본다.
: 남을 하찮게 여기면서 냉정하고 차갑게 대하는 모양이다.

백 가지 행동들이 다 마음에 안 들어 **안** 돼! 며느리야 그건 이거! 이건 저거! 하시는 **시**어머니의 눈빛이 참 아니꼬와.

백유읍장 伯兪泣杖 설원說苑, 건본편建本篇

伯兪 백유이라는 사람이 泣 운다. 杖 몽둥이를 맞으면서 (운다.)
: 맞으면서 우는 이유는 아파서가 아니다. 나이 드신 노모의 매질이 예전 같지 않아 슬퍼서 우는 것이다. 부모의 기력이 쇠하는 것을 안타까워하는 자식의 효성이 담긴 표현이다.

백년 천년 사시옵소서. **유**년 시절처럼 평생 그렇게 **읍**내에서 힘세다고, **장**사라고, 천하장사라고 소문나소서.

백의종군 白衣從軍 조선왕조실록朝鮮王朝實錄

白 흰 衣 옷을 입고 — 벼슬 없이 從 좇는다. 軍 군대를 (좇는다.)
: 관직 없이 전쟁터로 나서는 모습이다.

백지 상태로 출전한다. **의**지로만 무장한 채… **종**신토록 싸울 각오로… **군**소리 하나 없이….

백전백승 百戰百勝 손자孫子, 모공편謀攻篇

百 모든 戰 싸움에서 百 모두 勝 이긴다.
: 항상 이기고 있다. 패배란 없다. 패배를 모르는 모양이다.

백 씨 얼굴 왜 저래? **전**체가 다 엉망이네? **백** 번 싸우면 뭐하나? **승**리는 늘 부인 몫이지.

백절불굴 百折不屈 후한서後漢書, 교현喬玄 일화逸話

百 아무리 折 꺾이더라도 不 아니한다. 屈 굽히지 (아니한다.)
: 수없이 꺾이며 시련을 겪더라도 굴복하지 않는 강인한 정신을 나타낸다.

백기 따윈 들지 않아. 의지는 **절**단되지 않아. 끝없이 **불**타오를 뿐 **굴**복하지 않아.

백절불요 百折不撓 후한서後漢書, 교현喬玄 일화逸話

百 아무리 折 꺾이더라도 不 아니한다. 撓 구부러지지 (아니한다.)
: 백절불굴 百折不屈

백마 탄 왕자님처럼 **절** 구해주실 도련님을 믿어요. **불**쌍한 춘향은 모진 시련을 견딘다. **요**망한 계집 소릴 들으면서도….

백주지조 柏舟之操 시경詩經, 용풍편鄘風篇

柏 잣나무(로 만든) 舟 배처럼 之 (꿋꿋이 남편에 대한) 操 절개를 지킨다.
: 여성의 절개를 가리키는 말.

백번 천 번 다시 태어나도 **주**인공은 오직 **지**금 내 곁을 떠난 당신뿐. **조**금도 예외는 없어요.

백중지간 伯仲之間 위문제魏文帝, 전론典論

伯 서열을 첫째로 할지 仲 버금가는 둘째로 할지 之 (판가름하기 어려운) 間 사이.
: 백중지세 伯仲之勢

백군과 청군의 승부 **중**간 집계. **지**금 누가 우세한지 **간**단히 판정하기란 불가능.

백중지세 伯仲之勢 위문제魏文帝, 전론典論

伯 서열을 첫째로 할지 仲 버금가는 둘째로 할지 之 (판가름하기 어려운) 勢 형세.
: 세력의 우열을 가늠하기 어려운 모양이다.

ㅂ

백군 이겨라! 청군 이겨라! **중**간에서 왔다갔다 **지**금 치열한 줄다리기! 양 팀의 힘의 **세**기는 엇비슷 비슷!

백척간두 百尺竿頭 불교佛教 경덕전등록景德傳燈錄

百 백 尺 자 ≒ 30미터 길이의 竿 긴 막대기(의) 頭 꼭대기에 있다.
: 잠시도 마음을 놓을 수 없을 정도로 위험한 모양이다.

백 가지 천 가지 위험이 잔뜩이구만. **척** 봐도 알겠네. **간**만에, 오래간만에 **두**근두근 심장이 뛰는구만.

백척간두 진일보 百尺竿頭 進一步 불교佛教 경덕전등록景德傳燈錄

百 백 尺 자 ≒ 30미터 길이의 竿 긴 막대기(의) 頭 꼭대기에서 進 나아간다. 一 한 步 걸음 (더 나아간다.)
: 이미 정점에 올라섰으나, 나태하지 않고 더욱 정진하는 모양이다.

백 교수님은 **척**척박사님. **간**단히 말해, 최고의 학자시지만 나태함을 **두**려워하며 **진**심으로 **일**심으로 학문의 **보**폭을 그대로 유지하신다.

백해무익 百害無益

百 100가지 害 해로움뿐 無 (하나도) 없다. 益 이로움은 (하나도 없다.)
: 해롭다는 것을 강조한 표현이다.

백 가지 천 가지 **해**로움만 가득하고 **무**슨 이익은 하나도 없는 행동이 **익**숙한 습관이라면? 고치자!

번문욕례 繁文縟禮

繁 번거롭게 많이 복잡한 文 법도 縟 번거롭게 많이 꾸민 禮 예도.
: 법도와 예도의 절차 등이 따르기 어려울 정도로 복잡하다는 부정적 표현이다.

번번이 번거롭구만! **문**서 하나 제출하려면 **욕** 나올 정도로 **레**(예)규가 까다로워서!

벌성지부 伐性之斧 여씨춘추呂氏春秋

伐 베어 무너뜨리는 性 (사람의 바른) 성품을 (베어 무너뜨리는) 之 (그런) 斧 도끼.
: 인격을 무너뜨릴 정도로 무시무시한 도끼는 여자와의 육체적 관계에 빠지는 것을 빗댄 표현이다.

벌벌 떨며 고쳐! **성**적인 문제에 **지**금 빠져 있다면 **부**디 벗어나길 바라!

벌제위명 伐齊爲名 사기史記, 전단열전田單列傳

伐 치겠다는 것은 齊 제나라를 (치겠다는 것은) 爲 된다. 名 허울뿐인 명분이 (된다.)
: 겉으로 내세우는 명분과는 다른 속셈이 따로 있을 때 쓰는 표현이다.

벌 받았어요. **제**대로 일 못했다고. 근데 **위**에서 처벌을 **명**령한 건 딴 마음이 있었다네요.

법원권근 法遠拳近

法 법은 遠 멀리 있고 拳 주먹은 近 가까이 있다.
: 법은 정신세계의 영역이고 주먹은 물질세계에 속해 있다. 불의를 목격했을 때 분노가 치솟아 이성의 끈이 풀리면 법은 정신에서 멀어지고 눈에 보이는 주먹만 아주 가까이 인식될 수 있다. 물론 법을 존중하지 않고 무력으로만 사태를 해결하려는 입장에서도 이 표현을 애용할 수 있다.

법원까지? 나 **원**, 참… **권**리 좋아하시나 본데… **근**데 어쩌나, 난 주먹이 더 좋은데?

벽사진경 辟邪進慶

辟 벗어나서 邪 요사스러운 기운으로부터 進 나아간다. 慶 경사스러운 기운으로.
: 사악한 귀신을 쫓고 기쁘고 즐거운 일을 맞이하는 모양이다.

벽으로 막아, **사**악한 것. **진**짜 맞이할 건 **경**사스러운 일뿐.

병가상사 兵家常事 신당서新唐書, 배도전裵度傳

兵 군대에서 家 싸우는 사람들에게 있어 常 늘 있는 事 일이다 — 지는 일도, 이기는 일도.
: 인생에서 실패도 늘 겪어야 하는 하나의 과정일 뿐이니 실패에 너무 연연하지 말라는 뜻이다.

병사여, **가**만 생각해 보렴. **상**당히 이기고만 싶겠지만 **사**실 지는 것도 당연하잖아?

병문졸속 兵聞拙速 손자孫子, 작전편作戰篇

兵 전쟁은 聞 소리를 들어야 한다. 拙 졸스럽고 어리석다 할지라도 速 빠르게 끝낸다

는 (소리를 들어야 한다.)
: 전쟁의 장기화는 재정 낭비나 국력 약화를 초래하기 때문에, 전쟁을 시작했으면 가급적 빨리 끝내야 한다는 뜻이다.

병력을 일으켜 전쟁을 시작했다면 **문**책당하는 한이 있어도 **졸**렬하다고 할지라도 **속**도를 내어 후딱 끝내야 한다.

병입고황 病入膏肓 춘추좌씨전春秋左氏傳, 성공成公 10년조年條

病 병이 入 들어갔다. 膏 (치료가 불가능한) 염통(심장) 밑에 있는 지방과 肓 (치료가 불가능한) 명치끝에 있는 막 (사이까지).
: 불치병이다.

병들어 **입**원해. **고**치기 힘들어 **황**폐해.

병종구입 病從口入

病 병은 從 좇아 口 입을 (좇아) 入 들어온다.
: 음식에 대한 탐욕을 경계하는 표현이다.

병장님, **종**일 그렇게 막 **구**린내 나는 거 드시면 **입**원하십니다.

병촉야유 秉燭夜遊 조비曹丕, 여오질서與吳質書

秉 잡고 燭 촛불을 (잡고) 夜 (낮부터 놀다가) 밤까지 遊 (이어서) 논다.
: 낮에 놀던 여흥을 밤까지 지속하는 모양이다.

병이야, 병. **촉**을 세워 놀 궁리만 하는 병이야. **야** 너는 밤낮도 없냐? 잠도 안 자? **유**난히 좋은 체력이냐?

병풍상서 病風傷暑

病 병을 앓는다. 風 세찬 바람을 맞으며 (병을 앓는다.) 傷 몸을 다친다. 暑 더운 열기를 맞으며 (몸을 다친다.)
: 모진 세상에 시달리는 삶을 빗댄 표현이다.

병들어, **풍**파에 찌들어, **상**처 입어, … **서**럽구만.

보거상의 輔車相依 춘추좌씨전春秋左氏傳, 희공僖公 5년조年條

輔 수레의 덧방나무와 車 수레바퀴가 相 서로 依 의지하듯 (밀접한 상호 의존 관계).
: '輔'는 '광대뼈'를 뜻하고 '車'는 '잇몸'을 의미한다고 보면서 같은 결론에 도달하는 유력한 해석도 있다.

보충병 역할이야, 서로에게 **거**의 하는 일이. 서로 **상**의하고 **의**존하고 하면서….

보본반시 報本反始 예기禮記

報 보답한다. 本 조상에게 (보답한다.) 反 보답한다. 始 처음 그 (은혜에 보답한다.)
: 근본이 되는 조상의 은혜에 보답한다는 뜻이다.

보답하고 싶습니다. **본**받기만 했는데 **반**대로 저도 뭐든 **시**초가 되어준 분께 해드리고 싶습니다.

보원이덕 報怨以德 노자老子, 도덕경道德經

報 갚는다. 怨 원한을 (갚는다.) 以 으로써 德 은덕(으로써).
: 원수에게 보복하지 않고 오히려 덕을 베푸는 행동이다. 보통 사람으로서는 하기 힘든 면이 없지 않다.

보복하지 않는다고? 저 **원**수를 용서한다고? **이**미 지난 일이야. **덕**지덕지 붙은 원한은 다 뗄 거야.

복거지계 覆車之戒 설원說苑, 선설편善說篇

覆 엎어진 車 수레를 之 (보고) 戒 경계한다.
: 전거복철 前車覆轍

복부 깔고 **거**기 자빠진 애, 보이지? **지**금 쟤가 왜 저렇게 되었나 살펴보고 **계**획을 세울 때 반영하도록!

복과재생 福過災生

福 행복이 過 과도하면 災 뜻밖의 불행이 生 나온다.
: 떼돈을 벌었더니 세금 폭탄을 맞는 경우도 있을 수 있다. 어떤 경우든 간에 정도를 벗어나면 해로울 수 있다는 정신이 반영된 표현이다.

복길이에게 먹을 복이 터졌다. **과**일, 고기 등등 실컷 먹었다. 먹는 **재**미와 함께… 고도 비만이 **생**겨 버렸다.

복룡봉추 伏龍鳳雛 삼국지三國誌, 촉지蜀志 제갈량전諸葛亮傳

伏 엎드린 龍 용 鳳 봉황새의 雛 새끼.
: 용구봉추 龍駒鳳雛

복부를 바닥에 깔고 **룡**(용)이 누워 있구나. **봉**사할 사명이 **추**후에 오길 기다리는 모양이구나.

복배지수 覆杯之水 습유기拾遺記

覆 엎질러 杯 잔을 (엎질러) 之 (떨어뜨린) 水 물.
: 복수불반분 覆水不返盆

복장 터지네! **배**달하다 음식을 엎었다고? **지**난 일, 돌이킬 순 없고 그저 **수**척한 얼굴로 배달원을 보는 사장님.

복생어미 福生於微

福 복은 生 나온다. 於 으로부터 微 작은 것(으로부터).
: 행복은 아주 가까운 곳에, 일상의 작은 일 하나하나에 있는 법이다.

복이 **생**겨요! **어**떻게? **미**세하게 작은 것에서부터요!

복수불반분 覆水不返盆 습유기拾遺記

覆 엎지른 水 물은 不 못한다. 返 돌이켜 盆 물동이에 (돌이켜 담지 못한다.)
: 이미 저지른 잘못은 소급하여 무효로 할 수 없다는 뜻이다.

복잡하게 엉킨 선수들 사이로 **수**비수에게 맞은 공이 **불**쑥 튀더니 **반**대로 돌아 자책골로 경기 끝! **분**해도 어쩔 수 없이 경기 끝!

복차지계 覆車之戒 설원說苑, 선설편善說篇

覆 엎어진 車 수레를 之 (보고) 戒 경계한다.
: 전거복철 前車覆轍

복잡하게 생각할 거 없어. **차**근차근 **지**금 앞에서 뒤집힌 거 보이지? 그렇게 되지 않게 **계**획을 세우고 실천하면 돼.

본말전도 本末顚倒

本 가장 중요한 것과 末 가장 하찮은 것이 顚 거꾸로 뒤집혀 倒 반대가 된다.
: 일의 경중이나 차례 등에서 우선순위의 오류가 발생하는 모양이다.

본래 수레를 끄는 건 **말**이어야 하옵니다. **전**하, 수레가 말을 끌고 있사옵니다. **도**리와 기강을 바로잡아 주시옵소서.

본제입납 本第入納

本 자기 第 집으로 入 들어가 納 받는다.
: 자기 집으로 보내는 편지 겉봉투에 쓰는 관용적 표현이다.

본집, 즉 **제** 집으로 보낼 편지**입**니다. 그 위에 쓴 이름이 **납**니다.(나입니다.)

봉가지마 泛駕之馬 한서漢書, 무제기武帝紀

泛 뒤집어엎는 駕 수레를 (뒤집어엎는) 之 (난폭한) 馬 말.
: 보통 말들은 수레를 뒤집지 않는다. 남들과 다른 특별한 힘을 보여준다는 점에서 (보

통 사람들과는 다른) 영웅을 가리키는데, 하는 짓이 용납하기 어렵다. 멀쩡한 수레를 팽개치다니, 마땅히 따라야할 도리를 저버린 영웅이다.

봉사할 사명을 잊었나요? 슈퍼맨, **가**지 마요! **지**구를 지켜야죠! … **마**지막까지 붙잡았지만 떠나버리는 슈퍼맨.

봉두구면 蓬頭垢面

蓬 쑥대밭처럼 어지러운 頭 머리 垢 때가 꼬질꼬질 낀 面 낯짝.
: 외모에 신경 쓰는 것을 포기한 사람의 외모를 나타낸다.

봉지가 터진 듯한 **두**발 상태. **구**질구질 때가 잔뜩 낀 **면**상이로구만.

봉시장사 封豕長蛇 춘추좌씨전春秋左氏傳, 정공定公 4년조年條

封 거대한 豕 돼지처럼 (마구 먹는 탐욕스러운 나쁜 놈) 長 긴 蛇 뱀처럼 (마구 삼키는 탐욕스러운 나쁜 놈).
: 동물의 식탐에 빗대어 탐욕스러운 인간을 묘사한다.

봉인이 풀렸냐? 네 안의 탐욕이 **시**동을 걸었냐? **장**소를 불문하고 **사**악한 욕심을 채울 거냐?

부귀부운 富貴浮雲 논어論語, 술이편述而篇

富 부유해봤자 貴 신분이 높아봤자 浮 뜬 雲 구름처럼 공허할 뿐이다.
: 부정한 방법으로 축적한 부귀를 덧없다고 본다. 청렴한 마음이 반영되어 있다.

부자? 재산? **귀**하게 보이는가? **부**웅 뜬 구름 같을 뿐이니라. **운**집했다 흩어지는, 그저 그런 구름….

부득요령 不得要領 사기史記, 대완전大宛專·한서漢書 장건전張騫專

不 못한다. 得 얻지 (못한다.) 要 중요한 領 요소를 (얻지 못한다.)
: 요령부득 要領不得

부디 이뤄지길 바랬던 일에서 **득**을 보지 못했어. **요**령 있게 줄거리를 파악하지 못했어. **령**(영)혼을 담아 노력은 했지만….

부마 駙馬

駙 (임금이 거둥할 때) 곁에 있던 수레를 끌던 馬 말을 타던 사람.
: 임금의 사위를 가리키는 말.

부인을 여왕님으로 모시는 **마**음을 가진 당신.

부부유별 夫婦有別 오륜五倫

夫 지아비와 婦 지어미는 (서로) 有 있다. 別 다름이 (있다.)
: 남편과 아내의 역할과 행실을 엄격히 구별한 규범이다.

부인이 일하는 **부**뚜막에는 나는 가지 않겠소. **유** 앤 아이You and I 당신과 나는 **별**개의 영역에서 활동해야 하오.

ㅂ

부자상전 父子相傳

父 아버지로부터 子 아들로 相 서로 傳 (닮은 특징을) 전한다.
: 부전자전 父傳子傳

부들부들… 엄마 앞에서 **자**신감을 잃고 떠는 아빠. 부들부들… **상**시 여자 친구 앞에서 **전**동기처럼 떠는 아들.

부전자전 父傳子傳

父 아버지는 (자신의 특징을) 傳 전달하고 子 아들은 (어버지의 특징을) 傳 전달받고.
: 아버지와 아들은 서로 닮은꼴이다.

부모님 중 아버지의 DNA가 **전**해진다. 누구에게? **자**식 중 아들에게 **전**해진다.

부즉다사 富卽多事 장자壯子, 천지편天地篇

富 부유해지면 卽 곧 多 많아진다. 事 할 일이 (많아진다.)
: 특히 자본주의 사회에서 자본이 많으면 할 수 있는 일의 스펙트럼은 당연히 확장된다.

부자가 된다는 말을 **즉**that is **다**시 말하면, 겪을 **사**건이 많아진다는 말이다.

부중지어 釜中之魚 자치통감資治通鑑, 한기漢紀

釜 가마솥 中 가운데 之 (헤엄치고 있는) 魚 물고기.
: 목숨을 위협할 정도로 위험한 상황 속에서 당사자가 그 심각성을 인식하지 못하고 있는 경우이다.

부지런히 움직이지만 **중**요한 것을 잊고 있네. **지**금 상황이 **어**쩐지를.

부즉불리 不卽不離

不 아니하다. 卽 가까이 붙어 있지도 (아니하다.) 不 아니하다. 離 멀리 떨어져 있지도 (아니하다.)
: 어정쩡한 태도를 가리키는 말.

부디 입장을 밝혀 달랬건만 **즉**답이 없네. **불**리한지 **리**(이)익인지, 아직도 따져보고 있는 건가?

부창부수 夫唱婦隨 천자문千字文

夫 지아비가 唱 부르면 婦 지어미는 隨 따른다.
: 가부장제에서 통용된 표현이다. 그런데 우리말로 이 '부창부수'라는 네 글자는 '夫唱婦隨'라고 읽을 수 있을 뿐만 아니라 '婦唱夫隨'로도 읽을 수 있으므로 부부 사이에 서로의 의견을 존중해준다는 의미로 재해석하면 어떨까 생각해 본다.

부부가 걷는 인생길. **창**창한 앞길을 남편과 **부**인이 앞서거니 뒤서거니 서로 따른다. **수**긍하고 서로 복종하는 것이 부부의 미덕.

부화뇌동 附和雷同 논어論語, 자로편子路篇·예기禮記, 곡례편曲禮篇

附 들러붙는다. 和 온순하게 (들러붙는다.) 雷 우레에 同 한 가지로 (온순하게 들러붙는다.)
: 쩌렁쩌렁 울리는 우레는 세력이 있는 누군가를 상징한다. 독자적인 생각이나 행동을 하지 않고 그저 힘 있는 누군가에게 빌붙는 모양을 빗댄 표현이다.

부랴부랴 **화**닥닥 (서두르는 모양) **뇌**가 빈 듯 **동**작한다, 남들처럼.

북문지탄 北門之歎

北 (임금이 있는 궁궐의) 북녘 門 문에서 (벼슬하면서도) 之 (곤란하고 궁핍하게 살고 있어서 나오는) 歎 탄식.
: 관직에는 올랐으나 궁핍한 신세타령이다.

북북 재산을 긁어모을 줄 알았더냐? **문**을 열고 **지**금 그 공직 자리에 앉기만 하면? **탄**식은 그래서 나오는 거냐? 부의 축적을 못 이뤄서?

분골쇄신 粉骨碎身 장방蔣防, 곽소옥전霍小玉傳

粉 가루로 만들고 骨 뼈를 (가루로 만들고) 碎 부순다. 身 몸을 (부순다.)
: (얼핏 잔인한 공포 영화의 한 장면처럼 보이기도 하는) 자기 몸을 으깬다는 표현은 그만큼 몸 사리지 않고 최선을 다해 노력한다는 뜻이다.

분연히 일어나겠습니다. **골**낸단(화낸다) 얘긴 아니구요. **쇄**신해내겠습니다. **신**뢰하셔도 좋습니다, 저의 이 진실된 마음을.

분서갱유 焚書坑儒 사기史記, 진시황본기秦始皇本紀

焚 불사르고 書 책들을 (불사르고) 坑 구덩이에 파묻는다. 儒 선비들을 (구덩이에 파묻는다.)
: 사상과 언론을 통제하기 위하여 극단적으로 취한 조치이다. 황제라는 이름으로, 권력이라는 이름으로 무고한 사람들을, 건전한 비판의 목소리를 내는 사람들을 생매장을 시킨다.

분질러 버려. **서**적이든, 인간이든, 마음에 안 들면 다 없애버려. **갱**단 두목이지. 하는 짓이. **유**감스러운 독재 정치의 역사.

불가사의 不可思議 불교佛教 유마경維摩經

不 아니하다. 可 가능하지 (아니하다.) 思 인간의 생각으로는 (가능하지 아니하다.) 議 사람들이 의논해 봐도 (가능하지 아니하다.)
: 인간의 지력으로는 아무리 생각해봐도 있을 수 없는 일이 실제로 일어난 경우에 쓰이는 표현이다.

불가능해 보이는데 **가**능하게 실현되어 **사**색해 봐도 명쾌한 해답을 못 얻고 **의**심과 의문만 증폭되는 현상.

불가항력 不可抗力

不 없는 可 ~할 수 (없는) 抗 맞서 버틸 (수 없는) 力 힘.
: 인간의 힘으로는 거역할 수 없는 힘이다.

불모의 땅이 되어 버렸다. **가**차 없는 자연재해가 **항**상 발생했으나 사람의 힘으로 막기에는 **력**(역)부족이었다.

불공대천 不共戴天 예기禮記, 곡례편曲禮篇

不 아니한다. 共 함께 戴 머리 위에 올려놓지 (아니한다.) 天 (함께) 하늘을 (머리 위에 올려놓지 아니한다.)
: 불구대천 不俱戴天

불과 몇 초도 '함께'란 말을 **공**유할 수 없어. **대**부분 따로따로 해야 해. **천**하에 원수니까!

불구대천 不俱戴天 예기禮記, 곡례편曲禮篇

不 아니한다. 俱 함께 戴 머리 위에 올려 놓지 (아니한다.) 天 (함께) 하늘을 (머리 위에 올려 놓지 아니한다.)
: 같은 하늘 아래에서 살 수 없을 만큼 원한이 사무친 원수를 가리킬 때 쓰인다.

불같이 화만 나. **구**질구질한 녀석, **대**면하기조차 싫타! **천**하의 재수 없는 놈.

불두착분 佛頭着糞 불교佛教 경덕전등록景德傳燈錄

佛 부처의 頭 머리에 着 붙은 糞 똥.
: 훌륭한 사람이 저열한 사람들에게 해코지를 당하는 모양이다.

불상의 **두**상에 **착**! 달라붙게 **분**뇨 투척.

불로불사 不老不死 열자列子

不 아니하고 老 늙지 (아니하고) 不 아니하고 死 죽지 (아니하고).

: 유한한 존재인 인간의 염원이다.

불가능했으면… **로**(노)인 되는 것이…. **불**가능했으면… **사**라져 없어지는 것이….

불립문자 不立文字 불교佛教 대범천왕문불결의경大梵天王問佛決疑經

不 (불도의 깨달음은) 아니한다. 立 세워지지 (아니한다.) 文 글이나 字 글자와 같은 언어로 (세워지지 아니한다.)
: 염화시중 拈華示衆

불어오는 마음의 바람을 타고 **립**(입)성한다, 너의 생각이. **문**자나 언어 따위는 **자**질구레하고 불필요할 뿐!

불문가지 不問可知

不 아니하여도 問 물어 보지 (아니하여도) 可 ~할 수 있다. 知 알 (수 있다.)
: 뻔한 내용을 일컫는 말.

불금이라면서 사람들이 **문**밖으로 나와 **가**장 시끄럽게 떠들며 밤을 **지**새울 게 뻔했다.

불문곡직 不問曲直 사기史記, 이사열전李斯列傳 상진황축객서上秦皇逐客書

不 아니한다. 問 묻지 (아니한다.) 曲 도리에 맞지 않는지 直 바르고 도리에 맞는지를 (따져 묻지 아니한다.)
: 옳고 그름을 가리지 않고 마음대로 마구 행동하는 모양이다.

불허한다! 질문도, **문**제 제기할 틈도…. **곡**해된 건지 바른 건지 **직**접 따지지 마!

불비불명 不飛不鳴 사기史記, 골계열전滑稽列傳·여씨춘추呂氏春秋, 심응람審應覽

不 아니하고 飛 날지도 (아니하고) 不 아니한다. 鳴 울지도 (아니한다.)
: 삼년불비우불명 三年不飛又不鳴

불이 꺼졌다 **비**웃지 마라! **불**타오를 때가 오길 **명**백히 기다릴 뿐이다.

불비지혜 不費之惠

不 아니하면서 費 (자신을) 해치지 (아니하면서) 之 (남에게 베푸는) 惠 은혜.
: 손해를 보지 않는 은혜를 가리키는 말.

불리하게 자신의 **비**용을 **지**출하지 않는 선에서 남에게 **혜**택을 베푼다.

ㅂ

불선거행 不善擧行

不 못한다. 善 잘하지 (못한다.) 擧 명령대로 함에 있어 行 (명령받은 대로) 시행을 (잘 하지 못한다.)
: 맡은 임무를 제대로 수행하지 못하는 모양이다.

불이행했다. **선**량하게 **거**사든 작은 임무든 **행**동해서 처리했어야 했는데….

불세출 不世出

不 (보통은) 아니할 世 세상에 出 나오지 (아니할) ㅡ 그런 사람이 세상에 나왔다!
: 비범extraordinary한 사람의 출현을 가리킨다.

불록버스터BlockBuster급으로 **세**상을 놀라게 할 존재의 **출**현!

불수진 拂鬚塵 송사宋史, 구준전寇準傳

拂 턴다. 鬚 (남의) 수염에 (붙은) 塵 티끌을 (턴다.)
: 줏대 없이 남의 비위를 맞추며 알랑거리는 모양이다.

불필요할 정도로 지나치게 윗사람 말에 **수**긍하는 저 꼴을 봐! **진**짜 아첨꾼이야.

불승영모 不勝永慕

不 못한다. 勝 이기지 (못한다.) 永 영원히 慕 사모하고 그리워하는 마음을 (이기지 못한다.)
: 축문에 쓰이는 관용적 표현이다.

불꽃이셨던 분이여! **승**승장구하소서, **영**원히 어느 세상에서도. **모**두 당신을 그렇게 기억하겠습니다.

불언실행 不言實行

不 아니하고 言 말하지 (아니하고) 實 실천한다. 行 행동으로 실행한다.
: 무언실행

불과 사흘도 못 갈, 그런 **언**어로 굳이 **실**천하겠다고 떠들지 말고 **행**동으로 보여줘!

불야성 不夜城 삼제략기三齊略記

不 (불이 많이 켜져 있어) 아닌 듯한 夜 밤에도 밤이 (아닌 듯한) 城 번성하고 화려한 도시.
: 전깃불 등으로 대낮처럼 환한 밤의 풍경이다.

불빛이 밝아 **야**심한 밤이 **성**탄전야 같구나.

불역유행 不易流行

不 아니하면서 易 (원칙은) 바꾸지 (아니하면서) 流 (시대의) 흐름에 行 변용하여 사용한다.
: 원칙을 유지하면서 시대나 사회의 변화에 부응하는 모습이다.

불변의 원칙을 설정하고, **역**설적이지만, **유**연하게 가변적으로 **행**동하라.

불요불굴 不撓不屈 한서漢書, 서전敍傳

不 아니하는 撓 휘거나 흔들리지 (아니하는) 不 아니하는 屈 굽히지 (아니하는).
: 아주 강인한 의지를 형용한다.

불길이, 의지의 불길이 **요**동친다! 불타오른다! **불**가능하다, 타오르는 이 불길을 **굴**복시키는 것은.

불원천리 不遠千里 맹자孟子, 양혜왕梁惠王 상편上編

不 아니하다. 遠 멀다고 (생각하지 아니하다.) 千 천 里 리 ≒ 400킬로미터를 (멀다고 생각하지 아니하다.
: 먼 길을 마다하지 않고 찾아오는 경우에 쓰이는 관용적인 표현이다.

불러 주면 달려올게. **원**할 땐 언제라도! **천**만에, 멀어도 괜찮네. **리**(이)쯤 되는 거리는 상관없다네!

불원천 불우인 不怨天 不尤人 논어論語, 헌문편憲問篇

不 아니하고 怨 원망하지 (아니하고) 天 하늘을 (원망하지 아니하고) 不 아니한다. 尤 더욱더 원망하지 (아니한다.) 人 사람을 (더욱더 원망하지 아니한다.)
: 문제의 원인이나 책임을 어쩔 수 없는 운명 탓으로 돌리거나 다른 사람에게서 찾지 아니하고, 자기 자신을 돌아보며 자신에게서 그 해법을 찾으려고 노력하는 모습이다.

불리하니까 **원**망하고 싶은 마음, 알아. **천**하에 **불**쌍하다고 동정 받고 싶은 마음도 알아. **우**리, 그렇지만 **인**내하자. 남을 탓해, 뭣 해!

불입호혈 부득호자 不入虎穴 不得虎子 후한서後漢書, 반초전班超傳

不 아니하면 入 들어가지 (아니하면) 虎 호랑이 穴 굴로 (들어가지 아니하면) 不 못한다 得 얻지 (못한다.) 虎 호랑이 子 새끼를 (얻지 못한다.)
: 큰일을 이루려면 어느 정도 감수해야 할 위험이 있다는 뜻이다.

불을 밝혀라! **입**장하겠다. **호**랑이 잡으러 **혈**기 왕성하게 들어간다. **부**딪혀 보련다. **득**이 될지 해가 될진 모르지만 **호**랑이 새끼라도 꼭 잡아서 **자**리로 되돌아오겠다.

불차탁용 不次擢用

不 아니하고 次 (일반적인) 차례를 따르지 (아니하고) 擢 (특별하게) 뽑아 用 쓴다, 등용한다.
: 낙하산식 인사가 하나의 예다.

불러들이게, 저 사람. **차**례, 지위 따위는 무시하고 **탁**! 그냥 이 자리에 앉히도록 **용**인하겠네.

ㅂ

불철주야 不撤晝夜

不 아니하고 撤 그만두지 (아니하고) 晝 낮이든 夜 밤이든.
: 밤낮없이 연속적으로 어떤 일을 해나가는 모습이다.

불켜진 밤에도 **철**인처럼 **주**간이든 **야**간이든 최선을 다한다.

불치불검 不侈不儉

不 아니하고 侈 사치하지도 (아니하고) 不 아니하고 儉 검소하지도 (아니하고).
: 일상에서 (물질생활을 영위함에 있어) 중용의 미를 실천하고 있다.

불란서 빠리에서 들여온 **치**마? 너무 비싸! 안 사! 그렇다고 **불**량품같은 최저가만 찾을 정도로 **검**소하지도 않아.

불치하문 不恥下問 논어論語, 공야장편公冶長篇

不 아니한다. 恥 부끄러워하지 下 아랫사람에게 問 물어보기를 (부끄러워하지 아니한다.)
: 자기보다 계급이 낮다 하더라도, 자기보다 학식을 못 갖추었다 하더라도, 자기보다 나이가 어리다 하더라도, 배울 수만 있다면 누구에게든 질문한다. 배움의 기본자세로서 아주 훌륭하다고 본다.

불그레 얼굴이 빨개지기야 하겠지만 **치**욕이라 생각**하**지 않고 기꺼이 **문**의하겠소. 어린 사람에게든 아랫사람에게든….

불편부당 不偏不黨 여씨춘추呂氏春秋

不 아니하고 偏 (한쪽으로) 치우치지 (아니하고) 不 아니하고 黨 (한쪽으로) 편들지 (아니하고).
: 매우 공정한 모습이다.

불같이 화내며 **편**향되고 **부**당한 **당**파심을 절대 용납하지 않으셔.

불폐풍우 不蔽風雨

不 못한다. 蔽 가리며 막지 (못한다.) 風 바람과 雨 비를 (가리며 막지 못한다.)
: 집이 낡아 틈새가 있는 모양이다.

불어오는 바람을 피할 수도 없는 이 집은 거의 **폐**가인가? **풍**풍 뚫린 구멍… **우**와! 비바람을 그대로 맞겠어!

붕우유신 朋友有信 오륜五倫

朋 벗과 友 벗 (사이에는) 有 있다. 信 믿음이 (있다.)
: 친구 사이에 신의를 강조한 규범이다.

붕어를 함께 잡던 친구야! **우**리의 우정이 **유**지될 수 있었던 건 역시 **신**뢰와 믿음 때문이겠지.

붕우책선 朋友責善 맹자孟子, 이루離婁 하편下編

朋 (참다운) 벗이란 友 벗들끼리 (서로) 責 권하기 마련이다. 善 (서로) 착한 일을 하도록 (권하기 마련이다.)
: 아주 바람직한 교우 관계의 모습이다.

붕 뜬 마음을 가라앉혀주고 **우**려할 행동은 못하도록 **책**임감 있게 다그쳐주는 친구 덕분에 **선**한 행동에서 벗어나지 않았어.

붕정만리 鵬程萬里 장자莊子, 소요유편(逍遙遊篇)

鵬 붕새가 程 (날아갈) 길은 萬 만 里 리 ≒ 4,000 킬로미터나 된다.
: 장래성이 있고 규모가 크고 중요한 일을 이루기 위한 여정을 나타낸다.

붕붕 날아올라 **정**말 멀리멀리 **만** 킬로미터 이상 더 멀리 이어진 이 길의 끝에 **리**치Reach 도달할 거야.

비구혼구 匪寇婚媾 주역周易, 산화비괘편山火賁卦篇

匪 아니다. 寇 도적이 (아니다.) 婚 혼인하고 媾 화친할 사람이다.
: 적대시할 사람으로 오해했는데, 사실 알고 보니 우호 관계를 맺을 사람인 경우다.

비록 처음에는 **구**린내 나는 도둑놈인 줄 알고 **혼**자 오해를 했네만, 오해가 풀렸으니 함께 **구**수한 된장찌개나 먹읍세.

비대목소 鼻大目小 한비자韓非子, 설림說林 하편下編

鼻 코는 大 (처음에) 크게 (깎은 후에 차차 줄여 나가고) 目 눈은 小 (처음에) 작게 (새긴 후에 차차 키워 나가고).
: 조각을 할 때 코를 처음부터 작게 만들어버리면 나중에 크게 수정할 수 없다. 마찬가지로 눈도 처음부터 크게 새겨버리면 나중에 작게 수정할 수 없다. 궁극적인 결과물을 완성하기 위하여 수정 가능성을 염두에 두면서 일을 처리해나가는 모양을 형용한다.

비싼 교훈 하나 알려주지: **대**단히 완벽할 생각은 처음에 하지 마! **목**적에

다다르는 과정에서 **소**소하게 고쳐나갈 생각을 하란 말이다.

비례물시 非禮勿視 논어論語, 안연편顏淵篇

非 아니하다면 禮 예도에 맞지 (아니하다면) 勿 말라 視 보지도 (말라.)
: 일말의 미혹할 계기도 만들지 않으면서 아주 철저하게 예를 수호하는 모양이다.

비켜! **례**(예)에 어긋난 것들, **물**러서! 하지 마! **시**키지도 마!

ㅂ

비례지례 非禮之禮 맹자孟子, 이루離婁 하편下編

非 아니한 禮 예도에 맞지 (아니한) 之 (그런) 禮 예도.
: 예도에 맞아 보이는 착각을 불러일으키지만 실질은 예도가 아닌 (거짓된) 예도다. 사이비인 예를 가리키는 말.

비위에 거슬려. **례**(예)의 바른 척해도 **지**금 보여주는 **례**(예)는 무례인 거 알지?

비명횡사 非命橫死

非 아니하고 命 타고난 자기의 목숨을 다 누리지 (아니하고) 橫 비정상적으로 死 죽음을 맞이한다.
: 속된 말로 개죽음이다. 뜻밖의 재난으로 목숨을 잃는 불상사를 가리키는 말.

비극의 여신의 **명**령으로 **횡**하니(휑하니) **사**라져 버렸다.

비몽사몽 非夢似夢

非 아닌데 夢 꿈은 (아닌데) 似 닮았네. 夢 꿈과 (닮았네.)
: 잠이 덜 깨어 정신이 흐리멍덩한 상태다.

비슷해, 잠든 상태랑. **몽**롱해, 그래서. **사**실 잠든 건 아니야. **몽**롱해, 그래도.

비방지목 誹謗之木 회남자淮南子, 주술훈편主術訓篇·사기史記, 효문기孝文紀

誹 (위정자가 자신을) 헐뜯도록 謗 (백성들이 위정자를) 헐뜯도록 之 (그러한 불만을 쓰도록 허락한) 木 나무.
: 백성들의 마음의 소리를 듣고자 하는 위정자의 열린 마음의 소리다.

비켜요! **방**해하지 말아요! **지**금 할 말이 있어요! **목**소리를 내야 해요!

비분강개 悲憤慷慨

悲 슬프고 憤 분하고 慷 의기가 북받치고 慨 격노하고.
: 비애와 분노로 격하게 차오르는 감정을 나타낸다.

비참하고. **분**하고. **강**물처럼 눈물이 흐르고. **개**탄스럽고.

비비유지 比比有之

比 같은 것들이 比 (또) 같은 것들이 有 있다. 之 그것과 (같은 것들이 많이 있다.)
: 흔하다는 뜻이다.

비슷한 일이 생기고 **비**슷한 일이 또 생겨 **유**난히 되풀이되며 **지**속되는 현상.

비위난정 脾胃難定

脾 지라와 胃 위장이 (뒤집혀) 難 어렵다. 定 바로 잡기 (어렵다.)
: 몹시 밉고 거슬려서 속이 뒤집힌다는 뜻이다.

비위에 맞지 않아 **위**로 먹은 거, 다시 토할 거 같아. **난**그 정도로 **정**말 싫어.

비육지탄 脾肉之嘆 삼국지三國志, 촉지蜀志 선주전先主傳

脾 넓적다리에 肉 살찌는 것을 之 (보며) 嘆 탄식한다.
: 영웅이 하는 일 없이 빈둥빈둥하다 보니 살만 찌고 있다며 한숨을 쉰다. 자신의 능력을 발휘하지 못한 채 시간만 헛되이 보내고 있을 때 쓸 수 있는 표현이다.

비만으로 뚱뚱해진 내 **육**체를 **지**켜본다. 시간을 낭비하고 있구나… **탄**식한다. 내 능력을 썩히고 있구나.

비이장목 飛耳長目 관자管子

飛 하늘에서 내려다보듯 폭넓게 듣는 耳 귀 長 멀리멀리 앞을 길게 내다보는 目 눈.
: 견문이 넓고 깊은 지성을 나타낸 표현이다. 또는 그러한 지성을 가능하게 하는 서적을 가리키기도 한다.

비범한 눈과 귀는 **이**미 최고. **장**기적인 **목**적을 달성하기 위해 최적화되어 있다.

비익연리 比翼連理 백거이白居易, 장한가長恨歌

比 나란히 翼 날개를 (나란히 짝을 짓고 나는 새) 連 (가지와 가지가) 잇닿아 理 나뭇결이 (하나인 나무).
: 비익조 比翼鳥·연리지 連理枝

비비고 지지고 볶고… 깨가 쏟아진다며? **익**히 들어 알고 있지. ♬♪ **연**애 감정으로 **리**(이)렇게 알콩달콩, 굿!Good! ♬♪

비익조 比翼鳥

比 나란히 翼 날개를 (나란히 짝을 짓고 나는) 鳥 새.

: 암컷과 수컷이 눈과 날개가 각각 하나뿐이어서 함께여야만 날 수 있는 전설의 새를 뜻한다. 한 몸과 같은 연인이나 부부를 가리킨다.

비상하는 법을 **익**힐 수 없다, **조**금도… 짝이 없다면.

비일비재 非一非再

非 아니다 一 한 번도 (아니다.) 非 아니다 再 두 번도 (아니다.)
: 한두 번이 아니다. 빈도수가 높은 모양이다.

비슷한 **일**이 계속 생겨. **비**슷한 일이 **재**발해.

비지지간 행지유간 非知之艱 行之惟艱 서경書經

非 아니하다. 知 아는 것이 之 (그렇게) 艱 어렵지는 (아니하다.) 行 실천하는 것이 之 (그렇게) 惟 생각컨대 오로지 艱 어려울 뿐이다.
: 아는 것은 쉽다. 아는 대로 행동하기가 어려울 뿐이다.

비록 **지**식을 **지**금 갖추는 일이야 **간**단하고 쉬운 일이지만, **행**동으로 **지**식을 **유**의미하게 증명하는 일은 **간**단하지 않고 어려운 일이다.

빈계지신 牝鷄之晨 서경書經, 목서편牧誓篇

牝 암컷인 鷄 닭이 之 (울어) 晨 새벽을 알린다.
: 암탉 울어 날 샐 일은 없다. 남성이 주도권을 여성에게 빼앗긴 모양을 청각적으로 표현한다. 여성의 활약을 못마땅하게 여기는 심정이 담겨 있다.

빈손으로 망할 것이다, 집안 재산을 탕진해서. **계**몽의 대상일 뿐인 여자가 **지**나치게 집안일을 **신**이 나서 주도하면 안 될 것이다! 라는 오래된 생각.

빈자일등 貧者一燈

불교佛敎 현우경賢愚經, 빈녀난타품貧女難陀品·아도세왕수결경阿闍世王授決經

貧 가난한 者 여인이 (부처에게 바친) 一 한 개의 燈 등불은 (꺼지지 않는다.)
: 부자들이 바친 다른 등불들은 모두 꺼졌지만, 가난한 자의 등불은 꺼지지 않는 일등으로 남아 있다. 온갖 힘을 다하려는 진실하고 성실한 마음이 세상에서 가장 소중한 가치임을 시각적으로 일깨워 준다.

빈 공간을 채우는 밝은 불빛은 **자**신의 재산을 자랑하는 부자의 것이 아니었다. **일**개 가난한 노파가 전 재산으로 내놓은 **등**불이었다.

빈천지교 불가망 貧賤之交 不可忘 후한서後漢書, 송홍전宋弘傳

貧 가난하고 賤 낮고 보잘것없을 때 之 (그때) 交 사귄 벗을 不 아니하다. 可 옳지 (아니하다.) 忘 잊는 것은 (옳지 아니하다.)
: 어려운 시절을 함께 한 친구의 소중함을 일깨우는 경구다.

빈곤하고 **천**시 받던 **지**난날 **교**제한 친구를 잊기란 **불**가능하다. **가**능하지 않다, **망**각하는 것은.

빙공영사 憑公營私

憑 핑계로 내세우면서 公 공익을 (핑계로 내세우면서) 營 꾀한다. 私 사익을 (꾀한다.)
: 뉴스에 늘 등장하는 부정 축재자들의 행태다.

빙자한다, **공**익을. 그러면서 **영**악하게 **사**익을 추구한다.

빙탄불상용 氷炭不相容 초사楚辭, 칠간七諫 자비편自悲編

氷 얼음과 炭 숯은 不 아니한다. 相 서로 容 받아들이지 (아니한다.)
: 숯불에 얼음이 녹든지 얼음이 숯불을 끄든지 둘 중 하나이다. '함께'라는 부사와 '평화'라는 명사가 들어설 공간이 없는 관계다.

빙빙 머리가 도네. 대통령상을 **탄** 모범 음식이 **불**량 식품으로 밝혀졌다고? **상**을 탔으면 불량하지 않아야 할 텐데… **용**납하기 힘드네.

빙탄지간 氷炭之間 동방삭東方朔, 칠갑전七諫傳

氷 얼음과 炭 숯처럼 之 (불화하는) 間 사이.
: 빙탄불상용 氷炭不相容

빙하가, 큼직한 게 **탄**탄하게 **지**금 우리 사이에 끼어서 **간**격을 넓히는 듯….

사가망처 徙家忘妻 공자가어孔子家語, 현군편賢君篇

徙 옮기면서 家 집을 옮기면서 忘 잊고 버린다. 妻 아내를 (잊고 버린다.)
: 고의와 과실로 나누어볼 수 있다. 고의로 그랬다면 의리가 없는 악독한 남편이다. 실수로 그랬다면 정말 중요한 것을 소홀히 하는 멍청한 남편이다.

사람을 두고 왔네. **가**구는 다 챙겼는데 **망**각했네, 아내를. **처**음부터 그럴 작정이었던 건 아니고?

ㅅ

사고무친 四顧無親

四 동, 서, 남, 북 ― 사방을 顧 돌아보아도 無 없다. 親 친한 사람이 (없다.)
: 너무 외로운 상황이다.

사방을 둘러보아도 아무도 없다. **고**립된 고독뿐. **무**엇과도 누구와도 **친**하지 않다.

사고팔고 四苦八苦 불교佛敎

四 네 가지 苦 괴로움에 八 (네 가지를 더 더해서) 여덟 가지 苦 (인간이 겪어야 할) 괴로움
: 생生, 로老, 병病, 사死 + 애별리고愛別離苦, 원증회고怨憎會苦, 구부득고求不得苦, 오온성고五蘊盛苦

사람이 인생을 살며 겪는 **고**통. **팔**자인가, 이런 **고**통.

사공중곡 射空中鵠 순오지旬五志

射 (마구잡이식으로) 쏘았는데 空 공중에 (쏘았는데) 中 가운데 적중한다, 맞힌다. 鵠 고니를, 과녁을, 정곡을 (맞힌다.)
: 신중하지 못한 행동이 우연히도 아주 괜찮은 결과를 가져온 경우다.

사실 그냥 **공**중에다 쏘았을 뿐인데 **중**앙에 정확히 명중해 버렸네. **곡**선을 우아하게 그리며….

사군이충 事君以忠 원광圓光, 세속오계世俗五戒

事 섬길 때에는 君 임금을 (섬길 때에는) 以 ~으로써 忠 충성(으로써 섬긴다.)
: 세속 오계의 내용으로 임금을 섬김에 있어 충성을 강조한다.

사랑해여. **군**주님, 나의 군주님, **이**렇게 **충**성으로써….

사군자 四君子

四 네 가지 君 고결한 성품을 지닌 子 것들.
: 매화, 난초, 국화, 대나무를 일컫는 말.

사람으로 따지면 **군**자에 해당하는 **자**연의 생명들.

사궁지수 四窮之首

四 네 가지 窮 궁한 것들 之 중에서 首 으뜸.
: 사궁은 환과고독鰥寡孤獨이다. 여기서 첫째를 가리키므로 '환鰥', 즉 나이든 홀아비를 가리킨다.

사랑에 **궁**핍해 **지**금 **수**심만 가득해.

사근취원 捨近取遠

捨 버리고 近 가까이 있는 것은 (버리고) 取 가진다. 遠 멀리 있는 것은 (가진다.)
: 이 표현을 일의 순서를 거꾸로 한다고 해석하는 입장이 있는데, 경우에 따라서는 이러한 순서가 오히려 제대로일 수도 있다고 본다.

사리에 맞게 **근**거리부터 **취**합해서 **원**거리로 나가야 할 것 아냐?

사기종인 舍己從人 이황李滉, 퇴계집退溪集·서경書經, 대우모大禹謨

舍 버리고 己 자기를 (버리고) 從 좇는다. 人 타인을 (좇는다.)
: 독단에 빠지지 말고, 타인에게서 바람직한 것들을 적극적으로 보고 배우라는 의미다.

사실 내 성품은 **기**피할 것들이 많소. **종**일 좇아다니더라도, 더 나은 타인의 **인**품을 본받는 게 낫겠다 싶소.

사농공상 士農工商

士 선비 農 농부 工 장인 商 장사꾼.
: (과거) 우리나라의 네 가지 계급을 일컫는 말.

사서삼경을 외우는 선비. **농**사를 짓는 농부. **공**들여 물건을 만드는 공인. **상**술을 부리는 상인.

사단취장 捨短取長 한서漢書, 예문지藝文志

捨 버리고 短 단점은 (버리고) 取 가지고 長 장점은 (가지고).
: 모자란 점이나 허물은 버리고, 옳다고 인정되거나 좋은 점은 쓰거나 강구하는 모습이다.

사라져라, **단**점들. **취**할 건 **장**점뿐.

사대주의 事大主義 맹자孟子, 양혜왕梁惠王 하편下編

事 섬기는 大 큰 것을 (섬기는) 主 주된 義 원칙.
: 이소사대 以小事大

사실 **대**들 힘도 없으니 **주**위의 큰 나라에 **의**존할 수밖에 없던 생존 전략.

사려분별 思慮分別

思 생각하고 慮 이리저리 헤아려보며 分 나누고 別 분간한다.
: 여러 가지로 주의 깊게 생각한 후 사리에 맞도록 헤아려 판단하여 종류에 따라 나누어 가르는 모습이다.

사고(생각) **려**(여)행을 떠나요. **분**주하게 **별**개의 목적지들, 하나하나 잘 찾아가요.

사리부재 詞俚不載

詞 노래 가사가 俚 저속해서 不 아니한다. 載 (책에) 싣지 (아니한다.)
: 유교 정신에 비추어 저속하다고 판단되는 표현을 배제하는 논리다.

사악하도다! **리**(이)치에 맞지 않도다! **부**끄럽도다! **재**고의 여지도 없도다!

사리사욕 私利私慾 관자管子

私 사사로운 利 이로움 私 개인적인 慾 욕심.
: 개인에 관계된 이익과 개인이 품은 욕심을 가리키는 말.

사적 **리**(이)익 추구가 **사**악한 **욕**심인가?

사면초가 四面楚歌 사기史記, 항우본기項羽本記

四 모든 面 방면에서 (들려오는) 楚 초나라 歌 노래.
: 사방에서 초나라 노래를 부른다. 왜? 한나라와 초나라가 전투할 때 초나라가 한나라에게 포위를 당하는데 이때 한나라가 시도한 심리전이다. 한나라는 사방에서 초나라 노래를 부르도록 해서, 고향을 그리워하는 초나라 군사의 사기를 완전히 꺾어버린다. 절망적으로 고립된 상황을 뜻하는 이 표현은 이러한 초나라 병사들의 입장이 반영되어 있다.

사방팔방 **면**면이 다 막혔네. **초**라해지네. **가**련하네.

사면춘풍 四面春風

四 모든 面 방면에서 春 봄 風 바람이 부는 듯 (따뜻한 기운을 내뿜는다.)
: 항상 웃는 얼굴로, 좋은 낯으로 사람들을 대하는 모습을 감각적으로 표현한다.

사부님은 궂은 일에 **면**역이 되셔서 **춘**하추동 웃는 낯이셔. 늘 온화한 기운을 **풍**기시지.

사목지신 徙木之信 사기史記, 상군열전商君列傳

徙 옮기면 木 나무를 (옮기면) 之 (상금을 주겠다던) 信 믿음.
: 이목지신 移木之信

사람은 말이야. **목**숨 바쳐 **지**켜야 할 게 **신**의라는 거야.

사문난적 斯文亂賊 논어論語, 자한편子罕篇

斯 이 유교인 文 학문을 亂 어지럽히는 賊 도둑놈들.
: 유학을 기준으로 유교 정신에 어긋난다고 여겨지는 사상이나 사람들을 공격할 때 쓰이는 표현이다.

사악하도다. **문**란해서 **난**세를 일으킬만하므로 **적**대시하겠다.

사문부산 使蚊負山

使 하여금 시킨다. 蚊 모기로 (하여금 시킨다.) 負 지도록 山 산을 (지도록 시킨다.)
: 모기가 낑낑대며 산을 짊어진다. 우스꽝스럽기까지 한 과장법으로 누군가에게 감당할 수 없는 부담이나 의무를 부과하는 모양을 표현한다.

사실… 전 모기에요. **문**다면, 무는 일이라면 자신이 있지만요. **부**담되요, **산**을 짊어지라고 하시면.

사반공배 事半功倍 맹자孟子, 공손추公孫丑 상편上篇

事 일은 半 반밖에 안 했는데 功 공은 倍 곱절로 실적이 나왔네.
: 노력 대비 실적이 아주 좋은 모양이다. 효율적인 경우의 한 예다.

사실 **반**만 힘썼는데, **공**들인 결과는 **배**로 나왔네. ♬♪

사방팔방 四方八方

四 네 가지 — 동, 서, 남, 북 方 방향 모두 八 여덟 가지 — 동, 서, 남, 북, 북동, 북서, 남동, 남서 方 방향 모두.
: 모든 방향을 방위로 표현한 말이다.

사방 어느 **방**향이든 모두 다! **팔**도강산 어느 **방**향이든 모두 다!

사분오열 四分五裂 전국책戰國策, 위책魏策

四 네 갈래로 갈가리 分 나뉘고 五 다섯 갈래로 갈가리 裂 찢기고.
: 분열되는 모양을 형용한다.

사방팔방 **분**열되어 나누어진 개수가 **오**만 가지 더하기 **열** 가지.

사불급설 駟不及舌 논어論語, 안연편顔淵篇

駟 한 채의 수레를 끄는 네 마리의 말조차도 不 못한다. 及 미치지 (못한다.) 舌 혀로 뱉어낸 말의 속도에는 (미치지 못한다.)
: 함부로 말하지 말고, 말할 때는 신중하고 또 신중해야 한다는 뜻이다.

사람들 입에 오르내리면 **불**과 얼마 지나지 않아 **급**속도로 순식간에 퍼져나가. **설**명할 필요도 없는, 인간 세상의 모습이지.

사불명목 死不瞑目

死 죽어서도 不 (차마) 못한다. 瞑 마음 편히 어둡게 하지 (못한다.), 마음 편히 감지 (못한다.) 目 눈을 (마음 편히 감지 못한다.)
: 한이나 불만 따위가 응어리져서 마음 편히 임종하지 못하는 모습이다.

사무친 원한의 **불**길이 **명**을 다해도 **목**숨을 이어가네.

사불범정 邪不犯正 수당가화隋唐嘉話

邪 사악하고 부정한 것은 不 못한다. 犯 침범하지 (못한다.) 正 바르고 정의로운 것을 (침범하지 못한다.)
: 사회나 공동체를 위한 옳고 바른 도리 앞에 사악한 것들은 무릎 꿇기 마련이다.

사악함이 감히 넘어오지 못할 **불**가침 영역. **범**접하지 못할 **정**의의 영역.

사불여의 事不如意

事 일이 되어가는 모양이 不 아니하다. 如 같지 (아니하다.) 意 뜻한 바와 (같지 아니하다.)
: 사태가 마음먹은 대로 진행되지 않는 모양이다.

사람 사는 게 그렇지. **불**쾌하긴 하지만 **여**간해선 **의**지대로, 내 뜻대로 안 되드라구.

사사건건 事事件件

事 일마다 事 (하는) 일마다 件 사건마다 件 (모든) 사건마다.
: 일이나 사건을 낱낱이 모두 다 일컫는 말.

사소한 거 이거 하나, **사**소한 거 저거 하나, **건**드리고 또 **건**드린다.

사사오입 四捨五入

四 1, 2, 3, 4까지는 捨 버린다. 五 5부터 — 5, 6, 7, 8, 9는 入 들인다.
: 반올림 계산 방법이다.

사⑷까지는 **사**라져! **오**⑸ 이상만 **입**장해!

사상누각 沙上樓閣

沙 모래 上 위에 (지은) 樓 다락 閣 집.
: 위태로운 상황이다. 어느 사물이나 행동, 계획 등이 든든하지 못한 토대 위에 세워져서, 언제 무너질지 모르고 언제 무너져도 이상하지 않을 때 쓸 수 있는 표현이다.

사라질 거야. **상**실될 거야. **누**가 모래 위에 그렇게 쌓으래? **각**성해!

사상마련 事上磨鍊 전습록傳習錄

事 일상생활에서 일하면서 上 (그러한 생활 위에) 磨 갈고 鍊 달구면서 몸과 마음을 단련한다.
: 양명학陽明學의 방법론이다.

사색도 좋고 **상**상도 좋지만 **마**주치는 현실의 일 속에서 **련**(연)마하는 것 또한 좋지 않겠는가?

사생관두 死生關頭

死 죽느냐 生 사느냐 關 매달려 頭 꼭대기에 (매달려 죽느냐 사느냐 하는 중대한 국면).
: 생사가 달린 기로에 해당하는 대단히 위험한 국면을 가리키는 말.

사람의 **생**명을 **관**두어야 할지도 모를 **두**근두근한 순간.

사서오경 四書五經

四 네 가지 書 글 — 논어, 대학, 맹자, 중용 五 다섯 가지 經 경서 — 시경, 서경, 주역, 예기, 춘추.
: 옛 성현들의 말씀이나 행실 등이 담긴 책들이다.

사서 볼까? **서**적들이 **오**래된 **경**전들인데….

사석위호 射石爲虎 사기史記, 이장군열전李將軍列傳

射 쏜다 石 돌을 (쏜다.) 爲 삼아서 虎 범으로 (삼아서).
: 중석몰촉 中石沒鏃

사냥꾼이 **석**궁으로 명중시킨 건 **위**험한 **호**랑이인 줄 알았더니… 돌덩이였어!

사석음우 射石飮羽 사기史記, 이장군열전李將軍列傳

射 (호랑이인 줄 알고) 쏘아 石 돌을 (쏘아) 飮 머금을 정도로 羽 화살 깃을 (머금을 정도로) 화살이 돌에 깊이 박혀 버린다.
: 중석몰촉 中石沒鏃

사실이라고 믿기지 않네. **석**석 돌덩이를 꿰뚫었네. **음**… 착각도 있었지만, **우**와! 대단한 집중력이었네.

사숙 私淑 맹자孟子, 이루離婁 하편下編

私 사사로이 淑 사모한다.
: 직접적인 스승과 제자 관계는 아니지만, 존경하고 흠모하는 마음으로 누군가를 마음속에 스승으로 모시면서 학문에 힘쓰거나 수련하는 모습이다.

사모하는 마음으로 늘 그분 말씀을 **숙**고하며 섬겼습니다. 비록 직접적인 스승과 제자 사이는 아니었지만….

사실무근 事實無根

事 일이 터진다. 實 열매가 나온다. 無 없는데도 根 뿌리가 (없는데도).
: 근거 없는 헛소문을 가리킬 때 쓰이는 표현이다.

사실이라고 말하지만, **실**제로 **무**슨 **근**거도 없어.

ㅅ

사심불구 蛇心佛口

蛇 뱀의 心 마음 vs. 佛 부처의 口 입.
: 겉 다르고 속 다른 모양이다. 간사하고 악독한 마음을 품고서 자비롭고 선량하게 말하고 있다.

사악한 뱀 같은 **심**보에 **불**과해. 겉은 그렇게 꾸몄어도… **구**린내 나. 겉과 속이 달라!

사양지심 辭讓之心 맹자孟子, 공손추편公孫丑篇

辭 사양하고 讓 양보하는 之 그런 心 마음.
: 사단四端의 하나로 겸손하게 자신이 받지 않고 남에게 넘겨줄 줄 아는 마음을 일컫는 말.

사실 전 괜찮으니 **양**보할게요. **지**금 제 **심**정이 이래요.

사이비 似而非 논어論語, 양화편陽貨篇·맹자孟子, 진심盡心 하편下編

似 닮았다. 而 그러나 非 아니다.
: 사이비자 似而非者

사진을 찍은 듯 흡사해도 **이**면에 숨겨진 본질은 **비**슷한 구석이 하나도 없다.

사이비자 似而非者 논어論語, 양화편陽貨篇·맹자孟子, 진심盡心 하편下編

似 닮기는 而 했지만 非 (같진) 아니한 者 놈.
: 종교 관련 기사에서 우리가 많이 볼 수 있는 낱말이다. 진짜와 비슷해 보이는 가짜를 일컫는 말.

사실 가짜야. **이**거, 진짜랑 많이 **비**슷해서 **자**꾸 속을 만해.

사이후이 死而後已 제갈량諸葛亮, 후출사표後出師表

死 죽는다. 而 그리고 後 그 뒤에야 已 그친다.

: 죽고 나서야 끝낸다. 죽기 전까지는 끝낼 수 없다. 끝까지 해내겠다는 강렬한 의지를 표현한다.

사명감을 가지고 **이** 일을 끝까지 해낼 거야. **후**회 따위는 없도록 **이** 두 눈을 감는 그날까지.

사인여천 事人如天 천도교天道敎

事 공경하여 받들어 모시다. 人 사람을 (공경하여 받들어 모시다) 如 마치 ~인 것처럼 天 (마치) 한울님(인 것처럼).
: 모든 사람들이 다른 사람들을 신성시하고 받드는 자세로 임한다면 정말 살기 좋은 세상이 도래할 듯싶다.

사람을 섬기세요. **인**간 세상인 **여**기 이곳에서 **천**하제일은 사람이니까.

사자상승 師資相承 불교佛敎

師 스승이 資 (제자를) 도와 相 서로 承 (가르침을, 말씀을) 이어 나간다.
: 스승과 제자 사이에서 학문이나 기능 등의 가르침이 전승되는 모습이다.

사부님 왈, **자**, 스승의 가르침을 이해하겠느냐? **상**황에 맞게 앞으로 적용할 수 있겠느냐, **승**기야?

사자후 獅子吼 불교佛敎 유마경維摩經

獅子 사자의 吼 울부짖음 같은 (부처님의 말씀).
: 모든 생명이 있는 존재들이 두려워하며 순종하도록 하는 부처님의 카리스마 charisma 다.

사람들이 몰려든다. **자**신감 있게 토하는 나의 열변을 들으려고 **후**다닥 뛰어오는 사람들도 있다.

사제갈 주 생중달 死諸葛 走 生仲達 삼국지三國志, 촉지蜀志 제갈량전諸葛亮專

死 죽은 諸葛 제갈이 走 도망치게 한다. 生 살아있는 仲達 중달을 (도망치게 한다.)
: 죽은 제갈이 살아있다고 착각하고 적군인 중달이 도망쳤다는 이야기다. 죽은 자의 가공할 만한 위엄이 살아있는 사람들에게 생생히 전달되는 경우에 쓰이는 표현이다.

사실 **제**갈공명을 치러 **갈**까 했던 건데 **주**춤하고 **생**각을 바꿔 **중**단하고 **달**아나 버렸다.

사조지별 四鳥之別 공자가어孔子家語

四 네 마리 鳥 (새끼) 새들과 之 (어미가) 떠나가 別 헤어진다.
: 어머니와 자식 사이의 이별을 일컫는 말.

사랑하는 아들 **조**지가 **지**금 **별**안간 떠난다고 해서 슬픈 엄마.

사족 蛇足 전국책戰國策

蛇 뱀에다 足 발을 더한다.
: 화사첨족 畫蛇添足

사라졌어! 본질이 사라졌어! **족**히 만족했어야 했는데… 불필요한 것을 추가하는 바람에….

ㅅ

사중구생 死中求生 후한서後漢書

死 죽는 中 가운데 求 구한다. 生 삶을 (구한다.)
: 사중구활 死中求活

사선을 넘겼지. 전투 **중**에 흔한 일이었지. 전우의 생명도 **구**했지. 생사를 함께했던 기억이 **생**생하구만….

사중구활 死中求活 후한서後漢書

死 죽는 中 가운데 求 구한다. 活 삶을 (구한다.)
: 생명이 위협받는 상황에서 활로를 개척하는 모양이다.

사경을 헤매던 **중**대한 순간에 **구**사일생으로… **활**력을 되찾기로….

사중우어 沙中偶語 사기史記, 유후세가留侯世家

沙 모래밭 中 가운데에서 偶 짝을 지어, 무리 지어 語 역적을 꾀하는 말들을 나눈다.
: 반역을 모의하는 현장이다.

사람들이 몰래 모여 **중**앙을 장악할 쿠데타를 계획한다. **우**리끼리 다 해 먹자고… **어**디 한 번 왕 노릇 해 보자고….

사지 四知 후한서後漢書, 양진전楊震傳

四 넷이 知 알고 있다.
: 청렴결백한 관리가 뇌물을 거부하며 말한다. 아무도 모른다니? 하늘이 알고, 땅이 알고, 당신이 알고, 자신이 알고 있다면서. 하늘 아래 비밀은 없다는 뜻으로 쓰인다.

사방팔방에 눈과 귀가 있다. **지**금 우리 둘만 있다고 비밀이 되는 것은 아니다.

사친이효 事親以孝 원광圓光, 세속오계世俗五戒

事 섬길 때는 親 어버이를 (섬길 때는) 以 ~로써 孝 효도(로써 섬긴다.)

: 세속 오계의 내용으로 어버이를 섬김에 있어 효도를 강조한다.

사랑해요. **친**부모님, (…엄마 아빠) **이**렇게 **효**도할께요.

사통오달 四通五達

四 사방으로 通 통해 있어 五 다섯 군데 모두 ― 한가운데와 동쪽, 서쪽, 남쪽, 북쪽 達 도달한다.
: 여러 갈래로 나 있는 도로, 이리저리 분포되어 있는 교통로, 정보 체계 등이 서로 이어져 맺어지는 짜임새를 형용한다.

사람이 다니는 곳이라면 어디든 **통**화가 가능한 **오**늘날의 통신망. 어디든 통한다며 **달**콤하게 유혹하는 통신 기기들.

사통팔달 四通八達

四 사방으로 通 통해 있어 八 팔방으로 達 도달한다.
: 사통오달 四通五達

사방팔방 **통**하는 교통 통신망, **팔**도강산 어디든 **달**려가누나.

사필귀정 事必歸正

事 일은 必 반드시 歸 돌아간다, 마무리된다. 正 바르게 (돌아간다, 마무리된다.)
: 만사가 끝에 이르러서는 (특히 부정적인 상황들이 해소되면서) 바르게 귀결된다는 뜻이다.

사람 일이란 **필**히 바른 결과로 **귀**결되기 마련이야. **정**말이야!

사하지청 俟河之淸 춘추좌씨전春秋左氏傳, 양공襄公 8년조年條

俟 기다린다 河 (황하의) 之 물이 淸 맑아지기를 (기다린다.)
: 이루어질 가능성이 없는 일이 이루어지기를 바라며 기다리는 모양이다.

사실 그런 일은 생기지 않아. **하**루 이틀 기다리는 것도 **지**금 아까워. **청**승 떨지 말고 포기해!

사해형제 四海兄弟 논어論語, 안연편顔淵篇

四 모든 海 바다에 (사는 모두가, 온 세상이) 兄 형과 弟 아우 (같은 사이다.)
: 여기서 형제는 우애가 돈독한 형제를 가정한 것으로 보인다. 현실 속의 형제들이 꼭 사이가 좋으란 법은 없으니 말이다.

사방팔방 온 세계 사람들아! **해**맑게 웃으며 외칩니다: 우리 모두는 **형**제! **제**대로 가족!이라고.

사회부연 死灰復燃 사기史記, 한장유열전韓長孺列傳

死 죽어서 생기가 없던 灰 재가 復 다시 燃 불타오른다.
: 잃었던 권력이나 세력을 다시 회복하는 모양이다.

사그라들 듯한 생명의 불꽃이 **회**오리바람과 함께 **부**활의 **연**기를 내뿜는다.

사후약방문 死後藥方文 순오지旬五志

死 죽은 後 뒤에 藥 약을 方 처방하는 文 글을 (쓴다.)
: 때늦은 노력을 하고 있다. 후회해도 소용없는 상황이다.

사건이 다 종결된 **후**에 후회해 봤자 **약**만 오를 뿐. **방**법을 뒤늦게 찾는다고 **문**제가 해결되나?

삭주굴근 削株堀根 전국책戰國策, 진책秦策

削 깎아내고 株 그루터기를 (깎아내고) 堀 파낸다 根 뿌리를 (파낸다.)
: 재앙이 될 근본 원인을 제거한다는 뜻이다.

삭막한 세상을 만드는 범죄의 **주**범들이 우리 사회에 **굴**러 들어오지 못하도록 해주세요! **근**처에 얼씬도 못하도록 해주세요!

산명곡응 山鳴谷應 소식蘇軾, 후적벽부後赤壁賦

山 산이 鳴 울면 谷 골짜기가 應 맞장구친다.
: 메아리가 산과 골짜기에 부딪쳐 울리는 풍경이다.

산이 **명**랑하게 부르는 **곡**에 맞춰 **응**답하는 골짜기.

산상보훈 山上寶訓 신약성경新約聖經, 마태복음편馬太福音篇

山 산 上 위에서 (예수가 설파한) 寶 값진 訓 가르침.
: 기독교인들의 지침으로 널리 인용되는 예수의 가르침을 가리키는 말.

산에서 **상**당히 **보**배로운 **훈**화 말씀을 듣다.

산자수명 山紫水明

山 산은 紫 자줏빛 — 경치 좋다! 水 물은 明 맑은 빛 — 경치 좋다!
: 아름다운 산수 경개를 형용한다.

산이 고운 **자**태로 그 빛을 뽐낸다. **수**질까지 깨끗한 풍경이 **명**화에 담길 만하다.

산전수전 山戰水戰 손자孫子, 모공편謀攻篇·유기劉基, 백전기략百戰奇略

山 산에서도 戰 싸워 봤고 水 물에서도 戰 싸워 봤다.
: 인생에서 웬만큼 험한 일은 다 겪어 봤다는 뜻이다.

산, 들, 바다 어디든 **전**쟁을 치르지 않은 곳이 없소. **수**준이 이 정도라오. **전** 겪을 고생은 다 겪었단 말이오.

산지사방 散之四方

散 흩어져 之 가버린다 四 네 가지 方 방향으로, 모든 방향으로.
: 산산이 흩어져 퍼지는 모양이다.

산산이 흩어져. **지**금 위치에서 **사**방으로… **방**향은 어디로든….

산해진미 山海珍味 위응물韋應物의 시 장안도長安道

山 산에서 캐오고 海 바다에서 잡아들인 珍 온갖 보배로운 味 맛 좋은 음식들.
: 즐비하게 차려진 갖가지 값지고 귀한 음식들을 일컫는 말.

산에서 난 음식이랑 **해**산물로 **진**수성찬이로구나. **미**감 완전 충족! ♬♪

살생유택 殺生有擇 원광圓光, 세속오계世俗五戒

殺 죽일 때에는 生 생명을 (죽일 때에는) 有 있어야 한다. 擇 가려서 (죽임이 있어야 한다), 함부로 죽여서는 아니 된다.
: 세속 오계의 내용으로 살생은 부득이한 경우에만 하여야 함을 강조한다.

살려줄 것과 **생**명을 없앨 것을 **유**심히 살펴 **택**하라.

살신성인 殺身成仁 논어論語, 위령공편衛靈公篇

殺 죽여서라도 身 (자신의) 몸을 (죽여서라도) 成 이루어낸다. 仁 어진 도리를 (이루어낸다.)
: 자신의 목숨을 바쳐서라도 덕과 선의 근본을 지키는 모습이다.

살을 찢는 **신**체의 고통을 겪을지라도 **성**취하겠다, **인**간이 이루어야 할 바른 도리를.

삼고초려 三顧草廬 삼국지三國志, 촉지蜀志 제갈량전諸葛亮專

三 (유비가) 세 번이나 顧 방문한다. 草 풀로 지붕을 이은 廬 (제갈량의) 오두막집을 (세 번이나 방문한다.)
: 인재를 얻기 위해 인내심을 발휘하며 정성을 다하는 모습이다.

삼세번 **고**!Go! 고!Go! 고!Go! **초**대하려고!Go! 인재를 영입하려고!Go! **려**(여)력을 다하고!Go!

삼년불비 三年不蜚 사기史記, 골계열전滑稽列傳·여씨춘추呂氏春秋, 심응람審應覽

三 삼 年 년 동안 不 아니한다. 蜚 날지 (아니한다.)
: 삼년불비우불명 三年不飛又不鳴

삼세번 **년**(연)말을 맞이했도다. **불**러도 대답하지 않았던 이유는 **비**상의 날개를 펼치기 위함이니라.

삼년불비우불명 三年不飛又不鳴

사기史記, 골계열전滑稽列傳·여씨춘추呂氏春秋, 심응람審應覽

三 삼 年 년 동안 不 아니하고 飛 날지도 (아니하고) 又 또한 不 아니한다. 鳴 울지도 (아니한다.)
: 훌륭한 인물이 아무 소리도 내지 않고 날지도 않고 있다. 그 이유가 무엇일까? 지금이 기간은 더 큰 소리를 내고 더 높이 날아오르기 위한 준비 기간이기 때문이다.

삼가야 했다, **년**(연)이어 연달아 **불**필요한 행동들을. **비**웃음 당하고 **우**둔해 보여도 어쩔 수 없었다. **불**쌍한 처지를 감내했다. **명**백히 나서야 할 때가 올 때까지!

삼단논법 三段論法

三 세 개의 段 층계로 구성된 論 논리 法 기법.
: 대전제라는 첫 번째 계단을 밟고 소전제라는 두 번째 계단을 밟아 결론이라는 세 번째 계단에 오른다.

삼국지 소설은 영웅들을 주인공으로 한다. **단**호한 조조는 이 소설의 주인공이다. **논**리적으로 그렇다면 조조는 영웅이다. 이 **법**칙은 이렇게 전제 둘, 결론 하나입니다.

삼라만상 森羅萬象 불교佛教 법구경法句經

森 빽빽이 羅 벌이어 놓은 萬 대단히 많은 象 형상.
: 우주 안에 있는 갖가지 모든 것을 가리키는 말.

삼는다, 호기심의 대상으로. **라**(나)에겐 **만**물이 경이로워 **상**상의 원동력이 된다.

삼령오신 三令五申 사기史記, 손자오기열전孫子吳起列傳

三 (군대에서) 세 번 令 지휘하여 명령하고 五 다섯 번 申 거듭 명확하게 알려준다.
: 군대의 명령이 반복적으로 이루어지는 모양이다.

삼십 번 반복! **령**(영)혼에 입력될 때까지… **오**십 번 또 반복! **신**속히 명령 수행될 때까지….

삼면육비 三面六臂

三 세 개의 面 낯, 얼굴 六 여섯 개의 臂 팔.
: 팔면육비 八面六臂

삼만 명의 지혜를 모아놓은 듯한 **면**모로다. **육**체는 하나인데 혼자서 여러 명이 할 일들을 감당하는 **비**범한 능력을 보이는구나!

삼불혹 三不惑 후한서後漢書

세 가지 不 아니 될 것 惑 홀려서는 (아니 될 것).
: 술 마시기, 여자의 육체, 재물에 대한 욕심이다. 유혹이 될 만한 세 가지를 제시한 표현이다.

삼가시오. **불**타는 금요일이라고… 술을 자제하시오. **혹**시 탐욕스럽게 이성을 원한다면 그것도 좀 자제하시오.

삼삼오오 三三五五 이백李白, 채연곡採蓮曲

三 세 사람씩 (여기저기 떼를 지어) 三 세 사람씩 (여기저기 떼를 지어) 五 다섯 사람씩 (여기저기 떼를 지어) 五 다섯 사람씩 (여기저기 떼를 지어).
: 셋이나 넷쯤, 아니면 대강 어림쳐서 다섯이나 여섯쯤 되는 사람들이 떼로 몰려다니거나 모여 있는 모양이다.

삼아, 동무 삼아, 셋씩 다섯씩 **삼**아, 일행 삼아, 셋씩 다섯씩 **오**고 가고, **오**고 가네.

삼성오신 三省吾身 논어論語, 학이편學而篇

三 (하루에) 세 번 省 살핀다. 吾 자기 身 자신을 (살핀다.)
: 자신의 생각과 행실을 되새기며 성찰하는 것이 습관화된 모습이다.

삼동이는 하루에 세 번씩 자신을 **성**찰해. 하루 세 번 일기를 쓰거든. **오**랜 습관이야. **신**중하게 자신을 돌아보는 아이야.

삼순구식 三旬九食

三旬 열흘이 세 번, 즉 서른 날에 九 아홉 번 (겨우) 食 끼니를 때우며 (굶주리며 사는 가난한 삶).
: 매우 가난하여 며칠씩 굶으며 사는 모양이다.

삼시 세끼 먹기 힘들어! **순**전히 물만 먹을 때도 많고, **구**릿빛 꾀죄죄한 **식**기 만질 일이 드무네.

삼십육계 주위상책 三十六計 走爲上策

병법兵法 삼십육계三十六計 중中 패전계敗戰計·자치통감資治通鑑

三十六計 서른여섯 가지 싸움의 기법 가운데에서 走 달려 줄행랑치는 것이, 도망가는 것이 爲 된다. 上策 으뜸가는 꾀가 (된다.)
: 달아나는 것을 으뜸가는 책략으로 꼽는 표현이다.

삼가 아뢰옵니다. **십** 이십 삼십 하고도 **육**을 더한 **계**책들 중에 **주**인공인, **위**에서 일등인 계책은 **상**황을 봐서 튀는(도망가는) 것으로서 **책**임감에 있어서는 꼴등인 책략이옵나이다.

ㅅ

삼위일체 三位一體

三 세 개의 位 자리에서 (각각) 一 한 體 몸처럼 (작동하고 기능한다, 역할을 수행한다.)
: 세 가지의 구성 요소가 조화롭게 하나로 어울리는 모양이다.

삼권 분립: **위**상은 다르지만 **일**반적으로 서로 견제하며 **체**계의 균형을 도모한다.

삼익지우 三益之友 논어論語, 계씨편季氏篇

三 세 가지 益 이로움을 之 주는 友 벗(의 유형).
: 익자삼우 益者三友

삼고 싶다. **익**히 들어온 유익한 벗으로 삼고 싶다. **지**식, 정직, 성실이 빛나는 **우**정을 찾고 싶다.

삼인문수 三人文殊

三人 세 사람이 (머리를 맞대고 궁리하면) 文殊 문수보살의 지혜가 떠오른다.
: 집단 지성이 힘을 발휘하는 순간이다.

삼만 명도 필요 없다. 딱 세 명만 모여 **인**간의 두뇌 가동하면 **문**수보살님도 **수**긍할 지혜가 나온다.

삼인성호 三人成虎 전국책戰國策, 위책魏策·한비자韓非子, 내저설內儲說 상편上篇

三 세 人 사람이 成 조작한다. 虎 범이 나왔다는 (헛소문을 조작한다.)
: 거짓말도 여러 사람이 입을 모으면 진실이라고 믿게 된다는 뜻이다.

삼지 마, 증거로. **인**간들 여럿이 인정했다는 이유만으로…. **성**찰한 다음에 **호**통쳐! 만일 그들이 틀렸다면….

삼인행 필유아사 三人行 必有我師 논어論語, 술이편述而篇

三 세 人 사람이 行 다니면 必 반드시 (그 안에) 有 있다. 我 나의 師 스승이 (있다.)
: 배움의 자세로 타인을 본보기로 삼아, 따라야 할 것은 따르고 경계하여 바로잡아야 할 것은 바로잡는다는 뜻이다.

삼아라! **인**간 대 인간으로 **행**동과 정신의 스승으로 삼아라! **필**요한 것은 **유**심히 사람들의 말에 귀 기울여 **아**주 좋은 말씀을 **사**려 깊게 변별하는 능력이다.

삼자정립 三者鼎立 관자管子

三 세 者 놈이 鼎 솥(을 받치는 세 개의 다리처럼) 立 서 있다.
: 정족지세 鼎足之勢

삼각 관계: **자**신의 세력을 뽐내며 **정**자세로 서로서로 째려보며 **립**(입)지 한다.

삼종지도 三從之道 열녀전列女傳, 노지모사편魯之母師篇

三 (여성의 삶에서) 세 가지 從 좇아 之 가야 할 道 길.
: 처음에는 아버지를, 시집가서는 남편을, 나중에는 아들을 좇아야 한다는 말이다.

삼으셨소? 여성을 **종**으로 삼으셨소? **지**금 관점으로는 **도**저히 용납할 수 없소!

삼척동자 三尺童子

三 (키가) 석 尺 자 (≒ 90센티미터)인 童子 어린아이.
: 아직 철이 없는 어린애를 일컫는 말.

삼 더하기 삼은? 육이요! **척** 대답하는 어린 아이. **동**그란 얼굴로 **자**신 있게.

삼천갑자 동방삭 三千甲子 東方朔

三千甲子 180,000년을 산 東方朔 동방삭이라는 사람.
: 장수의 대명사.

삼천 년? 흥! **천** 년 만 년? 흥! **갑**절 몇 갑절 **자**랑할 만한 수명! **동**양 최고, 세계 최고! **방**긋 몇 살? **삭**신이 쑤셔도 18만 년은 거뜬!

삼천지교 三遷之教 열녀전列女傳

三 세 번을 遷 옮겨 之 간다. 教 (자식을) 가르칠 (알맞은 교육 환경을 찾아서).
: 맹자 어머니의 교육열. 묘지 근방으로 이사했더니 맹자가 곡소리를 따라 한다. "여기는 아니구나." 다시 시장 근방으로 이사했더니 맹자가 장사꾼을 따라 한다. "여기도

아니구나." 마지막으로 서당 근방으로 이사했더니 맹자가 예법에 따라 행동한다. "여긴가 보구나." 교육에 있어서 양육 환경이 중요하다는 뜻으로 쓰인다.

삼세번 이사해, **천**지가 교육의 **지**상 낙원인 곳으로! **교**육 열기 뿜어져 나오는 곳으로!

삼촌지설 三寸之舌 사기史記, 평원군열전平原君列傳

三 세 寸 치 ≒ 9센티미터 之 길이의 舌 혀.
: 말솜씨가 뛰어나 백만 명의 적군을 압도할 수 있을 정도다. 탁월한 언변을 가리키는 말.

삼촌은 **촌**구석 출신이지만 **지**역 토론 대회에서 우승할 정도로 **설**득력 있는 화술을 구사해.

삼추지사 三秋之思 시경詩經

三 (하루에) 세 번의 秋 가을이 (지나가는 듯이) 之 (그리워하는) 思 생각.
: 일일삼추 一日三秋

삼룡이는 마음을 **추**스르기 힘들다. 천한 신분으로 **지**금 아씨를 **사**모하고 있다.

삼한갑족 三韓甲族

三韓 우리나라에서 역사적으로 甲 가문의 신분이 높은 族 일가.
: 여러 대에 걸쳐서 사회적 신분이나 지위가 높은 가문을 가리키는 말.

삼대에 걸쳐, 아닌가, 몇 대에 걸쳐 **한**마디로 **갑**질하는 **족**속이란 얘기죠.

상가지구 喪家之狗 공자가어孔子家語·사기史記, 공자세가孔子世家

喪 장례 치르는 家 집에서 之 (얼쩡거리는) 狗 개.
: 지치고 초라한 몰골을 빗댄 표현이다.

상태가 좋아 보이지 않는다. **가**진 것도 **지**극히 초라하고 **구**차해 보이는 행색.

상간복상 桑間濮上 예기禮記, 악기樂記

桑 뽕나무 間 사이에서 (울려 퍼지는 음탕한 음악) 濮 복수라는 강 上 앞에서 (흘러나오는, 나라를 망하게 할 음악).
: 나라를 망치는 음탕하고 난잡한 음악을 가리키는 말.

상종하기 꺼려지는 **간**악하고 **복**잡한 음악이로구나! **상**대하기에는 너무 음란하도다.

ㅅ

상궁지조 傷弓之鳥 전국책戰國策, 초책楚策

傷 다친 (적이 있는) 弓 활쏘기로 (다친 적이 있는) 之 (그런) 鳥 새.
: 화살에 맞아 다친 경험이 있는 새가 활시위 튕기는 소리만 듣고도 놀라 떨어진다는 이야기다. 끔찍한 경험이 트라우마로 작용하여, 유사한 경험을 다시 겪을 때 심리적 위축과 공포의 감정을 불러일으키는 경우다.

상상이 되거든, **궁**지에 몰렸던 그때가. **지**금 그래서 **조**금… 두려워.

상덕부덕 上德不德 노자老子, 도덕경道德經

上 으뜸가는 德 덕은 不 아니다. 德 (인위적으로 내세우는) 덕이(아니다.)
: 무위無爲로써 더욱 진실된 덕을 실천할 수 있다는 역설적 진리가 담긴 표현이다.

상관 안 해, **덕**이 존재하는지 **부**재하는지. **덕**은… 진짜 덕은 그런 거야.

상루하습 上漏下濕 장자莊子

上 위로 漏 새는 빗물 下 아래로 濕 축축한 습기.
: 가난한 집을 묘사하고 있다.

상당히 가난한 집안 모양 **루**(누)수로 새는 빗물, **하**염없이 **습**기가 차오르는 집안 공기.

상마지교 桑麻之交

桑 뽕나무를 (친구로) 麻 나무를 (친구로) 之 (그렇게) 交 (은둔자로서) 시골 사람들과 사귄다.
: 전원생활을 하며 농촌 사람들과 어울려 지내는 모습을 비유한 표현이다.

상황이 어떻습니까? **마**무리 작업만 하믄 됩지유. **지**금껏 수고 많으셨네요. **교**대할 건데 막걸리 드시러 오시지유.

상명지통 喪明之痛 사기史記, 중니제자열전仲尼弟子列傳·예기禮記, 단궁檀弓 상편上編

喪 잃을 (정도로) 明 시력을 (잃을 정도로) 之 슬픈 痛 아픔.
: 울다 눈이 멀 지경에 이른다. 자식을 잃은 부모의 상심을 표현한다.

상심은 커져만 갔다. **명**랑했던 아이의 **지**난날 생전 모습이 떠올라 **통**증은 더욱 커졌다.

상병벌모 上兵伐謀 손자孫子, 모공편謀攻篇

上 으뜸가는 兵 싸움의 기술은 伐 무너뜨리는 것이다. 謀 (적의) 계책을 (무너뜨리는 것이다.)
: 무력을 동원하여 치고받고 싸우지 않고 승리를 거머쥐는 것을 의미한다.

상위 **병**법은 싸우지 않고 **벌**써 이기는 거야. **모**의(계략)를 분쇄해서….

상봉지지 桑蓬之志

桑 뽕나무 (활과) 蓬 쑥대 (화살에) 之 담은 남자의 志 (큰) 뜻, 야망.
: 상호봉시 桑弧蓬矢

상대하겠다. 세상아, **봉**을 휘두르듯 너희들을 **지**휘하겠다. 사내대장부로 **지**닌 뜻을 펼쳐내겠다.

ㅅ

상분지도 嘗糞之徒 서언고사書言故事

嘗 맛보면서 糞 남의 똥까지 (맛보면서) 之 (아부하는) 徒 무리들.
: 염치없는 아첨배를 가리키는 말. 보는 사람이 더러워서 구역질을 할 만한 비유를 든 표현이다.

상당히 맛있니, **분**뇨가? **지**나친 아첨, **도**대체 어쩔 거냐?

상산구어 上山求魚

上 올라 山 산에 (올라) 求 구한다. 魚 물고기를 (구한다.)
: 연목구어 緣木求魚

상 타려고? 경시대회에서? **산**수도 못하고 **구**구단도 못 외우면서? **어**처구니가 없구나!

상산사세 常山蛇勢 손자孫子, 구지편九地篇

常山 상산에 사는 蛇 솔연이라는 뱀이 勢 내뿜는 기운.
: 뱀의 머리와 꼬리와 몸통이 (공격하고 방어할 때) 서로서로를 돕듯이 전체가 유기적으로 작동하는 조직체나 전체가 짜임새 있게 구성된 문장을 나타낸다.

상하좌우 모든 구조가 **산**(살아 있는) 유기체처럼 **사**실적으로 엮이고 엮여 **세**력을 과시한다.

상선벌악 賞善罰惡 천주교天主敎

賞 상을 주고 善 착하면 (상을 주고) 罰 벌을 주고 惡 나쁘면 (벌을 주고).
: 선인과 악인을 차등적으로 대우하고 있다.

상 줄께 일루 와, **선**한 사람들아. **벌** 줄께 일루 와, **악**한 사람들아.

상수여수 上壽如水

上 첫째로 壽 목숨을 오래 유지하는 길은 如 같이 (사는 것이다.) 水 물과 (같이 사는 것이다.)

: 흐르는 물과 같은 삶을 장수의 비법으로 제시한 표현이다.

상류로 거스를 **수** 없는 물은 아래로만 흐릅니다. 그것을 자신의 도리로 **여**기니까요. 이 물처럼 도리에 맞게 살면 우린 건강하게 오래 살 **수** 있습니다.

상시지계 嘗試之計

嘗 (타인의 생각을) 맛보기 위한 試 (타인의 생각을) 살피기 위한 之 (그런) 計 술책.
: 다른 사람이 무엇을 바라는지, 무슨 생각을 속으로 품고 있는지 등을 알아내기 위하여 떠보는 꾀를 일컫는 말.

상당히 궁금한데 **시**험해 봐야지, **지**금 저 사람 머릿속에 **계**획이 무엇인지.

상아탑 象牙塔 구약성경舊約聖經, 시편詩篇

象 코끼리 牙 어금니(로 만든) 塔 탑.
: 학문이나 예술 영역에서 때 묻은 속세를 벗어난, 고고한 이미지를 구현한다. 좋게 해석하면 순수하다고 보고, 나쁘게 비판하면 현실을 도피한다고 여겨지는 두 얼굴을 가지고 있다.

상징적 의미는 **아**주 순수한 학문만 하는 **탑** 오브 탑Top Of Tops— 탑 중의 탑 — 최고의 탑이지.

상우방풍 上雨旁風

上 위로는 雨 빗물이 뚝뚝 떨어지고 旁 곁에선 風 바람이 휭휭 불어대는 — 낡은 집.
: 비도 못 막고 바람도 들이치는 헌 집을 형용한다.

상당히 허름한 **우**리집. **방**안에 비 떨어지고… **풍**풍 바람 날리고….

상의하달 上意下達

上 위의 意 뜻이 下 아래로 達 다다른다.
: 하향식top-down 방식의 의사 전달 체계.

상의하는 '쌍방향' **의**사 표현이 아니라 **하**류로 물 흐르듯 **달**성되어야 할 '일방향' 의사 전달 방식이야.

상전벽해 桑田碧海 갈홍(葛洪), 신선전神仙傳·유정지劉廷芝, 대비백발옹代悲白髮翁

桑 뽕나무 田 밭이 碧 푸른 海 바다가 (된다.)
: 세상이 크게 바뀌어, 보고도 제대로 알아차리지 못할 정도일 때 쓰는 표현이다.

상태가 **전**과는 완전히 달라졌어! 허허 벌판이 콘크리트 **벽**으로 둘러싸인 풍경으로… **해**도 해도 진짜 이렇게 변할 수 있는 거야?

상중지희 桑中之喜 시경詩經

桑 뽕나무 中 가운데에서 之 (남녀가 몰래 만나는) 喜 기쁨.
: 남녀의 은밀한 만남을 가리키는 말. 퇴폐적인 경우일 수도 있다.

상스럽다고 남들이 뭐라 해도 **중**요한 건 **지**금 너와 내가 **희**망하는 그것.

ㅅ

상탁하부정 上濁下不淨

上 윗(물)이 濁 더러우면 下 아랫(물)도 不 아니하다. 淨 깨끗하지 (아니하다.)
: 꼭뒤에 부은 물이 발뒤꿈치에 내리고 윗물이 맑아야 아랫물도 맑다. 위계질서에서 상위 계층의 역할과 의무를 강조한 표현이다.

상류가 **탁**하면 **하**류도 **부**패하지. **정**말 당연한 이치지.

상호봉시 桑弧蓬矢

桑 뽕나무(로 만든) 弧 활로 (쏜다.) 蓬 쑥대(로 만든) 矢 화살을 (쏜다.)
: 갓난 사내아이가 대성하기를 바라는 마음을 담아 활과 화살을 만들어 쏜 풍속에서 유래한 표현이다. 남자가 큰 뜻을 세운다는 뜻으로 일반적으로 해석한다.

상대하겠다. **호**랑이라도 나의 **봉**이 될 정도로 **시**시한 존재로 만들겠다.

상호부조 相互扶助

相 서로 互 서로 扶 돕고 助 돕는다.
: 서로서로 거들거나 보살피는 모습이다.

상대방과 **호**의적으로 서로 **부**탁 주고받고, **조**력 주고받고.

상화하택 上火下澤 주역周易, 화택규괘편火澤睽卦篇

上 위로는 火 불 vs. 下 아래로는 澤 물, 연못.
: 서로 어울릴 수 없는 두 속성이 대치한 국면이다. 사회 집단들 사이가 서로 벌어지고 갈리고 나뉠 때, 이러한 행태를 비판하기 위해 쓰인다.

상생은 커녕 **화**근인 불화만 잔뜩! **하**나 되어 공존공영하잔 말이 **택**(턱)도 없는 헛소리로 들려.

새옹지마 塞翁之馬 회남자淮南子, 인간훈편人間訓篇

塞 변방 翁 늙은이에게 之 (생긴) 馬 말 (이야기).
: "영감님, 말이 도망이 버렸네요." 사람들이 불쌍히 여긴다. "글쎄요, 이게 과연 나쁜 일일까요?" 영감은 태연하다. "영감님, 말이 더 좋은 말과 함께 돌아왔네요." 사람들이 기뻐하며 축하한다. "글쎄요, 이게 과연 좋은 일일까요?" 영감은 무감각하다. "영감님,

아드님이 그 말을 타다 다리를 다쳤네요." 사람들이 불쌍히 여긴다. "글쎄요, 이게 과연 나쁜 일일까요?" 영감은 무관심하다. "영감님, 아드님은 그 다리 때문에 징집에서 빠졌네요. 목숨을 구했네요." 끝없이 펼쳐지는 반전 드라마다. 섣부른 판단은 자제하자. 좋은 일이 끝까지 좋은 일이 아닐 수도 있고, 나쁜 일도 언제 좋은 일로 둔갑할지 알 수 없다는 인생의 교훈이 담긴 표현이다.

새 도끼 얻었잖아. 금도끼, 은도끼를 얻고 좋은 일이 생겼잖아. **옹**달샘에 도끼를 빠뜨렸다고 안 좋은 줄 알았는데 그게 아니었잖아? **지**나봐야 알아. 그러니까 **마**침표를 미리 찍지 마! 마침표는 나중에 찍어도 돼.

색즉시공 공즉시색 色卽是空 空卽是色 불교佛敎 반야심경般若心經

色 빛깔이 있는 것들은, 형체가 있는 것들은 卽 곧 是 이렇게 空 비어 있는 것이다. 실체가 없는 것이다. 空 비어 있는 것은, 실체가 없는 것은 卽 곧 是 이렇게 色 빛깔이 있는 것들이다. 형체가 있는 것들이다.
: 무형의 영역과 유형의 영역이 서로의 세계를 넘나들면서 보다 선명한 실체가 역설적으로 드러난다.

색깔이 **즉**시 보인다고 **시**각을 너무 믿지 마! **공**기처럼 보이지 않는 진리가 있어. **공**기처럼 보이지 않는 세계는 **즉** 우리 눈엔 보이지 않는 세계라고 **시**각적으로 포착하려는 노력을 포기해서도 안 돼! **색**깔처럼 분명히 볼 수 있는 세계니까.

생구불망 生口不網

生 살아 있는 口 입에 不 아니한다. 網 그물을 치지 (아니한다.)
: 산 입에 거미줄 치랴. 인간은 고난이 닥쳐와도 어떻게든 살아간다는 뜻이다.

생명은 유지된다. **구**차해도… **불**리해도… **망**가져도….

생면부지 生面不知

生 태어난 이후 面 (처음 보는) 낯을 대면한다. 不 못하는 知 알지 (못하는 처음 보는 낯을 대면한다.)
: 전혀 모르는 낯선 사람을 가리키는 말.

생전 **면**전에서 본 일이 없어 **부**스러기만큼의 **지**식도 없는 사람.

생멸멸이 生滅滅已 불교佛敎 대반열반경大般涅槃經

生 생겨나는 일 자체가 滅 사라지는 일 자체가 滅 꺼지고 已 끝난다.
: 생사를 변별하는 마음이 사라지면서 열반의 경지에 들어서는 과정이다.

생기는 것도 **멸**하고, **멸**하는 것도 **이**와 마찬가지로 멸하고.

생사여탈 生死與奪 한비자韓非子, 삼수편三守篇

生 살리고 싶으면 살리고 死 죽이고 싶으면 죽이고 與 주고 싶으면 주고 奪 뺏고 싶으면 빼앗고.
: 생살여탈 生殺與奪

생명을, **사**람 목숨을 아주 우습게 **여**기는 **탈**법적 권력 기관의 횡포.

생사육골 生死肉骨 춘추좌씨전春秋左氏傳, 양공襄公 22년조年條

生 살려주는 (크나큰 은혜) 死 죽었던 목숨 (살려주는 크나큰 은혜) 肉 살이 붙는 듯한 (크나큰 은혜) 骨 뼈에 (살이 붙는 듯한 크나큰 은혜).
: 크나큰 은혜를 과장하여 표현한 말이다.

생명을 구해주셨지. **사**살될 뻔했는데 **육**이오 전쟁 때 그 **골**짜기 전투에서 말이야.

생살여탈 生殺與奪 한비자韓非子, 삼수편三守篇

生 살리고 싶으면 살린다. 殺 죽이고 싶으면 죽인다. 與 주고 싶으면 준다. 奪 뺏고 싶으면 빼앗는다.
: 사태를 장악하여 제멋대로 좌지우지하는 모양이다.

생기를 잃은 채 **살**려 달라고 변사또에게 외치는 **여**인, 춘향이. **탈**옥은 꿈도 못 꾼 채….

생생세세 生生世世 불교佛教

生 (다시 태어나) 살고 生 (거듭하여 다시 태어나) 산다. 世 (다음) 세상에서 世 (거듭하여 다음) 세상에서.
: 환생이 계속 이루어진다는 뜻이다.

생명의 불이 꺼지면서 **생**명의 불이 다시 켜진다. **세**상에서 사라지며 **세**상에서 나타난다.

생이지지 生而知之 논어論語, 계씨편季氏篇

生 나면서부터 而 (선천적으로) 知 안다, 앎을 터득한다 之 배우지 않아도 깨달은 내용을 (안다.)
: 후천적으로 학습하지 않고 자연적으로 아는 모양이다.

생기면서부터 아는 지식이지. **이**런 **지**식은 **지**당한 거지.

생자필멸 生者必滅 불교佛教

生 태어난 者 놈은 必 반드시 滅 꺼진다.
: 절대자의 관점에서 보면, 부질없는 인간 세상의 유한적이고 가변적인 속성이다.

생겨난 것은 **자**연스럽게 **필**연적으로 **멸**망한다.

생전부귀 사후문장 生前富貴 死後文章 소식蘇軾의 시 박박주이수薄薄酒二首

生 살면서 前 나아갈 때는 富 부유하고 貴 신분이 높은 것들이 (중요하지만) 死 죽고 난 後 다음에는 文 글이 (남을 뿐이고) 章 (그) 문장이 (중요하다.)
: 생전과 사후의 우선순위를 각각 다르게 두고 있다. 단명하는 부귀에 비하여 문장이 훨씬 장수한다고도 볼 수 있다.

생활의 **전**부는 **부**자 되기, **귀**중한 건 물질세계! vs. **사**실 **후**세까지 남을 건 **문**장! **장**소, 시간을 불문하고 빛날 문장!

생지안행 生知安行 중용中庸

生 선천적으로 知 사리를 판단하면서 安 편안하게 行 실천하며 다닌다.
: 태어날 때부터 이미 이치를 깨닫는 안목을 갖추고 있어 수월하게 그 이치를 지켜 나가는 모습이다.

생긴 대로 **지**식과 인격을 갖춘 채 **안**락하게, 떳떳하게 **행**동한다.

서간충비 鼠肝蟲臂 장자莊子

鼠 쥐의 肝 간 (같은 것) 蟲 벌레의 臂 팔 (같은 것).
: 쓸 만한 가치가 없고 보잘것없는 존재를 가리키는 말.

서울대 **간**다고 준비하는 전교 1등에게 **충**고한답시고 **비**법을 전수하겠다고 전교 꼴등이 하는 얘기들.

서기지망 庶幾之望

庶 거의 (이루어질 듯한) 幾 거의 (이루어질 듯한) 之 (그런) 望 바람, 희망.
: 거의 뜻한 대로 될 희망을 일컫는 말.

서너 시간만 **기**다리면… 기다리던 일이 **지**금 이루어질 듯해! **망**상이 아니라 정말로….

서동부언 胥動浮言

胥 사람들을 모두 動 움직인다, 선동한다 浮 뜬 言 소문, 즉 거짓말을 (퍼뜨리면서).
: 사실이 아닌 것을 사실처럼 꾸며서 널리 알려 사람들의 마음을 이리저리 들쑤셔서 소기의 목적이 이루어지거나 행해지도록 하는 행태를 가리키는 말.

서슴지 않고 **동**요를 일으키려고 **부**정한 방법으로 **언**어를 퍼뜨린다.

서불가진신 書不可盡信 맹자孟子, 진심盡心 하편下編

書 책에 쓰여 있는 글은 不 아니하다. 可 옳지 (아니하다.) 盡 모두 다 信 믿는 것은 (옳지 아니하다.)
: 맹목적이고 무비판적인 독서를 경계하는 말이다.

서당 훈장님이 제자들을 **불**러 모으며 하시는 말씀: **가**끔 책에 쓰인 내용의 **진**의와 타당성을 검토하거라! **신**신당부하신다.

서시봉심 西施捧心 장자莊子, 천운편天運篇

西施 미녀인 서시가 捧 (아파서) 끌어안는다. 心 가슴을 (아파서 끌어안는다.)
: 서시빈목 西施顰目

서울 사람을 동경해서 **시**골 촌놈이 따라 하네. **봉**이 되는 줄도 모르고 **심**하게 돈이 몽땅 털렸네! 불필요한 것만 잔뜩 산 채….

서시빈목 西施顰目 장자莊子, 천운편天運篇

西施 미녀인 서시가 顰 (아파서) 찡그린다. 目 눈살을 (아파서 찡그린다.)
: 미녀가 아파서 가슴을 끌어안고 얼굴을 찡그린다. 이것을 본 추녀가 얼굴을 찡그리면 이뻐 보이는 줄 알고 자기도 얼굴을 찡그린다. 결과적으로 못생긴 얼굴을 더욱 못생기게 만든 꼴이 되어 버린다. 남의 것을 무작정 베끼고 흉내낸 경우로, 모방의 역효과를 시각적으로 선명하게 보여준다.

서로 앞 다투어 유행을 따라하기 **시**작했지만 **빈**정만 상할 뿐이지. ∵ 유행을 이끈 연예인의 모습과 **목**격한 자신의 모습은 차이가 심하거든.

서자서 아자아 書自書 我自我

書 글은 自 자기 나름대로 書 글이요 vs. 我 나는 自 자기 나름대로 我 나.일뿐 이니라.
: 글과 내가 따로 놀고 있다. 정신을 집중하지 못한 채 책을 읽는 모양을 형용한다.

서적의 **자**구가 **서**서히 멀어지며… **아**이쿠! 내 정신도 **자**기만의 세계에 빠져들며… **아**이러니하게도 책을 읽는데 책을 읽는 게 아니구만, 이건.

서절구투 鼠竊狗偸 사기史記, 숙손통열전叔孫通列傳

鼠 쥐처럼 竊 훔치는 (좀도둑) 狗 개처럼 偸 훔치는 (좀도둑).
: 시시하고 보잘것없는 물건을 훔치는 좀도둑을 비하하는 표현이다.

서서히 움직여 물건을 훔치는 **절**도범, **구**역질나는구만! **투**지를 합법적으로 쓸 순 없는 거냐?

서제막급 噬臍莫及 춘추좌씨전春秋左氏傳, 장공莊公 6년조年條

噬 (붙잡힌 노루가) 씹으려고 하지만 臍 (자기 배꼽에서 나는 냄새 탓에 잡혔다며 그) 배꼽을 (씹으려고 하지만) 莫 못한다. 及 (그 배꼽에) 미치지 (못한다.), 닿지 (못한다.)
: 뒤늦게 잘못을 깨닫고 뉘우쳐 봐야 소용없다는 뜻이다.

서러워하며 **제** 잘못을 후회해도 **막**상 어찌할 도리 없어 **급**격히 더 우울할 뿐.

석고대죄 席藁待罪

席 자리를 깔고 藁 짚을 놓고 (자리를 깔고) 待 (엎드려) 기다린다. 罪 죄를 밝혀 벌 받을 일을 (엎드려 기다린다.)
: 죄가 될 만한 과실이나 허물을 저지른 자가 처벌이 내려지기를 기다리는 모습이다.

석고상처럼 **고**정된 채 **대**기하고 있습니다, **죄**값을 치르기 위해.

석과불식 碩果不食 주역周易, 산지박괘편山地剝卦篇 효사爻辭

碩 (씨가 들어있는) 큰 果 과실은 不 아니한다. 食 먹지 (아니한다.) — 다시 땅에 심는다, 후손을 위하여.
: 자신의 욕념만 채우려고 하지 않고 후세대가 복을 누리도록 배려하는 마음이 담긴 표현이다. 신영복 선생님은 이 표현을 '희망의 언어'라고 말씀하셨다.

석세션succession, 계승의 의미 — **과**실을 남겨, 희망의 **불**씨를 살려, 후손들이 **식**seek 추구할 수 있도록.

석상불생오곡 石上不生五穀 회남자淮南子, 도응훈편道應訓篇

石 돌 上 위에서는 不 못한다. 生 나오지 (못한다.) 五 다섯 가지, 온갖 穀 곡식이 (나오지 못한다.)
: 결과가 발생하지 않는 것은 그에 마땅한 원인이 부재하기 때문이다.

석상(돌조각)에 씨 뿌려서 **상**당히 애써도 **불**가능해! **생**기지 않아! **오**백 년을 노력해도 **곡**식을 키울 순 없어!

석불가난 席不暇暖 세설신어世說新語

席 자리가 不 없다. 暇 시간적 여유가 (없다.) 暖 따뜻해질 (시간적 여유가 없다.)
: 자리가 따뜻해질 정도로 오래 앉아 있지 못한다. 몹시 바쁜 모양을 촉감적으로 나타내고 있다.

석고상처럼 한자리에 꾸준히 있지 못해. **불**려 다니기도 하고, **가**끔 출장도 다녀와야 하고, **난**리난 듯 바쁘게 돌아다니거든.

선거노마 鮮車怒馬

鮮 보기 좋게 산뜻하고 아름다운 車 수레와 怒 기세 좋은 馬 말.
: 수레도 좋고 말도 튼튼하다. 다 탈것들인데 요즈음으로 따지면 고급 승용차 쯤 될 것이다.

선택하고 싶구만! **거**참 타보고 싶구만! **노**상을 누비고픈 최신형 **마**차(말과 수레)….

ㅅ

선견지명 先見之明 후한서後漢書, 양표전楊彪傳

先 앞일을 먼저 見 볼 줄 아는 之 (그런) 明 똑똑함.
: 총명하게 미래를 어림하여 헤아리는 지혜를 일컫는 말.

선생님이 이 문제 내실 줄 알았지. **견**우는 받아든 시험지 **지**문을 보고 기분이 **명**쾌해졌다.

선공후사 先公後私 사기史記, 염파인상여열전廉頗藺相如列傳

先 먼저 公 공익 (먼저) 後 나중 私 사익 (나중).
: 공무를 사익보다 우선시하는 모습이다.

선생님께서는 **공**무를 늘 우선시하셨습니다. **후**회할 짓이라고 늘 말씀하셨죠, **사**익을 우선시하는 짓은.

선남선녀 善男善女 불교佛敎

善 바른 심성의 男 사내와 善 바른 심성의 女 여자.
: 부처의 가르침을 믿고 의지하는 남녀라는 뜻인데, 보통 젊은 남녀를 좋은 뜻으로 칭할 때 쓴다.

선택된 우월한 DNA인가? **남**자도 그렇코, **선**택된 우월한 DNA인가? **녀**(여)자도 그렇쿤!

선례후학 先禮後學

先 우선 하라. 禮 예도를 (우선 하라.) 後 뒤로 미루어라. 學 배움은 (뒤로 미루어라.)
: 예의를 으뜸으로 하라는 뜻이다.

선발할 인재는 우선적으로 **례**(예)의 바른 인성을 갖추어야 하오. **후**순위로 **학**교 성적과 시험 점수를 놓으시오.

선발제인 先發制人 사기史記, 항우본기項羽本紀·한서漢書, 항적전項籍傳

先 먼저 發 일어나서 制 억누른다, 우세하다. 人 남을 (억누른다.), 남보다 (우세하다.)
: 선즉제인 先則制人

선공으로 득점하자 좋은 분위기가 **발**산되며 상대 팀을 **제**압할 수 있었어. 선공으로 **인**해서 말이야.

선성탈인 先聲奪人 춘추좌씨전春秋左氏傳, 소공昭公

先 먼저 聲 소리 질러 or 소문을 퍼뜨려 奪 빼앗는다. 人 남의 (기세를 빼앗는다.)
: 소리와 소문을 활용한 기선 제압의 요령이다.

선제공격은 헛소문. **성**공 비결은 **탈**탈 적의 멘탈(정신력)을 터는 거지! **인**간의 심리적 약점을 이용하는 거야.

선시선종 善始善終 장자莊子, 대종사편大宗師篇

善 잘했는데 始 처음부터 (잘했는데) 善 잘하더라 終 마칠 때까지 (잘하더라.)
: 처음부터 끝까지 변함이 없이 잘하는 모습이다.

선수, 참 훌륭해, **시**작부터 잘해. **선**수 참 훌륭해, **종**이 울려 끝날 때까지 잘해.

선시어외 先始於隗 전국책戰國策, 연책燕策

先 먼저 始 시작하라. 於 ~부터 隗 곽외라는 사람부터 높이 (받들면서 시작하라.)
: "인재를 어떻게 모을까?" 왕의 고민에 곽외가 말한다. "저부터 대우해 주십시오." "무슨 소린가?" 왕의 의문에 곽외가 설명한다. "곽외 따위조차 왕께서 대우해 주신다면 곽외보다 뛰어난 인재가 절로 몰려들 것입니다." 그렇게 왕의 고민은 해결되었다고 한다. 큰일을 도모하고자 할 때 가까운 데부터 시작하라는 뜻으로 쓰인다.

선택해, 가까운 데부터. **시**작해, 당장 할 일을 **어**서 시작해! **외**친다.

선우후락 先憂後樂 범중엄范仲淹, 악양루기岳陽樓記

先 (남들보다) 먼저 憂 근심하고 속 태우고 後 (남들보다) 뒤에 樂 즐거움을 맛본다.
: 국민을 위하여 봉사하는 정신을 지녀야 할 위정자들이 가슴속에 새겨야 할 표현이다.

선거에 출마하는 분들, **우**리 국민들의 근심을… 당선 **후**에도 본인들의 **락**(낙)보다 우선해 주세요.

선유자익 善游者溺 회남자淮南子, 원도훈편原道訓篇

善 잘하는 游 헤엄치기를 (잘하는) 者 놈이 溺 물에 빠진다.
: 자신의 실력을 믿고 자만하는 자는 재앙을 맞이한다는 뜻이다.

선수인 거 알아. **유**능한 거 알지만 **자**만함 때문에 망할 수 있단 거, **익**히 알곤 있겠지?

선의후리 先義後利 맹자孟子, 양혜왕梁惠王 상편上編

先 먼저다. 義 올바름이 (먼저다.) 後 나중이다. 利 이로움은 (나중이다.)
: 의로움을 이로움보다 우선시하는 모습이다.

선착순 결과가 나왔습니다. **의**리, 먼저 입장해 주시고 **후**순위로 **리**(이)익, 들어오시면 되겠습니다.

ㅅ

선입견 先入見

先 먼저 入 (마음속에) 들어서서 (확고하게 자리 잡은) 見 견해.
: 실지로 보고 듣거나 몸소 겪지도 않은 대상에 관하여 마음속에 고착화된 생각이나 입장을 일컫는 말.

선량한 연예인들까지, 연예인이라는 이유로 **입**소문이 안 좋게 나는 수모를 **견**뎌야 한다.

선입지어위주 先入之語爲主 한서漢書, 식부궁전息夫躬傳

先 먼저 入 들어선 之 (그런) 語 말이 爲 된다. 主 주되는 것이 (된다.)
: 선입견 先入見

선두에서 **입**장한 **지**식이 **어**떻든 간에 **위**에서 **주**인 노릇을 하는 경향.

선자옥질 仙姿玉質

仙 신선 같이 (고고한) 姿 생김새 玉 구슬 같이 (아름다운) 質 바탕.
: 자태가 곱고 외모가 아름다운 사람을 칭송하는 표현이다.

선녀인가? **자**태가 **옥**같이 고와라. **질**적으로 훌륭한 아름다움이여!

선종외시 先從隗始 전국책戰國策, 연책燕策

先 먼저 從 받들어 모시면서 隗 곽외라는 사람부터 높이 (받들어 모시면서) 始 시작하라.
: 선시어외 先始於隗

선택해야지, 먼저 할 일을. **종**국적으로 할 일은, 지금은 **외**면하는 게 맞아. **시**작은 가까운 데부터 하는 거야.

선즉제인 先則制人 사기史記, 항우본기項羽本紀·한서漢書, 항적전項籍專

先 먼저 행동하면 則 곧 制 억누를 수 있다, 우세할 수 있다. 人 남을 (억누를 수 있다.), 남보다 (우세할 수 있다.)
: 대결이나 경쟁 상황에서 선수를 치는 일이 우위를 점하는 데 중요하다는 뜻이다.

선수를 쳐라! **즉**시 **제**압하는 것이 **인**간계의 승리 법칙이다!

설니홍조 雪泥鴻爪 소식蘇軾의 시 화자유민지회구和子由憫池懷舊

雪 눈이 (녹아) 泥 질척질척한 진흙탕에 (남은) 鴻 기러기 爪 발톱 자국.
: 잘 보이지도 않는 미세한 흔적이다. 인간이 살면서 남기는 자취도 (이런 흔적과 마찬가지로) 있어도 없는 듯하다는 뜻이다.

설명? **니**드리스[needless]! 설명할 필요 있나? 인생이란… **홍**수에 씻긴 듯 **조**만간 흔적은 사라진단 사실은.

설망어검 舌芒於劍

舌 혀는 芒 (더) 뾰족하다. 於 ~보다 劍 칼(보다 더 뾰족하다.)
: 논리로 무장한 언어의 파괴력은 어마어마하다.

설설 기게 만들어 주까? **망**하는 꼴 보고 싶찌? **어**뜨케?(어떻게?) **검**보다 센 혀로 말이야!

설부화용 雪膚花容

雪 흰 눈 같은 膚 살갗과 花 꽃다운 容 얼굴의 (아름다운 여인).
: 미인의 모습을 형용한다.

설마 연예인? **부**디 싸인 좀… 소리가 절로 나올 **화**사한 **용**모의 여인!

설상가상 雪上加霜 불교佛教 경덕전등록景德傳燈錄·벽암록碧岩錄

雪 눈 上 위에 加 더한다. 霜 서리를 (더한다.)
: 엎친 데 덮친 격으로 안 좋은 일이 연이어 일어나는 모양을 형용한다.

설마설마했는데 **상**당히 나쁜 일 **가**까스로 넘겼더니, **상**당히 더 나쁜 일이 기다리고 있네.

설왕설래 說往說來

說 말씀이 往 가고 說 말씀이 來 오고.
: 옳으니 그르니 하며 서로 말을 주고받는 모양이다.

설득하는 소리들이 **왕**왕 울려 나오지만… **설**득은 쉽지 않다. 서로 **래**(내)가 무조건 옳다는 소리니까….

설중송백 雪中松柏

雪 눈이 내린 中 가운데에도 松 소나무와 柏 잣나무는 잎이 시들지 않는다.
: 세한송백 歲寒松柏

설설 기며 **중**심을 잃고 모두들 굴복할 때 **송**사를 처리하는 준엄한 재판

관처럼 **백**기를 들지 않고 굳은 지조를 지킨다.

설중송탄 雪中送炭

송사宋史, 태종기太宗紀·범성대范成大의 시 대설송탄여개은大雪送炭與芥隱

雪 눈 내린 中 가운데 (벌벌 떨고 있을까 봐) 送 보낸다. 炭 (불 땔) 숯을 (보낸다.)
: 힘든 처지에 있는 사람에게 꼭 필요한 도움을 주는 모습이다.

설야에 춥지나 않을까 해서 **중**요할 것 같아 보냈네만, 겨울옷들. **송**달이 잘 되었나? **탄**성이 나왔다네. 친구여, 따뜻한 마음 잘 받았네.

ㅅ

섬섬옥수 纖纖玉手

纖 가늘고 纖 가냘프고 玉 산뜻하게 아름다운 手 (여인의) 손.
: 가늘고 연약해 보이면서 곱디고운 여자의 손을 일컫는 말.

섬씽 굿!Something Good! 무언가 좋은… ♬♪ **섬**씽 원더풀!Something Wonderful! 무언가 아름다운… ♬♪ **옥** 같은 손, **수**려한 여인의 손.

섭취불사 攝取不捨 불교佛敎 관무량수경觀無量壽經

攝 (부처의 광명은 중생을) 다스리고 取 받아들이고 不 아니한다. 捨 (염불하는 중생을) 버리지 (아니한다.)
: 부처는 자비롭게 고해에서 허덕이는 중생을 한 명도 빠뜨리지 않고 모두 구제하여 열반의 언덕으로 건너게 한다는 뜻이다.

섭섭할 사람이 없도록 **취**사선택하지 않고 모두 포용하는 것이 **불**교의 정신, **사**려 깊은 부처님의 마음씨라네.

성공지하 불가구처 成功之下 不可久處 사기史記, 범수채택열전范雎蔡澤列傳

成 이루고 나서 功 업적을 (이루고 나서) 之 (그) 下 아래에서는, (그) 성공한 상태에서는 不 아니하다. 可 옳지 (아니하다.) 久 오래 處 누리는 것은 (옳지 아니하다.), (오래) 머무르는 것은 (옳지 아니하다.)
: 자본주의 현대 사회에서 성공은 부의 축적과 맞물려 돌아간다. 성공한 사람들에게 그간의 노력을 칭찬하며 박수를 보내는 것이 아름다운 미풍양속이겠지만, 많은 사람들의 마음에 시기심과 박탈감이 생기는 것도 또한 어쩔 수 없는 일이다. 게다가 요즈음 세상에서 명성이나 인기를 얻고 나면 속된 말로 끝까지 해먹으려는 분위기까지 널리 퍼져 있다. 일단 성공을 했다는 말 자체가 돈을 좀 벌었다는 얘긴데 그렇게 돈이 좀 있는 사람들이 더 돈을 벌려고 하는 모양새다. 없는 사람들은 꾸준히 없는 상태 그대로고. 이렇게 사회 구성원들 간의 감정적 골이 깊어지는 분위기는 언제 터질지 모를 시한폭탄일지도 모른다. 성공하여 그 자리에 오래 머무르려는 사람들에게 경각심을 불러일으키는 이 표현은 그 시한폭탄이 바로 우리의 코앞에서 터질 수도 있다는 사실을 우리에게 깨우쳐 주고 있는 것은 아닐까?

성공하셨슙까? **공**을 세우셨나용? **지**금 **하**하호호 마냥 즐겁죵? **불**리한

여론을 **가**꾸고 계신 건 아시나용? **구**차해질 우려 없도록 **처**신을 잘 하시죵!

성년부중래 盛年不重來 도연명陶淵明, 권학시勸學時

盛 기운이 한창 왕성한 年 나이는 不 아니한다. 重 또다시 來 오지 (아니한다.)
: 젊음의 시기는 한 번 지나면 되돌아오지 않는다는 뜻이다. 젊은이들에게 시간을 낭비하지 말라고 조언하는 문장이다.

성인이 된 젊은 피들아, **년**(연)말연시인 듯 흥청망청만 하지 말고 **부**디 **중**심을 잘 잡고 정진하라! **래**이트late, 투 래이트too late 늦기 전에, 너무 늦기 전에.

성동격서 聲東擊西 병법兵法 삼십육계三十六計 중中 勝戰計승전계·통전通典, 병전兵典

聲 소리 내며 東 동녘에서 (소리 내며) 擊 친다, 공격한다. 西 서녘에서 (친다, 공격한다.)
: 일종의 교란 작전이다.

성을 지키게 해라! **동**쪽을 사수하게 해! 그리고 **격**하게 공격은 **서**쪽을 치고 들어간다.

성수불루 盛水不漏

盛 꽉 찬 水 물이 不 아니한다. 漏 새지도 (아니한다.)
: 농도가 높게 촘촘히 들어차거나 사소한 부분까지 매우 꼼꼼한 모양이다.

성에서 발생한 의문의 살인 사건. **수**사가 진행될수록 사건은 더욱 **불**가사의해지는데… **루**(누)가 범인일까? 치밀하게 짜여진 스토리의 결말은?

성유단수 性猶湍水 맹자孟子, 고자告子 상편上編

性 인간의 성품은 猶 같다. 湍 폭이 좁아 물살이 빠른 여울 水 물과 (같다.) — 트여진 방향대로 어디든지 갈 수 있다.
: 물은 어느 방향으로든 흐르기 때문에 특정한 방향을 정할 수 없듯이, 인간의 본성도 특정하게 선하다거나 악하다고 할 수 없다는 입장이다. 이러한 주장은 물은 위에서 아래 방향으로만 흐르고 아래에서 위로는 흐르지 않는다는 반박에 부딪친다.

성질을 착하네, 나쁘네 중 단 하나로 **유**일하게 어느 한쪽으로 **단**정지으려는 노력은 **수**포로 돌아갈 겁니다.

성인지미 成人之美 논어論語, 안연편顔淵篇

成 이룬다, 완성한다. 人 타인이 之 (갖고 있는) 美 아름다움을 (이룬다, 완성한다.)
: 다른 사람이 이미 지니고 있는 아름다움을 옆에서 북돋아주어 더욱더 아름다워지도록

해 준다는 뜻이다. 교육에 종사하는 사람들이 명심해야 할 표현이라고 여겨진다.

성스러운 너의 잠재력, **인**지하고 이끌어낼게. **지**금부터 함께 힘내자! **미**소가 절로 나올 그날까지….

성자필쇠 盛者必衰 불교佛敎 인왕반야경仁王般若經

盛 흥성한 者 놈은 必 반드시 衰 쇠약해진다.
: 기운차게 일어난 세력은 필연적으로 그 힘이 약해지기 마련이라는 뜻이다.

ㅅ

성공 신화를 **자**랑하며 늘 기업계의 **필**두에 서던 기업이… 회장이 **쇠**고랑을 차더니 어느새 쫄딱 망했네.

성중형외 誠中形外 대학大學, 성의장誠意章

誠 참된 中 마음속의 생각이 形 (그) 모양을 나타낸다. 外 바깥으로 (그 모양을 나타낸다.)
: 선한 마음은 선한 형태로 드러나고 악한 마음은 악한 형태로 드러나기 마련이다. 인간은 자신의 참된 마음을 숨길 수도 없고 속일 수도 없다는 뜻이다.

성장기인 **중**학생 **형**아의 마음은 읽기 쉬워요. **외**모나 얼굴에 딱 나와 있어요. … 중2병이라고요.

성즉군왕 패즉역적 成則君王 敗則逆賊

成 이루면 則 곧 君 임금으로 王 왕 노릇 하고 vs. 敗 지면 則 곧 逆 거슬리는 賊 도둑놈 되고.
: 과정이 추악하고 아름답지 못하다 하더라도 결과가 좋으면 모든 것이 미화되고 수용된다. 반면에 과정이 올바르다 하더라도 결과가 나쁘면 모든 것이 더러워지고 거부된다. 상당히 결과론적인 발상이다.

성공하면 **즉**위해서 **군**중의 영웅인 **왕** 노릇을 하고. **패**배하면 **즉**시 **역**적으로 **적**나라하게 고발된다.

성하지맹 城下之盟 춘추좌씨전春秋左氏傳, 환공桓公 12년조年條

城 (자신의) 성 下 아래에서 之 (적군에게 굴복하며 맺는) 盟 (치욕적인) 맹세.
: 적군에게 참패하여 부득이하게 맺는 매우 모욕적인 강화를 가리키는 말.

성질나는 일이었지. **하**늘이 무너지는 듯했어. **지**독히 굴욕적인 **맹**세를 해야 했지.

성혜 成蹊 사기史記, 이장군열전李將軍列傳

成 이룬다. 蹊 (사람들이 다니는) 좁은 길을 (이룬다.)

: 도리불언하자성혜 桃李不言下自成蹊

성글성글 웃으면서 사람들이 모여든다. **혜**안을 지닌, 인품이 있는 사람 곁으로….

성호사서 城狐社鼠 진서晉書, 사곤전謝鯤傳

城 성곽의 狐 여우 새끼 社 사원의 鼠 쥐새끼.
: 간신배 무리를 가리키는 말.

성격은 더럽고 **호**소하는 내용은 **사**심만 가득한 사람들이 **서**식한다, 권력 근처에.

성화요원 星火燎原 서경書經

星 작은 점에 불과한 火 불씨가 燎 불사른다. 原 (폭넓은) 들판을 (불사른다.)
: 작은 잘못이 큰 재앙의 화근이 됨을 형용한다.

성심성의껏 대응할 필요가 없을 줄 알고 간과했던 요인이 **화**근이 되어 **요**란한 사태를 일으킨다. **원**래는 아주 작은 불씨였을 뿐이건만….

세답족백 洗踏足白 순오지旬五志

洗 (주인의 빨래를 하며) 씻고 踏 밟고 (하다보면) 足 (하인의) 발이 白 하얗게 된다.
: 타인을 위해 노력하면 그 보상이 자신에게도 돌아온다는 뜻이다.

세상에, **답**답한 때 벗기려 **족**히 몇 시간 애썼더니 (깨끗해짐과 동시에) **백**만 년 만에 운동도 되고 좋더라! ♬♪

세리지교 勢利之交

勢 권력과 세력을 따지고 利 이로움을 따지는 之 (그런) 交 사귐.
: 권력과 세력 등 이해관계로 친하게 지내는 사귐을 가리키는 말.

세속적 **리**(이)익이 **지**금 세상 사람들이 **교**제하는 목적, 아닌가?

세불양립 勢不兩立 전국책戰國策, 초책楚策

勢 (승부나 우열이나 강약을 가려야 할) 세력들끼리는 不 아니한다. 兩 둘이 어우러져 立 서지 (아니한다.)
: 엇비슷한 두 세력이 서로 가까이 지낼 수 없는 관계로서 공존이 불가능한 형국이다.

세상에, 둘 다 **불**똥을 튀기며 싸우려고만 해. **양**쪽 다 화해는 불가능하단 **립**(입)장이야.

세속오계 世俗五戒 삼국사기三國史記·삼국유사三國遺事

世 인간의 俗 풍속으로 五 다섯 가지 戒 경계할 사항들.
: 사군이충事君以忠, 사친이효事親以孝, 교우이신交友以信, 임전무퇴臨戰無退, 살생유택殺生有擇

세상에서 누군가에 **속**하거나 싸울 때, 살생할 때 **오**로지 성실하라고, 용맹하라고, 분별하라고 **계**도하는 말씀.

ㅅ

세월부대인 歲月不待人 도연명陶淵明, 권학시勸學時

歲 한 해, 두 해 지나가는 세월은 月 한 달, 두 달 지나가는 세월은 不 아니한다. 待 기다리지 (아니한다.) 人 사람을 (기다리지 아니한다.)
: 당신의 시간은 지금도 속절없이 흘러가고 있다. 당신은, 당신의 시간은 무엇에 힘쓰고 있는가?

세월은 말이다. **월**초가 월말 되고, 연말 되면서 **부**지런히 흘러간단다. **대**기하고 기다려주지 않아, **인**간을.

세한삼우 歲寒三友 고사기高士奇

歲 세월이 寒 차가운 계절에도 꿋꿋이 잘 견디는, 기품 있는 三 세 명의 友 벗들 — 소나무, 대나무, 매화나무.
: 자연물을 의인화한 표현이다. 원칙이나 신념, 신의 따위를 지켜 끝까지 굽히지 않는 꿋꿋한 의지나 기개를 보여주는 친구들이다.

세련된 자태로 **한**기를 쏟아내는 눈보라에 맞서네. **삼**동설한에 꺾이지 않는 **우**아한 자연물.

세한송백 歲寒松柏 논어論語, 자한편子罕篇

歲 세월이 寒 차가운 계절에도 松 소나무와 柏 잣나무는 잎이 시들지 않는다.
: 시련 속에서도 자신의 신념과 의지를 굽히지 않는 늠름한 기상을 형상화한다.

세상의 **한**파에 시달려도 **송** 오브[Song Of] 지조('지조'의 노래)는 **백** 년 천 년 빛나리.

소년이로 학난성 少年易老 學難成 주희朱熹의 시

少 젊은 年 나이라 할지라도 易 쉽다. 老 늙기 (쉽다.) 이에 반하여 學 학문은 難 어렵다. 成 이루기 (어렵다.)
: 학문은 어마어마하게 방대한 영역이다. 상대적으로 학문을 연마할 시간은 우리에게 촉박하게 주어져 있다. 따라서 학문적 성취를 이루기 위해서는 각고의 노력을 부단히 기울여야 한다.

소년아, **년**(연)소자라 믿기 힘들 수도 있는데 **이**지[easy] 쉬워, 늙기 쉬워. 시간이 후딱 지나간단다. **로**(노)력을 부단히 해야 할 이유란다. **학**문은 **난**이도가 높아 **성**취하기 힘드니까.

소리장도 笑裏藏刀 병법兵法 삼십육계三十六計 중中 적전계敵戰計

笑 웃음 裏 속에 藏 감춘다. 刀 칼을 (감춘다.)
: 적을 방심하게 하면서 공격할 무기를 숨기는 전략이다. 적이 경계심을 푸는 사이를 노려 허를 찌르고자 함이다.

소설 속에만 '배신' 이야기가 있는 게 아니야. **리**얼 현실에서도 그런 이야기는 많지. **장**차 어떻게 뒤통수칠지 모르는 게 인간의 속마음이야. **도**대체 겉모습으로는 판단할 수가 없지.

소림일지 巢林一枝 장자莊子, 소요유편逍遙遊篇

巢 새집은, 새가 깃들이는 집은 林 수풀 중의 一 한 枝 가지(일 뿐이다.)
: 새가 숲속의 모든 가지들을 자신의 새집으로 삼고자 한다면 그것은 지나친 욕심일 뿐이다. 새에게 필요한 가지는 딱 한 가지일 뿐이고 그 한 가지로 충분하다. 욕심을 버린 삶, 분수를 아는 삶을 뜻하는 표현이다.

소박한 마음으로 삶에 **림**(임)하는 자세. **일**한다, 거창한 욕심 없이. **지**금 내 앞에 있는 작은 일 하나하나….

소불간친 疎不間親 관자管子, 오보편五輔篇

疎 (관계가) 먼 사람이 不 못한다. 間 헐뜯어 멀어지게 하지 (못한다.) 親 관계가 가깝고 돈독한 사람들 사이를 (헐뜯어 멀어지게 하지 못한다.)
: 친한 정분이 없는 사람이 친한 정분이 돈독한 사람들 사이를 갈라놓을 수 없다는 뜻이다.

소원이 이간질? 내 눈에 **불**을 켜도 안 돼. 친하지도 않은 내가 **간**섭해서 **친**한 그들을 멀어지게 할 순 없어.

소불동념 少不動念

少 적게라도 不 아니한다. 動 움직이지 (아니한다.) 念 생각을 (움직이지 아니한다.) — 마음이 변하지 않는다.
: 마음이 꿈쩍도 하지 않는 모양이다.

소리도 미동도 없다. **불**상의 평온함처럼 **동**적이 아닌 정적인 마음 상태니까 **념**(염)려하지 마!

소수지어 小水之魚

小 조그마한, 얼마 남지 않은 水 물속에 之 (있는) 魚 물고기.

: 물고기에게 생존 공간인 물의 양이 조금밖에 없다. 생명을 위협하는 위험한 상황을 뜻한다.

소량의 물도 **수**급되지 않아 **지**면 위에서 **어**쩔 줄 모르는 물고기들.

소심익익 小心翼翼 시경詩經, 대아大雅 증민편蒸民篇

小 삼가는 자세로 心 마음가짐을 (삼가는 자세로) 翼 말이나 행동을 조심하고 翼 말이나 행동을 조심하고.
: 타인을 공경하는 자세로 몸가짐과 마음가짐에 주의하는 모양을 형용한다.

ㅅ

소심하게 조심조심, **심**려를 끼칠까 봐 조심조심, **익**명으로 받들면서 **익**숙하게 조심조심.

소이부답 笑而不答 이백李白, 산중문답山中問答

笑 웃을 뿐이다. 而 그러고는 不 아니한다. 答 대답하지 (아니한다.)
: 웃음으로 대답을 대신하는 모습이다.

소중한 말을 아끼고 **이**렇게 웃음만…. **부**드러운, **답** 없는 답.

소인한거 위불선 小人閑居 爲不善 대학大學, 성의장誠意章

小 도량이 좁은 人 사람은 閑 한가한, 남들 눈에 띄지 않는 居 처지에 놓여 있으면 爲 한다. 不 아니한 짓을 (한다.) 善 착하지 (아니한 짓을 한다.)
: 남들이 보지 않는 곳에서 나쁜 짓을 하는 모양이다. 마음이 좁고 생각이 얕은 사람의 특징이다.

소리쳐 꾸짖을 사람이 없네? **인**기척이 없네? 이 때다! **한**껏 나쁜 짓 해보자! **거**짓된 **위**선 떠는 게 **불**필요한데 **선**한 행동은 집어치우자!

소장불노력 노대도상비 少壯不努力 老大徒傷悲 심약沈約, 장가행長歌行

少 나이가 적고 壯 젊을 때 不 아니하면 努 부지런히 일하고 力 힘쓰지 (아니하면) 老 늙어서 大 크게 徒 헛될 뿐이다. 傷 애태우고 悲 서러워해 봤자 (크게 헛될 뿐이다.)
: 노후 대비를 위해서도 젊을 적에 노력을 게을리해서는 아니 될 것이다.

소년이여, **장**래를 생각해 **불**같이 **노**력해! **력**(역)력하게 **노**력해! 노년은 **대**책 없이 맞이하면 **도**대체 남는 건 **상**처와 **비**굴뿐일 테니까.

소중유도 笑中有刀 구당서舊唐書, 이의부전李義府傳

笑 웃음 中 가운데 有 (들어) 있다. 刀 칼이 (들어 있다.)
: 겉으로는 온화한 미소를 띠고 있으나, 속마음은 악랄하고 험악한 사람의 행태를 꼬집는 표현이다.

소리 없이 뒤통수치고 **중**상모략을 일삼을 녀석이지. **유**쾌하게 웃으며 다가오지만 **도**무지 믿을 수 없는 녀석이야.

소지무여 掃地無餘

掃 쓸어버린 듯이 地 땅을 (쓸어버린 듯이) 無 없다. 餘 남아 있는 것이 (없다.)
: 휑뎅그렁한 모습을 형용한다.

소파며 냉장고며 **지**난밤에 도둑이 싹 털어갔대! **무**엇 하나 남기지 않았대! **여**러 빈집들이 털렸다더군.

소탐대실 小貪大失 북제北齊 유주劉晝, 신론新論

小 작은 것에 貪 몹시 욕심을 부리다가 大 큰 것을 失 잃어버리고 만다.
: 빈대 잡으려다 초가삼간 태우는 것과 같은 말이다. 눈앞의 이익에 급급해서 앞으로 있을 큰 불행을 예견하지 못할 때 쓰이는 표현이다.

소소한 작은 것들, **탐**스러워 탐닉하다 **대**단히 중요한 일에서 **실**패를 맛보다.

소풍농월 嘯風弄月

嘯 휘파람을 불면서 風 바람 맞으며 (휘파람을 불면서) 弄 가지고 놀면서 月 달을 (가지고 놀면서) ㅡ 자연을 즐긴다.
: 자연 경관을 완상하는 모습이다.

소풍 온 사람들이 **풍**경을 감상하며 **농**담을 주고받으며 **월**말을 즐기고 있다.

소혼단장 消魂斷腸

消 (너무 슬퍼) 잃고 魂 넋을 (잃고) 斷 끊는 듯이 아프고 腸 창자를 (끊는 듯이 아프고).
: 근심과 슬픔이 극도에 다다른 모습을 통각으로 표현하고 있다.

소녀는 **혼**자 남아 처절하게 통곡했다. **단**도로 가슴을 후비는 듯했다. **장**미보다 더 붉게 두 눈은 충혈되었다.

속등자이전 速登者易顚

速 빨리 登 오르는 者 사람은 易 쉽다. 顚 엎드러지기 (쉽다.)
: 일을 서두르지 말라는 해석도 가능하고, 너무 빨리 업적을 이루면 부정적인 결과가 뒤따를 수 있다는 해석도 가능하다.

속히 뭐든 하려다가는 **등**한시하는 것들이, **자**각하지 못한 것들이 생기고 **이**러다가 **전**혀 생각지 못한 실수를 할 수 있지.

속수무책 束手無策

束 묶인 채 手 손이 (묶인 채) 無 없다. 策 꾀를 낼 수가 (없다.)
: 대책 없이 무력한 모양을 형용한다.

속절없이 무슨 **수**도 못 쓰고, **무**슨 **책**략도 세우지 못하고….

속전속결 速戰速決

速 빠르게 戰 싸우고 速 빠르게 決 결정짓는다.
: 싸움을 신속하게 마무리하는 모양이다. 일을 후딱 끝낼 때도 쓸 수 있는 표현이다.

속도 **전**쟁이다! **속**도로 **결**정한다!

속초지기 續貂之譏 진서晉書, 조왕륜열전趙王倫列傳

續 (개 꼬리로) 잇는 것을 貂 담비 (꼬리를 개 꼬리로 잇는 것을) 之 (그런 모습을) 譏 비웃는다, 나무란다.
: 구미속초 狗尾續貂

속편을 찍었다고 사람들을 **초**대해서 영화를 보여주네. **지**난 본편보다 훨씬 덜떨어진 작품이었네. **기**가 찰 노릇이네!

손강영설 孫康映雪 이한李瀚, 몽구蒙求·손씨세록孫氏世錄

孫康 손강이라는 사람이 映 비추어 雪 눈빛에 (비추어 책을 읽는다.)
: 영설독서 映雪讀書

손 시려 오들오들 추웠지만 **강**인하고 **영**롱한 의지로 **설**경에 독서 풍경을 더한다.

손자삼우 損者三友 논어論語, 계씨편季氏篇

損 해를 끼치고 손해가 되는 者 사람으로서 (사귀지 말아야 할) 三 세 명의 友 벗.
: 아첨하는 벗, 줏대 없는 벗, 실속 없는 벗을 뜻한다.

손 비비며 아첨하고, **자**기만의 줏대가 없고, **삼** 푼어치의 실속도 없는 사람과는… **우**정을 나누다 손해를 볼지어다.

솔선수범 率先垂範

率 (사람들을) 거느리며 先 먼저 앞으로 나아가며 垂 드리운다. 範 본보기를 (드리운다.)
: 가장 먼저 나서거나 적극적으로 참여함으로써 다른 사람들이 본받을 만한 모습을 보이는 경우다.

솔깃 귀 기울여 **선**두에 앞장선 모범생의 말을 들어! **수**고로워도 본받으려고 해봐! **범**생이라고 얕잡지만 말고!

송구영신 送舊迎新

送 보내고 舊 옛것을, 올해를 (보내고) 迎 맞는다. 新 새것을, 새해를 (맞는다.)
: 묵은해를 보내고 새로운 해를 맞이하는 모습이다.

송년의 시간, **구**운 바이!Good Bye! 올해… **영**원히 안녕! **신**년의 시간, 환영해! 하이,Hi 새해!New Year!

송무백열 松茂柏悅 육기陸機, 탄서부歎逝賦

松 소나무가 茂 무성하면 柏 잣나무가 悅 기뻐한다.
: 다른 사람에게 좋은 일이 생겼을 때 함께 기뻐하는 모양을 형용한다.

송이야, **무**용과 합격 축하해! **백** 대 일의 경쟁률을 뚫었다면서? … **열**띤 목소리로 함께 기뻐하는 유미.

송백지무 松柏之茂 시경詩經

松 소나무와 柏 잣나무가 之 (항상 푸르게) 茂 우거지듯이 — 오래오래 번성하다.
: 시각적 심상을 사용하여 무궁히 흥성하는 모습을 표현한다.

송 오브 이터너티Song of Eternity… (영원의 노래…) **백** 년, 천 년, 만 년… **지**금부터 **무**한대로….

송양지인 宋襄之仁 십팔사략十八史略

宋 송나라 襄 양공이란 사람이 之 (베푼) 仁 (쓸모없는) 인정.
: 송나라 양공이 공격할 기회에 공격하지 않고 적군에게 인정을 베풀다가 적에게 패배한 이야기다. 쓸데없이 남을 동정하고 이해하는 마음을 비꼬는 표현이다.

송구스럽습니다만 **양**보하는 그 마음, **지**극히 비합리적이라 **인**간적으로도 높게 평가하기 힘듭니다.

수과하욕 受袴下辱 사기史記, 회음후열전淮陰侯列傳

受 들어준다. 袴 사타구니 下 아래로 (기어가는) 辱 모욕侮辱을 (들어준다.)
: 훗날에 큰일을 이루기 위하여 당장의 굴욕을 참아내는 모습이다.

수치스러웠던 **과**거의 **하**루, **욕**된 어제가 약속한 내일.

수구여병 守口如甁 명심보감明心寶鑑, 존심편存心篇

守 지킨다, 다스린다. 口 입을 (지킨다, 다스린다.) — 비밀을 누설하지 않는다. 如 같이 甁 (주둥이가 좁은) 병 (같이), (마개로 꼭 닫힌) 병 (같이).
: 비밀을 엄수하는 모습이다.

수차례 누가 물어봐도 **구**두로 발설하지 않아. **여**기 내 입은 꾹 다문 병.

이걸 딸 **병**따개는 없어.

수구초심 首丘初心 예기禮記, 단궁檀弓 상편上編

首 (여우가 죽을 때) 머리를 丘 언덕에서 (고향 쪽으로 가지런히 놓으면서) 初 처음을, 근본을 心 마음에 떠올린다.
: 고향을 생각하는 애틋한 마음을 일컫는 말.

수심이 가득하군. 왜 그런가? **구**수한 고향 인심이 그립다네. **초**록빛 풀밭에서 놀던 때도 그립고…. **심**란한 까닭은 고향이 그리워서였군!

ㅅ

수궁즉설 獸窮則齧

獸 짐승이 窮 궁하면 則 곧 齧 문다.
: 어렵고 힘든 처지에 몰리면 사악한 행동을 할 수도 있다는 뜻이다.

수세에 몰려 **궁**지에 몰리면 **즉**각 반발할 거야. ∵ **설**자리가 없을 정도로 절박하니까!

수미상관 首尾相關

首 머리와, 처음과 尾 꼬리가, 마무리가 相 서로 關 이어진다.
: 수미상응 首尾相應

수줍게 관두라고… 만류합니다. 역겨워도 가지 말라고… **미**안한데 고이 보내드리진 못한다고… **상**처받은 꽃 즈려밟지 말라고… 수줍게 **관**두라고… 만류합니다.

수미상응 首尾相應

首 머리와, 처음과 尾 꼬리가, 마무리가 相 서로 應 호응한다.
: 처음과 끝이 서로 잘 호응하는 모양이다.

수여한다, **미**적 아름다움을. **상**단 시작과 하단 말단이 서로 **응**답하는 구조를 통해….

수미일관 首尾一貫

首 머리와 尾 꼬리를 一 하나로 貫 꿰뚫는다.
: 시종일관 始終一貫

수두룩한 원칙들 모두를 **미**처 반영하진 못한다! **일**할 땐 처음부터 끝까지 **관**심은 오직 한 가지 원칙뿐!

수복강녕 壽福康寧

壽 오래 살면서 福 복을 받으면서 康 몸이 튼튼하고 寧 마음은 편안하고.
: 장수와 행운과 행복, 건강한 삶을 기원하는 표현이다.

수북이 쌓인 **복** 받으십쇼! **강**산이 셀 수 없이 바뀌도록 **녕**(영)원히 건강하십쇼!

수불석권 手不釋卷 삼국지三國志, 오지吳志 여몽전呂蒙傳

手 손에서 不 아니한다. 釋 (떼어) 놓아두지 (아니한다.) 卷 책을 (손에서 떼어 놓아두지 아니한다.) ㅡ 늘 손에 책을 들고 본다.
: 항상 책을 열심히 보는 모습을 형용한다.

수고도 아니야, 책을 들고 다니는 일은. **불**가능해, 책에서 손을 떼는 일은. **석**세스success, 성공 위해 **권**장할 만한 습관일지도….

수사지적 需事之賊 춘추좌씨전春秋左氏傳

需 의심하면 事 (하는) 일을 (의심하면) 之 (그러면) 賊 해롭다.
: 의사무공 疑事無功

수상하게 **사**태를 바라보는 **지**금 너의 시각은 **적**당하지 않아.

수서양단 首鼠兩端 사기史記, 위기무안후열전魏其武安侯列傳

首 (쥐구멍에서) 머리 내민 鼠 쥐가 兩 두 (반대 방향) 端 끝을 (살핀다.)
: 이리 갈까? 저리 갈까? 결단을 내리지 못하는 모양이다. 쥐새끼로 표현한 것에 비난의 뜻이 담겨 있다.

수심 가득… **서**쪽으로 갈까? 동쪽으로 갈까? **양** 갈래 길에서 갈팡질팡… **단**호하지 못해.

수석침류 漱石枕流 진서晉書, 손초전孫楚專

漱 이를 닦는다. 石 돌로 (이를 닦는다.) 枕 베고 눕는다. 流 흐르는 물을 (베고 눕는다.)
: 이거 웃긴 얘기다. 돌로 양치질하고 물을 베고 눕는다니, 초인인가? 그건 아니고, 어떤 사람이 돌을 베고 눕고 물로 양치질한다는 말을 하려다 말실수를 한 것이다. 그러나 이 사람은 자신의 실수를 인정하지 않고 억지로 뜻을 꾸민다. 돌로 양치질하면 치아를 견고히 하고 물을 베고 누우면 귀를 깨끗이 할 수 있다는 말도 안 되는 소리를 한다. 잘못을 저질러놓고 무리하게 그 잘못을 합리화하는 경우에 쓸 수 있는 표현이다.

수긍할 수 없는 주장이야. **석** 달된 아기도 절레절레 고개를 흔들겠다. **침**대로 삼겠다고? **류**(유)유히 흐르는 냇물을?

수수방관 袖手傍觀 소식蘇軾, 조사부정주론사장朝辭赴定州論事狀

袖 소매에 넣고 手 두 손을 (소매에 넣고), 팔짱을 낀 채 傍 곁에서 觀 보기만 한다, 끼어들지 않는다.
: 오불관언 吾不關焉

수궁을 하는 건지 **수**긍을 하지 않는 건지 **방**치하고 **관**망한다.

수수방원지기 水隨方圓之器 한비자韓非子

水 물은 隨 따른다. 方 모난 모양인지 圓 둥근 모양인지 之 (그런) 器 그릇의 모양을 (따른다.)
: 모난 친구인지, 둥근 친구인지 등등 어떠한 친구를 사귀느냐에 따라 사람의 인격에 큰 영향을 끼친다는 뜻이다.

수돗물이 **수**용하는 그릇에 따라 **방**금까진 **원**형이었는데 **지**금은 네모형이네. … 주위 사람에 **기**대는 우리 모습이네.

수신제가 修身齊家 대학大學

修 닦고 身 (자기) 몸을 (닦고) 그 다음에 齊 가지런히 질서를 세운다. 家 (자기) 집안에서 (가지런히 질서를 세운다.)
: 나 한 사람에서 시작하여 가족 구성원인 여러 사람들에게로 점층적으로 인적 범위가 확장되는 모양이다. 작은 사회인 가족 구성원들에게 영향을 끼치기 위해서는 일단 기본적으로 개인의 몸과 마음을 바르게 수양해야 한다. 이러한 자기 수련은 가족 구성원을 넘어 사회로, 더 나아가 세계로 영역이 더욱더 확장되더라도 마찬가지로 그 바탕에 자리 잡고 있어야 한다.

수천만 명의 국민들에게 **신**뢰받는 정치인이 되겠습니다! **제** 앞가림도 못하는 놈이 무슨 **가**당찮은 헛소리여?

수심가지 인심난지 水深可知 人心難知 순오지旬五志

水 물의 深 깊이는 可 ~할 수 있다. 知 알 (수 있다.) 그러나 人 사람의 心 마음은 難 어렵다 知 알기 (어렵다.)
: 겉으로 드러나지 않은 진실한 마음을 짐작하거나 가늠하기란 매우 어렵다는 뜻이다.

수월하진 않지만 **심**해라도 **가**능한 장비를 쓰면 **지**면까지 수심을 잴 순 있어. 그러나 **인**간의 마음은 **심**해보다 깊은 건가? **난**감해, 재기가. **지**구상엔 측정 도구가 없어.

수어지교 水魚之交 삼국지三國志, 촉지蜀志 제갈량전諸葛亮傳

水 물과 魚 물고기 之 처럼 (아주 친하고 밀접한) 交 사귐.
: 아주 친한 관계를 비유한 표현이다.

수… 숨을 못 쉬겠어! **어**떡해, 네가 없으면 목숨을 **지**탱할 수 없어! **교**제하는 너 없인 난 정말 못 살아!

수어혼수 數魚混水

數 몇 마리의 魚 물고기가 混 흐린다. 水 (맑은) 물을 (흐린다.)
: 일어탁수 一魚濁水

수상한 물고기 몇 마리가 **어**장에 출현하더니… **혼**탁해졌어. **수**질이 오염되어 버렸어.

수오지심 羞惡之心 맹자孟子, 공손추편公孫丑篇

羞 부끄러워 하고 惡 미워하는 之 그런 心 마음.
: 사단四端의 하나로 자신의 불의는 부끄러워하고 타인의 불의는 미워하는 마음을 일컫는 말.

수치스러워. 왜? **오**늘 옳지 못한 일을 했거든. **지**글지글 속이 타. 왜? **심**보가 못된 인간들을 봤거든.

수욕정 이 풍부지 樹欲靜 而 風不止

공자가어孔子家語, 치사편致思篇·한시외전韓詩外傳

樹 나무가 欲 하고자 한다. 靜 고요하고자 한다. 而 그러나 風 바람이 不 아니한다. 止 그치지 (아니한다.)
: 풍수지탄 風樹之歎

수천만 년도 아니고 한오백년 살라는 게 **욕**심인가요? 이 **정**도는 사셔도 될 **이**름들이십니다. 세월이라는 **풍**랑에 휩쓸려 **부**질없네요. **지**칠 뿐이네요.

수왈불가 誰曰不可

誰 누가 曰 말하겠는가 不 않다고 (말하겠는가) 可 가능하지 (않다고 말하겠는가) — 아무도 불가능하다고 할 사람은 없다.
: 가능성이 확실하다는 것을 강조하는 수사 의문문이다.

수긍할 걸, **왈**가닥도? **불**가능한 임무[Mission Impossible]는 없다고! **가**볍게 해치울 거라고! 우리의 톰 크루즈가!

수원수구 誰怨誰咎

誰 누구를 怨 원망하겠는가. 誰 누구를 咎 탓하겠는가.
: 다른 사람을 탓할 수 없다는 뜻이다. 자기 탓이라는 것을 강조하는 반어 의문문이다.

수고가 많네! **원**망의 눈초리로 남들 쏘아보느라 **수**고가 많아! **구**태여 그럴 필요 없지 않나?

수자부족여모 豎子不足與謀 사기史記, 항우본기項羽本紀

豎 더벅머리 子 아이랑은 不 아니하다. 足 충분히 만족스럽지 (아니하다.) 與 더불어 謀 일을 이루려고 대책과 방법을 꾀하기에는 (충분히 만족스럽지 아니하다.)
: 물론 아이가 진짜 아이는 아니다. 다 큰 어른이지만 사고력이 아이 수준이라고 비하하며, 함께 무슨 일을 못 해 먹겠다고 불만을 토로하는 표현이다.

수고만 끼칠 **자**는 **부**디 사양하시게. 지금 멤버로 **족**하다네. **여**기에 추가 인원을 **모**집할 필요 없네. 특히 그런 덜 떨어진 자는 더더욱.

ㅅ

수적천석 水滴穿石 나대경羅大經, 학림옥로鶴林玉露

水 물 滴 방울이 穿 뚫는다. 石 돌을 (뚫는다.)
: 한 방울씩 떨어지는 물방울이 돌도 뚫을 수 있다. 작은 노력을 꾸준히 하면 큰일을 이룰 수 있다는 뜻으로 통용되는 말이지만, 원래의 맥락에서는 (바늘 도둑이 소도둑 된다는 식으로 논리를 구성해서) 작은 죄를 저지른 자에게 큰 벌을 내리기 위한 구실로 쓰인 말이다.

수학은 어렵지. **적**분, 이런 거야 완전 어렵지만 **천**천히, 차근차근 한 문제씩 풀어 나가다 보면 **석**세스 이즈 유얼즈!Success is Yours!(성공은 너의 것!)

수족지애 手足之愛

手 손과 足 발과 之 (같은) 愛 사랑 — 형제 사이의 사랑.
: 여족여수 如足如手

수많은 사람들이 결국… 남이야. **족**쇄처럼 느껴지기도 하고 **지**겨울 때도 있겠지만, 결국… 형제자매 간의 **애**정은 빛날 거야.

수죄구발 數罪俱發

數 몇 가지 罪 허물들이, 잘못들이 俱 함께 發 드러나다.
: 동일인이 그동안 범했던 여러 범죄들이 한꺼번에 적발되는 모양이다.

수십 가지 **죄**들이 한꺼번에 **구**름이 걷히듯이 **발**각되는구나.

수주대토 守株待兎 한비자韓非子, 오두편五蠹篇

守 지키면서 株 나무 그루터기를 (지키면서) 待 기다린다. 兎 토끼를 (기다린다.)
: 우연히 나무 그루터기에 부딪친 토끼를 붙잡고 나서 그러한 일이 계속되리라 믿고 나무 그루터기를 지키고 있는 모양이다. 다시는 오지 않을 토끼를 기다리는 이러한 장면은 타파해야 할 낡은 풍습을 고수하는 세태를 비판적으로 형용한다.

수척해졌네 그랴? **주**구장창 오늘도 **대**기하며 **토**끼만 기다렸는가? 예끼,

이 사람아!

수즉다욕 壽則多辱 장자莊子, 천지편天地篇

壽 오래 살면 則 (그러면) 多 많다. 辱 욕될 일이 (많다.)
: 오래 사는 만큼 수치스럽거나 불명예스러운 일도 더 많아진다는 뜻이다.

수명이 오래란 말은 **즉**, 다시 말하면 **다**양하게 많은 **욕**을 얻어먹었다는 말이다.

수지 오지자웅 誰知 烏之雌雄 시경詩經, 소아小雅 정월편正月篇

誰 누가 知 (분간하여) 알겠는가. 烏 까마귀가 之 (과연) 雌 암컷인지 雄 수컷인지 (누가 알겠는가) ― 인지할 수 없다.
: 암컷과 수컷을 구별하기 어렵다는 점에 착안하여 선한지 악한지, 옳은지 그른지를 구별하기 어렵다는 식으로 해석되고 있는데 이러한 해석이 간과한 사실은 까마귀다. 까마귀들, 즉 사악한 무리들 중에서 어느 누가 나은지 판별하기 어렵다는 내용이 원래의 맥락을 반영한 보다 충실한 해석이다. 이 표현은 선악이나 시비를 변별하는 문제라기보다 악의 무리들이 모두 거기서 거기라는 뜻으로 보아야 한다.

수두룩한 **지**식들 속에 **오**해가 범벅이 되고, **지**혜롭게 **자**신 있게 판단하기 힘들어 **웅**크러드는구나.

수청무대어 水淸無大魚 후한서後漢書, 반초전班超傳

水 물이 淸 (너무) 맑으면 無 없다. 大 많은 魚 물고기들이 (없다.)
: 지나치게 깨끗한 사람은 사람들이 버거워 멀리 하려 한다는 뜻이다. 지나치게 엄격하게 자신의 원칙을 고수하는 사람들에게 쓰일 수 있는 표현이다.

수질이 매우 **청**정해서 큰 고기는 **무**엇 하나 **대**체 어딨는지, 찾아볼 수 없구나! **어**쩌면 사람 인심도 마찬가지 아니겠는가?

수학무조 修學務早

修 닦아라. 學 학문을 (닦아라.) 務 힘써라. 早 젊어서, 젊었을 때에 (힘써라.)
: 젊은이들에게 학문에 힘쓸 것을 독려하는 표현이다.

수학 문뎨(문제), **학**교 입학기 뎐(전)부터 **무**척 마니(많이) 풀자, 틴구(친구)들아. **조**기 교육이 듕요해(중요해), 우리 함께 힘내댜(힘내자)!

수화불통 水火不通 한서漢書, 손보전孫寶傳

水 물과 火 불은 不 아니한다. 通 (서로를) 받아들이지 (아니한다.)
: 인간관계를 단절할 때 쓸 수 있는 표현이다.

수치스러워서이든 **화**가 나서든 **불**리해서든 어쨌든 **통**화는 이제 차단이야!

수후지주 隋侯之珠 회남자淮南子, 남명훈편覽冥訓篇

隋 수나라 侯 임금이 之 (가지고 있던) 珠 아주 귀한 구슬.
: 역사상 아주 귀하고 소중한 보물로 꼽히는 물건이다.

수려하게 반짝반짝 **후**광까지 **지**니고 있는 보석이 늘 **주**인공 역할을 차지한다.

숙능생교 熟能生巧 구양수歐陽修, 구양문충공집歐陽文忠公集 귀전록歸田錄

熟 반복하여 몸에 익숙해지면 能 ~할 수 있다. 生 생길 (수 있다.) 巧 교묘한 솜씨가 (생길 수 있다.)
: 익숙함이 있어야 재간 있게 기술이나 솜씨도 부릴 수 있다. 익숙해지기 위해서는 오랜 연마의 과정을 거쳐야 할 것이다.

숙성된 **능**숙함에서 **생**기는 **교**묘한 기술.

숙독완미 熟讀玩味

熟 곰곰이, 이리저리 헤아리며 讀 책을 읽는다. 玩 감상하면서 味 뜻을 (감상하면서).
: 글의 내용이나 속뜻을 깊이 새기며 감상하는 모습이다.

숙소에서 늦게까지 꼼꼼히 **독**서하는 아이. **완**전히 이해하려고, **미**처 모르는 내용이 없도록.

숙맥불변 菽麥不辨 춘추좌씨전春秋左氏傳, 성공成公 18년조年條

菽 콩과 麥 보리조차 不 못한다. 辨 구별하지 (못한다.)
: 명백히 다른 두 사물들의 차이점을 인식하지 못할 정도로 멍청한 사람을 가리키는 말.

숙고해 봐도 이건가, 저건가 **맥**을 못 짚어 구분을 못해. **불**량품인 머리라 **변**별력이 없어.

숙불환생 熟不還生

熟 익힌 (음식이라) 不 못합니다. 還 돌아오지 (못합니다.) 生 날 것으로 (돌아오지 못합니다.)
: "그러니까 어서 드세요! 안 드시면 이 음식, 버려야 해요!" 타인에게 음식을 권유할 때 쓰는 회화 표현이다.

숙모님, 김치랑 **불**고기랑 차려 놓았으니 어서 오세요. **환**영해요. **생**채도 맛깔나니 드세요.

숙수지공 菽水之供

菽 콩과 水 물로 之 (부모님께) 供 이바지한다.

: 숙수지환 菽水之歡

숙인 고개를 들어라. 아들아, 왜 **수**그리고 있느냐? **지**송혀서유(죄송해서요). 너무 변변찮은 상차림이라…. **공**들인 정성으로 푸짐하니 진수성찬이구나!

숙수지환 菽水之歡

菽 콩과 水 물로 之 (끼니를 때우는 어려운 형편 속에서) 歡 (부모를) 기쁘게 해 드리는 (자식된) 기쁨.
: 가난한 형편에서도 부모의 마음이 흐뭇하도록 부모를 봉양하는 자식의 모습이 아름답게 펼쳐지는 정경이다.

숙성된 효심이 **수**수하게 발현된다. **지**극히 가난해도 **환**한 웃음꽃은 피어난다.

숙야비해 夙夜匪解 시경詩經, 대아大雅 탕지습편蕩之什篇 증민烝民

夙 이른 아침부터 夜 깊은 밤까지 匪 아니하다. 解 느슨하지 (아니하다.)
: 온종일 게으름을 부리지 않고 성실한 모습이다.

숙달하기 위해 이른 아침부터 **야**심한 밤까지 소녀는 연습했다. **비**록 피로했지만 한결같이 연습했다. **해**맑게 웃는 모습으로….

숙집개발 宿執開發 불교佛教

宿 오래 묵은 執 집념이 開 열리고 發 드러난다.
: 전생의 인연으로 현생에서 결실을 맺는다는 뜻이다.

숙연해진다. 인연의 끈을 다시 **집**어 든다. 끊어진 줄 알았는데 **개**연성 있게 다시 연결되어 **발**전된다. 또다시 또 다른 만남으로….

숙호충비 宿虎衝鼻 동언고략東言考略·순오지旬五志

宿 자고 있는 虎 호랑이를 衝 찌른다. 鼻 (호랑이의) 코를 (찌른다.)
: 진상 가는 송아지 배때기를 차는 것과 마찬가지로, 아무런 까닭이나 실속도 없이 스스로 재앙을 초래하는 상황을 가리킨다.

숙면하던 **호**랑이랑 괜히 왜 **충**돌하고 그래? 너 **비**장한 마음을 품어야 할 거다.

순갱노회 蓴羹鱸膾 진서晉書, 문원전文苑傳·장한전張翰傳

蓴 순채 나물로 羹 (끓인) 국 鱸 농어를 膾 (얇게 썬) 회.
: 원래의 맥락에서 고향의 맛을 나타내는 음식들이다. 고향의 진미를 떠올리며 고향에 가고 싶은 마음이 든다는 표현으로 고향을 생각하는 마음을 나타낸다.

순순하던 녀석이 갑자기 왜 **갱**단을 나오려는 건데? 고향이 너무 그립숨다! **노**점상을 하든… **회**사를 다니든… 고향으로 돌아가서 살고 싶숨다!

순결무구 純潔無垢

純 순수하고 潔 깨끗하고 無 않았다. 垢 때묻지 (않았다.)
: 아주 순수하고 깨끗한 모습이다.

순수함의 **결**정체. **무**표정한 어른까지 웃게 만드는, **구**겨짐 없이 맑고 맑은 아기의 눈망울.

ㅅ

순망치한 脣亡齒寒 춘추좌씨전春秋左氏傳, 희공僖公 5년조年條

脣 입술이 亡 없어지면 齒 이가 寒 차갑게 노출된다.
: 입술은 없고 이가 차가운 바람에 훤히 드러나고 있다. 이거 공포물인가? 그건 아니고, 입술과 이빨은 밀접한 상호 의존 관계가 있기 때문에 어느 한쪽이 해를 입으면 다른 한쪽도 온전할 수 없다는 의미이다.

순서대로 재가 **망**하면 나도 다음으로 망하게 되어 있어. **치**사하게 나 혼자 빠져 나와 **한**숨 돌릴 상황이 아니라구!

순진무구 純眞無垢

純 순수하고 眞 참되고 無 않았다. 垢 때 묻지 (않았다.)
: 마음이 꾸밈이 없고 아주 참된 모습이다.

순수해. **진**짜 순수해. **무**척 순수해. **구**석구석 순수해.

순천자존 역천자망 順天者存 逆天者亡 맹자孟子, 이루離婁 상편上編

順 따르는 天 하늘을 (따르는) 者 놈은 存 있을거다. vs. 逆 거스르는 天 하늘을 (거스르는) 者 놈은 亡 망할거다.
: 순리를 따를 것을 역설하는 표현이다.

순순히 **천**하의 도리에 따라 **자**신의 마음을 다듬으면 **존**립할 것이다. **역**으로 **천**하의 순리를 거스르며 **자**만과 독선에 빠지면 **망**하는 건 시간문제.

순치보거 脣齒輔車 춘추좌씨전春秋左氏傳, 희공僖公 5년조年條

脣 입술과 齒 이빨이 서로 의지하듯 (밀접한 상호 의존 관계) 輔 수레의 덧방나무와 車 수레바퀴가 서로 의지하듯 (밀접한 상호 의존 관계).
: 순망치한 脣亡齒寒·보거상의 輔車相依

순간 순간 화가 **치**밀어 오르더라도 **보**듬고 참아내야 해! **거**의 운명 공동체니까, 함께 가야 하니까.

순치상의 脣齒相依 삼국지三國誌, 위지魏志 포훈전鮑勛傳

脣 입술과 齒 이빨이 相 서로 依 기대어 존재한다.
: 순망치한 脣亡齒寒

순순히 서로 돕자! **치**사하게 혼자 살겠다고 **상**대방을 배신하는 건 **의**미 없다! 같이 망할 뿐이다!

순치지국 脣齒之國 춘추좌씨전春秋左氏傳, 희공僖公 5년조年條

脣 입술과 齒 이빨 之 (사이 같이 서로 의존하는) 國 나라.
: 순망치한 脣亡齒寒

순간적으로 **치**명타를 입어 **지**금 네가 다치면 그 순간 나도 다치는 **국**면이야.

순풍만범 順風滿帆

順 (배가 항해하는 방향에) 맞춰 (부는) 風 바람을 (가득 받아) 滿 바람이 가득차서 불룩한 帆 돛.
: 순항하는 모습이다. 일이 원하는 대로 잘 풀리는 상황을 나타낸다.

순풍을 받아 잘 나간다. ♬♪ **풍**덩! 행복에 빠진 듯 **만**족해. **범**상치 않은 좋은 기운이 내게로….

순풍이호 順風而呼 순자荀子, 권학편勸學篇

順 좇아 風 바람의 (흐름을 좇아) 而 (바람의 방향대로) 呼 소리 지른다.
: 유리하게 돌아가는 상황을 잘 이용하여 수월하게 일을 해내는 모양이다.

순풍에 돛 단 듯 ♬♪ **풍**기는 냄새, 좋구나! 나의 미래… **이**렇게 모든 조건이 **호**의적이로구나!

술이부작 述而不作 논어論語, 술이편述而篇

述 (선현의 말씀을 그대로) 서술할 뿐이다 而 그리고 不 아니한다. 作 (임의로 자신이 말을) 지어내지 (아니한다.)
: 학문을 함에 있어 배움의 자세와 배움을 전파하는 자세를 나타낸다.

술술 있는 그대로 **이**해하면서 **부**지런히 적어 나간다. **작**정하고 왜곡하지 않는다.

습유보궐 拾遺補闕 사마천史馬遷, 보임소경서報任少卿書

拾 줍고 遺 (떨어뜨린 것을) 줍고 補 깁고 꿰맨다. 闕 빠뜨리거나 해어진 것을 (깁고 꿰맨다.)

: 부족한 부분을 보충한다. 틀리거나 그릇된 것을 올바로 고쳐서 제대로 되게 할 때 쓰이는 표현이다.

습득하다 빠뜨린 지식은 **유**실물을 찾아오듯이… **보**충하도록! 지식을 보살피도록! **궐**에서 임금을 보필하듯이….

승당입실 升堂入室 논어論語, 선진편先進篇

升 오른 (후에) 堂 대청에 (오른 후에) 入 들어간다. 室 집의 방 (안으로 들어간다.)
: 일이 단계적으로 진행되는 모양을 나타낸다. 원래의 맥락에서는 학문적으로 성취하는 과정을 형용한 표현이다.

승용차를 운전하려면? **당**연히 면허증을 따는 게 '순서'지! **입**실하여 필기시험 보고, 다음은 **실**기 시험을 치러야지.

승두세서 蠅頭細書

蠅 파리 頭 머리 (같이) 細 자잘히 쓴 書 글씨.
: 작고 가늘게 쓴 글씨를 가리키는 말.

승기야, 글씨가 너무 작잖아! **두** 눈을 부릅뜨고 봐야 하니? **세**상에, **서**랍에서 돋보기라도 꺼내야 해?

승망풍지 乘望風旨 후한서後漢書

乘 (바람에) 올라타고 望 바라본다. 風 바람이 旨 뜻하는 바를 (바라본다.)
: 바람을 타고 하늘을 날다니, 슈퍼맨인가? 그건 아니고, 남의 기분이나 생각이 어떠한지 세심하게 알아내면서 타인에게 알랑방귀 뀌는 모양이다.

승승장구하는 꼴뚜기에게 **망**둥이가 다가가 한마디: **풍**덩풍덩 뛰는 모습이 **지**금 저보다 훨씬 나으세요, 헤헤….

승승장구 乘勝長驅

乘 타고 勝 승리의 (기운을 타고) 長 길게 (연이어) 驅 몰고 나간다.
: 승리의 기세가 식을 줄을 모르고 매우 드높은 모양이다.

승리! 또 **승**리! 또 승리! … **장**구 치고 북 치고 **구**호 외치며 또 승리!

승잔거살 勝殘去殺 논어論語, 자로편子路篇

勝 승리를 거두어 멸망시켜서 殘 (인간의) 흉악한 마음을 (멸망시켜서) 去 내쫓고 없앤다. 殺 (사람을) 죽이는 사형을 (내쫓고 없앤다.)
: 사람들을 교화하여 사람들 마음속이 온통 착함으로 가득 찬다. 그래서 사람들은 잔인한 범죄를 저지르지 않게 된다. 따라서 사형을 집행할 일이 없어진다. 사형 같은 잔인한 제도가 이 땅에서 사라질 날을 그리고 있는 표현이다. 과연 이런 날이 올까?

승복하라! **잔**인한 성품을 뉘우쳐라! 사형을 **거**론할 일이 없도록! **살**인할 마음을 없애라!

승천입지 升天入地

升 올라간 것처럼 天 하늘로 (올라간 것처럼 모습이 보이지 않는다.) 入 들어간 것처럼 地 땅으로 (들어간 것처럼 모습이 보이지 않는다.)
: 감쪽같이 사라진 모양이다.

승객으로 배 타고 **천**만리 너머 해외로 **입**국하셨나? **지**금 자취를 감추셨네.

시기상조 時機尙早

時 때가, 機 시기가 尙 아직은 早 이르다. – 지금 하면 서두르는 행동일 뿐이다.
: 시기적절한 때가 아직 오지 않은 모양이다. 후일을 기약해야 할 상황이다.

시대가 왔구나! **기**회가 드디어 나에게 왔구나! 라고 하기에는 **상**황이 아직은 좀… **조**금 이르다. 더 기다려라!

시대착오 時代錯誤

時 때가 代 현대와 錯 어긋나 誤 (현대 기준으로) 잘못된 (구시대적 성격).
: 요즈음 시대에 걸맞지 않는 옛날 사고방식이나 행동 방식을 가리키는 말.

시대가 지금 어느 시대인데 **대**체 넌 그런 식으로 **착**각과 **오**류에 빠져 있는 거니?

시도지교 市道之交 사기史記, 염파인상여열전廉頗藺相如列傳

市 저자 道 거리 之 에서의 交 사귐.
: 이해관계만을 따지는 인간관계를 뜻한다.

시장 바닥에서 **도**대체 이걸 **지**금 진실된 **교**제라고 할 수 있단 말인가?

시랑당로 豺狼當路 후한서後漢書, 열전列傳 장강전張綱傳

豺 승냥이와 狼 이리가 當 지키고 있다. 路 길을 (지키고 있다.)
: 간사하고 악독한 사람들이 정권을 잡고 휘두르는 모양을 빗댄 표현이다.

시국이 **랑**(낭)패로다. **당**당하게 깡패들이, **로**(노)엽게도, 세상을 장악했도다.

시민여자 視民如子 춘추좌씨전春秋左氏傳, 소공昭公 3년조年條

視 본다, 여긴다. 民 백성을 如 같이 子 자식 (같이 본다, 여긴다.)
: 자식을 사랑하는 부모의 마음으로 백성을 생각하는 자세다. 아주 훌륭한 마음가짐이다.

시선이 따사롭습니다. **민**심을 헤아리며, 나라님이 **여**러분을 **자**식 보듯 보는 시선입니다.

시비곡직 是非曲直

是 옳은지 非 그른지 曲 바르지 않은지 直 바른지.
: 옳음과 그름 또는 잘잘못을 가리키는 말.

시대정신으로 **비**교하고 형량해야 할 **곡**선적 뒤틀림과 **직**선적 올곧음.

ㅅ

시비지심 是非之心 맹자孟子, 공손추편公孫丑篇

是 옳은지 非 그른지를 之 (변별하는) 心 마음.
: 사단四端의 하나로 옳고 그름을 가릴 줄 아는 마음을 일컫는 말.

시see 본다, 옳음과 그름. **비**be 존재한다, 옳음에만. **지**금 **심**정을 이렇게!

시사여귀 視死如歸 구양수歐陽脩, 종수론縱囚論

視 간주한다, 여긴다. 死 죽음이란 如 같다고 歸 (자신이 원래 있던 곳으로) 돌아가는 것과 (같다고 여긴다.)
: 죽음 앞에서 두려워 떨지 않고 의연한 자세를 보여준다.

시큰둥하게 **사**망 따위, 별거 아니라고 **여**기지. 이거 이거 **귀**담아 들을 만한 태도지.

시소공지찰 緦小功之察

緦 3개월 입을 상복인 '시마'와 小功 5개월 입을 상복인 '소공'을 之 (3년 동안 입을 상복보다) 察 (더) 살피고 아낀다.
: 큰일과 작은 일의 우선순위를 잘못 매기는 모양이다.

시급하고 중요한 일보다 **소**소하고 사소한 일에 **공**을 더 들인다니… **지**엽적인 걸 크게 신경 쓰다니… **찰**싹! 한 대 맞아야겠다.

시시비비 是是非非 순자荀子, 수신편修身篇

是 (내가) 옳다! 是 (아니다! 내가) 옳다! 非 (네가) 그르다! 非 (아니다! 네가) 그르다!
: 옳고 그름을 밝혀 가리는 모양이다.

시비를 가리되 **시**비를 걸진 맙시다! **비**교하되 **비**하하진 맙시다!

시야비야 是也非也 사기史記, 백이열전伯夷列傳

是 옳 也 으냐? 非 그르 也 냐?
: 왈시왈비 曰是曰非

시끌시끌 생각들이 **야**단법석! **비**슷하지 않은 생각들이라 **야**단법석!

시어다골 鰣魚多骨

鰣 (썩 좋은) 준치라는 魚 물고기는 多 많다. 骨 잔뼈가 (많다.), 가시가 많아 먹기 힘들다.
: 좋은 일을 누리기 위해서는 감당해야 할 (번거로운) 대가가 있다는 뜻이다.

시선을 잡아끄는 이 남자의 매력에 **어**머,어머 하며 빠져들었는데 **다**른 여자들도 마찬가지라서 **골**났어! 성질났어! 마냥 좋지만은 않았어!

시오설 視吾舌 사기史記, 장의열전張儀列傳

視 보아라! 吾 내 舌 혀를 (보아라!)
: 오설상재 吾舌尙在

시원하게 나의 사상을 **오**로지 세 치 혀로 **설**파한다!

시위소찬 尸位素餐 한서漢書, 주운전朱雲傳

尸 아무 것도 모르는 어린아이가 位 자리를 차지하고 있는 것처럼 素 공연히 (관직에 머물면서) 餐 (하는 일 없이) 녹을 받는다.
: 관료가 관직 차지하고 제 역할을 못하면서 녹봉만 축내는 모양새다.

시장하십니까, 시장님? **위**장에 음식을 넣고 싶다고요? **소**량의 양심은 있으세요? **찬**찬히 돌아보세요. 뭘 했다고 밥 타령이세요?

시이불공 恃而不恐

恃 기댈 데가 있다. 而 그리하여 不 아니하다. 恐 두렵지 (아니하다.)
: 믿는 구석이 있어서 무서워하지 않는 모양이다. 뒤에서 받쳐 주는 세력이나 연줄이 있을 수도 있다.

시건방진 녀석이! **이**거 봐, 나 건드리면 후회할 걸. 내 뒤에 누가 있는지 알아? **불**량배들을 상대로 **공**포[恐怖] 하나 없이 자신 있게 공포[公布]한다.

시종여일 始終如一 양서梁書, 도흡전到洽傳

始 처음과 終 끝이 如 같다. 一 하나 (같다.)
: 시종일관 始終一貫

시작할 때부터 끝날 때까지 **종**일 **여**기 이 자리에 있어. **일**치할 거야, 항상 같은 모습으로.

시종일관 始終一貫

始 처음과 終 끝을 一 하나로 貫 꿰뚫다.

: 시작부터 중간 과정을 거쳐 끝맺을 때까지 늘 같은 모양이다.

시비를 걸며 시작된 정치 토론, **종**내 인신공격하다 **일**단락되네. **관**용이란 끝끝내 찾아볼 수 없었네.

시행착오 試行錯誤

試 검증하고 비교하며 行 실제로 해 본다. 錯 어긋나기도 하고 誤 그르치기도 하면서.
: 뜻대로 되지 않고 그르치기도 하는 학습 과정을 형용한 말이다.

ㅅ

시도했는데 **행**운아라서 **착** 단번에 성공하겠다고? **오**만한 생각이야. 무수히 틀릴 각오로 덤벼야 해.

시화연풍 時和年豊 조선왕조실록朝鮮王朝實錄

時 시대가 和 평화롭고 年 오곡이 잘 익고 豊 풍성하도다.
: 나라가 안정되어 아무 걱정 없이 평안하고 풍요로운 모습이다.

시절아, **화**기애애하여라! **연**이어 **풍**년이거라!

식불감미 食不甘味

食 (마음이 심란스러워) 먹어도 不 아니하네 甘 좋지 (아니하네) 味 맛이 (좋지 아니하네).
: 근심거리가 있거나 일이 잘못될까 불안하여 음식의 맛을 못 느끼고 있는 상태다.

식사를 해도 입맛을 **불**러들일 수 없구나. **감**각이 마비된 이유는 **미**련한 근심 걱정 탓.

식불이미 食不二味

食 먹을 때 不 아니한다. 二 두 가지 味 맛을 보지 (아니한다.)
: 반찬이 한 개뿐인 검소한 식단이다.

식사할 때 반찬이 **불**과 한 개뿐. **이**것이 바로 검소함의 **미**덕.

식소사번 食少事煩 삼국지三國誌 제갈량諸葛亮 일화逸話

食 먹는 것은 少 적게 하면서 事 일은 煩 번거로울 정도로 바쁘게 많이 한다.
: 적게 먹고 일은 많이 하는 모습이다. 이러면 건강을 해칠 수 있다.

식사는 **소**량으로 하는데, **사**무로 볼 일은 **번**거롭게 많아.

식언 食言 서경書經, 탕서湯書

食 먹는다. 言 (자기가 뱉은) 말씀을.

: 자기가 한 말을 마치 음식인 것처럼 도로 자기 입 안으로 넣어 먹는다. 약속을 어기는 행태를 해학적으로 표현한다.

식중독 걸려요! 자기가 뱉은 말을 그렇게 드시면요! **언**제 그랬냐는 듯 약속을 어기시면… 안 돼요!

식우지기 食牛之氣 시자尸子

食 삼킬 牛 소를 (삼킬) 之 (그런) 氣 기운.
: 어린 나이에도 기개가 엄청날 때 쓰는 표현이다. '나이 어린 사람'으로 그 범위가 축소된 이유는 호랑이 등의 '새끼'가 소를 삼킬 만하다는 원래의 맥락을 존중해서이다.

식사 메뉴로 **우**리 아이는 **지**리산 한우를 통째로 꿀떡할 **기**세랍니다. ♬♪

식자우환 識字憂患

삼국지三國志, 위부인衛夫人 일화逸話·소식蘇軾의 시 석창서취묵당石蒼舒醉墨堂

識 아는 것이 字 글자를 (아는 것이) 憂 근심이로다. 患 걱정이로다.
: 모르면 약일 텐데 아는 게 병이다. 모르는 것이 부처란 말과도 통한다.

식음을 전폐하다니 **자**네 무슨 걱정이 있는가? 지식이 많아질수록 **우**려할 일들도 많아져 **환**장하겠다네.

식전방장 食前方丈 맹자孟子, 진심盡心 하편下編

食 식사 음식이 前 앞쪽에 方 두루 丈 열 자(≒ 300센티미터)나 되도록 잘 차려져 있다.
: 사치스럽고 풍성한 상차림을 일컫는 말.

식탁 상다리가 휘어질 정도로 차린 상! **전** 정말 좋아요. ♬♪ **방**긋 웃음 가득… **장**이 오늘 소화하느라 일 좀 하겠네요. ♬♪

식지동 食指動 춘추좌씨전春秋左氏傳, 선공宣公 4년조年條

食指 집게손가락이 動 움직인다.
: 손가락은 왜 움직일까? 원래의 맥락을 살펴보면 두 가지 경우가 있다. 첫 번째는 의식의 개입 없이 손가락이 저절로 움직여지는 경우인데, 이것은 맛있는 음식을 먹을 징조다. 두 번째는 의식적으로 손가락을 움직이는 경우인데, 먹고 싶던 요리의 국물이라도 맛보기 위해서다. 어느 경우든 이 표현은 음식에 대한 욕심과 관련되어 있고, 나아가 사물에 대한 욕망으로까지 그 의미가 확장되어 해석되고 있다.

식식거리는 것을 보니 **지**금 또 대단한 욕심을 채우려는 **동**기 부여를 받았구나.

신경과민 神經過敏

神 정신 經 작용이 過 지나치게 敏 (불안정할 정도로) 민첩하다.

: 신경이 비정상적으로 예민한 모양이다.

신경질적으로 **경**미한 일에도 **과**도하게 **민**감해.

신급돈어 信及豚魚 주역周易, 중부괘편中孚卦篇

信 (워낙 믿을 만해서) 믿음이 及 미친다. 豚 돼지와 魚 물고기에게까지 (미친다.) — 이런 미물들조차 믿을 정도로 신뢰할 만하다.
: 신실성이 더없이 극진한 모양이다.

신의 성실한 사람은 **급**할 때 **돈** 꿀 때 **어**찌어찌 돈을 마련할 수 있다.

신기묘산 神機妙算 삼국지三國誌 제갈량諸葛亮 일화逸話

神 귀신같은 機 재치 妙 말할 수 없이 빼어나고 훌륭한 算 계책.
: 비범하게 어떤 일이나 문제를 명철하게 포착하고 분석 및 평가하여, 해결 대책을 능숙하게 세우는 모습이다.

신기하고 **기**발하고 **묘**한 생각이 가득한 마음의 **산**책.

신상필벌 信賞必罰 한비자韓非子, 외저설外儲說 우상편右上篇

信 (상을 줄 사람에게는) 확실히 賞 상을 주고 必 반드시 罰 (벌을 줄 사람에게는) 벌을 내린다.
: 매우 엄격하고 공정한 상벌 체계를 가리킨다.

신스 유 딛 쏘Since You Did So(너희들 그렇게 행동했기 때문에) **상**도 주고 **필**히 **벌**도 준다. 공명정대하게.

신색자약 神色自若

神 영혼의 色 빛깔이 自 스스로의 원래 색깔과 若 같다, 그대로다.
: 태연하고 냉정하다. 큰 사고나 안 좋은 일을 당했음에도 불구하고 침착한 태도를 잃지 않는 모습이다.

신기하네. 당황할 만한데 얼굴 **색**깔이 하나도 안 변하네. **자**네, **약**하지 않은 사람이군!

신심결정 信心決定 불교佛敎

信 (부처의 말씀을) 믿는 心 마음이 決 분명하게 정해져 定 (마음이) 움직이지 않고 안정을 이룬다.
: 부처의 구원에 대한 강한 믿음을 표현하고 있다.

신자들에게 **심**적 동요는 없었다. **결**백한 마음으로 **정**성껏 섬겼기 때문이었다.

신언불미 信言不美 노자老子, 도덕경道德經

信 믿을 만한 言 말씀은 不 아니하다. 美 아름답지 (아니하다.) — 아무런 꾸밈이 없다.
: 진실성이 담긴 믿음직한 말에 화려한 수식어 따위는 필요 없다.

신뢰해도 된다네, **언**제나 나의 말은. **불**필요한 **미**사여구 따윈 없는 내 말은.

신언서판 身言書判 신당서新唐書, 선거지選擧志

身 외모 言 말솜씨 書 글씨 判 판단력.
: 인재를 등용하는 기준로 꼽히는 네 가지이다.

신체의 풍모, **언**어인 말씨와 글씨 그리고 **서**두르지 않는 침착한 **판**단력.

신외무물 身外無物

身 몸 外 바깥에 無 없다. 物 (귀한) 물건이 (없다.) — 내 몸보다 소중한 것은 없다.
: 가장 가치가 크고 중요한 것은 바로 우리 몸이라는 말이다.

신체를 **외**면적이라고 **무**시하지 마. 정신의 존립 요건으로서 **물**질적 기반이니까.

신욕자 필진의 新浴者 必振衣 굴원屈原, 어부사漁父辭

新 새로 浴 몸을 씻은 者 사람은 必 반드시 振 털고 입는다. 衣 옷을 (털고 입는다.)
: 깨끗한 모습을 강조한 이 표현에는 더러운 속세의 티끌과 타협하지 않겠다는 강한 의지가 담겨 있다.

신선하고 상쾌하게 **욕**실에서 몸을 씻었다오. **자**칫 더러워질까봐 **필**사적으로 조심한다오. 세상의 **진**흙탕 개싸움과 단절하겠다는 **의**지라오.

신종여시 愼終如始 노자老子, 도덕경道德經

愼 조심스럽게 終 (마지막에도) 마친다. 如 같이 始 처음과 (같이).
: 처음처럼 마지막까지도 일을 신중하게 하는 모습이다.

신중한 마음 버스 : **종**점이 **여**기인가요? **시**작점과 같네요!

신종추원 愼終追遠 논어論語, 학이편學而篇

愼 몸가짐이나 언행을 조심하며 終 상을 당했을 때 (몸가짐이나 언행을 조심하며) 追 따르며 遠 (제사 지낼 때) 선조를 (따르며 정성을 다한다.)
: 상사喪事와 제사祭祀에 임하는 자세를 형용한다.

신이시여, 조상신이시여, **종**말이 종말이 아니길… **추**모하는 마음으로 끝까지 **원**통함이 없으시도록 극진히 모시겠습니다.

신진기예 新進氣銳

新 새로 (등장하여) 進 나아간다. 氣 기운이, 기세가 銳 날래고 날카롭고 왕성하다.
: 예사롭지 않은 신인의 등장이다. 성취욕이나 기개 또한 예사롭지 않다.

신홍 강자가 나타났다! **진**취적인 **기**상이 **예**사롭지 않다!

신진대사 新陳代謝

新 새로운 (생명 에너지를) 陳 베풀고 代 번갈아 謝 (노폐물을 몸 밖으로) 물리친다.
: 생체 내에서 생명을 유지하기 위해 이루어지는 활동 및 생체 밖으로 노폐물을 배출하는 활동을 일컫는 말. 오래된 것을 대체하여 새것이 생기는 것을 빗댄 표현으로도 쓰인다.

신체 내부에서는 **진**짜 바빠 **대**단히 큰 우주가 **사**실 사람의 몸 안에 들어 있지.

신체발부 수지부모 身體髮膚 受之父母 효경孝經

身 몸은, 體 (자식子息의) 몸은 髮 터럭 (하나까지도) 膚 살갗도 (모두) 受 받은 것이다.
之 그것들을 (받은 것이다.) 父 아버지와 母 어머니로부터 (받은 것이다.)
: 자식된 사람은 소중한 머리카락 한 올이나 피부 한 점도 상처가 나지 않게 조심하는 것이 바로 부모에 대한 효도가 된다는 뜻이다. 가장 자신을 사랑하는 것이 가장 자신을 사랑하는 사람들의 사랑에 보답하는 마음이 아닐까 하는 생각도 드는 구절이다.

신나는 **체**육 시간, **발**로 공차다 **부**딪혔어, **수**비수랑. **지**금 그래서 양호실로 가. ∵ **부**모님께 물려받은 몸, **모**양이 나빠지면 안 되니까!

신출귀몰 神出鬼沒 회남자淮南子, 병략훈편兵略訓篇

神 귀신처럼 出 나오고 鬼 귀신처럼 沒 빠진다.
: 출몰이 종잡을 수 없을 정도일 때 쓰이는 표현이다.

신기하게 **출**현했다가 **귀**신 같이 **몰**래 사라진다.

신토불이 身土不二 불교佛敎 노산연종보감盧山蓮宗寶鑑

身 (자신의) 몸과 土 (자기가 태어난) 땅은 不 아니다. 二 둘이 (아니다.)
: (원래의 종교적 의미에 관심을 두지 않고) 우리 농산물을 사랑하자는 선전 표어로 쓰이는 표현이다.

신체가 발붙인 **토**양을 신체랑 '따로' **불**러? 아뇨! **이** 둘은 '함께' 불러요!

실사구시 實事求是 한서漢書, 하간헌왕전河間獻王傳

實 실제 事 사실을 (바탕으로) 求 구한다, 탐구한다. 是 옳은 진실을, 진리를 (구한다, 탐구한다.)

: 고증학파考證學派의 객관적, 실증적인 학풍을 가리키는 말.

실제로 증명할 수 있는 **사**실인가 따진다. 공허하게 해석만 **구**하는 학문에 **시**비를 건다.

실천궁행 實踐躬行

實 실제로 踐 실천하며 躬 몸소 행하고 行 다니다.
: 실제로 자기 몸으로 직접 해 나가는 모습이다.

실천이 없다고? **천**만의 말씀! **궁**리해, 늘 **행**동을.

심광체반 心廣體胖 대학大學

心 마음이 廣 넓어지고 포용심이 생기면 體 몸도 (아울러) 胖 커진다, 편안해진다.
: 너그러운 마음으로 살면 몸이 살찐다는 뜻이다. 정신 활동이 신체 변화를 일으키는 현상이다. 몸에 살이 가득하다고 마음이 너그러운 것은 물론 아니겠지만….

심하게 살쪘다고 **광**활한 운동장이나 **체**육관에서 뛰라고 구박하지 마. 이 몸은 **반**듯하고 너그러운 마음 때문이니까. ♬♪

심기일전 心機一轉

心 마음의 機 틀이 一 단번에 轉 바뀐다.
: 어떤 원인으로 말미암아 지금까지 먹었던 마음이 180° 뒤집히는 모양이다.

심부름꾼이 **기**운이 빠져서 한마디 했지. **일**한 만큼 품삯을 두둑이 얹어 주겠다고. … **전**혀 다른 모습이 되더군.

심두멸각 心頭滅却 두순학杜荀鶴의 시

心 마음에서 頭 머릿속의 (마음에서) 滅 (잡생각이) 꺼지고 却 멎는다, 그쳐 없어진다.
: 그릇된 분별이나 집착을 떠나 마음이 빈 상태를 형용한다.

심란한 마음을 다스리며 **두**려움, 괴로움, 노여움, 질투, 욕심 등등 온갖 번뇌를 **멸**종시키는 **각**성의 시간.

심모원려 深謀遠慮 무경십서武經十書

深 깊이 있게 謀 꾀한다. 遠 멀리까지 慮 생각하며.
: 교묘한 방법이 수준이 높고 앞일을 멀리까지 헤아려 보는 모습이다.

심도 깊게 계획합니다, **모**든 것을 감안하여 **원**거리를 장기적으로 **려**(여)행하듯이.

심무소주 心無所主

心 마음에 無 없다. 所 바가 (없다.) 主 주인된 (바가 없다.)
: 내 마음의 주인이 내가 아니다. 자기만의 확고한 견해나 기품, 성질이 없을 때 쓰는 표현이다.

심각하게 충고 한마디 할게 : **무**슨 생각이 있긴 한 거냐? **소**심하게 굴지 말고 **주**관을 뚜렷하게 세워봐!

ㅅ

심복수사 心腹輸寫 한서漢書

心 마음속의 腹 생각들을 輸 알리고 寫 숨김없이 털어놓는다.
: 마음속으로 하는 생각을 숨김없이 모두 말하는 모양이다.

심장을 보여줄게! **복**잡한 심정도 다… **수**다 떨자, 친구야! **사**실 우린 베프best friend니까.

심복지우 心腹之友 당서唐書

心 마음 腹 속을 모두 之 (숨김없이 나누는) 友 벗.
: 자신의 속마음이나 속사정 따위를 숨긴 것이 없이 있는 대로 드러내는 매우 친한 동무를 일컫는 말.

심장이 **복**종하는, **지**음이라 불릴 만한 **우**정.

심사숙고 深思熟考

深 깊이 思 생각하고 熟 곰곰이 考 살피고.
: 깊이 생각하여 살피고 헤아리는 모습이다.

심장이 무엇을 원하는가? **사**원들은 고개 **숙**여 **고**민한다. — 오늘 점심 메뉴는 과연 무엇?

심상일양 尋常一樣

尋 보통 常 늘 그랬듯이 一 한 가지로 樣 (별 다르지 않은) 모양.
: 보통과 다름없는 모양이다.

심심한데? **상**황이 그냥 **일**상적인 **양**상이라.

심성구지 心誠求之 대학大學

心 마음이 誠 정성스럽게, 진실하게 求 구한다. 之 그것을 (구한다.)
: 전심전력으로 노력하는 모습이다.

심하게 망가진 모양이 **성**실성의 증거였던, **구**십구 퍼센트의 땀방울을 **지**탱했던, 어느 발레리나의 발가락.

심심상인 心心相印

心 마음에서 心 마음으로 相 서로 印 도장 찍는다. — (하나의) 마음이 (다른) 마음 안에 자리를 눌러 낸다.
: 염화시중 拈華示衆

심는다, 마음에서 **심**는다, 마음으로 **상**대방에게 **인**식된다.

심원의마 心猿意馬 불교佛教 조주록유표趙州錄遺表

心 마음은 猿 원숭이처럼 날뛰고 意 생각은 馬 말처럼 질주하고.
: 의마심원 意馬心猿

심기가 불편한 두 남자. **원**인은 한 여자. **의**지를 압도하는 정념에 **마**음이 뒤숭숭한 두 남자.

심장적구 尋章摘句 삼국지三國誌, 오지吳志 오주전吳主傳

尋 찾아서 章 (옛) 글들을 (찾아서) 摘 따서 쓴다, 베껴 쓴다. 句 글귀를 (따서 쓴다, 베껴 쓴다.)
: 원래의 맥락에서는 베끼는 행위를 꼬집으면서 얕은 학문적 태도를 비판하며 쓰인 표현이다. 그러나 오늘날 이 표현의 해석에는 부정적인 의미가 들어 있지 않은 것으로 보인다. 학문의 세계에서 인용은 없을 수도 없고 상당한 비중을 차지하는 부분이다. 따라서 구체적인 상황마다 사례별로 판단할 수밖에 없고, 어떤 마음가짐으로 인용하느냐에 따라 부정적인 해석도 가능하고 긍정적인 해석도 또한 가능하다고 본다.

심사숙고하며 **장**서들을 뒤져 **적**는다, 옛글의 **구**절들을 옮겨 적는다.

십년감수 十年減壽

十 10 年 년이나 減 줄일 정도로 壽 목숨을 (줄일 정도로) — 위험하거나 무서워서 놀라다.
: 소스라치게 깜짝 놀라거나, 두렵고 무섭거나, 위험하다거나 할 때 쓰는 표현이다.

십(10) 옆에 숫자 여덟(8)! (☞'18'☜ '욕'입니다) **년**(연)달아 이런 일 또 일어나는 건, **감**당할 **수** 없을 정도로 깜짝 놀랐어!

십독불여일사 十讀不如一寫 불교佛教

十 열 번 讀 읽는 것은 不 못하다. 如 같지 (못하다.) 一 한 번 寫 베끼는 것만 (같지 못하다.)
: 필사의 중요성을 역설한 표현이다.

십(10)회독이나 했어? **독**서를 많이 했다고 우쭐대지 마! **불**과 한 번이라도 **여**백의 종이에 **일**체의 책 내용을 베껴 쓰는 것이 **사**실 더 나을 수 있으니까.

십년한창 十年寒窓 유기劉祁, 귀잠지歸潛志

十 열 번이나 年 해가 바뀌어도 줄곧 寒 외롭고 허전한 窓 창문.

: 속세와 인연을 끊고 오랫동안 학문에 힘쓴 사람의 집안 풍경이다.

십팔 년간 **년**(연)이어 대학 입학이라는 **한** 가지 목적만을 위해… **창**창한 나의 미래를 위해….

십맹일장 十盲一杖

十 열 명의 盲 눈먼 사람들에게 (모두 쓰일 수 있는) 一 하나의 杖 지팡이.
: 여러 곳에 두루 쓸모 있는 사물을 일컫는 말.

십여 명의 **맹**인들 모두에게, 걷는 **일**이 쉽도록 도와주다니! **장**하구나, 너 단 한 개의 지팡이.

ㅅ

십목소시 十目所視 대학大學, 성의장誠意章

十 열 사람의 目 눈이 所 바이다. 視 보고 있는 (바이다.)
: 따라서 거짓으로 남을 속일 수 없다는 뜻이다. 특히 현대 사회는 CCTVClosed Circuit Television, 폐회로 텔레비전의 관찰, 인터넷에서의 급속한 전파 등을 통해 보는 눈이 훨씬 많아진 형국이다.

십상이다, 눈에 띄기 십상이다! **목**격자는 항상 존재한다! 모던 **소**사이어티Modern Society 현대 사회에서 **시**선은 항상 당신을 쫓고 있다!

십벌지목 十伐之木

十 열 번 伐 찍으면 之 (그러면) 木 나무는 (넘어간다.)
: 반복의 위력을 보여 준다. 그 반복의 예가 노력이 될 수도 있고, 설득이 될 수도 있고, 그 밖의 그 무엇도 될 수 있을 것이다.

십구 팔 칠 육 오 사 삼 이 일 땅! **벌**써 열 번 했나? 그럼 다시 열 번! **지**속적인 노력으로 **목**적 달성!

십보방초 十步芳草 설원說苑, 담총편談叢篇

十 열 步 걸음 (걷다 보면) 芳 아름답고 향기로운 草 풀이 (보인다.)
: 여기저기 훌륭한 인재가 흔한 풍경이다.

십만 리 밖으로 나갈 필요도 없소이다. **보**통 당신이 계신 **방**향에서 주위를 둘러보시면 **초**롱초롱한 눈망울들이 많이 보일 겁니다.

십시일반 十匙一飯 정약용丁若鏞, 이담속찬耳談續纂

十 (열 사람이 한 숟가락씩) 열 匙 숟가락(을 떠주면) 一 (한 사람이 먹을) 한 끼의 飯 밥이 나온다.
: 여러 사람들이 작은 힘을 모아 도움의 손길을 내미는 모습을 나타낸다.

십분의 일(1/10)씩만 **시**작해 봐! 열 사람이 **일**(1)이 되잖아. **반**갑게 한 사람을 도와줄 수 있어!

십양구목 十羊九牧 수서隋書

十 열 마리 羊 양을 키우는데 九 아홉 명의 牧 양치기가 있다.
: 백성의 수와 비교해볼 때 (백성을 다스리는) 관리들의 숫자가 너무 큰 경우를 빗댄 표현이다.

십만 명 백성들에게 **양**심도 없이 **구**만구천구백구십구 명의 벼슬아치가 있다면? **목**적은 백성을 위한 것이 아니라고 봐야겠지요!

십인십색 十人十色

十 열 人 사람이 (제각각) 十 열 가지 色 빛깔을 가진다.
: 사람들 모두 저마다 고유한 개성이 있다는 뜻이다.

십삼 인의 아해가 **인**도를 뛰어가고 있소. **십**삼 인의 아해 모두 **색**깔이 제각각이오.

십일지국 十日之菊 정곡鄭谷, 십일국十日菊

十 열흘 日 날이 之 된 菊 국화.
: 국화는 9월 9일이 한창때라고 한다. 그러므로 10일째인 국화라는 표현은 가장 활발하고 왕성한 시기가 지나버린 모습을 나타낸다.

십 년만 젊었다면… **일**흔 살 김 노인은 말한다. **지**금은 노쇠했지만 왕년엔 **국**내에서 내로라했다면서….

십중팔구 十中八九

十 열 中 가운데 八 여덟 or 九 아홉.
: 80~90%의 확률로, 일어날 확률이 아주 높은 수치이다.

십 급인 실력으로 **중**학생이 **팔** 단인 바둑 기사와 대국하면… 결과야 **구**태여 예측할 필요도 없이 뻔하지!

십행구하 十行俱下

十 열 行 줄을 俱 (모두) 함께 下 아래로 (읽어 나간다.)
: 속독을 의미한다.

십 권 째요, 벌써? **행**님(형님) 방금까지 **구** 권 읽지 않으셨소? **하**, (감탄사) 참 빨리 읽으시네예.

아가사창 我歌査唱

我 내가 (부를) 歌 노래를 査 사돈이 唱 부른다.
: 내가 할 소리를 남이 하고 있다. 화를 내거나 꾸중을 해야 할 사람은 자신인데 오히려 타인이 화를 내고 꾸중을 낼 때 쓰는 표현이다. 시어미 부를 노래 며느리 먼저 부르는 격이다.

아니 이거 제 노래인데요? **가**수가 항의하자, **사**실이 그렇다고 뭐 어쩌라고! **창**문이 깨질 정도로 더 역정을 내는 상대방.

ㅇ

아동주졸 兒童走卒 송사宋史

兒 젖먹이나 童 아이처럼 (철없는 아이들) 走 종, 하인이나 卒 심부름꾼처럼 (어리석은 사람들).
: 사리를 분별할 만한 지각이 없는 아이나 슬기롭지 못하고 둔한 사람을 가리키는 말.

아이, 참 **동**심이 가득한 생각이 **주**렁주렁 달리고 **졸**졸 흐르네.

아비규환 阿鼻叫喚 불교佛敎 법화경法華經

阿 (가장 끔찍한 고통을 겪는다.) ― 鼻 아비지옥(에 떨어진 것처럼) 叫 부르짖고 喚 울부짖는 처참한 풍경이다. ― 규환지옥(에 떨어진 것처럼).
: 비참하고 끔찍한 곳에서 괴로워하며 큰소리로 울며 부르짖는 모습을 형용한다.

아아 악 ! **비**참하게 고통받는 것이 유일한 **규**칙인 곳. **환**장할 불구덩이.

아사지경 餓死之境

餓 굶주려 死 죽을 (것만 같은) 之 (그런) 境 지경.
: 굶주려 죽을지도 모를 상황을 가리키는 말.

아이쿠, **사**람 살려! **지**금 너무 배고파. **경**제 상황이 너무 안 좋아.

아심여칭 我心如秤 제갈량諸葛亮, 잡언雜言

我 나의 心 마음은 如 같다. 秤 저울과 (같다.)
: 어느 한쪽으로 쏠리지 않고 공평한 마음을 뜻한다.

아름다운 균형 감각: **심**하게 치우치지 않아요. **여**러분 제가 이렇게 '공정'합니다. **칭**찬해 주세용! ♬♪

아유경탈 阿諛傾奪

阿 (권력에 빌붙어) 알랑거리고 諛 아첨하여 傾 (남의 지위를) 바르지 않은 방법으로 기울여 奪 빼앗는다.
: 권력가에게 빌붙어 타인의 지위를 강탈하는 모양이다.

아유, 참 제가 호호호호호… **유**창한 말빨(말발)로 알랑방귀 뀌며 **경**망스럽게 한 행동은요, **탈**취 수단이었다. 이놈아!

아유구용 阿諛苟容 사기史記, 염파인상여열전廉頗藺相如列傳

阿 알랑거리고 諛 비위를 맞추고 苟 구차하게 容 달래고 부추기고.
: 떳떳하거나 버젓하지 못한 모양으로 남에게 아첨하고 있다.

아부였구용, **유**감스럽구용, **구**차했구용, **용**쓰셨구용.

아전인수 我田引水

我 나의 田 밭에만 引 끌어 온다. 水 물을 (끌어 온다.)
: 제 논에 물 대기다. 이기주의를 형용한다.

아무튼 **전**제 욕심 채울 수 있는 일로 **인**정되는 일이라야만 **수**긍할 거예요.

아호지혜 餓虎之蹊 사기史記, 자객열전刺客列傳

餓 굶주린 虎 범이 之 오가는 蹊 좁은 길.
: 매우 위태롭고 안전하지 못한 곳을 일컫는 말.

아이쿠, 이 길은 **호**랑이가 어흥! 하는 곳이래. **지**나갈 때 조심해, **혜**진아!

악구잡언 惡口雜言

惡 나쁘고 더러운 口 입에서 雜 거칠게 섞여 나오는 言 (온갖 모욕적인) 말.
: 이런저런 여러 가지의 욕이 입에서 나오는 모양이다.

악을 쓰며 내뱉네. **구**멍(입 구멍)에서 나오는 **잡**스러운 온갖 욕, **언**어라고 하기도 참 뭣한 쓰레기.

악목불음 惡木不蔭 문선文選·관중管仲, 관자管子

惡 나쁜 木 나무에는 不 없다. 蔭 그늘도 (없다.)
: 인격과 덕망을 갖추지 못한 사람에게 바랄 것이 없다는 뜻이다.

악으로 물든 자에게 기대지 말라. **목**적과 행동이 **불**순하고 남을 **음**해하니까.

악발토포 握髮吐哺 한시외전韓詩外傳

握 움켜쥔다. 髮 머리카락을 (움켜쥔다.) 吐 토한다. 哺 음식을 (토한다.)
: 일목삼악발 一沐三握髮·일반삼토포 一飯三吐哺

악을 쓰고 **발**버둥친다, 국민을 위해. **토**할 듯 힘들어도 **포**기하지 않는다,

국민을 위해. — 이런 공직자, 없습니까?

악부파가 惡婦破家 통속편通俗編

惡 성질이 악독한 婦 며느리가 破 망가뜨린다. 家 집안을 (망가뜨린다.)
: 악녀가 남편이나 자식뿐만 아니라 집안 전체를 파국으로 몰아가는 모양이다.

악녀인 아내 탓에 **부**부는 **파**경을 맞고, **가**정은 해체되고.

악사천리 惡事千里 북몽삼언北夢蔘言

惡 나쁜 事 일은 (그 소문이) 千 천 里 리 ≒ 400킬로미터(멀리까지 빠르게 퍼진다.)
: 나쁜 짓이 세상에 빠르게 알려지는 모습을 형용한다.

악독한 **사**건 소식은 정말 빨리 퍼지지. **천**천히 걷지 않아. **리**얼리 패스트 정말 빨라.

악언불출구 惡言不出口 불교佛敎

惡 나쁜 言 말은 不 아니한다. 出 나오지 (아니한다.) 口 입에서 (나오지 아니한다.)
: 남을 해치는 못된 말을 입 밖에 내지 않는다. 말 그대로만 놓고 보면 좋은 뜻으로 보인다. 그러나 이러한 행동은 보이는 곳에서만 좋은 말을 하면서 뒤로는 험한 말을 하는 위선적 행동의 결과일 수도 있다.

악마가 **언**어를 유혹하며 **불**러도 **출**구를 단단히 막고 **구**해내라, 바르고 고운 말을.

악월담풍 握月擔風

握 손아귀에 쥐고 月 달을 (손아귀에 쥐고) 擔 짊어지고, 매고 風 바람을 (짊어지고, 매고).
: 달빛 아래에서 바람을 맞으며 흥겨워 한다. 손아귀에 달을 쥐고, 어깨에 바람을 짊어진다는 표현이 매우 낭만적이다.

악장이 펼쳐진다. **월**하의 풍경에 흥취가 **담**긴다. **풍**월을 읊조린다.

악인악과 惡因惡果 불교佛敎

惡 나쁜 행동으로 因 인하여 惡 나쁜 果 결과가 나온다.
: 악의 인과응보를 표현하고 있다.

악수한 후 **인**펙션infection(감염) 발생! **악**수한 게 **과**연 원인이었을까?

악전고투 惡戰苦鬪 삼국지연의三國志演義

惡 악조건 속에서 戰 싸운다. 苦 괴로움 속에서 鬪 싸운다.

: 아주 힘든 상황에서 아등바등 싸우거나 노력하는 모습이다.

악을 쓰며 **전**력을 다해 **고**된 환경 속에서 **투**쟁한다.

안거위사 安居危思 춘추좌씨전春秋左氏傳, 양공襄公 11년조年條

安 편안하게 居 살면서도 危 위태할 경우를 思 생각한다.
: 거안사위 居安思危

안락함에 흠뻑(흠빽) 빠져 있어도 **거**절한다, 안락함에만 안주하는 것을. **위**급한 일은 언제든 닥칠 수 있다는 **사**실을 알고 대비한다.

안고수비 眼高手卑

眼 눈만 高 높고 手 솜씨는 卑 낮다.
: 안고수저 眼高手低

안목만 **고**도로 높고, **수**준은 **비**참할 정도로 미달이야.

안고수저 眼高手低

眼 눈만 高 높고 手 솜씨는 低 낮다.
: 머리로는 닿을 수 없는 높은 기준을 설정하고, 실제로는 그 기준보다 훨씬 아래에서 행동하는 모양이다.

안중에 흙수저는 없고 **고**급 **수**저, 금수저만. 근데 **저**들의 실상은 흙수저.

안광지배철 眼光紙背徹

眼 눈 光 빛이 紙 (지금 읽고 있는) 종이의 背 뒷장까지 徹 꿰뚫어 파악한다.
: 책을 제대로 읽고 있다. 총명한 눈빛으로 낱낱이 글자의 의미를 파악하는 풍경이 펼쳐지는 듯하다.

안구에서 **광**선이 튀어나와 **지**금 보고 있는 책 페이지에서 **배**울 수 있는 모든 것을 **철**저하게 다 배운다, 보이지 않는 행간의 의미까지.

안광형형 眼光炯炯

眼 눈 光 빛이 炯 밝게 炯 빛난다.
: 총명한 모습이 눈빛에 담겨 있다.

안구 **광**채가 반짝반짝. **형**형색색 총명함을 **형**용하며 반짝반짝.

안도색기 按圖索驥 백락伯樂 일화逸話

按 살피며 圖 그림을 (살피며), 책에 그려진 말을 보고 索 찾는다. 驥 천리마를 (찾는다.)
: 그렇게 책에만 의존하여 찾은 것은 천리마가 아니라 두꺼비였는데, 이 두꺼비를 천

리마로 착각하고 만다. 원칙이라는 틀에 갇혀 융통성 없이 생각하고 행동하는 모양을 형용한다.

안주하지 마, 책에서 본 것만으로. **도**통 책 내용만으로 세상을 바라보면 **색**맹이 되어 버릴 거야. **기**준이 달라, 세상에서 겪는 경험은.

안마지로 鞍馬之勞

鞍 안장을 지우고 馬 말에 (안장을 지우고) 之 (장거리를 달려가는) 勞 수고로움.
: 먼 길을 마다하지 않는 수고를 가리키는 말.

안 오셔도 되는데, 먼 길이라. **마**음 쓰셔서 오셨군요, 이 먼 길을. **지**극히 당연한 일을 했을 뿐입니다. **로**(노)고라고 할 만한 것도 아닙니다.

ㅇ

안면몰수 顔面沒收

顔 낯을, 표정을 面 얼굴빛을 沒 빼앗아 收 거둔다.
: 지금까지의 얼굴빛과 전혀 다른 얼굴빛이 된다. 그동안 알던 다른 사람을 고의로 무시하는 (속된 말로 쌩까는) 행동을 의미한다. 부끄러워할 만한 일을 부끄러워하지 않는 뻔뻔스러운 행동을 뜻하기도 한다.

안 적이 있었던가, 우리? **면**전에서 **몰**(뭘) 봐? 하며 싹 무시하는데… **수**치스러웠어.

안명수쾌 眼明手快

眼 눈이 明 밝다. (상황 파악이 뛰어나다.) 手 손이 快 빠르다. (일 처리 능력이 탁월하다.)
: 일의 정황 등을 빠르게 알아내고 일을 날래고 재빠르게 해내는 모습이다.

안구가 초롱초롱하니 **명**백히 잘 이해하고 있군. **수**울수울(술술) 척척 일 처리도 **쾌**활하고 시원시원하군.

안목소시 眼目所視

眼 (남들의) 눈이 目 (남들의) 눈이 所 바이다, 상황이다. 視 보고 있는 (바이다, 상황이다.)
: 남들이 보고 있는 형편이다.

안 본 사람이 없다는, **목**소리만 들어도 좋다는 **소**녀 **시**대의 무대를 바라보는 눈길들.

안분지족 安分知足

安 편안하고 分 자신의 분수, 처지에서 (편안하고) 知 안다. 足 만족하게 여길 줄 (안다.)
: 분수에 맞게 살면서 편안하고 만족한 기쁨을 누리고 있다.

안녕? My Life 내 삶아, **분**수를 알고 **지**금 현재의 모습 그대로 충분히 **족**하단다. 그래서… 고마워!

안불망위 安不忘危 주역周易, 계사편繫辭編 하下

安 편안할 때도 不 아니한다. 忘 잊지 아니한다. 危 위태로울 경우를 (잊지 아니한다.)
: 늘 경계를 늦추지 않는다. 편안한 삶 속에서도 방심하지 않고 위험을 경계한다.

안심하지 말고 **불**의의 사고에 대비해. **망**을 보는 자세로 **위**험에 대비해.

안빈낙도 安貧樂道 논어論語, 옹야편雍也篇·맹자孟子, 이루離婁 하편下編

安 편안하다. 貧 가난해도 (편안하다.) 樂 즐겁다 道 마땅히 지킬 건 지키는 삶이 (즐겁다.)
: 가난한 삶 속에서도 마음 편히 도를 누리는 모양이다.

안락해. 가난이 녹아든 **빈**집에 살아도 **낙**원이야, 여기가. **도**시의 화려함? 굿바이!야.

안서 雁書 한서漢書, 소무전蘇武傳

雁 기러기 (다리에 매서 보낸) 書 글.
: 편지를 가리키는 말.

안부를 묻는 편지로 다가오는 마음. **서**로 멀리 떨어져 있지만….

안심입명 安心立命 불교佛教 달마어록達磨語錄

安 (번뇌에서 벗어나) 편안한 心 마음으로 立 자리잡는다. 命 자연의 이치에 따르며 (자리잡는다.)
: 마음에 평화가 도래하고, 천명에 몸을 맡기는 모습이다.

안녕! 번뇌, 안녕! **심**심하겠지만… 번뇌, 안녕! **입**맛 안 맞아… 번뇌, 안녕! **명**(하늘의 뜻, 명령)을 받들래… 번뇌, 안녕!

안중지인 眼中之人

眼 눈 中 가운데 之 (든) 人 사람.
: (마음의 눈으로) 항상 보이는 사람이다. 늘 마음속에 품고 사는 사람을 뜻한다.

안경을 쓰는데 그 **중**앙에 새겨진 상은 **지**극히 소중한 너야. (그래서) 내 **인**생은 늘 널 바라봐.

안중지정 眼中之釘 신오대사新五代史, 조재례전趙在禮專

眼 눈 中 가운데 之 (박힌) 釘 못.

: 눈엣가시다. 몹시 밉고 눈에 거슬리는 사람을 가리킨다.

안 보고 싶은 놈. **중**간에 자꾸 끼어들어 **지**긋지긋하고 **정**말 거슬리는 사람.

안택정로 安宅正路 맹자孟子, 이루離婁 상편上編

安 편안한 宅 집 (같은 인仁) 正 바른 路 길 (같은 의義).
: 인의仁義를 빗댄 표현이다.

안 돼, 붙잡지 마! **택**시 타고 집에 가야 해. **정**말이야! '인'이라는 나의 집으로 **로**드(길) 따라, '의'라는 길을 따라….

ㅇ

안하무인 眼下無人 초각박안경기初刻拍案驚奇

眼 (모든 사람들을 자신의) 눈 下 아래(에 놓는다.) — 아랫사람을 보듯 내려다보며 업신여긴다. 無 없다. 人 (사람답게 대우할) 사람이 (자신의 눈에는 없다.)
: 교만한 마음으로 남을 낮추어 보거나 하찮게 여기는 모양이다.

안다고 빼기는 거냐? **하**여튼 건방지구나! **무**어 그리 잘났다고 **인**간들을 그렇게 업신여기느냐?

암거천관 巖居川觀 사기史記, 범수채택열전范睢蔡澤列傳

巖 바위굴에서 居 살며 川 흐르는 냇물 觀 바라보며.
: 세상일에 관여하지 않고 숨어 살며 자연을 벗하고 노니는 모습이다.

암튼 난 자연 속에서 **거**주할래. **천**천히 냇물 흐르는 소리에나 **관**심 둘래.

암운저미 暗雲低迷

暗 어두운 雲 구름이 低 낮게 (드리우며) 迷 어지럽게 한다.
: 불길한 징조다.

암흑의 구름이 암흑의 그림자를 **운**반한다, **저**렇게 낮게… **미**처 벗어날 틈도 주지 않고.

암전난방 暗箭難防

暗 어둠 속에서 箭 (날아오는) 화살은 難 어렵다. 防 막기 (어렵다.)
: 불의의 습격을 방어하기란 어렵다.

암흑 속에서 날아오는 화살은 **전**혀 예측하기 힘드니까 **난**감하고 **방**어하기 어려워.

암중모색 暗中摸索 수당가화隨唐嘉話

暗 어두운 中 가운데 摸 찾는다. 索 더듬어 찾는다.
: 막연하게 문제를 해결하기 위해 허우적대는 모습을 형용한다.

암흑 속 **중**간에서 **모**양도 분간하지 못한 채 **색**출해 내려 애쓴다.

암중비약 暗中飛躍

暗 어두운 中 가운데 飛 날고 躍 뛰고.
: 남들의 눈에 띄지 않고 활발하게 활동하는 모양이다.

암암리에 **중**요한 목적을 달성하기 위해 **비**지 비지busy busy 바삐 바삐 **약**진한다.

암향부동 暗香浮動

暗 눈에 보이지 않는 香 향기가 浮 (평화롭게) 떠다니며 動 움직인다.
: 드러나지 않은 채 깊고 평안한 분위기로 떠도는 향기를 형용한다.

암흑 속에서 **향**기가 퍼진다, **부**드러운 **동**선을 그리며.

압권 壓卷

壓 누르면서 卷 (다른) 과거 답안지들을 (누르면서 가장 위에 올려놓는 장원 급제 답안지).
: 최고를 일컫는 말.

압도적으로 훌륭해서 **권**장할 만해.

앙관부찰 仰觀俯察

仰 (하늘을) 우러러보며 觀 관찰한다. — 천체의 운행 현상을 俯 고개를 숙여 察 살펴본다. — 땅의 지리 상태를
: 천문과 지리를 살피는 모양이다. 다른 한편으로 부찰앙관俯察仰觀은 아랫사람을 살피고 윗사람을 우러러본다는 뜻으로 쓰인다.

앙칼지게 **관**찰한다, 하늘을. **부**지런히 굽어 본다, **찰**진 땅바닥을.

앙급지어 殃及池魚 여씨춘추呂氏春秋, 효행람孝行覽 필기편必己篇

殃 (뜻밖의) 재앙이 及 미친다. 池 연못 속 魚 물고기에게.
: 지어지앙 池魚之殃

앙, 억울해. **급**작스럽게 **지**금 이 재난을 엉뚱한 우리가 당하네. **어**찌할 도리도 없이….

앙불괴어천 仰不愧於天 맹자孟子, 진심盡心 상편上編

仰 (하늘을) 우러러 본다. 不 아니하다. 愧 부끄럽지 (아니하다.) 於 ~에 天 하늘(에 우러러 부끄럽지 아니하다.)
: 하늘을 우러러 부끄러움이 한 치도 없다는 뜻이다.

앙상한 몸을 일으켜 세운다. **불**길처럼 번지는 **괴**물 같은 모욕의 소리들, **어**처구니없어 **천**천히 하늘을 본다. 떳떳한 마음, 가득 안고….

앙수신미 仰首伸眉 사마천史馬遷, 보임소경서報任少卿書

仰 쳐들고 首 머리를 (쳐들고) 伸 편다. 眉 눈썹을 (편다.)
: 고자세로 남들에게 굽실거리지 않는 태도를 일컫는 말.

앙칼진 태도로 여전히 꼿꼿하다. **수**세에 몰려서 굽히라고 **신**신당부해도… **미**동도 하지 않는다.

앙앙불락 怏怏不樂

怏 원망스럽고 怏 불만스럽고 不 아니하고 樂 즐겁지 (아니하고).
: 마음에 차지 않거나 언짢고 섭섭하게 여겨 즐겁지 않은 모양이다.

앙앙 울기만… **앙**앙 울기만… **불**만족한 표정으로, **락**(악)다문 표정으로.

앙인비식 仰人鼻息 후한서後漢書, 원소전袁紹傳

仰 우러러보며 人 남들을 (우러러보며) 鼻 (남들이) 코로 息 숨쉬는 것까지 (우러러보며).
: 지나치게 남들 눈치보며 남들의 비위를 맞추는 모양을 형용한다.

앙, 부장님… **인**사하며 쪼르르 따라가 **비**위 맞추는 아첨꾼. **식**사하러 가시죠, 딸랑딸랑.

앙천이타 仰天而唾

仰 우러러 본다. 天 하늘을 (우러러 본다.) 而 그리고 唾 (하늘을 향하여) 침을 뱉는다.
: 누워서 침 뱉기다. 악한 기운을 담아 타인을 향해 쏜 화살은 반드시 자신을 겨냥하여 되돌아온다는 진리가 담겨 있다.

앙앙… 왜 우니? 얼굴은 왜 그래? **천**장 향해 침 뱉었더니 **이**렇게 **타**액이 내 얼굴에…. 앙앙….

애국애족 愛國愛族

愛 사랑한다. 國 (자기) 나라를 (사랑한다.) 愛 사랑한다. 族 (자기) 겨레를 (사랑한다.)
: 나라 사랑, 겨레 사랑이다. 국난의 시기에 진가가 드러나는 표현이다.

애국자는 **국**가와 민족을 사랑하지. **애**국자는 **족**적을 역사에 남기지.

애급옥오 愛及屋烏 설원說苑

愛 사랑이 及 미친다. 屋 (사랑하는 사람) 집 지붕(에 있는) 烏 까마귀에게까지 (사랑이 미친다.) — 그 까마귀까지 사랑스럽다.
: 옥오지애 屋烏之愛

애정이 지나쳐 **급**기야 **옥**의 티까지 **오**점과 티끌에까지 애정이 미친다.

애매모호 曖昧模糊

曖 (이건지 저건지) 희미하고 昧 (이건지 저건지) 어둡고 模 (뚜렷하지 않아) 흐리터분하고 糊 (뚜렷하지 않아) 어렴풋하다.
: 명확성이 결여되고 불분명한 모양이다.

애냐, vs. 어른이냐, **매**우 구별이 곤란하군. **모**습은 어른인데… 노는 모양새가 **호**잇! 호잇! 둘리의 주문을 외치니, 어른… 맞나?

애별리고 愛別離苦 불교佛教 팔고八苦

愛 사랑하는 사람과 別 헤어지고 離 떼어지는 苦 괴로움.
: 인간의 팔고八苦 가운데 하나로 할 때 사랑하는 이와 이별하며 겪는 괴로움을 뜻한다.

애인이었던, **별**이 되어주었던 사람과의 **리**(이)별이 가져온 **고**통.

애이불비 哀而不悲 삼국사기三國史記, 잡지雜誌 악편樂篇

哀 슬프다. 而 그렇지만 不 아니한다. 悲 슬퍼하지 (아니한다.)
: 역설적 표현이다. 속은 슬픈 마음이지만 겉으로 내색하지 않는다고 흔히들 해석하지만, 이렇게 겉과 속을 나누는 해석을 한다면 이 표현이 담고 있는 모순된 감정을 희석시키는 것은 아닌가 하는 의구심이 강하게 든다.

애잔하게 표출되는 슬픔. **이**토록 자제하는 얼굴에 **불**가피하게 드러나는 **비**극.

애인여기 愛人如己

愛 사랑한다. 人 남을 (사랑한다.) 如 듯이 己 내 몸 (아끼듯이).
: 자기 몸을 사랑하듯이 남을 사랑하는 모습이다.

애정을 듬뿍 담은 **인**물화의 모델은 내 애인. **여**기 나만큼, 아니 나보다 더, 사랑스러운 **기**분 좋은 얼굴.

애인이목 礙人耳目

礙 꺼림칙하게 생각한다. 人 남들이 耳 (자신에 대해) 귀로 듣는다거나 目 (자신에 대해) 눈으로 보는 것을 (꺼림칙하게 생각한다.)

: 남들의 주의나 시선을 기피하는 모습이다.

애인이 **인**기가 많아 **이**목이 집중되는 게 싫어. **목**표가 되는 게 싫어.

애지중지 愛之重之

愛 사랑하고 之 그를, 그것을 (사랑하고) 重 소중히 여기고 之 그를, 그것을 (소중히 여기고).
: 아주 아끼고 소중히 여기는 모양이다.

애정 발사! **지**연(지체)도 없다! **중**단도 없다! **지**속적으로 애정 발사!

ㅇ

야기요단 惹起鬧端 불교佛敎

惹 끌어당겨 起 일으킨다. 鬧 시끄럽게 端 (옳고 그름의) 끄트머리를 (끌어당겨 일으킨다.)
: 서로 네가 옳으네 내가 옳으네 하며 시끄럽게 다투는 발단을 형용한 표현이다. 원래의 맥락에서는 진리를 추구하는 방법론으로서 무엇이 옳고 그른지를 끊임없이 따지는 모양이다.

야박하게 **기**를 쓰며 공박한다. **요**란하고 **단**호하게 반박한다.

야랑자대 夜郎自大 사기史記, 서남이열전西南夷列傳

夜郎 야랑이라는 부족 국가가 自 스스로 大 크다고 자랑한다. — 정말 큰 한나라 앞에서
: 요즘 식으로 따지면 일본 사람이 미국 사람에게 일본 땅이 세상에서 제일 크다고 뽐내는 모양이다. 자기 주제를 모르고 우쭐거리는 모양을 형용한다.

야 임마(인마)! **랑**(낭)랑한 목소리로 **자**신감 뽐내는데, **대**체 네 주제는 알고 하는 소리냐?

야반무례 夜半無禮

夜 밤이 半 한창이면 無 없다. 禮 예도는 (없다.)
: 한밤중에 예의는 불필요하다는 뜻이다.

야간에, 깜깜하면 **반**드시 예의를 갖출 필요는 없다. **무**엇도 보이지 않으니까 **례**(예)절이 의미 없다.

야불폐문 夜不閉門

夜 밤에도 不 아니한다. 閉 닫지 (아니한다.) 門 문을 (닫지 아니한다.)
: 밤에 대문을 걸어 잠글 필요가 없을 정도로 살기 좋은 세상이다. 평화롭고 사람들이 불순한 생각을 하지 않는 세상을 나타낸다.

야간에도 자물쇠가 **불**필요해서 **폐**기해버려. **문**을 활짝 열어.

야심만만 野心滿滿

野心 큰일을 이루고자 하는 욕망이 滿滿 (마음 속에) 찰찰 넘치도록 가득가득 들어차 있다.
: 무언가를 이루려는 의욕이 대단한 모습이다.

야무지게 행동하고 **심**사숙고하라! **만**약 큰 뜻을 펼쳐 **만**인에게 인정받고자 한다면….

야이계주 夜以繼晝

夜 밤 以 부터 繼 (쉬지 않고) 이어 晝 낮까지 (계속한다.)
: 불철주야 不撤晝夜

야심한 밤부터 한낮에 **이**르기까지 **계**속 **주**력을 기울인다.

야행피수 夜行被繡 사기史記, 항우본기項羽本紀·한서漢書, 항적전項籍傳

夜 (깜깜한) 밤에 行 다닌다. 被 입고 (다닌다.) 繡 수놓은 비단옷을 (입고 다닌다.)
: 너무 어두운 밤이라 비단옷이 빛을 발하지 못한다. 원래의 맥락에서는 이룩한 공이 널리 세상에 알려지지 않는 모양을 비판적으로 표현한 말이다. 요즈음에는 생색을 내도 아무도 알아주지 않는 경우 쓰일 수 있는 표현이다.

야호! 신나서 **행**동하지만… **피**했어, 사람들의 시선을. 그래서 **수**군수군할 일이 없어.

약득일적국 若得一敵國 사기史記, 유협열전遊俠列傳

若 같다. 得 얻는 것 (같다.) 一 하나의 敵 대적할 國 나라를 (얻는 것 같다.)
: 감당하기 부담스러운 적국과 같은 존재감을 지닌 인재를 등용함으로써 그 적국에 맞서 싸우기가 한결 수월해졌다는 뜻이다. 훌륭한 인재를 얻고 마음이 든든해지는 심정을 표현한다.

약으로 따지면 보약을 **득**템한 듯…. **일**을 잘할 **적**합한 인재가 들어왔으니 **국**면이 달라질 듯….

약롱중물 藥籠中物 당서唐書, 적인걸전狄仁傑專

藥 (항상 손쉽게 쓸 수 있도록) 약 籠 그릇 中 가운데 (넣어둔) 物 (가장 중요한) 약.
: 원래의 맥락에서는 충언도 거리낌 없이 하는 심복을 의미하는 표현이다. 오늘날에는 늘 가까이 둘 정도로 자신에게 없어서는 안 될 인물을 비유한 표현으로 볼 수 있다.

약이야, 보약이야. **롱**(농)담이 아니야. 진짜 정말 **중**요한 존재라 **물**론 말할 것도 없이 늘 가까이 두고 있지.

약마복중 弱馬卜重

弱 약한 馬 말에게 卜 짐바리가 重 (너무) 무겁다.
: 힘을 쓰는 일이든 머리를 쓰는 일이든 그 사람의 역량으로는 완수하기 버거운 일을 맡기는 모양이다.

약한 저의 **마**음과 몸으로는 **복**종해서 맡기에는 너무 **중**책이옵나니다.

약방감초 藥房甘草

藥 한약을 짓는 房 곳에서 甘草 (소량씩 꼭 필요한 한약재인) 감초.
: 어느 경우에나 빠지지 않고 끼는 사람이나 사물을 가리킬 때 쓰인다.

약간 사소해 보인다고 소홀히 하다간 **방**심하고 그거 챙기지 않았다간 **감**당하지 못할 일을 **초**래할 수도 있어.

약붕궐각 若崩厥角 맹자孟子, 진심盡心 하편下編

若 같이 崩 (짐승이) 무너져 厥 그 角 뿔을 (땅에 박으며 두려워하는 것 같이).
: 백성이 임금 앞에서 엎드리며 머리를 조아리는 모습을 형용한다.

약한 마음이 **붕**괴되었다. **궐**기한 건 **각**성된 두려움.

약석지언 藥石之言 당서唐書

藥 약과 石 돌침 之 (같은) 言 말씀.
: 남의 잘못을 콕 집어 말하여 그 사람이 잘못을 고치게끔 도와준다. 이른바 지적질이지만, 그 사람에게 긍정적인 개선 효과를 가져오기 때문에 약과 돌침으로 비유하고 있다.

약이 되는 말씀이시다. **석**봉(한석봉) 어머님의 말씀처럼 **지**혜가 담긴 말씀이시니 **언**제나 명심하거라.

약섭춘빙 若涉春氷

若 같다. 涉 (밟고) 건너는 것 (같다.) 春 봄에 氷 (얇은) 얼음을 (밟고 건너는 것 같다.)
: 상당히 위험한 상황을 가리키는 말.

약간 많이… 위험할 것 같은데? **섭**섭할 것 같은데, 물에 빠지면. **춘**삼월에 (금방 깨질 듯한) 호수의 **빙**판길을 걷다니….

약육강식 弱肉强食 한유韓愈, 송부도문창사서送浮屠文暢師序

弱 약한 자의 肉 고기를 强 강한 자가 食 먹는다.
: 정글의 법칙이다. 그러나 현대인들도 이 정글에서 자유롭지 못한 것으로 보인다.

약한 동물을 잡아먹는 **육**식 동물의 이미지. **강**한 자가 살아남는다는 **식**상한 논리.

약팽소선 若烹小鮮 노자老子, 도덕경道德經·한비자韓非子, 해로편解老篇

若 같이 烹 삶는 것 (같이) 小 작은 鮮 생선을 (삶는 것 같이).
: 작은 생선은 부서지기 쉬우므로 함부로 뒤집으며 요리할 수 없다. 'Let it be'(내버려 둬) 정신으로 건드리지 않고 그대로 두지만, 그렇다고 신경을 끄는 것은 아니고 꼼꼼하고 주의 깊게 살펴본다. 위정자가 나라를 다스리는 태도로 언급된 표현이다.

약간 개입을 줄여라. 그렇다고 **팽**개쳐 버리란 말은 아니다. **소**중하게 조심조심 국민을 대하며 **선**장 노릇을 하라, 지도자들아!

양금택목 良禽擇木 춘추좌씨전春秋左氏傳, 충공衷公 18년조年條

良 훌륭한 禽 새는 擇 가린다. 木 (머물) 나무를 (가린다.)
: 원래의 맥락에서는 훌륭한 사람은 섬길 임금을 가린다는 뜻으로 쓰인 말이다. 어떻게 보면 적성에 맞는 진로를 탐색하는 과정은 자신의 능력이나 인격을 알아주는 환경을 찾는 여정이라고 볼 수 있다. 이런 의미에서 이 표현을 현대적으로 변용하여 사용해도 무방하리라고 본다.

양심에 따라 마음껏 일할 수 있는 자리면 됩니다. **금**은보화의 유혹은 **택**견 발차기로 날려버리겠습니다. **목**숨도 걸겠습니다, 나를 정말 알아주는 자리라면.

양두구육 羊頭狗肉 안자춘추晏子春秋, 무문관無門關

羊 양 頭 머리(를 걸어놓고) 狗 개 肉 고기(를 판다.)
: 원래의 맥락에서는 위정자가 자기도 하지 않는 일을 백성들에게 하라고 하는 모양을 빗댄 표현이다. 요즈음에는 겉으로는 그럴 듯한 것을 내세우면서, 속은 그에 버금갈 만한 내실이 갖추어져 있지 않은 경우라고 해석한다.

양호한 줄 알고 **두**드려 보니… **구**역질 나! 겉과 속이 달라! **육**갑 떨래?

양민오착 良民誤捉

良 무고한 民 백성을 誤 그릇, 옳지 않고 잘못되게 捉 잡는다.
: 죄가 될 만한 허물이 없는 사람을 잘못 잡는 모양이다.

양심이 있으십니까? **민**중의 지팡이라더니 **오**도 가도 못하게 **착**오로 사람을 붙잡아놓고….

양봉연비 兩鳳連飛

兩 두 마리의 鳳 봉황새가 連 잇닿아서 飛 날아간다.
: 양봉제비 兩鳳齊飛

양날개를 펼친 **봉**황 두 마리가 **연**이어 **비**행하는 장관.

양봉제비 兩鳳齊飛

兩 두 마리의 鳳 봉황새가 齊 가지런히 飛 날아간다.
: 형제가 나란히 세상에 이름을 떨치거나 업적을 이루는 모습을 형용한다.

양쪽에서 **봉**황이 함께 **제**멋을 뽐내며 **비**행한다.

양상군자 梁上君子 후한서後漢書, 진식전陳寔傳

梁 들보 上 위의 君 어진 子 사람.
: 천장의 들보에 몰래 숨어 있는 사람, 즉 '도둑'이다. 반어적인 표현이 돋보인다.

양심이 없는 듯 **상**대방의 지갑을 **군**중 틈에서 슬쩍해서 **자**신의 호주머니에 넣는 도둑.

양상도회 梁上塗灰

梁 들보 上 위에 塗 칠한다. 灰 회반죽을 (칠한다.)
: 지나치게 많은 분을 바른 얼굴을 비꼬는 말

양이 많아. **상**당히 뭔가 얼굴에 양이 많아. **도**회지 풍경이 그래. **회**사로 출근하는 여성들 얼굴이 그래.

양수겸장 兩手兼將

兩 두 개의 (장기짝이) 手 (말밭에서) 수가 된다. 兼 함께 將 장군을 부르는 (수가 된다.)
: 두 방향에서 동시에 같은 목표를 겨냥하고 있는 형국이다.

양쪽에서 동시에! **수**단이 참 좋구만. **겸**비한 그 수단들이 **장**점으로 빛나길 바라네.

양수집병 兩手執餠 순오지旬五誌

兩 두 手 손에 (모두) 執 잡고 있다. 餠 (똑같은) 떡을 (잡고 있다.)
: 어느 것 하나를 선택하지 못하고 우물쭈물하는 모습을 형용한다.

양쪽 중에 뭘 해야 하지? **수**수께끼가 되어버려 콕! **집**어 하나를 시원하게 하지 못하고 **병**풍 속 떡 보듯 하네.

양시쌍비 兩是雙非

兩 (각자의 입장을 듣고 보면) 둘 다 是 옳고 雙 (상대편의 비판을 듣고 보면) 둘 다 非 그르다.
: 시비를 가리지 못하고 있다.

양쪽이 팽팽하게 대립한다. **시**각과 근거가 **쌍**벽을 이루어 **비**등비등하게 맞선다.

양약고구 良藥苦口 공자가어孔子家語, 육본편六本篇·설원說苑, 정간편正諫篇

良 좋은 藥 약은 苦 쓰다. 口 입에 (쓰다.)
: 다른 사람이 속에서 우러나는 참된 마음으로 자신의 허물을 타이르는 말을 하면, 듣는 사람 입장에서는 듣기 거북할 수 있다. 하지만 참고 따르면 자기 자신에게 크게 도움이 될 것이다.

양날개가 돋는 듯 기운이 날 **약**이옵니다. **고**통스러운 맛이긴 하지만 **구**하기 정말 어려운 보약이라니깐요.

양예일촌 득예일척 讓禮一寸 得禮一尺 태평어람太平御覽

讓 양보하면 禮 예의를 다하여 정중하게 一 한 寸 치 ≒ 3센티미터 (양보하면) 得 (보답으로) 얻는다. 禮 예의를 다하여 정중하게 一 한 尺 자 ≒ 30센티미터 (얻는다.)
: 양보의 미덕을 잘 표현하고 있다. 양보하는 행위를 손해로 보는 시각이 많은데 (궁극적으로) 양보는 손해가 아니라 이익이라는 삶의 지혜가 담겨 있다.

양보했더니, 촌놈이 **예**의 바르게 **일**만 원어치 손해를 감수했더니, 그 **촌**놈이 **득**템을! 그 **예**의를 높게 사서 **일**백만 원어치 보상을 **척**! 다시 얻었네!

양옥부조 良玉不彫

良 좋은 玉 옥은 不 (필요) 없다. 彫 다듬을 (필요 없다.)
: 더 이상 가공할 필요가 없을 정도로 이미 훌륭한 모습이다.

양질의 **옥**이라 **부**럽습니다. **조**각할 필요조차 없는 조각이네요.

양인지검 兩刃之劍 자치통감資治通鑑

兩 두 쪽으로 刃 칼날이 之 (있는) 劍 칼.
: 양날의 검이다. 양면성을 띤 상황을 일컫는 말.

양쪽으로 다 **인**정할 수 있어. **지**원군이 될 수도 있고, 적군이 될 수도 있지. **검**증 가능해, 둘 다.

양입제출 量入制出

量 가늠하여 살펴본 후 入 수입을 (가늠하여 살펴본 후) 制 계획한다. 出 지출을 (계획한다.)
: 수입을 기준으로 지출을 미리 가늠하는 모습이다.

양을, 쓸 돈의 양을 정해야 할 **입**장이라서요. **제**가 받을 **출**연료를 알려주세요.

양자택일 兩者擇一

兩 두 가지 者 것 중에 擇 가려 뽑는다. 一 하나를 (가려 뽑는다.)
: 둘 사이에서 하나를 뽑는 모양이다.

양쪽 중에 하나를 **자**, 망설이지 말고 **택**해라! **일**일이 꼼꼼히 살펴보고 나서….

양장소경 羊腸小徑

羊 양의 腸 창자처럼 (휘고 꼬이고) 小 좁은 徑 길.
: 합격을 향하여 나아가는 수험 생활의 험난한 여정을 비유한다.

양도 많고, **장**난 아니게 어렵지만 **소**기의 목적, **경**제학과 합격을 위해 오늘도 수험서들과 씨름한다.

양전옥답 良田沃畓

良 기름진 田 밭 沃 비옥한 畓 논.
: 비옥한 논과 밭을 일컫는 말.

양반이 탐낼 만한 거지요. **전**통 사회에서는 바로 이것, **옥**처럼 귀하고 기름진 논과 밭이 **답**입니다요.

양주지학 揚州之鶴

揚州 양주 고을로 之 (돈을 들고) 鶴 학(을 타고 가서 관리가 되고 싶다는 소원).
: 소원을 말하는 자리에서 한 사람은 돈을 벌고 싶다, 다른 사람은 관리가 되고 싶다, 또 다른 사람은 학을 타고 날고 싶다고 하자 마지막 사람이 위의 소원을 다 뭉뚱그려 위와 같이 표현했다고 한다. 모든 것을 다 갖고 싶어 하는 인간의 물욕을 나타낸다.

양껏 돈도 벌고 싶고 **주**요 인사도 되고 싶고 **지**구 여행도 다니고 싶고 **학**교도 때려치우고 싶지.

양지양능 良知良能 맹자孟子, 진심盡心 상편上編

良 (태어날 때부터) 잘 知 안다. 良 (태어날 때부터) 잘 能 할 수 있다. ― 사람에게는 그런 (마음의) 영역이 있다.
: 지적, 행동적 능력이 선천적인 경우에 쓰이는 표현이다.

양육해주시는 부모님의 사랑 같은 **지**식은 후천적으로 **양**손에 쥐어주는 게 아니다. **능**히 선천적으로 알 수 있는 게야.

양지지효 養志之孝

養 (부모가 자식을) 기른 志 뜻을 之 (받드는) 孝 효도.

: 어버이의 뜻을 좇아서 어버이를 즐겁게 해 드리며 잘 섬기는 행실을 일컫는 말.

양육해 주신 은혜, **지**금까지 받은 그 은혜를 **지**금부터는 제가 보답하겠습니다. **효**도하겠습니다.

양질호피 羊質虎皮 양웅揚雄, 법언法言 오자편吾子篇

羊 양 質 바탕에 虎 범 皮 가죽을 두르다.
: 겉모습만 호화롭고 실제 모습은 볼품이 없는 경우에 쓰는 표현이다.

양심도 없냐? **질**적으로 다르잖아, 겉과 속이. **호**화로운 겉모습은 **피**상적인 껍데기일 뿐!

양춘백설 陽春白雪 송옥宋玉, 대초왕문對楚王問

陽春 '陽春(볕든 봄)'이라는 보통 사람들이 따라 부르기 힘든 노래 白雪 '白雪(흰 눈)'이라는 보통 사람들이 따라 부르기 힘든 노래.
: 보통 사람들이 감당하기에는 너무 수준이 높은 곡을 의미한다. 위대한 사상가의 말과 행동은 보통 사람들이 이해하기가 힘들다는 뜻으로 쓰인 표현이다.

양이 많다기보다는 내용이 이해하기 힘들어요. **춘**삼월부터 보면 겨울까지 열심히 **백** 번 천 번 보고 들어야 이해를 겨우 하려나? **설**명을 듣고도 딱히 마음에 와 닿긴 힘들어요, 사실.

양출제입 量出制入

量 가늠하여 살펴본 후 出 지출을 (가늠하여 살펴본 후) 制 계획한다. 入 수입을 (계획한다.)
: 지출을 기준으로 수입을 미리 가늠하는 모습이다.

양 감독님, 제가 쓸 돈이 좀 있어서요. **출**연료는 최소한 이 정도는 **제**가 받아야 할 **입**장입니다.

양탕지비 揚湯止沸 삼국지三國志, 위지魏志 유이전劉廙傳

揚 휘날려서 湯 (끓는 물에서 퍼낸) 끓는 물을 (휘날려서) 止 그치게 하려 한다. 沸 끓는 물을 (그치게 하려 한다.)
: 끓는 물로 끓는 물을 끌 수는 없지만 (워낙 급해서) 다급한 상황을 무마하기 위해 일시적으로 취하는 조치이다. 일시적으로 효과가 있을 수는 있으나 근본적인 해법은 될 수 없는 방책을 뜻한다.

양심상 찬성할 수 없네. **탕**이 끓는데 **지**금 그걸 식히려고 **비**슷하게 끓는 물을 붓는다고?

양포지구 楊布之狗 한비자韓非子

楊布 양포라는 사람이 之 (기르던) 狗 개(가 짖는다.) — 주인을 보고 짖는다.
: 개는 왜 주인을 보고 짖었을까? 주인을 못 알아 보았기 때문이다. 왜 주인을 못 알아봤을까? 주인이 흰 옷을 입고 나갔다가 검은 옷을 입고 돌아왔기 때문이다. 겉모습이 달라졌다는 이유로 그 사람의 참모습까지 달라졌다고 잘못 판단할 때 쓰이는 표현이다.

양쪽 눈 똑바로 뜨고 봐! 겉모습의 **포**로가 되지 마! **지**구가 변함없이 여전히 둥글 듯이 **구**정물을 뒤집어썼어도 속까지 달라진 건 아니야.

ㅇ

양호유환 養虎遺患 사기史記, 항우본기項羽本紀

養 길러 虎 범을 (길러) 遺 남긴다. 患 재앙을 (남긴다.)
: 호랑이 새끼를 키운다. 나중에 커서 나를 잡아먹을지도 모를 호랑이다. 재앙을 일으키는 근본 원인을 자기 스스로 심화시키는 모양이다. 호의적인 행동이 보답을 받기는 커녕 악의적인 결과로 이어질 때도 쓰인다.

양자로 입양한 동물이… **호**랑이 새끼군요? **유**감입니다. **환**히 보이네요, 미래의 재난이.

양호후환 養虎後患 사기史記, 항우본기項羽本紀

養 길러 虎 범을 (길러) 後 뒤에 (남긴다.) 患 재앙을 (뒤에 남긴다.)
: 양호유환 養虎遺患

양육하며 **호**의호식하게 해주었더니 **후**루룩 집안을 말아 먹네! **환**부를 째듯 고통스럽구나!

양후지파 陽侯之波 전국책戰國策, 한책韓策

陽侯 (바다의 신이 된) 양후라는 사람이 之 (일으키는) 波 큰 물결.
: 바다의 거대한 물결을 가리키는 말.

양이 어마어마한 파도야. **후**우 불면 사람들을 날려버릴 **지**금 이 엄청난 **파**도.

어동육서 魚東肉西 국립민속박물관國立民俗博物館

魚 생선은 東 동녘에 (차리는 제사상) 肉 고기는 西 서녘에 (차리는 제사상).
: 제사상의 차림새다.

어류는 **동**쪽. **육**류는 **서**쪽.

어두육미 魚頭肉尾

魚 물고기는 頭 머리가 (맛있다.) 肉 (짐승) 고기는 尾 꼬리가 (맛있다.)

: 고기별로 맛있는 부위다.

어류는 머리! 짐승은 꼬리! **두** 가지로 이렇게 **육**식을 나누란 **미**식가의 말씀.

어망홍리 漁網鴻離 시경詩經, 패풍邶風 신대편新臺篇

漁 고기 잡을 網 그물에 鴻 (엉뚱하게) 기러기가 離 맞부딪쳐 들러붙었네.
: 여기서 기러기는 물고기보다 훨씬 좋지 않은 대상이다. 꼴 보기 싫을 정도인 것이 원래 구하려던 것을 대신하여 끼어든 상황을 나타낸다.

어라? **망**했네! **홍**시 얻으려다 홍당무를 얻었어. **리**얼리 정말로 난감해.

어목연석 魚目燕石

魚 물고기의 目 눈 燕 연산이라는 곳에서 나는 石 돌.
: 둘 다 보석 구슬처럼 보이지만, 보석 구슬이 아닌 것들이다. 이와 같은 가짜가 진짜와 섞여 사람들의 눈을 흐리게 하고 심지어 진짜를 몰아내기까지 하는 모양을 나타낸 표현이다.

어디서 받았니, 그 **목**걸이? **연**인에게 받았다구? 보석처럼 보이지만… **석**회석이라고… 그냥 돌멩이야.

어변성룡 魚變成龍

魚 물고기가 變 변하여 成 된다. 龍 용이 (된다.)
: 가난한 환경에서 벗어나, 막대한 부를 축적하거나 몰라볼 정도로 뛰어난 능력이나 성품을 발현하는 등 완벽하게 탈바꿈을 하는 경우에 쓰인다.

어머, **변**변찮던 네가 **성**공해서 **룡**(용)이 되었구나!

어부지리 漁父之利 전국책戰國策, 연책燕策

漁 고기 잡는 夫 사람이 之 (제3자로서) 利 이롭게 얻는다.
: 조개를 공격하려던 황새의 주둥아리를 조개가 꽉 물어버린다. 그 상태로 서로 버티며 아웅다웅 다투고 있는데 지나가던 제3자인 어부가 조개와 황새 두 마리 모두를 붙잡아 버린다. 두 당사자가 치열한 이해관계로 다투고 있는데, 정작 이익은 제3자가 고스란히 얻는 경우에 쓰이는 표현이다.

어처구니없네! **부**지런히 싸우던 둘을 **지**긋이 지켜보던 제3자가 **리**(이)익을 얻네!

어부지용 漁夫之勇

漁 고기 잡는 夫 사람이 之 (가진) 勇 용기.
: 어부는 물에서 오래 생활했기 때문에 물에서 용감하다는 뜻이다. 오랜 경험에서 비

릇된 용기를 나타낸다.

어찌 어찌 살면서 **부**대끼면서 **지**금까지 살아온 경험으로부터 나오는 **용**기.

어불성설 語不成說

語 말씀이 不 아니한다. 成 이루지 (아니한다.) 說 말씀을 (이루지 아니한다.)
: 말은 말인데, 말이 말이 아니다. 말로 표현을 하기는 했는데 전혀 논리적으로 타당성이 없고 불합리하여 말로 인정할 가치도 없는 말을 가리킨다.

어처구니없는 말. **불**합리한 말. **성**의껏 이해하려 해도 **설**득력이 전혀 없는 말.

ㅇ

어불택발 語不擇發

語 말씀을 不 아니하고 擇 가리지 (아니하고) 發 (함부로) 내뱉는다.
: 막말하는 모양이다.

어제 **불**난 집 불구경하듯 **택**시 기사랑 손님 싸우는 광경을 구경했지. **발**사하는 언어들이 순화되지 않고 거침없두만.

어수지친 魚水之親 삼국지三國志, 촉지蜀志 제갈량전諸葛亮傳

魚 물고기와 水 물처럼 之 (떼려야 뗄 수 없을 정도로 아주 밀접하게) 親 친한 사이.
: 수어지교 水魚之交

어류인 물고기가 **수**중에서 벗어나 물도 없이 **지**내긴 힘들죠. 이렇게 물고기랑 물처럼 **친**밀한 사이랍니다.

어숙지제 魚菽之祭

魚 물고기와 菽 콩으로 之 (지내는) 祭 (제대로 갖추지 못하고 지내는) 제사.
: 제사 음식이 제대로 갖추어져 있지 못한 모습을 형용한다.

어렵게 장만한 음식을 놓고 **숙**인다, 절한다. **지**금 이 풍경은 **제**사지내는 어느 가난한 집안의 모습….

어시지혹 魚豕之惑

魚 '魚' (물고기)라는 글자랑 '魯' (노나라)라는 글자랑 豕 '豕' (돼지)라는 글자랑 '亥' (돼지)라는 글자랑 之 (글자 모양이 비슷해서) 惑 헷갈려 갈팡질팡하며 잘못 쓰다.
: 노어해시 魯魚亥豕

어? 잠깐! **시**('豕')랑 어('魚') 이거 **지**금 쓴 거 **혹**시 해('亥')랑 노('魯') 아냐?

어언무미 語言無味

語 말은 하는데 言 그 말에 無 없다. 味 맛이 (없다.)
: 말이 맛이 없다는 건 무슨 말일까? 독서량이 부족하여 얕은 지식으로 하는 말을 가리킨다. 말의 내용이 피상적일 뿐으로 깊이도 폭도 모자란 경우다.

어휴, 맛없어! **언**니, 내 얘기 듣다 말고 **무**슨 소리야? **미**숙아, 책 좀 읽자! 네 말이 너무 맛이 없어!

어유부중 魚遊釜中 자치통감資治通鑑, 한기漢紀

魚 물고기가 遊 헤엄치며 놀고 있다 釜 가마솥 中 가운데에서.
: 부중지어 釜中之魚

어서 나와! 이 사람아, **유**희를 즐기고 있을 때가 아니야. **부**상을 당할지도 몰라. 위험해! 노는 건…. **중**지해, 당장! 지금 위급한 상황이야.

어질용문 魚質龍文

魚 (보잘것없는) 물고기 質 바탕이면서 龍 (겉모양만 그럴듯하게) 용 文 무늬 장식이다.
: 내실 없이 겉만 번듯하고 훌륭하게 꾸며 놓은 모양이다.

어이가 없네. **질**적으로 한참 떨어지는 주제에 **용** 모양으로 겉으로만 **문**양을 멋지게 꾸미고 있네.

어현유감이 魚懸由甘餌 진서晉書, 단작전段灼傳

魚 물고기가 懸 (낚시에) 걸린다. 由 말미암아 甘 달콤한 餌 미끼로 (말미암아).
: 이익을 좇다 생명을 잃는 모양이다.

어두워져 간다. **현**명하지 못했구나. **유**감이다. **감**탄하며 냉큼 받아먹기 전에 **이**럴 줄을 예견했었어야….

억강부약 抑强扶弱

抑 누르는 반면 强 강한 사람들을 (누르는 반면) 扶 떠받친다. 弱 약한 사람들을 (떠받친다.)
: 강자의 세력이나 행동을 억제하고 약자를 돕는 모습이다.

억누른다, **강**자를. **부**딪친다, **약**자를 위해.

억만지심 億萬之心 서경書經, 태서편泰誓篇

億 억 萬 만 (명의 사람들이) 之 각각 心 (억만 개의) 마음을 (가지고 있다.)
: 사람들이 한마음 한뜻으로 힘을 모으지 않고 제각각 딴생각하면 그 나라가 잘될 리 없다. 나라가 망하기 딱 좋은 조건이다.

억수로(굉장히) 많아 **만**지기도, 알기도 어려운 **지**금 백성들의 마음을 헤아리기 위해서는 **심**사숙고를 더 해야 한다.

억약부강 抑弱扶强

抑 누르는 반면 弱 약한 사람들을 (누르는 반면) 扶 떠받친다 强 강한 사람들을 (떠받친다.)
: 약자를 억압하면서 강자를 돕는 모습이다.

억누른다, **약**자를. **부**자를 위해, **강**자를 위해….

ㅇ

억조창생 億兆蒼生

億 수억 (명의 사람들) 兆 수조 (명의 사람들) 蒼 푸르게 우거진 듯한 生 세상의 모든 사람들.
: 수많은 사람들을 일컫는 말. 통치자의 관점이 담겨 있다.

억센 들풀처럼 살아가며 **조**국의 어제, 오늘, 내일을 **창**조하며 **생**활하는 수많은 사람들.

언감생심 焉敢生心

焉 어찌 敢 감히 生 생기겠는가 心 (바라는) 마음이 (생기겠는가.)
: 감히 꿈도 못 꾼다는 뜻이다. 반어 의문문이다.

언제라도 **감**히 **생**길 수 없는, 마음먹을 수 없는 **심**정.

언과기실 言過其實 삼국지三國志, 촉지蜀志 마량전馬良傳

言 말만 過 지나치게 한다, 과장해서 말한다. 其 그 (말에 따른) 實 실제 행동(보다).
: 허풍을 떨고 실천하지 않는 모양이다.

언행불일치: **과**장된 말만 던져놓고 **기**억을 상실했는지 **실**행에는 못 미쳤지.

언과우 행과회 言寡尤 行寡悔 논어論語, 위정편爲政篇

言 (말을 신중하게 하면) 말에 寡 적다. 尤 (말에) 잘못이 (적다.) 行 (행동을 신중하게 하면) 행동에 寡 적다. 悔 (행동에) 후회가 (적다.)
: 잘못이나 후회가 없도록 언행에 주의를 기울이는 모습이다.

언어가 입 밖으로 나오는 **과**정에서 **우**려할 만한 잘못이 없기를… **행**동하는 **과**정에서도 잘못이 없기를… 후회라는 **회**초리가 나타나지 않도록.

언대비과 言大非誇

言 말이 大 크다 하더라도, 큰소리라 하더라도 非 아니다. 誇 (반드시) 과장된 허풍인 것은 (아니다.)
: 큰소리를 친 근거가 있을 수도 있는 일이다.

언제 내가 **대**단히 큰일을 한댔잖아! **비**하하지 마, 내 말이 허풍이라고. **과**연 과장된 말일 뿐일까? 두고 보라구!

언무족이천리 言無足而千里

言 말은 無 없다. 足 발이 (없다.) 而 그러나 千 천 里 리 ≒ 400킬로미터까지 (빠르게 퍼져 나간다.)
: 순식간에 멀리까지 퍼져나가는 언어의 무서운 전파 속도를 나타낸 표현이다.

언어란 놈은 **무**슨 **족**발집 배달원을 하면 **이**거 대박일 듯? ∵ **천**1,000리를 **리**얼리 정말로 금방 다녀오는 녀석이니까!

언비천리 言飛千里

言 말이 飛 날아간다. 千 천 里 리 ≒ 400킬로미터를 (날아간다.)
: 언무족이천리 言無足而千里

언어가 **비**행한다. **천** 킬로미터를 **리**얼리 정말로 순간적으로 이동한다.

언서지망 偃鼠之望

偃鼠 두더지 之 의 望 바람, 소망.
: 두더지에게 강물을 배불리 마시고 싶은 소망이 있다. 그러나 자신의 작은 배에 채울 물의 양은 한정되어 있다. 욕심을 무한대로 늘리기에는 자신의 신체가 한계점으로 작용한다. 자신의 분수를 알고 편안하게 자신의 분수를 지키라는 뜻으로 쓰이는 표현이다.

언젠가 이룰 꿈이냐, **서**울 강남에서 땅 부자가 되겠다는 게? **지**(제) 분수도 모르는 **망**발이냐?

언앙굴신 偃仰屈伸

偃 쓰러져 (엎드려) 누워 仰 뒤집어 (하늘을) 우러러 보다. 屈 굽히고 오그리고 伸 펴고 늘이고 하며 몸을 마음대로 움직인다.
: 신체의 동작들이다.

언제나 댄스는 **앙**~ 어려웡! **굴**렀다 일어났다 몸 굽혔다 폈다 엎어졌다 제꼈다 등등… **신**체 활동이 자유자재여야 해.

언어도단 言語道斷 불교佛教 법화경法華經 안락행품安樂行品

言語 언어 道 길이 斷 끊겼다.
: 있을 수 없는 일이 일어났을 때, 말도 안 된다는 뜻으로 쓰이는 표현이다. 원래의 맥락에서는 심오한 진리의 세계는 언어를 수단으로는 파악할 수 없다는 의미이다.

언어가 입 밖으로 나오려다 **어**이가 없어서 기가 차서 **도**중에 **단**절되어 실종됐어.

언유소화 言有召禍 순자집해荀子集解, 권학편勸學篇

言 말에는 有 있다. 召 부르는 경우가 (있다.) 禍 재앙을 (부르는 경우가 있다.)
: 말이 재앙의 씨가 되는 모양이다.

언제나 말조심! **유**감스러운 일이 생기지 않도록 **소**화를 잘 시켜서 말을 뱉어내! **화**재를 예방하듯이 조심 또 조심!

언유재이 言猶在耳 춘추좌씨전春秋左氏傳, 문공文公 17년조年條

言 (들은) 말씀이 猶 그대로 在 있다. 耳 귀에 (남아 있다.) — 잊지 않고 (생생하게) 기억하고 있다.
: 이전에 들은 소리가 귀에 잊히지 않고 울리는 듯하다. 들은 말을 한 귀로 흘리지 않는 모습이다.

언젠가 들었던 그 말이 **유**선 채널에서 **재**방송되듯이 **이**렇게 귓가에서 계속 맴돌아.

언중유골 言中有骨

言 말씀 中 가운데 有 있다. 骨 뼈가 (들어 있다.)
: 늘 하듯 아무렇지도 않게 하는 말 속에 가볍게 보아 넘길 수 없는 숨은 뜻이 들어 있는 경우에 쓰이는 표현이다.

언어라는 피부 속 **중**앙에는 **유**별난 뼈가 있지. **골**계미를 보여주는 예지.

언즉시야 言則是也

言 말의 내용이 則 곧 是 옳은 말 也 이구나! 이치에 맞구나!
: 옳은 소리를 했다는 뜻이다.

언어의 내용을 **즉**시 **시**비를 따져보니 **야** 이거 옳은 말이야.

언청계용 言聽計用 사기史記, 회음후열전淮陰侯列傳

言 (남의) 말씀을 聽 (깊이 신뢰하며) 듣고 計 (남의) 계획을 用 (그대로) 쓴다.
: 언청계종 言聽計從

언니, 나 뭐 먹어? **청**국장이나 먹어, **계**집애야. 응, 알았어. **용**한 말씀을 듣듯 언니 말을 따르는 여동생.

언청계종 言聽計從 사기史記, 회음후열전淮陰侯列傳

言 (남의) 말씀을 聽 (깊이 신뢰하며) 듣고 計 (남이 하자는) 계획대로 從 (그대로) 좇는다.
: 타인을 깊이 신뢰하며 그가 한 말을 듣고 따르는 모양이다.

언제나 **청**순하게 남의 **계**획을 따른다, **종**이 주인을 따르듯이.

언필칭요순 言必稱堯舜 소학小學, 계고편稽古篇

言 말할 때마다 必 반드시 稱 일컫는다. 堯 요임금과 舜 순임금을 (일컫는다.)
: 요임금과 순임금은 성군으로 칭송되는 사람들이다. 따라서 원래의 맥락에서는 요순을 가리킨다는 말이 그렇게 부정적인 의미는 아니었다. 그런데 언제부터인지 고고한 척하며 현실성이 없는 원칙론만 되풀이한다는 의미로 와전되어 쓰이고 있다.

언제나 **필**요한 말만 하세요. **칭**얼대지 말고 **요**긴한 말만요. **순**리에 맞되, 현실적인 말을요.

언행상반 言行相反

言 말한 바와 行 하고 다니는 행동이 相 서로 反 거스른다.
: 말과 행동이 불일치하는 모양이다.

언어와 **행**동이 **상**대방을 적으로 삼아 서로 **반**대한다.

언행일치 言行一致

言 말한 바와 行 (그에 따른) 행동이 一 하나에 致 이른다
: 말과 행동이 일치하는 모습이다.

언젠가 해야지 했으면 **행**동으로 보여줘. **일**치하란 말야, 말과 행동을. **치**욕이 될 거야, 행동을 하지 않는다면.

엄목포작 掩目捕雀 후한서後漢書

掩 (참새에게 들킬까 봐) 가리고 目 눈 (가리고) 捕 잡는다. 雀 참새를 (잡는다.) — 자기 눈을 가렸으니 자기가 참새에게 보이지 않을 줄 알고.
: 엄이도령 掩耳盜鈴

엄청 이상해! **목**적을 달성하기 위한 수단이 너무 맹목적이야. **포**기할 **작**정인가?

엄이도령 掩耳盜鈴 여씨춘추呂氏春秋, 불구론不苟論 자지편自知篇

掩 가리고, 막고 耳 귀를 (가리고, 막고) 盜 도둑질한다, 훔친다 鈴 방울을 (도둑질한다, 훔친다.)
: 도둑놈이 방울을 훔치고 있는데 그 방울 소리가 너무 시끄러운 상황이다. 도둑은 나름의 해결책으로 자기 귀를 막고 방울을 훔친다. 자기 귀에는 들리지 않으니까 문제가 해결된 줄 안다. 눈 가리고 아웅 하는 식의 얕은 꾀로 남을 속이려는 어리석은 행동을 가리킨다. 근본적인 해결에 도움이 되지 않는 미흡한 대처 방안을 가리킨다고 볼 수도 있다.

엄마, **이** 사람 봐. 엄청 큰소리 내며 **도**둑질하면서 자기 귀만 막고 있어. **령**(영)장류인 거 포기했나 봐.

ㅇ

엄이도종 掩耳盜鐘 여씨춘추呂氏春秋, 불구론不苟論 자지편自知篇

掩 가리고, 막고 耳 귀를 (가리고, 막고) 盜 도둑질한다, 훔친다. 鐘 종을 (도둑질한다, 훔친다.)
: 엄이도령 掩耳盜鈴

엄청 시끄럽구만, **이**렇게 귀를 막으면 안 들리겠지? 하는 짓이라니… **도**대체 이게 무슨 말도 안 되는 짓인가! **종**소리를, 건전한 비판의 종소리를 듣지 않겠다니….

엄처시하 嚴妻侍下

嚴 엄한 妻 아내를 侍 모시는 下 아랫사람.
: 공처가인 남편을 뜻한다.

엄한 **처** 밑에서 **시**집살이 **하**듯 살고 있는 남편.

여가탈입 閭家奪入 광해군일기光海君日記

閭 여염 家 집을, 일반 백성의 살림집을 奪 (권력을 앞세워) 빼앗으며 入 들어간다.
: 권력의 횡포를 보여주는 한 장면이다.

여보시오, 권력자 양반. **가**차 없이 백성들을 **탈**탈 터는 짓거리라니… **입**이 있으면 말을 해보시오! 그러고도 국가 권력이요?

여공불급 如恐不及

如 가령 恐 두렵다. 不 아니할까 봐 (두렵다.) 及 (닿아야 할 곳에) 닿지 (아니할까 봐 두렵다.)
: 주문받은 행동대로 실제로 행동을 옮기지 못할까 봐 두려워하는 마음을 나타낸다.

여보게, 시킨 일을 **공**들여 잘하고 있는가? **불**끈 힘내서 하고 있사옵니다. **급**히 하느라 시키신 대로 제대로 못할까 봐 두려운 마음입지요.

여광여취 如狂如醉

如 같아 狂 미친 것 (같아) 如 같아 醉 취한 것 (같아) — 너무 기뻐서 정신을 못 차리겠어.
: 이성이 마비될 정도로 감정이 고양된 모양이다.

여보시오, 당신 미쳤어? **광**인(미친 사람) 아네요. 기뻐서 그래요. **여**보시오, 당신 술 마셨어? **취**한 거 아네요. 좋아서 그래요.

여기소종 沴氣所鍾

沴 남을 해치며 화를 부르는 氣 기운이 所 있는 鍾 술병 (같은 사람).
: 간교하고 독살스러운 사람을 빗댄 표현이다.

여전히 요망한 **기**운을 풍기는구만. **소**시민들에게 경각의 **종**을 울려 경계해야 할 인물.

여덕위린 與德爲隣

與 베풀면서 德 덕을 (베풀면서) 爲 삼는다. 隣 이웃을 (삼는다.)
: 덕을 베풀며 이웃과 사귀는 모습이다. 인간관계의 기본으로서 바른 마음가짐을 강조한다.

여기 이분, **덕**이 뿜뿜 뿜어져 나오는 이분 곁으로 **위**아래 고을에서 **린**(인)근 사람들이 몰려오네.

여도득선 如渡得船 불교佛教 법화경法華經

如 같다. 渡 강을 건너려는데 得 (때마침) 얻는 것과 (같다.) 船 (강을 건널) 배를 (때마침 얻는 것과 같다.)
: 그때에 바로 알맞게 필요한 것을 충족하며 자신에게 유리한 상황이 펼쳐지는 모습이다. 부처의 자비를 입는 모습을 뜻하기도 한다.

여기 이 강을 **도**대체 어떻게 건너지? 하는데, **득**템! **선**박 아이템이 짜잔! ♬♪

여도지죄 餘桃之罪 한비자韓非子, 세난편說難篇

餘 (먹다) 남은 桃 복숭아 之 (를 바친) 罪 허물.
: 임금에게 먹다 남은 복숭아를 바친다. 당시에는 임금의 총애를 받을 때라 마냥 호의적으로 받아주고 넘어간다. 그러나 나중에 임금의 애정이 식어버리자 괘씸한 놈이 감히 나에게 먹다 남은 복숭아를 바쳤다며 책망의 화살이 쏟아진다. 애증 관계가 변화함에 따라 동일한 행동의 해석 내용과 수용성 여부가 달라지는 모습을 보여주고 있다.

여태껏 이쁘다던 행동들이 **도**대체 왜 **지**금부터 **죄**가 된단 말이옵니까?

여리박빙 如履薄氷 시경詩經, 소민편小旻篇

如 같이 履 밟는 것 (같이) 薄 엷은 氷 얼음을, 살얼음을 (밟는 것 같이).
: 위험한 상황으로 통상 정의된다. 원래의 맥락에서는 언행을 조심하라는 뜻으로 쓰인 표현이다.

여긴 살얼음판… 조심해! **리**얼리 정말로 위태로워. **박**히거나 빠져 버리면 **빙**글빙글 얼음물 속으로….

여명견폐 驪鳴犬吠 세설신어世說新語, 온자승溫子昇 일화逸話

驪 털빛이 검은 가라말의 鳴 울음 犬 개의 吠 짖음.
: 하찮은 소리들이다. 다른 사람이 하는 말이나 문장이 경청할 가치가 없을 때 쓰는 표현이다.

여봐, 지금 이 문장을 **명**색이 문장이라고 쓴 건가? **견**주어 봐, 다른 문장들과. **폐**기하는 게 낫겠어!

여무가론 餘無可論

餘 (중요한 부분은 다 논의해서) 나머지는 無 없다. 可 가능성이 (없다.) 論 논의를 (더) 할 (가능성이 없다.)
: 중요한 사항들이 분명하게 정하여졌기 때문에 더 이상 논의를 진행할 필요가 없다는 뜻이다.

여기까지 합시다. **무**어 **가**장 중요한 것들은 **론**(논)의가 다 된 듯….

여무소부도 慮無所不到

慮 생각이 無 없다. 所 데가 (없다.) 不 아니한 (데가 없다.) 到 미치지 (아니한 데가 없다.)
: 구석구석 세밀한 데까지 빈틈없이 생각한다는 뜻이다.

여자 친구가 삐졌어요. **무**슨 까닭인지, 제가 뭘 **소**홀했는지 **부**지런히 꼼꼼히 다 생각해 봤어요. (그래도) **도**로 생각해 봐야겠어요.

여민동락 與民同樂 맹자孟子, 양혜왕梁惠王 하편下編

與 더불어 民 (임금은) 백성과 (더불어) 同 함께 樂 즐겨야 한다.
: 임금이 백성과 함께 즐거움을 누리는 이상적인 모습이다.

여부가 있겠습니까? **민**심이 우선이지요. **동**반자로서 함께 웃어야죠. **락**(낙)은 그런 거 아니겠습니까? — 임금님 인터뷰 중

여반장 如反掌 맹자孟子, 공손추公孫丑 상편上編

如 같이 反 뒤집는 것과 (같이) 掌 손바닥을 (뒤집는 것과 같이 쉽다.), 아주 쉽다.
: 너무 쉬운 일을 가리키는 말.

여자에게 **반**하는 거야 **장**난 아니게 쉽지. 마치 손바닥 뒤집듯 쉽다니까.

여발통치 如拔痛齒

如 같이 拔 뽑은 것 (같이) 痛 아픈 齒 이를 (뽑은 것 같이).
: 고통에서 해방된 시원한 기분을 표현한 말이다.

여간 시원한 게 아냐. **발**그레 웃음 가득 ♬♪ **통**증이 끝난 듯, **치**통이 끝난 듯, 시원시원해. ♬♪

여보적자 如保赤子 서경書經, 강고편康誥篇

如 같이 (해라.) 保 보살피는 것 (같이 해라.) 赤 갓난 子 아이를 (보살피는 것 같이 해라.)
: 나라님은 백성을 간난아이처럼 돌보라는 뜻이다.

여보세요, 임금님? 백성을 갓난아기처럼 **보**살피세요. **적**으세요, 중요한 얘기니까. **자**식처럼 돌보라구요!

여불비례 餘不備禮

餘 (용건을 제외한) 나머지는 不 못한다. 備 갖추지 (못한다.) 禮 예도를 (갖추지 못한다.)
: 편지 끝에 쓰는 관용적 표현이다.

여기까지 읽어주셔서 감사드립니다. **불**필요하게 시간을 뺐진 않았는지요? **비**싼 시간을 내주셔서 읽어주셔서 감사드립니다. **례**(예)의를 갖춰 인사드리며 저는 그럼 이만….

여불승의 如不勝衣

如 같다. 不 못하는 것 (같다.) 勝 이겨내지 (못하는 것 같다.) 衣 (몸이 약하여) 옷의 무게를 (이겨내지 못하는 것 같다.)
: 자기가 입은 옷의 무게를 감당하지 못할 정도로 허약한 몸을 뜻한다. 해학적 표현이다.

여실히 드러나는 체력. **불**과 옷 한 벌조차 버거워하는구나. **승**기야, **의**자에 앉아 쉬어라. 옷 무게도 못 이기다니….

여비사지 如臂使指

如 같다. 臂 팔이 使 부리는 것 (같다.) 指 손가락을 (부리는 것 같다.)
: 팔이 손가락을 부리듯 다른 사람을 자기 마음대로 부리는 모양을 나타낸다.

여봐라, 거봐라, **비**싼 차를 몰고 댕기며 **사**람을 마구 부릴 수 있는 **지**금이 세상.

여사하청 如俟河清 춘추좌씨전春秋左氏傳, 양공襄公

如 같다. 俟 기다리는 것과 (같다.) 河 (황하) 물이 淸 맑아지기를 (기다리는 것과 같다.)
: 천년일청 千年一淸

여태껏 어르신들, 뭐하셨어요? **사**라지길 기다렸다네. **하**루 종일 백발이 사라지길 **청**춘이 돌아오길 기다렸다네.

ㅇ

여세추이 與世推移

굴원屈原, 어부사漁父辭·후한서後漢書, 최식열전崔寔列傳·한비자韓非子, 오두편五蠹篇

與 더불어 世 세상과 (더불어), 세상이 변하는 대로 推 밀고 밀리듯 (함께 변화한다.) 移 옮기고 옮겨지듯 (함께 변화한다.)
: 두 가지 상반된 해석이 공존한다. 더러운 세상의 변화에 그대로 함몰된다는 해석이 한편에 있고, 세상의 변화에 융통성 있게 바른 자세로 처신한다는 해석이 다른 한편에 있다.

여러 사람들이 하는 대로 **세**상이 돌아가는 대로 **추**우면 추운 대로 더우면 더운 대로 **이**렇게 함께 변해가네.

여수투수 如水投水

如 같다. 水 물에다가 投 합친 것 (같다.) 水 물을 (합친 것 같다.)
: 물에 물 탄 듯 불분명하고 흐리멍덩한 모양을 나타낸다.

여러분, 9회말 중요한 시점에 **수**비 강화를 위해 **투**수 교체가 이루어졌습니다만, **수**비력이 그다지 뭐… 좀… 그저 그렇네요, 이건.

여시아문 如是我聞 불교佛敎 대지도론大智度論

如 같이 是 이와 (같이) 我 나는 聞 (붓다의 가르침을) 들었다.
: 경전의 첫머리에 쓰는 불교 용어.

여래님의 말씀을 **시**작하겠습니다. **아**직 우리가 열고 들어가야 할 **문**들이 많이 있습니다.

여아부화 如蛾赴火

如 같다. 蛾 나방이 赴 향하여 나아가는 것 (같다.) 火 불을 (향하여 나아가는 것 같다.)
: 불길을 향해 달려드는 불나방들이다. 스스로 화를 자초하는 모양이다.

여기가 목적지인가? **아**마도 그럴 걸? **부**랴부랴 날아 왔두만 **화**르르 불타 없어지면 되는 건가?

여액미진 餘厄未盡

餘 (지금껏 겪고도) 남은 厄 재앙이 未 아직 ~ 아니하다. 盡 (아직) 다 없어지지 (아니하다.) — 겪을 재앙이 더 남았다.
: 겪고 있는 재앙이나 불행이 완료형이 아니라 아직도 현재 진행형임을 의미한다.

여기 이걸로 **액**땜한 걸로 치자고 하기엔 **미**안한데, **진**짜 미안한데, 아직 끝나지 않았어.

여어실수 如魚失水 장자莊子

如 같다. 魚 물고기가 失 잃은 것 (같다.) 水 물을 (잃은 것 같다.)
: 숨을 못 쉴 정도로 매우 위급하고 곤란한 상황이다.

여기는 우주. **어**둡고 **실**낱 같은 공기도 없고 **수**움(숨) 막혀.

여월지항 如月之恒 시경詩經, 소아小雅 천보편天保篇

如 같다. 月 달(과 같다.) 之 (달)이 恒 상현달인 것(과 같다.)
: 상현달은 보름달을 향해 가는 반달이다. 즉 점점 더 풍요롭게 번창하는 모습을 나타낸다.

여기 이 시점부터 **월**급, 연봉이 **지**금보다 훨씬 많아질 거야. **항**상… 주욱 주욱(죽죽)… 늘… 언제까지나….

여유작작 餘裕綽綽

餘 (시간이) 남는 듯 (느긋하고) 裕 (물질이) 넉넉한 듯 綽 (언행이) 너그럽고 綽 너그럽다.
: 물질적으로나 시간적으로 넉넉한 듯이 성급하게 굴지 않고 매우 너그러운 모양이다.

여유로운 시간을 **유**유히 즐기는, **작**업하다 잠시 쉬러 나온 **작**가의 모습.

여의투질 如蟻偸垤

如 같이 蟻 개미가 偸 조금씩 흙가루를 가져와 垤 개밋둑을 쌓는 것과 (같이).
: 검소하고 근면하게 재산을 모아서 쌓는 모습을 개미에 비유한 표현이다.

여엉차, 영차! 오늘도 한푼 한푼… 벌어요. **의**기투합합니다요, 한푼 한푼… 벌려구요. **투**기 따윈 생각 안 하쥬! **질**질 끌듯 느리지만… 언젠간 목돈 벌겠쥬?

여정도치 勵精圖治

勵 힘써서 精 정성스럽게 (힘써서) 圖 도모한다. 治 (나라) 다스림을 (도모한다.)

: 전심전력으로 정치에 힘쓰는 모습이다.

여러분을 위해 **정**말 전력을 다하는 게 **도**리라고 생각합니다. **치**사하게 내 몸만 아끼는 짓을 하지 않고….

여조과목 如鳥過目

如 같이 鳥 새 (같이) 過 (빨리) 지나가는 (새 같이) 目 눈앞을 (빨리 지나가는 새 같이) — 빠른 세월.
: (새가 눈앞을 휙 지나가듯) 빨리 지나가는 세월을 의미한다.

여기 이 시간이 **조**금 전만 해도 현재였는데 **과**거로 **목**격되는구나.

여족여수 如足如手

如 같다. 足 발과 (같다.) 如 같다. 手 손과 (같다.)
: 요즈음 표현으로 손발 같다면 마음대로 부릴 수 있는 사람을 뜻하지만, 여기서 쓰인 손발 같은 존재는 그만큼 떼어낼 수 없는 형제 사이를 의미한다.

여부가 있겠나, 우린 형제로 **족**하다네. **여**러 난관도 함께 겪었다네. 서로 **수**호천사 노릇도 해주면서 말이야.

여좌침석 如坐針席

如 같다. 坐 앉아 있는 것 (같다.) 針 바늘을 席 깔아 놓은 자리에 (앉아 있는 것 같다.)
: 매우 불편하고 불안한 모양을 형용한다.

여기 이게 정말 **좌**석인가요? 바늘투성이인데, **침**이 따끔따끔한데, **석**방시켜 주세요!

여중장부 女中丈夫

女 여자 中 가운데 丈 사내처럼 늠름하고 夫 사내처럼 씩씩한 사람.
: 건장한 사나이가 연상될 정도로 체격이 건장하고 튼튼하거나 성격이 의젓하고 씩씩한 여자를 가리키는 말.

여자라고 무시하지 마! **중**심도 제대로 못 잡는 남자들아, **장**난 아닌 기세 뿜뿜 **부**드러울 거란 선입견은 버려!

여진여퇴 旅進旅退 예기禮記

旅 무리지어 進 나아가고 旅 무리지어 退 물러난다.
: 단합되어 움직이는 모양은 아니고, 남들이 우르르 나아가면 자기도 덩달아 나아가고 남들이 우르르 물러나면 자기도 덩달아 물러나면서 줏대 없이 행동하는 모양이다.

여러 사람들이 이렇다 하면 **진**짜? 하고 그런가 보다 하고. **여**러 사람들이 아니라 하면 또 그거 따라 **퇴**진한다, 자신의 의견을.

여출일구 如出一口

如 (여러 사람들의 말이) 마치 ~ 같다. 出 (마치) 나오는 것 (같다.) 一 한 口 입에서
: 이구동성 異口同聲

여러분, **출**출하시죠? 식사 시간 가까이에 **일**반인들에게 이런 질문하면 **구**할 수 있는 답은 하날 걸? — "예!"Yes!

여필종부 女必從夫 열녀전列女傳, 노지모사편魯之母師篇

女 여자는 必 반드시 從 좇아야 한다. 夫 지아비를 (좇아야 한다.)
: 아내는 남편의 뜻을 좇아야 한다는 전통적인 윤리다.

여자는 남편에게 **필**수적으로 **종**속된다? **부**당한 논리지, 현대적인 기준으론.

여합부절 如合符節

如 같이 (딱 맞다.) 合 (합) 합치는 것 (같이 딱 맞다.) 符 증표로 삼으려고 반으로 쪼개서 나누어 가지고 있던 節 마디를 (다시 합치는 것 같이 딱 맞다.)
: 사물이 서로 조금도 어긋남이 없이 들어맞는 모양이다.

여기랑 여기를 대서 **합**쳐 보면 **부**착되어 딱 맞아야 해. **절**대 오차 없이….

여호모피 與虎謀皮 태평어람太平御覽

與 더불어 虎 호랑이와 (더불어) 謀 꾀한다. 皮 (호랑이) 가죽 (벗길 일을 꾀한다.)
: "호랑아, 우리 사이좋게 너의 가죽을 벗겨 보자."라고 호랑이에게 말하면 호랑이가 냉큼 "그래, 아프지 않게 살살 벗겨 줘."라고 말할 리는 없다. 명백히 상대방에게 손해가 될 일을 제안함으로써 그 일이 성사될 가능성이 전혀 없는 경우를 나타낸다.

여보쇼, 가죽 좀 주쇼, **호**랑이 씨. **모**라는 거야, 요놈이… **피** 보고 싶냐?

역린 逆鱗 한비자韓非子, 세난편說難篇

逆 거스르면 鱗 용의 (거슬러 난) 비늘을 (거스르면).
: 거스르면 반드시 죽는다. 과거에 절대 권력을 행사한 임금의 분노를 표현한 말이다.

역정을 내시는 임금님, **린**치lynch를 마구마구 가하시네.

역마농금 櫪馬籠禽

櫪 말구유가 있는 마구간에 馬 매인 말(처럼 구속된 상태) 籠 대바구니 새장에 禽 갇힌 새(처럼 구속된 상태.)

: 구속된 처지를 빗댄 표현이다.

역시 자유를 그리워하겠지, **마**구간에 매인 말들은. **농**담이 아니라 구속된 거 싫겠지, **금**지된 외출… 새장속 새들은.

역발산 기개세 力拔山 氣蓋世 사기史記, 항우본기項羽本紀

力 힘은 拔 뽑을 정도로 山 산을 (뽑을 정도로 세고) 氣 기운은 蓋 덮을 만하다. 世 온 세상을 (덮을 만하다.)
: 비범한 힘과 기상을 형용한다. 원래의 맥락에서는 이러한 힘과 기상이 무용지물이 된 처지를 한탄하며 한 말이다.

역력히 **발**휘해 볼까? **산**을 뽑을 정도의 내 힘을, **기**운을 뽐내 볼까? **개**운하게 **세**상을 덮으면서….

ㅇ

역부지몽 役夫之夢 열자列子, 주목왕편周穆王篇

役 품삯을 받고 일하는 夫 일꾼이 之 (꾼) 夢 꿈.
: 일꾼을 부려먹는 부자는 밤에 일꾼이 되는 꿈을 꾸어 힘든 고생을 다 하고, 그 일꾼은 반대로 밤에 부자가 되는 꿈을 꾸며 인생의 즐거움을 맛본다. 이 이야기를 인간 세상의 부귀영화가 덧없는 꿈과 같다고 해석하는 경우도 있지만, 자신에게 결핍된 삶의 요소를 보완하여 충족시켜주는 꿈의 오묘한 작용으로 볼 여지도 있다.

역시 꿈이 좋아. **부**자가 되어 **지**금 현실을 극복해. **몽**롱해… 만족해.

역성혁명 易姓革命

易 바꿔 姓 (왕조의) 성씨를 (바꿔) 革 고친다. 命 규칙을 (고친다.)
: 우리 역사에서 조선의 건국이 대표적 사례로 꼽힌다.

역사적 정의란 결국 힘인 건가? **성**씨가 바뀐 쿠데타가 **혁**명이란 이름으로 **명**예롭게 미화되네!

역이지언 逆耳之言 홍응명洪應明, 채근담菜根譚

逆 거슬리는 耳 귀에 (거슬리는) 之 그런 言 말씀.
: 매섭고 날카롭게 타인의 잘못이나 허물을 타이르는 말을 가리킨다.

역시 듣기 싫어, **이**런 충고는. **지**금 내 기분이 **언**짢아져.

역자교지 易子敎之 맹자孟子, 이루離婁 상편上編

易 바꾸어 子 자식들을 (바꾸어) 敎 가르친다. 之 남의 자식들을 (가르친다.) ∵ 자기 자식을 가르치다가는 관계만 악화되니까.
: 부모가 자기 자식을 손수 가르치기란 어려운 법이다.

역시 **자**기 자식을 **교**육하는 건 **지**쳐, 힘들어!

역자이식 易子而食 춘추좌씨전春秋左氏傳, 선공宣公 15년조年條

易 바꾸어 子 자식들을 (바꾸어) 而 그리고 食 (남의 자식들을) 먹는다. — 기아에 허덕이다 차마 자기 자식은 못 먹고.
: 기아에 허덕이다 발생하는 비극의 한 단면이다.

역겨우면서도 슬픈 **자**식 교환의 **이**유… **식**인종이 될 수밖에 없던 굶주림.

역지개연 易地皆然 맹자孟子, 이루離婁 상편上編

易 바꾸어 보면 地 처해 있는 형편을 (바꾸어 보면) 皆 다 (마찬가지로) 然 (상대방과 마찬가지로) 그럴 것이다.
: 특정한 처지나 입장에 놓인다면 생각이나 행동이 다 거기서 거기인 보편적인 경향을 보인다는 뜻이다.

역시 너도 그럴 거야. **지**금 네가 그 입장이라면 그럴 **개**연성이 크다는 거지. **연**상해 보면 알 거야.

역지사지 易地思之

易 바꾸어 地 처해 있는 형편을 (바꾸어) 思 생각한다. 之 (상대방의) 그 형편을 (생각한다.)
: 상대방의 입장을 가정하여 몸소 체험하면 그 사람에 대해 더 이해하고 공감할 수 있을 것이다.

역정을 내는 거야, **지**금 나에게? 어이가 없네. **사**람, 참! 당신이 내 입장이었어 봐! **지**당한 거야, 내 행동은….

역취순수 逆取順守 사기史記, 탕무湯武 일화逸話

逆 (도리에) 거스르며 取 강탈한 다음에 順 (순리에) 따르며 守 (바르게) 지켜 나간다.
: 정도를 벗어난 과정을 거친 후에 바른 도리로 지키는 모양이다.

역겨웠던 수단은 **취**소되는 걸까? **순**수하게 그 뒤로 **수**습해 나가면?

연공서열 年功序列

年 (근무를 연속으로 한) 해가 功 (쌓인) 공을 (인정하여) 序 (승진하는) 차례(를 정하고) 列 (급여하는) 순서를 매긴다.
: 근무한 연수나 나이에 따라 직위가 상승하는 체계를 가리키는 말.

연이어 해마다 자리만 차지하면 **공**을 세우든 말든 **서**열은 올라가니 **열**심히 노력할 필요도 없겠네?

연년익수 延年益壽

延 늘리며 年 (살아가는) 해를 (늘리며) 益 (기간을) 더하며 壽 목숨을 (더 오래오래 유

지하며).
: 수명을 늘리는 모양이다. 장수를 형용한다.

연장자께서 **년**(연)장한 건? **익**히 알다시피 **수**명 연장!

연도일할 鉛刀一割

鉛 납으로 만든 (잘 들지 않는) 刀 칼이지만, 칼임에도 一 한 번은 割 벨 힘이 있다.
: 힘을 발휘하기 전의 상태에 주목하면 그 정도로 미약한 힘을 가진다는 해석이 나오고, 힘을 발휘하고 나서의 상태에 주목하면 다시는 쓸데없다는 해석이 나온다.

ㅇ

연장이 **도**무지 보잘것없는 **일**개 연장이라 하더라도 **할** 땐 한다! 단 한 번일 뿐이라도 제 성능을 발휘한다.

연리지 連理枝 후한서後漢書, 채옹전蔡邕傳·백거이白居易, 장한가長恨歌

連 (가지와 가지가) 잇닿아 理 (하나인) 나뭇결로 枝 나뭇가지가 (하나로 합쳐진 나무).
: 원래의 맥락에서는 하나가 될 정도로 극진한 효심을 보인 자식과 부모 관계도 포함되어 있으나, 요즈음에는 흔히 하나가 될 정도로 깊이 사랑하는 부부나 연인 관계를 비유한다.

연우야, 우린 하나야. **리**(이)렇게 꼭 잡은 두 손처럼 말이야. 늘… **지**니고 있어야 돼, 이 믿음. 알았지?

연목구어 緣木求魚 맹자孟子, 양혜왕梁惠王 상편上編

緣 연유하여 木 나무에 (연유하여), 나무에 (올라) 求 구한다. 魚 물고기를 (구한다.)
: 상식적으로 나무에는 물고기가 매달려 있지 않다. 불가능한 임무, 미션 임파서블이다.

연결이 옳지 않아! **목**재에서 물고기를 **구**하겠다니… **어**이가 없잖아!

연목토이 鳶目兎耳

鳶 솔개처럼 目 (잘 보이는) 눈 兎 토끼처럼 耳 (잘 들리는) 귀.
: 시력과 청력이 좋음을 동물에 비유한 표현이다.

연기 너머 뿌연 것을 정확히 **목**격하는 시력! **토**씨 하나 빠뜨리지 않고 **이**걸 다 들었다는 청력!

연비어약 鳶飛魚躍 시경詩經, 대아大雅 한록편旱麓篇

鳶 솔개가 飛 날아다니는 (하늘 풍경) 魚 물고기가 躍 뛰어 노니는 (물속 풍경).
: 조화롭고 오묘한 자연의 모습을 나타낸다.

연분홍빛 하늘 아래 **비**상하는 날짐승들, 팔딱팔딱 물고기들… **어**우러진다, **약**동한다, 자연의 생명력이.

연시미행 煙視媚行

煙 안개 낀, 눈물 맺힌 視 시선으로 媚 예쁘게, 아름답게 行 시집가는 (신부의) 걸음걸이.
: 신부가 걷는 자태를 형용한다.

연이어 쏟아지는 눈물이 **시**야를 가리면서 **미**처 걸음마를 못 배운 듯 **행**동하며 한걸음 한걸음 내딛는 신부.

연안대비 燕雁代飛 회남자淮南子

燕 제비와 雁 기러기가 代 번갈아들며 飛 날아온다.
: 제비와 기러기가 서로 번갈아 날아오니까 둘은 함께 할 일이 없다. 어긋난 관계나 소원한 관계를 가리키는 말.

연이어 어긋나 **안**녕, 작별만…. **대**체 이건 **비**극적 인연인 건가?

연안짐독 宴安酖毒 춘추좌씨전春秋左氏傳, 민공閔公 원년조元年條

宴 술자리를 벌이며 安 흥청망청 즐거움에 빠지면 酖 독기 가득한 짐새의 깃으로 담근 毒 독주를 마시는 결과와 같다.
: 유흥에 빠진다면 치명적인 결과를 맞이할 수 있음을 경고하는 표현이다.

연이어 쾌락에만 **안**주하면 결말은? **짐**작하겠지만 **독**약을 마신 꼴일 걸?

연옹지치 吮癰舐痔 사기史記, 손자오기열전孫子吳起列傳

吮 빤다. 癰 악창을, 종기 고름을 (빤다.) 舐 핥는다. 痔 치질 (걸린 밑을 핥는다.)
: 원래의 맥락에서는 병사의 고통을 함께 하려는 장수의 선한 마음씨가 돋보이는 표현이다. 그러나 그 의미가 변질되어 통상적으로 타인에게 과도하게 아첨하는 행태라는 뜻으로 쓰이고 있다.

연줄 좀 맺어보겠다는 거냐? **옹**색하게 **지**치지도 않고 아부하는구나! **치**사한 건 아냐?

연익지모 燕翼之謀

燕 (자손이) 편안하도록 翼 도와주는 之 (조상이 낸) 謀 꾀.
: 조상이 자손을 위해 남기는 묘책을 일컫는 말.

연이어 올 세대가 **익**숙해지도록, 잘 적응하도록 **지**금부터 전략을 **모**의합시다.

연작불생봉 燕雀不生鳳

燕 제비와 雀 참새는 不 못한다. 生 낳지 (못한다.) 鳳 봉황새를 (낳지 못한다.)
: 저열한 인간의 자식이 변변할 수는 없다는 말.

연결하려 해도 **작**정 해도 **불**가능해! **생**긴 게 참새, 제비인데 **봉**황을 어떻게 낳아?

연작안지 홍곡지지 燕雀安知 鴻鵠之志 사기史記, 진섭세가陳涉世家

燕 제비와 雀 참새가 安 어찌 知 알겠는가 鴻 큰기러기와 鵠 고니 之 의 志 뜻을.
: 큰사람의 뜻을 소인들은 알기 어렵다는 말.

연상해야 할 큰 그림. **작**도해야 할 큰 설계. **안**과 밖을 아우를 **지**식과 인성, 행동력. **홍**익인간의 정신도 요구되고 **곡**으로 따지면 대중가요가 아닌 클래식. **지**금 이런 것들을 참새, 제비들이 하기에는 **지**극히 힘들지. 기러기, 고니 정도라면 몰라도.

ㅇ

연전연승 連戰連勝

連 잇닿은 戰 싸움에서 連 잇닿아 勝 이긴다.
: 매번 싸움에서 연속적으로 승리하는 모습이다.

연달아… **전**투할 때마다 **연**달아… **승**리 승리해. ♬♪

연파천리 煙波千里

煙 연기나 안개가 자욱하게 낀 波 수면의 물결이 千 천 里 리 ≒ (대략) 400킬로미터로구나.
: 물리적 장벽이 느껴질 정도로 멀리 떨어져 있어 만나기 어렵다는 말이다.

연신 닿고자 노력해 봐도… **파**도에 막히고 **천**둥에 막히고 **리**(이)래저래 막힌 듯해.

연편누독 連篇累牘 수서隋書, 이악전李諤傳

連 (불필요하게) 잇닿아 늘어지는 篇 (긴) 문장 累 (쓸데없이) 거듭 포개놓은 牘 (복잡하기만 한) 문장.
: 비문에 해당하는 장문을 가리키는 말.

연아가 길을 걷다 배가 고파 길가를 둘러보다 길가의 **편**의점이 보여 길가의 편의점에 들어가서 길가의 편의점에 뭐가 맛있나 한참을 보다가 **누**가 어깨를 두드려 누군가 하고 돌아보니 길가의 편의점 알바가 뾰로통한 낯빛으로 한마디한다: 사실 거예요? — **독**해하기 불편한 긴 문장의 예시.

연하고질 煙霞痼疾 당서唐書, 은일전隱逸傳 전유암전田遊巖傳

煙 안개를, (자연을) 霞 노을을, (자연을) 痼 (사랑하는 마음이) 고치기 어려운 疾 병과 같도다.

: 자연의 경치를 사랑하는 마음을 불치병에 걸린 것으로 표현하고 있다.

연이어 오는 사계절의 **하**루 하루가 **고**백하자면… 너무 좋아요! **질**병이라면 질병이죠: 자연 사랑병.

연함호두 燕頷虎頭 후한서後漢書

燕 제비(를 연상시키는) 頷 턱 虎 범(을 연상시키는) 頭 머리.
: 먼 나라의 제후가 될 관상이라고 한다.

연상이 절로 되는구만. **함**박웃음을 띠며 **호**호호~ 웃으며 말한다. **두**고 봐, 나중에 한자리 차지할 얼굴일세.

연홍지탄 燕鴻之歎

燕 제비와 鴻 기러기가 之 (서로 엇갈려) 가면서 歎 탄식한다.
: 연안대비 燕雁代飛

연초부터 연말까지 **홍**조 띤 얼굴로 **지**속적으로 **탄**식만….

연화왕생 蓮花往生 불교佛敎

蓮 연 花 꽃 (위에서) 往 (극락정토에) 가서 生 (다시) 태어난다.
: 불교의 세계에서 환생하는 모습이다.

연꽃처럼 **화**사하게 **왕**성한 **생**명력을 꽃피우소서.

연화중인 煙火中人

煙 연기를 내며 火 불을 때며 中 (음식을 익혀 먹는) 人 사람.
: 속세의 인간을 가리키는 말.

연기 풀풀… **화**로구이 냠냠… **중**요해. 먹는 게 중요한 **인**간… 세속적 인간.

열구지물 悅口之物

悅 기쁘게 하는 口 입을 (기쁘게 하는) 之 그런 物 먹을거리.
: 입맛에 맞는 음식을 일컫는 말.

열심히 먹고 있어. **구**미가 당겨. **지**금 너무 맛있어 **물**도 안 먹고 먹고 있어.

열녀불경이부 烈女不更二夫

사기史記, 전단열전田單列傳·명심보감明心寶鑑, 입교편立敎篇

烈 죽음을 무릅쓰고 절개를 지키는 女 여자는 不 아니한다. 更 바꿔 섬기지 아니한다.

二 두 夫 지아비를 (바꿔 섬기지 아니한다.)
: 여자에게 한 남편만 섬기도록 의무를 지웠던 전통 윤리다.

열심히 사랑하는 **녀**(여)자의 **불**타오르는 사랑… **경**건하게 **이** 사람하고만 **부**부의 인연으로 영원히….

열혈남아 熱血男兒

熱 끓는, 왕성한 血 피(를 가진) 男兒 (열정적인) 사내.
: 피가 끓는 남자를 일컫는 말.

열기 후끈! **혈**기 왕성! **남**자? **아**니다! 상남자다!

ㅇ

염량세태 炎涼世態

炎 (권세가 생기면) 뜨겁게 (좇다가도) 涼 (권세가 멸하면) 차갑게 (등 돌리는) 世 인간들의 態 모습.
: 권세가 있고 없고에 따라 태도가 급변하는 세상의 인심을 가리키는 말.

염치도 없이 **량**(양)심도 없이 **세** 치 혀로 알랑방귀뀌더니 **태**세 전환 보소. 박쥐 인간인가?

염력철암 念力徹巖

念 (집중하여) 생각하는 力 힘은 徹 관통한다. 巖 바위도 (관통한다.)
: 불가능한 일도 가능해질 수 있다는 과장법을 사용하여 집중해서 노력하는 자세를 강조하는 표현이다.

염려하지 마. 내가 정신만 집중하면 **력**(역)력히 큰일을 해내니까. **철**저하게 **암**석도 꿰뚫을 정도로….

염리예토 厭離穢土 불교佛敎

厭 싫어하며 離 떠난다. 穢 더러운 土 (속세) 땅을 (떠난다.) — 극락정토를 향하여.
: 때 묻은 속세에 염증을 내며 이별을 고하는 모습이다.

염증이 나, 사바세계는. **리**얼리 정말로 **예**로부터 지금까지 **토**할 거 같아… 떠날래.

염불급타 念不及他

念 (바빠서) 생각이 不 못한다. 及 미치지 (못한다.) 他 다른 데에 (미치지 못한다.)
: 딴생각을 할 틈이 없을 정도로 아주 바쁜 모양이다.

염려할 게 태산이야. **불**가피하게 처리할 것들, **급**히 해결할 것들이 산더미라 **타**인이나 다른 건 생각할 겨를도 없어.

염불삼매 念佛三昧 불교佛教

念 외우며, 읊조리며 佛 부처의 이름을 (외우며, 읊조리며) 三昧 (진리의 세계로) 몰입하고 집중한다.
: 염불에 몰입한 경지를 일컫는 말.

염불을 외우며 **불**교 정신을 벗으로 **삼**아 **매**진한다, 진리를 향해.

염불위괴 恬不爲愧

恬 (그릇된 일을 하고도) 편안한 마음으로 不 아니한다. 爲 생각하지 (아니한다.) 愧 부끄럽게 (생각하지 아니한다.)
: 비행을 저지르고도 조금도 양심에 거리끼는 기색이 없는 모양이다.

염치없는 인간이 **불**법 행위를 저지르고 **위**풍당당하다. **괴**로워하는 기색이 전혀 없다.

염세자살 厭世自殺

厭 싫어하며 世 세상世上을 (싫어하며) 自 스스로 殺 목숨을 끊다.
: 세상을 부정적으로만 바라보다 스스로 삶을 포기함을 뜻한다.

염증이 난 **세**상에 **자**기 스스로 **살**기를 포기하다.

염슬단좌 斂膝端坐

斂 모으고 膝 무릎을 (모으고) 端 (옷자락을) 흐트러뜨리지 않고 坐 앉는다.
: 단정하게 앉는 모습을 형용한다.

염화수소^{HCl} 어쩌구… 화학 수업 시간, **슬**쩍 선생님의 눈길이 향한다. (졸고 있는 학생들 틈에서) **단**정하게 **좌**석에 앉아 필기하는 학생에게로….

염이부지괴 恬而不知怪

恬 (마음이) 편안하여 而 (그래서) 不 아니한다. 知 생각하지 (아니한다.) 怪 괴이하다고, 이상하다고 (생각하지 아니한다.), 그저 평범하다고 여긴다.
: 걱정없이 평안한 마음으로 당연하게 보아 넘기는 모양이다.

염려 없어. **이**렇게 마음이 편해. **부**쩍 이상하다거나 **지**금 **괴**상하다거나 하지 않아.

염화미소 拈華微笑 불교佛教 대범천왕문불결의경大梵天王問佛決疑經

拈 (스승이) 집어 들자 華 연꽃을 (집어 들자) 微 (제자가) 작은 笑 웃음을 띤다.
: 염화시중 拈華示衆

염화수소의 **화**학 결합식은? 선생님이 꼴찌에게 묻는다. **미**소가 **소**리 없이 번진다: 꼴찌의 얼굴에, 선생님의 얼굴에도….

염화시중 拈華示衆 불교佛教 대범천왕문불결의경大梵天王問佛決疑經

拈 집어 들고 華 연꽃을 (집어 들고) 示 (그 꽃을) 보여 준다. 衆 무리들에게 (집어 든 꽃을 보여 준다.)
: 석가가 말없이 한 행동인데, 제자들 중에서 한 명이 이 행동의 뜻을 이해하고 미소지었다고 한다. 말없이 마음에서 마음으로 통하는 것을 일컫는 말.

염려하던 사람들이 눈빛을 교환한다. 마음의 **화**살이 **시**위가 당겨진다. 말없이 **중**앙에 명중한다. 사람들의 마음 과녁 한가운데에….

ㅇ

영고성쇠 榮枯盛衰

榮 영광스럽게 빛나다가 枯 마르고 시들고 盛 흥성하다가 衰 쇠퇴하고.
: 번영과 쇠퇴가 번갈아 나타나는 모양이다.

영원한 건 없어 없어! ♬♪ **고**도가 높아졌다 낮아졌다 해. ♬♪ **성**행할 땐 영광이던 **쇠**붙이도 어느덧 녹슬어 버려! ♬♪

영구불변 永久不變

永 영원히 久 오래오래 不 아니한다. 變 달라지지 (아니한다.)
: 이전과 달라지거나 딴것으로 되지 않고 영원히 그대로인 모습을 표현한다.

영화 속 주인공인 **구**두쇠 영감이 **불**쌍한 사람을 돕겠다던 그 약속, **변**하지 말길… 영원하길….

영령쇄쇄 零零瑣瑣

零 (보잘것없는) 나머지 (같이) 零 (보잘것없는) 나머지 (같이) 瑣 (부스러지듯) 자질구레하다. 瑣 (부스러지듯) 자질구레하다.
: 하찮고 시시해서 가치가 없는 모양이다.

영화 속 먼지바람처럼 **령**(영) 더 쓸모가 없이 흩날려. 잘게 부수어진 **쇄**골 조각처럼 **쇄**신할 여지 없이 사라져.

영만지구 盈滿之咎 후한서後漢書

盈 차면 滿 가득 차면 之 (그 다음에는) 咎 허물어진다.
: 물이 잔에 가득차면 그 다음에는 넘친다는 식으로 해석들을 하는데, 달이 차면 그 다음에는 모양이 기울어진다는 해석도 가능하다고 본다. 전성기 다음에 쇠퇴기가 옴을 경계하는 말이다.

영화롭고 비싼 물건을 **만**지고 있는 **지**금 당신에게 **구** 초 후에 위험이 닥칠 수도 있다.

영불리신 影不離身 장자莊子, 어부편漁父篇

影 그림자는不 아니한다. 離 떨어지지 (아니한다.) 身 몸에서 (떨어지지 아니한다.)
: 원래의 맥락에서 (자신에게서 떼려야 뗄 수 없는) 그림자를 떼어내기 위해 달아나지만, 그림자가 자신의 몸에서 떨어지지 않는다는 표현이다. 그림자를 없애기 위해서는 더 큰 그림자인 그늘로 들어가면 된다는 역설적 해법을 제시하고 있다.

영원히 분리되는 것이 **불**가능한 **리**(이)치라면 **신**중하게 마주 대하겠어.

영불서용 永不敍用

永 (죄를 지어 파면된 자에게) 영원히 不 아니한다. 敍 베풀지 (아니한다.) 用 (다시 관원으로) 임용될 기회를 (베풀지 아니한다.)
: 죄의 값을 물어 영원히 관직의 기회를 박탈하는 처사를 가리키는 말.

영원히 재임용은 **불**허한다. **서**열이 높든 낮든 간에 **용**서할 수 없는 죄를 지었으니까.

영생불멸 永生不滅

永 영원히 生 삶을 누리며 不 아니한다. 滅 꺼지지 (아니한다.)
: 사라지지 아니하는 영원한 삶을 가리키는 말.

영원한 **생**명, **불**사신의 꿈은 **멸**종 위기에 대한 두려움 때문인가?

영서연설 郢書燕說 한비자韓非子, 외저설外儲說 좌상편左上篇

郢 초나라 서울 사람이 書 ('등불을 들라'라고 쓴) 글을 燕 연나라 사람이 說 (밝음을 숭상하여 어진 이를 천거하라는) 말씀으로 이해한다.
: 언뜻 훌륭하게 문장을 해석한 것 같아 보이지만, 사실 '등불을 들라'는 말은 정말 글을 쓸 테니 등불을 들고 있으라는 말이었다. 이 말이 실수로 글 내용으로 그대로 쓰인 상황인데, (영문을 모르는) 상대방은 억지로 그 뜻을 끼워 맞추며 엉뚱하게 해석한 것이다. 이치에 닿지 않는 말을 억지로 합리화하는 모양이다.

영 이 뜻은 아니지만, **서**로 다른 의미지만, **연**결 고리를 억지로 짜 맞춰 **설**명한다.

영설독서 映雪讀書 이한李瀚, 몽구蒙求·손씨세록孫氏世錄

映 비추며 雪 눈빛에 (비추며) 讀 읽는다. 書 글을 (읽는다.)
: 고된 환경 속에서 학업에 열중하는 모양이다.

영어 단어, 다 외웠어요. **설**마! 어떻게? 정전이라 깜깜했는데? **독**하게 마음먹고 **서**러웠지만 쌓인 눈빛에 비추어가며 외웠어요.

영설지재 詠雪之才 진서晉書, 왕응지처사씨전王凝之妻謝氏傳

詠 읊는 雪 눈을 (즉석에서 버들가지에 비유하며 읊는) 之 그런 才 (여성의 뛰어난 글) 재주.

: 여자의 글짓기 솜씨를 칭찬하는 표현이다.

영특한 글 솜씨가 **설**명이 필요 없을 정도구나! **지**혜로이 **재**주를, 글재주를 뽐내는 여성.

ㅇ

영웅기인 英雄忌人

英雄 영웅은 忌 꺼린다. 人 딴 영웅을 (꺼린다.)

: 다른 뛰어난 인물의 존재는 영웅으로서의 자신의 입지에 방해가 될 수도 있다. 이와는 달리 영웅은 속임에 능하다는 영웅기인英雄欺人이라는 표현도 있다.

영 마음에 들지 않아, **웅**성웅성 저곳에 몰려 있는 사람들이. **기**분 나빠, **인**기를 독차지한 저 인간이.

영웅미사심 英雄未死心

英雄 영웅은 未 아니한다. 死 죽지 (아니한다.) 心 마음까지는 (죽지 아니한다.) — 비록 몸은 죽을지라도.

: 영웅의 정신은 불멸이라는 뜻이다.

영웅 정신은, **웅**장한 그 정신은, **미**친 존재감은… **사**라지지 않는다. **심**상으로 존속한다.

영출다문 令出多門

令 명령이 出 나온다. 多 많은 門 문들에서 (나온다.)

: 통일되고 명백한 명령이 하나로 전달되는 것이 아니라, 여기저기서 뒤죽박죽된 명령들이 쏟아져 서로 충돌하는 모양이다.

영 말을 안 듣나, 이등병? **출**발하라고! 상병이 명령한다. **다**시 얘기해야 하나, 앉아 있으라고! **문**고리를 잡고 병장은 또 다른 명령을….

영해향진 影駭響震 반고班固, 답빈희答賓戲

影 그림자에도 駭 놀라고 響 울리는 소리에도 震 두려워 떨고.

: 몹시 잘 놀라는 모양이다.

영화는 호러물, 주인공과 관객 모두 **해**칠까 봐 깜짝깜짝… **향**방이 어디든 깜짝깜짝… **진**땀이 날 정도로 깜짝깜짝….

영혼불멸 靈魂不滅

靈 정신과 魂 넋은 不 아니한다. 滅 없어지지 (아니한다.)
: 인간의 사후에도 영혼은 소멸되지 않는다는 말이다.

영혼 너, **혼**나! **불**타 없어지면 혼나! **멸**실되면 혼나!

예미도중 曳尾塗中 장자莊子, 추수편秋水篇

曳 끌며 다닌다. 尾 꼬리를 (끌며 다닌다.) 塗 진흙탕 中 한가운데에서.
: 진흙탕 싸움을 하고 있다는 소리가 아니다. 부귀는 못 누리더라도 자유롭고 구속되지 않는 삶을 살 수만 있다면, 가난하고 험한 환경도 차라리 괜찮다는 뜻이다.

예감합니다, 부귀영화 따위는 저를 **미**치게 할 구속일 뿐이라는 것을. **도**저히 그렇게는 못 살아요. **중**심을 잡고, 가난해도 자유롭게 살래요.

예번즉란 禮煩則亂

禮 (만일) 예도가 煩 너무 깍듯하고 까다롭다면 則 (그렇다면) 곧 亂 어지러울 것이다.
: 예의를 너무 엄격하게 지키려고 한다면 요모조모 따지는 것이 많거나 별스러워서 맞추기도 어렵고 혼란스러울 수 있다.

예의의 기본 정신을 생각하시죠. **번**거롭기만 합니다, 지금 보여주시는 예의는. **즉**시 고쳐주시기 바랍니다. 지금은 그저 **란**(난)잡할 뿐입니다.

예불가폐 禮不可廢

禮 예절은 不 없다. 可 할 수 (없다.) 廢 버릴 (수 없다.)
: 예절은 언제 어디서나 꼭 지켜야 한다는 뜻이다.

예의 챙겨라. **불**필요할 때란 없으니까 항상 **가**지고 다녀라. 남들에게 **폐**를 끼치면 안 되니까.

예상왕래 禮尙往來 예기禮記, 곡례曲禮 상편上編

禮 예도는 尙 숭상한다. 往 가는 것이 있으면 來 오는 것이 있어야 한다는 것을 (숭상한다.)
: '오고 간다.'는 말을 흔히들 교제한다는 뜻으로 애매하게 해석하는데, 원래의 맥락에서는 베푼 것이 있으면 보답 받는 것도 있어야 한다는 뜻으로 쓰인 표현이다.

예상하시겠지만 **상**상해 보시면 **왕**래가 없음 vs. 있음 … 둘 중에 **래**러 Latter 후자가 중요하죠, 예의란.

예실즉혼 禮失則昏

禮 (만약에) 예도를 失 잃는다면 則 (그렇다면) 곧 昏 (정신이) 어둡고 흐려져 (사리 판

단을 제대로 못한다.)
: 역으로 생각하면, 예의에는 정신을 맑게 하고 사리를 변별하게 하는 기능이 있다고 볼 수 있다.

예의가 어디 갔지? **실**례합니다. **즉**시 예의를 좀 찾아 갖고 올게요. **혼**미하거든요, 예의가 없어지면.

예의생부족 禮義生富足 맹자孟子, 진심盡心 상편上編

禮 예의를 (갖추고자 하는) 義 뜻은, 마음은 生 (저절로) 생긴다. 富 (물질적으로) 넉넉하고 足 만족해지면 (그 후에 저절로 생긴다.)
: 정신적 가치를 추구하기 위해서는, 물질적 기반이 확고하고 안정적으로 자리 잡고 있어야 한다.

예의란 말이다. **의**미가 없단다. **생**각도 나지 않아. **부**실하게 먹고 자고… **족**보에 '가난'이란 두 글자가 새겨져 있으면….

ㅇ

예의지방 禮義之邦

禮 예도를 義 올바른 도리라고 之 (여기는) 邦 나라.
: 예의의 의미와 가치를 매우 크게 여기는 나라를 가리키는 말.

예의라면 **의**미가 있죠. **지**금 우리나라 **방**방곡곡에 예의가 넘쳐납니다.

예주불설 醴酒不設 한서漢書, 초원왕전楚元王傳

醴 단술을 (처음에는 잘 대접하다가) 酒 술대접을 (차츰) 不 아니한다. 設 베풀지 (아니한다.)
: 점점 손님 대접을 무성의하게 소홀히 하는 모양을 나타낸다.

예끼, 이 사람아. **주**인으로서 이렇게 **불**러온 손님, 박대할 거요? 이 손님이 **설** 자리가 점점… 없어지잖소!

오거지서 五車之書 장자莊子, 천하편天下篇·제백학사모옥題柏學士茅屋

五 다섯 車 수레에 之 (가득 찰 정도로 많은) 書 책들.
: 많은 양의 책을 가리키는 말.

오 톤 트럭에, 이렇게 **거**대한 차량에 가득 찬 책들이라니… **지**금 이거 실화냐? **서**적의 양이 어마어마해!

오검난명 五劍難名 월왕越王 구천勾踐 일화逸話

五 다섯 개의 劍 칼들 중에 難 (하나를 선택하기가) 어렵도다. 名 (모두 다 이름값을 하는) 명검들이어서.
: 흔히들 이 표현을 옳고 그름을 가리기가 힘들다는 식으로 정의한다. 하지만 원래의

맥락을 충실히 고려하면, 이 표현은 훌륭한 것들 사이에서 우열을 가리기가 힘든 상황을 나타낸다.

오로지 하나만 **검**사해서 뽑으라니 **난**감하네. **명**백히 구별하기가 힘드네.

오고대부 五羖大夫 사기史記, 진본기秦本紀

五 다섯 장의 羖 양가죽(으로 헐값을 치르고 데려온) 大 큰 夫 인물.
: 백리해라는 인물을 일컫는 말. 뛰어난 인물이 제값에 맞지 않는 가격으로 거래된 경우다.

오세요! **고**귀하신 인재여, 비록 헐값으로 **대**형 마트의 할인처럼 모셨지만 **부**디 능력을 발휘해주소서!

오근피지 吾謹避之

吾 나는 謹 (남들과 맞부딪치는 것을) 삼가면서 避 피해 之 가면서 산다.
: 다른 사람과 부대끼지 않기 위하여 스스로 피하는 모양이다.

오직 **근**처에 사람들이 없는 곳만 다녀. 사람들을 **피**해 다녀. **지**금 내가 그래.

오금지희 五禽之戲

五 다섯 마리 禽 짐승의 동작을 본떠 之 만든 戲 희롱하는 듯한 (노화 방지와 혈액 순환을 위한 팔다리 관절 운동).
: 몸을 젊게 유지하기 위한 운동이다.

오지 마! 노화 너는 **금**지야! **지**금 이미 온 것들도 모두 **희**미해져 버려!

오동일엽 梧桐一葉

梧桐 오동나무에서 一 (떨어진) 하나의 葉 오동잎.
: 그 잎을 보고 가을이 왔다는 증거로 삼는다. 작은 전조를 근거로 삼아 앞으로 생길 일을 파악하는 모양이다.

오동잎 하나가, **동**글 넓적한 잎 하나가 **일**찌감치 **엽**니다, 가을을.

오두백 마생각 烏頭白 馬生角 사기史記, 자객열전刺客列傳

烏 까마귀 頭 머리가 白 희어진다면… 馬 말에게 生 생긴다면 角 뿔이 (생긴다면)….
: 그럴 일은 없다. 있을 수 없는 일을 뜻한다.

오늘도 TV 보며 **두**근두근하냐? **백**수 녀석아, 네가 **마**음을 뺏겨도 연예인들 만날 일은 **생**기지 않아. **각**성해.

오리무중 五里霧中 후한서後漢書, 장해전張楷專

五 5 里 리 ≒ 2킬로미터나 뻗은 霧 안개 中 가운데에 있는 듯하다.
: 사람의 행방을 알 수 없는 경우나, 일이 전혀 갈피가 잡히지 않을 때 쓰는 표현이다.

오는지 가는지, **리**치reach인지 리브leave인지 **무**척 갈피를 잡기 어렵구나. **중**간에서 헤매는구나.

오만무도 傲慢無道

傲 잘난 체하며 慢 남을 업신여기며 無 따지지 아니한다. 道 도리를 (따지지 아니한다.)
: 정도를 벗어날 정도로 건방진 모양이다.

오다가다 조심해. **만**만하냐, 세상이? **무**례한 놈아, 널 못마땅하게 여기는 사람들이 **도**처에 있으니까.

오만무례 傲慢無禮

傲 잘난 체하며 慢 남을 업신여기며 無 없다. 禮 예의가 (없다.)
: 오만무도 傲慢無道

오케이…라곤 차마 말을 못하겠군. **만**류하고 싶군. **무**언가가 빠진 것 같은데 **례**(예)의를 좀 챙기지 않겠나?

오만방자 傲慢放恣

傲 잘난 체하며 慢 남을 업신여기며 放 멋대로 한다. 恣 내키는 대로 한다.
: 조심스럽게 삼가는 태도가 없이 건방진 모양이다.

오만한 방자 녀석, **만**면에 가득한 웃음까지 거만하구나. **방**종한 까닭은 이 도령 빽이더냐? **자**신감이 지나쳐 도를 넘었구나!

오만불손 傲慢不遜

傲 잘난 체하며 남을 업신여기며 不 아니하다. 遜 겸손하지 (아니하다.)
: 겸손하게 자신을 낮출 줄 모르고 건방진 모양이다.

오만 대만 맞자. **만** 대도 힘들 거 같은데요? **불**타오르면 되지, 네 볼기짝이. **손**맛 좀 봐라, 이 싸가지 없는 자식아.

오매불망 寤寐不忘 시경詩經, 국풍國風 주남周南의 관저편關雎篇

寤 잠에서 깨나 寐 잠을 잘 때나 不 못한다. 忘 잊지 (못한다.)
: 잘 때나 깨어 있을 때나 늘 잊지 못하는 모습이다.

오매! 이건 뭐여? **매**우 생생해서… **불**가능해, **망**각하기가.

오불관언 吾不關焉

吾 나는 不 아니한다. 關 상관하지 (아니한다.) 焉 상관하지 아니하겠도다!
: 다른 사람의 일에 간섭하거나 신경 쓰지 않는 모양이다.

오지랖이 넓은 편도 아니고, **불**타오르는 **관**심이 생기지도 않으므로 **언**행을 삼가겠다.

오비삼척 吾鼻三尺 순오지旬五志

吾 내 鼻 코가 三 석 尺 자 (≒ 90센티미터)
: 내 코가 석 자라니, 피노키오인가? 희화화한 표현이긴 한데, 만약 사실이라면 몹시 난감한 상황이다. 자신의 일만으로도 곤란하고 어쩔 줄 모르는 상황이라, 남의 일에 관여할 여유가 없을 때 쓰는 표현이다.

오로지 자기 일로 **비**지 비지busy busy 바빠 바빠 **삼**갈 수밖에 없네, **척**! 팔을 걷어붙이고 남의 일에 끼어드는 일은.

오비이락 烏飛梨落 순오지旬五志

烏 까마귀가 飛 날아오르자 梨 배나무에서 배가 落 떨어진다.
: 두 가지 사건이 일어났다. 까마귀가 날아오른 A 사건과 배가 떨어진 B 사건이다. A가 일어나자마자 B가 일어났기 때문에, 사건 B는 사건 A가 원인이 되어 생긴 결과로 여겨질 가능성이 있다. 그러나 엄밀히 따져 보면 사건 A와 사건 B는 아무 상관이 없다. 단지 공교롭게도 우연히 동시에 일어난 사건들일 뿐이다. 이와 같이 두 사건이 공교롭게 동시에 발생하여 인과 관계가 있다고 착각을 불러일으키는 경우에 이 표현을 쓴다.

오묘하게 인과 관계와 **비**스무리해도 **이**건 그런 원인과 결과가 아니야. **락**(낙)하한 거야, 아무 상관 없는 게.

오비일색 烏飛一色

烏 까마귀들이 飛 날고 있구나. 一 다 똑같은 色 빛깔이구나.
: (특별히 구별할 필요도 없을 정도로) 다 똑같은 무리를 일컫는 말.

오로지 **비**슷할 뿐이로구나. 같은 색 **일**색이구나. **색**깔이 다 똑같구나.

오비토주 烏飛兎走

烏 까마귀는 飛 날고 兎 토끼는 走 달린다.
: 사냥꾼으로부터 달아나는 숲속의 풍경인가? 그건 아니고, 태양 속에 산다는 까마귀와 달 속에 산다는 토끼가 부지런히 움직이는 모습이다. 태양과 달이 부지런히 움직이며, 나타났다 사라졌다를 반복하는 모습이다. 즉 이 표현은 세월이 빠르게 흐른다는 뜻이다.

오 초에 돌파했나, **비**상하듯 백 미터를? 거북의 눈에 비친 **토**끼처럼 **주**구장창 빨리 달리는 무정한 세월아!

오상고절 傲霜孤節 이정보李鼎輔, 절의가絶義歌 시조時調

傲 거만하고 가혹한 霜 서릿발 속에서도 孤 외로이 지키는 節 (국화의) 절개와 지조.
: 국화의 모습에서 절개를 추출한 표현이다.

오롯이 **상**대한다. 혹독한 시련이 **고**통스러울지라도 **절**개로 맞선다.

오색무주 五色無主

五 (얼굴에 나타나는) 여러 色 빛깔들이 無 없다. 主 주인이 (없다.), 임자가 (없다.)
: 자기 몸은 자기가 주인인데도, 자기의 얼굴 빛깔을 통제하지 못하고 있다. 공포에 사로잡혀 자신의 의사와는 상관없이 얼굴빛이 변하는 모습을 표현한다.

오들오들… **색**색 숨 고르며 **무**서워서 덜덜 떠는 **주**인공의 얼굴.

오색상림 五色霜林

五 여러 色 빛깔로 霜 서리가 내린 듯한 林 수풀.
: 아름답게 단풍이 든 수풀을 비유한 표현이다.

오세요! **색**깔의 미학, 단풍의 축제를 **상**상만 하지 말고, 어서 와서 **림**(임)해서 (이르러서) 보세요!

오색영롱 五色玲瓏

五 여러 色 빛깔들이 다채롭고 玲 투명하게 瓏 번쩍인다.
: 여러 빛깔들의 광채가 찬란하고 맑은 모양이다.

오묘한 **색**깔들이 빛나네. **영**롱하게… **롱**(농)도를 달리하며…

오설상재 吾舌尙在 사기史記, 장의열전張儀列傳

吾 나의 舌 혀가 尙 아직 在 있느냐?
: 입만 살아 있으면 천하에 자신의 뜻을 펼칠 수 있다는 맥락에서 나온 말로, 자신의 언변에 대한 근거 있는 자신감을 의미한다.

오로지 내겐 '혀'만 있으면 되오. **설**욕하리다, 바로 나의 '말솜씨'로. **상**대하리다. **재**회할 날에 꼭 이 빚을 갚아주겠소.

오손공주 烏孫公主 한서漢書, 서역전西域傳

烏孫 오손 (민족)에게 시집간 公主 공주.
: 정략결혼의 희생양이 된 비련의 여인이다.

오로지 **손**해와 이익의 계산으로 **공**개적으로 결혼을 해버린 **주**인공… 비극의 여주인공.

오수부동 五獸不動

五 다섯 마리 獸 짐승들이 (서로 눈치보며) 不 아니한다. 動 움직이지 (아니한다.)
: 쥐를 앞에 둔 고양이는 뒤에 있는 개 때문에 못 움직이고, 고양이를 앞에 둔 개는 뒤에 있는 호랑이 때문에 못 움직이고, 개를 앞에 둔 호랑이는 뒤에 있는 코끼리 때문에 못 움직이고, 호랑이를 앞에 둔 코끼리는 뒤에 있는 쥐 때문에 (귀찮아서) 못 움직이는 모양이다. 사회 구성원 간의 견제와 균형을 이룬 모양을 실감나게 묘사하는 표현이다.

오지 마! 저리 가! **수**에서 밀려, 힘에서 딸려 **부**득이 제멋대로 행동하지 못하고 **동**작 그만!

오시오중 五矢五中

五 다섯 개의 矢 화살이 五 다섯 번 모두 中 (과녁) 가운데에 (꽂힌다.)
: 오중몰기 五中沒技

오! **시**선을 사로잡는다, **오**! **중**앙에 연달아 꽂히는 화살이.

오십보백보 五十步百步 맹자孟子, 양혜왕梁惠王 상편上編

五十 50 步 걸음 (도망간 사람이) 百 100 步 걸음 (도망간 사람을 비웃는다.)
: (세밀하게 따져 보면 서로 다른 점이 없지는 않으나) 크게 다르다고 볼 여지는 없어, 결국 (거기서 거기로) 서로 비슷비슷한 경우다.

오죽하면 선량한 국민 입에서 **십** ×같은 욕이 나오겠냐? **보**고 또 봐도 **백**날 상대방 헐뜯기만 하는 **보**면 볼수록 다 똑같은 정치인들 때문이지.

오언성마 烏焉成馬

烏 '烏(까마귀)'라는 글자를 쓰려다가 or 焉 '焉(어찌)'이라는 글자를 쓰려다가 成 써버렸네. 馬 '馬(말)'라는 글자를 (써 버렸네.)
: 글자 모양이 비슷하여 헷갈려서 잘못 쓴 경우다.

오타가 날 수 있지, **언**뜻 보면 비슷하거든. **성**큼 성큼 **마**구마구 쓰다 보면 말이야.

오언장성 五言長城 신당서新唐書, 은일전隱逸傳

五 다섯 言 글자가 長 긴 城 성을 이룬다.
: 짧은 몇 글자가 만리장성처럼 길다. 탁월한 필력을 의미한다.

오언시가 줄줄줄… **언**제 어디서나 줄줄줄… **장**난 아니게 줄줄줄… **성**을, 만리장성을 이룰 정도로 줄줄줄….

오우천월 吳牛喘月 세설신어世說新語, 언어편言語篇

吳 (한낮에 더위에 찌든) 오나라 牛 소가 喘 숨차 헐떡거린다. 月 (밤에) 달을 (보고, 해인 줄 알고 숨차 헐떡거린다.)
: 공연히 지레 겁을 먹고 허둥대는 모양이다.

오해한다, **우**매해서. **천**천히 침착하게 생각하면 그럴 필요가 없는데도 **월**드 오브 피어World of Fear 공포의 세계에 빠져 든다.

오운지진 烏雲之陣

烏 까마귀처럼 雲 구름처럼 之 (그렇게 변화를 주는) 陣 진법.
: 까마귀나 구름처럼 이합집산이나 출몰을 자유롭고 거침없이 하는 진법.

오른쪽? 아니 왼쪽? 군사 **운**용을 능란하게 **지**축을 뒤흔드는 **진**영을 짜다.

오월동주 吳越同舟 손자孫子, 구지편九地篇

吳 오나라 사람이 (원수지간인) 越 월나라 사람과 同 한 舟 배를 탄다.
: 서로 싸우던 원수들끼리 힘을 합해 협력하는 아이러니irony한 상황을 일컫는 말.

오 마이 갇!Oh My God! 맙소사! **월**Wall, 벽에 머리 박은 느낌일세. **동**맹이라니, **주**고받은 건 원한밖에 없는 이 원수랑.

오유선생 烏有先生 한서漢書, 사마상여전司馬相如傳

烏 어찌 有 있을 수 있겠는가 先生 선생.
: 선생에게 물어보는 질문이 아니라 그 선생 이름이 '어찌 있을 수 있겠는가.'다. 즉 이런 선생은 있을 수 없다는 뜻으로, 허구의 인물을 가리키는 표현이다.

오유선생이라고, **유**명하신 **선**생님인데, **생**존한 적은 없으시지.

오일경조 五日京兆 한서漢書, 장창전張敞傳

五日 (겨우) 5일 동안 京兆 경조윤이라는 직위에 머물다.
: 관직에 오르고 얼마 되지 않아 그 관직에서 물러나는 경우를 일컫는 말.

오래오래 있고 싶었건만 **일**이 어쩌다 이리 되었을까? **경**사 났네 싶었던 게 바로 엇그제인데… **조**금밖에 못 있고 이리 물러날 줄이야!

오자낙서 誤字落書

誤 (글을 쓰다가) 잘못 쓴 字 글자 or 落 (글을 쓰다가) 빠뜨린 書 글씨.
: 오자와 탈자를 가리키는 말.

오탈자가 많군. **자**네, **낙**서했나? **서**둘렀나? (똑바로 못 쓰나?)

오자등과 五子登科 경국대전經國大典

五 다섯 명의 子 아들들이 (모두) 登 오른다. (영광스럽게) 科 과거에 급제하여 관직에 (오른다.)
: 아주 경사스러운 가문의 영광이다.

오 형제인 **자**식 다섯이 모두 **등**장했다, 관직에 **과**거에 급제해서.

오자부장 傲者不長

傲 잘난 체하고 건방진 者 사람은 不 못한다. 長 오래 가지 (못한다.)
: 방자하고 잘난 체하며 건방진 사람은 (사람들의 눈 밖에 나기 때문에) 사회 조직에서 장수할 수 없다.

오만한 거 아세요, **자**신이? **부**장님! **장**래 생각은 안 하세요?

오자탈주 惡紫奪朱 논어論語, 양화편陽貨篇

惡 미워한다. 紫 (잡색인) 자줏빛이 奪 빼앗는 것을 (미워한다.) 朱 (순수한) 붉은빛을 (빼앗는 것을 미워한다.)
: 가짜가 진짜를 몰아내고 거짓이 참됨을 모욕하는 꼴을 못 봐주겠다는 외침이다.

오류야. 이건 정말 잘못된 일이야. **자**꾸 가짜가 진짜를 **탈**탈 털어 먹고 **주**인공 행세를 해.

오장육부 五臟六腑

五 다섯 개의 臟 오장 — 폐장, 심장, 신장, 간장, 비장 六 여섯 개의 腑 육부 — 위, 쓸개, 소장, 대장, 방광, 삼초.
: 모든 내장을 일컫는 말.

오묘한 **장**소들이죠. **육**체의 **부**서들입니다.

오조사정 烏鳥私情 고문진보古文眞寶, 이밀李密의 진정표陳情表

烏 까마귀라는 鳥 새가 私 가족인 어버이를 情 생각하는 마음.
: 까마귀 어미가 어린 새끼에게 먹이를 물어다 먹이듯, 그 새끼가 자라면 늙은 어미에게 먹이를 물어다 먹인다고 한다. 매우 정성스럽게 부모를 모시는 효성을 일컫는 말.

오직 바라는 건 **조**금뿐이더라도 **사**람된 도리를, 자식으로서 부모님께 **정**말 하고 싶을 뿐입니다.

오중몰기 五中沒技

五 다섯 발 모두 中 가운데 (과녁에) 沒 빠지는, 들어가는 技 재주.
: 다섯 대 쏜 화살을 모두 다 명중시키는 명사수의 솜씨다.

오발탄은 없다. **중**앙에 **몰**려 꽂힌다, **기**적이 아닌 실력으로.

오체투지 五體投地 불교佛教

五 다섯 가지 體 신체 부위 — 양쪽 무릎, 두 손의 팔꿈치, 이마를 모두 投 던지며 地 땅에 (던지며), 땅에 (맞대며) 하는 절.
: 신체에서 다섯 부위가 땅에 닿도록 절하는 것을 일컫는 말.

오직 진실된 마음으로 **체**면 따위는 던져 놓고, **투**지를 불태우며 **지**금 땅바닥에 절을 한다.

오탁악세 五濁惡世 불교佛教

五 명탁, 중생탁, 번뇌탁, 견탁, 겁탁의 濁 (다섯 가지) 흐리고 더러운 惡 죄악의 世 인간 세상.
: 전염병이나 재난, 그릇된 견해, 마음의 번뇌, 탐욕, 수명 단축 등으로 혼탁하고 어긋난 세상을 일컫는 말.

오물을 뒤집어 쓴 듯 **탁**해! 너무 혼탁해! **악**! 악! 악! 악! 악! 악! **세**상아, 너 대체 왜 이러니?

오토총총 烏兎怱怱

烏 까마귀와 兎 토끼가 怱 바쁘다! 怱 바빠!
: 오비토주 烏飛兎走

오전, 오후, 오전, 오후… 세월이라는 **토**끼가 빛보다 훨씬 빨리 **총**총걸음으로 **총**총 지나가네.

오풍십우 五風十雨 왕충王充, 논형論衡 시응편是應篇

五 닷새마다 風 바람 불고 十 열흘마다 雨 비 내리는 (풍년이 드는 날씨).
: 요즈음에는 단순히 태평한 세상으로 정의하지만, 원래의 맥락에서는 이러한 태평한 세상의 모습은 과장된 허풍에 불과하다는 비판의 목소리가 담겨 있다.

오 일마다 **풍**요로운 바람이 불어. **십** 일마다 **우**호적인 비가 내려.

오필작승 誤筆作蠅

誤 잘못 筆 붓을 놀렸는데 作 그려버렸네! 蠅 파리를 (그려버렸네!)
: 숙련된 사람은 실수를 해도, 그 실수가 잘못이 아니게끔 (실수까지 반영하여) 훌륭한 결과물을 창출해 낸다는 뜻이다.

오점도 **필**수 요건으로 **작**업해서 **승**화한다.

오하아몽 吳下阿蒙 삼국지三國志, 오지吳志 여몽전呂蒙傳

吳 오나라 下 안에 살던 阿蒙 아몽이라는 사람.
: 흔히 발전이 없는 인물, 무식하게 힘만 센 인물로 정의한다. 그러나 그랬던 사람이

엄청나게 달라진 인물이 되었다는 원래의 맥락을 고려하면, 완전히 정반대의 해석도 가능하다고 본다.

오지에 처박혀서 **하**여튼 **아**직도 힘만 자랑하고 있구나. **몽**롱한 상태냐, 정신 상태는?

오합지졸 烏合之卒 후한서後漢書, 경감전耿龕傳

烏 까마귀들이 合 모인 之 듯한 卒 무리.
: 오합지중 烏合之衆

오긴 왔는데… **합**쳐져 사람들은 많은데… **지**지리도 질서도, 규율도 없이 **졸**졸 따라오는구나.

오합지중 烏合之衆 후한서後漢書, 경감전耿龕傳

烏 까마귀들이 合 모인 之 듯한 衆 무리.
: 어중이떠중이를 뜻한다. 특정한 목적을 위하여 일시적으로 소집한 사람들이 무질서하고 제각각인 모양이다.

오 마이 갇! 맙소사! **합**창단의 화음이 **지**금 난장판이야. **중**심을 못 잡고 있어.

옥곤금우 玉昆金友

玉 옥 같은 昆 형 金 금 같은 友 아우.
: 남의 형제를 칭찬하는 표현이다.

옥동자들이 **곤**히 자고 있네. **금**쪽 같은 녀석들… **우**와! 이뻐! 이뻐!

옥골선풍 玉骨仙風

玉 구슬처럼 희고 고상하고 깨끗한 骨 몸 仙 신선과 같은 風 분위기.
: 사람의 빼어난 용모를 형용한다.

옥을 다듬은 듯한 피부에 **골**격도 늠름하고 **선**풍적으로 인기를 끌 포스를 **풍**기는군요.

옥불탁 불성기 玉不琢 不成器 예기禮記, 학기편學記篇

玉 구슬도 不 아니하면 琢 다듬지 (아니하면) 不 못한다. 成 이루지 (못한다.) 器 그릇을 (이루지 못한다.)
: 재능을 꽃피우려면 그 재능을 갈고 닦는 노력이 있어야 한다는 뜻이다.

옥도 내버려두면 그냥 돌에 **불**과하다. **탁**탁! 툭툭! 탁탁! 다듬으며 생기를 **불**어 넣어야 한다. **성**의껏 정성껏 **기**막히게 좋은 무언가로 재탄생하려면….

옥상가옥 屋上架屋

세설신어世說新語, 문학편文學篇·안씨가훈顔氏家訓, 서치편序致篇·삼국지三國志

屋 지붕 上 위에 架 (또) 가설한다. 屋 지붕을 (또 가설한다.)
: 옥하가옥 屋下架屋

옥석을 가린다며 시험, 시험, 시험… **상**위권으로 **가**기 위해 시험, 시험, 시험… **옥**석에 가려진 군더더기같은 시험, 시험, 시험….

옥석구분 玉石俱焚 서경書經, 하서夏書 윤정편胤征篇

玉 옥과 石 돌이 俱 함께 焚 불탄다.
: 옥과 돌이 '구분되지 않는' 모양이다. 좋은 것이든 나쁜 것이든, 옳은 사람이든 그른 사람이든, 구분 없이 모두 끝장나는 모습을 형용한다.

옥과 돌이 **석**(섞)여 **구**슬프게도 함께 타버려서 **분**통 터지네!

옥석혼효 玉石混淆 포박자抱朴子, 상박편尙博篇

玉 옥과 石 돌이 混 뒤섞여 淆 어지럽다.
: 좋은 것과 나쁜 것, 옳은 것과 그른 것, 선과 악 등이 한데 뒤엉켜 있는 모양이다.

옥과 돌이 섞였네. **석**석거리네. **혼**란스러운 **효**과뿐이네.

옥오지애 屋烏之愛 설원說苑

屋 (사랑하는 사람의 집) 지붕(에 있는) 烏 까마귀 之 (까지도) 愛 사랑스러워 보인다.
: 색시가 고우면 처갓집 외양간 말뚝에도 절하듯이, 사랑에 빠져 제대로 눈에 콩깍지가 씐 정신 상태다.

옥케이! **오**케이! 뭐든 오케이! **지**극한 **애**정으로 다 좋아 좋아. ♬♪

옥의옥식 玉衣玉食

玉 훌륭한 衣 옷(을 입는 생활) 玉 훌륭한 食 밥(을 먹는 생활).
: 양질의 의생활과 식생활을 가리키는 말.

옥황상제의 **의**상처럼 최고 퀄리티. **옥**황상제의 **식**사처럼 최고 퀄리티.

옥치무당 玉卮無當

玉 보물 구슬로 만든 卮 술잔인데 無 없네. 當 밑바닥이 (없네.)
: 물론 재료가 보물이니 소장용으로 훌륭한 값어치가 있어 보인다. 하지만 (술을 담는) 사물의 쓸모에 초점을 맞추어, 귀한 물건이지만 쓸모가 없어 값어치가 없다는 뜻으로 쓰인다.

옥황상제님, **치**사해요! **무**어 쓸모없는 보물을 주셨어요. **당**했네, 당했어, 놀림 당했어, 쳇.

옥하가옥 屋下架屋

세설신어世說新語, 문학편文學篇·안씨가훈顔氏家訓, 서치편序致篇·삼국지三國志

屋 지붕 下 아래 架 (또) 가설한다. 屋 지붕을 (또 가설한다.)
: 불필요하게 지붕을 하나 더 만든다. 앞 세대의 것을 그대로 베끼기만 한 아류를 가리킨다. 의미 없이 똑같은 일을 되풀이하는 행태를 꼬집는 말이다.

옥분이가 글을 쓴다. **하**지만 남들 흉내에 그치고 만 옥분이, 양심의 **가**책으로 마음이 **옥**조인다.

옥하금뢰 玉瑕錦纇

玉 옥의 瑕 티 or 錦 비단결의 纇 잘못 맺힌 실.
: 훌륭한 것에 있는 조그마한 흠을 일컫는 말.

옥에도 **하**자가 있어 **금**가 있을 수도 있으니 **뢰**(뇌)성을 들은 듯 너무 충격을 받지는 마시게나.

옥해금산 玉海金山

玉 구슬처럼 깨끗한 海 바다(같이 깊은 인품) 金 금처럼 견고하게 빛나는 山 산(같이 높은 인품).
: 품위가 있고 수준이 높은 사람의 됨됨이를 빗댄 표현이다.

옥처럼 빛나고 **해**처럼 눈부시고 **금**처럼 값지게 **산**다는 거지… 인격이 고귀한 삶이란….

온고지신 溫故知新 논어論語, 위정편爲政篇

溫 익혀서 故 옛것을 (익혀서) 知 알아낸다. 新 새로운 것을 (알아낸다.)
: 옛것을 익히는 이유는? 옛것이 우리에게 새것을 알려주기 때문이다. 우리가 사자성어를 익히는 이유이기도 하다.

온전히 보전해온 **고**대로부터 내려온 **지**식과 지혜는 새로운 앎의 원천이야. **신**뢰할 만한 얘기야.

온고지정 溫故之情

溫 되새기며 故 옛것이나 옛일을 (되새기며) 之 (그리는) 情 뜻.
: 옛것을 반추하며 그리는 정서를 가리키는 말.

온기를 **고**이 **지**속시키며 **정**을 나눠.

온유돈후 溫柔敦厚 예기禮記, 경해편經解篇

溫 따뜻하고 柔 부드럽고 敦 정이 도탑고 厚 정성스러운 (작품이나 인격).

: 사람의 성품이나 문학 작품의 성격을 표현하는 말이다.

온화한 시. **유**별난 성깔의 **돈**키호테라기보다 **후**덕한 인성의 공자님 같은 시.

온의미반 溫衣美飯 후한서後漢書

溫 따뜻한 衣 옷 美 맛있는 飯 밥.
: 부유하고 넉넉한 의생활과 식생활을 가리키는 말.

온전한 삶이 별거요? **의**복을 따숩게 입고, **미**감을 충족하는 **반**찬이랑 밥을 먹는 거 아뇨!

온정정성 溫凊定省 예기禮記

溫 (겨울에는) 따뜻하게 凊 (여름에는) 서늘하게 定 (밤에는) 잠자리를 펴드리고 省 (아침에는) 안녕하신지 살핀다.
: 사계절 내내, 하루 종일, 어버이께 효도를 어떻게 해야 하는지를 구체적인 예로 보여주고 있다.

온 세상을 내게 선물해 주신 어머니, 아버지께 **정**말 심청이에게는 못 미치겠지만 **정**성을 다하여 **성**심성의껏 효도하겠습니다.

옹리혜계 甕裏醯雞 장자莊子, 전자방편田子方篇

甕 술독 裏 속에 든 醯雞 초파리.
: 식견이 좁고 소견이 얕은 사람을 일컫는 말.

옹졸한 속 좁은 녀석아, 또 **리**(이)치에 닿지 않는 말을 하니? **혜**진이가 톡 쏜다. **계**속 떠들면 한 대 때릴 거야!

옹산화병 甕算畫餠

甕 독(장수)가 算 셈을 한다. or 畫 그림의 餠 떡이다.
: 비현실성을 표현한 말이다. 독장수가 현실에서 이루지 못할, 헛된 셈을 하며 기뻐했다고 한다. 그림의 떡도 (아무리 맛있어 보여도) 현실이 아니다.

옹고집을 부리며 돌진하는 돈키호테. **산**초는 만류한다. 고정하세요! **화**딱지 난 주인님, 그건 풍차라구요! 풍차! … **병**적인 집착이 낳은 비현실적인 괴물.

옹용조처 雍容措處

雍 화목하고 즐겁고 容 조용하게 措 일을 처리하고 處 대처한다.
: 좋은 분위기로 차분하게 일을 처리하는 모양이다.

옹기종기 모여앉아 **용**인하며 화목하게 **조**용히 **처**리한다.

와각지세 蝸角之勢 장자莊子, 칙양편則陽篇

蝸 달팽이 角 뿔 (위) 之 의 勢 형세.
: 와우각상지쟁 蝸牛角上之爭

와서 이 현미경을 봐봐! **각**도를 잘 맞춰야 해. ∵ 잘 안 보이니까. **지**금 뭐 하는 거 같아? **세**밀하게 잘 보면 둘이 싸우고 있는 거야.

와각지쟁 蝸角之爭 장자莊子, 칙양편則陽篇

蝸 달팽이 角 뿔 (위) 之 의 爭 다툼.
: 와우각상지쟁 蝸牛角上之爭

와리즈 더 프라블럼?What is the problem? 문제가 뭡니까? **각**자 피 터지게 싸우고들 있으신데… **지**지 않으려고 발버둥치는 그 전쟁터가 **쟁**반 위를 기는 달팽이의 뿔인 거는 아십니까?

와명선조 蛙鳴蟬噪 소식蘇軾의 시 출도래진소승선상유제出都來陳所乘船上有題

蛙 개구리가 鳴 운다. (시끄럽게) 蟬 매미가 噪 떠들썩하다. (시끄럽게).
: 글이나 사람들이 모여서 하는 말들이 그저 시끄럽기만 한 소음에 불과한 경우에 쓰는 표현이다.

와글와글 시끄럽기만 하고, **명**색이 좋아 정치 토론이지 날 **선** 인신공격이 난무하는 **조**잡한 말싸움질.

와부뇌명 瓦釜雷鳴 굴원屈原, 초사楚辭 복거卜居

瓦 질그릇이 (시끄럽게 부딪치는 소리가) 釜 솥이 (시끄럽게 부딪치는 소리가) 雷 우레처럼 (시끄럽고 공허하게) 鳴 울려 퍼진다.
: 무언가 시끄러운 소리가 나서 사람들을 놀라게 한다. 무슨 소리인가 살펴보니 별거 아닌 것들이 내는 소리였다. 무지한 사람이 주동하여 세상을 소란스럽게 하며 사람들을 현혹시키는 모양을 나타낸다.

와~ **부**러워! 저 사람 학력을 봐! **뇌**가 천재인가 봐! 했더니 **명**백한 학력 위조범이었던….

와석종신 臥席終身

臥 누워 席 (이부)자리에 누워 終 마친다. 身 생을 (마친다.)
: (객지에서 불상사로 돌연사하지 않고) 자신의 거처에서 누려야 할 수명을 다 살고 생을 마무리하는 모습을 표현한다.

와우! **석**별의 자리가 그리 나쁘진 않네요. **종**종 놀러 오셔야 해요. **신**나게 맞이하러 나갈게요.

와신상담 臥薪嘗膽 사기史記, 월세가越世家

臥 누워 (자며) 薪 (불편하게) 섶에 (누워 자며 원수를 잊지 않는다.) 嘗 맛보며 膽 (쓰디쓴) 쓸개를 (맛보며 당했던 패배를 잊지 않는다.)
: 원수를 갚기 위해 노력하면서, 더더욱 자신을 모진 환경 속에 몰아넣고 스스로를 채찍질하는 모습이다. 비참한 패배를 딛고 다시 일어서려는 피나는 노력을 할 때도 쓸 수 있는 표현이다.

ㅇ

와라, 다음 기회여! **신**세가 지금은 이렇게 쓰디쓰지만… **상**대하기 위해, 다음을 위해, **담**담하게 오늘을 견뎌내겠다.

와영귀어 瓦影龜魚

瓦 기와 (밑으로) 影 그림자 (속으로) 龜 거북이와 魚 물고기가 (숨는다.)
: 위험한 상황에서 피신하는 모양이다. (기와나 그림자에 의존하듯이) 타인에게 의존하며 도움을 요청한다는 뜻이다.

와요, 이리 와요. **영** 혼자 힘들면 이리 와요. **귀**기울여 줄 테니까… **어**떻게 도와주면 되나요?

와우각상지쟁 蝸牛角上之爭 장자莊子, 칙양편則陽篇

蝸牛 달팽이 角 뿔 上 위 之 에서의 爭 다툼.
: 인간들이 서로 못 잡아먹어서 안달하며 싸우고들 있지만, (보다 거시적이고 우주적인 관점에서 바라보면) 이러한 싸움들은 모두 하찮고 부질없다는 뜻이다.

와, 대단하다! **우**와, 대단하다! **각**자 지 잘났다고… **상**대를 이기려고… 옥신각신 **지**금 달팽이의 뿔 위에서 **쟁**탈전을 벌이는구나!

와유강산 臥遊江山

臥 누워서 遊 즐기며 논다. 江 강을 그린 그림을 보며 山 산을 그린 그림을 보며 (즐기며 논다.)
: 자연 경관을 주제로 그린 풍경화를 완상하는 모습이다.

와유, 이리 와서 **유**유자적하며 **강**산이 그려진 풍경화 봐유. 지가 **산**거여유. 비싼 돈 주고유.

와치천하 臥治天下

臥 누워서 治 다스린다. 天 하늘 下 아래 온 세상을 (누워서 다스린다.)
: 통치자가 태평하게 통치한다고 볼 수도 있고, (그만큼) 세상 자체가 태평하다고 볼

수도 있다.

와 이리 좋노! ♬♪ 성군이라 **치**켜세우는 분이 다스리는 **천**하가 완전히 평화로워 **하**루하루 느긋하고 즐겁구려! ♬♪

완구지계 完久之計

完 완전하여 久 변함없이 오래오래 之 갈 計 계책.
: 영원히 수정할 필요가 없을 정도로 부족함이나 결함이 없는 계책을 가리키는 말.

완전히 모든 준비물이 다 **구**비되었다. **지**금부터 영원히 추진할 **계**획이 완성되었다.

완명불령 頑冥不靈

頑 고집스럽고 冥 어리석고 不 아니하다. 靈 총명하지 (아니하다.)
: 자신의 뜻을 굽히지 않고, 사리 판단에 어두우며, 지식도 없는 모양이다.

완고한 녀석이라고 **명**찰에 써 있네. **불**필요한 황소고집이라고 써 있어. **령**(영)혼이 그다지 영특하진 않군 그래.

완물상지 玩物喪志 서경書經, 여오편旅獒篇

玩 희롱하면 物 물건을 가지고 (희롱하며 놀다 보면) 喪 잃는다. 志 (정작 해야 할 중요한 일에 대한) 뜻을 (잃는다.)
: 쓸데없고 실없는 물건에 넋을 잃어 자신의 본분을 망각하는 모양이다.

완연히 **물**건에 흠뻑 빠졌군. **상**스러울 정도로 **지**나치군. 자네, 정신 나간 거 아냐?

완벽 完璧 사기史記, 염파인상여열전廉頗藺相如列傳

完 완전한 璧 구슬.
: 모든 것을 갖추어 모자라거나 잘못된 것이 없는 상태이다. 원래의 맥락에서는 구슬을 온전히 지켜서 귀국한다는 이야기다.

완더풀![Wonderful!] 의심의 **벽**을 허무는 무결점!

완월장취 玩月長醉

玩 장난치며 놀며 月 달과 함께 (장난치며 놀며) 長 오래오래 醉 술에 취한다.
: 달빛 아래에서 오랜 시간 술을 즐기는 낭만적인 풍경이다.

완전히 취하련다. **월**하에 **장**단 맞춰 오래오래 **취**할련다.

완인상덕 玩人喪德 서경書經, 여오편旅獒篇

玩 희롱하면 人 사람과 (희롱하면) 喪 잃는다. 德 덕을 (잃는다.)
: 다른 사람과의 헛된 유희로 말미암아 자신이 지켜야 할 어진 품성을 상실하는 모양이다.

완전히 난감합니다. **인**정에 휘둘리시면 **상**당히 난감합니다. ∵ **덕**분에 공무가 엉망이 되니까요.

완전무결 完全無缺

完 다 갖추어 全 온전하여 無 없다. 缺 잘못되거나 모자란 점이 (없다.)
: 갖출 것을 빠짐없이 다 갖추고 있어서 전혀 모자람이 없는 상태다.

완벽해! **전**혀 **무**슨 **결**함도 없어.

완호지물 玩好之物

玩 장난하며 or 감상하며 好 좋아할 만한 之 그런 物 물건.
: 새롭고 기이하여 호감을 자아내는 물건을 가리키는 말.

완전히 **호**기심을 불러 일으켜 **지**금 당장 손에 넣고 싶은 **물**건이야!

왈가왈부 曰可曰否

曰 말하며 可 옳다(말하며 다툰다.) 曰 말하며 否 그르다(말하며 다툰다.)
: 옳고 그름을 따지며 싸우는 모양이다.

왈! 왈! 왈! 왈! **가**능하다! 아니다! 옳다! 그르다! **왈**! 왈! 왈! 왈! **부**딪친다, 의견과 의견이.

왈시왈비 曰是曰非

曰 말하고 是 옳다. (말하고) 曰 말하고 非 그르다. (말하고)
: 시비를 따지는 모양이다.

왈! 왈! 왈! 왈! **시**비를 거시는 겁니까? **왈**! 왈! 왈! 왈! **비**아냥은 하지 맙시다.

왕래부절 往來不絶

往 가고 來 오며 不 아니한다. 絶 끊기지 (아니한다.)
: 왕래가 지속되는 모습이다.

왕래하고 **래**(내)왕하고 **부**지런히 하는 연락이 **절**대로 끊기지 않아.

왕자무외 王者無外

王 (천하를 통일한) 임금인 者 사람에게는 無 없다. 外 바깥이 (없다.)
: 통치가 미치지 못하는 바깥이 없을 정도로 거대한 통일 왕국을 가리키는 말.

왕이로소이다. **자**랑은 아니지만 **무**슨 소린지 잘 모르겠소. **외**부라니? 온 세상이 다 짐의 영역인데….

왕자지민 王者之民 맹자孟子, 진심盡心 상편上編

王 임금인 者 사람이 (덕으로 다스리는) 之 그런 民 (축복받은) 백성.
: 임금의 덕치로 덕화를 입는 백성을 일컫는 말.

왕의 덕이 **자**연스럽고 **지**극하게 **민**중 속으로….

왕좌지재 王佐之材 삼국지三國志, 순욱전荀彧傳

王 임금을 佐 도울, 보필할 之 그런 材 재목.
: 임금의 일을 옆에서 도울 만한 인재를 일컫는 말.

왕이시여, **좌**우에는 **지**혜로운 **재**능을 곁에 두소서.

왕척직심 枉尺直尋 맹자孟子, 등문공騰文公 하편下編

枉 굽혀서 尺 한 자(≒ 30센티미터)를 (굽혀서) 直 곧게 편다. 尋 여덟 자(≒ 240센티미터)를 (곧게 편다.)
: 작은 희생으로 큰일을 해내는 모양이다.

왕만두는 **척** 보고 패스하고 **직**진한다, **심**장이 원하는 그 메뉴 탕수육으로.

왕후장상 王侯將相 사기史記, 진섭세가陳涉世家

王 임금 侯 제후 將 장수 相 재상.
: 국가 고위직을 일컫는 말.

왕이나 재상 등 높은 자리를 차지한 분들이었지. **후**Who 누굴까요, 요즈음 세상에서는? **장**관급 이상, 대통령, 국회의원하시는 분들과 **상**관된 말이라고 보면 되겠지.

왜인간장 矮人看場 주자어류朱子語類

矮 난쟁이인 人 사람이 看 본다. 場 무대를 (본다.)
: 왜자간희 矮者看戲

왜 그랬대요? 어쩌구저쩌구… **인**근 사람들이 하는 얘기만 **간**단히 믿고 자기도 어쩌구저쩌구…라니 **장**난 하냐? 제대로 듣도 보도 못했으면서?

왜인간희 矮人看戲 주자어류朱子語類

矮 난쟁이인 人 사람이 看 본다. 戲 연극을 (본다.)
: 왜자간희 矮者看戲

왜 그랬냐면 …라더라. **인**간 릴레이 … "그랬다더라." **간**단히 남들이 하는 말만 믿으며 **희**극을 벌이는구나.

왜인관장 矮人觀場 주자어류朱子語類

矮 난쟁이인 人 사람이 觀 본다. 場 무대를 (본다.)
: 왜자간희 矮者看戲

왜 그래? 무슨 일인데? **인**간들이 북적북적 대서 **관**심은 있는데 제대로 보진 못하고 **장**단을 맞춰 그래? 그런가보다! 하고 있네.

왜자간희 矮者看戲 주자어류朱子語類

矮 난쟁이인 者 사람이 看 본다. 戲 연극을 (본다.)
: 좋은 구경거리를 보고 싶었으나 키가 작아서 앞에 서 있는 큰 사람들에 가려 연극을 제대로 보지 못한다. 결국 남들이 하는 이야기만 듣고 연극 내용이 어떻다고 아는 척할 수밖에 없다. 자신만의 확고한 생각이 없이 그저 남들이 하는 대로 덩달아 하는 모양이다.

왜 남에게 들은 얘기만 잔뜩 하니? **자**기 생각은 그렇게 **간**단하고 **희**미해서 보이지도 않는구나!

외강내유 外剛內柔 주역周易

外 바깥으로 드러난 모습은 剛 굳세고 강하나 內 안에 숨겨진 속마음은 柔 부드럽구나.
: 강한 겉모습과는 달리 속은 부드러운 반전이 있는 모습이다.

외모는 천하장사 **강**호동, **내**면은 국민MC **유**재석.

외부내빈 外富內貧

外 바깥으로는 富 부유해 보여도 內 안을 들여다보면 貧 실제로는 가난하다.
: 부유한 겉모습과는 달리 실상은 가난한 반전이 있는 모습이다.

외모에서 **부**티를 풍긴다고 **내**가 속을 줄 아냐? **빈**대 붙지 마, 이 가난뱅이야!

외빈내부 外貧內富

外 바깥으로는 貧 가난해 보여도 內 안을 들여다보면 富 실제로는 부유하다.
: 가난해 보이는 겉모습과는 달리 실상은 부유한 반전이 있는 모습이다.

외모가 허름해 보인다고 **빈**정거리지 마! **내**가 실은… **부**지랑 건물을 좀 갖고 있거든.

외수외미 畏首畏尾 춘추좌씨전春秋左氏傳, 문공文公 17년조年條

畏 두려워한다. 首 머리가 (어떻게 되지나 않을까 두려워한다.) 畏 두려워한다. 尾 꼬리가 (어떻게 되지나 않을까 두려워한다.)
: 몹시 두려워하는 모양을 형용한다.

외부로 알려져 **수**군거릴까 봐 두렵다. **외**부로 알려질까 봐 **미**칠 듯 두렵다.

외영오적 畏影惡迹 장자莊子, 어부편漁父篇

畏 두려워하고 影 (자신의) 그림자를 (두려워하고) 惡 미워한다. 迹 (자신의) 발자취를 (미워한다.)
: 그림자와 발자취는 내가 움직이면 늘 나와 함께 나타난다. 자신에게서 떼려야 뗄 수 없는 존재들이지만 달갑지 않은 것들을 가리킨다. 자신에게 늘 붙어 다니는 집착이나 열등감이나 자신의 약점 따위를 싫어하는 마음으로 볼 수도 있다.

외부에서 원인을 찾으면 **영** 잘못하는 거야. **오**판이다. **적**당한 해결은 내 안에서 찾아야 한다.

외유내강 外柔內剛 당서唐書, 노탄전盧坦傳

外 바깥으로 드러난 모습은 柔 부드러우나 內 안에 숨겨진 속마음은 剛 굳세고 강하다.
: 부드러운 겉모습과는 달리 속은 강한 모습이다. 반전이 있는 겉과 속이다.

외모에 속지 마. **유**순해 보여도 **내**가 겪어 보니 **강**단이 세더라.

외제학문 外題學問

外 바깥 (책들 껍데기) 題 제목만 잔뜩 알 뿐 學 (실상은) 배운 것도 (없고) 問 (스스로) 묻고 탐구한 것도 (없다.)
: 수박 겉핥기식으로 하는 학문을 비판하는 말이다.

외부 표지 **제**목만 알고, **학**문적 깊이가 있다고 하기에는… 내용적 이해에 **문**제가 있다.

외첨내소 外諂內疎

外 겉으로는 諂 아첨하고 있지만 內 속으로는 疎 해코지하려는 마음.
: 듣기 좋은 소리로 사람을 방심하게 하고 뒤통수치려는 인간관계를 형용한다.

외면에 가식적 미소를 **첨**가하면서 **내**면에서 허구의 **소**설을 쓰고 있다.

외친내소 外親內疎

外 겉으로는 親 가까운 척하나 內 속으로는 疎 멀리하는 마음.
: 가식적인 인간관계의 한 단면이다.

외부인이 보면 **친**구. 그러나 이건 **내**면의 **소**리를 못 듣고 하는 판단.

외허내실 外虛內實

外 바깥은 虛 빈틈이 많지만 內 안쪽은 實 실속이 가득해.
: 겉은 치밀하지 못하고 느슨해 보이지만 내용은 실속이 있는 모습이다.

외부적으론 **허**술해 보여도 **내**가 **실**제로는 이렇게 알찬 사람이야.

요개부득 搖改不得

搖 흔들며, (아무리) 노력하며 改 고치려해 봐도 不 없다. 得 그렇게 할 수 (없다.), 고칠 수 없다.
: 아무리 하여도 고치지 못하는 모양이다.

요령을 **개**발해 봐도… **부**득부득 우겨 봐도… **득**은 없었다. 결국 못 고쳤다.

요고순목 堯鼓舜木 회남자淮南子, 주술훈편主術訓篇·구당서舊唐書

堯 요임금의 鼓 (백성의 목소리를 듣기 위해 설치한) 북 舜 순임금의 木 (백성의 목소리를 듣기 위해 설치한) 나무.
: 타인의 목소리를 경청하는 모습이다.

요령은… **고**통받는 당신, **순**순히 굴복하지 마시고 **목**소리를 내라는 겁니다.

요동시 遼東豕 후한서後漢書, 주부전(朱浮專)

遼東 요동이라는 곳의 豕 돼지.
: 요동 지방에서 돼지 머리가 흰 것을 진귀하게 생각한 사람이 있었다. 그러나 알고 봤더니 온 세상 돼지 머리가 모두 흰 것이었다. 세상 사람들에게는 그저 상식에 불과한 내용을 마치 대단한 것처럼 혼자 과대평가하는 경우이다.

요거 보세요, **동**네 사람들! 외쳤으나 **시**선 집중 실패… 알고 보니 별것 아니었다.

요두전목 搖頭轉目

搖 흔들며 頭 머리를 (흔들며) 轉 굴리는 目 눈을 (굴리는).
: 들뜬 마음으로 어수선하게 행동하는 모습이다.

요리조리 움직이는 머리, 얌전히 **두**지 못하느냐? **전**후좌우 움직이는 두 눈, **목**적은 있는 거냐?

요령부득 要領不得 사기史記, 대완전大宛專·한서漢書 장건전張騫專

要 중요한 領 요소를 不 못한다. 得 얻지 (못한다.)
: 말이나 글의 핵심 내용을 파악하지 못한 경우다. 원래의 맥락에서는 (일의 핵심 사항에 해당하는) 원하던 목적을 이루지 못한다는 뜻으로 쓰인다.

요점 파악이 도통 힘들어. **령**(영)어 실력이 영…. **부**럽다, 영어 잘하는 사람들! 난 **득**달같이 달려들어도 영어 성적이 영….

요미걸련 搖尾乞憐

搖 (개처럼) 흔들며 尾 꼬리를 (흔들며) 乞 빈다. 憐 불쌍히 여겨 달라고 (빈다.)
: 아첨하거나 구걸하는 등 타인에게 비굴하게 무언가를 얻어 내려는 모습을 형상화한다.

요기 좀 봐달라고 **미**친 듯이 꼬리를 흔드네요. **걸**신들린 듯이 **련**(연)민에 호소하네요.

요불승덕 妖不勝德 사기史記, 은본기殷本紀

妖 요망하고 간사한 것은 不 못한다. 勝 이기지 (못한다.) 德 어질고 인간적인 품성을 (이기지 못한다.)
: 요사스러움을 다스리는 덕의 위상이다.

요망함이 날뛰어도 **불**가침 영역은 있는 법. **승**리는 언제나 **덕**이 넘치는 그곳에….

요산요수 樂山樂水 논어論語, 옹야편雍也篇

樂 (어진 사람은) 좋아한다. 山 (정적인) 산을 (좋아한다.) 樂 (지혜로운 사람은) 좋아한다 水 (동적인) 물을 (좋아한다.)
: 자연물의 속성에서 본받을 만한 정신적 가치를 포착한 표현이다.

요기 좋아, **산** 좋아. **요**기 좋아, 물 좋아. **수**려한 모습 좋아.

요양미정 擾攘未定

擾 (정신이) 시끄럽고 攘 어지러워 未 못하다. 定 평상심을 유지하지 (못하다.)
: 정신이 산란하거나 미숙한 나이 탓에 의사 결정을 제대로 하지 못하는 모양이다.

요동치는 정신이라 **양**심상 **미**처 **정**하지 못하고 있어.

요언불번 要言不煩

要 중요한 言 말씀은 不 아니한다. 煩 정신을 산란하게 하지 (아니한다.)
: 꼭 필요한 말은 번거롭지 않게 이해할 수 있다는 뜻이다.

요점이 있는 **언**어에는 **불**필요한 **번**거로움이 없다.

요원지화 燎原之火 상서尙書, 반경편盤庚篇

燎 불을 놓아 原 들판에 (불을 놓아) 之 (급속도로 퍼져 나가는) 火 불길.
: 짧은 시간 안에 힘 있고 기운차게 전파되고 확장되는 형세를 일컫는 말.

요란하고 **원**기왕성하게 **지**상 최대로 **화**르르 불타오르는 기세.

요조숙녀 窈窕淑女 시경詩經, 국풍國風 주남周南의 관저편關雎篇

窈 누긋하고 窕 으늑하고 淑 맑고 깨끗한 女 여자.
: 곧고 고운 자태에 고상한 품격이 서려 있는 여자를 일컫는 말.

요모조모 따져 봐도, 고운 마음씨에 **조**곤조곤한 말씨, 흐트러짐 없는 행동거지까지… 정말 **숙**녀라고 부를 만한 **녀**(여)성입니다.

요지부동 搖之不動

搖 흔들어도 之 그것을 (흔들어도) 不 아니한다. 動 움직이지 (아니한다.), 꿈쩍도 않는다.
: 아무리 외부에서 자극을 주더라도 아무런 미동도 없는 모습을 형용한다.

요동치게 하려고 **지**속적으로 흔들어 보아도 **부**동자세로 **동**작을 거부한다.

욕곡봉타 欲哭逢打

欲 하려 하는 哭 (막) 울(려 하는 사람을) 逢 만나서 打 때려서 (울게 만든다.)
: 울려는 아이 뺨 때리기다. 악화되는 상황을 무마하지 않고, 오히려 더 악화시키는 모양이다.

욕 봐서 서러워 **곡**하게 울려는 사람을 **봉**으로 **타**격해서 울음을 터뜨리게 하다니….

욕교반졸 欲巧反拙

欲 하고자 하나 巧 기교를 부리(고자 하나) 反 도리어 拙 좀스럽고 보잘것없어진다.
: 더 잘하고 싶었건만 더 나빠진 결과가 나와 버린 상황이다.

욕심이야 **교**묘하고 완벽한 거였는데, **반**대로 상상과 달리 **졸**렬한 결과물이 나왔네.

욕급부형 辱及父兄

辱 (자식이나 아우가 잘못해서) 욕됨이 及 미친다. 父 아버지나 兄 형에게까지 (미친다.)
: 자제子弟가 잘못하면 책임자로서 부형父兄을 비난한다는 뜻이다.

욕먹을 짓을 하면 **급**속도로 **부**모와 **형**제까지 욕먹는다.

ㅇ

욕기지락 浴沂之樂 논어論語, 선진편先進篇

浴 목욕하는 沂 기수(물 이름)에서 (목욕하는) 之 그런 樂 즐거움.
: 찌든 세상을 벗어나 마냥 해맑게 노니는 모습을 나타낸다.

욕망, 세속적 욕망은 **기**억에서 지워진다. **지**금 누리는 **락**(낙)에 비할 바가 아니므로….

욕망이난망 欲忘而難忘

欲 하고자 한다. 忘 잊(고자 한다.) 而 그러나 難 어렵다 忘 잊기 (어렵다.)
: 잊으려 노력해도 잊지 못하는 모습이다.

욕심은 **망**각하고 싶음인데, **이**렇게 **난**감하게도 **망**각하기가 어렵네.

욕소필연 欲燒筆硯

欲 하고 싶다. 燒 불에 태워 없애(고 싶다.) 筆 (자신의) 붓과 硯 벼루를 (불사르고 싶다.)
: 왜? 왜 자신의 필기구를 파기하고 싶은 걸까? 자신이 공들여 쓴 문장보다 남이 쓴 문장이 뛰어난 것을 보고, 수치심에 뱉어내는 표현이다. 애꿎은 붓과 벼루를 탓하는 건 아닌가 생각도 들긴 하지만, 그만큼 절절하게 열등감을 표현하는 효과가 있다.

욕심만큼 내 글이 대단한 **소**설가들의 글에 못 미칠 때 **필**력을 **연**마할 생각을 해! 부끄러워하지만 말고.

욕속부달 欲速不達 논어論語, 자로편子路篇

欲 하고자 하면 速 빨리 (하고자 하면) 不 (도리어) 못한다. 達 다다르지 (못한다.)
: 유사한 뜻의 영어 표현으로 서두르면 일을 망친다는 'Haste makes waste.'가 있다.

욕심이야 **속**도를 높이고 싶겠지만, **부**디 그러지 마시게. **달**성하고자 하는 바가 있다면….

욕속지심 欲速之心

欲 하고자 하는 速 빨리 (하고자 하는) 之 그런 心 마음.
: 조급한 마음을 형용한다.

욕심 부려 **속**도를 내고 싶어. **지**연되기 싫은 **심**정이야.

욕식기육 欲食其肉

欲 하고 싶다. 食 먹(고 싶다.) 其 그 인간을 肉 고기로 (씹어 먹고 싶다.)
: 누군가에 대한 사무치는 원망과 응어리진 한이 아주 잘 표현되어 있다.

욕을 먹었어. **식**식 화나. 원통해. **기**억할 거야, **육**체에 새길 거야, 이 분통 터짐을.

욕적지색 欲炙之色 진서晉書

欲 하고자하는 炙 고기를 구워먹(고자하는) 之 그런 色 얼굴빛.
: 물건에 대한 욕망이 표정에 그대로 드러난 모양이다.

욕망이 **적**나라하게 **지**금 얼굴에 **색**깔로 나타나.

욕토미토 欲吐未吐

欲 하려 하면서도 吐 말을 뱉어내(려 하면서도) 未 아직 아니한다. 吐 (아직) 말을 뱉어내지 (아니한다.)
: 말을 할 듯 말 듯하고 있는 모습이다.

욕 나와서 입으로 **토**해내고 싶은데 **미**처, 차마 **토**해내지 못하는 모양.

욕파불능 欲罷不能 논어論語, 자한편子罕篇

欲 하고자 하나 罷 마치(고자 하나), 그만두(고자 하나) 不 없다. 能 할 수 (없다.), 마칠 수 없다, 그만둘 수 없다.
: 이미 진행된 일을 중간에 그만둘 수 없다는 뜻이다.

욕구가, 그만두고픈 욕구가 생겨도 **파**투를 낼 수 없어. 도약하기 위해서… **불**만족스러운 현재의 나를 **능**가하는 새로운 나를 위해서….

용관규천 用管窺天 장자莊子, 추수편秋水篇

用 써서 管 대롱을 (써서) 窺 (그 구멍으로) 엿본다. 天 하늘을 (엿본다.)
: 이관규천 以管窺天

용쓴다. 편협한 **관**점으로 뭘 **규**명하겠다고? **천**만의 말씀일세!

용구봉추 龍駒鳳雛

龍 용의 駒 새끼 鳳 봉황새의 雛 새끼.
: 장차 큰 인물로 성장하거나 큰일을 해낼 사람을 일컫는 말.

용모가… 세상을 **구**하고, 세상에 **봉**사하여, 세상에서 **추**종받을 만하구나.

용동봉경 龍瞳鳳頸

龍 용의 瞳 눈동자 鳳 봉황새의 頸 목.
: 아주 잘생긴 인물을 나타내는 말이다.

용이 뛰는 듯한 **동**공, **봉**황이 타넘는 듯한 목 … **경**사스러운 외모일세.

용두사미 龍頭蛇尾 원오극근圜悟克勤, 벽암집碧巖集

龍 용의 頭 머리에 蛇 뱀의 尾 꼬리가 달리다.

: 거창하게 시작하여 대단해 보이던 일이 보잘것없고 초라하게 끝을 맺을 때 쓰는 표현이다.

용인 줄 알고 **두**근두근 했는데 **사**실 알고 보니 **미**친! 뱀일 줄이야….

용맹정진 勇猛精進 불교佛敎

勇 용감하고 猛 굳건하게 精 정성스럽게 進 나아간다.
: 수행하는 모양을 나타낸다.

용감하게 **맹**렬하게 **정**밀하게 **진**심으로.

용무지지 用武之地

用 쓸 만한 武 군사를, 무력을 (쓸 만한) 之 그런 地 장소.
: 무력을 동원할 만한 곳을 가리키는 말.

용도가 **무**력을 쓰기에 적합한 곳이더냐? 네, 그 **지**형이 군사를 운용하기 좋은 **지**리적 요건을 갖추었사옵니다.

용미봉탕 龍味鳳湯

龍 용을 재료로 쓴 味 고기 맛 鳳 봉황새를 湯 끓여 맛을 낸 탕.
: 썩 좋은 음식 맛을 일컫는 말.

용왕님께 드릴 만한 **미**식가 추천 메뉴. **봉**급을 탈탈 **탕**진해서 먹을 만한 요리.

용반호거 龍蟠虎踞 이백李白, 영왕동순가永王東巡歌

龍 용이 蟠 서려 있는 듯한 (산의 모양) 虎 범이 踞 걸터앉아 웅크리고 있는 듯한 (산의 기운).
: 산의 모양과 지세가 우람하고 으리으리한 풍경이다.

용이 **반**쯤 휘감고 **호**랑이가 쭈그리고 앉아 **거**침없이 도약할 듯한 웅장한 풍경.

용병여신 用兵如神

用 운용함이 兵 병사들을 (운용함이) 如 같을 정도로 神 귀신 (같을 정도로 탁월하다.)
: 지휘관이 전투에서 군사를 통솔하여 부리는 실력이 아주 탁월한 모습이다.

용병술이 뛰어나 **병**사들 사이에서 **여**기 이런 소문이: **신**이 오셨다, 군사의 신이….

용비봉무 龍飛鳳舞

龍 용이 飛 날 듯 (빼어나게 아름다운 경치) 鳳 봉황새가 舞 춤출 듯 (신비스럽고 초자연적인 경치).
: 산천의 경치가 신기하고 묘할 정도로 빼어나게 아름다운 풍경이다.

용한 기운이 뿜어져 나오는 풍경. **비**상하는 **봉**황이 보일 듯한, 천연의 **무**대.

용사비등 龍蛇飛騰

龍 용과 蛇 뱀이 飛 날아 騰 오를 듯한 (필체).
: 생동감이 넘치는 명필을 가리키는 말.

용이 꿈틀댈 듯한 필체로구만. **사**부님이 쓰셨다네. 어떤가, **비**바람이 불면 **등**을 보이며 날아오를 것 같지 않나?

용사행장 用舍行藏 논어論語, 술이편述而篇

用 쓰이느냐, 등용되느냐 (또는) 舍 버림받느냐, 퇴직되느냐에 따라 行 (도리를) 행하며 다니거나 藏 (모습을) 감추며 은둔하거나.
: 용행사장 用行舍藏

용인될 때와 **사**라져야 할 때를 분명히 구분해서 **행**동하며 **장**소에 머물다가, 장소에서 물러난다.

용심처사 用心處事

用 써서 心 마음을 (써서) 處 (실속 있게) 처리한다. 事 일을 (실속 있게 처리한다.)
: 신실하게 마음 쓰면서 일을 헤프지 않게 실질적으로 다루어 마무리하는 모습이다.

용왕님, **심**려하지 마옵소서. **처**음에 분부하신 대로 **사**명을 잘 완수하였나이다.

용양호박 龍攘虎搏

龍 용이 攘 물리치며 虎 범이 搏 두드리며 (격전을 벌인다.)
: 엇비슷한 실력을 가진 사람들이 격전을 벌이는 모양이다.

용과 호랑이가 싸우는 **양**상… 쾅!쾅!쿵쾅!쿵쾅! ♬♪ **호**랑이와 용의 **박**치기… 쿵쾅!쿵쾅!쿵쾅쾅! ♬♪

용양호시 龍驤虎視 독지蜀志

龍 용이 驤 머리를 드는 듯한 (기운을 내뿜으며) 虎 범이 視 보는 듯한 시선으로 (위엄을 보여주는 영웅).
: 씩씩한 기상과 위세를 떨치는 영웅의 모습을 형용한다.

용처럼 날뛴다, **양**보 없이 웅장하게…. **호**랑이처럼 쏘아본다, **시**선에는 기운이 철철….

용왕매진 勇往邁進

勇 결단력 있게 往 간다. 邁 멀리멀리 進 나아간다.
: 장애물에 구애되지 않고 용감하게 전진하는 모습이다.

용기를 내어 목표를 향해 **왕**처럼 늠름하게 **매**우 당당하게 **진**심으로 나아간다.

용여득운 龍如得雲

龍 용이 如 같다. 得 얻은 것 (같다.) 雲 구름을 (얻은 것 같다.)
: 영웅이 활동하기에 가장 좋은 때를 만나는 모양이다.

용처럼 날아올라라! **여**기가 **득**점할 시기다. **운**수가 트일 지점이다.

용의주도 用意周到

用 능력을 발휘하여 意 주의를 기울이고 헤아린다. 周 두루두루 到 빈틈없이 찬찬하게.
: 허술한 곳이나 모자란 점이 없도록 철두철미하게 준비하고 주의하는 모습을 형용한다.

용도와 **의**미를 꼼꼼하게 따져 **주**의를 기울여 **도**중에 빠진 게 없도록.

용자단려 容姿端麗 후한서後漢書

容 얼굴과 姿 맵시가 端 바르고 麗 고운 (여인).
: 용모가 단아한 여성을 형용한다.

용모와 **자**세가 **단**정한 **려**(여)성.

용자불구 勇者不懼 논어論語, 자한편子罕篇

勇 용기 있는 者 사람은 不 아니한다. 懼 두려워하지 (아니한다.)
: 용기 있는 사람에게 두려움은 없다. 두려움을 모른다는 의미일 수도 있지만 두려움을 극복했다는 뜻일 수도 있다.

용기란 **자**고로 두려움을 떨쳐야 하느니라. **불**의에 항거하기 위해… **구**해야 할 사람들을 위해….

용장용단 用長用短

用 쓴다. 長 긴 것도 (쓴다.), 장점도 (쓴다.) 用 쓴다 短 짧은 것도 (쓴다.), 단점도 (쓴다.)
: 장점은 장점대로, 단점은 단점대로 다 용도가 있는 법이다.

용인해서 쓰자, **장**점들을. **용**인해서 쓰자, **단**점들도.

용전여수 用錢如水

用 쓴다 錢 돈을 (쓴다.) 如 같이 水 물 (쓰는 것 같이).
: 돈을 물 쓰듯 한다. 돈을 아낌없이 쓰는 모양이다.

용무가 뭡니까, 어여쁜 아가씨? **전** 커피를 한 잔… 사먹으려고요. **여**기 커피숍을 통째로 내가 사 줄게! **수**심이 가득할 때면 언제든 마음껏 들러 한잔해요.

ㅇ

용지불갈 用之不竭

用 (아무리) 써도 之 그것을 (아무리 써도) 不 아니한다. 竭 다하지, 없어지지 (아니한다.)
: 써도 써도 없어지지 않을 만큼 풍부한 모양이다.

용꿈을 꿨지. 내가 화수분을 **지**니고 있지 뭔가! **불**룩하게 재물이 쌓였지. **갈**수록 재산이 늘기만 했지.

용지하처 用之何處

用 쓴다면 之 그것을 (쓴다면) 何 어느 處 곳에 (쓰겠는가).
: 쓸데없다는 뜻이다.

용도가 없는 물건이야. **지**하에다 갖다 박아 놓아라. **하**여튼 **처**치하기가 곤란한 물건이야.

용추지지 用錐指地 장자莊子, 추수편秋水篇

用 찔러 보며 錐 송곳으로 (찔러 보며) 指 가리킨다. 地 땅의 (깊이를 가리킨다.)
: 송곳으로 찔러서 땅의 깊이가 측정될 리가 없다. 세상에서 겪은 경험이 부족하여 생각이 모자란 모습을 나타낸다.

용쓴다. **추**리력이 그게 뭐냐? **지**금 너의 판단을 **지**지하는 근거가 그게 뭐냐?

용퇴고답 勇退高踏

勇 날래게, 과감하게 退 (관직에서) 물러나 高 고상하게 踏 (세속에서 동떨어져) 생활한다.
: 관리의 지위에서 머뭇거림 없이 물러나서 세속에 물들지 않고 생활하는 모습이다.

용감하게 **퇴**직하고, **고**고하게 살란다. 이게 **답**이다. 정답이다.

용필침웅 用筆沈雄

用 휘두른다 筆 붓을 (휘두른다.) 沈 무게감 있게 雄 씩씩하게.
: 그림체나 글씨체가 침착하고 의젓한 느낌과 힘찬 기운이 있을 때 쓰는 표현이다.

용맹스러운 **필**체가 **침**착하고 **웅**장한 듯.

용행사장 用行舍藏 논어論語, 술이편述而篇

用 쓰이면, 등용되면 行 (도리를) 행하며 다닌다. 舍 버림받으면, 퇴직되면 藏 (모습을) 감춘다.
: 능력을 발휘해야 할 때는 최대한 자신의 능력을 발휘해서 임무를 수행하고, 더 이상 자신이 할 일이 없을 때는 깨끗하게 손을 떼고 임무에서 물러나는 모습이다.

용도에 맞겠다 싶으면 **행**동하고, 그 쓰임이 **사**라지면 **장**소에서 물러난다.

용행호보 龍行虎步

龍 용처럼 압도적으로 行 다닌다. 虎 범처럼 위세를 떨치며 步 걷는다.
: 남을 압도할 만큼 위엄이 있는 모습을 형용한다.

용의 **행**보. **호**랑이의 **보**행.

용호상박 龍虎相搏

龍 용과 虎 범이 相 서로 搏 맞부딪친다.
: 두 절대 강자의 한판 승부를 일컫는 말.

용감무쌍한 **호**걸들의 한판 승부! **상**상을 초월한 **박**력 넘치는 결전이 시작된다.

용호지자 龍虎之姿

龍 용과 虎 호랑이 之 의 姿 자질, 자태(를 지닌 영웅호걸).
: 영웅호걸의 자질을 우람한 동물들의 풍모로 형용한다.

용과 **호**랑이의 기운을 **지**니고 있구만, **자**네 말이야!

용혹무괴 容或無怪

容 받아들일만하다. 或 혹시라도 (그런 일이 생긴다면) 無 없다. 怪 이상야릇할 것도 (없다).
: 그럴 가능성이나 개연성이 충분히 있으므로 그런 일이 생기더라도 이상할 것이 없다는 뜻이다.

용납할 만해. **혹**시 그런 일이 생겨도 **무**어 **괴**이할 건 없지.

우공이산 愚公移山 열자列子, 탕문편湯問篇

愚公 우공이라는 사람이 移 옮긴다. 山 산을 (옮긴다.)
: 90세 노인이 큰 산을 옮기려고 흙을 파내는 모습이다. 누가 봐도 불가능한 일을 이루기 위해 노력하고 있어 언뜻 어리석어 보이기도 한다. 하지만 이렇게 작은 노력도 꾸준히 하면 나중에 큰일을 이룬다고 긍정적으로 해석하는 것이 보통이다.

우직하게 **공**을 들여 애쓰면 **이**변이 일어나 큰일도 해낼 수 있단다. 알겠냐, 이 **산**만한 녀석아?

우국지사 憂國之士

憂 마음 쓰며 걱정하는 國 나라를 (마음 쓰며 걱정하는) 之 그런 士 사람.
: 나랏일에 여러 가지로 마음을 쓰며 걱정하는 사람을 일컫는 말.

우리나라 대한민국 **국**가의 장래를 **지**금 걱정하는 **사**람, 즉 애국자.

우기동조 牛驥同皁

牛 여느 소들과 驥 천리마가 同 같은 皁 마구간에 묶여 있다.
: 뛰어난 능력을 무시하고 인재를 보통 사람들과 같이 다루는 모습을 형용한다.

우수한 인재를 **기**준 미달인 자들과 **동**급으로 취급하고 있어! **조**건도 아주 열악하게!

우기청호 雨奇晴好 소식蘇軾의 시 초청후우初晴後雨

雨 비올 때의 경치도 奇 새롭게 좋고 晴 개고 나서의 경치도 好 그저 좋도다.
: 비가 내릴 때든 비가 그쳤을 때든 항상 경치가 좋은 정경이다.

우중충하지 않은 **기**운으로 비가 오니 좋구먼. **청**명하게 갠 하늘이 **호**감인 거야 말할 나위도 없고.

우답불파 牛踏不破

牛 소가 踏 밟아도 不 못한다. 破 깨뜨리지 (못한다.)
: 아무리 큰 힘을 가해도 부서지지 않을 만큼 단단하고 튼튼한 모양이다.

우두둑 깨질 일 없지. **답**답해 보여도, 부서지는 **불**상사는 없지. **파**괴되지 않는 단단함만 있지.

우도할계 牛刀割鷄 논어論語, 양화편陽貨篇

牛 소 (잡는) 刀 칼로 割 벤다. 鷄 닭을 (벤다.)
: 할계언용우도 割鷄焉用牛刀

우둔하기는! **도**대체 뭘 갖고 온 거야? **할** 일에 맞는 도구를 알맞게 **계**획했어야지!

우두마두 牛頭馬頭 불교佛敎

牛 (지옥을 지키는) 소 頭 머리 인간. 馬 (지옥을 지키는) 말 頭 머리 인간.
: 지옥을 지키는 옥졸의 모습을 형용한다.

우하 하 하 ~, ♬♪ **두**렵냐? **마**계에 온 걸 환영한다! **두**둥 ~ ! ♬♪

우로지택 雨露之澤

雨 비와 露 이슬 같은 之 (임금의 큰) 澤 은혜.
: 임금의 크나큰 은혜를 대자연의 혜택에 비유한 표현이다.

우리 임금님께서 **로**(노)고가 대단하시지요. **지**방 구석구석 그 어디를 **택**해도 은혜가 미치지 않은 곳이 없지요.

우맹의관 優孟衣冠 사기史記, 골계열전滑稽列傳

優孟 우맹이라는 사람이 衣 (다른 사람의) 옷과 冠 갓을 (차려입고 그 사람 흉내를 내다.)
: 겉으로는 비슷하나 속은 완전히 다른 가짜를 가리킨다. 원래의 맥락에서는 (흉내낸) 그 진짜의 가치를 더 드러내기 위한 방편으로 이러한 위장을 한다.

우롱하듯 사람들을 속인다. **맹**세코 진짜인 양 **의**상을 차려입고 사람들의 **관**심을 끈다.

우문우답 愚問愚答

愚 어리석은 問 질문에 愚 어리석은 答 대답을.
: 슬기롭지 못한 질문과 대답이 오고가고 있다.

우둔한 사람이 어리석게 답을 한다. **문**제를 낸 사람도 **우**둔하다. **답**답하다.

우문현답 愚問賢答

愚 어리석은 問 질문에 賢 지혜로운 答 대답을.
: 슬기롭지 못한 질문에 지혜롭게 대답하는 모습이다.

우희야, 헤어질래? **문**득 떠오른 듯 항우가 묻는다. **현**명한 우희는 **답**한다: 진심으로 원하신다면요.

우수마발 牛溲馬勃 한유韓愈, 진학해進學解

牛溲 질경이와 馬勃 먼지버섯.
: 하찮아 보이지만 (약재로) 요긴하게 쓰일 수 있는 것들을 일컫는 말.

우리에게 요긴한 재료야. **수**나 양, 질에서 탁월하다고는 할 수 없지만 **마**구 함부로 취급해서는 안 되고 **발**견하면 고이 모셔놓아야 해.

우수불함 牛遂不陷

牛 소가 遂 (밟으며) 나아가도 不 아니한다. 陷 움푹 파이지 (아니한다.)
: 우답불파 牛踏不破

우수해. **수**비력과 방어력이 튼튼해. 그래서 **불**가능해, **함**락되고 부서지는 것은.

ㅇ

우수사려 憂愁思慮

憂 근심하고 愁 시름하며 思 생각하고 (또) 慮 생각하고.
: 시름에 잠긴 모습이다.

우려한다, 농민들이. **수**입산 농산물과 경쟁하기에 **사**정이 **려**(여)의찮은 까닭이다.

우순풍조 雨順風調 육도六韜·구당서舊唐書

雨 비가 (농사짓기에) 順 잔잔하고 부드럽다. 風 바람이 (농사짓기에) 調 고르고 알맞다.
: 농사짓기에 적합한 환경 조건이 조성된 경우다.

우기와 건기가 농사짓기 **순**조롭구나! ♬♪ **풍**속도 알맞은 비바람이 **조**화롭구나! ♬♪

우승열패 優勝劣敗

優 나으면 勝 이기고 劣 못하면 敗 꺾이고.
: 게임의 규칙이다. 생존 경쟁의 법칙이기도 하다.

우쭐거리지, 능력이 더 있으면. **승**리하려고 **열**을 올리는 분위기야. **패**배의 잔은 쓰거든.

우심여취 憂心如醉

憂 근심하는 心 마음이 如 같구나. 醉 취한 것과 (같구나.), 정신 상태가 흐릿하구나.
: 근심이 심해서 뒤숭숭해진 정신 상태를 형용한다.

우려하며 **심**란하다보니 **여**러모로 어수선해져 **취**한 듯도 허이.

우양시약 雨暘時若

雨 비가 오고 暘 볕이 든다. 時 때에 若 맞게.

: 기후 상황이 시의적절한 모양이다.

우리에게 비의 양도, 별의 **양**도 다 알맞아. **시**기에 맞게 **약**이 되는 양이다.

우여곡절 迂餘曲折

迂 에돌고 餘 남기고 曲 굽히고 折 꺾이고.
: 꼬이고 꼬인 일의 형편을 나타낸다.

우연과 필연이 **여**기저기 **곡**예를 부리며 **절**묘하게 뒤섞인다.

우왕좌왕 右往左往

右 오른쪽으로 往 갔다가 左 왼쪽으로 往 갔다가.
: 갈피를 못 잡고 이리저리 헤매는 모양이다.

우르르 이리저리 **왕**래하는 모양이군. **좌**시하기 힘들 정도로 **왕**래에 중심이 없군.

우유도일 優遊度日

優 넉넉하게 (여유롭고) 遊 즐기며 度 생활한다. 日 하루하루 (그렇게 살아간다.)
: 빈둥거리며 여유롭게 시간을 보내는 모양이다.

우유나 쪽쪽 빨며 **유**한계급임을 과시한다. **도**대체 **일**할 시간도, 일할 생각도 없는 생활이로구나.

우유무사 優遊無事

優 넉넉하게 (여유롭고) 遊 즐긴다. 無 없다. 事 (할) 일도 (없다.)
: 여유롭고 아무 걱정도 없이 평안한 모습이다.

우발적으로라도 **유**발되는 분란 없이 평화롭고, **무**사히 별다른 **사**건 없이 한가로운 생활.

우유부단 優柔不斷

優 답답하고 좀스럽게 柔 여리고 무르게 不 못한다. 斷 끊지 (못한다.), 결단을 내리지 (못한다.)
: 우물쭈물하며 과단성 있게 결정하지 못하는 모양이다.

우왕좌왕할래? **유**You 너의 우물쭈물함에 **부**아가 치미는구나. 그렇게 **단**호하지 못할 거냐?

우유불박 優遊不迫

優 넉넉하게 (여유롭고) 遊 즐기듯이 不 아니하다. 迫 허둥대며 다급하지 (아니하다.)
: 여유롭고 차분한 모습이다.

우드Would **유** 라이크 밀크You like Milk? 우유 어때? 친구를 **불**러 즐기는 우유 한 잔의 여유… **박**하향 나는 카페에 앉아….

우유염담 優遊恬淡

優 넉넉하게 (여유롭고) 遊 즐기듯이 恬 편안하고 (침착하고) 淡 담백하게.
: 우유불박 優遊不迫

우리 동네 공원 풍경: **유**유자적하듯 **염**려를 다 떨친 듯 **담**소를 즐기는 사람들.

우음마식 牛飮馬食

牛 소가 飮 물을 마시듯 (많이 먹는다.) 馬 말이 食 풀을 뜯어먹듯 (많이 먹는다.)
: 마소에 빗대어 많이 먹고 마시는 모습을 형용한다.

우앙, **음**식 **마**시쪄! **식**사량은 오늘도 폭식.

우이독경 牛耳讀經 동언해東言解·정약용丁若鏞, 이담속찬耳談續纂

牛 소 耳 귀에 (대고) 讀 읽는다. 經 경서를 (읽는다.)
: 아무리 일러도 못 알아듣는 모양이다. 교육이 실패한 상황을 나타낸다.

우리 함께 책을 읽자. **이**리 와, 소야, **독**서의 즐거움을 **경**험하니 어때? 움메에에.(≒ 독서 같은 소리 하고 있네.)

우자일득 愚者一得 사기史記, 회음후열전淮陰侯列傳

愚 어리석은 者 사람도 (생각하다 보면) 一 한 번쯤 得 얻는 것이 있다.
: 천려일득 千慮一得

우둔하다고 **자**꾸 무시하지 마! **일**단 경청해 봐! **득**이 될 말도 있으니까.

우자천려 愚者千慮 사기史記, 회음후열전淮陰侯列傳

愚 어리석은 者 사람이 千 1,000가지 (어리석은) 慮 생각을 한다.
: 우둔한 사람의 복잡한 머릿속이다.

우매한 자여, **자**신의 **천** 가지 생각의 **려**(여)정에 지쳐 쓰러졌구나.

우적쟁사 遇賊爭死

遇 만나 賊 도적을 (만나) 爭 다툰다. 死 죽음을 (다툰다.)
: 도적을 만나 목숨을 잃을 상황에서 형제를 살려주는 대신에 자신이 죽겠다고 주장하는 이야기다. 형제간의 우애를 나타낸다.

우리 동생만은 살려달라고 **적**에게 외치던 형의 목소리가 **쟁**쟁하게 들려요, 아직도. **사**지로는 자기만 가겠다던 그 목소리가요.

우전탄금 牛前彈琴 홍명집弘明集, 이혹론理惑論

牛 소 前 앞에서 彈 탄다. 琴 거문고를 (탄다.)
: 우이독경 牛耳讀經

우잉! 화학… **전** 정말 어려워요. **탄**소 어쩌구 질소 저쩌구… **금**방 본 것도 잊어버려요. 우잉!

우정팽계 牛鼎烹鷄 후한서後漢書, 변양전邊讓傳

牛 소를 삶을 만한 鼎 (큰) 솥에다 烹 삶고 있다. 鷄 (고작) 닭을 (삶고 있다.)
: 대재소용 大材小用

우와아아아! **정**말 인재를 이렇게 **팽**개칠 수도 있구나아아아! **계**획이 이따위일 수도 있구나아아아!

우천순연 雨天順延

雨 (일정이) 비 내리는 天 날씨로 인하여 順 다음날로 延 연기된다.
: 당일에 비가 내려 일정이 다음으로 미루어지는 모양이다.

우르릉! 쾅쾅! **천**둥 번개를 동반한 폭우로 모임 **순**서가 다음날로 **연**기되어 진행된다.

우행순추 禹行舜趨 순자荀子

禹 (성군인) 우임금처럼 行 다니고 舜 (성군인) 순임금처럼 趨 빨리 걷지만 (흉내만 낼 뿐 실상은 별 볼 일 없다.)
: 위인의 흉내만 내는 사이비를 가리키는 말.

우아하게 **행**동한다고 **순**순히 널 귀족으로 봐줄 줄 알아? **추**한 거지 녀석아!

우화등선 羽化登仙 소식蘇軾, 적벽부赤壁賦

羽 날개깃이 化 생겨 登 (날아) 오른다. 仙 신선이 된다.
: 하늘을 나는 듯한 기분 좋은 기분을 일컫는 말.

우화나 동화에 나올 법한 이야기: **화**끈한 변신! **등**에 날개가 돋아 **선**인이 된다!

우후죽순 雨後竹筍

雨 비온 後 뒤에 (무서운 속도로 돋아나는) 竹 대나무 (뿌리의) 筍 어린 싹.
: 갑자기 한꺼번에 특정한 현상이 동시다발적으로 일어나는 모습을 형용한다.

우연인지 필연인지 **후**광을 비추며 뭐 하나 반짝 떴네? **죽**죽 늘어나네? 그 상황에 **순**응하며 엇비슷한 것들이 우르르 생기네!

ㅇ

욱욱청청 郁郁青青

郁 향기롭고 郁 향기롭고 青 (나무가 우거져) 푸르고 青 (나무가 우거져) 푸르고.
: 좋은 내음을 물씬 풍기며 울창하게 푸르른 모습을 형용한다.

욱신욱신 향기 풀풀… **욱**신욱신 향기 풀풀… **청**색 빛깔 나무들이 듬뿍… **청**색 빛깔 나무들이 듬뿍….

욱일승천 旭日昇天

旭 아침 해가 日 태양이 昇 떠오르듯 天 하늘에 (떠오르듯) 솟아오르는 기세.
: 일본의 욱일기를 지칭하는 용어로 우리나라에서 욱일승천기라는 말이 쓰이고 있기 때문에, 한국인으로서는 다소 껄끄럽게 느껴지는 말이다.

욱하네, 또… **일**본과의 한일전, **승**리하리라. 그래서 **천**하를 비추는 해처럼 솟아오르리.

운권천청 雲捲天晴

雲 구름이 捲 걷히고 天 하늘이 晴 갠다.
: 운산무소 雲散霧消

운다고 해결되진 않아. 울음은 **권**장 사항이 아냐. **천**천히… 아니, 빨리 **청**소한 듯 다 털어버려!

운니지차 雲泥之差

雲 구름과 泥 진흙 之 만큼 差 다름.
: 공통점이 전혀 없을 정도로 완전히 다른 경우를 의미한다.

운이 좋아 떵떵거리며 사는 **니**들(너희들)이랑 **지**하 월세방에서 처량하게 사는 나와의 **차**이.

운도시래 運到時來

運 (어떤 일이 잘될) 운이 到 도달한다. (동시에) 時 (어떤 일이 하기에 알맞은) 때도 來 도래한다.
: 최적의 기회를 일컫는 말.

운수 좋은 날이 **도**래한다! **시**의적절한 타이밍에 행동 개시다! **래**(내)일의 태양은 찬란하리라!

운부천부 運否天賦

運 (좋은) 운이든 否 나쁜 운이든 (모두) 天 하늘이 賦 부여한다. (하늘의 뜻이다.)
: 행운이든 악운이든 모두 천명이라는 뜻이다.

운을 **부**디 제게 **천** 번 만 번 **부**여해 주소서, 하늘이시여.

운빈화용 雲鬢花容

雲 구름처럼 (탐스러운) 鬢 살쩍, 귀밑머리를 지닌 花 꽃다운 容 얼굴의 미인.
: 미인을 형용한 말이다.

운 좋은 듯… (귀밑까지도) **빈**틈없이 아름다우니까. **화**사한 **용**모… 복받은 외모로다.

운산무산 雲散霧散

雲 구름이 散 흩어지듯 霧 안개가 散 흩어지듯.
: 운산무소 雲散霧消

운송업체에 의뢰해서 **산**더미 같은 근심 걱정들을 **무**제한으로 실어서 **산** 너머 바다 건너 저 멀리로 보내 버렸어.

운산무소 雲散霧消

雲 구름이 散 흩어지듯 霧 안개가 消 사라지듯.
: 말끔히 마음속을 흐리던 근심이나 의심이 해소되는 모양을 나타낸다.

운반하던 근심들을 **산**산조각 내버릴래. **무**척 버거우니까. 이딴 것들은 **소**중하지 않으니까.

운산조몰 雲散鳥沒

雲 구름이 散 흩어지듯 鳥 새가 沒 숨어들듯.
: 운산무소 雲散霧消

운동하는 것도 좋지. **산**만했던 마음속 걱정들을 **조**금도 남아있지 않게 모조리 **몰**아 낼 수 있을 거야.

운상기품 雲上氣稟

雲 구름 上 위에 (있는 듯한) 氣 (고귀한) 기운과 稟 (고상한) 품격.
: 속세적 삶과는 동떨어진 고결한 기품을 가리키는 말.

운명으로 타고난 **상**위 클라스의 **기**질과 **품**성.

운수소관 運數所關

運 운명과 數 운수가 所 바이므로 關 관계하는 (바이므로) 사람의 노력으로는 어떻게 할 방법이 없다.
: 운명론적 사고방식이다.

운에 따라야 해. **수**를 쓸 여지가 없으니 **소**극적으로 **관**여할 수밖에 없어.

운수지회 雲樹之懷

雲 구름과 樹 나무가 之 서로 懷 그리워하는 마음.
: 위수강운 渭樹江雲

운동장에서 뛰놀기를 좋아한 너랑 **수**학 문제만 열심히 풀던 나랑 **지**금 서로 다른 길을 가고 있지만 **회**상하면… 우린 가장 좋은 친구였어.

운심월성 雲心月性 맹호연孟浩然, 억조수재소상인憶周秀才素上人

雲 구름처럼 (욕심 없는) 心 마음 月 달처럼 (맑고 깨끗한) 性 성품.
: 사람의 됨됨이가 욕념에 사로잡히지 않고 티 없이 맑고 바른 모습이다.

운 사람은 **심**청이여. **월**매나(얼마나) 고운 **성**품인겨.

운야산야 雲耶山耶 소식蘇軾의 시

雲 구름 耶 인가. (가물가물하다.) 山 산山 耶 인가. (가물가물하다.) 먼 데서 봐서 분간이 잘 되지 않는다.
: 멀리서 형체를 분별하지 못하는 모양이다.

운전하다 먼 곳을 보고 **야**, 저거 뭐냐? **산**이야? 구름이야? **야**, 뭔지 정말 모르겠다!

운연과안 雲煙過眼 소식蘇軾, 보회당기寶繪堂記

雲 구름과 煙 연기가 過 (휙) 지나가듯 眼 눈앞을 (휙 지나가듯).
: 쾌락을 눈앞에서 휙 지나가도록 내버려 둔다는 뜻이다. 쾌락을 마음에 오래 담아두지 않는 마음가짐이다.

운동량 넘치게 잘 놀았지만 **연**연하진 않아. 일시적 쾌락일 뿐이야, **과**거로 사라질 뿐이야. **안**녕!

운예지망 雲霓之望 맹자孟子, 양혜왕梁惠王 하편下編

雲 구름과 霓 무지개를 之 (가뭄 상황에서) 望 바라듯 (간절히 바라는 마음).
: 절실하게 무언가를 갈구하는 모습이다.

운명의 여신이시여, **예**상하지 못했던 **지**금의 난관을 극복할 수 있기를 간절히 바라옵나이다. **망**극한 은혜를 베풀어 주시옵소서.

운외창천 雲外蒼天

雲 (먹)구름 外 바깥(으로 나오면) 蒼 푸른 天 하늘(이 펼쳐진다.)
: 영어식으로는 Every cloud has a silver lining(구름마다 은빛 안감이 있다.)이라는 말과 통하는 표현이다. 현실이 어둡다고 좌절하지 말자. 밝고 푸른 미래가 곧 올 테니까!

운이 없다고 **외**면하지 마! 지금의 현실 너머에 **창**조될 희망의 세계가 **천**천히 다가오고 있으니까.

운우지정 雲雨之情 송옥宋玉, 고당부高唐賦

雲 구름이 되어 雨 비가 되어 之 그렇게 情 사랑을 느낀다.
: 남녀 간의 육체적 사랑을 일컫는 말.

운명으로, **우**리가 동물로서 **지**니고 있는 남과 여의 본능으로, **정**분을 나눈다, 육체적으로.

운주유악 運籌帷幄 사기史記, 고조본기高祖本紀

運 옮기듯 籌 주판알을 (옮기듯 전략을 궁리한다.) 帷 휘장 (안에서) 幄 휘장 (안에서 참모들이 모여서).
: 예전 전쟁 상황에서 계책 등을 강구하는 전략 본부의 풍경이다.

운용할 **주**된 계책을, 아군에게 **유**리하도록 짜봅시다. **악**전고투하는 병사들을 위해….

운중백학 雲中白鶴 세설신어世說新語, 상예편賞譽篇·삼국지三國志, 병원전邴元傳

雲 구름 中 가운데 白 흰 鶴 학.
: 수준이 높은 품위를 지닌 사람을 일컫는 말.

운집한 사람들 중에 **중**앙에 있지 않은데도 빛나는 사람. **백** 명 천 명 중 **학**처럼 고귀한 성품을 지닌 그 사람.

운증용변 雲蒸龍變 사기史記

雲 구름이 뭉게뭉게 나오면서 蒸 물이 증발하여 (구름이 뭉게뭉게 나오면서) 龍 용이 나타난다. 變 (뱀이) 변하여 (용이 나타난다.), 영웅이 출현한다.
: 영웅호걸이 출현하는 모습을 역동적인 비유로 표현한다.

운명이 내게 준 힘을 **증**폭시켜 **용**사로 **변**신하여 세상에 나오다.

운지장상 運之掌上

運 옮기듯 之 그것을 (옮기듯) 掌 손바닥 上 위에서 (마음대로 옮기듯 매우 쉽다.)
: 손바닥 뒤집듯 매우 쉬운 일이나 마음대로 할 수 있는 일을 뜻한다.

운동장 열 바퀴! 완전 군장으로 실시! **지**체하지 말고 움직엿! **장**비를 갖추고 병사들은 튀어나간다. **상**황을 완전히 주무르는 중대장의 명령을 따라.

운집무산 雲集霧散

雲 구름처럼 集 모였다가 霧 안개처럼 散 흩어진다.
: 다수의 무리가 집합했다가 해산하는 모양을 빗댄 표현이다.

운동장에 예비군들이 **집**합해서 시끌시끌하더니, **무**슨 일이 있었냐는 듯이 **산**책하듯 사라졌네.

운파월래 雲破月來

雲 구름이 破 갈라지며 (그 틈으로) 月 달빛이 來 나온다.
: 구름 사이로 달빛이 비치는 밤하늘의 풍경이다.

운명을 비추는 달빛이 **파**도를 헤치듯 구름을 뚫고 나온다. **월**하에 그려본다, **래**(내)게 다가올 미래를.

운합무집 雲合霧集 사기史記, 회음후열전淮陰侯列傳

雲 구름이 合 합하듯 霧 안개가 集 모이듯 (많은 사람들이 모인다.)
: 다수의 무리가 집합하는 모양을 빗댄 표현이다.

운동장에 북적북적 **합**쳐지는 군복들은 **무**언가요? **집**합 명령을 받은 예비군들이란다.

운행우시 雲行雨施 주역周易, 건괘편乾卦篇 단사彖辭

雲 구름이 行 다니며 雨 비를 施 베푼다.
: 자연의 이치다. 가뭄의 경우라면 해갈의 의미일 수도 있다.

운답니다, 사람들이 **행**복하게…. 오랜 가뭄으로 **우**울했던 마음을 **시**원하게 쏟아지는 단비로 씻으며….

웅경조신 熊經鳥伸 장자莊子, 각의편刻意篇

熊 곰이 經 (나무에) 매달리듯 鳥 새가 伸 (다리) 펴듯 (하는 동작의 건강 체조).
: 양생법養生法의 일종이다.

웅대한 곰이 **경**건하게 매달리듯. **조**그만 새가 **신**체 스트레칭하듯.

웅계야명 雄鷄夜鳴

雄 수컷 鷄 닭이 夜 밤에 鳴 운다.
: 전쟁을 도발하기 직전의 상황을 묘사하는 클리셰cliche이다.

웅장한 **계**획 하에 **야**심차게 **명**령한다. "쳐라, 저 나라를!"

웅사굉변 雄辭閎辯

雄 뛰어난 辭 문장 閎 (지식의) 폭이 넓은 辯 변론.
: 문장력이 우수하고 언변이 심도 있는 모습이다.

웅성웅성 **사**람들이 말한다, **굉**장한 **변**론이라고.

웅심아건 雄深雅健

雄 씩씩하고 深 심오하고 雅 우아하고 健 튼튼하고.
: 문장을 칭송한 표현이다.

웅크렸다 뻗는 듯하고 **심**도도 깊고 힘차고 **아**주 **건**강한 문장일세.

웅재대략 雄才大略

雄 웅장한 才 재주 大 거대한 略 지략.
: 장래성과 규모가 큰 재주와 지략을 일컫는 말.

웅장한 **재**주로 **대**단한 계획을 **략**(약)도에 담아, 머릿속에.

웅창자화 雄唱雌和

雄 수컷이 唱 부르면 雌 암컷이 和 화답한다.
: 손발이 착착 맞아 떨어지는 모양이다.

웅얼웅얼… 알아듣기 힘든 소리가 **창**밖에서 들리는데 **자**기 왔어? 하며 **화**다닥 마중 나가는 짝꿍.

웅천거벽 熊川巨擘

熊川 웅천이라는 곳에서 巨 큰 擘 엄지손가락.
: 별 볼일 없는 곳에서 으뜸이란 뜻으로 이름값을 못하는 인물을 가리킨다.

웅변을 하며 사람들이 **천**거하길래 뛰어난 줄 알고 봤더니… **거**참, 어이가 없구만! **벽**을 보고 더 실력을 연마하시게나.

웅탁맹특 雄卓猛特

雄 뛰어나다. 卓 높고 猛 날래면서 特 뛰어나다.
: 매우 뛰어난 모습을 형용한 말이다.

웅비하네. **탁**탁 뛰어올라 **맹**활약하네. **특**출난 인물이라네.

원교근공 遠交近攻 전국책戰國策, 진책秦策·사기史記, 범저채택열전范雎蔡澤列傳·병법兵法 삼십육계三十六計 중中 혼전계混戰計

遠 먼 나라와 交 사귀어 近 가까운 나라를 攻 친다.
: 원거리 외교를 기반으로 원군을 확보하여 근거리의 적과 싸우는 책략이다.

원거리에 있는 나라와 **교**제하여 **근**거리에 있는 나라를 **공**격한다.

원로방지 圓顱方趾

圓 둥근 顱 머리뼈 方 모난 趾 발.
: 인류를 일컫는 말.

원모양의 머리에서 **로**직[logic] 논리를 **방**출하고 **지**성을 방출하는… 그 이름은 '인류'.

원룡고와 元龍高臥 삼국지三國誌, 위지魏志 여포전呂布傳

元龍 (집주인인) 원룡이 자신은 高 높은 곳에 臥 눕고 (손님은 낮은 곳에서 자도록 하면서 손님을 푸대접한다.)
: 손님을 괄시하고 천대하는 행태다.

원통하고 **룡**(용)용 죽겠지? 약이 올라서 **고**통스럽기까지 하군. **와** 진짜, 손님 대접을 이따위로 할 거야?

원막치지 遠莫致之

遠 멀어서 莫 불가능하다 致 이르러 之 도달하는 것이 (불가능하다.)
: 거리가 멀어서 오지 못하는 상황이다.

원, 너무 멀어 **막**을 친 듯해. **치**솟는 그리움으로 **지**평선을 바라보네.

원목경침 圓木警枕

圓 둥근 木 나무로 警 경각심을 일깨우는 枕 베개로 삼는다.
: 둥근 나무를 베개로 삼으면, 미끄러워서 제대로 잠을 잘 수가 없다. 그렇게 잠에서 깨며 잠도 제대로 못자면서 학문에 힘쓰는 모습을 나타낸다.

원래 그래. **목**적한 바가 학문이면 **경**각심을 늘 가져야 해. **침**대에서 잘 때까지조차도….

원불실수 原不失手

原 삼가며 조심하며 不 아니한다. 失 잘못하여 그르치지 (아니한다.) 手 행동을 (잘못하여 그르치지 아니한다.)
: 실수를 예방하는 방법을 일컫는 말.

원하면 **불**러 줄까, **실**수하지 않는 **수**단과 방법을?

원비지세 猿臂之勢 구당서舊唐書, 이광필전李光弼傳

猿 원숭이가 臂 (긴) 팔을 (자유로이 움직이는 것) 之 과 같은 勢 형세로 (군대의 진격과 퇴각을 자유로이 운용하는 것).
: 군대의 진격과 후퇴, 공격과 수비를 자유자재로 하는 것을 동물에 빗대어 표현하고 있다.

원숭이의 대명사인 손오공이 **비**상한 능력을 발휘하며 **지**니고 다니는 여의봉처럼 들쭉날쭉 **세**력을 자유자재로 운영한다.

원성자자 怨聲藉藉

怨 원망하는 聲 소리가 藉 떠들썩하고 藉 떠들썩하다.
: 원한에 찬 목소리가 여러 사람의 입에 오르내려 떠들썩한 모습이다.

원망하며 **성**질내는 소리가 **자**욱한 안개처럼 마냥 농도 짙게 **자**꾸자꾸 나온다.

원수근화 遠水近火 한비자韓非子, 설림說林 상편上編

遠 멀리 있는 水 물 近 가까운 火 불.
: 원수불구근화 遠水不救近火

원하지 마세요, 먼 곳의 물로는 안 돼요. **수**그러들지 않는 이 불길은 **근**방의 물로 잡지 않으면 **화**르르 다 타버릴 거예요.

원수불구근화 遠水不救近火 한비자韓非子, 설림說林 상편上編

遠 멀리 있는 水 물은 不 못한다. 救 끄지 (못한다.) 近 가까운 火 불을 (끄지 못한다.)

: 거리가 너무 멀리 떨어져 있으면 당장 시급한 위난이 닥쳤을 때 도움이 되지 않는 무용지물에 불과하다.

원거리에 있는 물은 **수**급이 **불**가능하고 **구**해 봐야 도움도 안 된다, **근**처에서 발생한 **화**재에는.

원시요종 原始要終

原 근본을 추구하며 始 시작할 때는 (근본을 추구하며) 要 요긴한 것들을 요약한다. 終 마무리할 때는 (요긴한 것들을 요약한다.)
: 일을 시작할 때 깊이 파고들어 연구하고 일을 끝마칠 때 마지막을 잘 정리하는 모습이다.

원래 무엇이었는지 그 **시**작의 의미와 **요**점을 잘 파악하여 **종**지부를 잘 찍는다.

원실돈오 圓實頓悟 불교佛教

圓 온전하게 實 참된 본질을 頓 갑자기 悟 깨닫는다.
: 실제의 진실한 모습에 관하여 흠결이 전혀 없는 원리와 법칙을 느닷없이 깨닫는 모습이다.

원리를 **실**감하며 **돈**다… 머리가 핑 돈다… **오**묘한 진리를 단번에 깨닫는다!

원악대대 元惡大憝

元 으뜸으로 惡 사악하여 大 크게 憝 원망의 대상이 되는 인물.
: 온 세상 사람들이 미워할 정도로 극악무도한 인간을 가리키는 말.

원성이 자자합디다. **악**마라고. 끔찍한 만행을 **대**중들을 **대**상으로 저질렀다고.

원악지정배 遠惡地定配

遠 멀리 惡 기피할 만한 地 곳으로 定 지정하여 配 귀양 보내다.
: 서울에서 멀고 살기도 힘든 곳으로 귀양을 보내던 형벌.

원거리로… **악**! 소리가 날 **지**역으로… **정**해서 **배**치한다.

원앙지계 鴛鴦之契 수신기搜神記, 한빙부부韓憑夫婦

鴛鴦 원앙처럼 사이좋은 之 그런 契 연분.
: 부부사이에 정이 두텁고 사랑이 넘치는 모습을 동물에 빗대어 표현하고 있다.

원한이 생길 **앙**금 따위는 **지**혜롭게 제거하며, **계**획과 실천을 함께 해 온 사이좋은 부부.

ㅇ

원입골수 怨入骨髓 사기史記, 진본기秦本紀

怨 원망스럽고 한스러운 마음이 入 들어온다 骨 뼈에 (들어온다.) 髓 뼛골에 (들어온다.)
: 원철골수 怨徹骨髓

원한의 **입**김이 너무 쎄서 당신의 **골**격 구석구석까지 **수**척해졌네요.

원전석의 原典釋義

原 원래의 典 책에서 釋 풀어내고 설명한다. 義 뜻을, 의미를 (풀어내고 설명한다.)
: 원전, 즉 본디의 전적의 의미를 이해하거나 판단하는 일을 말한다.

원래의 문장으로 **전**해 내려오는 문장으로 해석해서 **석**연하게 **의**미를 파악하는 데 성공한다.

원전활탈 圓轉滑脫

圓 둥글게 (모나지 않게) 轉 (일을) 다루면서 滑 미끄러지듯 (술술) 脫 (난관을) 빠져나온다.
: 남달리 까다롭지 않고 원만하게 잘 풀어 나가는 모습이다.

원만하고 매끄럽게 **전**혀 문제없이 **활**발하게 **탈**출합니다.

원정흑의 圓頂黑衣

圓 둥근 頂 정수리 黑 검은 衣 옷.
: '중(승려)'의 겉모습을 묘사한 표현이다.

원래의 자기를 찾아 **정**진한다. **흑**심 없는 **의**미 찾아….

원증회고 怨憎會苦 불교佛敎 팔고八苦

怨 원망스러운 사람과 憎 밉살스러운 사람과 會 만나야만 하는 苦 괴로움.
: 인간의 팔고八苦 가운데 하나로 미워하는 이와 부대껴야 할 때 겪는 괴로움을 뜻한다.

원한과 **증**오로 얼룩진 만남, **회**피할 수 없어 **고**통스러워.

원천우인 怨天尤人 논어論語, 헌문편憲問篇·순자荀子, 영욕편榮辱篇

怨 원망하고 天 하늘을 (원망하고) 尤 더욱, 한층 더 人 사람을 (원망하고).
: 하늘과 사람을 못마땅하게 여겨 탓하면서 불평을 토로하는 모양이다.

원망스러워 **천**상(천생) 하늘을 탓해. **우**앙, **인**간은 더더욱 원망스러워.

원철골수 怨徹骨髓 사기史記, 진본기秦本紀

怨 원망스럽고 한스러운 마음이 徹 관통한다. 骨 뼈를 (관통한다.) 髓 뼛골을 (관통한다.)
: 뼛속까지 깊이 스며들 정도라는 비유를 통하여 원한의 심도를 표현하고 있다.

원한이 **철**철 넘쳐 **골**수에 사무쳐 **수**그러들지 않아.

원청즉유청 源淸則流淸

源 근원이 淸 맑으면 則 곧 流 흐름이 淸 맑다.
: 윗물이 맑아야 아랫물이 맑다는 뜻이다.

원래 위가 **청**결하면 **즉**, **유**유히 흘러 흘러 **청**결하단 얘기지, 아래도.

ㅇ

원친평등 怨親平等 불교佛敎

怨 원수도 親 친구도 平 고르게 (대우한다.) 等 같게 (대우한다.)
: 원수와 친구를 동등하게 대우하는 모습이다. 보통 사람들로서는 엄두를 내기 힘든 경지인 것으로 보인다.

원수가 친구요, **친**구가 원수로다. **평**등이란 이런 것, **등**식이란 이런 것이로다.

원포수호 猿泡樹號 양유기養由基 일화逸話

猿 원숭이가 泡 (입에서) 거품을 물고 樹 나무를 (붙들고) 號 울부짖는다(∵ 명궁의 화살을 벗어나지 못할 운명임을 깨닫고).
: 그야말로 막다른 골목 상황이다.

원숭이가 **포**수를 만났다. **수**비할 수조차 없다. **호**구 신세가 되어 버렸다.

원하지구 轅下之駒 사기史記

轅 끌채 下 아래 之 (묶여 있는) 駒 망아지.
: 구속되어 자유롭지 못한 모양이다.

원하는 거야 **하**염없이 많지만, **지**금 이렇게 **구**속된 신세인 걸….

원형이정 元亨利貞 주역周易

元 시작하고 (봄) 亨 형통하고 (여름) 利 이롭고 (가을) 貞 성숙하고 (겨울).
: 사물의 근본 원리를 일컫는 말.

원리를 따져볼까? **형**태가 제각각인 **이**치를 **정**밀하게 이해해볼까?

원화소복 遠禍召福

遠 멀리 보내고 禍 재앙은 (멀리 보내고) 召 불러들인다. 福 복은 (불러들인다.)
: 재앙은 멀리 쫓아내고 복은 가까이 불러들이는 모양이다.

원하는 건 **화**나는 일을 멀리 하기. **소**원은 **복** 받을 일을 가까이 하기.

원후취월 猿猴取月 불교佛教 마하승기율摩訶僧祇律

猿 원숭이들과 猴 원숭이들이 取 가지려다가 月 (물에 비친) 달을 (가지려다가 다 물에 빠져 죽는다.)
: 자신의 분수에 맞지 않는 탐욕을 채우려다가 재앙을 맞이하는 모양이다.

원했니? **후**회했니? **취**醉하지 않았는데 (원하던 것을) 취取했니? **월**등히 다른 것에 닿긴 했니?

월견폐설 越犬吠雪 유종원柳宗元의 서書

越 (따뜻한 기후의) 월나라 犬 (따뜻한 나라라서 눈을 본 적이 없는) 개가 吠 짖는다. 雪 눈을 보고 (깜짝 놀라 짖는다.)
: 견문이 좁은 사람이 예사로운 일을 보고 몹시 놀라 경계하는 모양이다.

월! 월! 월! 월! 개가 사납게 짖는다. **견**문이 좁다 보니… **폐**차장같이 꽉 막힌 곳에서만 살다 보니… **설**마 저걸 몰라? 할 정도로 저걸 몰라 짖는다.

월광독서 月光讀書

月 달 光 빛을 받으며 讀 읽는다 書 책을 (읽는다.)
: 어려운 형편에서도 학업에 힘쓰는 모습이다.

월광 소나타를 배경 음악으로 **광**적인 **독**서를 달빛 아래에서 **서**서히 광명이 비추기를 바라면서….

월단평 月旦評 후한서後漢書, 허소전許劭傳

月 달마다 旦 초하루에 내리던 評 인물 평가.
: 인물의 장단점, 시비나 우열 등을 평가하여 논하는 것을 뜻한다.

월급 값을 해낼 만한 인물인지 아닌지를 **단**단히 **평**가를 좀 해 주세요.

월만즉휴 月滿則虧 사기史記, 범저채택열전范雎蔡澤列傳

月 달이 滿 차면 則 곧 虧 이지러진다.
: 전성기를 지나면 쇠퇴기가 오기 마련이라는 뜻이다.

월말로 (음력) 가야 할 시간… **만**개했던 달은 **즉**시 **휴**~ 숨쉬며 이지러지기 시작한다.

월명성희 月明星稀 조조曹操, 단가행短歌行 or 대주당가對酒當歌

月 달이 明 밝으니 星 별은 稀 드무네.
: 밝은 달빛에 주위의 별들이 빛을 잃는다. 새로운 영웅이 출현하여 다른 영웅들의 존재를 위협하는 모양이다.

월말 결산! **명**성을 얻고 **성**공한 새로운 스타의 등장으로 **희**미해지는 그 이전의 스타들….

월반지사 越畔之思 춘추좌씨전春秋左氏傳

越 넘는 것을 (자제하려는) 畔 (남의) 밭두둑을 (넘는 것을 자제하려는) 之 그런 思 생각.
: 자기가 맡은 책임 영역에만 신경을 쓰고, 타인의 책임 범위인 곳으로는 (권한 없이) 넘어가지 않으려는 자세를 나타낸다.

월급을 받는 만큼 **반**드시 내가 할 것만 한다. **지**나치게 남의 일에까지 신경쓰는 건 **사**실 별로 좋아하지도 않아.

ㅇ

월영즉식 月盈則食 주역周易, 풍괘편豐卦篇

月 달이 盈 차고 나면 則 곧 食 지워진다.
: 월만즉휴 月滿則虧

월 유 어 풀 문?Were you a full moon(보름달이었니?) **영**화롭던 보름달의 기운은 **즉**시 **식**어버리고 지금은 초승달이구나.

월장성구 月章星句

月 달처럼 훌륭한 章 글 星 별처럼 아름다운 句 글귀.
: 대단히 뛰어나고 아름다운 문장을 칭송하는 표현이다.

월등한 문장입니다. **장**하군요. **성**취하셨네요. **구**절이 정말 훌륭합니다!

월조대포 越俎代庖 장자莊子, 소요유편逍遙遊篇

越 넘어 와서 (제사하는 이가 제사지내는 일을 팽개치고) 俎 (요리하는) 도마를 (넘어 와서) 代 대신한다. 庖 부엌에서 (요리하는 요리사의 일을 대신한다.)
: 자신의 직무상의 본분을 벗어나서 남의 권한 범위에 속하는 일에 부당하게 간섭하는 모양이다.

월권행위야. **조**항을 봐. **대**신할 권한도 없는 행위를 하려 하다니, **포**용할 수 없어.

월조소남지 越鳥巢南枝 고시古詩

越 (남쪽 월나라에서) 넘어온 鳥 새는 巢 새집을 짓는다, 깃들인다. 南 남녘 枝 가지에 (깃들인다.)
: 고향을 그리워하는 마음이 담겨 있는 풍경이다.

월Wall, 벽이 **조**금만 낮아진다면 **소**원은 **남**쪽 땅, **지**금 나의 고향땅을 밟는 일.

월조지혐 越俎之嫌 장자莊子, 소요유편逍遙遊篇

越 (제사하는 이가) 넘어 오는 俎 (요리사의 일을 대신하러) 도마를 (넘어 오는) 之 그런 嫌 혐의.
: 월조대포 越俎代庖

월터가 할 일에 **조**지 네가 **지**나치게 개입하면 **혐**오스러워.

월지적구 刖趾適屨

刖 베어 趾 발을 (베어) 適 맞춘다. 屨 신발에 (맞춘다.)
: 발 크기에 맞추어 신발 크기를 조절해야 하는데 반대로 신발을 기준으로 발을 절단하고 있다. 잔인하기까지 한 이러한 묘사를 통해, 본질적으로 중요한 일과 부수적으로 뒷받침할 일이 서로 뒤바뀌면 엄청난 재앙이 닥칠 수 있음을 적시한다.

월매나 아팠당겨? **지**금 발을 동강내서 **적**당하게 신발 크기를 맞춯겨? **구**슬픈 일이랑께!

월진승선 越津乘船 순오지旬五志

越 넘고 나서 津 나루를 (넘고 나서) 乘 탄다. 船 배에 (탄다.)
: 응? 배를 타고 나루를 건너야 맞는 절차인데, 나루를 건너고 나서 배를 탄다니… 이건 무슨 소리? 일의 순서가 뒤집힌 경우를 설득력 있게 묘사하고 있는 표현이다.

월매나 이상한겨. **진**짜 이상허네. **승**선해서 뭣한다냐? **선**착장에 이미 도착해 놓구서리.

월하빙인 月下氷人 속유괴록續幽怪錄·진서晉書 색탐편索耽篇

月 달빛 下 아래 (노인이 연분을 점찍다.) 氷 얼음 위아래 人 사람이 (인연으로 맺어진다.)
: 남녀의 인연을 맺어주는 사람, 즉 요즈음 말로는 결혼 중매인을 뜻하다.

월급은 좀 많아야겠죠. **하**여튼 돈이 중요하니까요. 혹시 혼인을 **빙**자하는 사기꾼을 소개시켜주면 안 돼요! **인**간성이 좋은 사람으로 중매해 주세요.

위고금다 位高金多

位 지위가 高 높고 金 재산이 多 많다
: 신분이 높고 재산이 풍족한 모양이다.

위치는 **고**위직이고, **금**수저로 식사하는 **다** 가진 집안.

위관택인 爲官擇人 신당서新唐書

爲 위하여 官 관직을, 벼슬을 (위하여) 擇 가려 뽑는다. 人 사람을 (가려 뽑는다.)

: 관직에 등용할 목적으로 인재를 뽑아 쓰는 모양이다.

위에서 내려온 공문 내용: **관**직의 결원이 생기자 **택**한 **인**사 채용.

위국충절 爲國忠節

爲 위하는 國 나라를 (위하는) 忠 충성과 節 절개.
: 충성스러운 절개에 애국심이 담겨 있다.

위하여, **국**가를 위하여, **충**성하고 **절**개를 지킨다.

ㅇ

위귀소소 爲鬼所笑

爲 된다. 鬼 귀신의 所 거리가 笑 웃음거리가 (된다.)
: 지나가던 귀신이 웃을 정도로 가난한 상황을 나타낸다. 현대인의 관점에서는 살짝 이해하기 힘든 표현이다.

위에서 꼬르륵… **귀**에 들리는 이 **소**리는 배고픈 **소**리, 가난의 소리.

위극인신 位極人臣

位 (관직) 자리가 極 극단적으로 최고에 이르다. 人 아랫사람인 臣 신하로서 (오를 수 있는 최고 자리까지 오르다.)
: 가장 높은 벼슬자리에 오르는 모양이다.

위계질서에서 **극**단적으로 끝에 섬. **인**간들이 탐하는, **신**하로서 누릴 수 있는 최고 권력을 움켜쥠.

위급존망지추 危急存亡之秋 제갈량諸葛亮, 출사표出師表

危 위태롭고 急 급박한 상황 存 존재하느냐 亡 멸망하느냐가 之 판가름이 날 중요한 秋 시기.
: 국가가 존속하느냐 멸망하느냐 하는 중대한 기로를 일컫는 말.

위험을 감수하며 **급**히 달려 나간다. **존**엄한 인품으로 **망**국을 막기 위해 **지**휘를 맡는다. **추**호의 망설임도 없다.

위기일발 危機一髮 한유韓愈, 여맹상서與孟尙書

危 위태롭고 機 위태롭다. 一 하나의 髮 머리카락으로 (18톤이나 되는 무게를 끌어당기는 지경이다.)
: 어마어마한 과장법이 쓰인 표현이다. 어마어마한 무게를 머리카락 한 오라기로 감당하고 있다니, 그 위험한 상황의 긴장감은 이루 헤아릴 수 없을 듯하다.

위급한 상황! **기**우뚱 기우뚱 **일** 분 일 초 **발**발 떨어.

위다안소 危多安少

危 위태로운 일들은 多 많고 安 편안하게 안심할 일들은 少 적다.
: 상황이나 병이 진행되는 상태가 위태롭고 마음을 놓을 수 없이 급한 모양이다.

위기가 **다**가온다. **안**심할 만한 **소**식은 없다.

위미침체 萎靡沈滯

萎 시들고 靡 쓰러지고 沈 잠기고 滯 막히고.
: 간단한 말로 슬럼프를 가리킨다.

위축되고 **미**적미적대는 **침**체된 **체**계.

위방불입 危邦不入 논어論語, 태백편泰伯篇

危 위태로운 邦 지역에는 不 아니한다. 入 들어가지 (아니한다.)
: 위험한 곳을 멀리하는 모양이다.

위험하니까 들어가지 마! **방**심하지 말라면서 **불**러 세운다. **입**장이 불가능할 정도로 위험한 지역이기 때문에….

위부불인 爲富不仁 맹자孟子

爲 된다(는 말은) 富 부유하게 (된다는 말은) 不 아니하다(는 말이다.) 仁 어질지 (아니하다는 말이다.)
: 부정한 수단으로 부를 축적하는 행태다. 자본주의 현대 사회에서 부자들에 대한 서민들의 시선이 곱지 않은 건 이런 까닭일까?

위선을 떨며 **부**자가 되려고 **불**쌍한 소비자들 등쳐먹으니 좋냐? **인**간의 도리를 저버리니 좋냐?

위불기교 位不期驕 상서尙書, 주관周官의 공씨전

位 (권세를 가진) 자리는 不 아니하다. 期 알맞지 (아니하다.) 驕 교만한 마음과는 (맞지 아니하다.)
: 높은 자리에 오르면 우쭐거리고 싶은 마음이 인간의 본성일 것이다. 따라서 이 말은 사실이라기보다 (그러한 자리에 오른 사람들이 지녀야 할) 규범으로서 기능한다.

위선을 떨란 말은 아니야, **불**러들일 필요가 없단 말이지. **기**고만장한 **교**만은, 권세가 있다고 해서 말이야.

위비언고 位卑言高

位 지위가 卑 낮은 (사람이) 言 말한다. 高 소리 높여 (말한다.)
: 서열이 낮은 사람이 서열이 높은 사람에게 호통치는 모양이다.

위치가 낮은 사람이 **비**위가 거슬렸는지 **언**성을 높여 **고**함친다, 위치가 높은 사람에게.

위선지도 爲先之道

爲 위하는 先 선조, 조상을 (위하는) 之 그런 道 도리.
: 조상을 위하여 마땅히 행해야 할 바른길을 일컫는 말.

위하여, **선**조를 위하여, **지**금 자손으로서 마땅히 해야 할 **도**리.

ㅇ

위선최락 爲善最樂 명심보감明心寶鑑, 계선편繼善篇

爲 행하는 것이 善 착한 일을 (행하는 것이) 最 가장 樂 즐거운 일이다.
: 올바르고 착한 일을 하는 것이 최고의 즐거움이라는 뜻이다.

위인이 위인인 이유는 **선**을 행함을 **최**고의 **락**(낙)으로 삼기 때문이다.

위수강운 渭樹江雲 두보杜甫의 시 춘일억이백春日憶李白

渭 위수 쪽의 樹 나무와 江 강동 쪽의 雲 구름처럼 (멀리 떨어진 소중한 친구).
: 자신과 친구를 나무와 구름에 비유하여 멀리 떨어진 친구를 그리워하는 마음을 나타낸 표현이다.

위치가 어디니? 친구야, **수**도권을 벗어난 거니? **강**가에서 물결을 바라보며 **운**치 있게 불러본다, 그리운 벗의 이름을.

위연구어 爲淵驅魚 맹자孟子, 이루離婁 상편上編

爲 위하여 淵 연못을 (위하여) 驅 몬다. 魚 물고기를 (몬다.)
: 물고기를 잡으려고 몰았으나 물고기가 연못으로 도망쳐 버린 상황이다. 애써 수고했는데 결국 연못을 위해 물고기를 몬 꼴이 되었다는 해학적인 표현이다. 흔한 말로 남 좋은 일만 한 셈이다.

위원으로 당선되겠다고 **연**거푸 출마했으나 **구**태의연하다고 욕만 먹고 **어**리석게도 다른 후보들의 인기만 높여 주었네.

위이불맹 威而不猛 논어論語, 술이편述而篇

威 위엄과 권위는 而 있으나 不 아니하다. 猛 사납고 무섭지는 (아니하다.)
: 위세가 있으면서도 온화하고 순한 모습을 형용한다.

위엄은 있으나 **이**렇게 **불**같이 사나운 성격은 아니셨대. **맹**자님도 공자님도 그러셨대.

위인모충 爲人謀忠

爲 위하여 人 타인을 (위하여) 謀 도모한다. 忠 정성을 다한다.
: 남을 위하여 성실하게 있는 힘을 다하여 계획을 세우거나 힘을 쓰는 모습이다.

위인은 **인**간을 위하여 **모**든 힘을 쓴다. **충**성을 다한다.

위인설관 爲人設官 제갈량諸葛亮, 편의십륙책便宜十六策

爲 위하여 人 사람을 (위하여) 設 베푼다. 官 벼슬을 (베푼다.)
: 위관택인爲官擇人과는 정반대되는 인사 채용 행태다.

위에서 내려온다, **인**간이 낙하산을 타고. **설**치한다. 없던 **관**직을 새로 마련한다.

위장자절지 爲長者折枝 맹자孟子, 양혜왕梁惠王 상편上編

爲 위하여 長 어른인 者 분을 (위하여) 折 꺾어드리듯 枝 가지를 (꺾어드리듯).
: 연장자를 깍듯하게 모시는 태도를 나타낸 말이다. 이러한 일은 어렵지 않다는 뉘앙스가 담겨 있다.

위아래 없이 굴지 말고 **장**인 어른을, 부모님을 위하여 **자**식된 도리를 하라구! **절**대 어렵지 않으니까 **지**체하지 말고 하라구!

위재조석 危在朝夕

危 위태로움이 在 있다. 朝 아침에도 夕 저녁에도.
: 하루의 시작도, 하루의 끝도 모두 아주 위험한 형편이다.

위기가 **재**수 없게 **조**금도 쉴 틈을 안 주네. **석**별의 정을 좀 나누자, 이 위기야!

위지협지 威之脅之

威 으르고 협박한다. 之 그것을 (이런 방법으로) 脅 으르고 위협한다. 之 그것을 (저런 방법으로).
: 다양하게 위협하는 모양이다.

위협한다, **지**금 이렇게. **협**박한다, **지**금 저렇게.

위초비위조 爲楚非爲趙

爲 위하여 楚 초나라를 (위하여 한 일이다.) 非 아니다. 爲 위하여 趙 조나라를 (위하여 한 일은 아니다.)
: 겉으로 드러난 명분과 속으로 채우려는 실리가 다른 경우이다. 안중근 의사는 이토 히로부미를 처단한 이유가 '일본을 위한 것이지, 한국을 위한 것은 아니다.'라고 하며 이 표현을 반어적으로 활용했다.

위한다며? **초**나라를 위한다며? **비**슷한데… **위**한 건 **조**나라를 위한 것 같은데?

위총구작 爲叢驅雀 맹자孟子, 이루離婁 상편上編

爲 위하여 叢 숲을 (위하여) 驅 몬다. 雀 참새를 (몬다.)
: 참새를 잡으려고 몰았으나 참새가 숲으로 도망쳐 버린 상황이다. 애써 수고했는데 결국 숲을 위해 참새를 몬 꼴이 되었다는 해학적인 표현이다. 흔한 말로 남 좋은 일만 한 셈이다.

위대한 작가가 되기 위해 **총**합을 셀 수 없을 만큼 작법서들을 **구**매해 보았는데 실력은 안 늘고 **작**법서 작가들 수입만 늘려 주었네.

ㅇ

위친지도 爲親之道

爲 위하는, 섬기는 親 어버이를 (위하는, 섬기는) 之 그런 道 도리.
: 어버이를 공경하여 받들어 모시는 마땅한 방법이나 수단을 일컫는 말.

위치랑 경로 등등… **친**부모님을 위하여, **지**도를 그리자. 어떻게 효도 지점에 **도**달할지 여정으로 표시하자.

위편삼절 韋編三絶 사기史記, 공자세가孔子世家

韋 책 가죽을 編 엮은 책 끈이 三 세 번이나 絶 끊어질 정도로 (책을 열심히 보다).
: 책의 가죽 끈이 닳고 닳아 너덜너덜해서 끊어질 정도로 책을 마음을 다해 힘써서 읽은 모습이다.

위인이 될 아이는 **편**식하듯 책을 걸레로 **삼**아도 될 만큼 너덜너덜해질 정도로 **절**실하게 읽고 도 읽었다.

위풍당당 威風堂堂

威 위엄있는 風 풍채가 堂 당당하고 堂 의젓하다.
: 떳떳하고 번듯하게 월등한 힘이나 세력, 재주 따위로 남을 꼼짝 못하게 누르는 위세를 떨치는 모습이다.

위엄을 장착한 **풍**모가 멋있쪄! ♬♪ **당**당함은 **당**연하다!

유각양춘 有脚陽春 서언고사書言故事

有 있는 脚 다리가 (있는) 陽 볕을 쬘 수 있는 春 봄 (같은 존재).
: 봄볕을 사람에 의인화한 표현이다. 만물에 따뜻한 빛을 내리쬐는 봄볕처럼, 널리 사람들에게 은덕을 베푸는 사람을 가리킨다.

유 아 웰컴! you're Welcome! 당신은 환영이에요. **각**별히 **양**심적인 당신이 베푸는 은덕은 **춘**풍처럼 반가우니까요.

유감천만 遺憾千萬

遺 남기네. 憾 섭섭한 마음을 (남기네.) 千 천 번 (섭섭해.) 萬 만 번 (섭섭해.)
: 못마땅하고 섭섭한 감정을 강조한 표현이다.

유감이야. **감**을… 네가 다 먹어버렸구나. **천**천히 먹으면서 조금이라도 남겨둘 생각조차 하지 않다니 **만**행을 저질렀구나, 네가.

유구무언 有口無言

有 있으나 口 입은 (있으나) 無 없구나. 言 말은 (없구나.)
: 변명이나 해명 등 무슨 말을 해야 할 상황임에도 불구하고 침묵하는 경우에 쓰는 표현이다.

유감이야. **구**차하게 변명 따위는 **무**엇도 하지 않을게. **언**어를 모르는 듯 입을 꾹 다물게.

유금초토 流金焦土

流 (더위에 녹아) 흘러내리는 金 쇠 焦 (더위로) 불타는 土 흙.
: 가뭄과 더위가 몹시 심한 모양이다.

유감스러운 땡볕 더위에 **금**방 땀으로 범벅이 됨. **초**대하지도 않은 불볕 더위가 **토**양도 사람 몸도 몽땅 불태워 버림.

유난무난 有難無難

有 있으면 難 난감한데 無 없어도 難 난감하네.
: 있어도 없어도 처치가 곤란한 모양이다.

유난히 **난**감해. **무**슨 말이냐면… 있어도 없어도 **난**감하단 뜻이야.

유능제강 柔能制剛 노자老子, 도덕경道德經·삼략三略

柔 부드러움이 能 할 수 있다. 制 제압(할 수 있다.) 剛 강직한 것을 (제압할 수 있다.)
: 한 예로, 단단한 것은 꺾여 부러질 수 있지만 부드러운 것은 유연하게 살아남을 수 있다.

유연한 부드러움이 가진 **능**력이 뭔 줄 알아? **제**압한다는 거야, **강**하고 단단한 것을.

유대지신 有待之身 불교佛敎

有 존재하는 待 (남에게, 음식 등에) 기대면서 (존재할 수밖에 없는) 之 그런 身 우리 몸.

: 생존을 위해서 물질 등에 의존할 수밖에 없는 인간의 몸을 가리키는 말.

유모차에 탄 아기가 성낸다: 성내며 우는 소리의 해석 **대**체 언제 분유 줄 꺼예여? 앙앙앙… **지**친 내 얼굴 안 보여요? 앙앙앙… 인간의 **신**체라 먹어야 살 거 아녜요? 앙앙앙…

유도여지 遊刀餘地 장자莊子, 양생주편養生主篇

遊 (백정이) 놀면서 刀 칼을 갖고 (놀면서) 餘 시간이 남는 여유로운 地 형편이다.
: 칼부림하는 재주가 뛰어나 칼을 자유자재로 휘두르면서도, 여유를 잃지 않는 모양을 나타낸다. 일정한 경지에 도달한 자가 탁월하게 일을 수행하면서도, 조급해 하지 않고 넉넉하게 시간을 활용하는 모습을 보여준다.

ㅇ

유유히 **도**도히 **여**유를 부려. **지**금 난 최고니까. ♬♪

유두분면 油頭粉面

油 기름 바른 頭 머리 粉 가루 묻힌 面 낯.
: 화장한 여성의 얼굴 또는 여성이 화장하는 행위를 일컫는 말.

유감이야. **두**루두루 **분**장, 아니 변장한 **면**상, 아니 얼굴이잖아. 넌… 그냥 맨얼굴이 충분히 이뻐!

유련황망 流連荒亡 맹자孟子, 양혜왕梁惠王 하편下編

流 흘러 흘러 (떠돌아다녀) 連 잇닿아 (떠돌아다녀) 荒 주색에 빠져 亡 망해 버려.
: 정처 없이 옮겨 다니며 주색잡기에 빠진 모양이다.

유흥가를 **련**(연)이어 쏘다니며 **황**색 얼굴로 **망**치고 있구나! 몸과 마음을….

유리개걸 流離丐乞

流 흘러 흘러 離 떠돌아 다니며 丐 비럭질하며 乞 구걸한다.
: 일정하게 머물 처소도 없이 떠돌아다니며 음식이나 곡식 따위를 남에게 구걸하여 거저 얻어먹는 꼴이다.

유랑하며 **리**(이)곳저곳에서 **개**처럼 비루하게 **걸**식한다.

유리시시 惟利是視

惟 오직 생각한다. 利 (나한테) 이로운가만 (오직 생각한다.) 是 이것만 옳다고 視 보는 (여기는) 관점.
: 서로의 이익이나 손해에 영향을 미치는 관계에만 신경을 쓰거나 주의를 기울이는 모양이다.

유리처럼 뻔히 속내를 비추는 **리**(이)해타산적 관계. **시**시콜콜 따지는 **시**장 사람들의 관계.

유만부동 類萬不同

類 무리, 종류가 萬 10,000가지나 되나 不 아니하다. 同 어느 한 가지도 같지 (아니하다.)
: 많은 것들이 비슷하기는 하나 서로 같지는 않은 모양이다.

유사품이 **만** 개쯤 있는데용. **부**분적으로 다 **동**일하진 않아용.

유명무실 有名無實

有 있으나 名 이름은, 명성은 (있으나) 無 없구나. 實 (그 명성에 걸맞는) 알찬 내실은 (없구나.)
: 이름은 보기에 꽤 번듯하고 훌륭하지만 실태는 그 이름에 걸맞지 않을 때 쓰는 표현이다.

유명해서 봤더니 **명**목으로 내세운 이름뿐이고, **무**슨 **실**속도 찾아볼 수 없더라.

유명시청 惟命是聽

惟 오직 생각한다. 命 명령만을 (오직 생각한다.) 是 이것만을, 명령만을 聽 듣는다.
: 받는 명령에 집중하여 그 명령을 따르는 모습이다.

유념하겠습니다! 이 **명**령만 **시**급히 처리하겠습니다! 귀를 쫑긋 세우고 무전을 **청**취하던 부하가 대답했다.

유무상통 有無相通

有 있는 것과 無 없는 것이 相 서로 通 융통한다.
: 물건을 사고파는 경우를 생각해 보자. 물건을 파는 사람에게는 물건은 있으나 돈이 없다. 물건을 사는 사람에게는 돈은 있으나 물건이 없다. 이렇게 있고 없고가 만나 물건과 돈의 교환이 이루어지는 것이다.

유You, 당신 '그거' 갖고 있어? **무**엇?What? 당신은 '그거' 없어? **상**거래할 마음이 서로 **통**하는 순간.

유방백세 流芳百世 진서晉書, 환온전桓溫傳

流 흐른다. 芳 꽃다운 이름이 (흘러 전해진다.) 百 100 世 년의 시간 동안 (그렇게 오래).
: 훌륭한 위인의 이름이 역사에 오래 남는 모습을 형용한 표현이다. 원래의 맥락에서는 (훌륭한 위인보다) 악당의 이름이 훨씬 더 역사에 오래 남는다는 뜻으로 쓰인 말이지만, 요즈음에는 보통 그러한 상대적 비교를 하지 않고 그 뜻이 정의되고 있다.

유어 네임, Your Name 당신의 이름이 **방**긋 웃으며, is Smiling **백** 년 천 년 꽃

다운 이름으로 **세**월을 따라 흐른다.and Flows Forever.

유복지친 有服之親

有 (입고) 있는 服 상복을 (입고 있는) 之 그런 親 가까운 친척.
: 근친을 일컫는 말.

유족으로 **복**잡한 마음과 **지**친 몸을 함께 달래 줄 **친**척들.

유붕원래 有朋遠來 논어論語, 학이편學而篇

有 있다. 朋 벗이 (있다.) 遠 멀리서부터 來 (나를) 찾아오는 (그런 벗이 있다.)
: 자신을 멀리서 찾아와 방문하는 친구를 일컫는 말. 원래의 맥락에서는 삶의 크나큰 즐거움으로 꼽은 일이다.

유럽에서 **붕**~ 하늘을 날아 왔니, 그 먼 데서? **원**래 친구란 그런 거야. **래**디 투 밑 유 웨얼에버.Ready to Meet You Wherever.(널 만날 준비가 되어 있는 거야, 어디서든.)

유비무환 有備無患 서경書經, 열명편說命篇·춘추좌씨전春秋左氏傳

有 있다면 備 미리 준비해서 갖추어 놓음이 (있다면) 無 없을 것이다. 患 미래에 근심은 (없을 것이다.)
: 미리 만반의 준비를 갖춘다면 나중에 근심할 일이 없다는 뜻이다.

유유히 여유로워. **비**결이 뭐냐고? **무**척 철저히 준비를 다해놓았거든. **환**한 웃음은 덤이라네.

유사불여무사 有事不如無事

有 있는 것이 事 일이 (있는 것이) 不 못하다. 如 같지 (못하다.) 無 없는 것만 (같지 못하다.) 事 일이 (없는 것만 같지 못하다.)
: 그 일이 사건이나 사고를 일으키는 일이라면, 애당초 일이 없는 게 차라리 낫다는 말이다.

유독 저 직원만 **사**고를 일으켜 **불**만 신고가 **여**럿 접수되잖아. **무**조건 해고시켜. **사**고 치는 직원은 없는 편이 나아.

유사이전 有史以前

有 존재하기 史 역사가 (존재하기) 以부터 前 (역사가 존재하기) 앞(부터 있었던 시대)
: 인류 문명의 역사가 시작되기 이전의 시대를 가리키는 말.

유물, 유적은 남아 있지만 **사**실 **이** 시대에는 문자가 **전**혀 없었지.

유사입검 由奢入儉

由으로부터 벗어나 奢 사치함(으로부터 벗어나) 入 들어간다. 儉 검소한 생활로 (들어간다.)
: 씀씀이나 꾸밈새, 행사치레 따위에서 필요 이상의 돈이나 물건을 쓰지 않고, 자신의 분수에 맞게 수수한 생활을 하려고 노력하는 모습이다.

유의해! **사**치스럽지 않도록 **입**는 것부터 시작해서 **검**소하도록 해!

유상무상 有象無象

有 있는 (얼굴) 象 얼굴 모양이 (있는 얼굴) 無 없는 (얼굴) 象 얼굴 모양이 (없는 얼굴).
: 온갖 다양한 사람들이나 다양한 형체의 사물들을 일컫는 말.

유별난 사람, **상**식적인 사람, **무**모한 사람 등등… **상**대할 사람은 천차만별이구나.

유수불부 流水不腐 여씨춘추呂氏春秋

流 흐르는 水 물은 不 아니한다. 腐 썩지 (아니한다.)
: 정체되어 부패하지 않는 모양이다.

유속이 빠르든 느리든, **수**심이 깊든 얕든, **불**과 얼마 안 되는 냇물이라도 **부**패하지 않는다. 흐른다면… 흐르는 물이라면….

유시무종 有始無終

有 있고 始 시작이 (있고) 無 없다. 終 (잘 마치는) 끝이 (없다.)
: 여기서 끝이 없다는 말은 끝을 잘 마무리하는 끝맺음이 없음을 의미한다.

유감이야. **시**작했으면 끝을 봐야지. 칼을 뽑았으면 **무**라도 베어야지. **종**결을 못하다니… 유감이야.

유시유종 有始有終 논어論語, 자장편子張篇

有 있고 始 시작이 (있고) 有 있다. 終 (잘 마치는) 끝이 (있다.)
: 시작이 있으면 끝이야 보통은 다 있을 것이다. 여기서 말하는 끝은 단순한 끝이 아니라 끝을 잘 마무리하는 끝맺음을 의미한다.

유념해. **시**작할 때 그 마음가짐을 잘 **유**지하며 **종**결(마무리)해, 아름답게.

유실난봉 有實難捧

有 있음에도 불구하고 實 (빚을 갚을) 재산이 (있음에도 불구하고) 難 어렵구나. 捧 (빚을) 변제받기 (어렵구나.)
: 빚을 갚을 여력이 있는 채무자에게 변제를 받지 못하여 곤란한 상황을 뜻한다.

유력자라 **실**제로 재산은 충분한데 돈을 안 갚아 돈을 못 받아내는 **난**감한 상황에 **봉**착했다.

유아독존 唯我獨尊 불교佛教 수행본기경修行本記經·장아함경長阿含經

唯 오직 我 나 獨 홀로 尊 존귀하다.
: 글자 그대로만 놓고 보면 극단적으로 이기심을 보이는 독선적인 태도로 볼 수도 있다. 그러나 원래의 맥락에서는 깨달음을 얻고 절대 자유를 누리는 '진정한 나'를 의미하기 때문에 잘난 척하는 독선과는 상당한 거리가 있다.

유치하게 남들은 다 네 **아**래냐? 너만 최고냐? **독**선 아냐? 남들도 좀 **존**중해 봐!

유아지탄 由我之歎

由 말미암아 我 나로 (말미암아) 之 (남에게 해를 끼친 것을) 歎 탄식한다
: 자신의 귀책사유로 타인에게 해를 끼친 것을 한탄하는 모습이다.

유해한 영향을 끼쳤어. **아**아, 내 탓이야! **지**금 이렇게 자책하며 **탄**식하네.

유암화명 柳暗花明 육유(陸遊), 유산서촌遊山西村

柳 버들이 暗 (무성하여) 어두운 그늘지고 花 꽃이 (활짝 피어) 明 밝은 — 봄 경치.
: 봄의 풍경을 묘사하는 말이다.

유유한 봄 내음… **암**, 그렇고말고, 좋고말고. **화**알짝 핀 꽃들도 **명**백히 좋다니까!

유야무야 有耶無耶

有 있는 耶 거야? 無 없는 耶 거야?
: 속 시원히 문제를 해결하지 못하고 (있는지 없는지 애매모호하게) 흐지부지 끝나 버릴 때 쓰는 표현이다.

유력한 결론이 나올 줄 알았더니 **야**금야금 **무**언가 없어지더니 **야**금야금 흐지부지되어 버리더라.

유어출청 遊魚出聽 순자荀子, 권학편勸學篇

遊 (물속에서) 놀던 魚 물고기가 出 (물 밖으로) 나와 聽 들을 (정도로 뛰어난 거문고 연주).
: 이 말만 놓고 보면 악기 연주를 잘하는 특출난 재능을 칭찬하는 말로 들리고, 그렇게 이 말뜻을 정의하는 분위기다. 하지만 원래의 맥락을 고려하면 (그렇게 아름다운 음악에 물고기마저 감동받듯이) 선을 쌓고 덕의 향기를 내뿜으며 사람들을 감화시키라는 뜻으로 보아야 한다.

유 아 쏘 어썸You're So AweSome! **어**머나, 당신 너무 멋져! **출**근하던 사람들, 가던 길을 멈추네. **청**취하네, 당신의 음악을.

유언비어 流言蜚語

流 번져 퍼지는 言 말들 蜚 바퀴벌레 같이 꺼림칙한 語 (근거 없는) 말들.
: 합리적으로 뒷받침할 근거도 없이 널리 퍼진 헛소문을 가리키는 말.

유유히 떠도는 근거 없는 헛소문은 **언**제나 강력하지. **비**위를 거스르는 **어**이없는 헛소리들.

유언실행 有言實行

有 있었다면 言 (하겠다고) 말한 바가 (있었다면) 實 (말한 대로) 실천하고 行 다녀라.
: 말한 바대로 행동으로 옮기는 모습이다.

유창한 말이 아니어도 **언**어로 하겠다고 명시했다면 **실**천하라. 말한 바대로 **행**동하라.

유월비상 六月飛霜 초학기初學記

六 6 月 월 (한여름에) 飛 내린다. 霜 서리가 (내린다.) 왜? 억울한 한이 맺혀서.
: 여자가 한을 품으면 오뉴월에도 서리가 내린다는 말도 있다. 이 표현과는 달리 주어가 특정되어 있다.

유감스럽고 억울하고 **월**Wall, 벽에 막힌 듯하여 **비**유하자면 이 심정은 오뉴월에 서리 내릴 **상**황입니다.

유위전변 有爲轉變 불교佛敎

有 이 세상에서 존재란 爲 (인연으로) 이루어진다. 轉 구르며 바꾸고 變 변화하는 덧없는 삶일 뿐이다.
: 인연으로 인하여 변화하는 세상사의 부질없는 속성을 형용한다.

유 앤 아이You and I 너와 내가 있는 **위**치도 달라지겠지. **전**혀 다른 모습으로 **변**화하겠지.

유유낙낙 唯唯諾諾 한비자韓非子

唯 예Yes (공손하게 대답하며) 唯 예Yes (공손하게 대답하며) 諾 허락하고 諾 순종한다.
: 예스맨이다. 타인의 말을 맹목적으로 따르는 모습을 형용한 표현이다.

유리창에 손가락을 대 **유**리창에 그림을 그려. **낙**서하는 손가락을 따라, **낙**서 그림은 그 손가락을 따라.

유유상종 類類相從

類 무리끼리 類 무리끼리 相 서로 從 좇는다.
: 비슷한 무리끼리 어울리는 모양이다.

유치한 녀석들이 **유**치원 수준의 녀석들하고만 **상**대하며 끼리끼리 **종**알종알 떠든다.

유유완완 悠悠緩緩

悠 느긋하고 悠 한가閑暇하게 緩 느리고 緩 느슨하게
: 느긋하고 무사태평한 모양이다.

유후~ 돈 워리!Don't Worry! 걱정 안 해. ♬♪ **유**후~ 돈 워리!Don't Worry! 걱정 안 해. ♬♪ **완**전 느긋해. ♬♪ **완**전 느긋해. ♬♪

유유자적 悠悠自適

悠 (속세에서) 멀리 멀리 (떨어져) 悠 느긋하고 한가하게 自 스스로 適 마땅한 데서 즐기네.
: 속세에 얽매이지 않고 마음껏 행동하며 몸도 마음도 편하고 좋은 모습이다.

유유히 떠나왔네, 도시를. **유**유히 떠나왔네, 속박으로부터. **자**유를 찾아… **적**합한 곳으로….

유의막수 有意莫遂

有 있으나 意 뜻은, 마음은 (있으나) 莫 없다. 遂 (마음먹은 대로) 이루어지는 일은 (없다).
: 마음먹은 대로 일이 성사되지 않는 모양이다.

유럽을 여행할 꿈으로 **의**지를 갖고 돈을 벌려고 해봤는데 **막**혔어, 일자리가. **수**월하지 않아, 꿈을 이루기가.

유일무이 唯一無二

唯 오직 一 딱 하나 無 없고 二 둘도 (없고) 딱 하나뿐.
: 오직 하나뿐이라는 것을 강조한 표현이다.

유일한 하나야. **일**반화될 수 있는 게 아니야. **무**엇과도 비교될 수 없는 것이야. **이**렇게 단 하나야.

유일부족 惟日不足

惟 생각(하)건대, 오직 (너무 바빠서) 日 날짜가 不 아니하다. 足 넉넉하지 (아니하다.)
: 일이 많거나 바빠서 시간이나 일정을 맞추기 어려운 상황이다.

유 아 쏘 비지You're So Busy. 너, 너무 바쁘구나. **일**하느라 너무 바빠 **부**실하게 식사하는 듯…. **족**발이나 우리 시켜 먹을까?

유장천혈 窬墻穿穴

窬 뚫는다. 墻 (남의 집) 담장에 穿 뚫는다. 穴 구멍을 (재산 훔치러 or 여자 훔치러).
: 여자나 재물을 도둑질하러 들어가는 모습을 형용한다.

유심히 봐둔 **장**소로 **천**천히 뚫고 들어가. **혈**기 왕성한 도둑놈 심보로….

유절쾌절 愉絶快絶

愉 즐거워, 기뻐 絶 숨이 끊어질 듯 快 유쾌해, 상쾌해 絶 숨이 끊어질 듯.
: 더 말할 것이 없이 즐겁고 상쾌한 모습이다.

유쾌해, 얼씨구 **절**씨구 ♬♪ **쾌**감이 넘쳐 얼씨구 **절**씨구 ♬♪

유종지미 有終之美 전국책戰國策, 진책秦策

有 존재하는 終 마무리에 (존재하는) 之 그런 美 아름다움.
: 좋은 결실을 맺으며 시작한 일을 매듭짓는 모습이다.

유익하게 **종**결하세. **지**금까지 함께 한 시간… **미**안하고 고마워.

유주지탄 遺珠之歎

遺 남겨진 珠 구슬을 之 두고 歎 탄식한다.
: 구슬은 인재를 의미한다. 등용했어야 할 인재를 놓쳐서 안타까운 마음을 형용한 표현이다.

유감스러운 감정을 **주**체할 수 없구려. **지**금 인재를 놓쳤소. **탄**식이 멈추지 않는구려.

유지경성 有志竟成 후한서後漢書, 경엄전耿弇傳

有 지니고 있어 志 뜻을 (지니고 있어) 竟 마침내 成 (뜻한 바를) 이룬다.
: 무엇을 바라거나 이루겠다고 속으로 품고 있는 마음이 있다면, 그 뜻은 반드시 이루어진다는 말이다.

유You 당신이 **지**닌 의지로 **경**지에 올랐네요, **성**취의 경지에.

유지첨엽 有枝添葉

有 있는데 枝 가지가 (있는데) 添 (여기에) 더한다. 葉 잎을 (더한다.)
: 꾸미고 과장하는 모양을 일컫는 말.

유창한 말솜씨로 **지**금 있는 말, 없는 말 **첨**가해서 **엽**전을 황금이라고 과장하는 거냥?

유진무퇴 有進無退

有 있다. 進 나아감만 (있다.) 無 없다. 退 물러섬은 (없다.)
: 오로지 전진만 하는 모양이다.

유일하게 아는 게 **진**짜 직진뿐이구나. **무**찔러라, 쭉쭉 진격하면서. **퇴**색되지 말기를, 그 직진 정신이.

유취만년 遺臭萬年 진서晉書, 환온전桓溫傳

遺 남긴다. 臭 구린내를 (남긴다.) 萬 10,000 年 년 동안이나.
: 역사적 오욕은 오래오래 후세에 기억된다는 뜻이다.

유물이야, 뭐야? 이 냄새… **취**소할 수도 없는 이 악취, 뭐야? **만** 년 동안 **년**(연)이어 지속될 냄새야, 뭐야?

유취미간 乳臭未乾

乳 젖 臭 냄새가 未 아직 아니하다. 乾 (아직) 마르지 (아니하다.)
: 구상유취 口尙乳臭

유치하구만! **취**미나 행동, 성격, 말하는 거 하고는. **미**안한데, **간**다면 대학, 직장 말고 유치원으로 다시 갈래?

유필유방 遊必有方 논어論語, 이인편里仁篇

遊 (자식은) 멀리 나가 놀 때나 여행할 때는 必 반드시 有 있어야 한다. 方 방향이 (있어야 한다.), 부모님에게 행선지를 알려 드려야 한다.
: 자식이 집에서 멀리 떨어져 있어야 할 때, 가는 곳이나 방향을 부모에게 알려 드리는 모습이다.

유선이든 무선이든 **필**수적으로 **유**효한 **방**법을 강구하라! 부모님께 연락드릴 방법을….

육근청정 六根淸淨 불교佛敎

六 여섯 가지 根 뿌리를, (집착과 탐욕의) 근원을 淸 맑게 한다. 淨 깨끗하게 한다.
: 육근은 눈, 귀, 코, 혀, 몸, 뜻을 가리키는 말이다. 진리의 참뜻을 환하게 알게 되어 육근이 정화되는 모습이다.

육체의 **근**심들을 **청**결하게 **정**화한다.

육단견양 肉袒牽羊

肉 살갖을 드러내다. 袒 웃통을 벗으면서 (살갖을 드러내다.) 牽 끌고 온다. 羊 (접대용으로) 양을 (끌고 온다.)

: 적에게 항복의 의사표시로 하는 행동이다.

육체를 노출하는 굴욕을 **단**지 패배했기에 감수한다. **견**디기 힘든 치욕을 맛보며 **양**쪽 무릎을 꿇는다.

육도풍월 肉跳風月

肉 고기가 跳 뛰어다니는 듯하구나. 風 노래하긴 한 것 같은데 月 자연을 (읊조리며 무언가 노래하긴 한 것 같은데).
: 써놓은 글이 차마 사람이 알아볼 수 있는 글이 아니다. 이른바 '개판 오분 전'이 펼쳐진 글을 가리키는 말.

육갑하네. **도**대체 글자나 제대로 알고 **풍**월을 읊든지 하시게나! **월**마다 스펠링 시험 보는 것도 좋겠지?

윤언여한 綸言如汗

綸 (나라의 벼리가 될) 임금의 言 말씀은 如 ~과 같도다. 汗 땀과 같도다.
: 한번 땀구멍 밖으로 배출된 땀방울은 다시 땀구멍 안으로 되돌아갈 수 없듯이, 한번 입 밖으로 내놓은 위정자의 말씀은 다시 입 속으로 돌이킬 수 없다는 뜻이다.

윤허하여 달라고? **언**젠가 내가 했던 말이 있어서 **여**기서 그 말을 취소하진 못해. **한** 마디로 윤허 못해. 메롱. — 임금 왈.

융마생교 戎馬生郊

戎 병기로 쓰일 군사용 馬 말이 生 태어난다 郊 들판에서, 전쟁터에서.
: 계속되는 전시 상황을 일컫는 말.

융성하는 전운이 감도는 **마**을. **생**일도 제사도 **교**전 중에 맞는다.

융통무애 融通無碍

融 녹아 흐르듯 通 통과한다. 無 없이碍 거리낌 (없이), 술술 막힘없이.
: 생각이나 행동을 마음대로 힘차게 하는 모습이다.

융단을 타고 자유로이 하늘을 **통**행로로 삼아 날아다니듯… **무**엇도 날 막을 것이 없다. **애**로 사항은 없다.

은감불원 殷鑑不遠 시경詩經, 대아大雅 탕시편湯詩篇

殷 은나라가 鑑 거울로, 본보기로 삼아야 할 것은 不 아니하다. 遠 멀리 있지 (아니하다.) — 바로 앞에 멸망한 하나라에 있다.
: 잘못된 일이 일어나지 않도록 주의를 불러일으키는 본보기는 (시간적으로 그리고 공간적으로) 가까운 데서 찾을 수 있다는 말이다.

은혜 너, **감**히 숙제를 안 했어? **불**과 하루 전에 친구들이 (숙제 안 해서) **원** 없이 혼나는 것을 보고도?

은거방언 隱居放言 논어論語, 미자편(微子篇)

隱 숨어서 은둔해서 居 살면서 放 방자하게 멋대로 言 말한다.
: 속세를 벗어나 외따로 살면서 마음대로 마구 의견을 표명하는 모습이다.

은둔하여 **거**주하며, **방**송으로 **언**제 어디서나 할 말 마음껏 함.

ㅇ

은근무례 慇懃無禮

慇懃 은근히 無禮 예의 없다.
: 지나치게 깍듯이 예의를 차리는 모습이 되레 예의가 없는 모양이다.

은근히 무시하며 **근**처에 있는 사람을 **무**안하게 한다니까. **례**(예)의가 넘쳐서 오히려 예의가 없어!

은근미롱 慇懃尾籠

慇 깊고 그윽하게 懃 정성스럽긴 한데 尾 뒤에서 (반대로) 보면 籠 농락하는 듯도 싶어.
: 은근무례 慇懃無禮

은혜롭게 **근**사하게 깍듯한 대우를 받았는데도 **미**워. 진짜… **롱**(농)담이 아냐.

은반위구 恩反爲仇

恩 은혜를 베풀었으나 反 도리어 爲 된다. 仇 원수가 (된다.)
: 은혜로운 행위의 귀결이 원한 관계가 되어 버리는 형국이다.

은혜를 베풀지만 **반**전으로 **위**험한 원한이 싹트는 **구**역질나는 스토리.

은수분명 恩讎分明 여씨동몽훈呂氏董蒙訓

恩 은혜와 讎 원수를 分 나눈다. 明 똑똑히 (나눈다.)
: 은혜와 원수를 명백하고 뚜렷하게 구별하는 모양이다.

은혜에 대해서는 보답하고, 원수에 대해서는 **수**단과 방법을 가리지 않고 복수한다. **분**명히 둘을 구분해서 **명**예롭게 실천한다.

은심원생 恩甚怨生

恩 은혜를 베품이 甚 심하면, 지나치면 怨 원망하는 마음이 生 생긴다.
: 사람에게 은혜를 많이 베풀면 고마워해야 할 일이건만 오히려 못마땅하게 여겨 탓

하거나 불평을 품고 미워하는 일이 생길 수 있다. 인생의 아이러니irony다.

은혜로움이 **심**해도 **원**한이 **생**긴단다.

은인자중 隱忍自重

隱 속을 태우며 忍 참는다. 自 스스로 重 몸가짐이나 언행을 조심한다.
: 밖으로 표출하지 않고 마음속으로 인내하며 몸가짐을 진중하게 하는 모습이다.

은근하게 **인**내하며 **자**제한다. **중**심을 잃지 않으면서….

을축갑자 乙丑甲子

乙 둘째 천간 丑 십이지의 둘째 (소) 甲 첫째 천간 子 십이지의 첫째 (쥐).
: 원래 순서가 갑→을→병→정…, 자→축→인→묘…로 되어야 맞는데 순서가 뒤바뀌었다. 을이 갑 앞에 오고, 축이 자 앞에 온 모양이다. 이렇게 선후 관계가 어긋난 상황을 나타낸다.

을마나 잘못됭겨. **축**구 시작했는디, 전반전을 하지 않고 **갑**자기 후반전부터 시작하믄 말여. **자**고로 순서는 지켜야재, 앙그려?

음담패설 淫談悖說

淫 음란한 談 이야기 悖 (도리를) 거스르는 說 말.
: 순수하지 못하고 상스러워 건전한 사회 질서에 포섭되기 어려운 이야기를 가리키는 말.

음흉한 눈빛을 **담**아 성인물의 내용을 **패**거리들끼리 **설**레며 떠든다.

음덕양보 陰德陽報 회남자淮南子·설원說苑, 복은편復恩篇

陰 그늘에서 (남들이 보지 않는 데서) 德 덕을 베풀면 陽 볕을 받으며 (남들에게 보이는 곳에서) 報 보답을 받는다.
: 남모르게 베푼 덕행은 나중에 그 보답을 남으로부터 받게 된다. 남모를 일이 남모를 일이 아닌 모습이다.

음지에서 제비 다리 고쳐준 **덕**분에 흥부는 **양**반도 부러워할 만큼 **보**물을 얻는다.

음마투전 飮馬投錢

飮 마시게 하고 馬 말에게 (물을 마시게 하고) 投 던진다. 錢 돈을 (던진다.)
: 물 값으로 대가를 치른 당연한 소리로 들리지만 그 물 값으로 돈을 던진 곳이 강물이라는 것이 함정이다. 즉 돈을 받을 사람이 없는 곳에서까지 돈을 지불했다는 이야기로, 거저먹으려고 하지 않으려는 마음, 깨끗하고 당당한 마음을 가시화한 표현이다.

음료수 **마**실래?란 말에 **투**정을 부리는 아이: **전** 공짜는 싫어요!

음아질타 喑啞叱咤

喑 큰소리로 부르짖는다. 啞 목이 쉴 정도로 叱 꾸짖고 咤 나무란다.
: 분기탱천하여 크게 호통 치는 모습이다.

음량을 높여 **아**주 큰소리로 **질**책하며 **타**박을 한다.

음우회명 陰雨晦冥

陰 어둡다. 雨 비가 심하게 내려 晦 어둡다. 冥 어둡다.
: 비가 심하게 내려 새까맣게 보일 정도로 아주 어두운 풍경이다. 혼란한 세상을 빗댄 표현으로 보기도 한다.

음울하게 컴컴한 하늘 **우**르릉 쿵쾅 폭우가 **회**초리처럼 내리갈긴다, **명**치를 가격하듯….

음풍농월 吟風弄月

吟 시를 읊는다. 風 바람을 맞으며 (시를 읊는다.) 弄 논다. 月 달빛을 맞으며 (논다.)
: 자연을 시로 읊조리며 즐겁게 노니는 정경이다.

음미하는 **풍**경의 맛을 **농**도 깊게 펼치네, 포에틱 **월**드 오브 네이쳐Poetic World of Nature 시적 자연의 세계로.

읍견군폐 邑犬群吠 굴원屈原, 회사부懷沙賦

邑 고을의 犬 개들이 群 무리지어 吠 짖는다.
: 어디서 개 짖는 소리가 들리나? 근거 없이 남들을 헐뜯고 비방하는 세태를 개 짖는 소리에 비유하여 표현하고 있다.

읍내 사람들이 **견**딜 수 없을 정도로 가차 없이 **군**중 논리로 마녀사냥을 벌이는 **폐**해.

읍참마속 泣斬馬謖 삼국지三國志, 촉지蜀志 제갈량전諸葛亮傳

泣 울면서 斬 벤다. 馬謖 마속을 (벤다.)
: 아끼는 부하라 하더라도 규율을 어기면 가차 없이 처벌하는 모습이다. 조직의 기강을 세우기 위하여 사적인 감정보다 공적인 의무를 우선시하는 강한 마음과 어쩔 수 없는 슬픔을 억누르지 못하는 인간적인 감정이 모두 잘 나타난 표현이다.

읍(읎)다. 지켜야 할 원칙을 어기면 **참**을 수 읎다. 너라도 버릴 수밖에 읎다. **마**음이 아프지만… **속**상하지만… 어쩔 수 없다.

응구첩대 應口輒對

應 응하여 (바로바로) 口 말한다. 輒 쉽게 對 대답한다.

: 질문을 받자마자 술술 대답하는 모습이다.

응답한다. **구**구절절 술술 막힘없이 **첩**보 영화에 나올 법한 초스피드로 **대**답한다.

응접불가 應接不暇 세설신어世說新語

應 응하여 接 받을 (여유가) 不 없다. 暇 겨를이 (없다.)
: 요즈음에는 손님을 대접할 여유가 없다고 흔히들 정의하나, 원래의 맥락에서는 아름다운 풍경이 너무 빨리 지나가 제대로 볼 수 없다는 뜻으로 쓰인 말이다.

응? 나 바빠. **접**촉할 겨를도 없어. **불**러도 소용없어. **가**능한 시간이 없어.

의기양양 意氣揚揚 사기史記, 관안열전管晏列傳

意 뜻과 氣 기운을 揚 드날리고 揚 휘날린다.
: 힘 있고 기운찬 모습으로 우쭐대며 자랑스러워하는 모양이다.

의도한 건지 자연스러운 건지 모르겠지만 **기**운이 철철 뿜어져 나오는구나. **양**껏 드높이! **양**껏 마음껏!

의기충천 意氣衝天

意 뜻을 이룬 氣 기운이 衝 찌른다. 天 하늘을 (찌른다.)
: 적극적으로 무슨 일을 하려는 마음이나 기개가 매우 드높은 모습이다.

의병들의 **기**운이… **충**성스러운 마음이… **천**상을 꿰뚫는다.

의기투합 意氣投合

意 뜻과 氣 기운이 投 마음이 맞아 合 합친다.
: 서로 마음이 잘 통하는 모습이다.

의지와 의지가, **기**운과 기운이 (만나) **투**쟁하기로 **합**의한다.

의려지망 倚閭之望 전국책戰國策

倚 기대어 의지하면서 閭 (동네 어귀) 문에 (기대어 의지하면서) 之 그렇게 望 바라본다(자식이 돌아오기를 기다리면서).
: 의문지망 倚門之望

의지한 채… 문가에 의지한 채… **려**(여)염집 어머님들은 **지**금도 자식들이 돌아오기를 **망**울망울 눈망울에 눈물이 가득 고인 채…

의마심원 意馬心猿 불교佛教 조주록유표趙州錄遺表

意 생각은 馬 말처럼 질주하고 心 마음은 猿 원숭이처럼 날뛰고.
: 번뇌와 정욕으로 어지러운 마음을 가리킨다.

의미심장한 **마**지막 그녀의 한마디에 **심**장이 미쳐 날뛴다. 날 **원**한단 소리가? 아니면 다른 뜻…?

의문지망 倚門之望 전국책戰國策

倚 기대어 의지하면서 門 (집) 문에 (기대어 의지하면서) 之 그렇게 望 바라본다(자식이 돌아오기를 기다리면서).
: 혹시 무슨 일이 생기지나 않았을까 걱정하면서 자식이 돌아오기를 기다리는 어머니의 모습을 한 폭의 풍경화처럼 보여주고 있다.

의지한다, 문설주에. **문**지방이 닳도록 드나들며… **지**극 정성으로 키운 자식을 기다리며… **망**상과 상상을 오고 가며…

의미심장 意味深長

意 뜻과 味 뜻이 深 깊고 長 길다(깊다).
: 말이나 행동에 깊은 뜻이 숨어 있어 속뜻을 더 고찰할 여지가 있을 때 쓰이는 표현이다.

의미가 뭐였는지 **미**처 생각지 못한 의미가 담겨 있는지 **심**사숙고해서 **장**고할 필요가 있는 의미.

의사무공 疑事無功 사기史記, 상군열전商君列傳

疑 의심하면 事 (자신이 하는) 일을 (의심하면) 無 없다. 功 공을 세울 수 (없다.)
: 자기가 하는 일을 스스로 믿지 못하거나 확신하지 못하다면 목적하는 바를 이루기란 아주 어려울 것이다.

의사는 끔찍한 결과 앞에서 **사**실 **무**슨 치료법이 있을지 **공**들일 필요가 있을까 하는 생각을 했었다.

의사부도처 意思不到處

意 뜻한 바가 思 생각한 바가 不 못한 到 (미처) 이르지 (못한) 處 곳.
: 예상한 바와 다르거나, 미처 거기까지는 생각을 못한 결과가 나온 경우이다.

의사 양반, **사**실대로 말해 봐. **부**득이한 조치였나? **도**대체 제대로 생각하고 **처**방한 거였냐고?

의식동원 醫食同源

醫 의술과 食 식사는 同 같다. 源 근원이 (같다.)

: 음식을 섭취하는 일과 병을 치료하는 일은 모두 건강을 지키기 위한 행동이라는 뜻이다.

의사에게 치료받는 이유랑 **식**사하는 이유가 같아! **동**일하게 **원**하니까. 뭘? 우리의 건강을!

의심암귀 疑心暗鬼 열자列子, 설부편說符篇

疑 의심하는 心 마음에는 暗 판단력이 흐려진 (어리석은) 鬼 상상의 괴물이 나온다.
: 남을 의심하는 마음이 생기면 객관성을 잃고 그 사람을 바라보게 되어, 그 사람의 모든 행동을 수상하게 여기게 된다. 마음이 공연한 상상의 괴물에게 잡아먹힌 꼴이다.

의심스러운 마음이 **심**해지면 **암**튼 모든 게 다 의심스러워. **귀**신이 곡할 정도로….

의인막용 용인물의 疑人莫用 用人勿疑 명심보감明心寶鑑, 성심편省心篇

疑 의심스럽다면 人 그 사람이 (의심스럽다면) 莫 말아라. 用 (그 사람을) 쓰지 (말아라.)
用 쓰려거든 人 그 사람을 (쓰려거든) 勿 말아라. 疑 (그 사람을) 의심하지 (말아라.)
: 인재를 기용하는 훌륭한 원칙을 제시한 표현이다.

의심스러운 **인**간은 **막**연하게라도 **용**인하지 마. **용**인한 **인**간은 **물**론 **의**심하지 말고.

의중지인 意中之人 도연명陶淵明, 오언五言

意 (나의) 생각 中 한가운데에 之 있는 人 (그리운) 사람.
: 마음속에 두고 간절히 생각하는 사람을 일컫는 말.

의미가 되고, **중**심이 되고, **지**구상에서 나의 **인**력이 되는 사람.

의지박약 意志薄弱

意 뜻과 志 의지가 薄 얇고 弱 약하다.
: 박지약행 薄志弱行

의지가 많이 약하구나? **지**금 네게, **박**력도 없구, **약**한 기운을 떨쳐내려무나!

이고위감 以古爲鑑 정관정요貞觀政要, 위징전魏徵傳

以 으로써 古 옛 말씀(으로써) 爲 삼는다. 鑑 거울로 (삼는다.)
: 옛 성인과 현인의 말씀을 (오늘을 살아가는 지표로서) 모범이나 본보기로 삼는 모습이다.

이치로 버무려진 옛 말씀들, **고**기로 따지면 일등급 한우인 말씀들, **위**에서부터 내려온 그 말씀들을 **감**사히 아래에서 잘 씹어 삼키겠습니다.

이관규천 以管窺天 장자莊子, 추수편秋水篇

以 ~을 가지고 管 대롱(을 가지고) 窺 엿본다. 天 하늘을 (엿본다.)
: 좁디좁은 관점으로 편협하게 경험과 지식을 쌓는 모양이다.

이거 보시오. **관**찰을 그따위로 해서야 어디 **규**명하겠소? **천**하의 진리를….

이구동성 異口同聲

異 (여러 사람들이) 다른 口 입으로 同 한 가지 聲 소리를 (한 목소리를) 낸다.
: 여러 사람들이 모두 같은 말을 하는 모습이다.

이렇게 다른 사람들의 입에서 **구**구절절 **동**일한 목소리를 내는 것도 **성**사될 수 있구나.

이군삭거 離群索居 예기禮記, 단궁편檀弓篇

離 떠나 群 동료 무리로부터 (떠나) 索 쓸쓸하게 居 살아간다.
: 벗들과 떨어져 외롭고 허전하게 지내는 모습이다.

이렇게 혼자 있으니… **군**대 동기들과 떨어져 있으니… **삭**막하군. **거**참 쓸쓸하군.

이대사소 以大事小 맹자孟子, 양혜왕梁惠王 하편下編

以 까닭에 大 큰 것(인 까닭에) 事 섬긴다. 小 작은 것을 (섬긴다.)
: 얼핏 이해가 되지 않는 표현이다. 큰 것이 작은 것을 섬긴다니? 그럴 수가 있나? 물론 그럴 수 없는 경우가 허다하다. 이 말은 사실로 보기는 어렵고, 규범으로 보아야 한다. 큰 것들은 자기들의 힘을 과시하려 하지 말고 작은 것들을 존중하고 배려하는 자세를 가져야 한다는 뜻이다.

이대 알아? 이화여대. **대**학교 영어 이름이 'womans'야. 'women'이 아니고…. **사**람 한 사람 한 사람이 중요하다는 **소**신을 담았대. 이 정신이 바로 작은 것을 하나하나 섬기는 마음 아니겠어?

이덕보원 以德報怨 노자老子, 도덕경道德經

以 으로써 德 은덕(으로써) 報 갚는다. 怨 원한을 (갚는다.)
: 보원이덕 報怨以德

이거 지금 내 빰을 후려쳐준 **덕**분에 별이 반짝하며 **보**통 생각하지도 못할 대박 아이디어가 나왔네. **원**하는 게 뭐야? 고마워! 내가 소원 하나를 들어줄게!

이독제독 以毒制毒 신청神淸, 북산집北山集

以 써서 毒 (어떤) 독을 (써서) 制 억제한다. 毒 (다른) 독을 (억제한다.)
: 독을 제거하는 약으로서 다른 독을 쓰는 모양이다. 악을 떨쳐 내는 처방으로서 다른 악을 사용하는 것도 또한 마찬가지다.

이분법은 늘 한계가 있다. **독** 아니면 약, 뭐 이런 식의 이분법은…. **제**발 **독**도 약이 될 수 있다는 진리를 깨닫기를 바란다.

이란격석 以卵擊石 묵자墨子, 귀의편貴義篇

以 ~을 가지고 卵 달걀(을 가지고) 擊 친다 石 돌을 (친다)
: 이란투석 以卵投石

이 계란으론 **란**(난)감해. **격**돌할 상대는 돌덩이인데… **석**세스 success 성공하긴 힘들어.

이란투석 以卵投石 묵자墨子, 귀의편貴義篇

以 ~을 가지고 卵 달걀(을 가지고) 投 던진다. 石 돌에 (던진다.)
: 계란으로 바위를 치고 있다. 현격한 힘의 차이를 무시하고 약자가 강자에게 덤비는 모양이다.

이렇다 할 묘책도 없이 **란**(난)투극이라도 벌일 요량이냐? **투**지야 높은 건 알겠는데… **석** 대 맞고 넌 그냥 뻗어 버릴 걸?

이려측해 以蠡測海

以 으로써 蠡 표주박(으로써) 測 헤아린다. 海 바다를 (헤아린다.)
: 이지측해 以指測海

이 세상이 다 제 거라고 **려**(여)기는 우물 안 개구리… **측**은한 녀석, 너 참 **해**맑구나!

이력가인 以力假仁 맹자孟子, 공손추公孫丑 상편上編

以 으로써 力 힘(으로써) 假 가장한다. 仁 어짊을 (가장한다.), 어진 척한다.
: 겉으로는 착한 척하지만, 실상은 위력을 내세워 일을 하는 모양을 나타낸다.

이렇게 **력**(역)력히 무력을 써놓고, **가**식적으로 **인**자한 척 하는 거냐?

이로동귀 異路同歸 회남자淮南子, 본경훈편本經訓篇

異 다른 路 길이지만 同 같은 곳에서 歸 끝난다.
: 각자 경로는 다르지만 결국 귀착지는 모두 같은 경우를 나타낸 말이다.

이렇게 다른 **로**드 Roads 길들이 **동**일한 곳으로 **귀**결된다.

이매망량 魑魅魍魎

魑 도깨비 魅 도깨비 魍 도깨비 魎 도깨비.
: 온갖 도깨비를 일컫는 말.

이거 **매**우 **망**상적인 생각 아니냐? **량**(양)껏 쏟아져 나오는 도깨비들이라니….

이모상마 以毛相馬

以 으로써 毛 터럭(으로써), 털만을 근거로 相 가린다, 고른다. 馬 말을 (가린다, 고른다.)
: 겉만 보고 그릇된 판단을 하는 모양이다.

이빨 **모**양이 마음에 들지 않네요. **상**대하고 싶지 않아요. **마**음 따윈 알 바 아니에요.

이모취인 以貌取人 사기史記, 중니제자열전仲尼弟子列傳

以 으로써 貌 용모만(으로써), 외모가 좋은 것만 보고 取 채용한다. 人 사람을 (채용한다.)
: 사람의 용모만 믿고 성급히 판단한 것을 후회하는 표현이다.

이모, 내 남자친구야. **모** 배우처럼 꽃미남이지? (… 며칠 후 …) 으어, **취**한다, 이모오오오, 그 **인**간이 나 찼어! 빌어먹을 엑쓰엑쓰!

이목지신 移木之信 사기史記, 상군열전商君列傳

移 옮기면 木 나무를 (옮기면) 之 (상금을 주겠다던) 信 믿음.
: 예전에 위정자가 나무를 옮기면 상금 주겠다고 약속하고, 정말 나무를 옮긴 사람에게 상금을 주어서 사람들의 신뢰를 얻었다고 한다. 약속을 지키는 모습을 형상화한 표현이다.

이렇게 지킨다. **목**숨 걸고 지킨다. **지**난날의 약속을… **신**의를… 저버리지 않는다.

이목지욕 耳目之欲

耳 귀가 (듣고자 하고) 目 눈이 (보고자 하는) 之 그런 欲 욕망.
: 물질에 대한 감각적 욕망을 일컫는 말.

이 얼굴을 봐봐. **목**소리를 들어 봐. **지**금… **욕**망이 샘솟지 않아?

이문회우 以文會友 논어論語, 안연편顏淵篇

以 으로써 文 학문(으로써) 會 모은다. 友 벗을 (모은다.)
: 학문하는 사람들끼리 교우 관계를 맺는 모습이다.

이치에 맞는 **문**장들이 무얼까 **회**합을 하다 보니… 학자들 사이에 **우**정이 싹트던데?

이발지시 已發之矢

已 이미 發 발사되어 之 날아가고 있는 矢 화살.
: 일은 일단 시작되었다. 현재 진행형이기 때문에 돌이켜 취소나 철회할 수 없다는 뜻이다.

이발소에 들어갔다. **발**발 떨며 삭발해 달라고 **지**시했다. 벌써 반쯤 밀었다. 멈출 **시**기는 지났다.

이불백 불변법 利不百 不變法 사기史記, 상군열전商君列傳

利 이익이 不 아니면 百 100배가 (아니면) 不 아니한다. 變 바꾸지 (아니한다.) 法 법을 (바꾸지 아니한다.)
: 법을 함부로 바꾸는 행태를 경고하는 표현이다.

이익이 생긴다면… **불**러들인다면… **백** 배의 이익을 불러들인다면… 그러면 현행법을 바꿔라! **불**러들일 이익이 백 배가 되지 않는다면… **변**화시키지 말고 **법**은 그냥 있는 거 그대로 써!

이상지계 履霜之戒 당서唐書

履 밟고 나서 霜 서리를 (밟고 나서) 之 갖는 戒 경계심.
: 서리를 밟고 '곧 겨울이 오겠구나.'라고 생각한다. 미래에 닥칠 사건의 단서를 파악해서 앞날에 대비하는 자세를 의미한다.

이건 뭔가? 서리인가? **상**상이 되는군, 겨울이 곧 오리란 것이. **지**금부터 **계**획을 세워 준비해야겠군.

이생방편 利生方便 불교佛敎

利 이롭게 하는 生 중생을 (이롭게 하는) 方 수단, 방법 便 편리한 (수단, 방법).
: 중생에게 보탬이 되도록 부처가 쓰는 온갖 수단과 방법을 일컫는 말.

이롭게 하소서. **생**명을, 중생을 **방**식은 무어든 **편**하게 해주소서.

이소사대 以小事大 맹자孟子, 양혜왕梁惠王 하편下編

以 까닭에 小 작은 것(인 까닭에) 事 섬긴다. 大 큰 것을 (섬긴다.)
: 작고 약한 나라가 크고 강한 나라를 섬긴다. 약소국으로서 일방적인 피해를 입는다는 이야기가 아니다. 큰 나라를 섬기는 외교적 처세술로, 작은 나라는 나름대로의 실리를 충분히 챙길 수 있다는 이야기다.

이름 없는 **소**국들은 **사**활을 걸고 **대**국들을 섬겨야 했다: 비굴함이 아니다. 지혜다!

이소성대 以小成大

以 으로써 小 작은 것(으로써) 成 이룬다. 大 큰 것을 (이룬다.)
: 작은 것부터 시작하는 단계를 밟아 큰일을 성취한다는 뜻이다.

이렇게 작은 것들이 **소**중한 거야! **성**대한 것도 따지고 보면 **대**단히 작은 것들이 모여서 된 거잖아?

ㅇ

이수구수 以水救水 장자莊子, 인간세편人間世篇

以 로써 水 물(로써) 救 막으려 한다. 水 물을 (막으려 한다.)
: 홍수를 막으려고 물을 더 퍼부으면 홍수가 멈추겠나? 물이 더 콸콸 흐를 뿐이다. 재난 상황에서 내놓은 해법이 문제를 풀기는커녕 역효과만 내며 사태를 더욱 악화시키기만 할 때 쓸 수 있는 표현이다.

이 방법으로는 **수**습할 수 없어. **구**조하기는커녕 **수**습하기 더 어렵게만 해.

이실직고 以實直告

以 로써 實 사실(로써) 있는 그대로 直 곧장 거짓 없이 告 고한다, 알린다.
: 있는 그대로 사실만 말하는 모습이다.

이봐, 이봐, 거짓말하지 말고 **실**제 있었던 일만 **직**설법으로 토씨 하나 빠뜨리지 말고 **고**백하시게나.

이심전심 以心傳心 불교佛教 경덕전등록景德傳燈錄

以 으로써 心 마음(으로써) 傳 전한다. 心 마음을 (전한다.)
: 굳이 무슨 말이 필요한가? 마음에서 마음으로 의사소통이 이루어진다.

이해한다, 서로를. **심**오하게, **전**혀 아무 말도 없이, 마음을 **심**는다, 서로의 마음 안에….

이언취인 以言取人 사기史記, 중니제자열전仲尼弟子列傳

以 으로써 言 말솜씨만(으로써), 말솜씨가 좋은 것만 보고 取 채용한다. 人 사람을 (채용한다.)
: 사람의 언변만 믿고 성급히 판단한 것을 후회하는 표현이다.

이번에 채용한 신입, **언**변이 화려해서 뽑았던 건데… **취**소하고 싶네, 그 채용. **인**물됨, 능력까지 다 기대 이하더군.

이열치열 以熱治熱 사상의학四象醫學

以 로써 熱 더운 열(로써) 治 다스린다. 熱 더운 열을 (다스린다.)
: 한여름에 더위를 물리치는 방법으로 흔히 언급되는 표현이다.

이 후끈후끈한 **열**기로 **치**솟는 저 **열**기를 잡아보자.

이용후생 利用厚生 서경書經, 대우모大禹謨

利 편리하고 用 쓸모 있는 (도구들) 厚 두텁게 먹고 입으며 生 (풍족한) 생활.
: 세간이나 연장, 기계나 도구 등의 편리성을 증진시키고, 넉넉한 의생활과 식생활을 보장하여 백성의 삶을 향상시킨다는 뜻이다.

이로운 **용**도로 일상의 도구들을 잘 써서 **후**덕한 인심이 절로 나올 정도로 **생**활을 윤택하게.

이육거의 以肉去蟻 한비자韓非子, 외저설外儲說

以 로써 肉 고기(로써) 去 물리친다. 蟻 개미를 (물리친다.)
: 고기로 개미를 쫓으면 개미가 물러나겠는가? 더 달라붙을 뿐이다. 수단을 잘못 선택하여, 퇴치하려고 했는데 오히려 유혹하는 결과를 가져오는 상황이다.

이거 보세요. **육**체미랑 힘을 뽐내시려면 **거**기로 가야 되잖아요? 체육관으로요. **의**회에서 힘 자랑을 하시면 어떡합니까?

이율배반 二律背反

二 두 가지 律 법칙이 背 (서로) 등 돌리고 反 반대된다.
: 서로 배타적이어서 양립할 수 없는 관계인 두 명제가 동시에 제시되는 모양이다.

이거야 원, **율**법과 율법의 충돌인가? **배**반할 수밖에 없어, 어느 하나는. **반**대되는 둘을 동시에 하라면 어떡해?

이이제이 以夷制夷 후한서後漢書, 등훈전鄧訓傳

以 로써 夷 오랑캐(로써) 制 제어한다. 夷 (다른) 오랑캐를 (제어한다.)
: 적들끼리 서로 싸우게 하는 전략.

이놈도 적, 저놈도 적. **이**놈의 적을 이용해서 **제**압하라, 저놈의 적을. **이**런 방법이 있었구나!

이인삼각 二人三脚

二 두 人 사람이 (서로 한쪽 발을 묶어) 三 세 (묶여진 두 다리는 다리 수를 한 개로 센다.) 脚 다리(로 뛴다.)
: 두 사람이 옆으로 나란히 붙어서 한 사람의 왼발 발목과 다른 사람의 오른발 발목을

묶고 세 발처럼 뛰는 경기를 일컫는 말.

이번 운동회에서 **인**기 종목으로 **삼**으려 하니까 **각** 반에서 선수들을 잘 뽑도록!

이인투어 以蚓投魚 수서隋書

以 ~를 가지고 蚓 지렁이(를 가지고) 投 던진다. 魚 물고기에게 (던진다.)
: 물고기를 낚을 미끼로서 지렁이가 이용되고 있다. (지렁이처럼) 가치가 없고 하찮아 보이는 것도 모두 나름대로의 가치와 중요성을 지니고 있다는 뜻이다.

이힝, ♬♪ 물고기 떼가 몰려 드네. **인**기도 쓸모도 없던 지렁이를 **투**척했더니 말이야. **어**절씨구, ♬♪ 이 지렁이 쓸모 있었네!

이일경백 以一警百 한서漢書, 윤옹귀전尹翁歸傳

以 으로써 一 한 명을 (징벌함으로써) 警 경계하도록 한다. 百 100명에게 (경계하도록 한다.)
: 일벌백계 一罰百戒

이렇게 시범 케이스로 혼쭐내면 **일**반인들은 **경**계하고 조심하게 되지. **백** 퍼센트 효력은 만점이지.

이일지만 以一知萬 순자荀子

以 로써 一 한 가지(로써) 知 안다. 萬 10,000가지를 (안다.)
: 한 가지 이치를 앎으로써 여기서 파생되거나 연관되는 수많은 이치들을 더불어 깨닫는 모습이다.

이런 걸 **일**반적 '원리'인 **지**식이라고 하는 거야. **만** 가지, 수백만 가지에다 적용할 수 있는 특효약이지.

이장격단 以長擊短

以 으로써 長 장점(으로써) 擊 공격한다. 短 단점을 (공격한다.)
: 다른 사람의 장점이 또 다른 누군가의 단점을 바로잡는 데 도움이 되는 모양이다.

이 친구가 내 짝꿍이야. **장**시간 공부하는 아이지. 얘가 **격**려해 줘서 나도 달라졌어. **단** 한 시간도 버티기 힘들었던 내가….

이장폐천 以掌蔽天

以 으로써 掌 손바닥(으로써) 蔽 가린다. 天 하늘을 (가린다.)
: 눈 가리고 아웅 하는 모양이다. 숨기려고 해봤자 숨길 수도 없는 잘못을 숨기려는 얄팍한 꼼수를 가리킨다.

ㅇ

이봐! **장**난해? 문제를 해결하려거든 **폐**지하든가, 싹을 자르던가, 근본적인 대책을 세워야지. **천**박하게 살짝 가린다고 누가 모를 줄 알아?

이제면명 耳提面命

耳 귀를 提 끌어당겨 面 낯을 마주하고 命 (친절하게) 가르친다.
: 매우 친근하고 다정하게 가르치는 모습을 형용한다.

이 학생은 **제**가 맡겠습니다. **면** 대 면 과외로 **명**료한 개념을 심어주겠습니다.

이주탄작 以珠彈雀 장자莊子, 양왕편讓王篇

以 로써 珠 구슬(로써) 彈 탄알을 삼아 쏜다. 雀 참새를 잡기 위해 (쏜다.)
: 참새 따위를 잡기 위해 귀중한 보석을 던지는 모양이다. 설사 목적을 달성한다 하더라도 큰 손실이 나는 것을 피할 수는 없다. 너무도 큰 것을 희생하여 미미한 결과물을 얻으려는 어리석음을 표현한 말이다.

이럴 거야, 정말? **주**옥같은 보석을 **탄**알로 낭비해서 고작 참새 따위를 잡을 **작**정이냐고?

이중지련 泥中之蓮 유마경維摩經

泥 진흙 中 가운데 之 핀 蓮 연꽃.
: 지저분한 환경 속에서도 깨끗하고 고상한 자태를 유지하는 모양이다.

이런 진흙탕 속 **중**앙에서 **지**극히 깨끗한 **련**(연)꽃 같은 고결함.

이지기사 頤指氣使

頤 턱으로 指 가리키며 (시키고) 氣 (말없이) 기운으로 使 (사람을 마음대로) 부린다.
: 자기가 하고 싶은 대로 다른 사람을 몰아서 일을 시키는 모양이다.

이리저리 오라가라하며 **지**령을 내리며 내 **기**분대로 **사**람을 부릴 수 있어. 쉽게 그럴 수 있어.

이지측해 以指測海 포박자抱朴子

以 으로써 指 손가락(으로써) 測 헤아려 잰다. 海 바다를, 바다의 깊이를 (헤아려 잰다.)
: 측정 대상과 측정 수단 사이에 좁혀질 수 없는 크기 차이가 난다. 애초에 측정이 불가능할 정도로 대상이 너무 크다고 볼 수도 있고, 그렇게 심한 차이를 인지하지 못하고 측정하려는 태도가 어리석다고 볼 수도 있다.

이 작디작은 손가락으로 **지**금 바다 깊이를 **측**정하겠다니… 넌, 참 **해**맑구나!

이하백도 二河白道 불교佛教 선도대사善導大師, 산선의散善義

二 2개의 河 강 (물바다와 불바다)을 뚫고 白 흰 道 길을 따라 간다. (해탈을 향하여 정진한다.)
: 사바세계와 극락세계 사이의 풍경이다.

이어진 길의 끝은 극락. **하**계에서 출발하여 **백**치에서 벗어나 **도**리를 찾아 걷는 길.

이하부정관 李下不整冠 수신기搜神記, 가문합편賈文合篇

李 오얏나무 下 아래에서는 不 아니한다. 整 가지런히 매만지지 (아니한다.) 冠 갓을 (가지런히 매만지지 아니한다.)
: ∵ 오얏 도둑으로 오해받을 소지가 있으니까. 자신은 결백하더라도 남들에게 의심을 살 위험이 있으니 행동을 삼가라는 말이다.

이봐, **하**여튼 조심해. **부**정행위로 간주될지도 몰라. **정**확한 판단은 아니지만, 그런 **관**점으로 보여질 수도 있다니까?

이합집산 離合集散

離 떠났다가 合 합쳐지다가 集 모였다가 散 흩어지다가.
: 한곳으로 몰려들다가 뿔뿔이 흩어지다가 하는 모양이다.

이건 뭐, **합**쳐지고 흩어지고… **집**중을 못할 정도로 **산**만하네.

이해득실 利害得失

利 이익과 害 손해 得 얻음과 失 잃음.
: 정신적, 물질적으로 이롭고 보탬이 되는 일과 본디보다 덜어지거나 나빠져 해롭게 되는 일 및 자기 것이 아닌 것을 자기 것으로 하는 일과 자기 것을 더 이상 차지하거나 누리지 못하는 일.

이기기 위해 싸우는 국내 팀과 **해**외 팀의 축구 경기를 봐봐. **득**점을 우리 팀이 하면 **실**점은 상대 팀이 하지.

이현령 비현령 耳懸鈴 鼻懸鈴

耳 귀에 懸 달면 鈴 그 방울은 귀걸이 鼻 코에 懸 달면 鈴 그 방울은 코걸이.
: 귀에 걸면 귀걸이, 코에 걸면 코걸이다. 어떻게 보느냐에 따라 해석 가능성이 다양하게 펼쳐지는 모습이다.

이렇습니다! 하다가 **현**저히 상황이 바뀌니 **령**(영)악하게, **비**슷하지도 않게, **현**재는 저렇습니다! 한다. **령**(영) 하는 꼴이 정치꾼이구만!

이혈세혈 以血洗血 당서唐書

以 로써 血 피(로써) 洗 씻는다. 血 피를 (씻는다.)
: 피를 피로 씻을 수는 없다. 그러면 피가 더 붉어지고 진해질 뿐이다. 피는 그저 피를 부르는 법이다. 복수 등을 이유로 피의 악순환이 일어나는 모습을 보여준다.

이판사판으로 벌이는 **혈**투의 악순환… **세**척되지 않을 **혈**흔만 남긴다.

이화구화 以火救火 장자莊子, 인간세편人間世篇

以 로써 火 불(로써) 救 막으려 한다. 火 불을 (막으려 한다.)
: 불을 막으려고 불을 지피면 불이 꺼지겠나? 불이 더 활활 타오를 뿐이다. 문제를 풀기 위해 내놓은 해법이 역효과만 내며 문제 상황을 더욱 심각하게 악화시킬 때 쓸 수 있는 표현이다.

이변은 없네. **화**르르 타오르는 불을 끌 수 없어! **구**조한답시고, **화**르르 타오르는 불을 더 끼얹는다면….

이효상효 以孝傷孝

以 로써 孝 효도(로써) 傷 해친다. 孝 효도를 (해친다.)
: 효도하는 마음이 불효하는 결과를 야기한다. 자식으로서 효심이 지극한 나머지 부모님의 죽음을 슬퍼하다가 건강을 훼손하거나 심지어 사망에 이르는 경우를 가리킨다. 자식으로서 가장 큰 효도는 자신의 몸을 잘 간수하여 그저 건강하기만 하면 되는 것임을 명심하자.

이승에서의 **효**도는 **상**처 없이 자기 몸과 마음을 잘 간수하는 것이 **효**도임을 잊지 마시게나.

익자삼요 益者三樂 논어論語, 이씨편李氏篇

益 유익한 者 것으로서 三 세 가지 樂 좋아할 만한 것이 (세 가지) 있다.
: 첫째는 예법과 음악, 둘째로 사람들의 선한 마음씨, 셋째는 현명한 벗들과 많이 사귀는 것을 뜻한다.

익숙해지고 싶은 게 있어: **자**랑할 만한 현명한 친구들. **삼**천리강산에 두루 퍼져야 할 착함. **요**긴한 예의와 음악.

익자삼우 益者三友 논어論語, 계씨편季氏篇

益 이롭고 유익한 者 사람으로서 (사귀어야 할) 三 세 명의 友 벗.
: 정직한 벗, 믿음직하고 의리가 있는 벗, 보고 들은 것이 많은 벗을 뜻한다.

익히 아는 것이 많은 벗, 사람 **자**체가 정직한 벗, **삼**천리강산의 누구나 **우**러를 만큼 믿음직한 벗.

인과발무 因果撥無 불교佛敎

因 원인과 果 결과의 관계를, 인과응보를 撥 제거하고 無 무시하는 (그릇된) 생각.
: 인과응보를 인정하지 않거나 옳지 않다고 반대하는 그릇된 생각을 가리키는 말.

인정해! **과**자를 꺼내려고 **발** 디디다가 엎어진 거잖아! **무**슨 다른 원인이 있을 리가 없잖아?

인과응보 因果應報 불교佛敎

因 원인과 果 결과가 應 상응하며 報 갚는다.
: If 선, then 선(선→선). If 악, then 악(악→악). 선한 결과는 선한 원인에서 비롯되고, 악한 결과는 악한 원인에서 비롯된다.

인간이 **과**거에 했던 행동에 **응**답하는 **보**상이 현재에 나타난다.

인구회자 人口膾炙 맹자孟子, 진심 하盡心下

人 사람들 口 입(에 오르내리며 칭찬한다.) 膾 (사람들이 좋아하는) 회(와) 炙 (사람들이 좋아하는) 구운 고기(처럼).
: 좋고 훌륭한 점이 높게 평가를 받으며 사람들 입에 오르내리는 모양이다.

인기가 많은 이야기가 **구**전으로, **회**고록 등 기록으로, **자**자손손 전해진다.

인권유린 人權蹂躪

人 사람의 權 권리를 蹂 밟고 (또) 躪 짓밟는다.
: 공권력이나 사회적 관행 등에 의해 사람이라면 누구나 태어나면서부터 당연히 가지는 기본적 권리를 함부로 침범하고 해를 끼치는 현상이다.

인간의 존엄한 **권**리를 **유**감스럽게도 짓밟고 **린**치lynch를 가하는구나.

인귀상반 人鬼相半

人 사람과 鬼 귀신이 相 서로 半 반반씩 (있는 몰골이다.)
: 질병 등으로 약해질 대로 약해져서 뼈만 남은 사람의 몰골을 일컫는 말.

인간 반, **귀**신 반. **상**당히 수척해서 그렇게 **반**반씩.

인금구망 人琴俱亡 세설신어世說新語, 상서편傷逝篇

人 사람의 琴 거문고가 俱 함께 亡 망했도다.
: 사랑하는 동생이 죽자 동생의 가야금도 소리가 더 이상 나지 않았다고 한다. 가까운 이의 죽음을 몹시 애통해할 때 쓰인다.

인기 있던 너의 악기 실력을 **금**방이라도 와서 다시 들려줘! **구**비해 놓고 있을 테니까, 악기들은! **망**연히… 공허하게 외치는 슬픔.

ㅇ

인면수심 人面獸心 한서漢書, 열전列傳 흉노전匈奴傳

人 사람의 面 낯을 했지만 獸 짐승의 心 마음을 갖고 있다.
: 인륜에 반하는 끔찍한 범죄를 저지른 사람을 일컫는 말.

인간의 탈을 쓴 짐승들, **면**죄부는 없습니다. 철저히 **수**사해서 처벌해 주세요. 국민들 **심**기를 불편하게 하는 이 짐승들을요.

인명재천 人命在天

人 사람의 命 목숨은 在 (달려) 있다. 天 하늘에 (달려 있다.)
: 운명론적 관점이다.

인간 만사, 하늘의 뜻이지. **명**이 짧을지, **재**수가 좋아서 오래 살지는 **천**생 하늘의 뜻에 맡길 뿐이야.

인비목석 人非木石

人 사람은 非 아니다. 木 나무도 石 돌도 (아니다.)
: 사람에게는 피와 살이 있고, 이성과 감정이 있다는 뜻이다.

인간은 **비**정한 **목**조도 아니고, **석**기도 아니다!

인사불성 人事不省

人 사람의 事 일을 不 못할 정도로 省 살피지 (못할 정도로 정신 상태가 혼미하다.)
: 사리를 판별할 능력을 상실할 정도로 정신이 가물가물하여 꽤 몽롱한 상태를 가리키는 말.

인간아, 술 좀 그만 마셔! **사**리분별이 **불**가능할 정도로 마시는 그 **성**질 좀 고쳐.

인산인해 人山人海

人 사람들이 山 산을 이룬다. 人 사람들이 海 바다를 이룬다.
: 셀 수 없이 많이 사람들이 모여 있는 모양이다.

인기 연예인의 콘서트 표를 **산** 팬들이 **인**기 연예인을 볼 생각하며 **해**맑은 모습으로 가득 차 있다.

인생무상 人生無常

人 사람의 生 삶에는 無 없다. 常 항상 일정한 것은 (없다.), 영원한 것은 (없다.)
: 인간의 삶에는 헛되고 부질없고 허무한 속성이 있음을 적시한다.

인간의 **생**애는 **무**언가… 덧없다. **상**당히 허무하다.

인생조로 人生朝露 한서漢書, 소무전蘇武傳

人 사람의 生 삶은 朝 아침 露 이슬과 같다.
: 인생의 덧없음을 이슬에 빗대어 표현하고 있다.

인간의 삶이란, **생**애란 덧없다는 말은 **조**금 슬프지만 **로**(노)여워 할 말은 아니다.

인생행로 人生行路

人 사람이 生 살면서 行 다니는 路 길.
: 사람의 일생을 나그네가 다니는 길로 빗댄 표현이다.

인생은 뭐… **생**활하는 거지, **행**동하는 거지, **로**드 위에서 파이터 로.

인순고식 因循姑息 과정록過庭錄, 연암燕巖 박지원朴趾源 일화逸話

因 인하여 循 미적미적대며 머뭇거림으로 (인하여) 姑 잠깐 동안 息 쉰다.
: 과감하게 (문제를 내포한) 오랜 습관을 벗어나지 못하고, (당장 순간순간에 안주하면서) 그 습관에 미적대며 머무는 모양이다.

인과 관계를 따져 철저히 개혁하지 않고, **순**간순간만 잘 모면하려는 **고**정된 시야, 무사안일주의로 **식**상하고 낡은 인습은 유지된다.

인위도태 人爲淘汰

人 사람이 개입하여 爲 작위적으로 淘 흔들어서 (쓸 것과 못 쓸 것을) 가려내고 汰 걸러낸다.
: 인간이 동식물에게 발현되는 형질을 유전적으로 조작하여 특정 형질만 살아남도록 유도하는 것을 일컫는 말.

인간의, 인간에 의한, 인간을 **위**한 개입을 **도**중에 해서 **태**어난 변이.

인인성사 因人成事 사기史記, 평원군열전平原君列傳

因 인하여人 다른 사람으로 (인하여) 成 이룬다. 事 일을 (이룬다.)
: 타인과의 관계에 기인하여 일을 성취해 나가는 모양이다.

인 '人'자의 두 개의 획이 각각 사람이라면 **인**간이 혼자 설 순 없다는 얘기지. (두 획이 서로 받쳐주듯이) 일이 **성**사되려면 **사**람이 사람에게 의존해야 한다는 말이지.

인자무적 仁者無敵 맹자孟子, 양혜왕梁惠王 상편上編

仁 어진 者 사람에게는 無 없다. 敵 적이 (없다.)
: 진심으로 타인을 위하는 마음으로 가득한 사람을 적으로 생각할 사람은 없다.

인자하고 **자**애로운 사람은 **무**엇 하나 흠잡을 데가 없어 **적**대시하기 어렵다.

인자불우 仁者不憂 논어論語, 자한편子罕篇

仁 어진 者 사람은 不 아니한다. 憂 근심하지 (아니한다.)
: 인격적으로 성숙한 사람은 마음씀씀이가 지혜롭기 때문에 어리석은 걱정은 하지 않는다.

인자한 사람은 **자**신은 걱정이 하나도 없어 **불**우 이웃을 도울 뿐이니 **우**리가 본받을 마음가짐이다.

인자지용 仁者之勇

仁 어진 者 사람 之 의 勇 용기.
: 너그럽고 덕행이 높은 사람이 대의를 구현하기 위하여 용기 있는 모습을 보인다.

인자한 사람은 **자**못 진지하게, 불의를 **지**나치지 못하고 **용**기 있게 나선다.

인적미답 人跡未踏

人 사람의 跡 발자취가 未 아직 못했다. 踏 (아직) 밟고 지나지 (못했다.)
: 전인미답 前人未踏

인간의 발자취가 없는 **적**적한 영역, **미**지의 영역을 **답**사하고 싶어지는 걸.

인중지말 人中之末

人 사람들 中 가운데에서 之 간다. 末 끝으로 (간다.)
: 사람들 사이에서 서열을 매겼을 때 제일 끝에 위치한 사람, 즉 꼴찌를 일컫는 말.

인기도 없고, **중**간도 못 가고, **지**금 위치가 **말**단이네 제일 뒤야, 뒤!

인지상정 人之常情

人 사람들 之 의 常 흔한 情 감정.
: 보통 사람들의 감정을 일컫는 말. 공감을 표현할 때 주로 쓰인다.

인간으로서 **지**극히 당연한 정서. **상**황에 따라 나오는 **정**서.

인지위덕 忍之爲德

忍 참으면 之 그것을 (참으면) 爲 된다. 德 덕이 (된다.)
: 자신의 생각이나 기준만 고집하며 섣불리 분노를 표출하지 않고, 인내하는 마음으로 남을 받아들이고 이해하려고 노력한다면, 이것이 바로 사려 깊고 인간적인 성품으로서 덕성을 갖춘 모습일 것이다.

인내심을 **지**녀야 해. **위**험할 뻔했지만… 다 인내심 **덕**분에 무사했던 거야.

인추자자 引錐自刺 초국선현전楚國先賢傳·전국책戰國策, 진책秦策

引 끌어 당겨 錐 송곳을 (끌어 당겨) 自 스스로 刺 찌른다.
: 졸음에서 깨기 위해 자해까지 하면서 학문에 정진하는 모습이다.

인내심이 바닥이라, 몸을 송곳으로 찌르면서까지 잠을 깰 생각은 **추**호도 없어! **자**해 공갈도 아니고…. **자**고 싶으면 그냥 잘래!

ㅇ

인해전술 人海戰術

人 사람의 海 바다로 戰 싸우는 術 술수.
: 압도적인 수의 인력을 투입하여 적을 꼼짝 못하게 하는 전술

인간들이 머릿수로 **해**낸다. 수적 우위로 **전**투에서 **술**술 잘 풀린다.

일가언 一家言

一 한 분야에서 家 정통한 전문가의 言 말씀.
: 어떤 분야에서 뛰어나다고 인정을 받고 영향을 끼칠 수 있는 능력을 가진 사람이 하는 말이다.

일반인들이 **가**장 신뢰할 만한, **언**제나 진리인 전문가의 말씀.

일각천금 一刻千金 소식蘇軾, 춘야행春夜行

一 아주 짧은 刻 시각이 千 1,000 金 냥의 값어치가 있다.
: 소중한 시간의 가치를 강조한 표현이다.

일 분 일 초를 **각**각 짧은 시각으로 무시해? **천**만에! **금**쪽 같은 시간들이야!

일간망찬 日旰忘餐

日 날이 旰 해가 지는데 忘 잊는다. 餐 밥을 먹는 일을 (잊는다.)
: (임금이) 끼니도 거를 정도로 매우 분주한 모습을 가리키는 말이다.

일이 몹시 바빠 **간**단한 끼니 챙기는 것도 **망**각하였소. **찬**이 다 식었구료.

일간풍월 一竿風月

一 하나의 竿 낚싯대 들고 風 바람 부는 月 달빛 아래로.
: 번잡한 일상을 벗어나 낚싯대 하나와 함께 자연을 만끽하는 모습이다.

일어나 할 일은 **간**단히 낚싯대 하나 휙 던져 **풍**덩! 소리 듣는 일. **월**매나 (얼마나) 좋은가!

일거양득 一擧兩得 사기史記, 장의열전張儀列傳

一 하나를 擧 들어 兩 두 개를 得 얻는다
: 일석이조 一石二鳥

일은 한쪽만 했는데 **거**참 훌륭하게도 **양**쪽으로 이익을 보았어. ♬♪ **득**을 두 가지 보았어. ♬♪

일검지임 一劍之任 전국책戰國策

一 한 번 劍 칼을 휘두르는 之 그런 일을 任 맡은 임무.
: 자객을 가리킨다. 요새 말로는 살인청부업자인데 주 무기가 칼인 경우다.

일이 생겼네. **검**객이여, **지**체하면 아니되네. **임**무는 '단칼'에 마쳐야 하네.

일견여구 一見如舊

一 한 번 (처음) 見 본 사이인데 如 같다. 舊 오랜 친구 (같다.)
: 일면여구 一面如舊

일면식도 없는 얕은 사이인데 **견**고한 사이 같은 이 느낌. **여**태껏 오래 알아온 **구**면인 듯한 이 느낌.

일견폐형 백견폐성 一犬吠形 百犬吠聲 왕부王符, 잠부론潛夫論 현난賢難

一 한 마리의 犬 개가 吠 짖으면 形 허상을 (보고 짖으면) 百 100마리의 犬 개들이 吠 (따라) 짖는다. 聲 그 소리를 (따라 짖는다.)
: 신뢰할 수 없는 정보원으로부터 나온 정보가 마치 사실인 것처럼 사람들의 입을 통해 확산되는 모습을 나타낸다.

일이 커졌어. 잘못된 정보가 **견**제도 당하지 않고 **폐**단이 많은 **형**태로 펴졌어. **백**방에서 떠들어대서 **견**딜 수 없을 지경이었지. **폐**해가 이만저만이 아니라 **성**질나는 일이었지.

일겸사익 一謙四益

一 한 번 謙 겸손하면 四 네 가지(하늘, 땅, 귀신, 인간) 益 이익이 생긴다.
: 겸손의 중요성을 강조한 표현이다.

일단 **겸**손하면 **사**실 **익**히 알다시피 이익이 되지, 이것저것. ♬♪

일경지유 一經之儒

一 한 권의 經 경서밖에 之 아는 바가 없는 儒 선비.
: 지식이 편협하여 융통성이 없는 사람을 일컫는 말.

일루 와 보슈! **경**서 한 권을 딸랑 읽꼬, **지**금 **유**식한 체 하겠다능 거유?

일경지훈 一經之訓 한서漢書, 위현전韋賢傳

一 한 권의 經 경서를 之 남기는 訓 가르침.
: 자식들에게 남겨야 할 것은 막대한 유산이 아니다. 바로 지혜와 교훈이 가득한 경서 한 권이다. 자식 교육에서 책 한 권의 중요성을 역설한 표현이다.

일만 냥을 거저 준다 해도 **경**계하거라. (그보다) 지식 한 톨을 가꾸고 **지**키도록 노력하거라. **훈**장님은 말씀하셨다.

일고경성 一顧傾城 한서漢書, 외척전外戚傳 이연년李延年의 시

一 한 번 顧 돌아보면 傾 기울인다. 城 성을 (기울인다.)
: 성을 지키던 사람들이 그녀에게 시선을 뺏겨 고개를 돌린다. 성은 이제 그들의 관심 대상이 되지 못하고 관리가 되지 않아 망해 버린다. 사람들은 여전히 그녀에게 홀려 그녀만 바라보고 있기 때문이다. 모든 사람들의 시선을 사로잡는 빼어난 미모의 여인을 일컫는 말.

일반인들의 **고**개가 절로 돌아간다! **경**건하고 **성**스럽게 아름다운 여인의 얼굴을 보려고….

일구난설 一口難說

一 한마디 口 말로는 難 어렵다. 說 (모두 다) 설명하기가 (어렵다.)
: 복잡하거나 어렵거나 기타 이유로 내용을 설명하기 위해 해야 할 말이 많은 경우다.

일단 너무 복잡해서 **구**구절절 할 말들이 많아. **난**처해, 한두 마디로 **설**명하기에는.

일구양설 一口兩舌

一 한 口 입으로 兩 두 舌 말한다.
: 일관성이 없이 앞뒤가 다르게 말하는 모습을 일컫는 말.

일관성이 없는 **구**질구질한 변덕. **양**쪽 입장을 모두 대변하냐? **설**득력이 전혀 없잖아!

일구월심 日久月深

日 나날이 久 오래되고 月 다달이 深 깊어가는 (마음).
: 무언가를 또는 누군가를 갈구하는 마음이 점점 심화되는 모습을 나타낸다.

일어나서 잘 때까지 **구**하고픈 마음. **월**초부터 월말까지 **심**화되는 그 마음.

일구일갈 一裘一葛

一 한 벌뿐 裘 (겨울에 입을) 갖옷 (한 벌뿐) 一 한 벌뿐 葛 (여름에 입을) 베옷 (한 벌뿐).

: 매우 가난하게 사는 모양이다.

일어나자마자 늘 꼬르륵… **구**차한 살림살이로 늘 쪼들리는 **일**상… 추위와 굶주림으로 **갈**가리 찢겨진 생활.

일구지학 一丘之貉 한서漢書, 양운전楊惲傳

一 같은 丘 언덕에 之 사는 貉 담비들.
: 서로 비슷비슷해서 분간하기가 어려운 무리를 뜻한다. 부정적인 뉘앙스가 강하다.

일 이 삼 사 오 육 칠 팔 **구** 십 십일 십이 십삼 십사 **지**금까지 세본 것만도 다 똑같아 보이는데 **학**생, 이것들을 구분할 수 있겠어?

일금일학 一琴一鶴 송사宋史, 조변전趙抃傳

一 한 개의 琴 거문고와 一 한 마리의 鶴 학이 (전 재산).
: 물론 그 학과 거문고가 고가로 거래된다면 이야기는 달라지겠지만, 이 표현의 본뜻은 가진 것이 이것뿐인 청렴결백한 관리의 모습이다.

일일 뉴스에 나오는 **금**품 수수하며 국민들 얼굴을 **일**그러뜨리는 그런 공직자 말구요. **학**교에서 배웠듯이 깨끗하고 검소한 공직자의 모습을 보고 싶습니다.

일기가성 一氣呵成 호응린胡應麟, 시수詩藪

一 하나의 氣 기운으로 (단숨에) 呵 내뿜으며 成 이룬다.
: 좋은 기운을 내뿜으며 짧은 시간 안에 훌륭하게 일을 완수하는 모양이다.

일단 시작하면 **기**세를 몰아 **가**고자 했던 길을 간다. 이루고자 했던 일을 **성**취한다.

일기당천 一騎當千 삼국지三國誌

一 한 명의 騎 기병이 當 당해 낸다. 千 1,000명의 적군을 (당해 낸다.)
: 과장법이 들어간 표현인데, 그만큼 개인의 역량이 매우 뛰어나다는 뜻이다.

일당백? 백 명이야, 뭐! **기**운센 장사가 코웃음 친다. **당**해 낼 자신 있으니까, **천** 명까지도!

일기일회 一期一會 원언백袁彦伯의 문집文集

一 딱 한 번의 期 기간 一 딱 한 번의 會 만남.
: 일생에 단 한 번뿐인 소중한 인연을 일컫는 말

일생에 **기**적처럼 찾아온 **일**순간의 만남. 두고두고 **회**상할 소중한 인연.

일낙천금 一諾千金 사기史記, 계포난포열전季布欒布列傳

一 한 번 諾 허락한 말은 千 1,000 金 냥처럼 가치 있는 약속이다.
: 그만큼 약속을 소중히 여기면서 반드시 약속을 지키는 자세를 일컫는 말.

일부러 약속을 어겨? **낙**인찍힐 걸? **천**하에 못 믿을 인간으로! **금**쪽같이 약속은 꼭 지켜! 알았어?

일념발기 一念發起 불교佛教

一 (도를 깨우치려는) 하나의 念 생각이 發 피어나 起 일어난다.
: 불도를 얻고자 하는 마음을 일으키는 모습이다.

일념으로, 도를 깨우칠 일념으로 **념**(염)려 따윈 없이 **발**현한다. **기**운을… 모은다.

일노일로 一怒一老

一 한 번 怒 성낼 때마다 一 그만큼 老 늙는다.
: 화낼 때마다 노화가 진행된다는 뜻이다.

일단 **노**여워하면, **일**그러진 만큼 **로**(노)년이 앞당겨질 걸?

일도양단 一刀兩斷 주자어류朱子語類

一 한 刀 칼에 兩 둘로 斷 끊는다.
: 일을 빠르고 시원하게 처리하는 모양이다.

일을 미적미적 끄는 거는 **도**통 마음에 들지 않아. **양**보하지 않고 **단**칼에 해치울래.

일람첩기 一覽輒記

一 한 번 覽 두루 보고 輒 쉽게 記 기억한다.
: 놀라운 기억력을 가진 뛰어난 두뇌를 가리키는 말.

일반인과는 다른 두뇌, 자국에선 **람**(남)용할 위험이 있으니 **첩**자로 외국으로 보내서 **기**밀 정보를 싹 다 기억해 오도록 합시다.

일련탁생 一蓮托生 불교佛教 관무량수경觀無量壽經

一 하나의 蓮 연꽃 위에서 托 맡긴다. 生 (다시 태어나는) 생명을 (맡긴다.)
: 죽고 난 후에 극락정토에 피어있는 연꽃 위에서 함께 부활하는 모습이다.

일생의 새로운 시작을 **련**(연)꽃 위에서… **탁**한 공기가 없는 이곳에서 **생**일을 함께 맞는 너와 나.

일로영일 一勞永逸 제민요술齊民要術

一 한 번 勞 일하면 永 길게, 오랫동안 逸 편안하다.
: 단시간 동안 노력하고 고생한 결과물로 장시간 내내 그 이익을 누리는 모양이다.

일등만 기억하는 세상에서 **로**(노)력해서 일등만 하면 **영**원히 편안하게 그 **일**등한 걸로 우려먹을 수 있지.

일룡일사 一龍一蛇 장자莊子

一 한 마리의 龍 용이 되거나 一 한 마리의 蛇 뱀이 되거나.
: 평화로운 시대에는 용처럼 비상하며 세상에서 활약하고, 어지러운 시대에는 뱀처럼 은둔하며 세상에서 동떨어진다. 이러한 처세술을 좋게 바라보는 해석도 있다. 그러나 용처럼 비상하며 활약을 펼쳐야 할 시기는 평화로운 시기가 아니라 오히려 난세가 아닌가? 의문이 든다.

일기예보가 맑구나. **룡**(용)처럼 하늘을 좀 누비고 오마. **일**기예보가 흐리구나. **사**라져야겠다, 뱀처럼.

일룡일저 一龍一猪 한유韓愈, 부독서성남符讀書城南

一 한 명은 龍 용이 되는 반면에 一 한 명은 猪 돼지가 되고 만다.
: 학문에 힘썼느냐 그렇지 않느냐에 따라 인격적으로 성숙하는 정도가 크게 차이가 난다는 점을 역설한다.

일등이야! 앞에서 일등이라 **룡**(용)처럼 날라 다녀. **일**등이야! 뒤에서 일등이라 **저**속하게 기어 다녀.

일리일해 一利一害

一 하나의 利 이로움과 一 하나의 害 해로움.
: 이익이 되는 측면과 불이익이 되는 측면이 공존하는 모습이다.

일하면 **리**(이)익이야. 돈 버니까. **일**하면 근데 **해**로와. 못 노니까.

일립만배 一粒萬倍 보은경報恩經

一 한 粒 알의 씨앗을 뿌려 萬 10,000 倍 배로 거두어들인다.
: 작아 보이는 노력이 시간이 흘러 크나큰 결실을 이룰 때 쓸 수 있는 표현이다.

일구어낼 거야! 씨앗 하나로 **립**(입)지를 다질 거야! **만** 배 더 생산량을 **배**가시킬 거야!

일망무애 一望無涯

一 한 번 望 바라봐도 無 없다. 涯 가장자리가, 끝이 (없다.)

: 끝없이 멀리 떨어져 펼쳐지는 모습을 나타낸 말이다.

일직선으로 끝없이 펼쳐진 길… **망**망대해같은 길… **무**슨 수로 저 길을 가나 **애**탈 정도로 끝없이 펼쳐지는 길….

일망타진 一網打盡 송사宋史, 범순인전范純仁傳

一 한 번 網 그물질하여 打 쳐서 盡 다 잡아들인다.
: 한꺼번에 몽땅 다 잡아들이는 모습을 형용한 말이다.

일루 와, 모두 다… **망**에 모두 다… **타**악! 걸려들어 **진**짜 옴짝달싹 못 해. 꼼짝하지도 못해. ♬♪

ㅇ

일맥상통 一脈相通

一 한 가지 脈 맥이 相 서로 通 통한다.
: 여러 사람이나 집단 사이에 특정한 면에 있어서 공통분모가 있을 때 쓰는 표현이다.

일일이 **맥**이 **상**하좌우로 **통**하는구나!

일면여구 一面如舊

一 한 번 본 (처음 본) 面 낯이 如 같다. 舊 오랜 친구 (같다.)
: 처음 만난 사이인데 오랜 친구처럼 허물없이 가까워질 때 쓰는 표현이다.

일생 동안 **면**식 없는 **여**기 이 사람이 **구**면인 듯한 이 느낌.

일명경인 一鳴驚人 사기史記, 골계열전滑稽列傳·여씨춘추呂氏春秋, 심응람審應覽

一 한 번 鳴 울기 시작하면 驚 놀라게 한다. 人 사람들을 (놀라게 한다.)
: 훌륭한 인물이 마음을 먹고 활동을 시작하면 세상을 빛낼 큰 업적을 이룬다는 뜻이다.

일단 일을 시작하시면 **명**백히 어메이징amazing하여서 **경**청하고 **인**정할 것입니다, 사람들이 당신을.

일모도원 日暮途遠 사기史記, 오자서열전伍子胥列傳

日 날은 暮 저물었는데 途 (갈) 길은 (아직) 遠 멀도다.
: 비록 신체적으로 노쇠하였으나 (평생의 숙원을 이루기 위하여) 해야 할 일들이 아직 많이 남아 있다고 토로하는 말이다.

일이 많다. 해야 할 일이 많아. 그러나 **모**든 상황은 불리하구나! **도**대체 어느새 이렇게 나이를 먹었던가? **원**하던 길을 가려면 아직 멀었는데….

일모불발 一毛不拔 맹자孟子, 진심盡心 상편上編

一 단 한 가닥의 毛 털도 不 아니한다. 拔 뽑지 (아니한다.)
: 내 몸에서 털 하나 뽑는 아픔조차 감내하지 않겠다는 뜻으로, 흔히들 극단적 이기주의로 해석하는 표현이다.

일을 할 때 **모**든 기준은 자신의 이익! **불**쌍하다고 남에게 동정하는 마음 따윈 **발**생하지 않을 거야!

일목삼악발 一沐三握髮 한시외전韓詩外傳

一 한 번 沐 머리를 감던 중에 三 세 번이나 握 움켜쥔다. 髮 머리카락을 (움켜쥔다.)
: 샴푸로 씻으려고 머리를 움켜쥐었다는 소리가 아니고, 귀한 손님을 맞이하기 위해 감던 머리를 붙들고 뛰쳐나갔다는 뜻이다. 그만큼 열성적으로 남을 섬기는 자세를 나타낸다.

일하던 **목**적도 잊고 뛰쳐나와, **삼**가며 공손하게 **악**수를 나눕니다. **발**전적 관계를 바라며….

일목요연 一目瞭然

一 한 目 눈에 (알기 쉽게) 瞭 뚜렷하고 然 틀림없다.
: 한눈에 내용을 파악하기가 용이한 모양이다.

일 페이지 안에 **목**록들을 잘 **요**약해 놓았네. **연**결된 흐름도 좋아 한눈에 확 들어오는군.

일무차착 一無差錯

一 하나도 無 없다. 差 다르거나 錯 어긋난 것이 (하나도 없다.)
: 처리할 일을 정확하게 어긋남 없이 해내는 모양이다.

일가견이 있군. 자네, **무**슨 결함도 없고, **차**례대로 **착**오 없이 잘 처리했네. 훌륭해!

일문백홀 一門百笏

一 한 門 집안에서 百 100개의 笏 홀(관직에 있던 사람의 도구)을 가진 사람이 나오다.
: 흔한 말로 잘나가는, 엄마 친구 집안을 뜻한다.

일가 친척을 모두 합해 **문**과 이과 출신들이 **백**방으로 판검사, 의사, 장차관 등이라 **홀**대하긴 힘든 집안.

일반삼토포 一飯三吐哺 한시외전韓詩外傳

一 한 끼 飯 밥을 먹다 말고 三 세 번이나 吐 토한다. 哺 음식을 (토한다.)

: 몸이 좋지 않아 구토했다는 이야기가 아니라, 귀한 손님을 맞이하기 위해 먹던 밥도 토하고 뛰쳐나갔다는 뜻이다. 그만큼 지극정성으로 남을 대우하는 자세를 나타낸다.

일어나 **반**길 걸세. **삼**시 세끼 먹을 때든, **토**요일이든, 일요일이든, 언제든 간에 **포**옹하며 맞이할 걸세.

일반지은 一飯之恩 사기史記, 회음후열전淮陰侯列傳

一 한 끼 飯 밥을 제공한 之 그런 恩 은혜.
: 남에게 베푸는 작은 은혜를 일컫는 말.

ㅇ

일개 밥이랑 **반**찬으로 한 끼 대접한, **지**극히 작은 **은**혜.

일벌백계 一罰百戒 장상영張商英, 호법론護法論

一 한 사람을 罰 벌하면 百 100명의 사람들이 戒 조심하고 주의한다.
: 이른바 시범 케이스로 한 사람을 징벌하여 다른 사람들에게 경계심을 불러일으킨다. 누구도 징벌할 수 있다는 가능성을 열어두기 때문에, 사람들은 그런 징벌을 당할까봐 조심하게 되는 모양이다.

일반인들에게 **벌**벌 떨도록 **백**지처럼 얼굴 하얘지도록 **계**도한다, 한 가지 엄한 처벌을 보여줌으로써.

일보불양 一步不讓

一 한 步 걸음조차 不 아니한다. (남에게) 讓 양보하지 (아니한다.)
: 한 치도 자신의 생각을 굽히고 상대방의 의견을 좇거나 자기의 자리나 물건 따위를 다른 사람에게 내주고 물러나려고 하지 않는 모양이다.

일단 무시해, 상대편 말은. **보**통 첨예한 입장이 아니라서 **불**꽃 튀기며 조금도 **양**보란 없다.

일불현형 一不現形

一 한 번도 不 아니하다 現 나타나지 (아니하다.) 形 모습을 (나타나지 아니하다.)
: 속된 말로 코빼기도 안 내밀고 있다.

일부러 **불**필요한 노출은 삼가며, **현**재 모습을 일절 드러내지 않는 **형**님이십니다.

일빈일소 一嚬一笑 한비자韓非子, 내저설內儲說 상편上篇

一 한 번 嚬 찡그리고 一 한 번 笑 웃는다.
: 감정에 솔직해서 얼굴을 찡그리거나 웃는 것이 아니다. 그러한 얼굴 표정 하나하나까지도 신중하게 가다듬으며 자신의 언행이 주위 사람들에게 끼칠 영향을 헤아린다는 뜻이다. 아주 사려 깊은 태도를 나타낸다.

일단 **빈**말인 줄 알고 얼굴을 찡그리다 **일**순간 진심임을 깨닫고 **소**탈한 웃음을 머금는다.

일사불란 一絲不亂

一 한 오라기의 絲 실조차 不 아니한다. 亂 (엉켜서) 어지럽지 (아니한다.)
: 매우 질서정연한 모양을 형용한 표현이다.

일들을 수행하는 풍경에서 **사**라진 것은? **불**필요한 동작이나 **란**(난)장판 같은 무질서.

일사천리 一瀉千里 복혜전서福惠全書

一 한 번에 瀉 (물이) 쏟아져 千 천 里 리 ≒ 400킬로미터나 멀리 (흘러간다.)
: 어떤 일이 걸리거나 막히지 않고 쭉쭉 진행되는 모양이다.

일이 쭉쭉 잘 풀려! **사**고로 막힐 일 없이, **천**천히 느려질 **리** 없이 쭉쭉 진행돼!

일살다생 一殺多生

一 한 사람을 殺 죽여서 多 많은 사람들을 生 살린다.
: 윤리적 딜레마dilemma가 될 수 있는 사안이다. 한 사람의 목숨이 여러 사람들의 목숨보다 낮다고 평가할 수는 없는 노릇이기 때문이다.

일단 **살**인을 저지르고, **다**수의 **생**명을 구한다는 명분을 내세우고.

일상다반 日常茶飯

日 날마다 常 항상 하는 일. 茶 차를 마신다거나 飯 밥을 먹는 일처럼 예사로운 일.
: 흔히 있을 만하여 대수롭지 않은 일을 가리키는 말.

일상생활 속에서 **상**당히 익숙한 일들. **다**룰 일도 많은 일들. **반**드시 해야 할 일들.

일생일대 一生一大

一 한 사람의 生 생애에서 一 딱 하나로 大 중요하다(고 볼 수 있는 일).
: 한 사람의 일생에서 가장 중대한 일을 표현할 때 쓰는 말이다.

일의 경중을 **생**각해 보면 **일**등으로 **대**단히 중요해, 이 일은.

일석이조 一石二鳥

一 한 개의 石 돌을 던져 二 두 마리의 鳥 새를 잡는다.

: 한 가지 행동을 수단으로 두 가지 목적이나 이익을 동시에 달성하는 경우다.

일반적으로 TV에 나와 **석**시드succeed 성공하면, 그 **이**름으로 인기도 얻고 물질적 **조**건도 풍요로워진다.

일세구천 一歲九遷

一 한 歲 해에 九 아홉 번이나 遷 벼슬이 바뀐다(임금의 사랑을 유난하게 받으며).
: 임금이 남달리 귀엽게 여겨 베푸는 사랑을 많이 받는 모양이다.

일루 와 일루 와… **세**상에 이렇게 이쁜 내 충신아, **구**월도 되었으니… **천**천히 우리 아홉 번째 자리로 옮겨볼까나? – 임금 왈

ㅇ

일소월원 一疏月遠

一 (사람 사이의 관계가) 조금씩 疏 멀어진다. 月 세월 따라 遠 멀어진다.
: 시간이 흐르면서 관계가 소원해지는 모습이다.

일단 **소**원해지면 **월**Wall, 벽이 들어서. **원**래 있던 마음속에 마음의 벽이 들어서.

일소일소 一笑一少

一 한 번 笑 웃으면, 웃을 때마다 一 한 번 (웃는 만큼) 少 젊어진다.
: 웃고 살라는 소리다.

일단 웃어봐! **소**리 내어, 소리 없이… **일**부러라도 그러면… **소**년 소녀처럼 젊어질 거야.

일수백확 一樹百穫 관자管子

一 하나의 樹 나무로 百 100개의 열매를 穫 수확한다, 거두어들인다.
: 인적 자원 관리 HRMHuman Resource Management의 측면에서, 유능한 인재를 한 명 육성하면 그 영향과 이익이 어마어마하다는 것을 의미한다.

일개 작은 씨앗 하나가 **수**확할 땐 풍성한 결실을 이루듯이 **백** 퍼센트 확실한 수확 방법은 **확**실한 인재를 키우는 것. (그 인재의 능력으로 말미암아 만방에 큰 결실을 거둘 테니.)

일숙일반 一宿一飯

一 한 번의 宿 잠자리를 제공받고 一 한 번의 飯 식사를 대접 받는다.
: 작은 은혜를 일컫는 말.

일박 이일 신세를 좀 지겠습니다. **숙**박을 좀 해야 할 것 같아요. **일**부러 그

런 건 아닌데 이거 죄송하고 감사합니다. **반**찬이랑 밥도 좀… 주세요.(꼬르륵.)

일시동인 一視同仁 한유韓愈, 원인原人

一 (모든 사람을) 한 가지로 視 본다. 同 똑같이 仁 어질게 (모든 사람을) 사랑한다.
: 모든 사람을 동등하게 사랑하는 모습이다. 보통 사람들이 이런 행실을 보이기는 쉽지 않다.

일관된 **시**선으로 **동**일하게 사랑한다. **인**간 대 인간으로….

일식만전 一食萬錢 진서晉書, 하증전何曾傳·윤여형尹汝衡, 상률가橡栗歌

一 한 번 食 밥 먹는데 萬 10,000 錢 전 (1,000냥).
: 과소비하는 모습이다. 사치스러운 낭비를 일컫는 말.

일부러 돈 자랑하니? **식**사를 **만** 원짜리 아닌 백만 원짜리로 하다니 **전**혀 검소하지 않고, 사치스럽구나!

일신기원 日新紀元

日 날이 新 새로워진 紀 벼리가 되는 元 첫째 날.
: 사물이 새롭게 탈바꿈한 첫해를 일컫는 말.

일순간 모든 것들이 달라진 듯 **신**기하다. **기**상해 보니… **원**점에서 새롭게 시작된다.

일신우일신 日新又日新 서경書經, 상서商書·대학大學

日 날마다 新 새롭고 又 또 日 날마다 新 새롭게 (보다 나은 모습으로).
: 나날이 새로워지는 모습이다. 지속적으로 성장하는 모습이기도 하다.

일어나! 새로운 하루, **신**선해. **우**와! 달라진 내 모습. **일**어나! 어제랑 다른 오늘, **신**선한… 또 다른 하루.

일심동체 一心同體

一 한 心 마음 同 같은 體 몸.
: 둘 이상이 뜻을 모아 힘을 합치는 모습이다.

일 세트의 결정적 순간, **심**상치 않은 분위기 속에서 **동**그랗게 뜬 눈으로 **체**육관의 관중들은 한목소리로 응원한다.

일심불란 一心不亂 불교佛教 아미타경阿彌陀經

一 하나로 心 마음을 집중하여 不 아니하다 亂 어지럽지 (아니하다)

: 고도로 정신을 집중한 경지다.

일념으로 **심**상을 떠올린다. 마음속 **불**필요한 **란**(난)장판은 정리한다.

일안고공 一雁高空

一 한 마리의 雁 기러기가 (난다.) 高 높은 空 하늘 공간에서.
: 속세와 떨어져서 홀로 깨끗한 모습을 두드러지게 나타내는 모습이다.

일행에게 **안**녕 작별하고, **고**고하게 티끌 없는 **공**간 속으로….

ㅇ

일양내복 一陽來復 열자列子, 황제편黃帝篇·주역周易, 복괘復卦 본의本義

一 한결같이 陽 양기가 來 돌아온다. (음기가 물러난 후) 復 회복한다.
: 동지를 가리키는 말인데 겨울에서 봄으로 계절이 바뀌는 모습이다. 쥐구멍에 볕들 날 있듯이 인생의 양상이 바뀌는 모습으로 보기도 한다.

일그러지지 않았다. 시련들에 **양**보하지 않고 견뎌낸 **내**게 드디어… **복**이 찾아온다.

일어탁수 一魚濁水 유인석柳麟錫, 의암집毅庵集

一 한 마리의 魚 물고기가 濁 흐린다. 水 물을 (물 전체를 흐린다.)
: 구성원 한 개인의 잘못으로 인하여 집단 구성원들 전체에게 피해가 돌아가는 모양을 나타낸다.

일냈어, 저 놈이. **어**휴~ 화나! **탁**해졌어, 분위기가. **수**질이 오염된 거야, 한 마리 물고기 때문에.

일언거사 一言居士

一 한마디 (꼭) 言 말하면서 居 자리 잡는 士 선비.
: 낄 데든 안 낄 데든 간에 꼭 껴서 말참견하는 사람을 일컫는 말.

일일이 **언**제 어디든 **거**참 꼭 끼네! 꼭 껴! 이 **사**람아, 그렇게 한마디를 해야 것소?

일언반구 一言半句 명심보감明心寶鑑, 언어편言語篇

一 한마디의 言 말과 半 반 토막의 句 글귀.
: 영어의 any처럼 부정문에 쓰여 짧게 말 한마디조차 하지 않는 모양을 나타낸다.

일의 사정을, **언**제 어디서 그랬는지를, **반**의 반의 반의 반이라도 **구**두로 얘기해줄 수 없었어?

일언이폐지 一言以蔽之 논어論語, 위정편爲政篇

一 한마디 言 말씀 以 으로써 蔽 덮는다. 之 그것을, 전체를 (덮는다.)
: 전체의 뜻을 아우르는, 짧고 간결한 한마디 말을 일컫는 말.

일반 시청자들이 보기에 이러쿵저러쿵… **언**제든 제작진 입장에서는 **이**러쿵저러쿵… 말씀이 기신데 한마디로 프로그램 **폐**지한단 말 아닌가? **지**지리도 인기 없으니까.

일언지하 一言之下

一 한마디의 言 말로 之 그렇게 (단호하게) 下 물리친다.
: 보통 딱 잘라 거절할 때 쓰는 말이다.

일이 나중에 **언**젠간 되겠지? 하는 기대감을 **지**니지 못하도록! **하**나의 해석만 가능하도록! 딱 잘라 말하다.

일엽락 천하지추 一葉落 天下知秋 회남자淮南子, 설산훈편說山訓篇

一 하나의 葉 잎이 落 떨어지면 天 하늘 下 아래 (모두가) 知 안다. 秋 가을이 도래했음을 (안다.)
: 일엽지추 一葉知秋

일이 없던 셜록은 창문을 **엽**니다. **락**(낙)엽 하나, **천**재처럼 나무에서 떨어진 낙엽 **하**나를 보고 생각합니다. **지**금부터 가을인가? **추**워지겠군.

일엽지추 一葉知秋 회남자淮南子, 설산훈편說山訓篇

一 하나의 葉 잎이 知 알게 한다. 秋 가을(이 왔음을 알게 한다.)
: 하나의 낙엽으로 가을을 짐작한다. 어떤 일이 벌어질 전조에 해당하는 작은 사건을 포착하는 모습이다.

일개 지엽적인 단서가 **엽**니다, 사건 해결의 문을. **지**금부터 발생할 일을 **추**리해 냅니다.

일엽편주 一葉片舟

一 하나의 葉 잎사귀처럼 (물결 위를 떠다니는) 片 조각 舟 배.
: 조그마한 배 한 척의 풍경이 펼쳐진다.

일몰 무렵, 그림 **엽**서 같이 바다 한 **편**에 떠 있는 자그마한 배 한 척… **주**위 풍경과 잘 어울리누나!

일월삼주 一月三舟 불교佛敎

一 하나의 月 달을 (바라보는) 三 세 (척의) 舟 배.
: 세 척의 배가 있다. 정지한 배, 남쪽으로 향하는 배, 북쪽으로 향하는 배. 각각의 배에서 달을 본다. 정지한 배는 정지한 달을 보고, 남쪽으로 향하는 배는 함께 남쪽으로 움직이는 달을 보고, 북쪽으로 향하는 배는 함께 북쪽으로 움직이는 달을 본다. 부처님을 달에 비유하여 사람들이 제각각 다른 목소리로 자신의 진리를 내세우는 모양을 형상화한다. 진리는 어차피 하나일 뿐인데….

일그러진 시선인가? **월**하에 하늘의 달이 하나란 걸 **삼**척동자도 알겠건만 **주**변 사람들은 각각 다른 달을 보고 있다네.

일의고행 一意孤行 사기史記, 혹리열전酷吏列傳 조우장탕전趙禹張湯傳

一 하나의 意 뜻이 孤 외로이 行 다닌다.
: 독불장군처럼 타인이 무어라 하든 아랑곳하지 않고 자신의 소신대로 밀고 나가는 모습을 나타낸다.

일반인들이 **의**심을 품는 **고**립된, 독자적인 **행**보.

일의직도 一意直到

一 하나의 意 마음먹은 뜻이 直 곧바로 到 (상대방에게) 이른다, 도달한다.
: 마음속의 생각이 투명하게 나타나는 모양이다.

일직선으로 **의**사를 전달해. **직**접 있는 그대로 **도**중에 꼬지 않고….

일이관지 一以貫之 논어論語, 이인편里仁篇·위령공편衛靈公篇

一 하나의 (원리) 以 로써 貫 꿰뚫는다. 之 그것을, 모든 현상들을 (꿰뚫는다.)
: 하나의 이치로 모든 생각이나 행동을 관통하는 모습이다.

일반적으로 원리라 일컫는 것이 있지. **이**거 하나로 **관**통하지, 모든 것들을. **지**혜로운 단 하나의 이치로….

일인당천 一人當千 북제서北齊書

一 한 人 사람이 當 당해낼 수 있다, 필적한다. 千 1,000명을 (당해낼 수 있다.)
: 매우 용맹한 모습을 형용한다.

일이 터졌다! **인**간을 공격하는 외계인이 천 명이나 나타났다. **당**해낼 자는 오직… **천**하제일 영웅, 우리의 용사뿐!

일일삼추 一日三秋

一日 하루가 三秋 3년이다.
: 하루 24시간의 시간이 3년의 시간처럼 느껴질 정도로 더디게 흐른다. 누군가를 기다

리는 간절함을 표현하고 있다.

일 분, 아니 **일** 초가 이렇게 길었던가? **삼** 남매의 시간은 더디게 흐른다. **추**위에 떨며 엄마를 기다리는 시간은….

일일천추 一日千秋

一日 하루가 千秋 1,000년이다.
: 하루 24시간의 시간이 1,000년의 시간처럼 느껴질 정도로 더디게 시간이 가고 있다. 누군가를 간절하게 기다릴 때의 심정을 형용한 표현이다.

일어나 또 널 기다려. **일**어나 내가 할 일은 그뿐. **천** 년이든 만 년이든… **추**운 날이든 더운 날이든….

일자무식 一字無識

一 한 字 글자도 無 없다. 識 아는 글자가 (없다.)
: 무식하다는 것을 강조한 표현이다.

일 더하기 일은? **자**, 정답은? **무**슨 문제가 이렇게 어렵나요! **식**식거린다.

일자사 一字師 오대사보五代史補

一 한 字 글자 師 스승.
: 딱 한 글자의 가르침으로 모든 글자들이 빛을 더 발휘한다. 본질을 꿰뚫는 가르침을 일컫는 말.

일부분만 바꾸란 한 말씀이 **자**신을 송두리째 바꾸는 계기가 되어주는 **사**부님의 한 말씀.

일자천금 一字千金 사기史記, 여불위열전呂不韋列傳

一 한 字 글자가 千 천 金 냥의 값어치가 된다.
: 값을 매길 수 없을 정도로 훌륭한 문장을 일컫는 말.

일개 글자에 불과하다고? **자**세히 봐봐. **천**만의 말씀이야! **금**쪽같이 귀한 글자라구!

일장공성 만골고 一將功成 萬骨枯 기해세시己亥歲詩

一 한 將 장수의 功 공은 成 이루어진다. 萬 만 개의 (병사들의) 骨 뼈가 枯 말라서 (이루어진다.)
: 눈에 보이는 한 사람의 영웅 뒤에는 이름 없이 희생한 수많은 사람들이 존재한다.

일반인들은 **장**군의 이름과 **공**적만 기억하지. **성**취를 이분 혼자 했나? **만**부당한 말씀! **골**짜기에 쓰러진, **고**목나무처럼 잊혀진, 숱한 부하들이 있었다네.

일장일단 一長一短

一 하나의 長 장점과 (동시에) 一 하나의 短 단점.
: 긍정적이거나 좋은 점과 모자라고 허물이 되는 점의 비율이 비슷비슷한 모양이다.

일그러뜨리는 표정 연기로 **장** 배우는 수많은 영화제에서 상을 탔지만, 잔인한 **일**을 하는 역할을 맡았기 때문에 **단**시간 그는 수많은 욕도 들었다.

일장일이 一張一弛 예기禮記

一 (활시위를) 한 번은 張 팽팽하게 잡아당기고 一 한 번은 弛 느슨하게 늦추고.
: 타인에게 영향력을 행사할 때, 긴장할 때는 긴장하도록 해야 하지만 이완할 때는 제대로 이완해서 그 긴장을 풀어주도록 힘을 행사한다는 뜻이다.

일전에 맡긴 일, **장**시간 동안 힘들었었지? **일**을 워낙 잘 해주었으니 **이**번 달에 휴가나 다녀오게.

일장춘몽 一場春夢 후청록侯鯖錄

一 한 場 때의 春 봄밤에 꾼 夢 꿈.
: 깨어나 보면 헛된 꿈과 같이 무상한 인생을 가리키는 말.

일어나 보면 **장**원 급제나 부귀영화가 모두 다 **춘**삼월 봄비에 말끔히 씻겨 내려가는 **몽**환에 불과할 꺼야.

일조부귀一朝富貴

一 (가난하다가) 하루 朝 아침에 富 부자가 되고 貴 귀한 신분이 되다.
: 가난한 자에게 겨를이 없이 갑작스레 부귀가 닥친 모양이다.

일상의 풍경이 **조**금… 많이 바뀜. **부**럽던 **귀**한 금수저로 이제 밥을 먹음.

일중도영 日中逃影

日 낮 中 한가운데에서 逃 벗어나려 한다. 影 그림자로부터 (벗어나려 한다.)
: 떼려야 뗄 수 없는 관계인 그림자를 떼어 내는 일은 있을 수 없다. 불가능한 일을 일컫는 말.

일사량을 듬뿍 받던 **중**에 생긴 자신의 그림자로부터 **도**망치겠다고? **영**그건 있을 수 없는 일이지.

일중불결 日中不決

日 (이른 아침부터 열렸던 회의에서) 낮 中 가운데 이르러서도 不 못하다. 決 결정짓지 (못하다.)
: 아침 일찍부터 회의했지만 한낮이 될 때까지 결정짓지 못하는 모양이다.

일어나자마자 이른 새벽부터 **중**역들을 **불**러 모아놓고 회의했건만 **결**정을 못 내리고 벌써 한낮이네.

일즙일채 一汁一菜

一 한 그릇의 汁 국 一 한 접시의 菜 나물.
: 제대로 갖춰져 있지 못한 채 먹는, 보잘것없는 음식을 일컫는 말.

일가족이 모여 앉아 **즙**이랑 물이랑 채소로 식사한다. **일**가족의 막내는 궁금해 한다. **채**식주의자도 아닌데 우린 왜 맨날 채소만 먹어?

일지반전 一紙半錢

一 한 장의 紙 종이 半 반 푼어치의 錢 엽전.
: 무시할 수 있을 정도로 적은 것을 일컫는 말.

일개 **지**엽적인 물건이라 **반**의 반의 반쪽어치 값어치도 **전**혀 없습니다.

일지반해 一知半解 창랑시화滄浪詩話

一 하나를 知 알려고 해도 半 반밖에 解 깨닫지 못한다.
: 지식을 습득할 때 온전한 학습을 하기 어려운 두뇌 능력을 일컫는 말.

일반적 원리? 너무 어려워요! 학습이 **지**지부진한 아이들, **반**에서 꼴찌인 아이들에게 교과서는 **해**석하기 힘든 외국어였다.

일진광풍 一陣狂風

一 한바탕 陣 무리지어 狂 사납게 몰아치는 風 바람.
: 한판 크게 거칠고 억센 바람이 부는 모양이다.

일렁이는 흙먼지. **진**흙을 튀기며 **광**활한 대지에 매섭게 휘몰아치는 바람. **풍**향을 종잡을 수 없는 바람.

일진법계 一塵法界 불교佛敎

一 하나의 塵 티끌 속에도 法 불법의 界 세계가 들어 있다.
: 절대의 진리인 진여眞如는 삼라만상 구석구석에 편재해 있다는 말이다.

일개 티끌일 뿐이라고? **진**실의 눈으로 바라보라! **법**과 질서가 **계**속 펼쳐지는 온 세상이 그 안에 있다!

일진불염 一塵不染 불교佛敎

一 하나의 塵 티끌조차 不 아니한다. 染 물들지 (아니한다.)

: 조금도 세속적 욕심에 물들지 않은 모양이다.

일말의 **진**흙탕 속 티끌도 **불**러들이지 않아. **염**증을 느껴, 그딴 거에도.

일진월보 日進月步

日 날로, 날이 갈수록 進 나아가고 月 달로, 달이 지날수록 步 진보한다.
: 나날이, 다달이 이전보다 더 좋아지는 모습이다.

일주일 전만 해도 **진**짜 아장아장 걷더니만… **월**등히 향상했구나! **보**폭이 이젠 성큼성큼 이야!

ㅇ

일진일퇴 一進一退 순자荀子

一 한 번 進 나아가고 一 한 번 退 물러나고.
: 한 번 전진하여 나아갔다 한 번 후진하여 물러섰다 하는 모양이다.

일격을 가하려고 **진**격했다가… **일**격을 당하고 **퇴**보했다가….

일창삼탄 一倡三歎 예기禮記

一 한 번 倡 부르면, 시문을 읊조리면 三 세 번 歎 감탄한다, 칭찬한다.
: 시문이 훌륭하다고 칭찬하는 모양이다.

일등 오디션 당선자에게 **창**창한 미래가 보장된다. **삼**거리에서 아름다운 자신의 시를 읊으면 **탄**성하며 청중들이 환호한다.

일척천금 一擲千金

一 한 번에 擲 내던져버린다. 千 1,000 金 냥을 (내던져버린다.)
: 한 번에 큰돈을 써버리는 모양이다.

일행 분들, 어디 가십니깡? **척** 보면 몰랑? 롸수베이커수에 가지! **천** 달러를 천 원 쓰듯 하쉬려고 **금**쪽같은 돈을 날려버리려고 가쉬능군용?

일촉즉발 一觸卽發

一 한 번이라도 觸 닿으면 卽 곧 發 폭발할 듯한 형국.
: 자칫하면 무슨 일이 터질 것 같은 초긴장 상태를 일컫는 말.

일이 크게 터질 것 같은 **촉**감이 미세하게 느껴진다. **즉**시 뭔가 **발**포되고 폭발할 것 같은 분위기.

일촌간장 一寸肝腸

一 한 寸 토막의 肝 간과 腸 창자.

: '간장이 녹다', '간장이 타다' 등에서 쓰이는 바와 같이 '간장'이란 말로 애타는 모습을 표현한다.

일이 진행되는 동안 **촌**각을 다투는 시간 동안 **간**신히 애타는 마음을 추스린다. **장**면이 전환될 때마다….

일촌광음 불가경 一寸光陰 不可輕 주희朱熹의 시

一 한 寸 마디의 (아주 조그만) 光 빛(낮)과 陰 그늘(밤)로 이루어진 시간조차 不 아니하다 可 가능하지 (아니하다.) 輕 가벼움이 (가능하지 아니하다.), 가볍게 경시될 수 없다.
: 아주 찰나의 시간이라도 낭비하지 말고 알차게 보내라는 뜻이다.

일 분 일 초 **촌**각을 다퉈라! **광**속으로 **음**속으로 흘러가는 시간은 **불**러도 돌아오지 않으니 **가**급적 **경**시하지 마라! 일분일초조차도…!

일취월장 日就月將 시경詩經

日 날로, 날이 갈수록 就 나아가고 月 달로, 달이 지날수록 將 발전한다.
: 나날이, 다달이 실력이나 세력 등이 커지는 모습이다.

일어나! 날아올라! 날마다 달마다 **취**어링 스피릿Cheering Spirit(기운찬 정신으로) **월**등하게 성장하고 있답니다. **장**래가 밝아! 아주 밝아!

일파만파 一波萬波

一 하나의 波 물결이 萬 만 개의 波 물결을 일으킨다.
: 일이 점점 커지는 모양이다.

일이 퍼지는 **파**장의 연쇄… **만** 배 백만 배… 증폭되는 **파**장의 연결고리.

일패도지 一敗塗地 사기史記, 고조본기高祖本紀

一 한 번 敗 패하여 塗 진흙탕 속을 뒹군다. 地 땅에서 (진흙탕 속을 뒹군다.)
: 크게 패배하여 재기불능인 상태를 가리키는 말.

일어날 수 없을 정도로 **패**배해 버렸다. **도**무지 회생할 수 없을 정도로 **지**치고 망가졌다.

일편단심 一片丹心

一 한 片 조각의 丹 붉은 心 마음.
: 오로지 한 가지에 충성을 다하는 마음을 일컫는 말.

일이든 사람이든 여러 개를 못해. **편**협하게 보일지도 모르지만 **단**지 하나를 향한 마음만 **심**각하게 내 맘속에 가득 차.

일폭십한 一曝十寒 맹자孟子, 고자告子 상편上編

一 (딱) 한 번 曝 따뜻한 햇볕을 쬐고 十 열흘 동안은 寒 차가운 응달에 둔다.
: 이렇게 키우면 식물이 잘 자랄 수가 없다. 무슨 일을 이루려면 꾸준히 노력해야 하는데, 꾸준하지도 못하고 노력하는 시간보다 낭비하는 시간이 훨씬 많은 경우를 가리키는 말이다.

일을 하려면 **폭**풍처럼 몰아쳐서 해치워야죠! **십**일 쉬고, 하루하고 **한**다면 되겠어요? 일이 되겠냐구요?

ㅇ

일필구지 一筆句之

一 한 번에 筆 붓으로 (한 번에 그어) 句 지운다. 之 그것을, 글씨 등을 (지운다.)
: 한 획을 주욱 그어 글자를 지우는 모습이다.

일획을 그어 **필**요 없는 **구**절들을 **지**워 버린다.

일필휘지 一筆揮之

一 한 번에 筆 붓으로 (한 번에 긋는다.) 揮 휘두르면서 之 그것을, 붓을 (시원하게 휘두르면서).
: (글씨를 쓰거나 그림을 그릴 때) 쉬지 않고 곧장 붓을 이리저리 휘휘 마구 돌리는 모습이다.

일단 붓을 들고 **필**력을 과시하며 **휘**두르면? 붓이 **지**나간 자리에는 과연 명필이…!

일호지액 一狐之腋 사기史記, 조세가趙世家

一 한 마리 狐 여우 之 의 腋 겨드랑이 (털).
: 원래의 맥락에서는 바른 말을 할 줄 아는 충신의 뜻으로 쓰였으나, 요즈음에는 아주 값진 물건을 뜻하는 말로 통용된다.

일상용품과는 다른 **호**사스러운 물건. **지**갑을 탈탈 털어도 모자랄 **액**수의 가격.

일호천 一壺天 왕철王哲, 유제산기游齊山記

一 하나의 壺 호리병 속에 있는 天 천상의 세계.
: 호중지천 壺中之天

일상과는 동떨어진 **호**화로운 딴 세상. **천**국인가, 여기는?

일호천금 一壺千金

一 하나의 壺 바가지가 千 1,000 金 냥의 (값어치를 한다.)
: 물에 빠지면 지푸라기라도 잡는 법인데 그 지푸라기 역할을 바가지가 할 수 있다. ∵

물에 뜨니까. 하찮은 물건이 크나큰 소용이 있을 때 쓸 수 있는 표현이다.

일이 어떻게 될지는 아무도 모른다. **호**리병 같은 하찮은 물건도 **천**금 만금처럼 **금**쪽같을 수 있는 법이다.

일확천금 一攫千金

一 한 번에 攫 움켜쥔다. 千 1,000 金 냥을 (움켜쥔다.)
: 단시간 내에 큰돈을 모으는 모양이다.

일은 별로 하지 않고, **확** 그냥 아주 확 **천** 만냥 어치 **금**덩이가 굴러들어 왔으면….

일훈일유 一薰一蕕 춘추좌씨전春秋左氏傳

一 하나의 薰 향초와 一 하나의 蕕 누린내풀.
: 향초와 누린내풀이 격돌하면? 누린내풀이 승리한다. 악취가 향기를 오염시킨다는 뜻이다.

일기예보입니다. **훈**훈한 바람과 향긋한 공기가 악취를 뿜으며 **일**제히 급상하는 먹구름에 **유**감스럽게도 밀려날 것으로 보입니다.

일희일비 一喜一悲

一 한 번 喜 기쁘고 一 한 번 悲 슬프고.
: 순차적으로 해석하면 기뻐하다 그 다음에 슬퍼하다 하는 모양으로 볼 수 있고, 동시적으로 해석하면 기뻐하면서도 슬퍼하는 모양으로 볼 수 있다.

일순간 **희**희희희 웃다가… 다음엔 **일**그러진 표정으로 **비**통해 하다가….

일희일우 一喜一憂

一 한 번 喜 기쁘고 一 한 번 憂 근심하고.
: 기뻐하다가 근심하다가 하는 모양

일이 참 **희**한하게 주기가 있어! **일**이 잘 풀려 단비를 맞은 듯 즐겁다가도, 어느새 **우**박을 맞은 듯 우울해지고 그런다니까?

임갈굴정 臨渴掘井 안자춘추晏子春秋, 내편內篇 잡상雜上

臨 임박하여 渴 목마름에 (임박하여) 掘 판다. 井 우물을 (판다.)
: 목마른 사람이 우물 판다. 갈증에 주목하면 아쉬운 사람이 자기에게 필요한 일을 한다는 해석이 나오고, 우물 파는 행위에 주목하면 (평소에는 아무런 준비도 하지 않고 있다가) 어리석게도 뒤늦게 대책을 세운다는 해석이 나온다.

임무를 그동안 게을리 하다가 **갈**증을 느낀 연후에야, **굴**욕을 당하고 나서야, 비로소 **정**신을 차리고 서두른다.

임기응변 臨機應變 남사南史

臨 임하여 機 때에 (임하여) 應 반응하면서 變 변통한다.
: 닥친 상황에 따라 융통성 있게 일을 처리하는 모양이다.

임한 상황에 맞춰 그때그때 **기**지를 발휘하며 **응**수한다. **변**화도 그때그때 주면서….

ㅇ

임난주병 臨難鑄兵 안자춘추晏子春秋, 내편內篇 잡상雜上

臨 직면하고 나서야 難 전란에 (직면하고 나서야) 鑄 쇠를 불려 兵 병기를, 무기를 (쇠를 불려 만든다.)
: 일이 터진 후에야 뒤늦게 대책 마련하는 어리석은 행태를 가리키는 말.

임무를 수행했어야 했는데! **난**리 나기 전에 그랬어야 했는데…. **주**시하고 대비했어야 했는데! **병**들고 망가지기 전에 그랬어야 했는데….

임농탈경 臨農奪耕

臨 임박해서 農 농사에 (임박해서) 奪 (밭을) 빼앗아 耕 (주인 대신에) 밭을 간다.
: 남이 공들인 물건을 빼앗는 행태를 일컫는 말.

임자 있는 땅을, **농**사지을 땅을… **탈**취한다. **경**작할 땅을… 빼앗아버린다.

임심이박 臨深履薄 천자문千字文

臨 임하듯이 深 깊은 곳을 (임하듯이) 조심조심 履 밟듯이 薄 엷은 곳을 (밟듯이) 조심조심.
: 원래의 맥락에서는 부모로부터 물려받은 몸을 소중하게 간수하라는 뜻으로 해석되는 말이나, 자식이 부모에게 효도를 함에 있어서도 갖추어야 할 기본적인 마음가짐이라고 보아도 무방하다.

임을 모시듯 부모를 **심**사숙고하며 극진히 섬겨라! **이**크, 자칫하면 깊은 물에 **박**힐 듯이 조심조심하면서….

임전무퇴 臨戰無退 원광圓光, 세속오계世俗五戒

臨 임할 때 戰 싸움에 (임할 때) 無 없다. 退 물러남이 (없다.)
: 세속 오계의 내용으로 전쟁에 참전함에 있어 용감하게 앞으로 나갈 것을 강조한다.

임무를 맡았으니 **전**쟁이야! **무**찌르며 나아갈 뿐 **퇴**로는 없다!

임중도원 任重道遠 논어論語, 태백편泰伯篇

任 맡은 임무는 重 무거운데 道 (갈) 길은 遠 멀구나.
: 중대한 책임을 이행할 앞날이 까마득하여 난감한 심정을 형용한다.

임무의 **중**요성, 말하지 않아도 알지? **도**중에 포기하지 말고 책임감을 가지고 **원**거리 마라톤을 하듯, 끝까지 파이팅!

임중불매신 林中不賣薪 회남자淮南子

林 수풀 中 가운데에서는 不 아니한다 賣 팔지 (아니한다.) 薪 섶을, 땔감을 (팔지 아니한다.)
: 그 옆에 땔감이 수두룩한데 누가 땔감을 사겠는가? 수요가 있어야 공급이 이루어지는 법이다. 어느 정도 물건의 희소가치가 인정되어야만 수요와 공급이 만나는 교점이 생길 것이다.

임자, 숲속 **중**앙에서 **불** 땔 땔감을 파는 건 **매**우 불필요하지 않겠수? **신**발에 채이게 공짜로 널린 게 땔감들이잖수.

임진역장 臨陣易將

臨 (전쟁에) 임하면서 陣 진을 치며 (전쟁을 시작하면서) 易 바꾸어 버린다. 將 장수를 (바꾸어 버린다.)
: 중요한 시기에 적임자를 내몰고, 자격이 미달인 자에게 중요한 임무를 맡기는 모양이다.

임자, 우리 이 전쟁 망했어. **진**짜 이겨야 할 때 **역**행하는 처사를 해버린… **장**수를 초짜로 바꿔 버린…. (이 전쟁, 이제 어찌할꼬?)

입경문금 入境問禁 예기禮記

入 들어갈 때 境 국경으로 (들어갈 때) 問 물어 본다. 禁 금지사항을 (물어 본다.)
: 유명한 영어 속담을 살짝 변용하면, 로마에 가면 로마인들이 안 하는 것은 하지 마라 When in Rome, don't do as Romans do not do.는 소리다.

입국 절차로서 새로운 곳의 **경**향을 파악하라. **문**의하라, 그곳에서 **금**기시되는 것이 무엇인지.

입립개신고 粒粒皆辛苦 이신李紳의 시 민농憫農

粒 낟알 한 톨 粒 낟알 한 톨 皆 모두 다 辛 고생하고 苦 애쓴 (결과물이다.)
: 입립신고 粒粒辛苦

입자 알갱이 하나하나, **립**(입)자 알갱이 하나하나, **개**개의 알갱이 하나하나에 **신**성한 땀방울이 담겨 있다. **고**생한 농사꾼의 땀방울이….

입립신고 粒粒辛苦 이신李紳의 시 민농憫農

粒 낟알 한 톨 粒 낟알 한 톨 辛 고생하고 苦 애쓴 (결과물이다.)
: 거두어들인 수확물에는 그동안 경작한 노고가 고스란히 담겨 있다. 수확물이라는 결과를 보여주며, 우리에게 결과를 산출한 과정을 되새겨보도록 해주는 말이다.

입만 살아서 말만 하지 말고! **립**(입)지를 다지려면, **신**물이 날 정도로 **고**생하고 노력해!

입신양명 立身揚名 효경孝經

立 세워 身 몸을 (세워) 揚 날린다. 名 이름을 (날린다.)
: 자신의 분야에서 뚜렷한 성과를 나타내며 세상 사람들에게 널리 인지되는 모양을 일컫는 말.

입소문이 나, **신**사 숙녀 사이에. **양**이 상당해, 언급된 양이. **명**예로이 (그렇게) 이름을 떨치다.

입신출세 立身出世

立 세워 身 몸을 (세워) 出 나간다. 世 세상에 (나간다.)
: 입신양명 立身揚名

입지를 다진다, **신**인에서 중진으로 **출**중한 위상으로 **세**상에 널리 알려진다.

입애유친 立愛惟親

立 시작할 때 愛 사랑을 (시작할 때) 惟 생각한다. 親 가까운 사람부터 (생각한다.)
: 사랑은 가까운 곳에 있는 가까운 사람부터 시작해서 차차 멀리 나아가라는 뜻이다.

입장해, **애**정 관계로. **유**념해, **친**한 사이부터.

입이불번 入耳不煩

入 들어가도 耳 귀에 (들어가도) 不 아니한다. 煩 번거롭지 (아니한다.)
: 듣기 좋은 말, 즉 아첨하는 말

입발림, **이**거 **불**쑥 귀에 들어와. ∵ **번**거롭지 않은 말들이라.

입이착심 入耳着心 순자荀子, 권학편勸學篇

入 들어오면 耳 귀로 (들어오면) 着 달라 붙는다. 心 마음에 (달라 붙는다.)
: 배운 것을 마음에 새기는 모양이다. 학문하는 자세를 나타내고 있다.

입에서 술술 나올 수 있도록 **이** 지식을 마음속에 **착**! 달라붙도록 해! **심**장으로 이해하란 말이다.

입추지지 立錐之地 사기史記, 골계열전滑稽列傳

立 세울 錐 송곳을 (세울) 之 그런 크기의 地 땅.
: 겨우 송곳 하나 들어갈 면적인 땅이라니, 몹시 좁은 땅을 과장하여 표현하고 있다.

입석으로 오늘도 **추**우나 더우나 탄 만원 **지**하철에 사람들 틈에 낑겨 있네. **지**지할 바닥이 한 톨도 없는 느낌으로….

입향순속 入鄕循俗 회남자淮南子, 제속훈편齊俗訓篇

入 들어가면 鄕 어느 지역으로 (들어가면) 循 따른다. 俗 (그 지역) 풍속을 (따른다.)
: 로마에 가면 로마법을 따르라는 말Do in Rome as the Romans do.

입에 담지 못할 말은 어떤 게 있는지 **향**토의 풍속에 어긋나는 행동은 무엇인지 등등 **순**조로이 익히며… 그 지방 **속**으로 잘 들어가.

입화습률 入火拾栗

入 들어가서 火 불속으로 (들어가서) 拾 줍는다. 栗 밤을 (줍는다.)
: 사소한 일에 목숨을 거는 모양을 가리키는 말.

입장했어, 불길 속으로. **화**근이었어. **습**득한 건 별로 없어. **률**(율)법을 세운 건가? 어리석음의 본보기가 된 규범을?

자가당착 自家撞着 선림유취禪林類聚

自家 자기 스스로 撞 부딪치며 着 충돌한다.
: 말이나 행동이 앞뒤가 달라 모순에 빠질 때 쓰는 말이다.

자율 학습을 **가**장한 타율 학습을 모두가 **당**연히 자율 학습이라고 **착**각하고 있다.

자강불식 自强不息 주역周易, 건괘편乾卦篇

自 스스로 强 굳세게 (심신 단련에) 힘쓴다. 不 아니하면서 息 쉬지 (아니하면서).
: 게으름을 피우지 않고 몸과 마음을 정진하는 모습이다.

자신의 분야에서 **강**해지기 위해 **불**타는 노력을 했다네. **식**사 때밖에 쉬는 시간이 없었대.

자격지심 自激之心

自 스스로 激 부딪혀 흐르며 격렬해지는 之 그런 心 마음.
: 스스로의 기준에 비추어 자신이 한 일에 충분히 만족스럽지 못할 때 쓰는 말이다.

자기는 **격**이 떨어진다는 생각이 **지**독하게 **심**기를 불편하게 한다.

자고현량 刺股懸梁 초국선현전楚國先賢傳·전국책戰國策, 진책秦策

刺 찌른다. (송곳으로) 股 넓적다리를 (찌른다.) 懸 매단다. 梁 (상투머리를 천장) 들보에 (매단다.)
: 현두자고 懸頭刺股

자고 싶지만 잘 수 없어 **고**통스럽지만, 집중력은 **현**격하게 떨어지지만, **량**(양)을… 공부량을… 채운다.

자곡지심 自曲之心

自 스스로 曲 구부러진 之 그런 心 마음.
: 자기 스스로 자기 마음을 비뚤어지게 한다. 자신의 잘못 때문에 스스로 섭섭해하는 경우에 쓰인다.

자네 혼자 괜히 내 말을 **곡**해하고 있군. **지**나치게 비뚤어져서 **심**술을 부리는 거 아닌가?

자괴지심 自愧之心

自 스스로 愧 부끄러워하는 之 그런 心 마음.
: 스스로 느끼는 수치심을 가리키는 말.

자기를 부끄럽다고 생각하며 **괴**로운 마음. 천근의 무게를 **지**닌 돌덩이가 짓누르는 듯한 **심**장.

자급자족 自給自足

自 스스로 給 (필요한 것을) 공급하며 自 스스로 足 (필요한 것을) 충족한다.
: 남들과의 교역에 의하지 않고 필요한 것들을 스스로 생산하여 해결하는 모양이다.

자연 친화적인 생활 속에 **급**하지 않은 삶을 추구합니다. 농촌에 **자**리잡아 텃밭을 일구는 삶으로 **족**합니다.

자기기인 自欺欺人 주자어류朱子語類

自 자신을 欺 속이고 (동시에) 欺 속인다. 人 타인을 (속인다.)
: 타인을 속이는 과정에는 자기기만이 들어 있다.

자기까지 속이다니! **기**만의 대상은 원래 남일 텐데 **기**만의 영역이 **인**간 전체로 확장된 세상인가?

자기모순 自己矛盾

自己 자기 스스로 矛盾 모순에 빠져 있다.
: 모순 矛盾

자기는 '자기'가 아닌데 **기**만적인 표현은 아닌데 **모**두가 연인의 호칭으로 **순**순히 받아들이는 모순적 표현이다.

자두연기 煮豆燃萁 세설신어世說新語, 문학편(文學篇)

煮 삶는다. 豆 콩을 (삶는다.) 燃 태우면서 萁 콩깍지를 (태우면서)
: '같은 뿌리에서 나온' 콩을 삶고 콩깍지를 태운다. 같은 핏줄인 형제끼리 반목하는 모습을 빗댄 표현이다.

자기 형제들끼리 UFC에서 **두**드려 패듯 싸워. **연**거푸 욕을 해대며 **기**를 쓰고 싸워.

자린고비 玼吝考妣 설화說話

玼 흉하게 吝 아끼고 인색하다. 考 죽은 아버지와 妣 죽은 어머니를 기리는 제사에서까지.
: 어느 지독한 구두쇠가 부모 제사 때 쓰는 제문의 종이까지 아껴, 태우지 않고 두고두고 썼다. 그래서 제문 속의 '아비 고(考)'와 '어미 비(妣)'라는 글자가 '절어' 버렸다('저린 고비')고 한다.

자기 돈을 쓰는데 **린**(인)색해. **고**소득자이면서 **비**싼 건 절대 안 사.

자막집중 子膜執中 맹자孟子, 진심盡心 상편上編

子膜 자막이라는 사람이 執 잡는다. 中 가운데를 (잡는다.)
: 어느 한쪽으로 치우치지 않고 가운데 중용의 길을 고집했다는 뜻으로, 얼핏 들으면 객관적이고 타당한 입장으로 여겨진다. 그러나 이 말은 융통성 없이 중용만을 고집하여 오히려 편향적이고 주관적인 입장이라고 비판받는 경우에 쓰인다.

자기 생각에 꽉 **막**혀 있구나. **집**착이야, 그건. 그런 생각은 당장 **중**단하고, 융통성을 발휘해 봐!

자모패자 慈母敗子 사기史記, 이사열전李斯列傳

慈 자애로운 사랑이 넘치는 母 어머니 (밑에) 敗 패륜아 같은 子 아들.
: "Spare the rod and spoil the child." 몽둥이를 아끼면 자식을 망친다는 말과 통한다. 너무 사랑한 나머지 오냐오냐하며 자식을 키우면, 자식이 방자해져서 엇나갈 수 있다는 뜻이 담겨 있다.

자식이 엇나가지 않도록 **모**친(엄마)은 자식을 **패**면서 키우라는 **자**녀 교육에 관한 속담이 있다.

자수성가 自手成家

自 스스로 手 맨손으로 成 이룬다. 家 한 집안을 (이룬다.)
: 아무 것도 가진 것 없이 시작하여 자신의 분야에서 크게 성공한 경우를 일컫는 말.

자산은 맨몸뚱이뿐이었지. **수**두룩한 난관이 **성**장을 방해했지만, 내 꿈을 **가**꾸며 결국 사업을 일으켰다네.

자승자박 自繩自縛

自 스스로 繩 끈으로 自 스스로를 縛 얽어맨다.
: 끈으로 꽁꽁 묶여 있다. 그런데 그 끈으로 묶어서 포박한 사람이 남이 아니다. 자기 스스로 자기의 끈으로 자신을 묶은 것이다. 자신의 말과 행동이 자신을 얽어매는 구속으로 작용할 때 쓰는 말이다.

자기 딴에는 **승**리를 위한 말과 행동이었는데, 오히려 **자**신을 실패를 향하도록 **박**박 긁고 옭아매는 결과가 된다.

자시지벽 自是之癖 세설신어世說新語

自 스스로 是 옳다고 之 (생각하는) 癖 버릇.
: '나는 항상 옳다.'는 선입견을 가리키는 말.

자꾸 옳다고 우길 텐가? 왜 자꾸 **시**비심까? 제가 틀렸으면 제 손에 장을 **지**지겠습다. 이런 **벽**창호 같은 고집을 봤나!

자신만만 自信滿滿

自 스스로 信 믿음으로 滿 차 있다 滿 가득 차 있다.
: 강한 자신감을 표현한다.

자신감 뿜뿜! **신**나 신나, ♬♪ **만**세! **만**세!야!

자아성찰 自我省察

自 스스로를 我 나를 省 살피고 察 살펴서 안다.
: 자신의 행동이나 생각을 되돌아보며 깊게 살펴보는 모습이다.

자주 들여다보자, 내면의 거울을. **아**름다운 마음을 **성**의껏 가꾸는 길이야. 가끔 **찰**싹 맞은 듯 아플 수도 있어.

자업자득 自業自得 불교佛教

自 스스로의 業 업보대로 自 스스로 得 얻는다.
: 자신의 행동에 기인한 결과를 자신이 받는 모양이다.

자주 스캔들 사진들이 인터넷에 **업**로드되었던 선거 후보자는 **자**신의 부정한 과거 탓에 **득**표수가 형편없었다.

자연도태 自然淘汰

찰스 다윈Charles Darwin, 종의 기원에 대하여On the Origin of Species

自 스스로 然 그렇게 淘 흔들어서 (쓸 것과 못 쓸 것을) 가려내고 汰 걸러낸다.
: 자연계에서 환경에 적응하는 개체는 살아남고, 그렇지 못한 개체는 멸종되는 현상을 가리키는 말.

자연계는 **연**이은 생존 경쟁의 장. **도**태되지 않을 적응력을 후천적으로 또는 **태**생적으로 갖추어야 한다.

자유분방 自由奔放

自 스스로 由 말미암아 奔 (격식으로부터) 달아나고 放 (형식으로부터) 석방된다.
: 무엇에도 얽매이지 않고 자기 뜻에 따라 마음대로 하는 모양이다.

자유를 원해요! **유**연하게 생각하고 행동할래요. **분**질러버릴 거에요, 낡은 속박들은. **방**방 뛰어다닐래요!

자유자재 自由自在

自 스스로 由 말미암아 自 스스로 在 제멋대로 한다.
: 자신의 의지대로 사태를 완전히 장악하는 모양을 나타낸다.

자, 이렇게 해 볼까 하며 **유**유히 정말 이렇게 하고, **자**, 저렇게도 해 볼까 하며 **재**주도 좋아 정말 저렇게도 하네.

자자손손 子子孫孫

子 자식에서 子 자식으로 孫 손자에서 孫 손자로.
: 그렇게 대대로….

자손들에게 전해지는 **자**신의 이름이… 반가운 **손**님인가? 아니면 불쾌한 **손**님인가?

ㅈ

자전일섬 紫電一閃

紫 자줏빛 電 번개처럼 一 한 번씩 閃 번쩍이는 빛.
: 칼부림하는 모양이다. 눈앞에서 칼을 휘두를 때마다 빛이 번쩍번쩍 하듯이 위급한 상황을 나타낸다.

자, 받아랏! **전**류가 흐르듯 **일**격을 가한다. **섬**씽 어썸!Something AweSome! 뭔가 멋져! ♬♪

자중지란 自中之亂

自 자기들 中 가운데에서 之 그렇게 亂 어지러운 난리.
: '내분'을 일컫는 말.

자기편끼리 싸우네. **중**재할 사람도 없나? **지**독한 **란**(난)장판이군.

자초지종 自初至終

自 부터 初 처음(부터) 至 이른다. 終 끝(까지 이른다.)
: 사건의 경위를 하나도 빠뜨리지 않는 모양을 나타낸다.

자세히 얘기해 보라고 **초**롱초롱한 눈빛으로 요구한다. **지**엽적인 내용도 빼먹지 말라고 **종**용한다.

자포자기 自暴自棄 맹자孟子, 이루離婁 상편上編

自 스스로를 暴 해치면서 自 스스로를 棄 돌보지 않는다.
: 절망에 빠져 무기력한 상태를 가리키는 말.

자기야, 공부 안 해? **포**기했어. 공부는 무슨…. **자**기야, 대학 안 가? **기**준 미달이야. 말도 마!

자행자지 自行自止

自 스스로 行 다니며 행하거나 自 스스로 止 그치며 그만두거나.
: 제멋대로 하는 모습을 일컫는 말.

자기 멋대로 **행**동하네. **자**기 멋대로 완전 **지**멋대로(제멋대로)야.

자허오유 子虛烏有 사기史記, 사마상여열전司馬相如列傳

子 사람(은 사람인데) 虛 없는 (사람이다.) 烏 어찌 有 있겠는가 (있을 수 없는 사람이다.)
: 실존하지 않는 허구의 일이나 인물을 일컫는 말.

자체발광 영웅들은 **허**구인 존재일 뿐이야. **오**로지 영화 속에서만 **유**의미한 실체지.

자화자찬 自畫自讚

自 자신이 (그린) 畫 그림을 自 자기 스스로 讚 찬양한다.
: 자아도취나 자의식의 과잉을 뜻하는 나르시시즘narcissism의 일종으로 볼 수 있다.

자랑스러운 내 모습, **화**알짝 꽃핀 내 모습은 **자**꾸자꾸 **찬**미할 수밖에 없어. ♬♪

작비금시 昨非今是 도연명陶淵明, 귀거래사歸去來辭

昨 어제까지는 非 그른 행동 今 이제부터는 是 옳은 행동.
: 어제는 그르다고 판단했던 행위를 오늘은 (관점이 바뀌어) 옳다고 여기는 태도라고 흔히들 정의하지만, 원래의 맥락에서는 어제까지 그른 행동을 했지만 오늘부터는 새롭게 바른 행동을 하겠다는 의미로 쓰인 말이다.

작년까지는 **비**웃고 **금**지했던 행동을 **시**작해, 올해부터는.

작심삼일 作心三日 맹자孟子, 등문공騰文公 하편下編 호변장好辯章

作 일으킨다. 心 마음을 (일으킨다.) 三 (겨우) 3 日 일 동안만.
: 계획은 있으나 실천하는 행동은 있는 듯 없는 듯해서 결과가 나오지 않는 모습을 일컫는 말.

작작 좀 해! **심**히 유감이야. **삼**일도 못 가 **일**그러진 계획이라니….

잔두지련 棧豆之戀 진서晉書, 선제기宣帝紀

棧 마구간 널빤지에 널려 있는 豆 콩을 之 그렇게 戀 아쉬워하는 마음.
: 마구간은 말에게 구속과 억압의 공간이기 때문에 마구간을 떠나면 말은 자유와 해방으로 들어설 수 있다. 그러나 말은 마구간을 떠나지 못한다. 왜? 마구간에 있는 몇 안 되는 콩 쪼가리를 포기할 수 없기 때문이다. 보잘것없는 이익에 연연하며 더 큰 일을 하지 못하는 모습을 빗댄 표현이다.

잔상이 머리에 맴돌아. **두**고 오긴 아까워. … **지**엽적인 이익에 **련**(연)연하는 어리석음.

잔월효성 殘月曉星

殘 없어지는 月 달 (새벽달) 曉 새벽 星 별 (샛별).
: 날이 밝을 무렵 보이는 달과 별을 가리키는 말.

잔잔하게 밝아오는 아침… **월**드 오브 스카이World of Sky 하늘의 세상… **효**과적으로 하루를 깨우고 **성**스럽게 물러나는 달과 별….

ㅈ

장계취계 將計就計 삼국지三國誌 제갈량諸葛亮 일화逸話

將 만약 計 계획이 (그러하다면) 就 곧 (이를 바탕으로) 計 계획을 세우겠도다.
: 상대의 계략을 역이용하는 전략을 일컫는 말.

장군! 적군의 **계**획을 알아냈사옵니다. 잘 하셨소. 거기서 **취**약한 부분을 찾아내어 우리의 **계**획을 짭시다.

장두노미 藏頭露尾 왕엽王曄, 도화녀挑花女

藏 감추었으나 頭 머리를 (감추었으나) 露 드러났구나. 尾 꼬리는 (드러났구나.)
: 진실을 숨기려고 (의식적으로) 노력하는 가운데, 거짓의 실마리가 (의도하지 않았는데) 드러나 버린 상황을 일컫는 말.

장소가 그 어디든 간에… **두**근두근하며 아무리 잘 숨겼더라도… **노**출되기 마련이야, 진실은. **미**련한 거짓말쟁이들아, 알겠냐?

장두은미 藏頭隱尾

藏 감춘다. 頭 머리를 (감춘다.) 隱 숨긴다. 尾 꼬리를 (숨긴다.)
: 투명하게 모든 것을 밝히지 않고, 무언가를 숨겨서 미심쩍은 모양을 가리키는 말.

장악했나, 모든 정보를? **두**려운가, 모두 공개하기가? **은**밀하게 감춰두고 **미**적지근하게 이럴건가?

장립대령 長立待令

長 긴 시간 동안 立 서 있다. 待 기다리면서 令 명령을 (기다리면서).
: 권력에 빌붙어 그 권력이 내리는 분부를 기다리는 모습을 가리키는 말.

장관님께 (꼬리를 살랑살랑) **립**(입)으로 알랑방귀 뀌며 **대**기하고 있숩니다. 권력자를 **령**(영)접해얍죠. (꼬리를 살랑살랑)

장삼이사 張三李四 불교佛教 경덕전등록景德傳燈錄

張 장씨 성의 三 셋째 李 이씨 성의 四 넷째.
: 평범한 사람들을 일컫는 말.

장보러 온 사람들. **삼**삼오오 지나가는, **이**름 모를 우리네 **사**람들.

장수선무 長袖善舞 한비자韓非子, 오두편五蠹篇

長 긴 袖 소매가 善 좋다. 舞 춤출 때 (좋다.)
: 예전 사람들은 소매가 길면 춤추는 자태가 훨씬 곱게 느껴졌나 보다. 춤은 시각적인 만족을 주는 효과가 크기 때문에 (긴 소매와 같은) 의상도 춤출 때 한몫을 단단히 한다. 유리한 조건을 갖춘 사람에게 유리하게 일이 진행된다는 뜻으로 쓰이는 표현이다.

장비를 잘 갖추면 **수**월하다. **선**천적인 능력도 물론 중요하지만 **무**조건 유리하다, 물질적인 조건을 갖추면.

장우단탄 長吁短歎

長 긴 吁 탄식 短 짧은 歎 탄식.
: 탄식을 많이 하는 모습이다.

장음으로 탄식한다: **우**~~휴우우우우우우우우우우~~. **단**음으로 탄식한다: 우휴. **탄**식한다, 이래저래.

장주지몽 莊周之夢 장자莊子, 제물론편齊物論篇 나비 꿈 일화逸話

莊周 장주(장자) 之 의 夢 꿈.
: 호접지몽 胡蝶之夢

장소가 꿈인가, 현실인가? **주**인공은 나인가, 나비인가? **지**금이 현실인지, 아닌지? **몽**롱하게 경계가 허물어지는구나!

장중보옥 掌中寶玉

掌 손바닥 中 가운데에 든 寶 보배로운 玉 구슬.
: 애지중지하는 소중한 존재를 일컫는 말.

장남이에요. 자식 **중**에서 특히 **보**물처럼 **옥**처럼 아끼는 아이죠.

재색겸비 才色兼備 후한서後漢書

才 재주와 色 아름다운 빛을 兼 겸하여 두루 備 갖춘 (여인).
: 외모와 실력이 모두 출중한 여자를 표현하는 말이다.

재주가 뛰어난 **색**시가, **겸**사겸사 **비**너스처럼 미모까지 뛰어나구나!

재승박덕 才勝薄德

才 재주는 勝 뛰어나다. 薄 엷은, 적은 德 덕에 (비해서는).
: 덕은 부족한데 재능만 뛰어난 인물로서, 우리 사회가 경계해야 할 인간상이다.

재능으로 **승**부하려는 사람의 마음에는 **박**혀 있어야 한다, 그 재능에 합당한 **덕**이… 성숙한 인격이.

저양촉번 羝羊觸藩 주역周易, 대장괘편大壯卦篇

羝羊 숫양이 觸 닿는다. 藩 울타리에 (닿는다.)
: 저돌적으로 돌진하던 숫양이 울타리에 뿔이 박혀 꼼짝달싹 못하고 묶여 있는 모양이다. 장애물에 걸려 마음먹은 대로 움직이지 못하는 형상을 표현한다.

저돌적으로 밀고 나가… **양**보 없이, 사건 사고 **촉**발하는 똥고집으로, 수백 **번**… 제자리 박치기만 그저 그 자리에서….

적구지병 適口之餠

適 맞는 口 입에 (맞는) 之 그런 餠 떡.
: 입맛에 맞는 떡이다. 마음에 쏙 드는 물건을 가리키는 말.

적당히 먹을 수가 없어. **구**미에 딱 맞는 떡이라서. **지**효가 우적우적 쉴 새 없이 먹으며 말한다. **병**에 걸려 입맛이 없다더니만….

적년신고 積年辛苦

積 여러 年 해 (동안) 辛 고생하며 苦 괴로워하다.
: 수년 동안 몹시 괴로운 상황이다.

적혀 있다. 수십 **년** 동안 **신**랄하게 **고**생했다는 게… 얼굴에 적혀 있다.

적반하장 賊反荷杖 순오지旬五志

賊 도둑이 反 도리어 荷 (집어 들고) 꾸짖는다. 杖 몽둥이를 (집어 들고 꾸짖는다.)
: (상식적으로) 도둑은 혼나야 하는 사람인데 (상식과 다르게) 오히려 혼내고 있다. 잘못을 저질러 놓고 죄를 사과하기는커녕 큰소리치며 역정을 내는 모습을 보여준다.

적잖이 놀랍다. 잘못을 저지르고 **반**대로 무고한 사람을 혼내다니… **하**! 나 참 이거 어이가 없네. **장**난하냐, 지금?

적소성대 積小成大

積 쌓아 小 작은 것을 (쌓아) 成 이룬다. 大 큰 것을 (이룬다.)
: 작은 것부터 큰 것을 이루는 법이다.

적어 놓은 자잘한 지식들이 **소**중해. 모이면 방대한 지식이 되어 **성**공적인 **대**학 진학의 밑거름이 되니까.

적수공권 赤手空拳

赤 벌거벗은 手 손과 空 빈 拳 주먹.
: 손에 든 게 아무 것도 없다. 가진 것은 맨몸뿐이라는 말.

적을 재산이, 소득이 아무것도 없어. **수**척한 맨몸뿐이지, 가진 거라고는. **공**기를 마실 **권**리뿐인 거지[beggar].

적우침주 積羽沈舟 사기史記, 장의열전張儀列傳

積 쌓으면 羽 깃털을 (쌓으면) 沈 잠기게 한다. 舟 배도 (잠기게 한다.)
: 작고 약한 힘이라도 모이면 크고 강한 힘을 낼 수 있다는 뜻이다.

적은 힘들을 합쳐 큰 힘을 내어 **우**주에서 온 **침**략자들을 무찌르는 **주**인공들.

적자생존 適者生存 허버트 스펜서Herbert Spencer, 생물학 원리Principles of Biology

適 적응하는 者 생물만이 生 살아 存 남는다.
: 현대 사회가 사랑하는 원리다. 생존 경쟁 환경에서 환경에 적응하느냐 마느냐가 살아남느냐 그렇지 않느냐를 결정짓는다는 뜻이다.

적자야, 이번 달도. **자**본주의 사회에서 이러면 **생**활하기 힘들어. **존**재하기 힘들다구!

적재적소 適材適所

適 맞는 材 재목을 適 맞는 所 자리에 (놓는다.)
: 인적 자원 관리 HRM[Human Resource Management]의 측면에서 자신의 능력을 최대한으로 발현할 자리에 인재를 배치하는 것을 의미한다.

적임자라오. **재**능이 뛰어나 그 자리에 **적**당하다오. 게다가 성격도 **소**탈해서 사람들과 잘 어울린다오.

적진성산 積塵成山 순자荀子, 권학편勸學篇

積 쌓아 塵 티끌을 (쌓아) 成 이룬다. 山 산을 (이룬다.)
: '티끌 모아 태산'과 같은 말이다.

적은 먼지도 **진**짜 진짜 많이 쌓이면 **성**도 되고, **산**도 되지요.

적훼소골 積毁銷骨

積 쌓으면 毁 헐뜯는 말을 (쌓으면) 銷 녹인다. 骨 뼈조차도 (녹인다.)
: 비방하는 말이 가공할 위력을 지닌다는 뜻이다.

적당히 받아넘길 한도를 초과했다. **훼**손시킨다, 내 자존심을. **소**중한 내 멘탈mental이 무너지는 느낌이다. **골**머리를 앓게 하는 악담과 험담 덩어리들 때문에….

전거복철 前車覆轍 설원說苑, 선설편善說篇

前 앞 車 수레가 覆 엎어진 (흔적을 보여주는) 轍 바퀴 자국.
: 전의 잘못을 되풀이한다는 뜻으로 전철을 밟는다는 표현이 여기서 나온다. 전철을 밟지 않으려면 앞에 있었던 잘못을 잘 되새겨 보아야 한다는 뜻이다.

전에 있었던 실패 사례를 **거**울로 삼으시오. **복**을 밀치는 과오는 **철**저하게 반성해야 하오.

전거복 후거계 前車覆 後車戒 한서漢書, 가의전賈誼傳

前 앞 車 수레가 覆 뒤집히면 後 뒤 車 수레는 戒 경계한다.
: 잘못된 전례가 있다면 (이 전례에서 잘못된 이치를 잘 살펴서) 다시는 같은 잘못을 되풀이하지 않도록 조심해야 한다는 뜻이다.

전에 **거**기에서 왜 실패했을까? **복**기하듯 반성해서 **후**에 **거**기서 다시 실패하지 않도록 **계**획한다.

전공가석 前功可惜

前 앞에서 그동안 세운 功 공이 可 가히 惜 아깝도다.
: 앞에서 애를 쓰고 나서 말짱 도루묵이 된 상황을 가리키는 말.

전공은 지금 하는 일이랑 달라요. **공**연히 적성에 맞지도 않는 학과에 **가**서 시간을 버린 것 같아요. **석**사 과정이… 그래서… 유감스럽습니다.

전광석화 電光石火

電光 번갯불의 빛처럼 번쩍 石火 부싯돌의 불처럼 번쩍.
: 순식간에 일어난 일을 나타낼 때 쓰는 말이다.

전사들이 맞짱 뜬다. **광**포하게 **석**기 무기들을 휘두른다. **화**악(확) 순식간에 승부가 끝난다.

ㅈ

전대미문 前代未聞

前 앞 代 시대에 未 못했던 聞 들어보지 못했던 일이다.
: 전례가 없는 일을 일컫는 말.

전혀 못 들어봤는데 **대**체 어떻게 이런 일이! **미**지의 영역의 **문**이 열린 건가?

전도요원 前途遙遠

前 앞 途 길이 遙 멀고도 遠 멀도다.
: 갈 길이 멀다. 해야 할 일들이 아직 많이 남아 있다는 뜻이다.

전방에 끝이 보이는가? **도**무지 끝이 안 보임다! **요**만큼 왔으나 저어어어어만큼 남은 **원**정길….

전도유망 前途有望

前 앞 途 길에 有 있다. 望 바랄만한 희망이 (있다.)
: 어떤 사람의 앞날이 매우 긍정적일 때 쓰이는 표현이다.

전문직에 **도**전하는 게 낫다. 취업에 **유**리하니까. 괜찮은 전문직은 **망**해도 몇 년은 간단다.

전무후무 前無後無

前 앞 시대에도 無 없었고 後 뒤 시대에도 無 없을 (일).
: 역사적으로 유일한 사건이나 업적, 기록 등을 의미한다.

전국을 넘어 **무**서운 기세로 세계를 놀라게 하신 분은 **후**[who] 누구? **무**려 10관왕을 달성하신 자랑스런 배우 분!

전미개오 轉迷開悟 불교佛敎

轉 벗어나 迷 미혹으로부터 (벗어나) 開 열고 들어간다. 悟 깨달음의 세계로 (열고 들어간다.)
: 번뇌에서 벗어나 열반의 깨달음에 이른 경지를 뜻한다.

전에는 **미**궁에 빠져 어지러웠으나, **개**운하게 털어버리고 **오**늘은 깨달음의 세계에서 살아요.

전본분토 錢本糞土 진서晉書

錢 돈은 本 근본이 뭐냐면 糞 똥이야, 土 흙이야, 똥 섞인 흙이야.
: 돈의 가치를 천시하는 표현이다.

전 인류여 기억하라. 돈의 **본**질이 똥이라는 사실을 **분**명히 기억하라. **토**할 것 같은 이 사실을 기억하라.

전부야인 田夫野人

田 밭에서 일하는 夫 사람 野 촌스러운 人 사람.
: 교양이 없는 촌사람을 가리키는 말.

전혀 **부**유한 도시… 이런 거는 몰라요. **야**산에서 뛰놀던, 촌구석에만 있던 **인**물이라서요.

ㅈ

전인미답 前人未踏

前 앞에, 이전에 人 그 누구도 未 아니했다 踏 밟지 (아니했다.)
: 선구자로서 어떤 영역을 개척할 때 쓰는 말이다.

전에 그 누구도 다닌 적이 없는, **인**기척도 없는, **미**개척 분야의 질문에 **답**을 내겠다.

전전긍긍 戰戰兢兢 시경詩經, 소아小雅 소민편小旻篇

戰 두려워 떨고 戰 두려워 떨고 兢 와들와들 떨고 兢 와들와들 떨고.
: 두려워 덜덜 떨거나 몹시 조바심을 내는 모양을 일컫는 말.

전날 지원한 회사와 면접을 **전**화로 했어요. 과연 회사는 제 지원에 **긍**정의 대답을 해줄까요? **긍**정의 대답을 해줄까요? 아, 몹시 떨려요.

전전반측 輾轉反側 시경詩經, 국풍國風 주남周南의 관저편關雎篇

輾 돌아눕고 轉 구르고 反 뒤집고 側 엎드리고.
: 몸을 뒤척거리며 잠 못 드는 모양을 일컫는 말.

전날 밤도 못 잤네. 요즘 **전**혀 잠을 못 자. 바로 눕고 **반**대로 엎드리고 **측**면으로 눕고 해봐도 잠이 안 와.

전정만리 前程萬里 계유공計有功, 당시기사唐詩紀事

前 앞 程 길이 萬 10,000 里 리다.
: 앞으로 가야 할 길이 창창하다. 젊은이에게 앞으로 무한한 발전 가능성이 있다는 뜻이다.

전신에 힘이 넘칠 나이지. **정**력적일 나이야. 청춘 **만**세! ♬♪ **리**(이)십 대여, 달려! 달려! ♬♪

전지도지 顚之倒之

顚 엎드러지며 之 가고 倒 넘어지며 之 간다.
: 허둥지둥 도망치는 모양을 일컫는 말.

전방에 저 놈 잡아라! **지**하철역에서 소매치기범이 **도**망치고 있네. **지**체할 새 없이, 걸음아 날 살려라!

전지전능 全知全能

全 전부 다 知 알고 全 전부 다 能 가능하다.
: 절대적인 능력이다.

전능하신 **지**저스 크라이스트.Jesus Christ. **전**부 할 수 있는 **능**력의 예수 그리스도.

전차복철 前車覆轍 설원說苑, 선설편善說篇

前 앞 車 수레가 覆 엎어진 (흔적을 보여주는) 轍 바퀴 자국.
: 전거복철 前車覆轍

전철을 밟지 않기 위해 **차**례대로 역사적 오류들을 **복**습해서 **철**저히 되새긴다.

전호후랑 前虎後狼 조설항평사趙雪航評史

前 앞에서는 虎 호랑이가 後 뒤에서는 狼 이리가.
: 재앙이 연거푸 몰아치는 모양을 일컫는 말.

전반전엔 **호**랑이의 공격으로, **후**반전엔 이리떼의 습격으로 **랑**(낭)패를 겪는다.

전화위복 轉禍爲福 전국책戰國策, 연책燕策·사기史記, 관안열전管晏列傳

轉 바뀌어 禍 재앙이 (바뀌어) 爲 된다. 福 복이 (된다.)
: 나쁜 일을 나쁘다고 하는 '기준'이 무엇일까? 그 '기준'이 아닌 다른 '기준'으로 보면, 그 나쁜 일(로 보였던 일)이 좋은 일로 받아들여질 여지는 무궁무진하다.

전화가 밤에 걸려와 **화**가 나서 전화를 받았는데, **위**험에서 벗어났다고 병원 관계자가 **복** 받은 듯한 좋은 소식을 들려주었다.

절부지의 竊鈇之疑 여씨춘추呂氏春秋, 거우편去尤篇

竊 훔친 것 같은 鈇 도끼를 (훔친 것 같은) 之 그런 疑 의심.
: 도끼를 훔쳐갔다고 의심하고 그 사람을 보았더니 일거수일투족이 모두 의심스러웠다. 그러나 나중에 공연한 의심이었음이 밝혀지고 다시 보니 그 사람의 행동은 의심

스러운 점이 하나도 없었다고 한다. 근거 없이 남을 의심하는 행동을 일컫는 말.

절대 훔치지 않았다고 **부**지런히 결백을 주장했건만, **지**금에야 비로소 **의**심이 풀리다니…. 이런 젠장!

절장보단 絶長補短 전국책戰國策

絶 끊어내어 長 긴 것을 (끊어내어) 補 깁는다. 短 짧은 것을 (깁는다.)
: 장점으로 단점을 보완한다는 뜻이다.

절대 음감이 **장**점인 유나가 **보**컬 트레이닝을 해서 유정이의 **단**점인 음감을 훈련시킨다.

절차탁마 切磋琢磨 시경詩經, 기수의 물굽이淇奧

切 베고 磋 으깨고 琢 다듬고 磨 갈고.
: 옥돌을 갈고 닦는 모습이다. 학문이나 인격, 기술 등을 향상시키기 위해 노력하는 모습을 빗댄 표현이다.

절실하게 **차**별화된 빛을 내기 위해 **탁**!탁! 툭!탁! 툭!탁! **마**음과 몸을 갈고 닦는다.

절체절명 絶體絶命

絶 끊어질 듯한 體 몸 絶 끊어질 듯한 命 목숨.
: 매우 다급하고 절실한 상황을 가리키는 말.

절벽에 매달려 **체**중을 버티기 힘들어 하며 **절**실하게 붙들고 있는 여러 **명**의 사람들.

절충어모 折衝禦侮

折 꺾는다 衝 찌르며 들어오는 공격을 (꺾는다.) 禦 막는다. 侮 업신여기지 (못하게 막는다.)
: 적의 공격을 막아냄으로써, 적이 감히 우월감을 느끼지 못하도록 하는 모양.

절대 방어로 **충**격 흡수! 하고 한마디: **어**디서 감히 이따위 공격을 하느냐? **모**든 힘이 너희를 압도하지 않느냐? 음하하하…

절치부심 切齒腐心 사기史記, 자객열전刺客列傳

切 갈면서 齒 이를 (갈면서) 腐 썩인다. 心 마음을 (썩인다.)
: 매우 원망하며 분노하는 마음을 행동으로 잘 나타내고 있다.

절대 용서 못해! **치**가 떨려. **부**들부들… 감히 내 **심**기를 건드려?

점입가경 漸入佳境 진서晉書, 고개지전顧愷之傳

漸 점점 더 入 들어갈수록 佳 아름다울 境 경지로구나!
: 점점 더 좋아지고 나아지는 모양인데, 반어적으로도 많이 쓰인다.

점점 더 좋구나! **입**안에서 침이 꿀꺽 **가**면 갈수록 더 가보고픈 **경**치로구나!

점적천석 點滴穿石 나대경羅大經, 학림옥로鶴林玉露

點 점점이 떨어지는 滴 물방울이 穿 뚫는다. 石 돌을 (뚫는다.)
: 수적천석 水滴穿石

점이 한 방울씩 한 방울씩… **적**당히 모이면 선도 되고… 면도 되고… **천**하도 다 덮고… **석**상도 뚫을 수 있어.

점철성금 點鐵成金

點 고쳐서 鐵 쇠를 (고쳐서) 成 이룬다. 金 금을 (이룬다.)
: 나쁜 것을 고쳐서 좋은 것을 만드는 행위를 일컫는 말.

점점 성장시켜… **철**부지 불량 학생을 **성**장시켜… **금**세기 최고의 학자로 만든다.

정구건즐 井臼巾櫛

井 우물물을 긷고 臼 절구질을 하고 巾 수건으로 낯을 씻고 櫛 머리를 빗는다.
: 여성의 가사 노동을 일컫는 말.

정신 없는 가정 노동, **구**부린 몸과 허리를 펼 시간은 있었을까? **건**조하고 메마른 삶, **즐**거웠을까?

정당방위 正當防衛

正 바르고 當 마땅하게 防 막고 衛 지킨다.
: 말 그대로 '정당한 방어 행위'란 말인데, 보통 피해자가 (가해자의 공격을 막는 과정에서) 그 가해자를 공격해서 상해 등을 입혔을 때 (피해자가 가해자가 되어버린 상황에서) 그 공격 행위가 방어 행위로서 정당성을 인정받을 때 쓰는 용어이다.

정직하게 말해서 **당**사자로서 어쩔 수 없이 **방**어를 위해 공격했어. **위**험을 피해야 했어.

정력절륜 精力絶倫

精 성적인 力 힘이 絶 절대적 倫 경지에 있다.
: 성적 능력의 절대 강자를 일컫는 말.

정신을 못 차리게 해. **력**(역)시는 역시야. **절**대 빠져 나오지 못해. **륜**(윤)곽부터가 남달라.

정문금추 頂門金椎

頂 정수리 門 자리를 金 쇠로 된 椎 쇠몽치로 때린다.
: 정신이 번쩍 드는 깨우침을 일컫는 말.

정신 차려! 쿵! 딱! **문**제를 **금**방 풀려면 어서 **추**론력을 길러야 해! 알았어?

정문일침 頂門一鍼

頂 정수리 門 자리에 一 한 방 놓는다. 鍼 침을 (한 방 놓는다.)
: 통렬하게 핵심을 파고드는 조언이나 가르침을 일컫는 말.

정곡을 찔러 **문**제를 해결하도록 도와줘. **일**단은 정수리에 **침**을 맞은 것처럼 아프긴 하지만….

정본청원 正本清源 한서漢書, 형법지刑法志

正 바로잡고 本 근본을 (바로잡고) 清 맑고 깨끗이 한다. 源 근원을 (맑고 깨끗이 한다.)
: 근본적 개혁이 이루어지는 모습이다.

정치하시는 분들, **본**연의 임무에 충실하세요. **청**소할 썩은 것들이 되지 말고, **원**래의 임무대로 썩은 것들을 뿌리 뽑으세요.

정신일도 하사불성 精神一到 何事不成 주자어류朱子語類

精神 정신이 一 하나에 到 이른다면 何 어찌 事 일이 不 아니하겠는가. 成 이루어지지 (아니하겠는가.)
: 집중력은 힘이라는 말.

정신이 번뜩! **신**병으로 입소한 **일**반인들… **도**보로 행군, **하**루에 수차례 부르는 군가, **사**회 밖의 사회에서 **불**타오르는 건 군기뿐. **성**심성의껏 정신 차렷!

정저지와 井底之蛙 장자莊子, 추수편秋水篇·후한서後漢書, 마원전馬援傳

井 우물 底 밑 之 의 蛙 개구리.
: 정중지와 井中之蛙

정상이 아니구나. **저** 우물 밑바닥에서 얻은 **지**식이라 얇고 가벼워 **와**사삭 부스러지기 쉽구나.

정족지세 鼎足之勢

鼎 솥에 달린 足 발 세 개가 맞서 있듯이 之 (그렇게 팽팽하게 대립하는) 勢 형세.
: 세 세력이 비등비등하게 서로 맞서는 모양이다.

정면으로 **족**장의 자리에 도전한다. **지**닌 힘이 엇비슷한 **세** 명의 사내가 팽팽하게 겨룬다.

정중관천 井中觀天 장자莊子, 추수편秋水篇·후한서後漢書, 마원전馬援傳

井 우물 中 가운데에서 觀 본다. 天 하늘을 (본다.)
: 정중지와 井中之蛙

정중하게 **중**요한 사항을 말씀드립니다. **관**찰하는 장소를 **천**천히 옮겨 보시지요.

정중시성 井中視星 장자莊子, 추수편秋水篇·후한서後漢書, 마원전馬援傳

井 우물 中 가운데에서 視 본다. 星 (별로 보이지도 않는) 별을 (본다.)
: 정중지와 井中之蛙

정지되고 **중**지된 채 보고 있는 건 아닌지… **시**각을, 자신의 시야를 **성**찰해 보시기를….

정중지와 井中之蛙 장자莊子, 추수편秋水篇·후한서後漢書, 마원전馬援傳

井 우물 中 가운데 (안) 之 의 蛙 개구리.
: 개구리에게 세상은 우물이 전부다. 개구리의 시선은 우물의 좁은 틈으로 보이는 편협한 공간에 제약되어 있다. 자기만의 작은 세상에서 우쭐거리기만 하고, 더 큰 세상에 대해 전혀 아는 바가 없는 사람을 형상화하다.

정보를 더 얻는다면… **중**심이 네가 아니라 드넓은 세상임을 **지**각한다면… **와**르르 무너질 텐데, 너의 그 좁은 소견은.

제구포신 除舊布新 춘추좌씨전春秋左氏傳

除 덜어낸다. 舊 옛것을 (덜어낸다.) 布 펼쳐낸다. 新 새것을 (펼쳐낸다.)
: 낡은 것들을 정리하고 새롭게 시작하는 모습이다.

제거 완료: **구**태의연한 것들. **포**함 시작: **신**선하고 발전적인 것들.

제궤의혈 堤潰蟻穴 한비자韓非子, 유노편喩老篇

堤 둑이 潰 무너진다. 蟻 개미 穴 구멍으로 인하여.
: 큰 재앙의 결과가 아주 작은 원인에서 비롯될 수 있다는 뜻이다.

제 아무리 큰 둑도 무너져 버린다. **궤**도를 돌던 일개미가 **의**표를 찌르듯 뚫은, 미세한 **혈**소판 같은 구멍만으로도.

제동야인 齊東野人 맹자孟子, 만장萬章 상편上編

齊 제나라 東 동녘 野 변두리에 사는 人 사람.
: 촌사람을 일컫는 말.

제가 **동**네 **야**산에서만 놀던 촌뜨기인 **인**물입니다.

ㅈ

제세지재 濟世之才

濟 구제할 世 세상을 (구제할) 之 그런 才 재주.
: 세상을 구원하는 영웅을 일컫는 말. 현실에서 보기는 어렵지만 히어로hero 영화에서는 많이 볼 수 있다.

제발 나타나서 **세**상을 구해 주세요. **지**구의 위기를 타개할 **재**능을 발휘해 주세요.

제이면명 提耳面命 시경詩經

提 끌어당기면서 耳 귀를 (끌어당기면서) 面 낯을 맞대고 命 가르친다.
: 정성을 다해 성심성의껏 가르치는 모양이다.

제자야, **이**리 가까이 오너라. **면**전에서 **명**확하게 가르쳐주겠노라.

제자패소 齊紫敗素 전국책戰國策

齊 제나라의 紫 자줏빛 옷이 敗 부순다. 素 질박한 흰옷을 (부순다.)
: 질박한 흰옷을 염색하여 자줏빛 옷으로 탈바꿈시켰다는 말이다. 원료의 품질이 그렇게 좋지는 않았는데, 가공 행위를 통하여 그 가치를 급상승시킨 경우다. 연장을 탓하는 건 서투른 목수뿐이다. 도구가 무엇이든, 원재료가 무엇이든 간에 재주 있는 사람은 (그 도구와 원재료를 가지고) 훌륭한 성과를 낼 수 있다.

제반 여건이 **자**꾸 나빠지지만, **패**기 있게, 그 여건에서 쓸 만한 **소**재를 찾아 성공하겠습니다.

제포연연 綈袍戀戀 사기史記, 범수채택열전范雎蔡澤列傳

綈 깁과 袍 도포를, 솜옷을 (입으라고 건네준 은혜를) 戀 잊지 않는다. 戀 잊지 않는다.
: 예전에 초라한 행색을 보고 옷을 내주었는데, 이렇게 은혜를 베푼 것을 계기로 위험에서 벗어났다는 일화에서 유래한 말이다. 요즈음에는 우정이 깊다는 뜻으로 해석하는 경향이 있는데 원래의 맥락에서 다소 벗어난 것으로 보인다.

제대로 갚아야죠. **포**기하지 않습니다. 이 은혜, **연**말까지 꼭 갚을게요. 이 **연**줄에 감사하면서요.

제하분주 濟河焚舟 춘추좌씨전春秋左氏傳

濟 건너고 나서 河 물을 (건너고 나서) 焚 불사른다. 舟 배를 (불사른다.)
: 죽을 각오로 싸움에 임하는 결사 항전을 일컫는 말.

제 목숨을 바칠 각오로 **하**명을 받들어 **분**전하겠습니다. **주**저하지 않고 싸우겠습니다.

조강지처 糟糠之妻 후한서後漢書, 송홍전宋弘傳

糟 지게미와 糠 쌀겨를 (끼니로 연명하던) 之 그런 妻 아내.
: 먹고 살기 힘들 때 함께 고생했던 아내를 일컫는 말.

조밥으로 겨우 끼니를 때우며, 버려진 **강**아지처럼 끼깅끼깅대며, **지**치고 힘들어 하며, **처**절했던 시절을 함께 한 처.

조고각하 照顧脚下 불교佛敎 삼불야화三佛夜話

照 비추어 보고 顧 돌아본다. 脚 (자기) 발 下 아래를.
: 칠흑 같은 어둠 속에서 걸을 때 최선의 방법은 자신의 발밑을 살피며 조심조심 걷는 것이다. 밝은 빛으로 나갈 수 있는 깨달음은 자신을 성찰하면서 얻을 수 있다는 뜻이다.

조심 조심 **고**개 숙여 **각**자의 발밑을 잘 살펴봐. **하**루하루 그렇게 자신을 반성해.

조궁즉탁 鳥窮則啄 순자筍子, 애공편哀公篇·한시외전韓詩外傳

鳥 (약한) 새라 할지라도 窮 궁하면, 궁지에 몰리면 則 곧 啄 부리로 쫀다, 대항한다.
: 궁지에 몰린 약자가 최후의 발악을 하는 모습이다.

조그만 존재도 **궁**지에 몰리면 **즉**시 **탁**월한 기량을 발휘할 수 있다.

조령모개 朝令暮改 조착晁錯, 논귀속소論貴粟疏

朝 아침에 令 명령하더니 暮 저녁에 改 고쳐버리네.
: 법령이 자주 바뀌어 그 신뢰성을 잃은 상황이다.

조만간 또 바뀌겠쥬. **령**(영) 믿기 힘들쥬. 이렇게 **모**양이 수시로 바뀌니 법령들이 **개** 짖는 소리만 못하쥬.

조명시리 朝名市利 사기史記, 장의열전張儀列傳

朝 조정에서 名 명예를 따지고 市 시장에서 利 이익을 따진다.
: 시장에서 명예를 내세우지 말고, 조정에서 이익을 내세우지 말라는 말이다. 추구하는 목적이 정당한지 여부를 판가름할 때, 그 목적을 '어디에서' 추구하느냐도 중요한

기준이 될 수 있다.

조명을 비춰 봐. 장소마다 **명**암이나 색상이 달라. **시**장인지 시청인지 시험장인지 보고 **리**(이)치에 알맞게 행동해.

조반석죽 朝飯夕粥

朝 아침에는 飯 밥 (먹고) 夕 저녁에는 粥 죽 (먹고).
: 어렵게 끼니를 때우는 가난한 삶의 모습이다.

조금 더… 조금만… **반**을 반으로 또 나눠 더… 조금만 먹자. **석**방된 식욕은 다시 감금하고 **죽**이라도 그렇게 아껴 먹자.

조변석개 朝變夕改

朝 아침에 變 고치고 夕 저녁에 (또) 改 고치고.
: 아침저녁으로 바꾼다는 말로, 무슨 일을 꾸준히 하지 못하고 일관성 없는 행동을 할 때 쓰인다.

조롱할 만한 일이군. **변**해도 너무 빨리 변하는군. **석**별의 정을 나눌 틈도 없겠군. **개**선은 무슨… 개악이겠군.

조불모석 朝不謀夕 이밀李密, 진정표陳情表

朝 아침에는 不 못한다. 謀 꾀하지, 도모하지 (못한다.) 夕 저녁을 (도모하지 못한다.)
: 아침에는 아침에 급박하게 해야 할 일들로 정신을 빼앗겨, 차마 저녁에 할 일까지 신경 쓸 겨를이 없다. 원래의 맥락에서는 (생명이 위험할 수 있는) 연로하신 부모님을 모셔야 하는 상황을 표현한 말이었다. 장기적인 계획을 세울 여유가 없을 정도로, 당장 눈앞의 위기가 심각할 때 쓰는 표현이다.

조급해요. 당장 **불**안한 현실 앞에서요. **모**난 돌들을 쌓아올리듯… 내 코가 **석** 자에요.

조삼모사 朝三暮四 열자列子, 황제편黃帝篇

朝 아침에 三 세 개 暮 저녁에 四 네 개.
: 원숭이들에게 먹이를 아침에 세 개씩, 저녁에 네 개씩 주겠다고 하자 원숭이들이 화냈다. 말을 바꿔 먹이를 그럼 아침에 네 개씩, 저녁에 세 개씩 주겠다고 하자 원숭이들이 기뻐했다. 당장 아침에 먹을 양이 하나 늘어났기 때문이다. 이와 같이 이익의 총합이 같음에도 당장의 이익에만 급급할 때나, 별로 결과는 크게 달라지지 않는데도 과정을 조작하여 남들을 속일 때 쓰이는 말이다.

조 녀석 봐라? **삼** 더하기 사를, 사 더하기 삼으로 **모**양만 바꿔 **사**람을 속이려 드네!

조승모문 朝蠅暮蚊 한유韓愈, 잡시雜詩

朝 아침에는 蠅 파리떼 暮 저녁에는 蚊 모기떼.
: 소인배들이 들끓는 모습을 파리떼와 모기떼로 표현했다.

조정이 왜 이 모양인가? **승**승장구하는 파리 떼들과 **모**기떼들이라니… 시끄러워 **문**밖의 백성들 소리가 들리질 않는구나!

조율이시 棗栗梨柹 국립민속박물관國立民俗博物館

棗 대추 栗 밤 梨 배 柹 감.
: 제사상에 음식을 놓는 순서다.

조상님께 ('대추'추추추추 ♬♪) 제사 음식 **율**동을 ('밤'바라밤밤밤 ♬♪) 보여드리자! ('배'배배배 ♬♪) **이**만큼 '감'동받으시라고 **시**인나게(신나게) 보여드리자!

조장발묘 助長拔苗 맹자孟子, 공손추公孫丑 상편上編

助 돕는답시고 長 성장하도록 (돕는답시고) 拔 뽑아버렸네. 苗 모를 (뽑아버렸네.)
: (빨리 자라라고) 모를 다 뽑아서 키를 살짝 키우면, 모가 빨리 자랄까? 자라기는커녕 오히려 성장을 멈출 뿐이다. 성급한 일처리가 일을 더 더디게 하거나 일을 망쳐버릴 때 쓸 수 있는 말이다.

조장이 **장**난 아니게 서둘러 **발**표하다 완전히 망했어. **묘**하게 실수를 저질러서.

조족지혈 鳥足之血

鳥 새 足 발 之 의 血 피.
: 아주 양이 적을 때 쓰는 말이다.

조선 제일의 '대식가'에게 **족**발 일 인분이야 **지**나던 '새발'에서 날 **혈**액 한 방울 양이야.

조진모초 朝秦暮楚

朝 아침에는 秦 진나라로 暮 저녁에는 楚 초나라로.
: 한곳에 머물지 못하고 여기저기 유랑한다는 뜻과 (기회주의적으로) 간에 붙었다 쓸개에 붙었다 한다는 뜻이 있다.

조 녀석, 이리저리 빌붙는 게… **진**짜 박쥐랑 비슷하네. **모**든 동물들에게 다 **초**대해 달라네.

조충전각 彫蟲篆刻

彫 새긴다. 蟲 벌레를 篆 (벌레 같은) 글자를 刻 새긴다.

: 남의 글자를 본떠 새겼는데, 모양이 벌레로 보일 만큼 영 좋지 않다. 글 실력이 그만큼 형편없다는 말인데, 자신의 문장을 겸손하게 표현할 때도 쓰인다.

조사하면 다 나와. 네 생각을 **충**분히 표현했어야지 **전**부 다 남들 얘기들 베낀 거잖아. **각** 잡고 다시 써!

족탈불급 足脫不及

足 발 脫 벗고 (뛰어도) 不 못한다. 及 미치지 (못한다.)
: 타인과 비교해 보았을 때 자신의 능력이 그 사람에 미치지 못한다는 뜻이다.

족보가 나랑 다른가? 내 능력, **탈**탈 다 털어도 쟤는 못 이겨. 난 **불**과 이 정돈가? **급**이 다른가? 못 당하겠어!

ㅈ

종과득과 種瓜得瓜 명심보감明心寶鑑, 천명편天命篇

種 씨를 심는다면 瓜 오이(씨를 심는다면) 得 얻는다. 瓜 오이를 열매로 (얻는다.)
: 인과관계를 일컫는 말.

종이 울리기 전에 **과**감하게 던진 슛! … **득**점 성공! **과**연 이만 번 슛 연습한 보람이…!

종남첩경 終南捷徑 신당서新唐書, 노장용전盧藏用傳

終南 종남산이 捷 빠른 經 길이다.
: 원래 속세를 떠나 산속에 은거하는 이유는 탐욕에 물든 세상을 피해 순수하게 학문을 추구하기 위함이었다. 이것을 악용하여 사람들이 종남산에 은거했다. 그러면 학문이 높은 사람으로 여겨져 오히려 출세를 보다 빨리 했기 때문이다. 이렇게 종남산이 탐욕에 물들어 지름길 역할을 한다는 뜻으로, 부당한 방법을 써서 빠르게 자신의 탐욕을 채우는 행태를 꼬집는다.

종일 성실하게 일하는 **남**들과 달리, 난 교활한 보약을 한 **첩** 달여 먹지. 남들이 **경**악할 만한 반칙으로 승리하지.

종두득두 種豆得豆 명심보감明心寶鑑, 천명편天命篇

種 씨를 심는다면 豆 콩(씨를 심는다면) 得 얻는다. 豆 콩을 열매로 (얻는다.)
: 인과관계를 일컫는 말.

종소리 울려라! ♬♪ … 응? 왜? **두**리번두리번… 사람들이 **득**실대고, 산타 복장들까지… **두**둥! ♬♪ 아하, 크리스마스!

종심소욕 從心所欲 논어論語, 위정편爲政篇

從 좇는다. 心 마음을 (좇는다.) 所 바를 欲 하고자 하는 (바를 좇는다.)

: 마음이 하고자 하는 바를 좇는다는 말인데, (욕망의 노예가 되어 버린다는 뜻이 아니라) 마음에 내키는 대로 행동해도 도리에 어긋나지 않는 경지를 의미한다.

종사하는 일들이 모두 **심**사숙고하지 않고 **소**망하는 대로 하는 듯해도… **욕**될 일이 없다네.

종종잡다 種種雜多

種 종류별로 이것저것 種 종류별로 이것저것 雜 뒤섞여 多 많이 있는 모양.
: 여러 종류가 뒤섞여 많다.

종이 봉지 속에 **종**이가 터질 듯이 **잡**다한 것들이 **다** 들어있구먼.

종횡무진 縱橫無盡

縱 세로로 橫 가로로 (어느 방향이든 자유롭게) 無 없이 盡 다하여 없어짐이 없이 (마음껏 활동한다.)
: 움직이는 동선이 수직과 수평을 넘나들며 아주 자유자재인 모양이다.

종잡을 수 없이 **횡**으로, 종으로 경기장 전체를 **무**진장 돌아다니며 골대로 **진**격하는 축구의 귀재.

좌고우면 左顧右眄 조식曹植, 여오계중서與吳季重書

左 왼쪽을 顧 돌아보고 右 오른쪽을 眄 곁눈질한다.
: 원래의 맥락에서는 ('왼쪽을 돌아봐도 오른쪽을 둘러봐도' 견줄 사람이 없을 정도로) 훌륭한 사람을 칭찬한 뜻이었으나, 의미가 변질되어 요즈음에는 ('왼쪽을 돌아보고 (다시) 오른쪽을 둘러보는' 모양에 초점을 맞추어) 어쩔 줄 모르고 우유부단한 모습을 보인다는 뜻으로 통용된다.

좌우를 **고**개를 왔다 갔다 하며 **우**유부단한 **면**모를 보인다.

좌단 左袒 사기史記, 여후본기呂后本紀

左 왼쪽 袒 웃통을 벗는다.
: 예전에 이쪽 편은 왼쪽 웃통을 벗고 저쪽 편은 오른쪽 웃통을 벗으라고 했던 일이 있었다고 한다. 여기서 유래하여 한쪽 편을 드는 모양이란 뜻으로 쓰인다.

좌시하지 않고 **단**연코 내 편을 도울 겁니다.

좌불수당 坐不垂堂 사기史記

坐 앉지만 不 아니다. 垂 가장자리가 (아니다.) 堂 마루 (가장자리가 앉는 장소가 아니다.)
: 혹시라도 미끄러져 다칠까봐 마루 끝에 앉기를 꺼리는 모양이다. 위험하다 싶은 것으로부터 거리를 두는 자세를 일컫는 말.

좌석이 **불**안한데 바꿀 수 있을까요? **수**고스럽겠지만 부탁을 드려도 될

까요? **당**연히 바꿔드려야죠.

좌불안석 坐不安席

坐 앉아 있어도 不 아니하다. 安 편안하지 (아니하다.) 席 자리에 (편안하게 있지 못한다.)
: 편히 앉지 못할 정도로 불편하고 불안한 모양.

좌중은 **불**안해서 들썩들썩했다. **안**심하기에는 이른 **석** 점짜리 리드였다.

좌우명 座右銘

座 자리 右 오른쪽에 銘 새겨놓은 말.
: 항상 앉는 자리 옆에 새겨놓고 보면서 가슴 속에 새기는 말.

좌뇌와 **우**뇌에 문구를 새겨놓았으니 **명**심하고 늘 떠올리기가 좋을 겁니다.

좌정관천 坐井觀天 장자莊子, 추수편秋水篇·후한서後漢書, 마원전馬援傳

坐 앉아서 井 우물 안에 (앉아서) 觀 본다. 天 하늘을 (본다.)
: 정중지와 井中之蛙

좌석은 저 우물 밑바닥? **정**확하게 **관**찰한다고? 거기서? **천**박하구나! 혼자 안락하구나!

좌지우지 左之右之

左 왼쪽으로 놓았다가 之 그것을 (왼쪽으로 놓았다가) 右 오른쪽으로 놓았다가 之 그것을 (오른쪽으로 놓았다가).
: 사람이나 사물에 대하여 자기가 하고 싶은 대로 영향력을 행사하는 모양을 일컫는 말.

좌로 굴러! **지**령에 좌로 뒹굴뒹굴… **우**로 굴러! **지**령에 우로 뒹굴뒹굴….

(복명복창은 큰소리로)

좌충우돌 左衝右突

左 왼쪽으로도 衝 부딪치고 右 오른쪽으로도 突 부딪치고.
: 우당탕탕 여기저기 부딪치는 모양이다.

좌르르 금화들이 굴러떨어지자 **충**성의 가면들을 벗어젖히고 **우**당탕탕 탐욕의 눈빛으로 **돌**변하여 달려드는 사람들의 몸통 박치기.

주객전도 主客顚倒

主 주인과 客 손님이 顚 거꾸로 뒤집혀 倒 반대가 된다.
: 주인이 손님이 되고, 손님이 주인이 된다. 역할 바꾸기 놀이인가? 당연히 그건 아니고, 중요한 일보다 사소한 일을 우선순위에 둔다거나, 권한이 있는 사람을 밀어내고

아무 권한도 없는 자가 그 권한을 행사할 때 하는 말이다.

주인은 우리 '인간'이오! … **객**쩍은 소리 마쇼! 하인 주제에! **전**지전능한 주인은 바로… **도**온('돈') 아니겠소?

주낭반대 酒囊飯袋 통속편通俗編

酒 술 囊 주머니 飯 밥 袋 자루.
: 사람의 몸이 술을 담고 밥을 담는 기능만 수행한다. 일은 하지 않고 먹고 놀기만 하는 사람의 모습이다.

주로 하는 일이 먹고 마시고 라고? **낭**패로군. **반**대일세, 이런 사람은. **대**접할 가치도 없구만.

주마가편 走馬加鞭 순오지旬五志

走 달리게 한다. 馬 말을 (달리게 한다) 加 더하여 鞭 채찍을 (더하여 더 달리게 한다.)
: 흔히 말하는 '달리는 말에 채찍질하기'다. 속도가 붙은 활동에 동력을 더하여 가속도가 생기도록 할 때 쓰인다.

주력을 기울여 달리고 있는데 **마**구마구 더 채찍질해. **가**속도가 붙도록 **편**치 않은 자극을 해.

주마간산 走馬看山 맹교孟郊, 등과후登科後

走 달리는 馬 말 (위에서) 看 본다. 山 산을 (본다.)
: 원래의 맥락에서는 말 타고 다니며 좋은 구경을 다했다는 뜻으로 표현한 말이었는데, 현대에 이르러서는 말 타고 급히 달리다 보면 제대로 못 보고 지나치는 것이 많다는 뜻으로 통용된다. 여유로운 말이었는데 여유가 없이 서두르는 의미로 반전된 경우다.

주어야지, **마**음을! 정신을 집중해야지! **간**단히 그렇게 **산**만하게 봐서 뭘 알겠니?

주사야몽 晝思夜夢

晝 낮에 思 생각한 내용이 夜 밤에 夢 꿈에 나타난다.
: 깨어 있는 동안 깊이 생각했던 내용이 꿈에까지 나타나는 모양이다.

주요 일과인 양, 이십 **사**(24)시간 내내 생각해. **야**밤에 꿈에서까지 생각해. **몽**룡이는 그렇게 춘향일 생각해.

주야장천 晝夜長川 논어論語

晝 낮(에도 흐른다.) 夜 밤(에도 흐른다.) 長 길게 길게 川 냇물은 그렇게 흐른다.

: 늘 계속하는 모양을 밤낮 없이 흐르는 냇물에 비유한 표현이다.

주구장창 게임만 하는구나. **야**간에도, 주간에도… **장**소를 가리지 않고 집에서도, PC방에서도… **천**하에 게임 폐인이 따로 없구나.

주중적국 舟中敵國 사기史記, 손자오기열전孫子吳起列傳

舟 (내) 배 中 가운데에 敵 적대시하는 國 나라가 있다.
: 내가 탄 배 안에 적국이 들어 있다. 원래는 군주에게 덕을 쌓지 않으면 자기편이던 사람들도 적으로 돌아설 수 있으니 덕치에 힘쓰란 말이었다. 현대인들에게도 인격적인 면에서 처신을 잘못하면 자기편을 적으로 돌릴 수 있다는 교훈이 될 수 있다고 본다.

ㅈ

주위 친구들이 **중**간에 **적**으로 돌변하는 **국**면.

주지육림 酒池肉林 사기史記, 은본기殷本紀

酒 술로 이룬 池 연못 肉 고기로 이룬 林 수풀.
: 예전에 어느 왕이 술 연못과 고기 숲을 만들고 놀았다고 한다. 흥청망청 방탕하게 노는 꼴로서, 과소비와 쾌락주의가 절정에 치달은 모습을 보여준다.

주점의 테이블엔 **지**저분한 술병들. **육**식 동물들의 난장판. **림**(임)자 잃은 정신 줄만 오락가락.

죽두목설 竹頭木屑 진서晉書, 도간전陶侃傳

竹 대나무 頭 머리와 木 나무 屑 가루.
: (대나무 몸통을 쓰고 남은) 대나무 머리와 (나무 몸통을 쓰고 남은) 나무 가루들은 얼핏 쓸모없어 보이는 물건들이다. 그러나 대나무 머리는 갈라 못으로 쓰일 수 있고, 나무 가루들은 눈 위에 뿌려지면 미끄럼을 막아줄 수 있다. 아무 짝에도 쓸모없어 보이는 것들도 잘 활용하면 크게 쓰일 수 있음을 깨닫게 해준다. 일상생활에서 쓰레기라고 물건을 버리기 전에, 한 번 더 재활용할 가능성을 생각해 보는 자세도 바람직하리라.

죽을 쑤면 **두**었다가 개밥 주면 되지. **목**적과 쓸모는 나중에도 생기니까 **설**마 하는 마음으로 챙겨 놓기 바래.

죽마고우 竹馬故友 진서晉書, 은호전殷浩專

竹 대나무 馬 말을 타고 놀던 故 예전에 어릴 적 友 벗, 친구.
: 어릴 때부터 친한 친구였다는 뜻으로 흔히들 쓰이지만, 원래의 맥락에서는 어릴 적에는 친구였지만 나중에 사이가 틀어진 관계에서 옛일을 회상할 때 쓰인 말이었다.

죽을 먹던 어린 시절 **마**음 맞아 **고**을을 함께 뛰어 놀던 **우**정 어린 오랜 친구.

죽마지우 竹馬之友 진서晉書, 은호전殷浩傳

竹 대나무 馬 말을 之 타고 놀던 友 벗, 친구.
: 죽마고우 竹馬故友

죽였지, 그때… **마**구 놀았지. **지**금 생각해도… **우**리, 그때 정말 좋았지.

죽장망혜 竹杖芒鞋

竹 대나무 杖 지팡이와 芒 까끄라기 鞋 신발, 짚신.
: 여행길의 간편한 옷차림을 일컫는 말.

죽 지금부터 **장**차 할 여행을 위해 **망**할 번잡한 의상은 포기하고 **혜**진이는 이렇게 간편한 차림새였다.

준조절충 樽俎折衝 안자춘추晏子春秋, 내편內篇

樽 술통과 俎 도마가 있는 술자리에서 折 꺾는다. 衝 (찌르는 창을) 꺾는다.
: 술자리에서 창 싸움을 벌이는 액션 action을 생각하면 안 된다. 외교석상에서 자국에 유리하도록 상대방의 요구를 물리치는 수완을 묘사한 말이다.

준수한 재능을 발휘하여 **조**건을 우리 측에 유리하도록 **절**묘하게 이끌어 나갈 **충**성스러운 외교술.

줄탁동기 啐啄同機 벽암록碧岩錄 제16칙 경청줄탁鏡淸啐啄

啐 (알 안에서) 쪼는 일과 啄 (알 밖에서) 쪼는 일이 同 동일한 機 시기에 이루어진다.
: 알 밖에서 어미가 쪼고 알 안에서는 새끼가 쪼며 알껍데기를 깨뜨린다. 깨달음의 경지에 이르기 위해 스승과 제자가 안팎으로 합심하는 모양을 형상화한다.

줄곧 **탁**탁 쪼는 소리. **동**시에 서로에게 들리는 **기**회의 소리.

중과부적 衆寡不敵 맹자孟子, 양혜왕梁惠王 상편上編

衆 무리가 寡 적은 숫자라면 不 못한다. 敵 대적하지 (못한다.)
: 수적 열세에 놓이면 싸움에서 이기기 어렵다는 의미다.

중국의 인해 전술, **과**도한 숫자의 위력에 **부**딪칠 **적**마다 부서져.

중구난방 衆口難防 십팔사략十八史略

衆 무리들이 口 제각각 떠드는 입은 難 어렵다. 防 막기 (어렵다.)
: 각자 자기가 할 말만 하며 시끄럽게 떠들어대는 모양새.

중요한 얘기라며 다들 자기 **구**미대로만 시끄럽게 떠들어. **난**리 났어. **방**음도 안 돼.

중구삭금 衆口鑠金 주어周語

衆 무리가 口 입을 모으면 鑠 녹인다. 金 쇠도 (녹인다.)
: 여러 사람들이 한목소리를 낼 때 그 힘의 파괴력은 엄청나다는 뜻이다.

중대한 말로 느껴져. 여러 사람들이 떠들면… **구**구절절 맞는 말 같아 **삭**제하기도 어렵고, **금**방 지워지지도 않아. 여러 사람들이 떠들면….

중노난범 衆怒難犯 춘추좌씨전春秋左氏傳

衆 무리가 怒 성내면 難 어렵다. 犯 거스르기 (어렵다.)
: 이따금씩 사회적으로 심각한 비리나 범죄가 드러났을 때 대중의 분노가 폭발하는 경우가 있다. 이에 따라 성난 민심을 반영하는 입법이나 제도가 뒤늦게 마련되기도 한다.

중요하니까 잘 들어. 사람들이 **노**여워한다면 **난**리가 나는 거야. 사나운 **범** 같아 거스를 수 없어.

중도반단 中途半斷

中 가운데에서 途 길 (가운데에서) 半 절반으로 斷 뚝 끊겨 버린다.
: 길을 끝까지 가야 하는데 그렇지 못하고 중간에서 끊겨 버린 모양이다. 하던 일을 끝까지 해내지 못하고 애매모호하게 마무리할 때 쓰인다.

중간에, **도**중에 흐지부지되어 버린 건 **반**짝였던 초심이, **단**단했던 초심이 사라졌기 때문인 건가?

중류지주 中流砥柱 안자춘추晏子春秋

中流 (황허Huanghe강) 중류의 (격류 속에서) 砥柱 (우뚝 서 있던) 지주산.
: 격동하는 상황에 휩싸여도 흔들리지 않고 굳건하게 서 있는 모습을 형상화한다.

중심을 잘 잡고 **류**(유)속에 휩쓸리지 않는다. **지**탱해 나간다, **주**저하거나 망설이지 않고.

중생제도 衆生濟度 불교佛敎

衆生 중생이 濟 구제되어 度 번뇌에서 해탈한다.
: 부처의 진리로 중생을 교화함을 의미한다.

중은 자신의 **생**각을 말한다: **제**가 고통받는 사람들이 열반에 입성하도록 **도**와드리고 싶습니다.

중석몰촉 中石沒鏃 사기史記, 이장군열전李將軍列傳

中 한가운데로 石 돌의 (한가운데로) 沒 빠진, 박힌 鏃 화살촉.

: 호랑이인 줄 알고 쏘아 맞추었는데 알고 보니 돌이더라. 애초부터 돌인 줄 알고 쏘았다면 화살이 돌에 박힐 리가 없다. 호랑이인 줄 알고 생명의 위협을 느끼며 온 정신을 집중했기 때문에 이러한 놀라운 일이 생겼다는 뜻이다. 인간이 집중하면 경이로운 잠재력을 발휘할 수 있음을 알려준다.

중앙에 꽂히며 **석**상을 뚫어버렸어! 돌인 줄 **몰**라서, 호랑인 줄 알아서 **촉**새처럼 가벼운 화살로, 엄청난 집중력으로!

중언부언 重言復言

重 거듭 言 말하고 復 또다시 言 말한다.
: 같은 말이 반복되는 모양이다.

중요한 말이라 되풀이할게. **언**제 볼까, 우리? **부**탁할 게 있어서 그래. **언**제 볼까, 우리?

중원축록 中原逐鹿 사기史記, 회음후열전淮陰侯列傳

中 가운데 原 벌판에서 逐 쫓는다. 鹿 사슴을 (쫓는다.)
: 사슴 사냥 대회인가 싶기도 하지만 그런 대회가 아니라 제왕의 자리를 두고 벌이는 다툼을 의미한다. 단순히 경쟁한다는 뜻으로도 쓰인다.

중간의 치열한 순위 다툼. **원**하는 건 월드컵의 우승! **축**구의 제왕 자리를 향한 **록**(녹)색 그라운드는 전쟁터.

중인환시 衆人環視

衆 무리를 지은 人 사람들이 環 둘러싸고 視 본다.
: 여러 사람들이 동그렇게 둘러싸고 구경하는 모습이다.

중병도 싹 낫습죠! 보건복지부도 **인**정한, 이 약 한번 잡숴봐! 소리에 **환**영하듯 약장수를 둘러싼 사람들의 **시**선이 집중된다.

즐풍목우 櫛風沐雨 장자莊子, 천하편天下篇

櫛 (머리를) 빗는다. 風 바람에 (빗는다.) 沐 머리를 감는다. 雨 빗물에 (감는다.)
: 비바람에 모진 고생을 하는 모양인데, 흔히들 객지에서 방랑하며 고생한다는 뜻으로 정의하고 있다. 그러나 원래의 맥락에서는 이처럼 몸이 고생하는 이유가 백성을 위하여 힘쓰기 때문이라는 뜻이 담겨 있다.

즐거움이 사라진, **풍**파에 찌든 객지 생활…. **목**욕물은, 온몸을 후려갈기는 **우**박물.

증삼살인 曾參殺人 전국책戰國策

曾參 증삼이라는 사람이 殺 죽인다. 人 사람을.
: (절대 사람을 죽일 성품이 아닌) 증삼이 사람을 죽였다고 여러 사람들이 입을 모은다. 이렇게 사람들 입에서 거짓말이 반복repetition되면 (증삼이 그럴 리는 없다고 믿던) 증삼의 어머니조차 그 거짓말을 진실로 믿어버리게 된다. 명백한 거짓말이 부정할 수 없는 진실로 돌변하는 경우다.

증거가 거짓된 증거라도 **삼**세번 제시되면 **살**인을 하지 않은 **인**간도 살인자로 인정된다. 오해받는다.

ㅈ

증이파의 甑已破矣

甑 시루가 已 이미 破 깨져 矣 버렸도다!
: 영어식 속담으로 "It is no use crying over spilt milk." 엎지른 우유를 놓고 울어봐야 소용없다는 말인데, 서양은 '우유'로, 동양은 '시루'로 표현한 점이 흥미롭다. 이미 벌어진 일이라 돌이킬 수 없을 때 쓰는 표현이다.

증거는 **이**미 **파**기되었다. **의**심해봤자 어쩔 수 없다.

증중생진 甑中生塵

甑 시루 中 가운데 生 생긴 塵 티끌, 먼지.
: 밥 짓는 도구인 시루에 먼지가 쌓였다. 밥도 못 지어 먹을 정도로 몹시 가난함을 일컫는 말.

증오스러운 가난. **중**국집 짜장면 한 그릇도 못 시켜 먹잖아! **생**기는 건, **진**짜 진짜 생기는 건 배고픔뿐.

지강급미 舐糠及米 사기史記, 오왕비열전吳王濞列傳

舐 핥다가 糠 겨(껍질)를 (핥다가) 及 이른다. 米 쌀에까지 (이른다.)
: (외관을 중시하여) 점점 외부에서 내부로 깊숙이 침투하는 모양으로 해석하기도 하고, (내면을 중시하여) 점점 욕심이 커지는 모양을 나타낸다고 보기도 한다.

지날수록 **강**해지고, **급**해지고, **미**칠 지경이 되지.

지관타좌 只管打坐 불교佛敎

只 다만 管 한 길로 打 행동한다. 坐 앉아 있는 (행동만 한다.)
: 좌선을 통하여 깨달음의 세계로 입문함을 일컫는 말.

지그시 눈을 감고 가만히 앉아 **관**조적 자세로 잡념들을 **타**파한다. 번뇌에 **좌**지우지되지 않는다.

지기지우 知己之友

知 알아주는 己 자기를 (알아주는) 之 그런 友 벗, 친구.
: 지음 知音

지는 거야? 왜 **기**를 쓰고 **지**는 거야? … **우**정이란 그런 거야.

지독지애 舐犢之愛 후한서後漢書, 열전列傳

舐 핥아주는 犢 송아지를 (핥아주는) 之 그런 愛 사랑.
: 어미 소가 자식인 송아지를 핥아주는 모습이다. 부모가 극진하게 자식을 사랑하는 모습을 형상화한 표현이다.

지독한 사랑. 자식 몸의 **독**이라도 핥아 먹겠다는 **지**독한 사랑. **애**달픈 희생을 감내하는… 엄마의 사랑.

지독지정 舐犢之情 후한서後漢書, 열전列傳

舐 핥아주는 犢 송아지를 (핥아주는) 之 그런 情 애정.
: 지독지애 舐犢之愛

지혜 엄마, 너무 **독**한 거 아냐? 자식에게 **지**극정성인 건 알겠는데 **정**말 어떻게 그렇게까지….

지동지서 指東指西

指 가리키다가 東 동녘을 (가리키다가) 指 가리키다가 西 서녘을 (가리키다가).
: 동쪽을 가리키다 다시 서쪽을 가리킨다. 뭐 어쩌라고? 중심을 못 잡고 갈팡질팡하며 헤매는 모양을 일컫는 말.

지금 어디야? **동**쪽이야. **지**금 어디라고? **서**쪽이라니까. (…응?)

지란지교 芝蘭之交 명심보감明心寶鑑, 교우편交友篇

芝 지초와 蘭 난초 之 의 交 사귐.
: 지초의 향기와 난초의 향기가 만난다. 이보다 더 좋을 수 있을까? 향기로운 만남, 향기로운 교제를 비유한 표현이다.

지친 몸을 달래주네, **란**(난)초 같은 향기가. **지**친 마음을 안아주네, **교**감하는 우정으로.

지란지화 芝蘭之化 공자가어孔子家語

芝 지초와 蘭 난초처럼 之 그렇게 化 변화된다.
: 좋은 친구를 사귀면 그 친구의 좋은 영향을 받는다는 말.

지혜를 만나고 **란**(난) 다음에 난 달라졌어. **지**혜를 닮아 이제 난 **화**도 잘 안 내.

지록위마 指鹿爲馬 사기史記, 진시황본기秦始皇本紀

指 가리키며 鹿 사슴을 (가리키며) 爲 한다, 가장한다. 馬 말이라고 (가장한다.)
: 사슴이 사슴이지, 사슴을 보고 말이라니? 이 말은 막강한 권력을 휘두르던 자가 일부러 내뱉은 헛소리였다. 이런 말도 안 되는 소리를 지껄여 놓고, 자신의 말이 그르다고 바른 소리를 한 사람들을 남김없이 제거해 버렸다고 한다. 진실까지 왜곡할 정도로 무자비하게 권력을 마구 휘두르는 모양이다.

지금 뭐하자는 거지? **록**(녹)색을 백색이라 우기며 **위**아래 없이 떠드는데… **마**치 진짜 녹색이 백색인 것처럼 되는 이 분위기는 뭐지?

지리멸렬 支離滅裂 장자莊子, 인간세편人間世篇

支 갈리고 離 떼어지고 滅 꺼지고 裂 찢기고.
: 찢기고 흩어져 매우 무질서한 모양.

지저분하구만! **리**(이)건 마치 **멸**치들이 산산이 흩어진 꼴이군. **렬**(열)에서 벗어난 지 오래군.

지성감천 至誠感天 한후룡전韓厚龍傳

至 지극하게 하여 誠 정성을 (지극하게 하여) 感 감동시킨다. 天 하늘을 (감동시킨다.)
: 정성껏 노력하면 좋은 결실을 맺을 수 있다는 뜻이다.

지극하도다. **성**심성의를 다하는구나. 그리하여 **감**동을 받는구나, **천**하의 모든 사람들이.

지소모대 智小謀大

智 지혜는 小 작은데 謀 꾀하는, 도모하는 일은 大 크다.
: 감당하지도 못하면서 자신의 능력 범위를 넘어선 일을 하는 모습을 일컫는 말.

지나친 욕심이야. **소**모적인 시간 낭비야. **모**기 같은 네 능력으론 봉새처럼 **대**단한 날갯짓은 할 수 없어!

지어농조 池魚籠鳥 심악潘岳의 부賦

池 연못 속의 魚 물고기 籠 새장 속의 鳥 새.
: 자유를 구속당한 처지를 일컫는 말.

지뢰를 밟아 꼼짝 못하듯 **어**쩔 수 없이 갇힌 이 곳에서… **농**담이 아니야, **조**금만… 벗어나고 싶어.

지어지앙 池魚之殃 여씨춘추呂氏春秋, 효행람孝行覽 필기편必己篇

池 연못 속 魚 물고기에게 之 닥친 (뜻밖의) 殃 재앙.
: 연못에 빠진 값진 구슬을 찾기 위해 연못의 물을 퍼내는 일이 생긴다. 연못 속에 있던 물고기들 입장에서는 아닌 밤중에 홍두깨 식으로 재앙이 닥친 것이다. 고래 싸움에 등이 터진 새우처럼 억울하게 피해를 입은 제3자를 일컫는 말.

지들끼리 힘 자랑하고 끝낼 것이지 **어**찌하여 힘없는 우리에게까지 해를 끼치나? **지**금껏 특별히 잘못한 것도 없는데 **앙**~ 억울해! 억울해!

지음 知音 열자列子, 탕문편湯問篇

知 알아주는 音 소리를 (알아주는 벗).
: 진정으로 나의 음악 소리를 듣고 이해해주는 사람으로서, 나의 마음을 알아주는 벗을 가리킨다. 백아절현과 유래가 같다.

지음. 내 마음은 노래 지음. … 그 **음**, 참 좋음. 난 그 노래 들음.

지자불언 知者不言 노자老子, 도덕경道德經

知 아는 者 사람은 不 아니한다. 言 말하지 (아니한다.)
: 이 말은 앎의 자세에 대한 표현으로 보아야 한다. 자신의 지식을 교만하게 함부로 남발하기보다는, 침묵을 미덕으로 여기며 정말 필요한 때에만 지식을 드러내는 사람이 진정한 지식인으로서 사람들의 존경을 받지 않을까.

지식이 있다고 **자**랑스럽게 떠들어 봤자 **불**러들이는 건 **언**제나 말꼬투리 잡는 악플러들뿐일 걸?

지자불혹 知者不惑 논어論語, 자한편子罕篇

知 지혜로운 者 사람은 不 아니한다. 惑 미혹하지 (아니한다.), 정신이 헷갈려 갈팡질팡 길을 잃지 아니한다.
: 지혜로운 사람은 유혹에 흔들리지 않는 평정심을 지니고 있다.

지혜로운 사람은 **자**기만의 소각장에서 **불**태워 버리지, **혹**시라도 생기는 혹한 마음을.

지자요수 智者樂水 논어論語, 옹야편雍也篇

智 지혜로운 者 사람은 樂 좋아한다. 水 물을 (좋아한다.)
: 지혜로운 사람의 머리는 늘 활발하게 두뇌가 가동되기 때문에 역동적으로 움직이는 물과 닮아 있다. 물이 그 어떤 모양도 아니면서 그 모든 모양으로 변할 수 있듯이, 지혜로운 사람도 (물처럼 유연하고 융통성 있게 처신하면서) 특정 편견에 사로잡히지 않고 어떤 상황에서든 그에 맞게 현명한 해답을 도출해 낸다.

지혜가 흘러요~~ **자**연스레 흘러요~~ **요**리조리 요쪽 조쪽~~ **수**월하게 흘러요~~

지지부진 遲遲不進

遲 더디고 遲 더뎌서 不 아니한다. 進 나아가지 (아니한다.)
: 일이 매우 더디게 지체되는 모양이다.

지렁이 기어가듯, **지**러엉 지러엉… 굼벵이 기어가듯, 구움 **부**엥 구움 부엥… **진**행이 느으으리이이임.

지지위지지 부지위부지 시지야 知之爲知之 不知爲不知 是知也

논어論語, 위정편爲政篇

知 안다면 之 그것을 (안다면) 爲 해라. 知 안다고 (해라.) 之 그것을 (안다고 해라.) 不 못한다면 知 알지 (못한다면) 爲 해라. 不 못한다고 (해라) 知 알지 (못한다고 해라.) 是 이것이 知 아는 것 이로다.
: 알면 안다고 하고 모르면 모른다고 한다. 너무도 당연하게 들리는 이 말이 참된 앎이란 무엇인지를 깨우쳐 준다. 아는데도 모른다고 하거나 모르는데도 아는 척을 한다면, 거짓이 끼어들어 그 앎은 왜곡될 수밖에 없다. 앎의 세계는 지적 정직성의 세계이다. 이러한 정직한 태도가 바탕이 되어야만 겸손하게 새로운 앎을 추구하며 앎의 폭과 깊이를 늘릴 수 있다.

지식을 **지**니고 있습니까? **위**선을 부리지 말고 **지**식을 **지**니고 있다고 말해요. **부**족합니까, **지**식이? **위**선을 부리지 말고 **부**족한 **지**식이라고 말해요. **시**대를 초월한 **지**식에 대한 진리를 담고 있는 이 말씀, **야** 이거 정말 멋진데!

지척지지 咫尺之地

咫 여덟 치(≒ 24센티미터)와 尺 한 자(≒ 30센티미터) 之 정도 되는 地 거리.
: 아주 가까운 위치를 가리키는 말.

지렁이처럼 쓴 글씨도 **척** 보고 알 만큼 **지**현이는 칠판과의 거리가 **지**극히 가까워.

지천사어 指天射魚 설원說苑, 존현편尊賢篇

指 가리키며 天 하늘을 (가리키며) 射 쏜다. 魚 물고기를 (잡으려고 쏜다.)
: 찾고 있는 목표가 어디에 있는지 모르고 방향 감각을 상실한 채, 효과가 없는 수단을 마련하는 경우다. 물고기를 잡으려면 바다나 연못을 향해 쏘아야 한다. 물고기가 하늘을 날아다니고 있을 리는 없으므로, 하늘을 향해 물고기를 쏘아 봤자 화살이 꿰뚫는 건 공기뿐이다.

지구가 돈다는 갈릴레이에게 **천**동설을 주장하는 것처럼 헛짓이군. **사**격할 표적도 없는데 **어**디다 대고 쏘는 거야?

지초북행 至楚北行 전국책戰國策, 위책魏策 안리왕편安釐王篇

至 이르고자 楚 (남쪽의) 초나라에 (이르고자) 北 북쪽을 향하여 行 떠난다.
: 아, 물론 남쪽 방향을 가기 위해 반대 방향인 북쪽 방향으로 출발해도 목적지에 도착할 수는 있다. 지구를 한 바퀴 돌면 그만이니까. 그러나 여유롭게 세계 일주를 하겠다는 생각이 아니라면 이러한 역방향은 명백히 잘못된 목적 달성 수단이다. 목적을 달성하려는 수단이 달성하고자 하는 목적과 정반대로 어긋난 경우에 쓰이는 말.

지난주부터 맘 잡고 공부하겠다고 **초**롱초롱한 눈망울로 다짐하더니 **북**북 책들을 다 찢고 **행**동은 완전 공부를 포기한 자네?

지피지기 知彼知己 손자孫子, 모공편謀攻篇

知 알고 彼 저 사람을, 적을 (알고) 知 알고 己 자기를, 자신을 (알고).
: 싸움의 불패 공식이다. 적을 파악하고 나를 파악하면 패배란 있을 수 없다. 단, 싸우기 전에 싸워서 어떤 결과를 얻을지를 면밀하게 분석하고 세심하게 가늠해야 한다. 그래야만 설사 싸워서 패배했다 하더라도 (노리고 있던 소기의 목적을 달성함으로써) 그 패배 속에서조차 승리를 거머쥘 수 있다.

지엽적인 것까지도 파악하고 싸워라. **피** 터지는 건 상대가 될 것이다. 꼼꼼하게 모든 **지**식을 쌓고 적과 싸운다면 **기**적 같은 승리도 이룰 것이다.

지행합일 知行合一 양명학陽明學

知 아는 것과 行 행동하는 것이 合 합치되어 一 하나가 된다.
: '아는 것 따로, 행동하는 것 따로(지식≠행동)'가 아니라 '아는 것을 행동으로 실천하는(지식=행동)' 자세가 중요하다는 말이다.

지식 더하기(+) **행**동은(=)? **합**하면 몇? **일**(1)이어야 해. 이(2)가 아니야!

지호지간 指呼之間

指 손가락질하며 呼 부를 수 있는 之 정도의 間 간격, 거리.
: 손짓하여 부르는 것을 보고 들을 수 있을 정도로 가까운 거리를 나타낸다.

지시하고 **호**출하는 걸 **지**금 뭘로 한다고? **간**단히 손짓으로 하고 있지!

직궁증부 直躬證父

논어論語, 자로편子路篇·장자莊子, 도척편盜跖篇·한비자韓非子, 오두편五蠹篇

直躬 직궁이라는 사람이 證 증인으로서 父 아비를 (고발하다.)
: 규범이 충돌하는 사례다. 아버지가 범죄를 저질렀을 때 아들은 어떻게 행동해야 할까? 정직이라는 규범을 실천하여 아버지를 고발하고 증인으로 나서야 할까? 아니며 효도라는 규범을 실천하여 아버지의 죄를 눈감아 주어야 할까? 이렇게 정직과 효도가 충돌할 때는 효도를 우선시하라는 것이 통상적인 해석이다. 아무리 정직한 행동이라도 효도를 저버리고 부모의 범죄를 드러내는 자식의 행동은 용납되지 않는다는 규범이 담긴 표현이다.

직접 목격했다면 감히 아버지를 고발해? **궁**색한 정직일 뿐이야. **증**인이기 이전에 자식으로서 **부**모를 섬기는 마음부터 다져라!

직정경행 直情徑行 예기禮記, 단궁檀弓 하편下編

直 꾸미지 아니한 情 감정 徑 곧바로 하는 行 행동.
: 말이나 행동이 무례할 정도로 솔직한 모양을 일컫는 말.

직설적으로 **정**곡을 찔러 말해. **경**망스럽게 하고 싶은 대로 다 해. **행**여 누가 뭐랄까 봐 눈치 보지 않아.

ㅈ

진금부도 眞金不鍍 이신李紳의 시

眞 진짜 金 금은 不 아니한다. 鍍 도금하지 (아니한다.)
: 무언가 꾸미려고 애쓰는 가짜들 앞에서, 있는 그대로의 모습으로 그 가치를 드러내는 진짜의 위엄.

진짜가 나타났다! **금**방 들통날 가짜들아, **부**질없는 짓들 말고 부지런히 **도**망쳐라!

진수성찬 珍羞盛饌 장형張衡, 남도부南都賦

珍 보배로운 羞 음식 盛 풍성한 饌 반찬.
: 마음이 흐뭇할 정도로 매우 많고 넉넉하게 차려진 맛좋고 귀한 음식이다.

진땀을 흘립니다, 상다리가. **수**두룩하게 차린 음식들 땜에요. **성**스러이 이 맛들 **찬**미하며 음미하겠습니다.

진승오광 陳勝吳廣 농민 반란을 주도했던 역사적 실존 인물들의 이름

陳勝 진승과 吳廣 오광처럼 남들보다 먼저 어떤 일을 개시하는 사람.
: 남이 하기 전에 앞질러 하는 행동이나 사람을 가리키는 말.

진검승부의 **승**부를 가린다. 적이 **오**기 전에 **광**속으로 먼저 친다.

진신서즉 불여무서 盡信書則 不如無書 맹자孟子, 진심盡心 하편下編

盡 극치에 달할 정도로 信 믿는다면 書 (좋다고 여겨지는) 서적을 (그렇게 맹목적으로 믿는다면) 則 그러면 不 아니하다 如 같지 (아니하다) 無 없는 것만 (같지 아니하다.) 書) 그 서적이 애초부터 (없는 것만 같지 아니하다.)
: 아무리 훌륭한 책이라도 무비판적으로 수용하는 태도로 그 책을 읽는다면 득보다는 해가 될 것임을 경계한 말이다.

진리는 나의 빛[Veritas Lux Mea] 학교에서 나온 **신**상 **서**적이면 **즉**시 그 내용을 믿어? **불**신할 게 없다고 **여**기며 맹목적으로 읽어? **무**조건 믿어? **서**울대 책이라고?

진인사 대천명 盡人事 待天命 독사관견讀史管見

盡 다하고 나서 人 사람으로서 事 할 일을 (다하고 나서) 待 기다린다 天 하늘의 命 뜻을, 명령을 (기다린다.)
: 최선을 다하고 결과를 기다리는 모습이다.

진심을 담아 열창한다. **인**지도가 낮은 참가자는 **사**력을 다한 후 **대**기실로 돌아간다. **천**천히… 기다린다. 최우수 가수의 **명**예가 자기에게 오기를….

진정지곡 秦庭之哭 춘추좌씨전春秋左氏傳, 신포서 일화逸話

秦 진나라 庭 궁궐 (담벼락에 기대어) 之 했던 哭 (도와 달라는) 울부짖음.
: 정성을 다 바쳐 도움을 요청하는 경우다. 어느 사신이 위기에 처한 자기 나라를 도와 달라면서 7일 동안 남의 나라 궁궐에서 울부짖다가 쓰러졌다는 이야기에서 유래했다.

진짜 도와줘요! ♪ **정**말 도와줘요! ♪ **지**금 도와줘요! ♪ **곡**명은 '도와줘요!' ♪

진퇴양난 進退兩難 이정李靖, 위공병법衛公兵法

進 나아가는 것도 退 물러나는 것도 兩 둘 다 難 어렵다(어찌 해볼 도리가 없는 곤란한 상황).
: 진퇴유곡 進退維谷

진루한 주자가 견제구에 걸린다. **퇴**로도 다 막혀 **양**쪽 수비수들 사이에서 **난**감하다, 정말.

진퇴유곡 進退維谷 시경詩經, 대아大雅 상유편桑柔篇

進 나아가도 退 물러나도 維 오직 谷 골짜기뿐(이라 나아가지도 물러서지도 못하는 어려운 상황).
: 그 무슨 대책을 내놓아도 딱히 마땅한 것이 없는 막다른 골목에 몰린 상황을 형용한다.

진작 **퇴**장했어야 했는데 **유**감스럽게 어정쩡하게 남아서는, 마음만 **곡**괭이질을 하는 기분이야.

진합태산 塵合太山

塵 티끌이 合 모이면 太 큰 山 산을 이룬다.
: 큰 것과 작은 것을 반대말로만 볼 수는 없다. 큰 것 안에는 (그 큰 것을 이루는) 무한히 작은 것들이 들어 있기 때문이다. 큰 것은 작은 것이고, 큰 것을 이루는 작은 것들

은 (어쩌면) 위대하기까지 하다.

진리를 알려줄까? 작은 수들을 무한대로 **합**쳐 봐! **태**산처럼 큰 수가 될 걸? **산**수지. 산수야. 아주 기본적인 산수지.

질곡 桎梏

桎 차꼬 (발을 구속하는 도구)와 梏 수갑(손을 구속하는 도구).
: 자유를 구속하는 도구들이다. 속박에 얽매인 상태를 일컫는 말.

질끈 온몸을 휘감는 속박에 **곡**성이 울린다.

ㅈ

질풍경초 疾風勁草 후한서後漢書, 왕패전王霸傳

疾 거센 風 바람 속에 勁 굳센 草 풀.
: 거센 바람은 시련을 의미하고, 굳센 풀은 그 시련 속에서 꺾이지 않는 마음이다. 사람의 굳센 성품은 시련이 거세게 불어 닥쳤을 때에야 비로소 그 진가를 드러낸다는 뉘앙스nuance가 담겨 있다.

질척질척한 늪지에 빠지면서도, **풍**파가 귀싸대기를 갈겨도, **경**건하고 **초**연하게 나의 길을 걸어간다.

질풍노도 疾風怒濤

疾 빠르게 부는 風 바람과 怒 성난 듯 밀려오는 濤 파도.
: 불안정하고 변화가 심하다는 점에서 청소년의 사춘기를 질풍노도의 시기라고 한다.

질끈 나를 동여매는 **풍**요로운 감정의 사슬을 따라 **노**예처럼 끌려다닌다. **도**망칠 순… 없다.

집열불탁 執熱不濯 춘추좌씨전春秋左氏傳

執 잡은 채로 熱 뜨거운 것을 (잡은 채로) 不 아니한다. 濯 씻지 (아니한다.)
: 뜨거운 것을 붙잡고 그대로 있으면 손을 데고 상처가 깊어질 뿐이다. 시급하게 물에 씻는 등의 방법으로 열을 식혀야 하는데, 그대로 뜨거운 것을 붙잡고만 있는 모양이다. 뻔히 문제가 보이고 뻔히 해결 방안도 보이는데 문제를 해결하기 위하여 아무런 노력도 하지 않는 답답한 모양을 나타낸다.

집착하고 **열**중한다. **불**리한 줄 뻔히 알면서 **탁**한 공기를 내뿜으며, 잘못된 행동을 한다.

차래지식 嗟來之食 예기禮記, 단궁편檀弓篇

嗟 야! (감탄사) 來 와 之 이리로 (와) 食 먹어!
: 무례하게 대접하는 음식을 일컫는 말.

차가운 인심으로 **래**(내)리는 빗속에서 **지**저분한 음식, **식**사할 맛이 나겠냐?

차일피일 此日彼日

此 이 日 날 彼 저 日 날.
: "이 날에는 꼭!" 이렇게 말했다가 "저 날에는 반드시!"로 말을 바꾼다. (돈을 갚는다든가 약속을 지킨다든가 등등) 무언가 해야만 하는 일을 자꾸 뒤로 미루는 모양이다.

차차 갚겠네 하며 **일**부러 **피**하며 돈 갚을 **일**을 미룬다.

차청입실 借廳入室

借 빌리더니 廳 마루를 (빌리더니) 入 들어간다. 室 집의 안방까지 (들어간다.)
: 정당한 권리가 없는 자가 정당한 권리가 있는 자의 영역을 권한 없이 야금야금 침해하는 행태를 가리킨다.

차근차근 **청**탁하며, **입**맛을 다시며, **실**속을 다 챙겨 먹는 도둑놈.

차형손설 車螢孫雪 진서晉書, 차윤전車胤傳·손강전孫康傳

車 차윤이라는 사람의 螢 반딧불 孫 손강이라는 사람의 雪 눈.
: 형설지공 螢雪之功

차가운 손이 **형**용하는 형용사가 있다. **손**은 차갑지만 **설**명할 수 있는 땀이 배어 있다.

차호위호 借虎威狐 전국책戰國策, 초책楚策

借 빌리면서 虎 범을 (빌리면서) 威 위엄스레 행동하는 狐 여우.
: 호가호위 狐假虎威

차도 고급이고, 먹는 것도 입는 것도 **호**사스러워 **위**세를 떨치는데… 다 형님 꺼(거)였어. 알고 보니 **호**주머니가 텅텅 빈 알거지였네.

창가책례 娼家責禮 서거정徐居正, 태평한화골계전太平閑話滑稽傳

娼 기생의 家 집에서 責 꾸짖는다, 요구한다. 禮 예도를.
: 바른 생활의 영역이 있고, 그렇지 않은 영역이 있다. 기생의 영역은 그렇지 않은 영역이다. 그렇지 않은 영역에서 바른 영역에서 갖추어야 할 것을 떠드는 일은 '정신 나간 헛소리'에 불과하다. 격식을 차려야할 전제 조건이 충족되지 않은 상황에서 격식 차리려는 행동은 격에 맞지 않는 행동일 뿐이다.

창고는 비었고 **가**뭄에 굶주림에 허덕이는데… 백성들에게 **책** 좀 읽으라고 **례**(예)의 바르게 행동하라고 꾸짖는다.

창랑자취 滄浪自取 굴원屈原, 어부사漁父辭

滄 큰 바다 浪 물결이 自 스스로 取 받아들인다.
: '바닷물이 맑으면 갓끈을 씻고, 바닷물이 흐리면 발을 씻겠다.'는 원문이 대폭 축약되어 있다. 상황에 따라 대처하는 방식을 달리 하겠다는 해석도 가능하고, (바닷물이 맑거나 탁한 것을 개인의 인격이 맑거나 탁한 것과 동일시하여) 칭찬이든 비난이든 알맞게 받겠다는 해석도 가능하다. (어떠한 해석이든) 바닷물이 맑냐 흐리냐가 궁극적 원인이 되어 (그에 따라) 각각 다른 결과를 야기하는 모양이다.

창문, 제가 깼습니다. **랑**(낭)랑한 목소리로 **자**기가 책임지겠다는 **취**지로 말한다.

ㅊ

창상지변 滄桑之變

유정지劉廷芝, 대비백두옹代悲白頭翁·태평광기太平廣記, 신선전神仙傳

滄 큰 바다가 桑 뽕나무밭으로 之 바뀐 變 (어마어마한) 변화.
: 이전 모습을 조금도 알아 볼 수 없을 정도로 심하게 변화된 양상을 일컫는 말.

창 밖을 봐. **상**상도 못한 풍경이야. **지**금 타임머신 타고 **변**화를 경험하는 듯해.

창씨고씨 倉氏庫氏

倉 곳집 주인의 氏 성씨는 창씨 庫 곳집 주인의 氏 성씨는 고씨.
: 곳집을 뜻하는 창고, 곳간은 각각 창씨 성을 가진 사람과 고씨 성을 가진 사람이 대대로 맡았다고 한다. 늘 창고는 창씨가 맡은 모습이었고, 곳간은 고씨가 맡은 모습이었다. 그리하여 늘 같은 모습으로 변하지 않는 모습을 뜻하는 말로 쓰인다.

창창한 세월 **씨**see 봅니다. 그대로…. **고**대부터 현대까지 **씨**see 봅니다. 그대로….

창업이 수성난 創業易 守成難 정관정요貞觀政要

創 시작하는 것은 業 일을 (시작하는 것은) 易 쉬운 반면에 守 지키는 것은 成 이룬 것을 (지키는 것은) 難 어렵다.
: 창업은 원래 군주가 나라를 세우는 일이었으나, 요즈음에는 사업을 일으키거나 이루고자 하는 일을 시작한다는 뜻으로 통용된다. 물론 어떤 일을 처음 시작하는 것도 쉽지만은 않을 것이다. 그러나 그렇게 어려운 시작을 쉽다고 표현함으로써, 시작한 일을 꾸려 나가는 일은 훨씬 더 어렵다는 사실을 대조를 통해 일깨워주고 있다.

창조하는 거야 쉽지. **업**무를 새로 시작하는 거야 **이**렇게 쉽지. **수**고하는 데 노력이 많이 들지. **성**공하기 위해 유지해 나가는 일에는 **난**점이 아주 많지.

창졸지간 倉卒之間

倉 갑작스럽고 卒 갑작스러운 之 그런 間 사이.
: 흔한 말로 '눈 깜짝할 사이에'

창백해진다, **졸**지에. **지**금 이 **간**발의 순간에.

창해유주 滄海遺珠 신당서新唐書, 적인걸狄仁杰 일화逸話

滄 크나큰 바다 海 그 바다에 遺 남겨진 珠 구슬.
: 구슬은 값을 헤아리기 힘든 보석이다. 그 보석이 바다 속에 숨겨져 사람들이 알아보지 못하고 있는 상황이다. 흔한 말로 '숨은 보석'이다. 명성을 빗겨간 뛰어난 인재를 가리킨다.

창창한 **해**변에 묻혀 있다네, **유**심히 살펴보아도 겨우 알까 말까 한 **주**옥 같은 인재가.

창해일속 滄海一粟 소식蘇軾, 적벽부赤壁賦

滄 크나큰 바다 海 그 바다에 一 한 톨의 粟 좁쌀.
: 매우 크고 거대한 존재 사이에 낀, 아주 작고 미미한 존재를 일컫는 말.

창창한 **해**안에서 바라본 바다에서 **일**반적으로 찾기 힘든 좁쌀 한 톨마냥 **속**된 말로 뭣도 아닌 것.

채미지가 采薇之歌 사기史記, 백이열전伯夷列傳

采 캐면서 薇 고사리 풀을 (캐면서) 之 부르는 歌 노래.
: 고사리 풀을 왜 캐 먹었을까? 세상의 불의와 타협하고 싶지 않아 산속으로 숨어 들어갔는데 먹을 것이 없었기 때문이다. 왜 노래를 불렀을까? 고사리 풀만으로는 목숨을 유지하기 힘들어 굶어 죽을 지경에 이르고 만 자신들의 절개를 세상에 알리고 싶었기 때문일지도 모른다. 목숨을 걸고 지킨 절개가 담겨 있는 표현이다.

채집해 고사리 풀을 뜯어먹어. **미**천한 지위에서 **지**나간 덕치(덕으로 다스리던 정치)가 그리워 **가**슴이 아파해, 폭정(난폭한 정치)의 시대를.

책상퇴물 冊床退物

冊 책만 보다 床 책상에서 (책만 보다) 退 뒤떨어진 物 물건이 되어 버린 사람.
: 현실과 동떨어져 책만 읽는 사람을 비꼬아 하는 말이다.

책상다리하고 **상**념에 빠져… 세상일 **퇴**짜나 놓으며 **물**끄러미 앉았네.

처성자옥 妻城子獄

妻 아내라는 城 성 子 자식이라는 獄 감옥
: 책임이라는 구속을 당하면서 자유를 빼앗긴, 남편이자 아버지로서의 남자의 모습을

해학적으로 묘사한 표현이다.

처(아내)라는 **성**에 갇혀 **자**식이라는 감옥에서 **옥**살이하네.

척과만거 擲果滿車 세설신어世說新語, 반악潘岳 일화逸話

擲 던진다. 果 과일을 滿 가득 채운다. 車 수레를.
: 여인들이 애정 표현으로 미남에게 과일을 던져 그 미남의 수레에 과일이 가득 찼다는 이야기.

척 봐도 **과**연 외모가 연예인 급인 남자, **만**족스러워 하는 여성들 사이에서 **거**참 인기가 많구만!

ㅊ

척구폐요 跖狗吠堯 서언고사書言故事

跖 척이라는 악랄한 도둑이 기르던 狗 개가 吠 짖는다. 堯 (성군으로 손꼽히는) 요임금을 보고 (짖는다.)
: 개의 성격에 따라 크게 두 가지 해석이 갈린다. 하나의 해석은 설령 주인이 도둑일지라도 주인을 따르는 것은 개의 미덕이기 때문에, 상대가 착한 사람이라 하더라도 개가 짖는 행위는 당연하다고 보는 입장이다. 다른 해석은 사악한 주인에게 물들어 개도 역시 사악해졌기 때문에 착한 사람을 미워한다고 보는 입장이다.

척 보고 **구**석에서 뛰쳐나와 옆집에 **폐**를 끼칠 정도로 짖어대는 **요**놈은 바로… 집 잘 지키는 개.

천고마비 天高馬肥 두심언杜審言의 시

天 하늘은 高 높고 馬 말은 肥 살찌는 계절, 가을.
: 높은 하늘 아래 풍요로운 풍경이 펼쳐지는 가을을 묘사한 말

천하에 풍요로움이 가득한 가을. **고**!Go! 고!Go! 고!Go! 풍성히 수확하러 가서 **마**구마구 맛있게 먹다… 에구, **비**만이 되어버리기 쉬운 계절.

천공해활 天空海闊 고금시화古今詩話

天 하늘이 空 비어 있고 海 바다가 闊 트여 있다.
: 넓디넓은 하늘과 바다만큼 사람의 품성이 크고 넓다는 뜻이다.

천생이 **공**자님처럼 **해**맑고 너른 성품이셔. 늘 **활**짝 웃으셔.

천군만마 千軍萬馬

千 천 명의 軍 군인들 萬 만 마리의 馬 말들.
: 어마어마한 군사력을 일컫는 말.

천하제일인 **군**사력을 얻은 기분일세. **만**사형통이야. **마**음먹은 대로 할

만하겠어!

천금지자 불사어시 千金之子 不死於市 사기史記, 월왕구천세가越王句踐世家

千 1,000 金 금을 之 갖고 있는 子 사람은 不 아니한다. 死 죽지 (아니한다.) 於에서 市 저잣거리, 시장(에서).
: 흔한 말로 유전무죄有錢無罪, 즉 돈만 있으면 죄는 없다는 사고방식이다.

천하가 온통 **금**에 환장을 했지. **지**금 이 세상에서 **자**신감의 근거는 바로 돈… 아니겠어? **불**러올 수 있지, 옥살이하는 사람도 **사**회로 복귀시킬 수 있어. **어**서 빨리 나와. **시**기하고 질투해도 상관없어. 돈만 있으면 되니까.

천기누설 天機漏洩

天 하늘의 機 기밀이 漏 틈이 나서 洩 흘러나온다.
: 아주 중요한 기밀이 빠져 나가는 것을 일컫는 말.

천하에 이런 일이…. **기**밀이 새어나가다니, **누**가 **설**명 좀 해 봐!

천년일청 千年一淸 춘추좌씨전春秋左氏傳, 양공襄公

千 1,000 年 년이 지나면 一 한 번이라도 淸 맑아지려나?
: 황하의 물은 맑아질 가능성이 없는 물이다. 1,000년을 기다려본들 이 황하의 물은 맑아질 가능성이 없을 것이다. 이와 같이 실현이 불가능한 꿈을 일컫는 말로 쓰인다.

천 년 만 년 **년**(연)령이 늘지 말거라. **일**관되게 **청**춘이어라.

천도시비 天道是非 사기史記, 백이열전伯夷列傳

天 하늘의 道 도리는 是 옳은 것인가 非 옳지 않은 것인가.
: 세상살이하는 모습을 보면 착한 사람이 억울한 일을 당하고 나쁜 사람이 떵떵거리며 잘 사는 모습을 심심찮게 볼 수 있다. 이렇게 부조리한 상황에서 던지는 질문이 '하늘의 도리는 옳은가, 그른가?'이다.

천하에 이럴 수가! **도**대체 도리가 존재한단 말이더냐? **시**련이 왜 나에게 이렇게… **비**참하도다, 무릎 꿇은 정당성….

천라지망 天羅地網

天 하늘에도 펼쳐진 羅 그물 地 땅에도 펼쳐진 網 그물.
: 세상 어디에나 그물이 펼쳐져 있어서 절대로 벗어날 수 없는 상태이다. 흔히 여기서 그물을 경계망이나 재앙으로 본다.

천하에 그 어디**라**도 **지**상에 그 어디라도 **망**이 촘촘히 짜여있어.

천려일득 千慮一得 사기史記, 회음후열전淮陰侯列傳

千 1,000번 慮 생각하다 보면 一 한 번쯤 得 얻는 것이 있다.
: 우둔한 사람이 1,000가지 어리석은 생각을 하는 과정에서 하나 정도는 지혜로운 생각을 할 수도 있다는 말이다.

천 가지 생각이 **려**(여)의찮아도, **일**부터 차근차근 하면 **득**이 될 만한 좋은 생각이 하나쯤은 나온다.

천려일실 千慮一失 사기史記, 회음후열전淮陰侯列傳

千 1,000번 慮 생각하다 보면 一 한 번쯤 失 실수할 수 있다.
: 지혜로운 사람이 1,000가지 현명한 생각을 하는 과정에서 하나 정도는 어리석은 생각을 할 수도 있다는 말이다.

천 가지를 하다보면 **려**(여)기저기 **일**솜씨가 **실**수도 있기 마련.

ㅊ

천리비린 千里比隣

千 천 里 리 ≒ 400킬로미터만큼 거리가 멀어도 比 견줄 수 있다. 隣 이웃과 (견줄 수 있다.)
: 마음의 거리가 중요하다. 심적으로 가까운 관계라면 아무리 물리적으로 멀리 떨어져 있어도 이웃처럼 가깝게 느껴질 수 있다는 말이다.

천리를 떨어져 있어도… 이어주는 **비**밀은… 사랑하는 **린**(인)연의 끈.

천리안 千里眼 위서魏書, 양일전楊逸傳

千 천 里 리 ≒ 400킬로미터의 거리를 (꿰뚫어 보는) 眼 눈.
: 사리를 판단하는 능력이 아주 훌륭함을 뜻하는 말.

천재적인 통찰력으로 **리**(이) 세상의 모든 걸 **안**팎으로 꿰뚫어 보는 눈.

천리일도 千里一跳

千 천 里 리 ≒ 400킬로미터의 거리를 一 한 번에 跳 뛴다.
: 짧은 시간 안에 엄청난 업적을 성취하는 경우를 일컫는 말.

천천히? 천만에! **리**(이)왕이면 빠르게! 단박에! 크게! **일**해야 **도**전할 맛이 난다니까?

천마행공 天馬行空 한서漢書, 열전列傳 서역전西域傳

天 하늘의 馬 말이 行 누빈다. 空 공중을 (누빈다.)
: 신비스러울 정도로 비상한 재능을 일컫는 말.

천하를 **마**음대로 휘젓는구나! **행**동의 **공**중제비… 멋지구나!

천망회회 소이불루 天網恢恢 疏而不漏 노자老子, 도덕경道德經

天 하늘의 網 그물은 恢 넓고 恢 넓어서 疏 엉성하고 성기어 보이지만 而 그러나 不 아니한다 漏 새지(아니한다.)
: 넓디넓어 구멍이 커 보이지만, 하늘의 그물망은 무엇보다 촘촘히 짜여져 있어 틈으로 빠져 나가는 것을 용납하지 않는다. 죄인은 처벌의 법망을 결코 벗어날 수 없고, 저지른 죗값을 반드시 치르게 되어 있다는 말이다.

천하에 펼쳐진 그물 **망**이 틈이 넓어 보여 **회**원으로 쉽게 들어가고 **회**원을 포기하기도 쉬운 **소**셜 네트워크Social Network라고 **이**렇게 생각하면 오산이야! **불**러들여. 다시 잡아들여. 망에 일단 갇히면 **루**(누)수되어 빠져나갈 일은 절대 없다네.

천무삼일청 天無三日晴 주이존朱彝尊, 명시종明詩綜

天 하늘은 無 없다. 三日 3일 (연속으로) 晴 개어 있는 날은 (없다.)
: 세상일은 무탈한 날만 계속되지는 않는다는 말.

천하에 좋은 일만 항상 있길 바라는 건 **무**리지. 무리야. **삼**백육십오일 내내 **일**기 예보가 맑음이라 **청**색 하늘만 보겠다는 생각이지.

천방지축 天方地軸

天 하늘 方 방향으로 (허둥지둥) 地 땅의 軸 축을 향해 (허둥지둥).
: 정신 사납도록 어수선하게 허둥대며 날뛰는 모양.

천진난만하게 **방**긋 웃으며 **지**구를 흔들 듯이 날뛰는구나. **축**제인 거냐?

천변만화 千變萬化 열자列子, 주목왕편周穆王篇

千 천 번 變 변하고 萬 만 번 化 변하고.
: 끝없이 무한대로 변화하는 모양.

천 번 만 번 **변**화의 불길이 **만** 번 백만 번 **화**알 화알 (활활) 타오른다.

천병만마 千兵萬馬 남사南史

千 천 명의 兵 병사들 萬 만 마리의 馬 말들.
: 어마어마한 군사력을 일컫는 말.

천자는 **병**사들과 말들을 둘러보고 **만**족스럽다. … **마**음에 드는 병력이야.

천불생 무록지인 天不生 無祿之人 명심보감明心寶鑑, 성심편省心篇

天 하늘은 不 아니한다. 生 낳지 (아니한다.) 無 없는 祿 녹, 복이 (없는) 之 그런 人 사

람을 (낳지 아니한다.)
: 사람마다 누구나 녹이 있고, 복이 있다. 누구나 다 자기가 먹고 살 봉급과 누릴 복을 타고난다는 말이다.

천하다고? **불**쌍하다고? 함부로 **생**각하지 마! **무**슨 근거야? **록**(녹)록하지 않은 삶, **지**치고 힘들지만, 다들 자기 **인**생, 밥값은 하고 있어!

천생연분 天生緣分

天 하늘이 生 낳은 緣 인연이 될 分 운명.
: 남녀나 사물의 궁합이 아주 잘 맞는 것을 하늘의 뜻이라고 표현하고 있다.

천상(천생) 맺어질 수밖에 없는 인연이라 **생**각할 필요가 없어. 따질 필요도 없어. **연**애에서 결혼으로 골인해! **분**명히 그게 정답이니까.

ㅊ

천석고황 泉石膏肓 당서唐書, 은일전隱逸傳 전유암전田遊巖傳

泉 샘과 石 돌이 膏 염통(심장) 밑에 있는 지방과 肓 명치끝에 있는 막 (사이에 있다.)
: 고황은 인체 부위 중 심장의 아래쪽과 횡격막의 윗부분 사이로, 일단 병이 걸리면 치료하기 힘든 곳이라고 한다. 샘과 돌은 자연을 뜻하고, 자연이 고황 속으로 들어왔다는 말은 그만큼 불치병에 가까울 정도로 자연을 사랑하는 마음이 깊다는 의미다.

천지 자연 속에서의 삶이 좋아. **석**양 무렵의 풍경은 예술이지. **고**정 관념에 빠진 도시인들에겐 **황**당하게 들리겠지만.

천신만고 千辛萬苦 둔황문헌敦煌文獻

千 천 번 辛 매운 맛 보고 萬 만 번 苦 쓴 맛 보고.
: (단 맛은 못 보고) 온갖 고통스러운 인생의 맛을 경험하며 애쓰는 모양.

천 조각이 너덜너덜한 옷, **신**발도 다 해져 있다. **만**신창이가 된 몰골이 그간의 **고**생을 말해준다.

천양지차 天壤之差

天 하늘과 壤 땅 之 사이만큼 差 다름.
: 대상들이 너무도 달라 비교할 수조차 없는 경우에 그 대상들을 비교하는 말로 쓰인다.

천지 차이네. **양**쪽이 **지**나치게 **차**이가 나네.

천우신조 天佑神助

天 하늘이 佑 돕고 神 신령도 助 돕고.
: 상서로운 일을 겪었을 때, 미신적 근거로서 사용되는 말이다.

천사가 내려온 듯… 수호천사가…. **우**와아아아아, 내게 이렇게 좋은 일이! **신**비스러운 **조**력자의 도움을 받은 듯!

천원지방 天圓地方 주비산경周髀算經

天 하늘은 圓 둥글고 地 땅은 方 네모나다.
: 옛날 사람들이 생각하던 세계의 생김새다.

천동설처럼 옛날 사람들이 믿었던 얘긴데 **원** 모양이야, 하늘은. **지**상은 네모 모양이고. **방**대한 과학적 지식이 없던 시절의 믿음이지.

천의무봉 天衣無縫 태평광기太平廣記, 영괴록靈怪錄

天 하늘의 (선녀) 衣 옷은 無 없다. 縫 꿰맨 곳이 (없다.)
: '꿰맨 자국이 없다.'는 말은 '꾸미지 않았다.'는 뜻과 '흠잡을 데가 없다.'란 뜻을 모두 내포한다. (꾸밈없는) 있는 그대로의 자연스러운 모습으로 (흠이라곤 찾아볼 수 없을 정도로) 더할 나위 없이 완벽한 경우를 가리킨다.

천천히 일어서는 사람들, 박수갈채로 **의**사를 전달한다. **무**언으로, 꾸밈없는 아름다움을, 입을 **봉**한 채 찬양한다.

천인공노 天人共怒

天 하늘도 人 사람도 共 한 가지로 怒 성낸다.
: 하늘과 인간이 한목소리로 분노할 만한 상황을 일컫는 말.

천하에 몹쓸 짓이라 **인**심이 들끓고 **공**론화되었다. **노**여움이 가득 담겨….

천인단애 千仞斷崖

千 천 仞 길 ≒ 3킬로미터 (길이의) 斷 끊긴, 깎아지른 崖 벼랑.
: 대단히 높은 낭떠러지를 형용한다.
천 길 낭떠러지가 **인**간을 **단**숨에 삼켜버릴 **애**티튜드.attitude, 태도

천인소지 무병이사 千人所指 無病而死 한서漢書, 왕가전王嘉傳

千 천 1,000명의 人 사람들이 所 바이면 指 손가락질하는 (바이면) 無 없어도 病 병이 (없어도) 而 그런데도 死 죽는다.
: 현대사회에서 이 표현의 예로 적합한 것은 이른바 '악플'reply일 것이다. 무슨 이슈가 터지면 온라인on-line 인터넷상에서 이른바 '마녀사냥'이 이루어지면서 특정인에 대한 악성 댓글들이 절정으로 치닫는다. 불특정 다수인의 이런 맹비난은 모양 없는 흉기가 되어 특정인이 목숨을 포기하는 결과로 이어지기도 한다. 이같이 사람들이 손가락으로 키보드를 두드리며 손가락질하는 무형의 언어폭력은 무서운 살상 무기로 기능한다.

천 명의 **인**간들로부터 **소**설 속 마녀처럼 **지**탄받고 **무**시받으면 **병**이 없

어도 **이**런 비난을 견딜 수 없어 **사**람이 살 수가 없다.

천장지구 天長地久 노자老子, 도덕경道德經·백거이白居易, 장한가長恨歌

天 하늘이 長 길게 이어지듯이 地 땅이 久 오래 지속되듯이.
: 늘 그 모습 그대로인 하늘과 땅처럼 변함없이 오래 지속되는 모양.

천장에 새겨진 우주the universe처럼 **장**구한 세월이 **지**속될 거야. **구** 조 구 천 억년 이상 영원할 거야.

천재일우 千載一遇 원굉袁宏, 삼국명신서찬三國名臣序贊

千 천 1,000 載 년(만에) 一 한 번 遇 만난다.
: 놓쳐서는 안 될 아주 좋은 기회를 과장하여 표현하고 있다.

천 만분의 일의 확률로 **재**수 좋게 **일**등으로 로또에 당첨될 만큼 **우**와, 너무 너무 너무 좋은 기회!

천재지변 天災地變

天 하늘의 災 재앙 地 땅의 變 재난.
: 태풍, 지진, 홍수 등 인간의 힘으로는 어찌할 도리가 없는 자연재해를 통틀어 이르는 말.

천지를 뒤흔드는 **재**난. **지**구가 심술부리는 **변**덕.

천정부지 天井不知

天井 천장을 ('천정'은 잘못된 말인데 표현이 굳어져 버렸다.) 不 아니한다. 知 알지 (아니한다.)
: 하늘 높은 줄 모르고 물건값이 치솟을 때 쓰는 표현이다.

천장을 뚫고 지붕도 **정**면 돌파 하고 **부**단히 **지**칠 줄 모르고 치솟는 가격.

천지만엽 千枝萬葉 여곤呂坤, 신음어呻吟語

千 천 개의 枝 가지들 萬 만 개의 葉 잎사귀들.
: 어수선하게 얽혀 있는 일을 뜻하는 말로 통용되고 있지만, 원래의 맥락에서는 그렇게 복잡한 가지와 잎들도 하나의 뿌리에서 나왔다는 의미였다.

천방지축으로 **지**나다니며 장난꾸러기들이 **만**사 제쳐두고 난장판의 문을 **엽**니다.

천진난만 天眞爛漫

天 자연 그대로의 꾸밈없는 眞 참된 모습이 爛 어지러이 漫 흩어지듯 가득 넘친다.
: 가식적이지 않고 순수하고 진실된 모습이다.

천사구나. **진**짜 **난** 너의 순수한 모습에 **만**족해.

천차만별 千差萬別

千 천 가지로 差 다르고 萬 만 가지로 別 나뉜다.
: 조건이나 환경에 따라 사물의 모양이 제각각인 경우를 일컫는 말.

천사같이 따뜻한 성격부터 **차**가운 악마같은 성격까지 **만**천하에 드러나는 **별**의별 성격들.

천추만세 千秋萬歲 전국책戰國策, 초책楚策

千 천 번의 秋 가을(이 지나도록) 萬 만 번의 歲 해(가 바뀔 때까지).
: 오래오래 살기를 기원하는 표현

천 년 만 년 '장수' 아이템을 **추**천해 드려요. **만** 년 백만 년 **세**월 '누림' 아이템도 인기가 많아요.

천태만상 千態萬象

千 천 가지 態 모습 萬 만 가지 象 모양.
: 제각각 사물 하나하나의 모양이 비슷하지 않고 다 다를 때 쓰이는 말이다.

천재들이 모이는 각: **태**도도 제각각… **만**면에 표정도 제각각… **상**태도 제각각….

천편일률 千篇一律 예원호언藝苑巵言

千 천 1,000(편의) 篇 시문들이 一 한결같은 律 문체로구나.
: 다 그놈이 그놈이다. 개성을 찾아보기 힘들다. 사람들이나 사물들이 모두 비슷비슷한 모습을 보일 때 쓰이는 말이다.

천박해 보이지 않습니까, **편**집자님? **일**률적으로 획일화된 **률**(율)법의 지배를 받는 당신 모습은?

천하무쌍 天下無雙 사기史記, 맹상군열전孟嘗君列傳

天 하늘 下 아래 無 없다. 雙 견주어 비교할 상대가 (없다.)
: 천하무적 天下無敵

천재적인 손놀림이 **하**늘하늘 **무**용하네. 무적의 **쌍**칼 형님이라네!

천하무적 天下無敵 맹자孟子, 이루離婁 상편上編

天 하늘 下 아래 無 (무) 없다. 敵 대적할 적이 (없다.)

: 감히 자신에게 적으로 도전해올 상대가 없을 정도로 힘이나 기술, 재능이 최고임을 뜻한다.

천부적인 재능이 **하**늘로 용솟음친다! **무**기는 창의력! 누구도 **적**이 될 수 없다.

천하태평 天下泰平

天 하늘 下 아래 泰 너그럽고 平 가지런하다.
: 마음에 근심이 하나도 없이 여유롭고 평화로운 모양이다.

천천히 느긋하게 **하**루를 보내는 **태**도가 **평**화로워.

ㅊ

천학비재 淺學菲才

淺 얕은 學 배움 菲 엷은 才 재주.
: 학문의 영역에서 (그 어떤 영역도 다 마찬가지겠지만) 배우면 배울수록 배워야 할 것들이 더 많다는 사실을 절감한다. 위 표현은 흔히들 학문하는 사람이 자신의 학식을 겸손하게 표현할 때 쓰는 말이라고 하지만, 엄밀히 따지면 있는 그대로의 사실을 솔직하게 털어놓았다고 보는 것이 더 정확할지도 모른다.

천박한 **학**식일 뿐이오. **비**범한 **재**능을 인정받는 교수님 말씀.

철두철미 徹頭徹尾

徹 통한다 頭 머리부터 徹 통한다 尾 꼬리까지
: 머리부터 발끝까지, 즉 처음부터 끝까지 무엇 하나 놓치지 않고 철저히 하는 모양

철저하게 **두**Do It!(그거 해!) 두 잇Do It!(그거 해!) ♬♪ **철**저하게 (처음부터 끝까지) **미**쳐! 미쳐! ♬♪ (미치다=닿다).

철면피 鐵面皮 손광헌孫光憲, 북몽쇄언北夢蔘言

鐵 쇠를 두른 面 낯, 얼굴 皮 가죽.
: 얼굴에 철판을 깔았다는 뜻으로, 너무도 뻔뻔스러워서 부끄러움을 모르는 사람을 이르는 말이다.

철갑을 두른 듯한 **면**상이라 찔러도 **피** 한 방울 안 나겠구나.

철부경성 哲婦傾城 시경詩經

哲 슬기로운 婦 며느리가 傾 기울인다. 城 성을 (기울인다.)
: 원래의 맥락에서는 여색에 빠져 망국의 길로 들어선 군주도 비판한 말이었으나, 요즈음에는 비판 대상이었던 여성에 초점을 맞추어 암탉이 울면 집안이 망한다는 뜻으로 풀이된다.

철학이 바뀌어야 해. 여성의 행동을 **부**정적으로 여겨. **경**직된 **성**향이야.

고쳐야 해.

철부지급 轍鮒之急 장자莊子, 외물편外物篇·박택편泊宅編

轍 수레바퀴 자국 안에서 鮒 붕어가 之 겪는 急 위급함.
: 학철부어 涸轍鮒魚

철철 피가 넘칠 것처럼 **부**랴부랴 서둘러라! **지**연되어선 안 된다! **급**하다! 시급한 상황이다!

철주 掣肘 여씨춘추呂氏春秋, 구비편具備篇

掣 끌어 당긴다. 肘 팔꿈치를 (끌어 당긴다.)
: 팔꿈치를 왜 잡고 끌어당기나? 남들이 글씨를 쓸 때 그 팔을 잡아당겨 글씨를 제대로 못 쓰게 방해했다는 이야기다. 팔이 흔들려 남들이 바른 글씨를 쓰지 못했던 것과 마찬가지로, 남들이 순조롭게 결과를 내지 못하도록 그 일에 간섭하는 행위를 뜻한다.

철썩! 아야, 왜 또 방해야? **주**위에 얼쩡거리며 훼방 공작을 벌이네.

철중쟁쟁 鐵中錚錚 후한서後漢書, 유분자전劉盆子傳

鐵 쇠붙이들 中 가운데 錚 쇳소리가 (또렷하고 맑아) 錚 쇳소리가 (또렷하고 맑아).
: 사람들 사이에서 두각을 나타내는 인물을 가리키는 말.

철없이 도전한 **중**수급이나 하수들은 다 나가떨어지고, **쟁**쟁한 고수들 중에서도 특히 **쟁**쟁한 고수들만 남았네.

철천지원 徹天之冤

徹 꿰뚫는 天 하늘을 (꿰뚫는) 之 그런 冤 원한, 원통함.
: 철천지한 徹天之恨

철썩! 후려갈기고픈 **천**하에 **지**구 끝까지 **원**수야, 넌.

철천지한 徹天之恨

徹 꿰뚫는 天 하늘을 (꿰뚫는) 之 그런 恨 한, 원통함.
: 하늘을 꿰뚫는다는 다소 과장된 표현 속에는 날카로운 무언가가 수직적[vertically]으로 꿰뚫는 이미지가 담겨 있다. 하늘이라는 무한한 공간은 마음이라는 무한한 내면과 중첩되면서, 중력을 거스르며 관통하는 무게감이 한층 더 증폭된다.

철저히 사무쳐 **천**하에, **지**구상에 **한**으로, 원한으로….

첩첩남남 喋喋喃喃

喋 재재거리며 喋 수다스럽고 喃 재잘거리며 喃 수다스럽다.

: 남들이 함께 수다를 떠는 모습을 형용한 말.

첩이 본처 몰래 **첩**첩산중에서 **남**자를 만나네. **남**들 몰래 정답게 속삭이네.

청경우독 晴耕雨讀 삼국지三國誌 제갈량諸葛亮 일화逸話

晴 갠 날에는 耕 밭을 갈고 雨 비오는 날에는 讀 책을 읽고.
: 시간을 허투루 낭비하지 않는 부지런한 삶의 자세.

청바지를 입고 맑은 날엔 밭에 **경**작하러 갔다 오고. **우**중충한 날씨에는 **독**서하며 집에서 학업에 힘쓰고.

ㅊ

청담 清談 세설신어世說新語

淸 맑은 談 담론.
: 찌든 속세에 때묻지 않은 이야기를 나누는 모양.

청아한 **담**론.

청렴결백 清廉潔白

淸 맑고 廉 검소하고 潔 깨끗하여 白 밝게 빛나는 (성품).
: 정도를 지키며 그 어떤 오점도 남기지 않는 삶의 자세를 나타낸다.

청탁? 부정한 대가를 받고? **렴**(염)치 없이 그런 짓은 안 하셔. **결**백함이 한밤중에도 **백**주 대낮이시라니까!

청심과욕 清心寡慾

淸 맑게 한다. 心 마음을 (맑게 한다.) 寡 적게 한다. 慾 욕심을 (적게 한다.)
: 마음을 정화하며 욕심을 절제하는 모습이다.

청이, 내 딸아인요, **심**성이 참 맑아요. **과**한 **욕**심? 몰라요.

청운지지 青雲之志 장구령張九齡, 조경견백발照鏡見白髮

靑 푸른 雲 구름 之 위에 있고자 하는 志 뜻.
: 출세하고자 하는 욕망을 일컫는 말.

청년은 오늘도 열심히 **운**동한다. **지**구촌 몸짱 스타의 **지**위에 도달하길 바라면서….

청천백일 青天白日 한유韓愈, 여최군서與崔群書

靑 맑은 天 하늘에 白 밝은 日 해.
: 맑은 하늘에 밝은 해는 누가 봐도 맑고 밝다. 세상 사람들 모두가 명백히 인식할 수

있는 훌륭한 인물이나 결백한innocent 성품을 일컫는 말.

청송교도소로 보낼 **천** 가지 죄목을 **백**방으로 꾸며도, 전혀 **일**리가 없다. 난 결백하다.

청천벽력 靑天霹靂

육유陸遊, 검남 시고劍南詩稿 9월 4일 계미명기작九月四日鷄未鳴起作

靑 푸른 天 하늘에 霹 벼락 靂 벼락.
: 마른하늘에 날벼락이다. 예상하지 못했던 뜻밖의 재난이 그동안의 평화로움을 찢어 버릴 때 쓰는 말이다.

청취한 내용이 **천**하에 너무도 뜻밖이라 **벽**만 바라보며 **력**(역)력히 넋을 잃은 모양.

청출어람 靑出於藍 순자荀子, 권학편勸學篇

靑 푸른빛은 出 나온다. 於 에서부터 藍 쪽풀(에서부터).
: 푸른빛은 쪽풀에서 나오지'만 쪽보다 더 푸르다(而靑於藍).'는 뒷말이 생략되어 있다. 부지런히 학문을 연마하라는 맥락에서 나온 말로 스승보다 제자가 뛰어남을 나타낸다.

청색이 '쪽'이란 풀에서 **출**발해 나왔는데, **어**라, '쪽'보다 더 푸르네! 이거 속된 말을 조금 **람**(남)용해 쓰자면 그 '쪽', '쪽'팔릴 듯!

초근목피 草根木皮

草 풀 根 뿌리와 木 나무 皮 껍질.
: 먹을 것이 없어 부득이 먹어야만 하는, 질이 떨어지는 음식을 일컫는 말.

초라하게 **근**근이 **목**숨을 부지하려고 **피**골이 상접한 채 ~채 먹는 시원찮은 음식.

초동급부 樵童汲婦

樵 땔나무를 하는 童 아이와 汲 물을 긷는 婦 아낙네.
: 보통 사람들을 일컫는 말.

초록 버스가 멈춘 **동**네 정류장, **급**히 내리는 우리네 **부**녀자들과 남정네들.

초두난액 焦頭爛額 한서漢書, 곽광전霍光傳

焦 태운다. 頭 머리를 (태운다.) 爛 그슬린다. 額 이마를 (그슬린다.)
: 불을 끄느라 고생한 모양을 형용한 말이다. 원래의 맥락에서는 화재가 발생한 후에야 부랴부랴 불을 끄려는 사람들에 대한 비판적 관점이 들어 있었으나, 요즈음은 그냥 힘든 일을 처리하기 위하여 노력하는 모습만 강조하여 정의되고 있다.

초롱초롱하게 눈떠요! **두**리뭉실하지 말고! **난**리를 수습할 때 누구의 **액**션action이 더 중요했는지를 봐봐요!

초로인생 草露人生 한서漢書, 소무전蘇武傳

草 풀잎 위의 露 이슬(과 같은) 人 사람의 生 인생.
: 해뜨기 전까지만 잠깐 맺혔다가 사라질 풀잎 이슬에서 인생의 무상함을 본다. 한 방울 한 방울 맺혀 있는 이슬의 시각적 이미지가 보다 설득력 있게 주제를 전달한다.

초췌한 저 **로**(노)인이 젊었을 적엔 **인**기 많은 몸짱이었다니, 정말 **생**각하기 힘들구나.

초록동색 草綠同色 춘향전春香傳·정약용丁若鏞, 이담속찬耳談續纂

草 풀빛과 綠 푸른색은, 녹색은 同 한 가지 色 빛깔이다.
: 가재는 게 편이라, 끼리끼리 비슷한 사람들이 비슷한 행태를 보이거나 서로를 두둔하는 모양을 나타낸다.

초선이든 재선이든 **록**(녹)색당이든 적색당이든 정치꾼들이야 **동**일한 **색**깔이잖수?

초목개병 草木皆兵 진서晉書, 사현재기謝玄載記

草 풀도 木 나무도 皆 다 兵 병사다, 병사처럼 보인다.
: 풀과 나무가 모두 적병으로 보인다. 그만큼 적군이 무서운 나머지 생긴 착시 현상이다.

초조한 마음에 **목**전에 둔 게 **개**인지 말인지도 모르는구나. **병**사들아, 정신 차려!

초미지급 焦眉之急 불교佛教 오등회원五燈會元

焦 타는 眉 눈썹이 之 영향을 끼치는 急 급함.
: 매우 위태롭고 시급한 상황을 눈썹에 불붙은 모습으로 비유한 말.

초스피드speed가 필요해. **미**친 듯이 빨리 해야해. **지**체할 틈이 없어. **급**해! 급하다구!

초지일관 初志一貫

初 처음 志 뜻이 一 한결같이 貫 꿰뚫는다.
: 처음에 마음먹은 뜻이 꺾이지 않고 끝까지 이어지는 모습이다.

초심을 끝까지 **지**니지. **일**할 때 변심은 없지. 초심을 **관**철하지.

ㅊ

촉견폐일 蜀犬吠日 한유韓愈의 서書

蜀 촉나라 犬 개가 吠 짖는다. 日 해를 보고 (짖는다.)
: 촉나라는 높은 산과 짙은 안개 때문에 해를 보기 힘든 지형이었다. 그래서 촉나라 개가 해를 보자 이상히 여겨 놀라 짖었다는 이야기다. 좁은 식견으로 상식적이고 지혜로운 사람을 물어뜯으려고 추태를 부리는 사람에게 딱 알맞은 표현이다.

촉이 왜 그 모양이니? **견**문이 좁다 보니 **폐**만 끼치는구나! **일**반 상식을 좀 키우렴.

촌지이측연 寸指以測淵 공총자孔叢子

寸 한 치의 指 손가락 以 으로써 (손가락을 수단으로) 測 헤아린다. 淵 연못을, 연못의 깊이를.
: 물론 그 손가락이 거인의 손가락이라면 이야기는 달라지겠지만, 현실적으로 실현 불가능한 일을 하고 있으므로 어리석은 행위라는 뜻이다.

촌놈이 **지**리산 꼭대기까지 **이**백 미터 달리기 하듯 **측**면을 타고 뛰겠단 생각에 **연**연한다.

촌진척퇴 寸進尺退 한유韓愈의 서書

寸 한 치만큼 進 나아가나 尺 한 자만큼 退 물러나다.
: 한 치(≒ 3센티미터)만큼 전진했으나 한 자(≒ 30센티미터)만큼 후퇴했다. 한 치는 한 자의 1/10이므로 결국 9/10만큼 후퇴했다는 말이다. 얻는 것은 별로 없는데 잃은 것만 엄청 많을 때 쓰는 표현이다.

촌각을 다투는 팽팽한 축구 경기 중에 **진**짜 억울하다며 심판에게 항의하다 **척**! 레드카드를 받고 **퇴**장을 당한 스트라이커.

촌철살인 寸鐵殺人 나대경羅大經, 학림옥로學林玉露

寸 한 마디, 한 치(밖에 안 되는) 鐵 쇠로, 쇠를 가지고 殺 죽인다. 人 사람을 (죽인다.)
: 직설적으로 이해하면 살인사건이 발생하는 추리 드라마가 되어 버리는데, 비유적으로 받아들여야 할 표현이다. (조언이든 비판이든 감동이든 간에) 몇 마디 되지 않는 짧은 말이 본질을 꿰뚫어 사람들의 마음에 선명하게 박힐 때 쓰는 말이다.

촌촌이 짧은 한마디에 **철**철철 넘치는 진실. **살**기까지 띨 수 있는 진실. **인**정사정 없는 진실.

촌초춘휘 寸草春暉 맹교孟郊, 유자음遊子吟

寸 한 마디, 한 포기의 草 풀이 (갚지 못할) 春 봄 暉 빛(의 은혜).
: 봄볕이 풀 한 포기, 풀 한 마디를 키운다. 봄볕은 어버이의 은혜, 풀은 자식을 상징한다. 한없이 커서 갚지 못할 부모의 은혜를 비유한 표현이다.

촌구석에서 **초**라한 모습으로 **춘**하추동 자식을 걱정하다 **휘**어진 허리.

추고마비 秋高馬肥 두심언杜審言의 시

秋 가을 (하늘)이 高 높고 馬 말은 肥 살찐다.
: 높은 하늘 아래에서 풍요로운 풍경이 펼쳐지는 가을을 묘사한 말.

추석과 결실의 계절. 벼들이 **고**개 숙이고 **마**음도 성숙하네. 풍요의 계절, **비**만 주의보 발령!

추불서 騅不逝 사기史記, 항우본기項羽本紀

騅 추=오추마(항우의 애마 이름)가 不 아니하네. 逝 나아가지 (아니하네.)
: 패전 상황에서 준마인 오추마조차 나아갈 힘을 잃었다는 말로, 더 이상 손쓸 도리가 없을 정도로 세력을 잃은 상황을 가리킨다.

추진력이 꺾였다. **불**리한 상황… **서**럽구나.

ㅊ

추상열일 秋霜烈日 강엄江淹, 등부燈賦

秋 가을날의 霜 (차가운) 서리와 烈 불사르는 (여름날의) 日 햇볕.
: 서리는 차갑게, 태양은 뜨겁게 우리 신체에 고통을 준다. 신체의 자유를 침해하는 형벌을 서리와 태양으로 비유하여, 엄격하고 냉정한 그 권위를 부각한 표현이다.

추호의 오차도 없는 형벌. **상**황을 가늠하는 엄격한 잣대. 냉정한 **열**정으로 법감정과 **일**치하는 권위.

추풍낙엽 秋風落葉

秋 가을 風 바람이 落 떨어뜨린다. 葉 잎들을 (떨어뜨린다.)
: 가을바람 앞에서 잎들은 한없이 무력하기만 하다. 바람이 부는 대로 나무에서 떨어져 잎들이 이리저리 휘날린다. 다른 거대한 형세에 밀린 세력이 무력하게 몰락하는 형상을 일컫는 말.

추악! 착! 좌라락! **풍**! 쿵! 쾅! 풍! 팡! 퉁! 탕! **낙**하한다, 찢긴 **엽**서 조각들처럼 흩날리며….

추풍선 秋風扇 반첩여(班婕妤), 원가행怨歌行

秋 가을을 맞아 風 바람(을 일으킬) 扇 (쓸모가 없어진) 부채.
: 부채의 용도는 시원한 바람을 일으키는 것이다. 더운 여름에 그 진가를 발휘하는 물건이라서, 가을철에는 더이상 제 기능을 수행할 수 없다. 원래의 맥락은 버림받은 여인이 쓸모없어진 자신의 신세를 한탄한 데서 나온 표현이었으나, 보통 쓸모없어진 사물을 빗댄 말로 정의된다.

추운 날씨에 **풍**기 풍기 **선**풍기는 이제 쓸모없어진 물건.

축록자 불견산 逐鹿者 不見山 허당록虛堂錄

逐 쫓는 鹿 사슴을 (쫓는) 者 사람은 不 아니한다. 見 보지 (아니한다.) 山 산을 (보지 아니한다.)
: 목적을 달성하는 일에 함몰된 사람은 그 목적 이외에는 다른 무엇에도 관심을 돌리지 않는다는 뜻이다. 이 말은 그 목적이 무엇이냐에 따라 긍정적으로 해석될 수도 있고 부정적으로 해석될 여지도 있지만, '산'과 '사슴'의 크기를 놓고 판단하면 '작은 일, 즉 사소한 일'을 위해 '큰 일, 즉 보다 중요한 일'은 신경쓰지 않는다는 뉘앙스nuance가 강하다.

축구하는 **록**(녹)색 유니폼을 입은 아이야, **자**기 코앞에 있는 공만 보고 있으면 **불**가능하지 않니, 그라운드 전체적으로 **견**고히 돌아가야 할 팀플레이를 보는 게? **산**을 보고 숲을 보는 큰 시야가 있어야 하지 않을까?

축록자 불고토 逐鹿者 不顧兎 회남자淮南子, 설림훈편設林訓篇

逐 쫓는 鹿 사슴을 (쫓는) 者 놈은, 사람은 不 아니한다. 顧 돌아보지(아니한다.) 兎 토끼를 (돌아보지 아니한다.)
: 목적을 달성하는 일에 함몰된 사람은 그 목적 이외에는 다른 무엇에도 관심을 돌리지 않는다는 뜻이다. 그 목적인 '사슴'과 '토끼'의 크기를 놓고 판단하면 '큰 일'을 위해 '작은 일'은 신경 쓰지 않는다는 뉘앙스가 강하다.

축구 선수의 꿈을 위해 오늘도 **록**(녹)색 운동장을 달린다. **자**신의 열정을 **불**태우며 연습하는 **고**등학생에게는 **토**요일도, 달콤한 데이트도 없다.

춘란추국 春蘭秋菊 석관石貫, 화주사왕기和主司王起·굴원屈原, 이소離騷

春 봄철의 蘭 난초 秋 가을철의 菊 국화.
: 봄철의 난초와 가을철의 국화란 말은 각자의 매력이 달라 그 우열을 가리기 힘들다는 뜻이다.

춘 춤의 장르가 다르면… **란**(난) 방송 댄스를 **추**고, 넌 전통 무용을 **국**악에 맞춰 추면… 두 춤은 우열을 못 가려.

춘면불각효 春眠不覺曉 맹호연孟浩然, 춘효春曉

春 봄날에 眠 (달콤한) 단잠을 자다보니 不 못하네. 覺 깨닫지 (못하네.) 曉 새벽이 (벌써 왔음을).
: 깨 보니 벌써 날이 새어 있어 "아니, 벌써 시간이 이렇게 지났나!"라고 외치는 상황이다. 분위기에 흠뻑 빠져 시간 개념을 잊은 모양을 나타낸다.

춘곤증처럼 나른함. **면**전에 **불**어오는 포근한 바람. **각**각의 분위기에 빠짐. **효**성처럼 시간이 지나감.

춘와추선 春蛙秋蟬

春 봄철의 蛙 개구리 (울음소리) 秋 가을철의 蟬 매미 (울음소리).
: 그저 시끄럽기만 한 소음에 불과한 소리, 즉 (쓸모없는) 언론의 목소리를 빗댄 표현이다.

춘화를 그리듯 **와**글와글 떠드는 소리. **추**잡하고 **선**정적인 언론의 소리.

춘인추사 春蚓秋蛇 진서晉書, 열전列傳

春 봄철의 蚓 지렁이(처럼 꿈틀꿈틀) 秋 가을철의 蛇 뱀(처럼 구불구불).
: 가늘고 비뚤비뚤한 글씨체를 일컫는 말.

춘풍에 나풀나풀하는 글씨. **인**간적으로 꼴 보기 싫은 글씨. **추**리하며 보아야 할 글씨. **사**막을 기어다니는 지렁이 글씨.

ㅊ

춘치자명 春雉自鳴

春 봄철에 雉 꿩이 自 스스로 鳴 운다.
: 봄철에 우는 꿩의 울음소리가 듣기 좋다는 소리가 아니고, 가만히 입 다물고 있었으면 괜찮았을 텐데 공연히 울어서 사냥꾼의 시야에 포착된다는 소리다. 스스로 자기의 잘못을 드러내어 재난을 자초한다는 말.

춘자는 춤을 좋아하지만 춤을 잘 추진 못해 **치**명적인 **자**신의 약점인 춤 실력을 **명**백하게 드러내지. 춘자는 춤을 좋아해서 춤을 늘 추니까.

춘풍만면 春風滿面

春 봄 風 바람이 滿 가득 차 있다. 面 낯에, 얼굴에.
: 기쁨이 뿜뿜 뿜어져 나오는 얼굴을 일컫는 말.

춘자의 '춤 춘 자' 원고 봤나? 대박의 기운이 **풍**겨 나온다네. 출판사 대표님의 **만**족스러운 얼굴에는 **면**밀히 원고를 검토한 후 기쁨이 한가득.

출가외인 出嫁外人 성수패설醒睡稗說

出 나간 (사람은) 嫁 시집가서 (나간 사람은) 外 바깥 人 사람이다. (남이다, 더이상 가족이 아니다.)
: 출가한 딸은 호적에서 제명되기 때문에 이 표현은 법적으로도 일면 타당성이 있기는 하다.

출가한 딸을 **가**족 구성원으로 더이상 여기지 않고 **외**부인, 즉 남남이라고 하다니, **인**연이 그렇게 쉽게 끊기나요?

출람지예 出藍之譽 순자荀子, 권학편勸學篇

出 나온 藍 쪽(에서부터 나온) 之 그러한 譽 칭찬할 만한 명예.
: 청출어람 靑出於藍

출중하구나! 이게 그 유명한 **람**(남)색이 **지**닌 색을 뛰어넘는다는 **예**로부터 전해 내려온 그 청색이더냐?

출사표 出師表 삼국지三國志, 촉지蜀志 제갈량전諸葛亮專

出 나가면서 師 군대(를 이끌고 나가면서) 表 임금에게 바치는 편지글.
: 출병할 때 임금에게 적어 올리던 글이었다. 그런데 출사표라고 하면 제갈량의 출사표와 동일시될 정도로, 제갈량의 출사표가 출사표의 대명사가 되었다.

출발! **사**명감으로… 결연한 **표**정으로….

출이반이 出爾反爾 맹자孟子, 양혜왕梁惠王 하편下編

出 나온다. 爾 너(로부터 나온다.) 反 돌이켜 돌아간다. 爾 너(에게로 돌이켜 돌아간다.)
: 자신이 한 말이나 행동이 자신에게 돌아가는 경우는 두 가지다. 하나는 자신의 언행에 일치하여 그 결과에 책임을 지는 경우이고, 다른 하나는 자신의 언행이 불일치하여 그 결과 때문에 비난을 받는 경우이다.

출발점이 너라면 **이**인칭 시점. ♬♪ **반**드시 도착점도 너다! **이**인칭 시점 시점. ♬♪

출장입상 出將入相

出 나가서는 將 장수 역할을 (훌륭하게) 入 들어와서는 相 재상 역할도 (훌륭하게).
: 문무를 두루 갖춘 뛰어난 인물을 일컫는 말.

출중한 무공은 **장**수감이고, **입**에서 나온 학식도 **상**당하구려.

충언역이 忠言逆耳 공자가어孔子家語, 육본편六本篇·사기史記, 유후세가留侯世家

忠 충성스러운 言 말은 逆 거슬린다. 耳 귀에 (거슬린다.)
: 정곡을 찌르며 해주는 참된 조언은 그 사람의 약점이나 결점을 지적할 수 있기 때문에 듣는 사람은 마음이 언짢아질 수 있다.

충고는 **언**제나 **역**시 듣기가 **이**지easy 쉽지 않구나.

췌마억측 揣摩臆測

揣 탐색하고 찾아보고 摩 문지르며, 미루어 생각하며 臆 억지로, 마음속으로 測 헤아린다.
: 지레짐작한다는 말.

췌장을 먹고 싶어 — **마**음에 꽂힌 여주인공의 그 대사. **억**측을 곁들여 그 뜻을 헤아려 본다. **측**은한 마음으로 비극의 여주인공을 생각하며….

췌언 贅言

贅 혹이 되는, 군더더기가 되는 言 말.
: (하지 않는 편이 나을) 군더더기 말을 뜻한다.

췌, 쓸데없는 소린, 아이 돈 **언**더스탠드.I don't understand(이해 못해.)

취모구자 吹毛求疵 한비자韓非子, 대체편大體篇

吹 불면서 毛 터럭, 털을 (불면서) 求 모은다. 疵 허물을 (모은다.)
: 취모멱자 吹毛覓疵

취업 면접에서 자격을 검증하는 **모**든 질문들이, **구**직자 입장에서는, 없는 흠을 억지로 찾아내 **자**기를 탈락시키려는 것 같아.

취모멱자 吹毛覓疵 한비자韓非子, 대체편大體篇

吹 불면서 毛 터럭, 털을 (불면서) 覓 찾는다. 疵 허물을 (찾는다.)
: 괜히 꼬투리를 잡기 위하여 (보이지도 않는 남의 결점을 찾으려고) 털을 헤집고 있는 모양.

취조하듯 **모**든 흠을 낱낱이 찾아내는 꼴이 **멱**살을 잡고 **자**백을 강요하는 모양.

취사선택 取捨選擇

取 가질지 捨 버릴지 選 가리고 擇 고른다.
: 여럿 가운데서 가질 것과 버릴 것을 분간하는 모양이다.

취소할 것들만 **사**물함에서 꺼내고 나머진 남겨놔. **선**택한 건 **택**tag(꼬리표)를 잘 붙여 놓고.

취생몽사 醉生夢死 소학小學

醉 술에 취한 듯 生 살면서 夢 꿈꾸듯 死 죽는다.
: 한평생이 술에 취한 듯, 꿈을 꾸는 듯 가물가물하고 몽롱하다. 이렇다 할 성취 없이 보내는 인생을 일컫는 말.

취한 듯 **생**활이 흐리멍덩… **몽**롱하게 **사**는 것이 흐리멍덩….

취장홍규 翠帳紅閨

翠 녹색빛 帳 휘장과 紅 붉은빛 閨 침실.
: 아름답게 장식한 귀부인의 침실을 뜻한다.

ㅊ

취미가 꾸미는 거라 **장**식을 좀 해봤어요. **홍**조 띤 얼굴로 **규**방 내부를 소개하는 여인.

취적비취어 取適非取魚

取 갖고자 한 것은 適 적합하게 (갖고자 한 것은) 非 아니다. 取 갖고자 하는 것이 (아니다.) 魚 물고기를 (갖고자 하는 것이 아니다.)
: 낚시질하는 사람의 입에서 나온 말이다. 낚시하면서 낚시가 목적이 아니라니? 이것도 일종의 역설적 발상인데, 세상일에서 벗어나기 위해서라든가 고요하게 사색하는 시간을 갖기 위해서라든가가 참된 목적이라는 뜻이다. 표면적 목적과는 다른 이면적 목적이 있는 경우이다.

취하지 않을 정도로만 **적**당히 마실게. **비**도 오고 분위기도 그래서 술을 마시지만 **취**하려고 마시는 건 아니야. **어**쩌면… 술을 마시지만 술은 마시지 않는다는 말이 적당할지도….

측은지심 惻隱之心 맹자孟子, 공손추편公孫丑篇

惻 슬퍼하고 隱 가엾어 하는 之 그런 心 마음.
: 사단四端의 하나로 타인의 불행을 불쌍히 여기는 마음을 일컫는 말.

측은히 여기는 마음이 **은**연중에 드러나 불쌍한 사람들을 보면 그냥 **지**나치지 못하고 **심**적으로, 물질적으로 도와주려는 사람들.

치망설존 齒亡舌存 설원說苑

齒 (강한) 이가 亡 망해 없어져도 舌 (약한) 혀는 存 남아 존속한다.
: (강한 자가 위세를 떨치면서 존재감을 과시하고, 약한 자가 망해 없어지는 이 세상에서) 강자는 망하기 쉽고, 약자는 유연한 처세술로 오히려 생명을 존속할 수 있다는 역설적 진리를 담고 있다.

치솟으며 잘나가다가도 **망**하는 건 강한 것들이다. **설**설 기듯 약해 보여도 오히려 **존**재하지. 약한 것이 끝까지 살아남지.

치인설몽 痴人說夢 혜홍惠洪, 냉재야화冷齋夜話

癡 어리석은 人 사람과 說 말한다. 夢 꿈 이야기를 (말한다.)
: 어리석은 사람과 꿈 이야기를 하면 진실에서 벗어난 불합리한 결론이 도출된다는 맥락에서 나온 말이다. 요즈음은 흔한 말로 '헛소리를 지껄인다'는 뜻으로 통용된다.

치! **인**간아, 헛소리 말고 **설**명을 해! **몽**롱하냐?

치지도외 置之度外 후한서後漢書, 외효공손술열전隗囂公孫述列傳

置 둔다. 之 그것을 (둔다.) 어디에? 度 한도의, (다룰) 한도의 外 바깥에.

: 고려 대상에서 제외하여 내버려두고 신경쓰지 않는다는 뜻이다.

치마가 유행이 **지**났네. 못 입겠다. **도**로 넣어둘래. **외**면할래.

치추지지 置錐之地 사기史記, 골계열전滑稽列傳

置 둘 錐 송곳을 (둘) 之 그런 크기의 地 땅.
: 입추지지 立錐之地

치익 치익 포옥 포옥(칙칙폭폭) **추**우나 더우나 만원 열차 안에는 **지**지할 땅이, 앞꿈치 **지**탱할 땅이 없네.

칠거지악 七去之惡 공자가어孔子家語, 본명해편本命解篇

七 일곱 가지 去 내쫓을 수 있는 之 그런 惡 (여인의) 악행.
: 조선시대, 아내가 쫓겨날 명목이 된 일곱 가지 잘못이다. 시부모에게 반항함(不順舅姑), 자식 못 낳음(無子), 음란함(淫), 질투(妬), 질병(惡疾), 수다(多言), 도둑질(盜)을 일컫는다.

칠흑 같은 어둠이 **거**머쥔다, 여성의 마음을. **지**당하다고 여겼기에 **악**덕이라 생각하지 못했던 어둠.

칠보단장 七寶丹粧

七 일곱 가지 寶 보배로 丹 붉게 粧 단장한다, 꾸민다.
: 여러 장신구로 화려하게 치장한 모습을 일컫는 말.

칠한 색이 고운 **보**석들로 치렁치렁… **단**가가 꽤 나갈 것들로 **장**식했네.

칠보지재 七步之才 설신어世說新語, 문학편文學篇

七 일곱 步 걸음 之 만에 (시를 짓는) 才 재주.
: 아주 뛰어난 글재주를 일컫는 말.

칠 초면 뚝딱! **보**통 사람은 상상도 못할 **지**혜가 담긴 글을 짓는 **재**능이 있구나.

칠신탄탄 漆身呑炭 사기史記, 자객열전刺客列傳

漆 옻칠한다. 身 몸에 (옻칠한다.) 呑 삼킨다. 炭 숯을 (삼킨다.)
: 옻칠을 해서 문둥이처럼 꾸미고, 숯을 삼켜 벙어리 노릇을 한다. 이렇게 처절하게 위장한 까닭은 복수를 해서 은혜를 갚기 위해서다. 은혜에 보답하기 위하여 어떠한 험한 꼴도 마다하지 않는 모양을 일컫는 말.

칠칠맞게 보이도록 **신**분을 위장한다. **탄**력받아 복수하고 **탄**탄하게 보답한다.

칠실지우 漆室之憂 열녀전列女傳

漆室 칠실이란 마을 之 에서 하는 憂 근심.
: 어느 시골에서 이름 모를 여인이 나랏일을 걱정한다는 이야기로, 흔히 자기 주제를 모르고 분수에 맞지 않는 고민을 하는 행위를 일컫는 말로 뜻풀이된다. 그렇지만 원래의 맥락에서는 그 여인의 우려는 선견지명이 있는 지혜로운 것으로 밝혀진다.

칠뜨기 같다고 무시하세요? **실**제적 근거를 **지**닌 **우**려라구요!

칠전팔기 七顚八起

七 일곱 번 顚 엎드러진다 하더라도 八 여덟 번 起 일어난다.
: 수없이 난관에 좌절하여도 무너지지 않고 다시 두 발로 일어서는 불굴의 의지력을 형상화한 표현이다.

칠래? 때릴래? 날 넘어뜨릴래? **전**혀 개의치 않아! **팔**다리로 **기**어이… 나는 다시 일어날 테니!

칠전팔도 七顚八倒 주자어류朱子語類

七 일곱 번 顚 엎드러지고 八 여덟 번 倒 넘어진다.
: 수없이 고초를 겪음을 뜻한다.

칠흑 같이 어두워 **전**혀 앞이 보이지 않아. **팔**자가 사나운 건가? **도**무지 앞이 안 보여.

칠종칠금 七縱七擒 삼국지三國志, 촉지蜀志 제갈량전諸葛亮專

七 일곱 번 縱 놓아주고 七 일곱 번 擒 사로잡는다.
: 제갈량이 맹획을 붙잡았다가 풀어주기를 일곱 번이나 되풀이했다는 이야기로, 상대방을 좌지우지하는 모양을 일컫는 말이다.

칠뜩아! 네, 주인님! **종**종걸음으로 심부름한다. (잠시 후) **칠**뜩아! 네, 나리! 주인의 부름에 **금**방 또 뛰어나간다.

침사묵고 沈思默考

沈 잠긴다. 思 생각에 (잠긴다.) 默 잠잠하게 考 깊이 헤아린다.
: 침묵한 채 사색에 잠긴 모습이다.

침만 꿀꺽꿀꺽 삼키며, **사** 먹을까? 참을까? 사 먹을까? 참을까? **묵**묵히 치킨집 앞에서 **고**민하는 다이어트하는 아가씨.

침소봉대 針小棒大

針 바늘처럼 小 작은데 棒 몽둥이처럼 大 크다고 한다.
: 이른바 뻥튀기, 즉 부풀려 과장해서 말하는 모양이다.

침을 튀기며 집 앞 냇물을 가리키며 **소**박한 시골 사람들에게 **봉**이 김선달은 말한다: 이 물이 **대**동강이라네.

침어낙안 沈魚落雁 장자莊子, 제물론편齊物論篇

沈 잠긴다. 魚 물고기가 (잠긴다.) 落 떨어진다. 雁 기러기가 (떨어진다.)
: 미인을 일컫는 말이다. 미인의 미모에 홀려 물고기는 헤엄치다 가라앉고, 기러기는 날아가다 추락한다는 우스꽝스러운 상황을 설정하고 있다.

침이 꿀꺽! **어**머, 당신의 얼굴을 보는 게 **낙**이에요. **안**구를 정화시켜 주는 아름다운 여인!

쾌도난마 快刀亂麻 북제서北齊書, 문선기文宣紀

快 시원하게, 명쾌하게 刀 칼로 자른다. 亂 어지러이 헝클어진 麻 삼 가닥들을.
: 복잡하게 꼬여 있던 난제를 단칼에 시원하게 해결하는 모양을 일컫는 말.

쾌걸 길동이 얼키설키 꼬여 **도**통 못 풀겠다고 사람들이 **난**리인 끈을 풀었어! **마**법? 아니야, 칼을 한 번 휘둘렀어.

쾌락불퇴 快樂不退

快 방종한 樂 즐거움이 不 아니한다. 退 물러나지 (아니한다.)
: 한번 빠지면 벗어나기 힘든 쾌락의 마력을 일컫는 말.

쾌감을 맛보면… **락**(낙)이 되면… **불**가능해, 그 감정을 **퇴**장시키는 건.

타기만만 惰氣滿滿

惰 게으른 氣 기운이 滿 가득하고 滿 가득하다.
: 잔뜩 게으른 모양이다.

타고 다녀요, 게으름 열차를. **기**어 다니죠. **만**사가 다 귀찮아요. **만**사에 의욕이 없어요.

타산지석 他山之石 시경詩經, 소아小雅 학명편鶴鳴篇

他 남의 山 산 之 에 있는 石 돌.
: 남의 산의 돌로 자신의 옥을 갈고 닦을 수 있다는 말이다. 하찮은 돌처럼 무시하지 말고, 비난할 만한 타인의 말과 행동도 (눈여겨 살피면) 자신의 인격을 연마하는 실마리로 기능할 수 있다는 뜻.

타인의 허물이 새겨진 돌덩이를 **산**보하다 줍더니, 그 허물을 **지**우면서 자신의 옥을 다듬는 **석**공.

E

타상하설 他尙何說

他 다른 것을 尙 더하여 (더) 何 무엇을 說 말하겠는가.
: 달리 더 할 말이 없다. 하나를 보면 열을 안다는 말.

타자가 독수리 타법? **상**당히 느리네! 타이핑을 **하**는 걸 보니, **설**렁설렁 워드 프로세서를 배운 게 뻔해.

타증불고 墮甑不顧 후한서後漢書, 곽태전郭泰傳

墮 떨어뜨린 후 甑 시루를 (떨어뜨린 후) 不 아니한다. 顧 되돌아보지 (아니한다.)
: 시루를 깨뜨린 시루 장수가 깨진 시루를 돌아보지도 않고 가 버렸다. 이 시루가 시루 장수에게는 전 재산에 해당하는 물건이었는데도 말이다. 과거의 실수나 실패에 연연하며 얽매이지 않고 당당히 앞으로 나아가는 모습을 인상적으로 표현한다.

타격을 받은 기억은 **증**발해서 없애! **불**태워서 없애! 그리고 **고**![Go!] 새롭게 가!

타초경사 打草驚蛇

단성식(段成式), 유양잡조酉陽雜俎·병법兵法 삼십육계三十六計 중中 공전계攻戰計

打 쳤더니 草 풀을 (쳤더니) 驚 놀라게 했다. 蛇 뱀을 (놀라게 했다.)
: 두 가지 전혀 다른 해석이 있다. 첫 번째 해석은 고의가 없는 경우다. 뱀이 있는 줄은 '모르고' 풀을 쳤는데 의외로 뱀을 놀라게 한다. 섣부른 행동으로 누군가를 공격하거나 징계하려다가 '예기치 않게' 그 주변 인물들로 하여금 그 공격이나 징계를 인식하고 대책을 마련하는 빌미를 제공한다는 해석이다. 두 번째 해석은 고의가 있는 경우다. 뱀이 있을 만한 풀을 '의도적으로' 쳐서 뱀을 이끌어낸다는 전략적 해석이다.

타악! **초**록색 풀을 가르는 소리에 **경**계하며 뱀은 **사**라진다.

탁상공론 卓上空論

卓 탁자 上 위에서 벌이는 空 헛된 論 의논.
: 실현 가능성이 결여되어 신뢰할 가치가 없는 논의를 가리키는 말.

탁한 공기만 듬뿍 마시며 **상**상만 하시지 마시고들 **공**무원 나리들, 현실적 **론**(논)의들 하십시다.

탄주지어 呑舟之魚 두보杜甫, 서경인자가徐卿仁子歌·열자列子, 양주편楊朱篇

呑 삼킬 만큼 (큰) 舟 배를 (삼킬 만큼 큰) 之 그러한 魚 물고기.
: 범상치 않은 큰 인물을 뜻하는 말.

탄탄한 실력으로 **주**인공의 포스가 **지**대하다. **어**머나, 깜짝이야! 할 정도로.

탈토지세 脫兎之勢 손자孫子

脫 벗어나려는, 달아나려는 兎 토끼 之 의 勢 기세.
: 달아나는 토끼처럼 매우 빨리 움직이는 모양.

탈출 시츄에이션situation(상황) **토**할 정도까지 뛰어라! **지**체하지 말고, **세**게 땅을 박차며 빨리 뛰어!

탐관오리 貪官汚吏

貪 탐욕스러운 官 벼슬아치 汚 더러운 吏 벼슬아치.
: 사욕을 채우는 부정부패한 관료를 가리키는 말.

탐욕스러운 사람이 관직을 오염시키는 건가? 아니면… **관**직이 사람을 **오**히려 오염시켜 **리**벌쓰reverse(역으로) 탐욕스럽게 만드는 건가?

탐부순재 貪夫徇財 사기史記, 백이열전伯夷列傳

貪 (재물을) 탐내는 夫 사람은 徇 따라 죽는다. 財 재물을 (따라 죽는다.)
: 인간의 탐욕이 파멸을 부를 수 있음을 경계하는 말.

탐욕스런 놀부가 **부**지런히 **순**순히 **재**물을 따라 지옥으로….

탐소리 실대리 貪小利 失大利 여람신(呂覽愼)

貪 탐내려다가 小 작은 利 이익을 (탐내려다가) 失 잃는다. 大 큰 利 이익을 (잃는다.)
: 눈앞의 작은 이익에 급급하다가 큰 이익을 놓치는 모양이다.

탐욕스러운 **소**년은 작은 **리**(이)익에 눈멀었다. **실**수였다. 평생 **대**중들에게 도둑놈 소리를 **리**(이)름처럼 듣게 되었다.

탐화봉접 探花蜂蝶

探 찾아다니는 花 꽃을 (찾아다니는) 蜂 벌과 蝶 나비.
: 꽃 ≒ 여자, 벌·나비 ≒ 남자.

탐스러운 **화**원에서 **봉**착한 난관의 술래잡기. **접**점이 될 술래를 찾아 난관을 해결할 것.

탕진가산 蕩盡家産

蕩 방탕하게 없앤다. 盡 싹 다 (없앤다.) 家 집안의 産 재산을.
: 집안의 재산을 모조리 낭비한 모양이다.

탕! 바닥까지 굴러 떨어졌다. **진**저리나는 나락에 빠졌다. **가**진 거, 다 사라졌다. **산** 입에 거미줄 치게 생겼다.

탕탕평평 蕩蕩平平 서경書經, 주서周書 홍범편洪範篇

蕩 넓고 蕩 넓게 平 고르고 平 고르게.
: 어느 한쪽으로 편향되지 않는 공평무사함을 일컫는 말.

탕탕! 공정의 총잡이가 **탕**탕! 쏜 총알에 맞으며 **평**화를 방해하던 당파 싸움꾼들이 **평**야에 쓰러진다.

태강즉절 太剛則折

太 너무 剛 강직하면, 뻣뻣하면 則 그러면 곧 折 꺾인다.
: 경직성이 크면 꺾이거나 절단될 위험성도 또한 크다.

태도가 너무 **강**하고 뻣뻣하믄 **즉**각 **절**단난당께요.

태산명동 서일필 泰山鳴動 鼠一匹

泰 큰 山 산이 鳴 울며 動 움직이더니 鼠 쥐 一 한 匹 마리뿐.
: 무언가 대단한 것을 기대하게 만들면서 요란하게 난리를 피운다. 그러나 정작 내놓은 결과물은 너무도 보잘것없는 것이라 사람들은 크게 실망한다. 태산과 쥐를 대조하여 기대를 저버린 결과물을 비판할 때 흔히 사용되는 말이다.

태초에 천지개벽하듯 **산**사태가 날 듯이 **명**이 다할 듯이 **동**요해서 봤더니, **서**서히 나타난 건 **일**개 쥐 한 마리뿐이더라! **필**요했었나, 정말… 앞의 소란은?

태산북두 泰山北斗 당서唐書, 한유전韓愈傳

泰山 태산과 北斗 북극성.
: 자신의 분야에서 뛰어난 능력을 발휘하여 사람들의 존경을 받는 사람.

태어나주셔서 감사합니다. **산**처럼 큰 사람이여, **북**마크bookmark를 해놓고 늘 찾아뵐게요. **두**근두근 존경심을 가득 안고….

태산불양토양 泰山不讓土壤 사기史記, 이사열전李斯列傳

泰 큰 山 산은 不 아니한다. 讓 사양하지 (아니한다.) 土 흙을 壤 흙덩이를.
: 위대한 인물은 작다고 무시하거나 선입견을 갖고 다른 사람을 배척하지 않는다는 뜻이다.

태산이 **산** 중의 산인 이유가 있다. **불**과 티끌에 불과한 **양**이든 그렇지 않은 **토**양이든 뭐든 **양**껏 포용하기 때문에 태산인 거다.

태산압란 泰山壓卵 진서晉書, 손혜전孫惠傳

泰 크나큰 山 산이 壓 누른다. 卵 (작디작은) 알을.
: 태산이 알을 압도적인 힘의 차이로 찍어 누른다. 태산과 알을 극단적으로 대조하고 있다. 행위자 관점에서는 태산이 그 누구도 대적할 수 없는 강력한 힘을 지니고 있음을 뜻하고, 행위라는 관점에서 보면 알을 깨는 일만큼 손쉬운 일을 의미한다.

태풍처럼, **산**사태처럼 **압**도적인 힘. **란**(난)생처음 겪을 만한 힘.

태산양목 泰山樑木 예기禮記, 단궁檀弓 상편上編

泰 큰 山 산과 樑 들보로 쓰이는 木 나무.
: 여러 사람들이 우러러보고 의지할 만한 위대한 사람을 가리키는 말.

태산처럼 우뚝! 위대한 삶을 **산**다. **양**어깨에 굳건히 짊어진 **목**적을 사람들이 우러러본다.

태산홍모 泰山鴻毛 사마천史馬遷, 보임소경서報任少卿書

泰 큰 山 산처럼 무겁거나 鴻 기러기 毛 털처럼 가볍거나.
: 무거워 중요하게 여길 일과 가벼워 후순위로 미뤄둘 일을 구별하는 자세.

태어나서 삐뚤어지는 것보다 훌륭하게 **산**다면 훨씬 멋지지 않겠니? **홍**두깨 선생님은 말한다. 하니야, **모**조리 생각을 바꾸렴. 그리고 달려라!

태연자약 泰然自若

泰 편안한 상태로 然 그렇게 있다. 自 스스로와 若 같다.
: 마음이 흔들리지 않고 자신의 평상시 모습을 유지한다는 말.

태도가 그대로다. 꿈쩍도 않는다. **연**이어 들려오는 충격적 소식에도 **자**신을 지킨다. **약**해지지 않는다.

태평연월 太平煙月

太 매우 平 편안한 분위기 煙 (집집마다) 연기가 피어나오는 (평화로운 풍경) 月 달빛 아래에서.
: 아주 평화로운 세상을 일컫는 말.

태평이란 나라는 **평**화롭다. 두둑한 **연**봉으로 매달 뿌듯한 **월**급받으며 사람들은 태평하다.

택급고골 澤及枯骨 장거정張居正, 제감도설帝監圖說

澤 은덕이 及 미친다. 枯 마른 骨 해골에까지.
: 죽은 이의 뼈에까지 은혜로움이 미친다는 말은 살아 있는 사람들에게는 훨씬 더 은덕을 베푼다는 뜻이다.

택배 왔습니다! **급**히 배달되는 은혜로움. **고**인까지도 포함해서 모든 이들에게 **골**고루 두루두루 배달되는 은혜로움.

택급만세 澤及萬世

澤 혜택이 及 미친다. 萬 만 10,000 世 세대에까지.
: 혜택이 오래도록 미치는 모양이다.

택tag(꼬리표)에 매겨진 **급**을 보니, 혜택이 영원하다네? **만**세! 만세! 만만세! ♬♪ **세**상 좋구만! ♬♪

토각귀모 兎角龜毛 불교佛敎 능엄경楞嚴經

兎 토끼의 角 뿔 龜 거북의 毛 터럭, 털.
: 세상에 존재할 수 없는 것을 빗댄 말.

토끼 뿔? 거북 털? **각**각 존재한다면 **귀**하기야 하겠지만, **모**든 가능성을 고려해 봐도 그럴 일은 없지.

토붕와해 土崩瓦解

土 흙이 崩 무너지고 瓦 기와가 解 쪼개진다.
: 조직 등이 회복이 불가능할 정도로 와르르 무너져 박살난 경우다.

토대가 무너져 조직이 **붕** 떠버렸다. **와**장창 다 깨져, 복구하려고 **해**도 도저히 되돌릴 수 없다.

토사구팽 兎死狗烹 사기史記, 월왕구천세가越王句踐世家

兎 토끼를 死 죽이고 나서 狗 개를 烹 삶아 먹는다.
: 토끼를 잡는 데 쓰였던 사냥개를 토끼를 잡고 나서 삶아 먹는다. 필요할 때는 실컷 이용해 먹다가, 필요 없어지면 냉정하게 내팽개치는 야속한 인심을 빗댄 말이다.

토할 거 같은 인정머리요. 쓸모가 **사**라지니 바로 인상을 **구**기며 **팽**개쳐 버리오.

토사호비 兎死狐悲 송사宋史, 이전전李全传

兎 토끼가 死 죽으니 狐 여우가 悲 슬프다.
: 비슷한 처지에 있는 사람의 불행을 슬퍼한다는 뜻이다. ∵ 자기도 그런 불행을 겪지 않으리라는 보장이 없으니까.

토요일에도 동료 **사**원이 출근을 한다. 상사에게 **호**통을 듣는다. **비**통하다. 남의 일 같지 않다.

토영삼굴 兎營三窟 사기史記, 맹상군열전孟嘗君列傳

兎 토끼가 營 경영한다, 계획한다. 三 세 개의 窟 굴을 (파 놓는다.)
: "하나로는 부족하지!" 토끼는 숨을 피난처로 굴을 세 개나 파 놓는다. 어떤 일을 함에 있어 차선책뿐만 아니라 차차선책까지 마련해 놓는 자세를 일컫는 말.

토라진 여자친구가 한소리하면 **영** 마땅찮다. 세 가지 변명을 방패로 **삼**아 오늘만큼은 **굴**복하지 않으리.

토우목마 土牛木馬 주서周書

土 흙으로 만든 牛 소 木 나무로 만든 馬 말.
: 소와 말처럼 보이기는 하나 실제로 소와 말이 하는 역할을 수행할 수는 없다. 겉보기에는 무언가 있어 보이는데, 알고 보면 아무 것도 없어 쓸모없는 존재를 의미한다.

토목과 엄친아냐, 네가? **우**연히 좋은 집안에서 태어난 거 빼곤 뭐가 있어? **목**청껏 소리친다, **마**음에 안 들어서.

토진간담 吐盡肝膽

吐 토한다. 盡 다 (토한다.) 肝 간도 膽 쓸개도.
: 속마음을 남김없이 솔직하게 말하는 경우를 신체 내부기관을 온통 다 쏟아내겠다는 시각적 표현으로 생생하게 전달한다.

토로한다, **진**심을. **간**도 쓸개도 다 내보이며 **담**소를 나눈다.

퇴고 推敲 당시기사唐詩紀事, 가도편賈島篇

推 밀까? 敲 두드릴까?
: 예전에 어느 시인이 오언율시를 다 짓고 나서 4구에 쓰인 문장에서 '밀 퇴(推)'와 '두드릴 고(敲)' 중 어떤 글자를 쓸까 고민했다는 데서 유래한 말이다. 글을 다 쓰고 나서 문장들을 보다 바르고 나은 방향으로 수정하는 과정을 일컫는 말로 쓰인다.

퇴실하기 전에 글쓴 거, **고**칠 건 고치고 나가.

투서기기 投鼠忌器 한서漢書, 가의전賈誼傳

投 (돌을) 던지고 싶지만 鼠 쥐에게 (돌을 던지고 싶지만) 忌 꺼리는 마음이 든다 器 (근처에 있는) 그릇을 (깰까 봐) 꺼리는 마음이 든다.
: 쥐는 잡고 싶은데, 돌을 던져 쥐는 잡고 싶은데 옆에 있는 그릇을 깰까 봐 겁이 나 차마 그러지 못한다. 해로운 인물을 처단하고 싶으나, 근처의 무고한 인물에게 해를 끼칠까봐 행동을 자제하는 경우를 일컫는 말.

투명한 정치를 위해서는 당장 **서**식하는 간신배들을 때려잡고 나라 **기**강을 바로 잡고 싶지만… 임금님 **기**분이 나쁠까봐 못 하겠어.

투저의 投杼疑 전국책戰國策

投 던지며 杼 북을, 베틀의 북을 (던지며) 疑 의심한다.
: 베를 짜던 증삼의 어머니에게 한사람씩 찾아와 "증삼이 사람을 죽였다고 하오."라는 거짓말을 한다. 증삼의 인품을 굳게 믿고 있는 어머니는 첫 번째 사람의 거짓말에는 "그럴 리 없소."라고 단언하지만 두 번째 사람이 찾아와 거짓말을 했을 때는 아무 말도 하지 않고 ("…."), 세 번째 사람이 찾아와 똑같은 말을 하자 정말 아들이 사람을 죽였다고 의심하면서 ('그럴…') 베틀의 북을 집어 던지고 도망간다. 여러 사람들이 입을 모아 거짓말을 하는 상황에서 진실에 대한 믿음이 흔들리는 경우이다.

투,[two] 쓰리,[three] 포,[four](두 번, 세 번, 네 번,) 여러 번… **저**런, 저렇게 여러 번 같은 말을 듣다 보면 **의**심이 절로 생기지, 믿었던 사실에 대해서도.

E

파경 破鏡 태평광기太平廣記

破 깨어진 鏡 거울.
: 부부의 관계가 파탄났음을 일컫는 말.

파괴된 부부 관계. **경**건했던 약속도 함께 물거품.

파경부재조 破鏡不再照 불교佛教 경덕전등록景德傳燈錄

破 깨진 鏡 거울은 不 없다. 再 다시 照 비출 (수 없다.)
: 결별한 부부가 다시 결합하기 힘들다는 말.

파편이 튄다. **경**련이 인다. 절규한다. **부**디 내 앞에 다시 나타나지 마! **재**결합? **조**금도 꿈도 꾸지 마!

파경중원 破鏡重圓 맹계孟棨, 본사시本事詩 정감情感

破 깨진 鏡 거울이 重 거듭 圓 둥근 모양을 되찾는다.
: 이별했던 부부가 다시 결합하는 모습을 일컫는 말.

파도처럼 밀려오는 추억…. 함께 **경**험했던 이야기들은 너의 **중**요성을 일깨워줘. … 재결합을 **원**한다.

파과지년 破瓜之年 손작孫綽, 정인벽옥가情人碧玉歌

破 깨뜨린 瓜 글자로서의 '瓜'를 (깨뜨린) 之 그런 年 나이.
: 과瓜라는 글자를 파자破字하면 그 안에 八(8)이 두 개 들어 있다. 여성의 경우는 八(8)+八(8)=16세, 남성의 경우는 八(8)×八(8)=64세를 뜻한다.

파도치는 가슴 안은 **과**도기인 나이지, **지**금 열여섯 **년**(연)령인 소녀는.

파락호 破落戶

破 깨뜨리고 落 떨어뜨린다. 戶 집안의 (명예나 재산을).
: 재력이나 세력이 있는 집안에서 재산을 탕진하거나 명예를 실추시키는 망나니 같은 인간.

파탄을 내 집안을 말아먹고 **락**(낙)은 음란하고 저속하기만 한 **호**색한.

파란만장 波瀾萬丈

波 물결이 인다. 瀾 물결이 인다. 萬丈 만 길(≒ 30,000미터)이나 높게 (물결이 인다.)
: 심하게 요동치는 인생의 기복을 뜻한다.

파란 바다 위에서 **란**(난)동을 치는 파도도 겪었고 **만** 미터 높이의 **장**엄하고 험악한 산도 겪었다.

파렴치한 破廉恥漢

破 깨뜨린 廉 결백함을 (깨뜨린) 恥 부끄럼도 (깨뜨린) 漢 놈.
: 건전한 사회의 상식으로 보았을 때 부끄러워할 만한 짓을 아무런 부끄러움도 없이 하는 사람을 가리키는 말.

파르르… 분노로 파르르… **렴**(염)치없는 범죄자의 **치**밀한 계획에, 사람들이 **한**마음으로 파르르… 떤다.

파부침선 破釜沈船 사기史記, 항우본기項羽本紀

破 깨뜨린다. 釜 가마솥을 (깨뜨린다.) 沈 가라앉힌다. 船 배를 (가라앉힌다.)
: 가마솥을 깨뜨려 더 이상 밥도 못 짓도록 하고, 배를 가라앉혀 물러서 달아날 곳도 없도록 했다. 전쟁에서 죽기 살기로 싸울 수밖에 없는 분위기를 조성하는 행동이다.

파랗게 질린 얼굴로 두려움과 맞서 싸우며 **부**질없는 목숨에 연연하지 않겠노라 다짐하며 **침**을 꿀꺽 삼키면 병사들은 **선**두에서 돌격 앞으로….

ㅍ

파사현정 破邪顯正 불교佛敎 가상대사嘉祥大師 길장吉藏, 삼론현의三論玄義

破 깨뜨린다. 邪 사악한 의견을 (깨뜨린다.) 顯 나타낸다. 正 바른 도리를 (나타낸다.)
: 그릇된 길을 없애고 올바른 길을 구현하는 모습이다.

파일을 입수했습니다. 그 장관들이 **사**리사욕을 도모한 증거입니다. **현**시점에서 그들을 모두 체포해서 **정**의를 구현하겠습니다.

파안일소 破顔一笑

破 깨뜨리면서 顔 낯을, (굳어 있던) 얼굴을 (깨뜨리면서) 一 한바탕 笑 웃는다.
: 마음에 들어 흐뭇하고 기쁜 표정으로 한판 크게 웃는 모습이다.

파리 파리 팔이 길어.[A fly in Paris has long arms.] **안** 선생님의 썰렁한 농담에 서먹했던 분위기가 **일**순간 누그러지며, **소**란스럽게 한바탕 웃음바다가 된다.

파죽지세 破竹之勢 진서晉書

破 깨뜨린 竹 대나무를 (깨뜨린) 之 그런 勢 기세, (거침없이 쪼개지는) 기세.
: 거침없이 진격하며 적을 무찌르는 모양이다. 또는 오를 대로 오른 기세를 몰아 무슨 일을 해내는 모양을 일컫기도 한다.

파이팅 넘치는 일등 팀, **죽**죽 나아간다! **지**는 법을 잊었다. 정말 **세**다!

파천황 破天荒 북몽쇄언北梦琐言

破 깨뜨리고 처음 나온다 天 천지간 荒 거칠고 미개한 영역에서.

: 세상에 없던 새로운 세상을 연다. 영어 단어로 '전례가 없는'unprecedented 일을 해낸 존재.

파괴한다, 상식을. **천**지가 진동할 만한 **황**당한 생각이 원더풀WonderFul!

팔굉일우 八紘一宇

八 팔방으로 紘 넓은 온 세상을 一 하나의 宇 지붕 (아래로 놓는다.)
: 일본이 제국주의 침략 전쟁을 일으키며 내건 슬로건.

팔로우 미Follow me 나를 따라와. **굉**장히 싸가지가 없는 소리를 하는데 **일**루 와. 한 지붕 아래서 몇 대 맞자. **우**리 버릇없는 자식은 몽둥이가 약이라잖아.

팔두지재 八斗之才 석상담釋常談

八 여덟 斗 말 之 에 해당하는 才 재능.
: 세상의 모든 글재주를 한 섬(열 말)이라고 가정했을 때, 혼자서 여덟 말(80%)에 해당하는 글재주를 가지고 있다는 뜻으로 학식과 문장력을 극찬한 말이다.

팔딱팔딱 지면을 **두**드리며 뛰쳐 나올 듯하구나. 생동감을 **지**닌 문장이 뛰어나구나. **재**능 인정!

팔면육비 八面六臂

八 여덟 개의 面 낯, 얼굴 六 여섯 개의 臂 팔.
: (겨우 얼굴 하나랑 팔 두 개를 갖고 일하는 남들과 달리) 갖고 있는 얼굴과 팔이 많으니 그만큼 많이 보고 일을 잘할 수 있다는 뜻이다.

팔이 여섯에 얼굴이 여덟이라… 이거 **면**상만 봐도 괴물인가 생각이 **육**감적으로 들지만, 그런 게 아니야. **비**슷하지도 않아. 일을 뛰어나게 처리하는 능력을 과장한 말이야.

팔방미인 八方美人

八 여덟 方 방향에서 봐도 美 아름다운 人 사람.
: 다재다능versatile한 사람을 일컫는다.

팔방미인이란 말을 듣고 **방**긋 웃는 **미**모의 여인만 상상하면 안 됨. (아, 물론 그런 뜻도 **인**정됨.) 재능이 여러 방면으로 뛰어난 사람임.

팔자소관 八字所關

八字 팔자가, 타고난 운명이 所 바이다. 關 관여하는 (바이다.)
: 인간의 뜻으로는 어찌할 수 없다는 운명론적 관점이 들어 있는 말.

팔자구나. **자**꾸 바꾸려 해도 **소**용없는 운명을 **관**장하는 더 큰 힘이구나.

패군지장 敗軍之將

敗 패한 軍 군사 之 의 將 장수.
: 패전한 장수를 가리키는 말.

패한 장군이라 **군**소리하지 않겠습니다. **지**금도… **장**차 앞으로도….

패류잔화 敗柳殘花 서상기西廂記

敗 무너진 柳 버들 殘 남겨진 花 꽃.
: 한창때가 지난 버드나무와 꽃처럼, 한때 미인으로서 추앙받았던 용모를 상실한 여인을 일컫는 말.

패인(팬) 주름살에 **류**(유)독 더 아쉬운 과거의 영광. **잔**주름과 함께 남은 건 **화**조차 나지 않는 허무함.

ㅍ

팽두이숙 烹頭耳熟

烹 삶으면 頭 머리를 (삶으면) 耳 귀까지 熟 익는다.
: 핵심적인 일만 잘 처리하면 부수적인 일은 아울러 잘 해결됨을 이르는 말.

팽팽하게 잡아 당겨! **두**두두두둑! (뻣뻣한 몸에서 나는 소리) **이**렇게 주요 근육을 스트레칭해 주면 **숙**달될수록 점점 안 쓰던 근육까지 운동 효과가 번질 거야.

평수상봉 萍水相逢 왕발王勃, 등왕각서滕王閣序

萍 부평초와 水 물이 相 서로 逢 만난다.
: 부평초처럼 떠돌아다니다가 우연히 만나는 인간관계를 일컫는 말.

평범한 여행길에 **수**수한 옷차림으로 우연히 만난 **상**대방과 홀로 여행하느라 **봉**인했던 인간미를 해제한다.

평신저두 平身低頭

平 평평하게 한다. 身 몸을 (평평하게 한다, 엎드린다.) 低 낮춘다. 頭 머리를 (낮춘다, 고개를 숙인다.)
: 흔히 용서를 구하기 위해 사죄할 때나 막강한 권력 앞에서 무릎 꿇을 때 보이는 자세이다.

평지에 머리를 숙이고 **신**체를 바짝 엎드리며 **저** 좀 용서해주세요! **두**근두근 두근두근….

평지낙상 平地落傷

平 평평한 地 땅에서 落 넘어져 傷 다친다.
: (울퉁불퉁 험한 길도 아니어서) 넘어져 다칠 줄은 생각도 못했다는 의미에서, 뜻밖에 겪은 불운을 일컫는 말로 쓰인다.

평일이 다 **지**나서 이제 좀 쉬려고 했는데 **낙**하산 부장이 일 더미를 안기네? **상**상하기 싫었던 주말 출근이라네!

평지풍파 平地風波 유우석劉禹錫, 죽지사竹枝詞

平 평평한 地 땅에 (이는) 風 바람과 波 물결.
: 잔잔했던 곳에 소란과 분란이 일어나 평화로움을 깨뜨리는 모양이다.

평온하던 가정집에 잊고 **지**내던 아버지가 돌아오면서 **풍**덩! **파**란이 일어난다.

폐월수화 閉月羞花 조식曹植, 낙신부洛神賦

閉 감춘다. 月 달을 (감춘다.) 羞 부끄럽게 한다. 花 꽃을 (부끄럽게 한다.)
: 미를 뽐내던 달이 여인의 미모를 보고는 "내가 졌다."며 숨어 버리고, 그동안 아름다움을 뽐내던 꽃도 여인의 아름다움을 보고 나서는 "내 얼굴이 수치스러워"라고 한다는 이야기.

폐업합니다, 저희 기획사를. **월**급도 주기 힘들어요. **수**치스럽게도 간판 미녀 연예인의 인기가 폭락했답니다. **화**근은 경쟁 기획사에서 진짜 이쁜 연예인이 나왔기 때문입죠.

폐포파립 敝袍破笠

敝 해진 袍 도포와 破 깨진 笠 삿갓.
: 행색이 초라하고 볼품없는 모양이다.

폐허에서 **포**탄 맞고 나왔나? 생활이 **파**탄이 난 옷차림이군. **립**(입)에 풀칠은 하고 다니나?

폐호선생 閉戶先生 초국선현전楚國先賢傳

閉 닫는다. 戶 집 출입문을 (문을 닫고 나오지 않는) 先生 선생.
: 집에만 틀어박혀 책을 읽는 사람을 일컫는 말.

폐해가 없지는 않을 것 같은데요. **호**기심에 여쭤보는 거지만 **선**생, 그렇게 집에 틀어박혀 책만 보면 **생**활은? 생기는? 생명력은? 응? 응?

포락지형 炮烙之刑 사기史記, 은본기殷本紀

炮 통째로 굽고 烙 지지는 之 그러한 刑 형벌.
: 불에 달군 쇠로 몸을 지지는 잔인한 형벌.

포학하고 잔인한 불꽃의 **락**(낙)인. 인간의 살을 **지**지고 볶는 **형**벌.

포류지자 蒲柳之姿 세설신어世說新語, 언어편言語篇

蒲柳 갯버들 之 같은 姿 맵시, 자태.
: 포류지질 蒲柳之質

포스Force 힘이 없어 **류**(유)연한 버들처럼 하늘하늘해. 바람이 휙 **지**나가면 고꾸라져 **자**빠질 것 같아.

포류지질 蒲柳之質 세설신어世說新語, 언어편言語篇

蒲柳 갯버들 之 같은 質 바탕, 체질.
: 갯버들 잎은 가을에 가장 먼저 떨어질 정도로 약하다고 한다. 이런 갯버들처럼 빨리 노쇠할 정도로 신체가 허약하다는 뜻이다.

포옥 사악(폭삭) 늙으셨수? **류**(유)감스럽게도 허약해서 **지**나던 세월에 **질** 수 밖에 없었다네.

포복절도 抱腹絶倒

抱 안고, 부둥켜안고 腹 배를 (부둥켜안고) 絶 끊어질 듯, 숨이 끊어질 듯 倒 넘어진다.
: 정신 줄을 놓을 정도로 배꼽이 빠지게 웃는 모양.

포복하듯 **복**부를 땅에 대고 **절**도범이 기어서 **도**망가면? 포복절도! … 깔깔깔깔 ♬♪

포신구화 抱薪救火 사기史記, 위세가魏世家

抱 안은 채로 薪 섶을, 땔감을 (안은 채로) 救 막으려 한다, 끄려 한다. 火 불을 (끄려 한다.)
: 위험을 막기 위해 조치를 취했으나, 위험을 막기는커녕 더 큰 위험을 초래하는 경우이다.

포레스트 파이어Forest Fire 산불 났는데 **신**나게 부채질하며 기름을 뿌리며 다니다니… **구**제불능이구나. **화**르르 불길만 더 치솟을 뿐이로구나.

포의지교 布衣之交 사기史記, 염파인상여열전廉頗藺相如列傳

布 베 衣 옷(을 입은 사람) 之 과의 交 사귐.
: 베옷을 입은 사람, 즉 벼슬이 없는 사람과의 교제란 뜻이다. 벼슬이 없는 사람과 신분이 높은 사람과의 사귐을 뜻하기도 하고, 벼슬이 없는 사람들끼리의 사귐을 가리키

기도 한다.

포용해 주고 **의**리를 지켰던 **지**난날 관직에 오르기 전에 **교**제했던 친구.

포의한사 布衣寒士

布 베 衣 옷(을 입고) 寒 추워 떨고 있는 士 선비.
: 벼슬이 없이 가난하게 살고 있는 선비.

포동포동 뒤룩뒤룩 살찐 관료랑은 **의**상부터 정반대로 **한**기도 못 막는 옷을 **사**시사철 입고 학문하는 사람.

포편지벌 蒲鞭之罰 후한서後漢書

蒲 부들(보들보들한 풀)로 만든 鞭 채찍으로 之 가하는 罰 벌.
: 무늬만 형벌일 뿐, 실제적으로 형벌이라 할 수도 없는 솜방망이 처벌 또는 관대한 정치를 뜻한다.

포기브Forgive 용서하셨나요? **편**의적으로 **지**저분하게 **벌**주는 척만 하시네요?

포호빙하 暴虎馮河 시경詩經, 소아편小雅篇·논어論語, 술이편述而篇

暴 맨손으로 친다. 虎 범을 (맨손으로 친다.) 馮 도섭한다, 걸어서 건넌다. 河 물을 (걸어서 건넌다.)
: 사리를 변별하지 않고, 용기가 아닌 만용을 부리는 행위를 일컫는 말.

포악한 **호**랑이를 붙잡아 한 손으로 **빙**빙 돌리겠다니… 빙긋 웃음만 나와. **하**룻강아지야, 무모한 그런 짓 하지 마.

포호함포 咆虎陷浦 순오지旬五志

咆 으르렁거리던 虎 범이 陷 빠진다. 浦 개울물에.
: 큰소리만 쳐 놓고, 해 놓은 일의 결과물은 보잘 것 없을 때 쓰는 말.

포효하듯 **호**언장담을 **함**부로 하더니… **포**장지만 화려한 빈 상자였던 거냐?

표리부동 表裏不同

表 겉모습과 裏 속마음이 不 않다. 同 같지 (않다.)
: 겉 다르고 속 다른 사람 됨됨이를 나타내는 말이다.

표면적으론 **리**(이)타적이고 **부**드러운 모습이지? 진짜 모습엔 경악하여 **동**공 지진 일어날 걸?

표리일체 表裏一體

表 겉과 裏 속이 一 한 體 몸.
: 둘 사이에 떼려야 뗄 수 없는 밀접한 관계가 있을 때 쓰는 말이다. 마음속의 생각과 겉으로 표현한 말이나 행동이 같을 때도 쓸 수 있다.

표현의 자유와 그 **리**(이)면의 책임이 **일**체가 되어 아름답게 **체**조하는 언론·출판의 자유.

품행방정 品行方正

品 성품과 行 행동이 方 바르고 正 바람직하다.
: 표창장을 수여하는 교장 선생님이 학생에게 해주는 단골 멘트announcement다.

품성과 **행**실이 참 바르구나. **방**송에 내보내 **정**말 온 국민의 모범으로 삼고 싶구나.

ㅍ

풍기문란 風紀紊亂

風 풍속과 紀 법 질서가 紊 어지럽고 亂 어지럽다.
: 사회 기강이 바로잡히지 못하고 어수선한 모양이다.

풍속과 **기**강을 지키는 **문**이 박살나 **란**(난)장판일세.

풍림화산 風林火山 손자孫子, 군쟁편軍爭篇

風 바람처럼 林 수풀처럼 火 불처럼 山 산처럼.
: 군사 행동 지침인 병법의 내용이다. 바람처럼 질주하고, 숲속에 있는 듯이 고요하며, 침략할 때는 불길처럼, 움직이지 않을 때는 산과 같이 하라는 이야기.

풍부한 전술로 전쟁에 **림**(임)한다. **화**알활 타오르는 전투열로 **산**처럼… 바람처럼… 수풀처럼… 불처럼….

풍마우 불상급 風馬牛 不相及 춘추좌씨전春秋左氏傳

風 바람난, 발정난 馬 말과 牛 소가 不 아니한다. 相 서로에게 及 미치지, 닿지 (아니한다.)
: 아무리 생리적 욕구를 충족시키려 해도 그러지 못할 정도로 둘 사이가 멀리 떨어져 있다. 둘 사이에는 아무런 상관할 바가 없다는 뜻이다.

풍겨도… **마**구마구 암내를 풍겨도… **우**아하게 유혹해도… 닿지 않아. **불**러도… **상**황이 **급**해도… 어쩔 수 없어.

풍마우세 風磨雨洗

風 바람에 磨 마모되고 雨 비에 洗 씻긴다.

: 풍화 작용의 한 단면이다.

풍화 작용으로 **마**모되고, **우**글쭈글 비바람에 **세**수한 모양.

풍목지비 風木之悲

風 바람이 불어 木 나무가 之 느끼는 悲 슬픔.
: 풍수지탄 風樹之歎

풍요로움만 넘치고 넘치도록, **목**숨을 다할 때까지 그렇게 해드렸어야 했건만…. **지**나고 나서 **비**통해하는 어리석음.

풍비박산 風飛雹散 유신庾信, 애강남부哀江南賦

風 바람에 飛 날려 雹 우박이 散 흩어진다.
: 산산조각으로 깨져 사방팔방으로 흩어지는 모양.

풍덩! 쿵쾅! **비**참하게 **박**살나서 **산**산조각.

풍성학려 風聲鶴唳 진서晉書, 사현재기謝玄載記

風 바람 聲 소리와 鶴 학의 唳 울음소리.
: 자라보고 놀란 가슴 솥뚜껑 보고 놀라듯이, 전쟁에서 패배한 병사들이 바람 소리와 학의 울음소리를 듣고 적군인 줄 알고 놀라 도망갔다는 이야기다.

풍상에 찌든 이가 **성**밖의 작은 소리에도 **학**을 뗀다. 별것 아닌 데도 **려**(여)전히 흠칫흠칫한다.

풍수지탄 風樹之歎 공자가어孔子家語, 치사편致思篇·한시외전韓詩外傳

風 바람이 불어 樹 나무가 之 하는 歎 탄식.
: 나무가 고요하고자 하나 바람이 그치지 아니하듯, 자식이 부모에게 효도하고자 하나 부모는 자식을 기다리지 않는다. 효도하려는 자식의 마음이 때늦은 후회가 되어 버리는 경우다.

풍년만, 풍요로운 **수**확물만, 인생의 **지**락만 누리셨어야 했는데… **탄**식한다, 너무 늦게.

풍운아 風雲兒

風 바람을 타고 雲 구름을 타고 (세상에 나온) 兒 아이.
: 때를 잘 만나 자신의 재능을 크게 발휘하여 세상 사람들의 관심을 받는 사람.

풍선을 터뜨리며 환영합니다, **운**명의 바람을 타고 날아와 **아**주 높이 센세이션을 일으킨 당신을.

풍운지회 風雲之會 두보杜甫의 시

風 바람과 雲 구름이 之 가서 會 모인다(용이 있는 자리에).
: 용이 바람과 구름을 만난다는 말은 만나서 상생하는 관계를 뜻한다. 현명한 임금이 훌륭한 신하의 보필을 받는다거나 영웅이 자신의 능력을 발휘할 기회를 얻는 경우 등이다.

풍년입니다! 만사형통이고 **운**수대통입니다! **지**혜로운 정조와 정약용이 만나 **회**의를 하십니다. 최고입니다!

풍전등화 風前燈火

風 바람 前 앞의 燈 등 火 불.
: 언제 꺼질지 모를 위기일발의 상황을 뜻한다. 다른 해석은 언제 꺼질지도 모를 인생의 무상함으로 보기도 한다.

풍선이 꽉 찬 공기로 언제 터질지 **전**혀 예상할 수 없는 그 긴장감으로 **등**불이 바람 앞에서 언제 꺼질지 모른 채 **화**난 듯 일렁인다.

ㅍ

풍찬노숙 風餐露宿 육유陸遊, 숙야인가시宿野人家詩

風 바람 맞으며 餐 밥 먹고 露 이슬 맞으며 宿 잔다.
: 여기저기 방랑하며 겪는 험한 고초를 노숙자 신세에 비유해서 표현하고 있다.

풍화 작용 일으킬 **찬**바람을 맞으며 먹고 마시고 **노**숙하네. **숙**박 장소가 길바닥이네.

피골상접 皮骨相接

皮 살가죽과 骨 뼈가 相 서로 接 딱 달라붙어 있다.
: 살이 거의 없이 홀쭉한 모양이다.

피곤해 보여, **골**골 앓을 것 같은 **상**당히 마른 모습이. **접**대해서 푸짐하게 먹였으면 좋겠구나.

피리양추 皮裏陽秋 진서晉書

皮 가죽, 사람의 피부 裏 속에 陽秋 춘추(春秋, 공자의 역사서)가 있다.
: 사람마다 자신의 피부 속에 역사서를 한 권씩 가지고 있다. 각자 사람들 마음속에는 자기만의 궁리와 판단을 다 하고 있다는 뜻이다.

피부 속에 각자의 **리**(이)치가 흐른다. **양**보를 모르는 각자의 **추**론과 정당성이 녹아 있다.

피일시 차일시 彼一時 此一時 맹자孟子, 공손추편公孫丑篇

彼 저 (때도) 一 한 時 때(에 불과하고) 此 이 (때도) 一 한 時 때(에 불과하다.)
: 저때는 저때고, 이때는 이때다. 저때랑 이때랑 말과 행동이 다를 때, 그런 모순이 발생한 이유를 상황이 달라진 탓으로 돌리는 말이다.

피치 못할 사정 때문이라고 모순이 왜 **일**어났는지를 변명한다. **시**기와 상황의 **차**이를 내세워서 **일**시적 변덕이 아님을 **시**사한다.

피해망상 被害妄想

被 입었다고 害 해를 (입었다고) 妄 망령되이 想 생각한다.
: 남들이 자신에게 위해를 가한다는 생각에서 벗어나지 못하는 증상이다.

피해자라고? 네가? **해**를 누가 끼쳤는데? 스스로 **망**가지고 있잖아! 피해를 **상**상하는 네가 바로 가해자야!

필경연전 筆耕硯田

筆 붓으로 耕 밭을 갈아요. 硯 벼루라는 田 밭을.
: 문필가의 삶을 밭을 가는 농부에 비유한 표현이다.

필기하며 책밭을 **경**작하며 **연**명하는 **전**(저는) 바로 작가입니다.

필부지용 匹夫之勇 맹자孟子, 양혜왕梁惠王 하편下編

匹 평범한 夫 남자 之 의 勇 용기.
: 별생각 없이 공연히 부리는 객기에 불과한 용기.

필통을 집어던지며 중2 학생이 **부**르짖는다: **지**구는 내가 지킨다! … **용**쓰고 자빠졌네.

필부필부 匹夫匹婦

匹 평범한 夫 남자 匹 평범한 婦 여자.
: 평범한 남자와 여자를 가리키는 말.

필요한 것들을 마련하며… 사람들과 **부**대끼며… **필**요 이상으로 고달파하며… **부**지런히 사는 사람들.

필주묵벌 筆誅墨伐

筆 붓으로 誅 베고 墨 먹으로 伐 친다, 찌른다.
: 언론을 통해 글로 비판하는 것은 파괴력을 갖는 공격 수단이 된다.

필기 도구가 **주**무기야. **묵**직하게 **벌**줄 수 있지.

하석상대 下石上臺

下 아래에 (괴어 있던) 石 돌을 (빼서) 上 윗돌로 괴며 (반대로 윗돌을 빼서 또 아랫돌로 괴고) 臺 대를, 축대를 쌓는다.
: 근본적인 대책을 세우지 않고 당장 위험한 상황을 모면하는데 급급하며 그때그때 허겁지겁하는 모양이다.

하루라도 버티겠냐, 그런 방식으로? **석**기 시대 마인드냐? **상**황을 임시로 모면하려고만 하는구나! **대**체 근본적인 대책은 나오지 않는 거냐?

하우불이 下愚不移 논어論語, 양화편陽貨篇

下 못나고 愚 어리석은 (사람은) 不 않는다. 移 바뀌지 (않는다.)
: 벼는 익을수록 고개를 숙인다는 말이 있다. 우둔하고 아는 바가 없는 사람이 고개를 뻣뻣이 들고 자신의 고집대로만 하려 하는 꼴은 그만큼 정신적으로 성숙하지 못했기 때문일지도 모른다.

하여튼 **우**기기만 하는구나, **불**리하기만 하면. **이**런 멍청한 고집을 언제 고칠래?

ㅎ

하우우인 夏雨雨人 설원說苑, 귀덕편貴德篇

夏 여름날의 雨 비가 雨 빗물로 적신다. 人 사람을.
: 한여름에 더위를 날려주는 시원한 빗물이 사람들의 몸을 적신다. 차갑고 시원한 빗물이 오히려 따뜻하고 정겹게 느껴지는 까닭은 무엇일까?

하우 머치[How Much] 얼마나 많이 **우**드 위 라이크[Would We Like] **우**리는 원했나, **인** 디스 레인[In this Rain?] 이 빗속에 있기를?

하의상달 下意上達

下 아래의 意 뜻이 上 위로 達 다다른다.
: bottom-up (상향식) 방식의 의사 전달 체계.

하류에서 흐르는 **의**견들을 양동이에 퍼 담아서 **상**류로 **달**려가서 그 의견들을 쏟아 붓는다.

하필성장 下筆成章 삼국지三國志

下 아래로 筆 붓을 대자마자 成 이룬다. 章 글을, 문장을 (이룬다.)
: 경이로운 문장력을 표현한 말이다.

하라면 못할 줄 알아? 라고 소리치더니 **필**기구를 집어들더니 **성**큼성큼 붓을 놀리더니 **장**문의 문장을 뚝딱 지어낸다!

하학상달 下學上達 논어論語, 헌문편憲問篇

下 아래부터 學 배워 上 위까지 達 통달한다.
: 학습에 있어서 난이도가 낮은 것에서부터 높은 것 순으로 나아가야 한다. 수학으로 따지면 미분·적분을 배우기 전에 덧셈·뺄셈·구구단·나눗셈부터 해야 하고, 영어를 예로 들면 독해나 회화에 들어가기 전에 일단 단어부터 외워야 하듯이 단계적으로 순서를 밟아 나가야 한다.

하수에서 고수로 **학**문의 길을 걷는다. **상**향적으로 차근차근 **달**성해 나간다.

하해불택세류 河海不擇細流 사기史記, 이사열전李斯列傳

河 강과 海 바다는 不 아니한다. 擇 가리지 (아니한다.) 細 가늘게 흐르는 流 시냇물도 (가리지 아니한다.)
: 위대한 인물은 하잘 것 없어 보이는 사람들의 말도 모두 포용할 만큼 크나큰 마음을 지니고 있다.

하늘에 뜬 **해**가 **불**길이 작든 크든 가릴소냐? **택**일의 문제가 아니다. **세**부적이고 자잘한 것들까지 **류**(유)연하게 다 포용하느니라.

학구소붕 鷽鳩笑鵬 장자莊子, 소요유편逍遙遊篇

鷽 작은 비둘기와 鳩 비둘기가 笑 비웃는다. 鵬 붕새를 (비웃는다.)
: 위대한 인물을 비웃는 소인들의 행태를 고발한다.

학창 시절에 샌님이라고 **구**식이라고 우리가 놀렸던 녀석이 **소**싯적과 달리 **붕**붕 날아다녀. 세상을 이끌어.

학립계군 鶴立鷄群 진서晉書, 혜소전嵇紹傳

鶴 학이 立 서 있다. 鷄 닭들의 群 무리 속에.
: 독보적으로 빛나는 별. 요즈음 표현으로는 주위 사람들을 모두 '오징어'로 만들어 버리는 존재일 듯하다.

학교에서 단연 돋보이는 미모로 **립**(입)소문이 자자한 여학생이다. **계**속 남학생들이 귀찮게 **군**다.

학수고대 鶴首苦待

鶴 학의 首 머리가 되어 (목을 길게 빼고) [과장법] 苦 간절하게 待 기다린다.
: '전치사 to+동명사 ~ing'라는 유명한 영어 구문인 'look forward to ~ing'에 해당하는 표현이다. 기다리는 대상이 저 앞에서 오기를 바라는 마음이 느껴지는가?

학처럼 목을 쭉 빼고 **수**심이 어린 표정으로 **고**대하는 소식을 기다려. **대**체 언제 그 소식이 올지도 모른 채….

학여불급 學如不及 논어論語, 태백편泰伯篇·명심보감明心寶鑑, 근학편勤學篇

學 배움은 如 같다. 不 못함(과 같다.) 及 미치지 (못함과 같다.)
: 닿을 듯, 닿을 듯… 닿지 않고, 닿기도 어려운 것이 바로 학문이 추구하는 목표라는 녀석이다.

학생, **여**기서 만족할 거야? **불**과 이 정도 수준으로? **급**히 더 업그레이드 UpGrade를 향해 나아가야지!

학우고훈 學于古訓 서경書經

學 배운다. 于 에서 古 옛 訓 가르침(에서).
: 옛 분들 말씀은 옛쁘니까(예쁘니까) 꼭! 꼭! 꼭! 챙겨 보아야 한다.

학생, **우**리 **고**전에서 **훈**훈한 교훈을 얻어볼까?

학철부어 涸轍鮒魚 장자莊子, 외물편外物篇·박택편泊宅編

涸 마른 轍 바퀴 자국 안에 鮒 붕어 魚 물고기.
: 물고기는 물이 없으면 생존할 수 없다. 바퀴자국 안이 말라 있어 물이 없기 때문에 물고기는 죽느냐 사느냐의 위기를 겪고 있다. 숨을 못 쉬고 있는 물고기에 빗대어 상황이 그만큼 급박함을 표현한다.

학학! (숨을 몰아쉬는 소리) **철**철 피가 흘러 **부**랴부랴 급박한 상황이라 **어**기적댈 틈이 없어!

한강투석 漢江投石

漢江 한강에 投 던진다. 石 돌을.
: 왜 돌을 던지나? 한강을 돌로 메우기 위해서다. 그게 가능한가? 아무리 한강에 돌을 던져도, 한강은 돌로 메워지지 않는다. 효과나 결과가 나오지 않는 헛된 노력을 가리키는 말이다.

한없이 노력해 봐라. 그게 되겠냐? **강**인한 **투**지가 아깝다. **석**기 시대 원시인도 그렇겐 안 해!

한단지몽 邯鄲之夢 심기제沈旣濟, 침중기枕中記 노생盧生 일화逸話

邯鄲 (조나라 서울인) 한단 之 에서의 夢 꿈.
: 누렸던 부귀영화가 한낱 꿈에 불과하다는 이야기를 통해 인생에서 누리고자 하는 부귀영화도 꿈과 마찬가지로 덧없이 소멸함을 설득력 있게 제시한다.

한 순간에 휙 지나가는 **단**막극인가? **지**나고 보면 덧없는 **몽**환적 인생.

한단지보 邯鄲之步 장자莊子, 추수편秋水篇

邯鄲 (조나라 서울인) 한단 之 의 步 걸음걸이.

: 촌놈이 도시 사람들의 걸음걸이를 따라하려다 자신의 걸음걸이마저도 잊어버리고 기어서 돌아갔다고 한다. 타인의 좋은 점을 모방하려 할 때 자신의 무게중심을 꼭 유지하고 있어야 한다는 점을 시사한다.

한눈에 반해 남의 것을 흉내낼 때 **단**점이 뭔 줄 알아? 자칫 **지**금까지 **보**유했던 자신의 모습까지 잃어 버려.

한마지로 汗馬之勞 전국책戰國策

汗 땀 흘리는 馬 말 之 의 勞 노고.
: 말이 땀을 흘릴 정도로 전쟁터에서 공을 세웠거나 힘든 노동을 한 경우를 일컫는 말.

한목숨을 바칠 기세로 **마**구마구 **지**옥을 뛰어다니던 **로**(노)력.

한신포복 韓信匍匐 사기史記, 회음후열전淮陰侯列傳

韓信 한신이라는 사람이 匍匐 포복했다(엎드려 기었다.)
: 장래에 큰 뜻을 펼치기 위해 당장 눈앞에 닥친 굴욕을 감수하는 모습이다.

한 가지 **신**념으로 **포**기하지 않았다. **복**종 아닌 복종하며….

한왕서래 寒往暑來 주역周易, 계사편繫辭編 하下

寒 추위가 往 가면 暑 더위가 來 온다.
: 자연의 순리.

한겨울이 **왕** 노릇을 하더니만 **서**서히 한여름에게 자리를 **래**(내)주고 물러나네.

한우충동 汗牛充棟 유종원柳宗元, 육문통선생묘표陸文通先生墓表

汗 땀 흘리게 한다. 牛 소를 (땀 흘리게 할 정도로 많은 책들) 充 채운다. (그렇게 많은 책들로) 棟 마룻대(지붕)까지 닿을 정도로.
: 원래는 공자님 말씀을 둘러싸고 온갖 잡다한 책들이 다 나왔음을 비판한 말이었으나, 그 맥락은 잊혀진 채 요즈음은 그냥 많은 서적들을 뜻하는 말로 쓰인다.

한 권 두 권 셀 수 없을 만큼 **우**와! **충**격적으로 많은 책들! **동**경할 만한 걸?

한운야학 閑雲野鶴

閑 한가한 雲 구름 (아래) 野 들판에서 鶴 (노니는) 학.
: 어지러운 세상과 동떨어진 유유자적한 삶의 모습이다.

한 많은 속세에서 **운** 흔적을 모두 지울 수 있을까, **야**속한 세상을 벗어난 야산에서 **학** 한 마리처럼 자유로이 뛰논다면.

한천작우 旱天作雨 맹자孟子, 양혜왕梁惠王 상편上編

旱 가물면 天 하늘이 作 지어 준다. 雨 비를 (뿌려 준다.)
: 가뭄에 찌든 백성들에게 위정자는 어떤 갈증 해소 음료수를 선사하여 국민들의 타는 목마름을 해갈시켜줄 것인가?

한여름 가뭄에 **천**하가 목마르고 메마를 때 **작**물들을 다시 소생시켜 줄 **우**르르 쿵쾅 ! 단비가 쏟아진다.

한화휴제 閑話休題

閑 한가한 話 이야기는 (이제) 休 쉬겠다. 題 주제(로 돌아가기 위해서).
: 잠깐 딴소리하며 쉬었으니 우리 이제 다시 본론으로 돌아가 볼까?

한가하게 **화**제를 전환하며 취했던 **휴**식은 이제 그만하고, **제**대로 이제 그럼 본론으로….

할계 언용우도 割鷄 焉用牛刀 논어論語, 양화편陽貨篇

割 베기 위해 鷄 닭을 (베기 위해) 焉 어찌 用 쓰겠는가. 牛 소를 (잡는 데 쓰이는) 刀 칼을.
: 목적에 비해 수단이 너무 어마어마해서 (목적 〈 수단) 목적과 수단의 균형 관계가 크게 어긋난 경우이다. 동네 축구에서 우승하기 위해 리오넬 메시를 데리고 오는 뭐 그런….

할당할 병력은 **계**획대로 반영되었나? 네, **언**제든 명령만 내리십시오! '적들'을 **용**서할 수 없다. **우**리 병력을 총동원해야겠다. **도**주하는 저 '모기들'을 향해 박격포 발사!

함구무언 緘口無言

緘 봉한다, 꿰맨다, 묶는다. 口 입을 無 없다. 言 말씀이 (없다.)
: 입을 꾹 다물고 아무런 말도 하지 않는 모양이다.

함장님, **구**설수에 오를 이번 사고에 대해 **무**슨 하실 말씀이 없으십니까? **언**제까지 그렇게 입을 꾹 다물고 계실 겁니까?

함소입지 含笑入地 後漢書후한서

含 머금으며 笑 웃음을 (머금으며) 入 들어간다. 地 (죽음의) 땅으로 (들어간다.)
: 죽음을 두려워하지 않는 의사義士의 의연하고 굳센 기상을 나타낸다.

함께 할 수 없는 미래는 **소**중한 사람들에게 맡기며 **입**가에 웃음을 머금고 떠난다, **지**켜야 할 사람들을 위하여.

함포고복 含哺鼓腹 십팔사략十八史略

含 머금고 (입 안에 음식을 가득 머금고) 哺 먹으면서 鼓 두드린다. 腹 (배부른) 배를 (두드린다.)
: 잘 먹으며 즐거운 모양새.

함박웃음을 꽃피우며 **포**식하네. **고**기 냠냠 배 터져! ♬♪ **복** 터져! ♬♪

함흥차사 咸興差使 축수편逐睡篇, 이성계 일화逸話

咸興 함흥 지역에 파견을 나갔던 差使 차사(직위) (그러나 돌아오지는 못했던).
: 심부름시켰더니 아무리 기다려도 오지 않는 상황 또는 누군가와 연락이 두절되어 답답한 상황을 일컫는 말.

함정에 빠졌나? **흥**미를 잃었나? **차**를 타고 내뺐나? **사**람이 오지 않네, 올 시간이 지났건만.

항룡유회 亢龍有悔 주역周易

亢 높이 오른 龍 용은 有 있다. 悔 뉘우칠 일이 (있다.)
: 더 이상 오를 곳이 없을 정도로까지 오른 용은 이제 내리막길로 내려올 수밖에 없다. 최고의 지위를 누리는 사람은 자칫 교만해져서 후회할 일을 자초할 수 있음을 경계한 말이다.

항우야, 겸손을 찾아! 네 힘이나 **룡**(용)기가 최고인 건 알지만 **유**감스러운 일이 생길 수도 있어. … 절대 강자를 **회**유하는 목소리.

항산항심 恒産恒心 맹자孟子, 양혜왕梁惠王 상편上編

恒 항상 産 생산이 있어야 恒 항상 心 마음도 있다.
: 일단 생산량이 확보되어 경제적으로 여력을 갖추어야만, 그 다음에 정신적인 예절이나 도덕을 생각할 수 있다.

항상 생계가 우선이야. **산** 사람 입에 풀칠도 못하는데 **항**상 바르게 살라고 공자 맹자 어쩌고저쩌고 해봐야 **심**한 거부감밖에 안 들지. 달리 무슨 마음이 더 들겠냐고?

해로동혈 偕老同穴 시경詩經, 격고擊鼓·대거大車

偕 함께 老 늙고 同 함께 穴 무덤으로.
: 평생의 동반자로서 부부 간의 맹세를 일컫는 말.

해맑게 인생이 저물 때까지… 함께 **로**(노)래 부르자! **동**행하자! 마음은 **혈**기 왕성한 이팔청춘으로….

해불양파 海不揚波 한시외전韓詩外傳

海 바다가 不 않는다. 揚 일으키지 (않는다.) 波 물결을, 파도를.
: 물결이 하나도 일지 않는 잔잔한 바다처럼 세상이 평화롭다. 그만큼 위정자가 선정을 베풀어 살기 좋은 세상이라는 뜻이다.

해변까지 **불**어오는 평화의 바람. **양**심껏 다스리는 **파**수꾼의 바람.

해불양수 海不讓水 관자管子, 형세해편形勢解篇

海 바다는 不 않는다. 讓 사양하지 (않는다.) 水 물을, (어떠한 물이라도).
: 너그럽게 널리 포용하는 마음가짐을 일컫는 말.

해빙 어[Having a] **불**오드 마인드[Broad Mind] 넓은 마음을 가지고 있어 **양**이 무한대야. 다 포용할 수 있어, 아무리 **수**두룩한 양이라 할지라도.

해어화 解語花 개원천보유사開元天寶遺事

解 해석하는 語 말을 (알아듣는) 花 꽃.
: 당나라 현종이 극찬했던 양귀미의 미모.

해석 능력이 뛰어난 꽃이로구나! **어**머나, 별 말씀을…. **화**색이 도는 분위기로세.

해의추식 解衣推食 사기史記, 회음후열전淮陰侯列傳

解 풀어 준다, 벗어 준다. 衣 옷을 推 밀어 준다. 食 밥을.
: 남에게 호의를 베푸는 행위.

해줄 수 있는 건 다 해 줄게. **의**복도 **추**우면 벗어주고, **식**사도 배고프면 제공할게.

해타성주 咳唾成珠 장자莊子, 추수편秋水篇

咳 기침과 唾 침이 成 이룬다. 珠 구슬을 (이룬다.)
: 한마디 한마디가 모두 보석 같은 문장 또는 그러한 재능을 가리킨다.

해외에서도 인정받는 문장. **타**의 추종을 불허하는 문장. **성**찰의 목소리가 담긴 **주**옥같은 문장.

행백리자 반어구십 行百里者 半於九十 전국책戰國策, 진책秦策

行 가려는 百里 100리를 (가려는) 者 사람은 半 절반 (온 것이다.): 절반쯤 왔다고 생각하라 於 ~에서 九十 90(리에서), 목적지에 거의 다다른 시점에서.
: "이제 거의 다 왔구나!"란 생각은 마음을 방자하게 할 우려가 있다. "아직도 절반이나 남았구나!"란 마음가짐으로 끝을 아름답게 마무리하라는 이야기이다.

행상인이 **백** 리에 **리**(이)르기 전까지 **자**신은 겨우 **반**쯤 왔다고 여긴다. **어**디냐에 **구**애되기 **십**상인 마음을 바로잡는다.

행시주육 行尸走肉 왕가王嘉, 습유기拾遺記

行 다니는 (걸어 다니는) 尸 주검 (시체) 走 달리는 肉 고기 (고깃덩이).
: 영혼이 없는 인간이란 뜻으로 머리에 든 것이 없는 사람을 가리킨다. 배우지 않은 사람을 모욕하는 말이다.

행님, 지 못 배웠다고 **시**체라뇨? 고기라뇨? 지식 **주**입, 잘 된 사람들은 그렇게 **육**체노동 하는 사람, 무시해도 됩니까?

행운유수 行雲流水 송사宋史, 소식전蘇軾傳

行 다니는 雲 구름 流 흐르는 水 물.
: 본질이 고정되어 있지 않고 자유롭고 유연하게 변화한다.

행잉 인 더 스카이Hanging In the Sky 하늘에 걸려 있는 **운**율감 있는 구름처럼, **유**유히 흘러가는 저 물처럼, **수**월하게 가변적으로….

행주좌와 어묵동정 行住坐臥 語默動靜 불교佛教

行 다니면서 住 머무르면서 坐 앉아 있으나 臥 누워 있으나 語 말을 할 때나 默 말을 멈출 때나 動 움직일 때나 靜 가만있을 때나.
: 모든 일상생활에서 불심을 향한 정진이 이루어져야 한다는 말이다.

행동하는 순간순간: **주**간이든 야간이든 **좌**석에 앉든 일어서 있든 **와**르르 무너져 누워 있든 **어**머 어머 하며 말로 떠들든 **묵**묵히 침묵하든 **동**적으로 움직이든 **정**적으로 가만있든….

향양화목 向陽花木

向 향한 陽 볕을 (향한) = 볕을 받은 花 꽃(이 피는) 木 나무.
: 성장할 가능성 높아 장래가 촉망되는 인물.

향한 곳은… **양**지바른 곳, **화**창한 미래가 펼쳐진 곳, **목**적을 달성한 성과가 빛을 발하는 곳.

향우지탄 向隅之歎 심악瀋岳, 생부笙賦

向 향한다. 隅 모퉁이를 (향한다.) 之 그러면서 歎 탄식한다.
: 왜 혼자 구석만 바라보고 있니? 기회가… 기회가 오지 않아! — 기회의 부재를 탄식하는 소리.

향기가, **우**연이라도, 기회라는 향기가 **지**나가지 않아 냄새도 못 맡아 **탄**식만 나올 뿐이야.

허례허식 虛禮虛飾

虛 헛된 禮 예절 虛 헛되이 飾 꾸민 장식.
: 실속은 없고 겉치레로만 차려놓은 의식을 가리킨다.

허니문을 향한 **례**(예)식 비용이 어마어마해. **허**무하게 과다 지출하는 **식**상한 레파토리.[repertory]

허무맹랑 虛無孟浪

虛 허망하고 無 없다. (아무 것도 없다.) 孟 맹랑하다.(불합리하다.) 浪 터무니없다.
: 터무니없게 거짓되어 이치에 닿지 않는 모양이다.

허리에 찬 게 **무**적의 63빌딩 크기의 칼이라니… 뭔 **맹**꽁이 같은 소리냐? **랑**(낭)독한 내용이 참 기가 막히구나!

허심탄회 虛心坦懷

虛 비운다, 털어 놓는다. 心 마음을 (비운다.), 마음을 (털어 놓는다.) 坦 드러낸다. 懷 품고 있는 생각을 (드러낸다.)
: 툭 터놓고 다 얘기하기.

허그[Hug(포옹)] 한 번 일단 하고 **심**정을 다 털어 놓아봐. 마음에 박힌 **탄**피, 우리 함께 **회**수하자.

허유괘표 許由掛瓢

許由 허유라는 사람이 掛 걸어 두었다. 瓢 바가지를 (걸어 두었다.)
: 가난한 허유에게는 물을 떠먹는데 쓰라고 받은 표주박조차 번거로웠다. 나뭇가지에 걸어 놓았더니 바람에 흔들리는 소리가 시끄러웠기 때문이다. 쪽박 찰 신세였음에도 쪽박조차 꺼렸을 정도로 물질적 욕심이 없었던 허유는 물욕이 넘쳐나는 현대 사회에 분명한 시사점을 던져 주고 있다.

허허, **유**혹하는 소리가 **괘**씸하구나. **표**주박 너, 이 몹쓸 녀석!

허장성세 虛張聲勢

虛 헛되이 張 베푼다, 올린다. 聲 목소리의 勢 기세를.
: 내실 없이 큰소리만 치고 있는 모양새다.

허풍선이야, 미국 대통령과 **장**관들과 만남을 **성**사한다니… 방금 한 말을 **세**부적으로 어떻게 실천하려고 그래?

ㅎ

허허실실 虛虛實實 삼국지三國志, 제갈량전諸葛亮傳

虛 허점을 (포착한다.) 虛 허점을 (포착해서) 實 실리를 (획득한다.) 實 실리를 (획득한다.)
: 단, 허점으로 보이게 해 놓고 상대가 공격해 들어오는 것을 역이용할 가능성도 있으므로 허점이 정말 허점인지, 실리를 얻으려는 지금 전략이 정말 실리를 얻을 수 있는지에 관하여 치열하게 머리싸움을 해야 한다.

허허, (허무한 웃음소리) **허**를 찔렸네. vs. **실**실 쪼개는 표정, 왜? **실**리를 챙겼거든.

현두자고 懸頭刺股 초국선현전楚國先賢傳·전국책戰國策, 진책秦策

懸 매단다. 頭 상투머리를 (천장에) 刺 찌른다. (송곳으로) 股 넓적다리를.
: 왜 이런 자해를? 잠을 깨려고! 왜 잠을 자지 않고 깨어 있으려 하는데? 학문에 힘쓰려고!

현재 내 상황은 **두**세 시간만 자도 모자라는 상황이다. **자**고 싶지만 잘 수 없는 **고**통을 감수해야 한다.

현모양처 賢母良妻

賢 현명한 母 어머니이자 良 어진 妻 아내로서의 여성.
: 전통적으로 이상적인 여성상으로 제시되는 표현이지만, 개항기 일본에 의해 구성된 전통이라는 문제가 있다.

현명함으로 빛나는 **모**성애. **양**심적 내조자로서의 아내. … **처**음부터 있었던 개념일까?

현하지변 懸河之辯 진서晉書, 곽상전郭象傳

懸 매달려 있듯 (수직으로 쏟아지는) 河 강물 之 과 같이 辯 말을 잘하는 언변.
: 급경사에서 쏟아지는 강물처럼 터져 나오는 유창한 화술을 뜻한다.

현란한 말솜씨. **하**루 종일 떠들어도 **지**루하지 않을 말솜씨. **변**호사야, 뭐야? 말을 잘하는 직업일 듯.

혈혈단신 孑孑單身

孑 외롭고 孑 외로운 單 홑(홀) 身 몸.
: 혼자인 처지를 강조한 표현이다.

혈액만이… **혈**액만이… **단**지 나의 혈액만이… 내 친구로서 **신**체 안에서 나와 함께 해.

형명지학 刑名之學 사기史記, 상군열전商君列傳

刑 법을 名 명분으로 之 내세운 學 학문.
: 엄격한 법으로써 나라를 다스려야 한다는 주장이다.

형벌의 부과를 **명**시하고 법의 통치를 **지**지하는 **학**문.

형설지공 螢雪之功 진서晉書, 차윤전車胤傳·손강전孫康傳

螢 반딧불이와 雪 눈빛으로 之 이루어낸 功 공적.
: 등불을 켤 기름조차 없어 반딧불 빛과 눈에 반사된 달빛에 비추어 책을 읽었다던 소년들—차윤과 손강—이 나중에 출세하여 세상의 빛을 보았다고 한다.

형님께서 반딧불 '빛'과 눈 '빛'으로 독서하시며 **설**대(서울대) 가셨지. **지**극히 어려운 상황에서 **공**부하셔서 '빛'을 보셨어.

형영상동 形影相同 열자列子

形 모양과 影 그림자는 相 서로 同 한 가지다.
: 형체의 모양이 곧으면 곧은 대로 그림자도 곧은 모양이고, 형체의 모양이 굽으면 구부러진 대로 그림자도 구부러진 모양이다. 마찬가지로 사람의 행실도 그 사람의 마음을 그대로 반영하여 선한 행동이든 악한 행동이든 나타난다.

형님의 **영**혼은, 굳이 **상**상하지 않아도, 하시는 **동**작들 보면 알아요.

형영상조 形影相弔

形 몸체와 影 그림자가 相 서로를 弔 조상한다, 불쌍히 여긴다.
: (달리 의존할 데 없이 서로 붙어 있을 수밖에 없는) 몸체와 그림자가 서로를 불쌍히 여길 정도로 달리 의존할 데 없이 외로운 모양이다.

형! 암 론리.[I'm lonely.] **영**어까지 쓰면서 나 외롭단다. **상**상의 형으로서 자기 그림자에게 **조**언을 구하고 있다.

혜이불비 惠而不費 논어論語, 요왈편堯曰篇

惠 은혜롭다. 而 그러나 不 아니하다. 費 비용이 해롭지 (아니하다.)
: 타인에게 은혜를 베풀되 낭비하지는 않을 정도로 은혜의 양을 현명하게 조율할 필요가 있다. 국가 예산을 집행할 때 위정자의 자세로서 많이 인용되는 표현이다.

혜택을 남에게 베풀 때는 **이**익이 남아야 하고 **불**필요하게 **비**용을 헤프게 써선 안 된다.

혜전탈우 蹊田奪牛 춘추좌씨전春秋左氏傳, 선공宣公 11년조年條

蹊 질러갔더니 田 밭을 (질러갔더니) 奪 빼앗아버리네. 牛 소를 (빼앗아버리네.)
: 타인이 소를 끌고 가다 자기 밭을 밟고 지나간다. 그 타인의 잘못에 대한 대가로 그

소를 강탈해 버린다. 피해에 걸맞는 합당한 보상이 아니라, 부당한 폭리를 취한 경우다.

혜택을 얻는데 **전**혀 상대를 배려하지 않아. **탈**탈 털어 먹고 **우**려내지. 상대의 잘못을 빌미로….

호가호위 狐假虎威 전국책戰國策, 초책楚策

狐 여우가 假 거짓으로 빌린다. 虎 호랑이의 威 위엄을.
: 세력이 없는 자가 세력이 있는 자의 위세를 빌려 기만적으로 행동하는 모양이다.

호랑이의 힘을 믿고 **가**식적으로 **호**령하며 **위**세를 떨치는 여우.

호구지책 糊口之策 삼국유사三國遺事

糊 풀칠하는 口 입에 (풀칠하는) 之 그러한 策 꾀(계책).
: 입에 풀칠할 정도로 몹시 가난해서 겨우겨우 끼니를 때우기 위한 방책을 뜻한다.

호호 추워 입김을 불며… 겨우 **구**한 음식으로 배고픔을 달래며… **지**난 겨울과 다름없는 겨울 보내며… **책**임질 가족에 한숨 쉬며….

호리건곤 壺裏乾坤

壺 호리병 裏 속의 乾 하늘과 坤 땅.
: 늘 술이 담긴 호리병 속에 푹 빠져서 그 안에 살고 있다고 여겨질 정도로 '인생이 술이야'인 인생이다.

호리병 속엔 늘 술! **리**커Liquor 술! **건**강 따윈 신경쓰지 않아 술! **곤**드레만드레 술! 술! 술!

호마의북풍 胡馬依北風 고시古詩

胡 호나라 馬 말이 依 의지한다, 기댄다. 北 북녘 (호나라에서 불어오는) 風 바람에 (마음을 기댄다.)
: 고향 쪽에서 바람이 불어올 때마다 그 방향을 바라보는 말의 모습에 빗대어 고향을 그리워하는 마음을 표현한다.

호주머니에 **마**음의 호주머니에 **의**지하며 늘 지니고 다니는 **북**쪽 고향 땅에서 **풍**겨오는 향수鄕愁 담긴 향수.香水

호사다마 好事多魔 설근曹雪芹, 홍루몽紅樓夢

好 좋은 事 일에는 多 많다. 魔 마귀들이 (많다.)
: 좋은 일에는 부수적으로 안 좋은 일들이 따라온다는 인생의 역설적 진리를 담은 표현이다.

호화로운 영광의 자리에 올랐더니 **사**람들의 시기와 질투가 엄청나네. **다**양한 루머에 시달리며 **마**음고생이 이만저만이 아니야.

호사유피 인사유명 虎死留皮 人死留名

5대사五代史 양서梁書, 왕언장王彦章 열전列傳

虎 호랑이는 死 죽어서 留 남긴다. 皮 가죽을 人 사람은 死 죽어서 留 남긴다. 名 이름을.
: 호랑이 가죽이 함의하는 힘과 권세, 물질적 가치와 대조함으로써 사람에게는 정신적 가치, 특히 명예가 그 무엇보다 중요하다는 것을 역설한다.

호랑이가 **사**라지기 아쉬워 **유**일하게 **피**혁을 남기네. **인**간이 **사**라지지만 사라지지 않을 **유**일한 길은 **명**예로운 이름뿐이리.

호시탐탐 虎視眈眈 주역周易, 이괘편頤卦篇

虎 범이 視 엿본다. (기회를) 眈 노려본다. (먹이를) 眈 노려본다.
: 먹이를 잡아먹을 듯한 사나운 눈빛으로 자신에게 올 기회를 노리고 살피는 모양이다.

호랑이가 먹이를 보는 **시**선으로, **탐**욕스러운 눈빛으로, **탐**스러운 먹이 보듯.

호언장담 豪言壯談

豪 웅대하게 言 말한다. 壯 씩씩하게 談 장담한다.
: 자신감이 넘치게 말하는 모양이다.

호돌아, 너 **언**어 영역 만점 받겠다고 씩씩하게 **장**담하지 않았니? 채점한 시험지를 건네는 **담**임 선생님의 눈길을 피하는 호돌이.

호연지기 浩然之氣 맹자孟子, 공손추편公孫丑篇

浩 넓은 然 그렇게 넓디넓은 之 그 氣 기운.
: 우주적 관점에서 광대한 천지자연의 정기와 합일하는 경지에 이른, 넓디넓은 마음의 기운을 뜻한다.

호, 멋진데? 사소한 데 **연**연하지 않고 **지**엽적인 것에서 벗어나, 크고 바른 **기**운이라니!

호의호식 好衣好食

好 좋은 衣 옷 好 좋은 食 밥.
: 잘 입고 잘 먹고… 잘 산다!

호호호호호 ♬♪ 좋아 좋아, **의**복들. **호**호호호호 ♬♪ 좋아 좋아, **식**사들.

ㅎ

호접지몽 胡蝶之夢 장자莊子, 제물론편齊物論篇 나비 꿈 일화逸話

胡蝶 호랑나비 之 가 된 夢 꿈.
: 꿈에서 나비가 된 장자는 내가 나비를 꿈꾸는 건지 아니면 나비가 나를 꿈꾸는 건지 의문을 품었다. 꿈과 현실, 자아와 사물의 구별이 과연 의미가 있는지를 되새겨 보면서 만물일체의 절대 경지를 구상했다.

호기심이 생기는구나. **접**점에 있는 기분이야. 방금 **지**난 이 길이 현실인가? 아니면 **몽**환 속 꿈속인가?

호중지천 壺中之天 왕철王哲, 유제산기游齊山記

壺 호리병 中 가운데 之 의 天 천지, 별천지.
: 호리병 속에는 화려한 옥당에 음식 가득한 새로운 세상이…!

호리병 속으로 **중**력에 끌리듯 빨려 들어간다. **지**상 낙원이 펼쳐진 여기는… 혹시 **천**국?

호질기의 護疾忌醫 주돈이周敦, 통서通書

護 보호한다. 疾 병을 (보호한다.) 忌 꺼린다. 醫 치료를 (꺼린다.)
: 자신의 질병은 의사에게 진단받고 치료해야 마땅한데 오히려 질병을 숨기고 치료를 거부하고 있다. 이것은 아주 어리석은 행동이다. 이와 마찬가지로 자신에게 문제점이 있다면 솔직하게 드러내어 다른 사람들의 의견이나 충고를 듣고 고쳐야 할 텐데 (어리석게도) 그 문제점을 숨기고 변화를 거부하는 태도를 보일 때 쓸 수 있는 표현이다.

호로록 마신다고 **질**질 흘리고 있는 그 병폐가 삼켜지겠냐? **기**를 쓰고 **의**사든 누구든 찾아가! 치료 수단을 찾아!

호형호제 呼兄呼弟

呼 부른다. 兄 형이라고 (부른다.) 呼 부른다. 弟 아우라고 (부른다.)
: 우린 '형, 동생 아이가(아닌가)'라고 할 만큼 친한 인간 관계를 뜻한다.

호칭을 **형** 동생이라고 할 정도로 **호**의적인 관계를 **제**가 그분과 유지하고 있습니다.

호호선생 好好先生 고금담개古今談慨

好 좋아요. 好 좋아요. (라고만 말씀하시는) 先生 선생님.
: 사람됨이 좋아 모든 일에 다 좋다고 말하는 사람을 일컫는 말.

호호호호… ♬♪ **호**호호호호… ♬♪ **선**생님은 뭐가 그리 좋으세요? **생**각해보면 다 좋단다. 호호호호호… ♬♪

혹세무민 惑世誣民

惑 헷갈려 헤매게 한다. 世 세상을 (헷갈려 헤매게 한다.) 誣 속인다. 民 사람들을 (속인다.)
: 사람들의 정신을 교란하여 사회 질서에 혼란을 가져오는 모양이다.

혹하도록 한다, **세**상 사람들을. **무**엇이 진실인지 모르도록 **민**심을 혼란에 빠뜨린다.

혼비백산 魂飛魄散

魂 넋이 飛 날아가버리고 魄 넋이 散 흩어져버리고.
: 정신을 못 차릴 정도로 대단히 놀란 모양이다.

혼이, 넋이 **비**정상적으로 업 앤 다운up and down (위아래로) **백** 앤 포스back and forth (앞뒤로) **산**만하게 왔다갔다.

혼연일체 渾然一體

渾 뒤섞여 然 그렇게 一 한 體 몸(과 같다.)
: 사람들이 한마음, 한뜻으로 행동하는 모양이다.

혼자가 아닌 우리로 **연**대감이 조성되어 **일**체가 되어 으쌰 으쌰… **체**육대회 줄다리기하는 모습.

혼용무도 昏庸無道

昏 어둡고 庸 어리석어 無 없다. 道 (어찌할) 도리가 (없다.)
: 온통 어지럽고 무도한 암흑과 같은 세상을 가리킨다.

혼란스러워. 질서가 **용**수철에 튕겨져 나갔나. **무**능한 통치자 탓인가, **도**를 벗어난 이 무질서의 질서는.

혼정신성 昏定晨省 예기禮記, 곡례편曲禮篇

昏 날이 저물면 定 가지런히 정리한다. (부모님의 잠자리를) 晨 새벽에 날이 새면 省 살핀다(부모님의 안부를).
: 자식된 도리로 부모를 섬기는 자세를 형용한다.

혼신의 힘을 다해 **정**성을 다 바쳐! **신**신당부할게. 제발 **성**심성의껏 부모님을 섬겨!

홍로점설 紅爐點雪 속근사록續近思錄

紅 붉게 타오르는 爐 화로 (위에) 點 (일개) 점(에 불과한) 雪 눈.
: 의심이나 욕심이 일시에 눈 녹듯 사라짐을 나타낸다. 또는 전체에 아무런 영향도 끼

칠 수 없는 극히 미미한 힘을 가리킨다.

홍길동의 **로**(노)력으로 **점**순이의 의심이 풀린다. **설**마하던 마음이 일시에 사라진다.

홍안백발 紅顔白髮

紅 붉은 顔 낯 (얼굴) 白 흰 髮 터럭 (머리카락).
: 백발 머리와 대조되어 더욱 빛나는 붉은 얼굴, 즉 젊은 얼굴을 나타낸다.

홍조 띤 얼굴이 **안** 늙으셨네요! **백**발인데… 머리카락은 백발인데… **발**현되는 기운은 젊음이 뿜뿜! 이시네요.

홍익인간 弘益人間 삼국유사三國遺事, 고조선古朝鮮의 건국 신화建國神話

弘 널리 益 이롭게 한다. 人間 사람들을, 인간 세상을.
: 단군의 건국 이념.

홍익인간이라는 **익**히 알려진 필살기를 쓰는 단군 선수, **인**간을 널리 이롭게 하는 카운터펀치[counter punch] **간**다! 세계를 제패하러 간다!

홍일점 紅一點 왕안석王安石, 영석류시詠石榴詩

紅 붉은 (꽃이) 一 단 하나의 點 점을 이룬다(푸른 잎들 사이에서).
: 여러 남자들 사이에 홀로 끼어 있는 여성을 일컫는 말.

홍당무처럼 얼굴이 빨개지셨네요. **일**행은 모두 남성인데 **점**순 씨만 여성이셔서 그런가요?

화광동진 和光同塵 노자老子, 도덕경道德經·불교佛教

和 누그러뜨린다. 光 빛을 (누그러뜨린다.) 同 함께 하기 위하여 塵 티끌과 (함께 하기 위하여).
: 세속의 찌든 먼지 속에서 자신의 빛을 감춘다. 더럽게 타락한다는 뜻이 아니라 그렇게 융화하면서 역설적으로 더 큰 빛을 발휘한다는 의미를 담고 있다.

화합하는 마음의 크기가 **광**대하도다. 속세에서 **동**고동락하면서… 드러내지 않음으로써 **진**정한 품성을 드러낸다.

화룡점정 畫龍點睛 수형기水衡記

畫 그림을 그린다. 龍 용을 (그린다.) 點 점을 찍는다. 睛 눈동자를 (점을 찍어 완성한다.)
: 점을 찍었더니 그 용이 살아서 하늘로 날아올랐다고 한다. 완결을 위해 마지막으로 거쳐야 할 핵심적 단계.

화폭에 그린 **룡**(용)을 살려내듯 마지막 한 **점**을 찍어 **정**점을 찍어!

화무십일홍 花無十日紅 양만리楊萬里, 납전월계腊前月季

花 꽃은 無 없다. 十日 열 날 (열흘 동안) 紅 붉을 (수는 없다.)
: 꽃이 제아무리 붉은 세력을 과시해 봤자 열흘을 넘기지 못하듯이, 인간이 제아무리 권세를 누려봐야 그 기한은 정해져 있을 따름이다.

화려하게 **무**한대로 세력이 **십** 년 백 년 천 년… 갈 줄 알았더냐? **일**순간에 사그라들어 **홍**당무처럼 얼굴이 시뻘게졌구나.

화복동문 禍福同門 회남자淮南子, 인간훈편人間訓篇

禍 재앙과 福 복은 同 한 가지 門 문으로 들어온다.
: 화나 복 모두 스스로 자초해서 생긴다는 뜻이다.

화사한 복과 **복**수심이 가득한 재앙이 **동**문회를 하러 온다네. **문**제의 초대장을 보낸 게 너냐?

ㅎ

화복무문 禍福無門 춘추좌씨전春秋左氏傳

禍 재앙과 福 복은 無 없다. 門 문(이 특별히 정해진 것은 없다.)
: 화가 들어오는 문이 따로 있고, 복이 들어오는 문이 따로 있는 것이 아니다. 사람이 선을 행하느냐 악을 행하느냐에 따라 복이든 재앙이든 어느 하나를 불러들일 뿐이다.

화를 입든 **복**을 받든 **무**슨 정해진 **문**을 열고 겪는 건 아니야.

화사첨족 畫蛇添足 전국책戰國策

畫 그렸는데 蛇 긴 뱀을 (그렸는데) 添 더했네 足 발을 (더 그려버렸네).
: 뱀의 본질에 다리는 없다. 뱀을 그리려 했고 다 그려 놓았으나, 쓸데없이 다리를 덧붙여 자신이 완성한 작품을 망쳐 버렸다. 완성품을 망그러뜨리며 그동안의 노고를 물거품으로 만들어버리는 불필요한 행동을 일컫는 말.

화색이 **사**색이 된 요리사. 마지막에 **첨**가한 양념 탓에 망친 **족**발 요리. 모든 시간과 노력은 물거품.

화서지몽 華胥之夢 열자列子, 황제편黃帝篇

華胥 화서라는 곳이 之 나온 夢 꿈.
: 고대 황제가 꿈에서 어진 정치의 모범을 본다. 인생의 깨달음을 주는 좋은 꿈이다.

화창한 날씨처럼 기분이 좋아졌어. **서**두르기만 해선 안 되겠어. **지**혜를 선사해준 꿈을 따를래. **몽**환적인 분위기를 이어나갈래.

화씨지벽 和氏之璧 한비자韓非子

和 화라는 氏 성씨(의 사람) 之 (이 갖고 있던) 璧 구슬.
: 고퀄러티High Quality의 값진 보석이다.

화르르 눈에서 불길이 나. **씨**익 웃음도 절로 나. **지**고지순한 광채를 띠며 **벽**면에 걸려 있는 보석을 보니….

화용월태 花容月態

花 꽃다운 容 얼굴 月 달 같은 態 모습.
: 미인의 고운 자태.

화원에 핀 꽃보다 아름다운 **용**모. 단정하게 차려입고 **월**하에 **태**연하게 뽐내는 자태.

화이부동 和而不同 논어論語, 자로편子路篇

和 화목하다. 而 그러나 不 아니다. 同 한 가지(는 아니다.)
: 다른 사람들과 잘 어울리지만 자신의 중심을 잃으면서까지 동조하지는 않는 모양이다.

화합을 이루어내. **이**질적인 사람들 틈에서 **부**대끼면서도 **동**화되지 않는 조화를 이뤄내.

화이부실 華而不實 춘추좌씨전春秋左氏傳, 양처보 일화逸話

華 꽃이 빛난다. 而 그러나 不 못한다. 實 열매는 맺지 (못한다.)
: 무언가 있어 보였는데 알고 보니 뭣도 없는 케이스.

화려한 겉모습 **이**면에 **부**패하고 썩은 **실**제 알맹이.

화종구생 禍從口生

禍 나쁜 일은 從 좇아 口 입을 (따라 좇아) 生 생겨난다.
: 말조심!

화끈한 맛볼 걸. **종**일 떠드는 그 입으로 **구**린내가 나는 일들이 **생**길 걸.

화종구출 禍從口出

禍 나쁜 일은 從 좇아온다. 口 입을 (따라 좇아) 出 나온다.
: 말조심!

화날 일이 생길 거야. **종**알종알 그렇게 떠들다보면 **구**질구질한 일들이 **출**입구로 들어올 거야.

화중지병 畫中之餠 삼국지三國志, 노육전盧毓傳

畫 그림 中 속 한가운데 之 에 있는 餠 떡.
: 마음이 끌려 입맛만 다실 뿐 실제로 어찌할 수 없는 욕망의 대상을 가리키는 말.

화면 속 세계에 **중**심을 잃고 빠져 **지**지할 축을 잃은 우리는 마음이 **병**들고 있는 것이다.

화호유구 畫虎類狗 후한서後漢書, 마원전馬援傳

畫 그리려다. 虎 범을 (그리려다.) 類 비슷해졌다. 狗 개와 (비슷해졌다.)
: 자신의 능력 범위를 벗어난 일을 하려다 그르친 경우다.

화백이시여, **호**랑이를 그리셨습니까? **유**심히 봐도 **구**석에 쪼그린 개로밖에 안 보이잖습니까?

환골탈태 換骨奪胎 혜홍惠洪, 냉재야화冷齋夜話

換 바꾼다. 骨 뼈를 (바꾼다.) 奪 빼앗는다. 胎 태반을 (빼앗는다.)
: 타인의 작품을 본떠서 더욱 새롭게 자신의 작품으로 승화하는 경우 또는 완전히 모습을 탈바꿈하여 새로워진 경우를 뜻하는 말이다.

환상적으로 **골**격도 바꾸고 **탈**피한다, 기존의 낡은 것들로부터. **태**어난다! 새롭게 태어난다!

환과고독 鰥寡孤獨 맹자孟子, 양혜왕梁惠王

鰥 홀아비 寡 홀어미, 과부 孤 (부모 없는) 고아 獨 (자식 없는) 홀몸.
: 기댈 곳 없이 외로운 사람들이다.

환장합니다! **과**부 신세, 너무 **고**독해요! **독**수공방 지겨워요!

환득환실 患得患失 논어論語, 양화편陽貨篇

患 근심한다. (얻기 전에는) 得 얻고자 하면서 (근심한다.) 患 근심한다. (얻은 후에는) 失 잃을까 봐 (근심한다.)
: 욕망의 대상은 얻지 못해도 (못 얻어서) 근심덩어리이고 얻고 나서도 (잃을까 봐) 역시 근심덩어리이다.

환영합니다! ♬♪ 근심의 세계에 오신 것을 환영합니다! **득**실을 따지는 세계인데 **환**하게 웃을 일은 이제 없으실 겁니다. **실**제로 얻든 잃든 근심만 가득할 테니까요.

환호작약 歡呼雀躍

歡 기뻐 呼 소리 질러 雀 참새(처럼) 뛰어 躍 빨리 달려 (날뛰어).

: 몹시 기뻐하는 모양을 형용한다.

환한 표정으로 **호**호호호 ♬♪ 웃음 못 참고 **작**정한 듯 좋아 날뛰어 **약** 먹은 듯 헤벌레 헤벌레. ♬♪

활박생탄 活剝生呑 대당신어大唐新語

活 살아 있는 (그대로) 剝 벗겨서 生 날 것 (그대로) 呑 삼킨다.
: 남의 작품을 그대로 베껴 '날로 먹는' 표절plagiarism을 일컫는 말.

활발하게 남의 거를 그대로 **박**아 넣는구나. **생**긴 건… 날로 먹고 **탄**생한 건… 표절 작품인가.

황견유부 黃絹幼婦 세설신어世說新語, 첩오편捷悟篇

黃 누런 絹 비단 幼 어린 婦 여자
: 황黃 + 견絹 = 황'색色' 비단'실絲', '色' + '絲' = '절絶'
유幼 + 부婦 = '어린幼 = 少' '여자婦 = 女', '少' + '女' = '묘妙'
'절묘'란 한자의 구성 요소를 분해한 언어유희로서 문장 구사력이 아주 뛰어난 사례이다.

황당한 헛소리가 아니었어! **견**문이 넓은 사람이 **유**심히 관찰한 후 **부**여된 의미를 해독한다.

황공무지 惶恐無地

惶 두렵고 恐 두려워 無 없습니다, 地 땅이 (발 디딜 땅이),
: 지위 등이 높은 상대 앞에서 어쩔 줄 모르는 마음의 상태를 가리키는 말.

황제 폐하 앞에서 **공**포에 질렸사옵니다. **무**슨 거짓말도 **지**어내기는 힘드옵니다.

황금만능 黃金萬能

黃 누런 金 쇠(화폐, 돈)의 萬 절대적 能 가능성.
: 돈만 있으면 다 된다는 뜻이다. 자본주의 사회에서 부정할 수 없는 현실이다.

황금 같은 돈이 최고! **금**욕 따윈 없다. 돈에 대한 욕망 폭발! **만**족의 기준은 돈. **능**력의 기준도 돈.

황당무계 荒唐無稽

荒 황당하고 唐 당황스럽고 無 없다. 稽 헤아릴 수 (없다.)
: 터무니없고 어이없을 때 쓰이는 표현이다.

황당하고 **당**혹스러운 사건들이 **무**모하고 예측 불가능한 일들을 **계**기로 끝없이 펼쳐진다.

황량일취몽 黃粱一炊夢 심기제沈旣濟, 침중기枕中記 노생盧生 일화逸話

黃 누런 粱 기장밥을 一 한 번 炊 불 땔 동안 (끈) 夢 꿈(부귀영화 실컷 누린 꿈).
: 한단지몽 邯鄲之夢

황당하고만. **량**(양)껏 부귀영화를 **일**생 동안 누렸다고 여겼거늘… **취**한 건가? **몽**롱하네… 찰나의 순간일 뿐이었다니!

회계지치 會稽之恥 십팔사략十八史略, 구천句踐 일화逸話

會稽 회계산 之 ~의 恥 부끄러움, 치욕.
: 회계산에서 있었던 굴욕적인 패배.

회사 생활하면서 **계**급 사회의 횡포를 겪고 **지**내면서 느끼는 **치**욕스러운 패배감.

ㅎ

회광반조 回光返照 불교佛教 임제록臨濟錄

回 돌이켜 光 빛을 返 되돌려 照 비춘다.
: 해가 저물기 직전에 잠깐 동안 마지막으로 발광하는 현상.

회색빛으로 사그라들던 순간 **광**선들이 번쩍! 마지막 **반**전으로 **조**명 빛은 맥시멈MaximuM 최대치.

회빈작주 回賓作主

回 돌이켜 賓 손님이 (오히려) 作 행동한다, 행세한다. 主 주인(노릇을 한다.)
: 타인의 의견을 무시하며 제멋대로 일을 처리하는 모양이다.

회전하여 180° 역전하여 **빈**대 붙어 있던 손님들이 **작**정하고 **주**인 행세한다.

회인불권 誨人不倦 논어論語, 술이편述而篇

誨 가르치는 일은 人 사람을 (가르치는 일은) 不 아니한다. 倦 게으름 피우지 (아니한다.)
: 귀감이 되는 교사상이다.

회초리를 들며 **인**간이 되라고, 사람이 되라고, **불**같이 화내며 학문을 **권**장했던 옛 스승님.

회자 膾炙 맹자孟子, 진심 하盡心 下

膾 회 炙 구운 고기.

: 인구회자 人口膾炙

회사에서, 모임에서, 가정에서 쑥덕쑥덕 **자**꾸자꾸 사람들 입에 들락날락.

회자인구 膾炙人口 맹자孟子, 진심 하盡心下

膾 (사람들이 좋아하는) 회(와) 炙 (사람들이 좋아하는) 구운 고기(처럼) 人 사람들 口 입(에 오르내리며 칭찬한다.)
: 인구회자 人口膾炙

회 맛있쪄! ♬♪ **자**글자글 굽는 고기 맛있쪄! ♬♪ (이런) **인**기 메뉴처럼 인기 있게 **구**전되는 그 사람의 이야기.

회자정리 會者定離 불교佛敎 유교경遺敎經

會 모인 者 사람들은 定 정해져 있다. 離 떠날 일이 (정해져 있다.)
: 만남 뒤에 예정된 이별을 가리키는 말.

회사 이름이? '인생'이라는 회사입니다. **자**주 사람들과 헤어지나요? **정**해진 일정입니다. 사원들은 숱한 **리**(이)별을 거쳐야 합니다.

횡설수설 橫說竪說

橫 (수평으로) 가로지르는 說 말씀 竪 (수직으로) 세우는 說 말씀.
: 가로세로 왔다갔다 아무 말 대잔치.

횡단했다 종단했다 하며 **설**치는 말. **수**습되지 못할 정도로 조리 없게 **설**치는 말.

효빈 效顰 장자莊子, 서시西施 일화逸話

效 본받는다. 顰 찡그림을
: 서시빈목 西施顰目

효과는 없었다. **빈**축만 샀을 뿐….

효시 嚆矢

嚆 크게 울부짖는 矢 화살 (전쟁을 시작할 때 맨 처음 쏘았던 우는살).
: 어떤 일의 맨 처음을 뜻한다. 전쟁의 개시를 알리던 화살에 빗대어 청각적으로 형상화한다.

효도하겠습니다, 사자성어 어르신들께 **시**험적인 이 사자성어 사행시들로써.

후목분장 朽木糞牆 논어論語, 공야장公冶長

朽 썩은 木 나무(에 조각할 수 없다.) 糞 똥(묻은 듯 썩은) 牆 담장(에 칠할 수 없다.)
: 가르쳐 봤자 발전할 가능성이 없는 사람을 비유한 말이다.

후… 기백도 없고, **목**적도 없고, 너, 이 녀석 **분**발해라! 지금 이대로라면… **장**래에 정말 대책이 없으니까.

후생가외 後生可畏 논어論語, 자한편子罕篇

後 뒤에 生 태어난 젊은이들은 可 가히 畏 두려워할 만하다.
: 연장자의 입장에서 젊은 세대를 바라보며 할 수 있는 표현이다. 젊은 나이에 기성세대가 미처 이루지 못한 큰일을 해내거나 뛰어난 재능을 발휘하는 경우도 있고, 젊은이들은 무한한 잠재력을 지니고 있기 때문에 미래에 그러한 업적을 이룰 수도 있기 때문이다.

후 아 유Who Are You? 누구냐 넌? **생**각지도 못한 **가**능성을 펼치는 너희들은? **외**쳐 본다, 그 이름은 바로… '젊은 피!'라고.

ㅎ

후안무치 厚顔無恥

厚 두텁다. 顔 낯짝이 (뻔뻔스럽다.) 無 없다. 恥 부끄러움이.
: 철면피를 가리키는 말.

후후, **안**색이 하나도 안 변하고 웃고 있구나. **무**슨 저런 뻔뻔스러운 녀석이 다 있나. **치**가 떨린다.

후회막급 後悔莫及

後 나중에 悔 뉘우쳐도 莫 없다. (이미 생긴 일에 영향을) 及 미칠 수는 (없다.)
: 돌이킬 수 없는 잘못을 뉘우치는 표현이다.

후회의 **회**오리바람이 **막** 몰아쳐, **급**회전하며.

훈주산문 葷酒山門

葷 비린내 나고 酒 술을 마신 자는 山 사찰의 門 문 앞에만 있는다. (그 안으로 들어가지 않는다.)
: 맑은 정신으로 몸도 깨끗하게 가다듬고 절에 입장하여야 한다.

훈장님이 **주**식으로 생선 요리를 먹고 술 한 잔을 걸친 후에 **산**속 경건한 절 앞을 지나갔지만, **문**을 열고 들어가지는 않았다.

훼예포폄 毁譽褒貶

毁 헐뜯고 譽 기리고 褒 기리고 貶 낮추고.

: 치켜세우는 말과 깎아내리는 말이다.

훼손하거나, **예**의 바르게 **포**장해서 치켜세우거나, **폄**하하여 깎아내리거나.

흉종극말 凶終隙末 한서漢書, 장이張耳와 진여陳餘, 소육蕭育과 주박朱博 일화

凶 흉하게 終 마치다. 隙 틈이 벌어진 채 末 끝나다.
: 우정이 끝까지 못 가고 절교로 마무리된 경우다.

흉측한 **종**말. **극**단적 적대감. **말**도 안 돼! 그토록 친했건만….

흉중성죽 胸中成竹 북송 시대의 소식蘇軾·문동文同 일화逸話

胸 가슴 中 속에 成 이룬다. 竹 대나무를.
: 대나무를 그리기 전에 미리 대나무의 전체 구도를 마음속에 완성한다는 뜻이다.

흉하다, 흉해. **중**간에 내용을 다 말아먹고… 이게 뭐야? **성**공하려면 처음 창작할 때 이미 모든 구상을 마쳤어야지! **죽**죽 큰 그림의 틀 안에서 진행했어야지!

흔희작약 欣喜雀躍

欣 기쁘다. 喜 기쁘다. 雀 참새가 躍 뛰어 다니듯이.
: 방방 뛰며 기뻐하는 모습이다.

흔치 않은 일이라, **희**망하던 일이라, **작**작 하긴 힘드네. **약** 먹은 듯 미친 듯이 기뻐할래!

흥망성쇠 興亡盛衰

興 흥하고 亡 망하고 盛 성하고 衰 쇠하고.
: 전성기와 쇠퇴기의 사이클.

흥하기도 하고 **망**하기도 하는 거지. **성**공은 실패가 어머니라잖아? 그러니까 **쇠**약한 너희들, 이제 강해질 차례야!

흥진비래 興盡悲來

興 흥겨움이 盡 다하면 悲 슬픔이 來 온다.
: 즐거움 끝에 도래하는 슬픔. 늘 즐겁기만을 바랄 수 없는 것이 바로 인생이다.

흥이 나 ♬♪ 신나다가 **진**이 빠지면 **비**애가 **래**이러[Later] 나중에 와.

희로애락 喜怒哀樂

喜 기쁘고 怒 성내고 哀 슬프고 樂 즐겁고.
: 사람이 느끼는 감정을 병렬적으로 나열하고 있다.

희망해, 기쁨과 즐거움을. **로**드 오브 라이프Road Of Life 삶의 길에서 **애**처롭고 화날 때도 있지만 (그럼에도) **락**(낙)을 찾는 길 위의 삶.

ㅎ

사자성어 사행시

: 꼰대들의 사자성어는 가라

초판 1쇄 발행 | 2021년 11월 30일

지은이 | 불량교생
펴낸이 | 이재호
펴낸곳 | 리북
등 록 | 1995년 12월 21일 제2014-000050호
주 소 | 경기도 파주시 회동길 50, 3층(문발동)
전 화 | 031-955-6435
팩 스 | 031-955-6437
홈페이지 | www.leebook.com

정 가 | 20,000원

ISBN | 978-89-97496-61-7